10

STEPHEN KING

Misery

스티븐 킹 | 미저리

10

STEPHEN KING

Misery

스티븐 킹 | 미저리

조재형 옮김

황금가지

MISERY
by Stephen King

스테파니와 짐 레너드 부부에게 감사한다.
이유는 본인들이 잘 알고 있을 것이다.

(스테파니 레너드는 수년간 스티븐 킹의 비서로 일하면서 팬 관리를
담당했기 때문에 광적인 팬들의 행태에 관해 누구보다 잘 알고 있다.
그녀는 스티븐 킹의 처제이기도 하다.—옮긴이)

차 례

이 소설을 쓰면서 사실 확인을 위해 의료인 세 명의 도움을 받았음을 감사하는 마음으로 밝히고 싶다.

러스 도어, 의사 보조사
플로렌스 도어, 간호사
재닛 오드웨이, 약학 및 정신 병리학 박사

늘 그랬듯이, 그들은 집필 과정에서 독자들은 눈치 못 챌 많은 부분들에 도움을 주었다. 만약 독자들이 눈에 띄는 실수를 발견한다면 그것은 전적으로 내 실수이다.

물론 이 소설 속에 등장하는 노브릴 같은 약은 없다. 그러나 노브릴과 유사하게 코데인을 주성분으로 한 약품이 몇 가지 있으며, 불행히도 병원 조제실과 각종 의료 시설에서는 그런 약품의 재고를 엄격히 관리하고 단단한 자물쇠 속에 보관하는 일을 가끔씩 소홀히한다.

이 소설에 나오는 장소와 인물은 모두 허구이다.

—스티븐 킹

여신

아프리카

1

MISERY

애니

당신이 어둠의 심연을 들여다볼 때,
어둠의 심연도 당신의 내면을 들여다본다.

― 프리드리히 니체―

1

너엄버 워어어언
당시인의 너엄버 워어어언
패애애애앤

이런 소리가 들렸다. 안개 속에서도.

2

고통이 그러했듯 그 소리는 때때로 사라졌고, 그러고 나면 그 자리에는 오직 안개뿐이었다. 그는 어둠을 기억했다. 안개가 있기 전에는 단단한 어둠이 있었다. 그가 나아지고 있다는 뜻일까? (안개 자욱한 혼돈의 밤에) 빛이 있으라 하시매 그 빛은 보기에 좋았더라, 그리고 이러쿵저러쿵 주저리주저리? 어둠 속에서도 소리가 들렸던가? 그는 이 질문들 중 어느 것도 답을 알 수 없었다. 이치에 맞는 질문인지도 알 수 없었다.

고통은 소리 아래 어딘가에 있었다. 고통은 태양의 동쪽과 그의 귀 남쪽에 있었다. 확실히 아는 것이라곤 그게 다였다.

아주 오래전부터인 듯한 긴 시간 동안(그리고 고통과 폭풍에 뒤덮인 안개만이 유일하게 존재하는 사물이었던 때부터) 그 소리는 외부에 존재하는 유일한 자극이었다. 그는 자신이 누구인지 또 어디에 있는지 몰랐고, 알려 하지도 않았다. 그저 죽고 싶었지만, 여름철 먹구름처럼 마음을 가득 채운 고통에 젖은 안개 속에서는 스스로 죽고 싶어 한다는 것조차 알 수 없었다.

시간이 지남에 따라 그는 고통이 사라지는 시기가 있으며 그 시기가 주기적으로 찾아온다는 사실을 깨달았다. 그리고 안개에 앞서 존재하던 완벽한 어둠에서 벗어난 후 처음으로 눈앞의 상황과 동떨어진 생각을 떠올렸다. 메인 주 리비어 해변의 모래밭에 불쑥 튀어나와 있던 부러진 말뚝이 떠올랐다. 어릴 적에 아버지와 어머니는 그를 리비어 해변으로 자주 데리고 다녔는데, 그는 항상 부러진 말뚝이 잘 보이는 곳에 자리를 깔아 달라고 부모님을 졸랐다. 그에게는 말뚝이 마치 모래 속에 묻힌 괴물의 송곳니 하나가 튀어나온 것처럼 보였다. 그는 자리에 앉아 밀려드는 바닷물이 말뚝을 뒤덮어 버리는 광경을 지켜보는 것이 좋았다. 그러고 나서 몇 시간이 지나 샌드위치와 감자 샐러드를 먹어치우고 아버지의 커다란 물통에 담긴 쿨에이드를 마지막 몇 방울까지 다 마셔 버리고 나서 어머니가 짐을 싸서 집에 갈 시간이라고 말할 때쯤 되면, 썩은 말뚝의 꼭대기가 다시 보이기 시작하곤 했다. 처음엔 들어오는 파도 사이로 슬쩍 엿보이던 것이 조금씩 모습을 드러냈다. 해변에서 놀다 생긴 쓰레기들을 옆면에 "여러분의 해

변을 깨끗이"라는 글씨가 박힌 커다란 드럼통 속에 버리고, 폴리의 장난감을 주워 들고

그게 내 이름이다 폴리 나는 폴리 그리고 오늘 밤엔 햇볕에 그을린 곳에 엄마가 존슨즈 베이비 오일을 발라 줄 거다

자리를 다시 접을 때쯤이면 밀려드는 바닷물의 포말에 둘러싸여 거무스름하고 끈적끈적하게 미끈거리는 말뚝이 다시금 제 모습을 거진 다 드러냈다. 아버지는 그것이 밀물과 썰물이라고 설명하려 했지만, 그는 언제나 그것이 말뚝이라고만 생각했다. 바닷물은 왔다가 갔다. 말뚝은 자리를 지켰다. 때때로 사람들은 말뚝을 보지 못할 뿐이었다. 말뚝이 없으면 밀물도 썰물도 없었다.

이런 기억이 기운 빠진 파리처럼 기분 나쁘게 돌고 또 돌았다. 그 기억이 무엇을 의미하는지 궁리했지만, 오랫동안 이런 소리가 그를 방해했다.

패애애애앤
전부우 읽었지이이이이이
너엄버어 워어어언

때로는 소리가 멈췄다. 때로는 그가 멈췄다.

바로 그때, 먹구름 같은 안개가 걷힌 그때 그가 명확하게 기억한 첫 번째 사실은 자신이 멈췄다는 것이고, 숨을 쉴 수가 없음을 갑자기 깨달은 것이었다. 그것은 아주 좋은 일이었고, 잘된 일이

었으며, 사실 끝내 주게 훌륭한 일이었다. 어느 정도는 고통을 참아 낼 수 있었지만 그때까지 참을 만큼 참았고, 고통스러운 게임에서 벗어나고 있다는 것이 즐거웠다.

그때 누군가의 입술이 그를 덮쳤다. 거칠고 메마른 입술이었지만 틀림없이 여자였다. 여자의 입에서 나온 바람이 그의 입속으로, 목구멍으로 밀고 들어와 폐를 부풀렸다. 입술이 뒤로 물러나자 그는 처음으로 자신을 보호하는 사람의 냄새를 맡았다. 남자가 저항하는 여자에게 강제로 자신의 신체 일부를 밀어 넣는 식으로, 그녀가 강제로 그에게 분출하는 숨결의 냄새를 맡았다. 바닐라 쿠키와 초콜릿 아이스크림과 치킨 수프와 땅콩버터 캔디가 뒤섞인 무시무시한 냄새였다. 여자의 고함 소리가 들렸다.

"숨 쉬어, 씹할! 숨 쉬란 말이야, 폴!"

또다시 입술이 덮쳐 왔다. 또다시 숨이 목구멍 속으로 뿜어져 내려왔다. 뿜어 들어오는 숨은 마치 신문지와 사탕 껍질을 뒤꽁무니에 끌어당기며 쏜살같이 달리는 지하철을 따라온 축축한 바람 같았다. 여자의 입술이 물러나자 그는 '제발 이 구린 숨이 코로 새지 말았으면.' 하고 생각했지만 어떻게 해 볼 도리가 없었다.

'우웩, 입구린내, 염병할 입구린내.'

"숨 쉬어, 염병할!"

보이지 않는 목소리가 커졌다.

'알았어, 뭐든지 할게, 제발 더 이상 하지 마, 더 이상 나를 더럽히지 마.'

목소리가 요구하는 대로 숨을 쉬어 보려 했지만 제대로 시작하기도 전에 여자의 입술이 또다시 덮쳐 왔다. 염분 처리 한 가죽

조각처럼 메마르고 생기 없는 입술이었다. 여자는 또다시 강간하 듯 힘껏 숨을 불어넣었다.

여자가 입술을 거두자 그는 구린내 나는 숨을 밖으로 흘려 내 보냈다. 아예 힘껏 밀어내 버렸다. 그러고 나서 힘껏 숨을 들이마 셨다가 다시 내뱉었다. 살아오는 동안 특별히 의식하지 않아도 그랬던 것처럼 눈에 보이지 않는 자신의 가슴이 또다시 스스로 부풀어 오르기를 기다렸다. 그럴 기미가 안 보이자 그는 또 한번 크게 숨을 내지르며 헐떡댄 다음, 스스로의 힘으로 다시 호흡했 다. 여자가 불어넣은 냄새와 맛을 털어 버릴 수 있도록 빠르게 호 흡했다.

평범한 공기가 그토록 훌륭한 맛을 낸 적은 없었다.

그는 또다시 안개 속으로 파묻히기 시작했다. 그러나 희미해지 는 세상이 완전히 사라지기 전에 중얼거리는 여자의 목소리가 들 려왔다.

"휴, 하마터면 죽을 뻔했네."

'그 정도는 아니었어.' 그는 생각에 잠겼다가 잠이 들었다. 그 리고 말뚝이 나오는 꿈을 꾸었다. 꿈이 너무나 생생해서 손을 뻗 으면 거무튀튀한 말뚝의 갈라진 곡면 위로 손바닥이 미끄러질 것 만 같았다.

반쯤 의식을 회복했을 때, 그는 말뚝과 현재의 상황을 연관 지 을 수 있었다. 깨달음이 마치 손안으로 흘러 들어오는 듯했다. 고 통은 바닷물처럼 움직이는 것이 아니었다. 그것이 바로 기억 속 에 각인된 꿈의 교훈이었다. 고통은 단지 오고 가는 것처럼 보일 뿐, 말뚝과 같았다. 때로는 덮여 있었고 때로는 모습을 드러냈지만 항상 제자리에 박혀 있었다. 고통이 짙고 단단한 회색 구름에 가려 그를 괴롭히지 않을 때, 바보스럽게도 그는 감사했다. 그러나 더 이상 속지 않았다. 고통은 여전히 그 자리에 있으면서 다시 드러나기만을 기다릴 뿐이었다. 게다가 하나가 아니라 두 개였다. 고통은 두 개의 말뚝이었고, 마음으로 사실을 받아들이기 오래전부터 그의 일부는 그 부서진 말뚝들이 곧 그의 부서진 두 다리를 의미함을 알고 있었다.

그러나 그가 입술에 말라붙은 침 찌꺼기를 깨뜨리고 자신이 누워 있는 침대 옆에 앉아 책을 들고 있는 여자에게 "여긴 어딥니까?"라고 힘겨운 목소리를 내뱉는 순간이 오기까지는, 아주 오래 걸렸다. 여자가 들고 있는 책을 쓴 작가의 이름은 폴 셸던이었다. 놀랄 것도 없이 그는 그게 자기 이름임을 알아차렸다.

"콜로라도 주의 사이드와인더예요." 그가 마침내 질문을 던질 수 있게 되자 여자가 말했다. "내 이름은 애니 윌크스예요. 그리고 나는……."

"나도 알아요. 당신이 바로 나의 넘버원 팬이죠."

"맞아요." 그녀가 말했다. 웃으면서 말했다.

"그게 바로 나예요."

3

어둠. 그 다음은 고통과 안개. 그 다음은 깨달음. 비록 고통이 계속되기는 하지만, 가끔씩은 그가 다행스럽게 여긴 꺼림칙한 임

시방편에 의해 묻혀 버리기도 한다는 깨달음. 처음의 생생한 기억. 정지, 그리고 구역질나는 여자의 숨결에 강간당해서 살아남.

그 다음 생생한 기억은 이러했다. 일정한 간격마다 여자의 손가락이 그의 입속으로 무엇인가를, 알약 같은 무엇인가를 밀어 넣었고, 단지 물이 없었던 탓에 그 무엇들은 그의 입속에 놓여 있을 뿐이었으며, 그것들이 침에 녹아내릴 때면 아스피린과 조금 비슷한 쓴맛이 났다. 그렇게 쓴맛은 뱉어 버리는 편이 나았지만, 그는 그대로 두는 게 더 나음을 깨달았다. 그 쓴맛이 말뚝 위로 거대한 파도를 몰고 와서는

말뚝 그것은 말뚝이다 두 개가 있다 오케이 근사한 말뚝 두 개가 있다 이제 말뚝들 버릇 좀 고쳐 주자 그래 너도 알지 말뚝들 버릇 좀 고쳐 주자아아아아아아

잠깐 동안 말뚝을 가려 주었기 때문이다.

이 모든 일이 일정한 간격을 두고 띄엄띄엄 일어났다. 하지만 그럴 때면 고통 자체는 썰물처럼 물러나는 대신 그 자리에서 부식되기 시작했고(그가 생각하기에 리비어 해변의 말뚝은 부식되고 있었던 게 틀림없었다. 어느 것도 영원할 수는 없었다. 그래도 어린 시절의 그였다면 터무니없는 생각이라고 비웃었을 테지만.) 그 밖의 일들이 서로 급속도로 충돌하면서 기억과 경험과 편견이 결집된 바깥세상이 상당 부분 복구되기에 이르렀다. 그의 이름은 폴 셸던. 두 종류의 소설, 곧 좋은 소설과 팔리는 소설을 쓴 작가. 결혼과 이혼을 두 번씩 경험했으며 상당한 골초였다.(그때 그렇게 되

기 전까지는 그랬다. '그때 그렇게'가 어떤 상태였든 간에.) 무언가 끔찍한 일이 일어났지만, 여전히 목숨은 부지하고 있었다. 암회색 구름이 점점 빠른 속도로 걷히기 시작했다. 그의 넘버원 팬이 가져온 낡은 로열 타자기가 만화에 나오는 오리 더키 대들스의 목소리와 이빨 빠진 활짝 웃음으로 딸깍거리는 모습을 지켜보는 순간이 오기까지는 아직 시간이 많이 남아 있었지만, 폴은 이미 훨씬 오래전에 한 가지 사실을 깨달았다. 꼼짝달싹할 수 없는 지옥 속에 갇혀 있음을.

4

폴의 마음속 통찰력 있는 한구석에서는 그가 애니를 본다는 사실을 깨닫기 전부터 이미 애니를 보고 있었고, 애니를 이해한다는 사실을 깨닫기 전부터 애니를 이해했음이 분명하다. 아니라면 왜 그가 자꾸만 애니를 음울하고 불길한 이미지와 연결했겠는가? 애니가 방으로 들어올 때마다 그는 H. 라이더 해거드의 소설에서 미개한 아프리카 부족들이 숭배하던 조각상의 이미지를 떠올렸다. 그것은 암석으로 이루어진 파멸의 상징이었다.

애니 윌크스의 모습을 소설 『동굴의 여왕』이나 『솔로몬 왕의 보물』에 등장하는 아프리카 우상과 비교하면 우스꽝스럽지만 이상하게도 비슷했다. 애니는 몸집이 큰 여자였는데, 그저 크기만 한 것은 아니었다. 항상 입는 회색 카디건 밑으로 부담스러울 정도로 부푼 가슴에서는 여성스러운 곡선미를 전혀 찾아볼 수 없었고, 집 안에서 매일 입고 다니는 한없이 긴 치마 밑의 허리나 엉덩이 심지어 장딴지에서도 매력적인 곡선은 찾아볼 수 없었다.(바깥일을 보러 나가기 전에는 어딘지 모를 자기만의 침실로 가서 청바지로 갈아입었다.) 체격은 컸지만 따스한 인간미는 느껴지지 않았다. 애니에게선 사람을 편안하게 하는 빈틈이나 열린 공간, 벌어진 영역 같은 것이 아니라 단단하게 똘똘 뭉친 덩어리나 길을 막아선 방책 같은 느낌이 들었다.

무엇보다 폴을 불안하게 한 것은 애니의 딱딱함이었다. 애니의 몸속에는 혈관도 내장도 없을 것만 같았다. 머리부터 발끝까지 오직 딱딱한 애니 윌크스일 것만 같았다. 폴은 움직이는 것처럼 보이는 애니의 눈이 사실은 그려 넣은 것이라고 확신하기까지 했으며, 초상화가 걸린 방 안에서는 어디로 움직이든 간에 초상화 속 인물의 눈이 자기를 따라다니는 것처럼 보이는 현상과 같은 이치라고 생각했다. 만약 두 손가락으로 V를 만들어 애니의 콧구멍을 찔러 보면(만약 들어갈 틈이 있다면), 손가락이 구멍 속으로 1센티미터도 못 들어가서 딱딱한 장애물에 부딪칠 것 같았다. 심지어 애니의 회색 카디건, 집에서만 입는 지저분한 치마, 빛 바랜 외출용 청바지까지도 흠집 하나 없는 딱딱한 육체의 일부분이었다. 그러므로 애니를 열광적인 숭배 소설 속에 등장하는 우상으로 여긴 폴의 생각은 사실 그다지 놀랄 만한 것이 아니었다. 우상처럼, 애니는 오직 한 가지만을 전해 주었다. 자꾸만 두려움으로 짙어지는 불안한 감정을. 우상처럼, 애니는 모든 것을 손에 쥐고 있었다.

아니, 꼭 그런 것만은 아니었다. 다른 것을 주기도 했다. 말뚝을 덮어 줄 바닷물을 불러오는 알약을 폴에게 주었다.

알약은 바닷물이었다. 애니 윌크스는 파도 위를 떠다니는 쓰레기 같은 폴의 입으로 알약을 끌어당겨 주는 달과 같은 존재였다. 애니는 여섯 시간마다 알약 두 개를 주었다. 처음에는 약을 쥔 손가락 두 개를 폴의 입 안에 밀어 넣어서 자신의 존재를 알렸고(그리고 얼마 안 있어 폴은 쓴맛이 나기는 했지만 약을 밀어 주는 그 손가락들을 열심히 빠는 법을 배웠다), 나중에는 카디건에 대여섯 벌쯤 되는 치마 중 하나를 입고 보통은 폴이 쓴 페이퍼백 소설 중 한 권을 팔 밑에 낀 채로 나타났다. 밤이면 여기저기 보풀이 일어선 긴 분홍색 옷을 입고 크림 같은 것을 발라 얼굴이 반질반질한 채로 나타나서는(애니가 사용하는 화장품 병을 본 적은 없지만 폴은 주요 성분이 무엇인지 쉽게 알아맞힐 수 있었다. 라놀린 성분이 풍기는 양 냄새가 강하고 자극적이었다.) 손 안에 알약을 쥐고 서서 너저분한 꿈의 세계에서 허우적대는 폴을 흔들어 깨웠다. 그럴 때면 애니의 딱딱한 한쪽 어깨 너머로 보이는 창문 속에 역겨운 달이 자리 잡고 있었다.

얼마 후 경계심이 무시할 수 없을 만큼 커졌을 때, 애니가 먹여 주는 약의 정체를 알아낼 수 있었다. 강력한 코데인 성분을 기반으로 만든 진통제로서 노브릴이라고 불렀다. 애니가 환자용 간이 변기로 폴의 용변을 처리하는 일이 어쩌다 한번 드물게 있었던 이유는 그가 섭취하던 음식물의 성분이 순전히 수분과 젤라틴뿐인 탓도 있었지만(처음에 구름 속에 사로잡혀 있을 당시에는 애니가 정맥 주사를 사용해 영양분을 공급했다.) 노브릴이 약을 복용한 환자에게 변비를 유발하는 경향이 있기 때문이기도 했다. 또 다른 부작용, 오히려 더 심각한 부작용은 민감한 환자에게 일어나는 호흡 장애였다. 폴은 거의 18년간 줄기차게 담배를 피워 댔어도 특별히 민감한 체질이 아니었지만, 호흡이 적어도 한 번은 정지했다.(기억은 못하지만 안개 속에 머물 당시에는 수차례 일어났을지도 모른다.) 바로 애니가 직접 입으로 인공호흡을 해 주던 때였다. 수차례 일어났던 일들 중 겨우 한순간이었을지도 모르지만, 폴은 나중에 애니가 우발적인 약물 과다 투여로 그를 죽음 직전까지 몰고 간 게 아니었을까 하고 의구심을 품었다. 애니는 자신이 하는 일에 믿음을 가졌지만, 자신이 하는 일에 대해 그다지 많이 알지는 못했다. 그것은 폴이 애니를 두려워한 수많은 이유 가운데 한 가지에 불과했다.

먹구름에서 벗어난 지 열흘쯤 지났을 무렵, 폴은 거의 동시에 세 가지 사실을 발견했다. 첫째, 애니 윌크스는 노브릴을 굉장히 많이 가지고 있었다.(사실 그녀는 모든 종류의 약을 엄청나게 가지고 있었다.) 둘째, 폴은 노브릴에 중독되고 말았다. 셋째, 애니 윌크스는 위험할 정도로 미쳐 있었다.

5

고통과 먹구름이 있기 전엔 어둠이 있었다. 무슨 일이 벌어졌는지 애니가 설명해 주자 폴은 어둠 이전에 무엇이 있었는지 기억해 내기 시작했다. 전통적으로 혼수상태에서 깨어난 사람이라면 누구나 하는 질문을 폴이 던졌을 때, 애니는 그곳이 콜로라도 주의 사이드와인더라는 작은 마을이라고 했다. 덧붙여 자기는 폴이 쓴 여덟 편의 소설 모두를 적어도 두 번씩은 다 읽었으며, 제일 좋아하는 미저리 시리즈는 네 번, 다섯 번, 어쩌면 여섯 번까지도 읽었을 것이라고 말했다. 애니는 폴이 미저리 시리즈의 후속편들을 좀 더 빨리 써 주기만을 바랐다. 그리고 폴의 지갑에서 꺼낸 신분증으로 확인했는데도, 자기가 돌보는 환자가 정말 그 폴 셸던인지 믿기지가 않는다고 말했다.

"그런데 내 지갑은 어디 있어요?"

"당신을 위해 안전하게 보관하고 있어요."

갑자기 애니의 미소가 폴이 별로 좋아하지 않는 엄한 경계심으로 바뀌었다. 폴은 유쾌하게 웃는 초원 한가운데서 여름 꽃들에 거의 가려져 있던 땅바닥의 균열을 발견한 듯한 기분이 들었다.

"내가 지갑에서 뭘 훔쳤다고 생각하는 거예요?"

"아니, 물론 그건 아니에요. 내 말은 그저……."

'그저 지갑 안에 내 나머지 인생이 들어 있으니까 물어본 거지. 이 방을 벗어난 나의 인생이. 고통을 벗어난 나의 인생이. 시간이 마치 지루해진 꼬마가 길게 잡아당긴 입속의 풍선껌처럼 죽죽 늘어지는 이곳에서 벗어난 나의 인생이. 알약이 오기 바로 전 마지막 순간까지, 내 인생은 그렇게 엿가락처럼 늘어졌던 거야.'

"그저 뭐란 말이에요, 신사 양반?"

애니는 고집스레 다그쳤고, 폴은 가늘게 치켜뜬 그녀의 눈빛이 점점 더 어두워지는 모습을 불안해하며 지켜보았다. 이마에 나타난 균열은 지진이라도 일어난 듯 더욱 넓게 퍼지고 있었다. 바깥에서는 바람이 휘몰아치는 소리가 끊임없이 들려왔고, 폴은 애니가 그를 들어올려 돌담 위에 걸쳐 놓은 삼베 자루처럼 딱딱한 어깨 위에 들쳐 메고 집 밖으로 나가 눈 더미 속에 내다 버리는 광경을 갑작스럽게 떠올렸다. 그랬다면 얼어 죽었을 것이다. 죽기 전에 폴의 다리가 몸서리치며 비명을 질러 댔을 것이다.

"내 말은, 그저 우리 아버지가 지갑에서 눈을 떼지 말라고 항상 말씀하셨다는 거예요."

폴은 어쩌면 그리도 태연하게 거짓말이 술술 나오는지 스스로도 놀랐다. 아버지는 사는 동안 꼭 필요한 경우가 아니면 폴을 거들떠보지도 않던 사람이었고, 폴이 기억하기에 생전에 오직 딱 한 가지 충고를 해 주었다. 열네 번째 생일날 아버지는 폴에게 얇은 봉투에 든 붉은 악마 콘돔을 건네주며 말했다. '지갑 속에 넣고 다녀라. 그러다 자동차 극장에 갔다가 흥분할 일이 생기면, 막 하고 싶을 만큼 흥분했을 때랑 너무 흥분해서 더 이상 참을 수 없을 때 사이에 1초만 투자해서 그걸 껴. 이미 세상에는 사생아들이 너무나 많고, 나는 네가 열여섯 살에 군대로 도망치는 꼬락서니를 보긴 싫다.'

폴이 이야기를 계속했다.

"그동안 지갑에서 눈 떼지 말라는 아버지 말을 너무 많이 들어서 영원히 머릿속에 들러붙었나 봐요. 기분을 상하게 했다면 정말 미안해요."

애니가 긴장을 풀었다. 웃었다. 균열이 닫혔다. 여름 꽃들이 다시 흥겹게 고개를 끄덕였다. 폴은 그 웃음 속으로 손을 뻗었다가는 여차하면 튀어나오길 기다리는 어둠을 만지게 될 거라고 생각했다.

"뭐, 기분 상한 거 없어요. 지갑은 안전한 곳에 있어요. 잠깐만요. 당신한테 줄 게 있어요."

방을 나갔던 애니가 김이 솔솔 나는 수프 그릇을 들고 왔다. 수프 위엔 야채 건더기가 떠다녔다. 폴은 그리 많이 먹을 수는 없었지만 처음에 생각했던 것보다는 많이 먹었다. 애니는 즐거워 보였다. 수프를 먹는 동안 애니는 폴에게 어떤 일이 벌어졌는지 말해 주었고, 폴은 모든 사정을 기억해 냈다. 어쩌다 자신의 두 다리가 부서졌는지 알게 돼서 잘됐다고 생각했다. 그러나 진실에 접근하는 방식이 폴을 불안하게 했다. 마치 소설이나 연극 속의 등장인물이 된 것 같았다. 과거를 과거대로 온전하게 찾지 못하고 허구로 창조된 등장인물이 된 기분이었다.

그날 애니는 사륜 구동 트럭을 몰고 사이드와인더 마을로 갔다. 가축 사료와 몇 가지 식료품을 사고…… 그리고 윌슨네 잡화점에 새로운 문고판 책이 들어왔는지 알아보러 갔다. 그날은 2주 정도 전 수요일이었고, 새 문고판은 항상 화요일에 들어왔다.

"나는 그때 정말로 당신을 생각하고 있었어요."

숟가락으로 수프를 떠먹여 주며 애니가 말했다. 그리고 입가로 흘러나온 국물을 냅킨으로 능숙하게 닦아 주었다.

"정말 감탄할 만한 우연의 일치잖아요, 그렇죠? 난 『미저리의 아이』가 드디어 페이퍼백으로 나와 있을까 기대하고 갔는데, 그런 행운은 없었어요."

폭풍이 다가오는 중이었다고 했다. 그러나 그날 오후까지도 기상 예보관들은 폭풍이 남쪽으로 진로를 바꿔 뉴멕시코와 상그라데 크리스토스 산맥 쪽으로 물러날 것이 분명하다고 장담했다.

폴은 기억을 떠올렸다.

'맞아. 예보관들이 폭풍이 진로를 바꿀 거라고 그랬지. 그래서 나는 생전 처음 보는 곳으로 차를 몰았던 거고.'

다리를 움직여 봤다. 전기에 감전된 것 같은 극심한 고통이 밀려왔고, 폴은 신음했다.

"그러지 마요. 폴, 만약 당신 다리가 말을 할 수 있다면, 너무 아파서 입을 다물지 못할 거예요. 그리고…… 앞으로 두 시간 동안은 약을 줄 수도 없어요. 벌써 너무 많이 줘 버렸으니까."

'왜 나를 병원으로 옮기지 않은 겁니까?'

묻고 싶은 진짜 질문은 이것이었지만, 폴은 과연 그것이 자신과 애니가 모두 풀고 싶어 하는 의문인지 확신할 수 없었다. 아직은 때가 아니었다. 어쨌든 간에.

"사료 가게에 들렀을 때, 토니 로버츠가 폭풍이 닥치기 전에 집에 가고 싶으면 빨리 서두르는 게 좋을 거라고 말했어요. 그래서 난……."

"이곳은 사이드와인더 마을에서 얼마나 멀리 떨어져 있는 겁니까?"

"좀 돼요."

애니가 말끝을 흐리며 창문 쪽으로 시선을 돌렸다. 이상한 침묵이 흘렀고, 폴은 애니의 표정을 보고 겁에 질려 버렸다. 그가 본 것은 텅 빈 공허감이었다. 땅속으로 움푹 꺼진 산 위의 균열 같은 공허감, 꽃도 자라지 않는 천길 낭떠러지일 듯한 암흑의 공허감. 그것은 잠시 동안 인생의 중요한 장소와 표시물에서 멀리 벗어난 여인의 얼굴이었으며, 자신이 이야기하던 중이었다는 기억을 잊었을 뿐 아니라 기억이 있다는 사실 그 자체까지 잊어버린 여인의 얼굴이었다. 폴은 한때 정신 병원을 둘러본 적이 있었다. 지난 팔 년간 그의 주요 수입원이 된 네 편짜리 시리즈 소설 중 제1편 『미저리』의 집필에 필요한 자료를 모으기 위해서였다. 그리고 그는 정신 병원에서 이런 표정을…… 아니 좀 더 정확히 표현하자면, 이런 무표정을 목격했다. 병원에서는 긴장병심한 흥분과 심한 혼미가 교대로 되풀이되고 망상이나 환각까지 나타날 수 있는 정신 분열증의 한 유형이라고 진단하는 증상이었다. 하지만 그때 폴을 겁에 질리게 한 것은 그런 명확한 병명으로 설명할 수 없는 무엇이었다. 병명은 오히려 애매한 비유일 뿐이었다. 그 순간 폴은 애니의 머릿속이 그가 상상했던 애니의 몸뚱이처럼 변해 버렸다고 생각했다. 딱딱하고, 흠집 하나 없는 섬유질에, 빈틈이 없었다.

그러다 조금씩 애니의 얼굴에 생기가 돌아왔다. 생각이 얼굴로 다시 흘러들어 오는 듯했다. 순간 폴은 흘러든다라는 표현이 조금 잘못됐다고 느꼈다. 애니는 연못이나 저수지처럼 가득 채울 수 있는 존재가 아니므로. 애니는 그때 뜨거워지는 중이었다.

'그래……. 저 여잔 열이 오르는 중이야, 소형 가전제품처럼. 토스터기나 전기장판처럼.'

"내가 토니한테 말했어. '폭풍이 남쪽으로 간다던데요.' 라고."

애니는 처음에 거의 떨다시피 천천히 말했지만, 차츰 평소 억양을 따라잡아 원래의 생기 있는 말투를 회복했다. 그러나 폴은 경계를 늦추지 않았다. 애니가 말하는 모든 것이 조금 이상하고 조금 기이했다. 애니의 말을 듣고 있자니 잘못된 음정에 맞춰 부르는 노래를 듣는 듯했다.

"그런데 그가 그러잖아. '폭풍이 마음을 바꿨대요.'

내가 말했지. '아니 저런! 내 애마를 타고 빨리 돌아가야겠네.'

그런데 그 남자가 이러는 거야. '윌크스 양, 되도록이면 그냥 마을에 머무는 게 좋아요. 지금 라디오에서 들으니까 아무도 예상 못한 제대로 된 폭설이 한바탕 불어 닥칠 모양이던데.'

하지만 당연하게도, 난 집에 가 봐야 했어. 나 말고는 가축들 밥 줄 사람이 없으니까. 가장 가까운 이웃이래야 로이드먼 가족인데, 여기서 몇 킬로미터나 떨어져 있어. 게다가 그 사람들 나를 좋아하지 않으니까."

말을 마친 애니는 날카롭게 폴을 쳐다보았고, 그가 아무 말이 없자 숟가락을 그릇 테두리에 대고 퉁명스럽게 툭툭 두드렸다.

"다 먹었어요?"

"예, 배불러요. 잘 먹었습니다. 맛이 아주 좋던데요. 가축을 많이 기르시나 보죠?"

'왜냐하면, 만약 네가 가축을 많이 기른다면, 분명 외부의 도움이 필요할 테니까. 적어도 일꾼 한 명 정도는.'

'도움'은 효과적인 단어였다. 이미 그 단어가 효과적인 단어처럼 여겨졌고, 폴은 애니가 결혼반지를 끼지 않았음을 알고 있었다.

"아주 많지는 않아요. 알 낳는 암탉 여섯 마리, 암소 두 마리, 그리고 미저리."

폴은 눈을 끔뻑거렸다.

애니가 웃었다.

"당신이 창조한 용감하고 아름다운 여성의 이름을 따서 암퇘지 이름을 지었으니, 아주 잘했다고는 생각 안 하겠죠. 하지만 그게 내 암퇘지 이름이고, 당신을 욕보이려고 그랬던 것은 아니랍니다."

애니는 잠시 생각에 빠졌다가 말했다.

"그 애는 너무 착해."

애니가 코를 찡그렸고, 턱에 듬성듬성 난 억센 털이 더해져 한동안 암퇘지의 모습이 되었다. 그리고 돼지 우는 소리를 냈다.

"꾸웨애액! 꾸웨애액! 꿀꿀……꾸우울……꾸웨애액!"

폴은 크게 뜬 애니의 두 눈을 쳐다보았다.

애니는 아무것도 보고 있지 않았다. 정신이 또다시 어디론가 날아가 버렸고, 표정은 흐리멍덩해진 채 생각에 빠졌다. 눈에는 광채가 없었지만 침대 탁자 위의 전등 빛이 두 눈에 비쳐 희미하게 머물렀다. 마침내 애니가 약간 놀란 듯 말했다.

"10킬로미터쯤 가다 보니, 눈이 내리지 뭐야. 눈이 빨리도 내렸지. 여기는 눈이 내렸다 하면 항상 순식간이야. 난 전조등을 켜고 천천히 기다시피 차를 몰았어. 그러다가 길을 벗어나 뒤집어져 있는 네 자동차를 본 거지."

애니는 비난하듯 폴을 노려보았다.

"너, 차에 전조등 안 켰더라."

"갑작스러운 눈 때문에 너무 놀라서."

폴은 사고 당시 얼마나 놀랐던지 기억해 내며 말했다. 사고 당시 술에 만취해 있었다는 사실까지는 아직 기억해 내지 못했다.

"나는 차를 세웠어. 오르막길을 오르던 중이었다면, 안 세웠을 거야. 나는 아주 착한 기독교 신자도 아니고, 그땐 이미 길에 눈이 10센티미터나 쌓여 있었으니까. 아무리 사륜 구동 차라도 앞으로 달리던 운동을 멈추면 다시 달릴 수 있을지 장담할 수 없잖아. 차라리 '에이, 내가 안 도와줘도 기어 나와서 다른 차 잡아타겠지.' 하고 지나가는 게 낫지. 그런데 내 차는 로이드먼네 집을 지나서 세 번째 커다란 언덕 꼭대기에 올라와 있었고, 거기는 한동안 계속 평평한 길이거든. 그래서 차를 세웠고, 차에서 내리자마자 신음소리를 들었어. 그게 바로 너였어, 폴."

애니는 폴을 향해 이상야릇하게 어머니 같은 미소를 지었다.

처음으로 폴 셸던의 마음속에 너무나 또렷한 생각이 떠올랐다.

'큰일 났다. 이 여자는 제정신이 아니야.'

6

애니는 손님용 침실인 듯한 방에 누워 있는 폴 옆에 앉아 이십 분 정도 더 이야기했다. 식사로 먹은 수프의 기운이 몸에 퍼지자 다리의 통증이 되살아났다. 폴은 애니의 말에 집중하려 애썼지만 완전히 성공하지는 못했다. 마음이 두 쪽으로 갈라졌다. 마음 한쪽에서 폴은 자신이 몰던 74년형 카마로의 잔해 속에서 애니가 어떻게 그를 끌고 나왔는지 설명해 주는 이야기를 들었다. 쓸려 나가는 드높은 바닷물 사이로 부러진 낡은 말뚝 두 개가 윙크하듯 모습을 내비치는 것처럼, 갈라진 마음 한쪽에서 고통이 요동치며 쑤셔 댔다. 마음의 또 다른 한쪽에서 폴은 볼더라도 호텔에 묵고 있던 자신의 모습을 지켜볼 수 있었다. 그는 ('하느님 작은 은총을 내려 주셔서 감사합니다.') 미저리 체스틴이 등장하지 않는 새로운 소설을 완성하고 있었다.

더 이상 미저리 시리즈를 쓰지 않는 데는 온갖 이유가 있었지만, 무엇보다도 분명하고 확고한 이유가 하나 있었다. 주인공 미저리가('하느님 너무나 큰 은총을 내려 주셔서 감사합니다.') 마침내 죽었기 때문이다. 미저리는 소설 『미저리의 아이』 결말을 다섯 쪽 남긴 부분에서 죽었다. 그 부분을 읽어 본 사람치고 폴 자신을 포함해서 눈물을 흘리지 않은 사람이 없었다. 단지 그의 눈에서 흐른 눈물은 미친 듯이 웃다가 나온 것이었지만.

현대를 배경으로 차량 절도범을 소재로 한 새 소설을 완성하면서, 폴은 『미저리의 아이』의 마지막 문장을 타자하던 때를 떠올렸다. "그래서 이언과 제프리는 슬픔을 억누른 채 함께 리틀 던소프 교회 묘지를 떠났으며, 다시 자신들의 인생을 찾아 나서겠다고 결심했다." 이 문장을 쓰는 내내 어찌나 미친 듯이 낄낄대며 웃었던지 타자기 자판을 제대로 치기가 힘들 정도였다. 자꾸 틀려서 몇 번이나 다시 쳐야 했다. 그나마 아이비엠 수정 테이프가 도와줘서 어찌나 고맙던지. 폴은 원고 맨 아래쪽에 "끝"이라고 치고는 그 후로도 새로운 소설을 완성하게 될 볼더라도 호텔의 같은 객실 안을 뛰어다니며 소릴 질렀다.

"마침내 자유다! 마침내 자유야! 전지전능하신 하느님이시여, 제가 드디어 자유의 몸이 되었습니다! 그 병신 같은 미저리 년이 결국 뒈졌어요!"

새로운 소설의 제목은 『과속 차량』이었고, 이 소설을 끝냈을 때 폴은 웃지 않았다. 잠시 동안 타자기 앞에 가만히 앉아서 생각했다. '이보게 친구, 자넨 내년도 미국 도서상은 떼어 놓은 당상

일세그려.' 그리고 그는……..

"당신 오른쪽 관자놀이에 멍이 좀, 하지만 별거 아닌 것처럼 보였어요. 걱정됐던 건 당신 다리였어요……. 볕이 어두워지기 시작했지만, 척 보니까 알겠더라고요. 다리가 말이죠……."

전화를 들어 룸서비스로 동페리뇽 샴페인을 한 병 주문했다. 폴은 1974년 이래로 모든 작품을 집필한 그 객실 안을 서성이며 샴페인이 오기만 기다렸던 자신을 기억했다. 웨이터에게 50달러 지폐를 팁으로 주며 일기예보가 어떤지 물어봤던 것도 기억했다. 웨이터가 기분이 좋아 웃음을 흘리며 다가오는 폭풍이 진로를 남쪽으로, 뉴멕시코 쪽으로 바꿀 것이라고 떠들썩하게 말하던 것도 기억했다. 폴은 술병의 차가운 감촉과 코르크 마개가 단숨에 뽑히면서 내던 경쾌한 소리를 기억했다. 첫 잔에서 느낀 톡 쏘는 떨떠름한 맛도, 여행 가방을 열어 보던 것도, 그러다 뉴욕으로 돌아가는 비행기 표에 눈길이 가던 것도 기억했다. 폴이 기억하기에 그 순간 갑작스레 내린 결정은…….

"당신을 당장 우리 집으로 옮기는 것이 좋겠다! 당신을 내 차까지 옮기는 일이 힘들었지만, 나는 몸집이 큰 여자잖아요. 당신도 보다시피. 그리고 차 뒷좌석에는 환자를 덮을 담요가 많이 있었어요. 그래서 당신을 내 차에 태우고 담요로 잘 감싸 줬어요. 그때 이미 날이 많이 어두워지고 있었지만, 당신 얼굴이 낯익다는 생각이 들지 뭐예요! 난 생각했어요. 어쩌면……."

'비행기는 타지 말고, 주차장에서 낡은 카마로를 끌고 나와 서쪽으로 달려 보자. 어차피 뉴욕에 돌아가도 뭐 좋은 일도 없잖아? 텅 빈 저택은 반갑게 맞아 줄 이도 없이 찬 바람만 쌩쌩 불고 있

을 거다. 어쩌면 도둑놈이 왔다 갔을지도 모르지. 그딴 건 제쳐
버려!' 그런 생각을 하며 폴은 샴페인을 더 들이켰다. '이 사람
아, 서쪽으로 가 보는 거야, 서쪽으로 달려 보자고!' 아무리 생각
해도 미친 생각이었다. 옷을 갈아입고 그의…….

"가방을 찾았어요. 당신 가방도 내 차에 실었는데, 사고 난 차
에는 그 밖에 눈에 띄는 물건이 없었어요. 나는 당신이 내 눈 앞
에서 죽어 버리거나 하여튼 안 좋은 일이 벌어질까 무서워서, 서
둘러 트럭에 시동을 걸었어요. 당신을 데리고……."

『과속 차량』 원고를 챙긴 뒤 길을 떠나 라스베이거스나 리노
아니면 로스엔젤레스까지 찾아간다. 폴이 기억하기에 그는 처음
에는 이런 생각을 참 한심하게 여겼다. 최초로 소설을 출판사에
팔았던 스물네 살 애송이 시절이었다면 딱 어울릴 만한 여행이었
겠지만, 마흔 살 생일을 이 년 전에 맞은 중년 남성에게는 그리
어울리는 여행이 아니었다. 하지만 샴페인을 연달아 몇 잔 마시
고 나니 여행은 더 이상 한심한 짓거리가 아니었다. 오히려 아주
품위 있는 행동인 것 같았다. 소설 속 허구의 세계를 탐사하고 난
뒤 자신을 현실 세계로 복귀시키기 위해 미지의 장소를 찾아가는
대장정인 듯했다. 그래서 그는…….

"생명이 꺼져 버렸다! 난 당신이 죽을 거라고 믿고…… 그러니
까 나는 확신했다고요! 그래서 당신 뒷주머니에서 지갑을 꺼내
운전면허증을 들여다봤어요. 폴 셸던이라고 씌어 있기에, '에이,
우연의 일치겠지.' 했죠. 그렇지만 운전면허증 사진까지 당신을
닮았잖아요. 그때 나는 너무 충격을 받아서 부엌 탁자에 주저앉
아 버렸어요. 콱 기절하는 줄 알았다니까요. 그러고 나니깐 어찌

면 사진까지도 그저 우연의 일치겠지 하는 생각이 들기 시작했어요. 사실 운전면허증 사진이라는 게 본인 얼굴과 달리 이상하게 나오는 수가 많으니까. 하지만 그 다음에 당신 지갑 속에서 작가협회 회원증하고 국제 펜클럽 회원증도 찾아냈어요. 그제야 나는 당신이 진짜로……"

눈이 내리기 시작했을 때 곤경에 빠졌던 것이다. 그러나 눈이 내리기 오래전에 폴은 이미 볼더라도 바에 들러 두 병째 동페리뇽 샴페인을 구입하면서 바텐더 조지에게 20달러를 팁으로 주었고, 칙칙하게 물든 하늘 아래 로키 산맥으로 향하는 70번 도로를 달리며 그 술을 마셨고, 아이젠하워 터널 동쪽의 고속도로 초입에서는 아예 다른 방향으로 차를 돌려 버렸다. 일반 도로 역시 말끔하게 잘 말라 노면 상태가 좋았기 때문이었고, 폭풍이 남쪽으로 방향을 틀고 있기 때문이었고, 게다가 왠지 망할 놈의 터널이 그를 불안하게 했기 때문이었다. 운전하는 동안 보 디들리의 음악 테이프만 틀어 놓고 있었는데, 뒤늦게 라디오를 켰을 때는 카마로가 심하게 흔들리며 미끄러지기 시작했다. 폴은 단순히 지나가는 산골 강풍 정도가 아니라 진짜 굉장한 돌풍과 맞닥뜨렸음을 눈치챘다. 어쩌면 폭풍은 전혀 남쪽으로 진로를 틀지 않았는지도 모른다. 어쩌면 폭풍이 벌써 코앞에 들이닥친 것인지도 몰랐고, 어쩌면 거대한 재난 속에 빠져 버린 것인지도 몰랐지만,

지금 네가 처한 재난처럼 말이지

폴은 술에 취한 나머지 폭풍쯤은 뚫고 지나갈 수 있다고 생각했

다. 그래서 차를 세우고 폭풍을 피할 만한 곳을 알아보는 대신 운전을 계속했다. 검은 회색빛으로 뒤덮인 오후의 풍경을 기억했다. 술병에 든 샴페인의 양이 계속 줄어들었던 것을 기억했다. 운전석 계기판에서 담배를 꺼내느라 몸을 앞으로 수그렸던 것이 기억났고, 그때가 바로 마지막으로 차가 미끄러지기 시작한 때였고, 차를 바로잡으려 애썼지만 사태는 더욱 꼬여만 갔다. 묵직하고 둔탁한 충돌음이 기억났고, 눈앞에 보이는 세상의 위아래가 서로 자리를 바꾸며 돌아갔다. 폴은……

"비명을 질렀어요! 그리고 당신이 지르는 비명을 들으면서, 나는 당신이 살아날 줄 알았어요. 죽어 가는 사람이 비명을 지르는 경우는 드물어요. 그럴 힘이 없으니까. 나는 알아요. 나는 당신을 살려 내야겠다고 결심했어요. 그래서 가지고 있던 진통제를 꺼내서 당신에게 먹였어요. 그러니까 잠들더군요. 잠에서 깨서 또 비명을 지르기 시작했을 때, 진통제를 더 먹였어요. 한동안 고열에 시달렸지만, 그것도 내가 다 해결했어요. 항생제 케플렉스를 먹였죠. 위기일발의 순간이 한두 번 있었지만 이제 다 끝났어요. 내가 보장해요."

애니가 일어섰다. "이젠 편안히 푹 쉬면 돼요, 폴. 빨리 원기를 회복해야죠."

"다리가 아파요."

"그래요, 나도 그럴 거란 걸 잘 알아요. 한 시간 후에 약을 주겠어요."

"지금 줘요. 제발."

폴은 구걸하는 자신이 부끄러웠지만 어쩔 수 없었다. 바닷물이 쓸려 나가고 들쭉날쭉 튀어나온 부러진 말뚝들이 제 모습을 드러냈다. 피할 수도 맞설 수도 없는 고통의 말뚝들이.

"한 시간 후에."

단호했다. 애니는 한 손에 그릇과 숟가락을 들고 문으로 걸어갔다.

"잠깐만!"

애니가 돌아섰다. 냉정과 열정을 동시에 담은 표정으로 폴을 보았다. 그는 그런 표정이 맘에 들지 않았다. 전혀 맘에 들지 않았다.

"당신이 날 구조하고 두 주가 지났다고 그랬죠?"

애니는 또다시 흐릿한 표정이 되었고, 귀찮은 듯했다. 폴은 나중에 이 여자의 시간 감각이 별로 좋지 않다는 사실을 알았다.

"그 정도."

"나는 혼수상태였어요?"

"거의 계속."

"그럼 그동안 어떻게 음식을 먹었죠?"

애니가 폴을 신중히 쳐다보았다.

"정맥으로."

그녀가 짧게 대답했다.

"정맥?"

애니는 멍하니 놀라는 폴을 보고 잘 몰라서 그러는 것으로 오해했다.

"나는 당신한테 정맥 주사를 놓아서 영양분을 집어넣었어요. 링거 튜브를 연결해서. 당신 팔뚝의 바늘 자국은 그래서 생긴 거예요."

애니가 갑자기 폴을 쌀쌀맞게 바라보았다.

"폴, 당신은 나에게 목숨을 빚졌어요. 당신이 그것을 기억하면 좋겠어요. 그것을 마음속 깊이 새겨 두면 좋겠어요."

그리고 방에서 나갔다.

7

시간은 흘러갔다. 어찌됐든 시간은 흘러갔다.

폴은 침대에 누워 땀을 뻘뻘 흘리면서 동시에 벌벌 떨었다. 다른 방에서 호크아이와 핫 립스가 대화하는 연속극 소리가 들리더니 뒤이어 정열과 광란의 신시내티 라디오 방송국 WKRP의 디스크자키가 수다 떠는 소리가 들려왔다. 800번 전화번호를 알려 주며 긴수 주방용 칼을 입에 침이 마르도록 선전하는 아나운서 목소리가 들려왔다. 아나운서는 오랫동안 멋진 긴수 주방용 칼 세트를 기다렸던 콜로라도 시청자들에게 전화 상담원이 대기 중이니 어서 주문 전화를 넣으라고 말했다.

폴 셸던 또한 대기 중이었다.

다른 방에 있는 시계가 8시를 알리자 애니가 알약 두 알과 물이 든 유리잔을 들고 다시 나타났다.

폴이 팔꿈치를 세워 몸을 일으키려고 기를 쓰는 동안 그녀가 침대에 걸터앉았다.

"그저께 드디어 새로 나온 당신의 소설책을 샀지 뭐예요."

유리잔 속의 얼음이 짤랑짤랑 부딪치는 소리를 냈다. 사람 미치고 환장하게 하는 소리였다.

"『미저리의 아이』. 너무 사랑스러운 작품이더군요……. 다른 모든 전작들처럼 좋아요. 아니 훨씬 더 좋아! 최고야!"

"고마워요."

폴은 가까스로 목소리를 냈다. 이마에 땀방울이 맺히는 것이 느껴졌다.

"제발 부탁이에요……. 다리가…… 너무 아파서……."

"나는 예전부터 미저리가 이언과 결혼할 줄 알았어요."

애니가 꿈에 잠긴 듯 황홀한 미소를 지으며 말했다.

"그리고 난 결국엔 제프리와 이언이 다시 친구가 될 거라고 믿어요. 정말로 그렇게 되나요? 아니아니, 말해 주지 마요! 스스로 책을 읽어서 알아내고 싶어요. 지금 계속 읽어 나가고 있는 중이거든요. 또 다른 궁금증이 생길 때까지는 지금의 궁금증 때문에 책 읽는 시간이 항상 너무나 길게 느껴져요."

고통이 폴의 다리 속을 뒤흔들고 가랑이 근처 깊숙한 곳을 꽉 물어뜯었다. 아픈 부위를 손으로 건드려 보았다. 골반 쪽은 괜찮은 것 같았지만 그래도 이상하게 뒤틀린 듯한 기분이 들었다. 무릎 밑으로는 성한 곳이 전혀 없는 것 같았다. 그쪽은 쳐다보기도 싫었다. 담요 위로 뒤틀리고 울퉁불퉁한 모양새를 볼 수 있었고, 그것만으로도 충분히 괴로웠다.

"이봐요, 윌크스 양? 나, 너무 아파서……."

"날 부를 땐 애니라고 불러요. 내 친구들도 다 그러니까."

애니가 물 잔을 건넸다. 잔은 차가웠고 옆면엔 물방울이 맺혀 있었다. 애니는 손에 알약을 쥐고 있었다. 손에 놓인 그 알약은 바닷물이었다. 애니는 달이었고, 말뚝을 덮어 버릴 바닷물을 끌고 왔다. 애니가 알약을 폴의 입으로 가져갔고, 폴은 즉시 입을 벌렸는데…… 애니가 알약을 뒤로 물렸다.

"당신 가방을 내 맘대로 뒤져 봤어요. 이 말 들으니까 기분 나쁘죠, 그렇죠?"

"아니. 아니예요, 괜찮아요. 그 약 좀 빨리……."

이마 위에 맺힌 땀방울이 뜨거워졌다 차가워지기를 되풀이했다. 비명이 터져 나올 것 같았다. 참을 수 없을 것 같았다.

"가방 속에 들어 있는 원고를 봤어요."

알약을 쥔 애니의 오른손이 천천히 기울어졌다. 알약이 왼손 안으로 떨어졌다. 폴의 눈은 알약의 움직임을 따라다녔다.

"제목이 『과속 차량』이었어요. 척 보니까 미저리 시리즈가 아닌 걸 알겠던데요."

애니가 조금은 불만스러운 듯한 표정으로 폴을 바라보았다. 하지만 전과 마찬가지로 그 표정 속에는 애정도 섞여 있었다. 어머니가 지을 법한 표정이었다.

"미저리가 사는 19세기에는 차가 없으니까. 빠른 차가 있길 하나 느린 차가 있길 하나, 기가 차차차!"

애니는 자기가 생각해 낸 사소한 농담이 우스웠던지 큭큭대며 웃었다.

"내 맘대로 원고를 살짝 훑어봤지 뭐예요……. 이 말 들으니까 기분 나쁘죠, 그렇죠?"

폴이 신음했다.

"제발 좀. 괜찮으니까, 제발……."

애니가 왼손을 기울였다. 알약이 굴러다니다 잠시 머뭇거리더니 희미하게 부스럭대는 소리와 함께 오른손으로 툭 떨어졌다.

"그러면 내가 그 원고를 자세히 읽어 본다면요? 내가 원고를 끝까지 다 읽어 봐도 괜찮겠어요?"

"괜찮아……."

뼈가 산산조각 나고 다리 속이 온통 깨진 유리 조각들로 가득 찬 것 같았다.

"괜찮다니까……."

폴은 웃는 표정으로 보이길 바라면서 힘겹게 얼굴을 폈다.

"괜찮아요, 당연히 괜찮죠."

"나로서는 당신 허락 없이 그런 일을 한다는 걸 상상조차 할 수 없거든요."

애니가 진지하게 말했다.

"나는 당신을 너무너무 존경해요. 사실은 있잖아요, 폴, 나는 당신을 사랑해요."

갑자기 애니가 깜짝 놀라며 얼굴을 붉혔다. 알약 두 개 중 하나가 손에서 이불 위로 떨어졌다. 폴은 재빨리 떨어진 약을 잡아채려 했지만 애니가 더 빨랐다. 폴이 끙끙대며 신음했지만, 애니는 신경 쓰지 않았다. 알약을 잡고 나서 또다시 흐리멍덩한 상태가 되어 창문 쪽을 보았다.

"당신의 정신세계, 당신의 창의력, 당신의 그런 점을 사랑한다는 뜻이에요."

당장 머릿속에 떠오르는 말이라고는 딱 하나뿐이었으므로, 폴은 필사적으로 그 말을 내뱉었다.

"나도 알아요. 당신은 나의 넘버원 팬이니까."

애니는 이번엔 전처럼 천천히 뜨거워지지 않았다. 그냥 확 달아올랐다.

"바로 그거지! 딱 맞췄네! 그러면, 그런 마음가짐으로 원고를 읽는다면 괜찮다는 거죠, 그렇죠? 그런 마음가짐이란 그러니까…… 팬의 사랑이겠죠? 설령 내가 당신의 다른 작품들을 미저리 시리즈만큼은 좋아하지 않는다 해도 말이죠?"

"물론이죠."

폴은 눈을 감았다.

'상관 안 해. 원한다면 원고를 찢어서 종이배를 접는다고 해도 난 상관 안 해. 그러니…… 제발…… 이렇게 죽을 지경인데…….'

"당신은 좋은 사람이에요."

애니가 상냥하게 말했다.

"당신이 그런 사람일 거라고 알고 있었어요. 그냥 당신 책들을 읽다 보니까, 당신이 그런 사람일 거라는 걸 알았어요. 미저리 체스틴을 만들어 낸, 처음으로 그녀를 만들어 내서 생명을 불어넣을 정도의 사람이라면, 이상한 사람일 리 없잖아요."

폴의 입 안으로 갑자기 애니의 손가락이 들어왔다. 놀랍도록 친근했고, 더럽게 반가웠다. 폴은 손가락 사이에 낀 알약들을 빨아들여서 유리잔의 물을 마시지도 않고 꿀꺽 삼켰다.

"꼭 아기 같아."

폴은 애니의 모습을 볼 수 없었다. 여전히 두 눈을 굳게 감고 있었고, 자꾸만 눈물이 나오려고 눈이 따끔거렸기 때문이다.

"그래도 좋아. 나 당신에게 물어보고 싶은 게 참 많아요…….
알고 싶은 게 너무 많아."

애니가 일어서자 침대 스프링이 삐걱거렸다.

"우리는 여기서 아주 행복하게 살 거예요."

애니가 말했다. 벼락이 내리치는 것 같은 한줄기 공포가 심장
을 찢어 놓았지만, 폴은 여전히 눈을 뜨지 않았다.

8

폴은 표류했다. 바닷물이 밀려왔고, 그 위를 표류했다. 한동안
다른 방에서 텔레비전 소리가 나더니 잠잠해졌다. 가끔씩 시계
종소리가 들려서 종소리가 몇 번이나 나는지 세 보려고 했지만
세는 도중에 의식을 놓쳐 버리기 일쑤였다.

'정맥 주사. 링거 튜브를 연결해서! 팔뚝에 있는 바늘 자국은
그래서 생긴 거예요.'

폴은 팔꿈치를 세워 몸을 일으키고 전등을 향해 손을 내저었
고, 결국 전등을 켜는 데 성공했다. 팔을 살펴보니 팔꿈치 안쪽이
자주색과 황토색이 섞인 희미한 자국들로 뒤덮여 있었다. 멍 자
국마다 검은 피가 말라붙은 구멍이 박혀 있었다.

폴은 다시 누워서 천장을 바라보며 바람 소리를 들었다. 그는
혹독한 한겨울에 로키 산맥 대분수령 근처에서 머릿속이 비정상
인 여자와 함께 있었다. 애니는 그가 혼수상태였을 때 정맥 주사
로 영양분을 공급한 여자였고, 분명히 한도 끝도 없이 약물을 투

여했을 여자였으며, 그가 여기에 있다는 사실을 아무에게도 알리지 않은 여자였다.

이 모든 사실이 중요했지만 폴은 마침내 좀더 중요한 사실이 있음을 깨달았다. 바닷물이 다시 빠져나가고 있었다. 위층에 있는 자명종 시계가 울리기를 기다렸다. 한참 동안은 울리지 않을 테지만, 그로서는 약 먹을 시간이 됐음을 자명종이 알려 주길 기다릴 때가 된 것이다.

애니는 미쳤지만, 그에게는 애니가 필요했다.

'젠장, 정말 엄청난 곤경에 빠졌는데.'

폴은 다시 천장만 멍하니 쳐다보았고, 또다시 이마 위에 땀방울이 맺히기 시작했다.

9

다음날 아침 애니가 수프를 가져다 주며 가방 속에 있던 '원고책'을 40쪽 정도 읽었다고 말했다. 그 원고가 폴의 다른 작품들만 못한 것 같다고 했다.

"읽어 나가기가 어려워요. 소설이 과거와 현재를 마구 왔다 갔다 하던데요."

"서술 기법이죠." 폴이 말했다. 폴은 아픔과 안 아픔의 사이 어딘가에 있었고, 그래서 애니의 말을 좀더 잘 생각할 수 있었다.

"서술 기법일 뿐이에요. 그러니까…… 작품의 주제가 형식을 결정하죠."

폴은 소설 쓰기의 비법을 알려 주면 애니가 흥미로워하거나 심지어 황홀해할지도 모르겠다고 어렴풋이 생각했다. 그가 좀더 젊었을 때 때때로 작가 워크숍에 나가 강연하면서 소설 창작의 비법을 알려 주면 참석자들이 황홀해했다는 것은 하느님도 다 아시는 일이다.

"당신도 알겠지만, 소설에 등장하는 소년의 마음속이 혼란스럽기 때문이기도 하고 또……."

"그래요! 그 애는 참 혼란스럽더군요. 그래서 재미가 덜했어요. 재미가 없다는 게 아니라, 단지 재미가 덜하다는 말이에요. 나는 당신이 재미없는 등장인물을 만들려야 만들 수 없을 거라고 확신하거든요. 그리고 저질스러운 말들! 한 마디 걸러 한 번씩 꼭 저속한 욕지거리가 나오데요! 그건……."

애니는 생각에 잠긴 채 기계적으로 수프를 먹었는데, 폴이 흘릴 때면 거의 눈으로 보지 않고도 알아서 척척 입가를 닦아 주었다. 숙련된 타자수가 자판을 거의 보지 않고도 타자기를 능숙하게 다루듯이. 그래서 폴은 애니가 간호사였음을 손쉽게 알아차렸다. 의사는 아니었다. 절대 아니었다. 의사라면 국물이 언제쯤 흘러내릴지 또는 국물 한 방울 한 방울이 어디로 흘러내릴지 그토록 정확히 예측하지 못했을 것이다.

'저번에 폭풍을 가지고 떠들던 기상 예보관이 애니 윌크스의 반만이라도 자기 일에 충실했다면, 내가 지금처럼 거지 같은 꼴을 당하지는 않았겠지.' 폴은 씁쓸하게 생각했다.

"그건 우아하지 못해요!"

애니가 갑자기 펄쩍 뛰며 소리치는 바람에 하마터면 하얗게 질려 고개를 쳐든 폴의 얼굴에 소고기 수프가 쏟아질 뻔했다. 폴이 참을성 있게 말했다.

"맞아요. 애니, 나도 당신이 무슨 말을 하는지 이해해요. 토니 보나사로가 우아하지 못하다는 것은 사실이에요. 당신도 알다시피, 그 애는 열악한 환경에서 벗어나려 애쓰는 빈민가 소년이죠. 그리고 소년이 쓰는 말들은…… 그런 환경에 있는 사람이면 누구나 그런 말들을……."

"그렇지 않아!" 애니가 험악한 표정으로 노려보며 말했다.

"마을에 있는 사료 가게에 갔을 때 내가 어떻게 행동할 거라고 생각해? 당신은 내가 무슨 말을 할 거라고 생각하는 거야? '이봐 토니, 그 뭣 같은 돼지 밥 한 부대 주고, 시이팔 암소 년이 처먹을 사료도 한 부대 주고, 또 그 시이팔 진드기 살충제도 좀 줘 봐.' 그러면 토니가 나보고 뭐라고 그럴 것 같아? '아유, 뭣 같이. 알았어, 애니, 시이팔 금방 갖고 올게.' 그럴 것 같아?"

애니가 폴을 노려보았다. 애니의 얼굴은 언제든 폭풍이 몰아칠 듯 잔뜩 찌푸린 하늘의 형상을 하고 있었다. 두려움을 느낀 폴은 침대에 누웠다. 애니가 손에 쥔 수프 그릇이 기울어지고 있었다. 수프가 한 방울, 두 방울 이불 위로 떨어졌다.

"그런 다음 거리로 내려가 은행에 가서 창구에 있는 볼린저 부인한테 이렇게 말해야 하나? '여기 커다란 수표 새끼가 한 장 있는데, 뭣 같이 빠르고 신속하게 시이팔 50달러짜리 지폐로 바꿔 줘.' 당신은 어떻게 생각하냔 말이야. 사람들이 나를 덴버에 있는 법정에 세……."

진흙 같은 소고기 수프가 이불 위로 흘러내렸다. 애니는 흘러내린 수프를 쳐다보다 폴을 보더니 얼굴을 일그러뜨렸다.

"이런 시이팔! 당신 때문에 이렇게 된 거야!"

"미안합니다."

"당연하지! 네가! 그랬잖아!"

애니가 소릴 지르며 방구석으로 그릇을 집어던졌다. 그릇이 산산조각 났다. 수프가 벽에 철퍽 튀었다. 숨이 막힐 지경이었다.

순간 애니는 기운이 팍 꺼졌다. 30초 정도를 가만히 앉아 있기만 했다. 그동안 폴은 심장이 완전히 멎은 듯했다.

애니가 조금씩 생기를 되찾는가 싶더니 갑자기 키득거리며 웃었다.

"내가 성질이 좀 있어요." 애니가 말했다.

"미안해요." 폴이 메말라 버린 목구멍을 쥐어짜 내 간신히 말했다.

"당연히 그래야죠." 애니의 얼굴에 뭉쳐 있던 긴장이 다시 풀어졌고, 그녀는 침울한 표정으로 벽을 보았다. 폴은 애니가 또다시 의식을 잃고 멍한 상태가 될 것이라고 생각했지만, 멍해지는 대신 한숨을 내쉬더니 자신의 육중한 몸뚱이를 침대에서 일으켰다.

"미저리 시리즈를 쓸 때는 그런 말을 사용할 필요가 없잖아요. 왜냐하면 당시 사람들은 그런 말을 전혀 쓰지 않았으니까. 그런 말이 아예 존재하지도 않았고. 나는 짐승 같은 시대에는 짐승 같은 말이 필요하다고 생각해요. 하지만 그런 짐승 같은 옛 시절이 지금보다 더 나았어요. 폴, 당신은 '미저리' 시리즈에만 전념해야 해요. 진심으로 말하는 거예요. 당신의 넘버원 팬으로서."

애니는 문으로 걸어가다 뒤를 돌아보았다.

"읽고 있던 원고 책은 당신 가방에 도로 집어넣고 『미저리의 아이』를 마저 읽어야겠어요. 당신 원고 책은 『미저리의 아이』를 다 읽고 나서 보든가 말든가 할게요."

"내 원고를 읽어서 마음이 언짢아진다면, 굳이 억지로 읽지 않아도 돼요." 폴은 억지로 미소를 지으려고 애썼다.

"난 당신 기분을 상하게 하고 싶지 않아요. 당신도 알다시피 나는 그저 당신한테 의지하고 있는 사람이니까."

애니는 그의 미소에 반응하지 않았다.

"그래요. 당신은 그런 사람이에요. 그렇고말고. 정말 그렇죠, 폴?"

그리고 방에서 나갔다.

10

바닷물이 쓸려 나갔다. 말뚝들이 돌아왔다. 폴은 시계 종소리가 울리기를 기다리기 시작했다. 두 번 울렸다. 종소리가 울렸다. 폴은 베개에 몸을 기댄 채 앉아서 문을 쳐다보고 있었다. 애니가 들어왔다. 카디건과 치마 위로 앞치마를 두르고 있었다. 한 손에는 양동이를 들고 있었다.

"나는 당신이 염병할 알약을 기대했으리라 생각해요."

"맞아요, 어서, 빨리."

폴은 아부하듯 억지로 웃어 보이려고 애썼고, 또다시 수치스러운 기분이 들었다. 마치 자기가 전혀 딴사람이 된 것 같아 마음이

착잡했다.

"약은 가지고 왔어요. 하지만 먼저 저기 엉망이 된 방구석을 깨끗이 닦아 내야 해요. 당신이 더럽힌 거 말이에요. 내가 청소를 끝낼 때까지 당신은 기다려야 해요."

침대에 눕자 이불 밑에 가려진 다리가 부러진 나뭇가지처럼 구겨졌고, 식은땀이 아주 천천히 얼굴을 타고 흘러내렸다. 폴은 누워서 애니가 방구석으로 가는 모습을 지켜봤다. 양동이를 내려놓고 깨진 그릇 조각들을 주워 들더니 밖으로 가지고 나갔다. 다시 돌아와서 양동이 옆에 무릎을 꿇고 앉아 그 속에 손을 넣더니 비누칠한 물걸레를 끄집어냈고, 걸레를 꼭 짜서 벽에 말라붙은 수프를 닦아 내기 시작했다. 폴은 누워서 지켜보다 결국엔 몸을 덜덜 떨기 시작했고, 몸을 떨자 고통이 더 심해졌지만 도저히 멈출 수가 없었다. 한번은 애니가 고개를 돌려 몸을 떨며 땀으로 침대를 적시는 폴을 보더니 왜 그러는지 알겠다는 듯 음흉하게 웃었다. 무턱대고 죽여 버리고 싶도록 만드는 웃음이다.

"이거 말라 버렸네." 다시 방구석 쪽으로 고개를 돌리며 애니가 말했다. "오랫동안 자국이 남을까 봐 걱정되네요, 폴."

애니가 걸레로 문질렀다. 석회 벽에 묻은 얼룩이 천천히 지워졌고, 애니는 다시 걸레를 양동이에 담갔다 꺼내 꾹 짜서 빡빡 문질렀고, 이 모든 과정을 계속 되풀이했다. 폴은 애니의 얼굴을 볼 수 없었지만 그녀의 모습이 '또렷하게' 그려졌다. 멍한 상태가 되어 몇 시간 동안 계속 벽에 걸레질만 하면서 그를 고통스럽게 할 터였다.

애니는 마침내 시계 종소리가 한 번 울려 2시 30분을 알리기 직전에야 일어나서 걸레를 양동이 속에 떨어뜨렸다. 한마디 말도 없이 양동이를 들고 나가 버렸다. 폴은 침대에 누워 애니의 무겁고 거침없는 발걸음 때문에 마룻바닥이 삐걱거리는 소리를 들었고, 물을 쏟아 버리는 소리를 들었다. 그리고 놀랍게도, 수도꼭지를 틀어 양동이에 새로 물을 채우는 소리가 들려왔다.

폴은 소리 없이 흐느끼기 시작했다. 바닷물이 그토록 멀리 흘러가 버린 적은 없었다. 보이는 것이라곤 오직 말라 가는 개펄과 언제까지고 처참한 그림자를 드리우고 있는 부서진 말뚝들뿐이었다.

다시 돌아온 애니는 잠깐 동안 문간에 서서 냉정함과 어머니의 사랑이 섞인 표정으로 폴의 젖은 얼굴을 지켜봤다. 그리고 나서 벽에 튀었던 수프 자국이 마침내 하나도 남지 않은 방구석으로 눈길을 돌렸다.

"이제 깨끗이 씻어 내야 해요." 애니가 말했다.

"안 그러면 비누 자국이 흐릿하게 남을 테니까. 나는 그런 자국들을 모조리 처리해야만 해요. 모든 것을 똑바로 정리해 놓고 살아야 해요. 나처럼 혼자 산다는 것이 일을 대충해도 된다는 변명거리가 될 수는 없으니까요. 폴, 우리 어머니는 삶의 신조가 하나 있었어요. 나도 몸소 실천하며 살아가고 있죠. '한번 더러워지게 놔두면, 결코 깨끗해질 수 없다.' 어머니가 그렇게 말씀하시곤 했어요."

"제발요." 폴이 신음했다.

"제발, 너무 아파요, 죽을 것 같아요."

"아냐. 당신은 안 죽어."

"나 비명 지를 거예요." 폴이 말했다. 그는 더 심하게 울기 시작했다. 우는 것은 고통스러웠다. 울음은 그의 다리를 아프게 했고, 가슴까지 아프게 했다.

"참으려고 해도 도저히 참을 수가 없단 말이에요."

"그럼 비명을 지르든가. 그렇지만 저렇게 난장판을 만든 건 바로 당신이라는 걸 꼭 기억해 둬요. 내가 아니라는 걸. 다른 사람의 잘못이 아니라 당신 자신의 잘못이란 걸."

폴은 새어나오는 비명을 그럭저럭 억누를 수 있었다. 그는 애니가 걸레를 물에 담갔다 쥐어짜서 석회 벽을 닦고, 또 담갔다 쥐어짜서 벽을 닦는 모습을 지켜보았다. 마침내 거실에 있을 거라고 추측되는 시계가 종을 세 번 치자 애니가 일어나서 양동이를 들었다.

'이번에도 밖으로 나가겠지. 나가면 헹군 물을 하수구에 버리는 소리가 들릴 거고, 어쩌면 몇 시간 동안이나 다시 나타나지 않을지도 몰라. 아직 나에게 줄 벌이 남아 있을지도 모르니까.'

그러나 애니는 방을 나가는 대신 침대로 걸어오더니 앞치마 주머니 속을 뒤적였다. 애니가 꺼낸 알약은 두 개가 아니라 세 개였다.

"여기 있어요." 애니가 상냥하게 말했다.

폴은 허겁지겁 약을 입 안에 집어넣었고, 위를 쳐다봤을 때는 애니가 그를 향해 노란 플라스틱 양동이를 들어올리고 있었다. 떨어지는 달덩이 같은 양동이가 폴의 시야를 가득 채웠다. 희끄무레한 물이 양동이에서 넘쳐 이불로 쏟아졌다.

"이 물로 약을 삼키세요." 애니가 말했다. 여전히 상냥한 목소리로.

폴이 애니를 뚫어지게 쳐다보았다. 놀란 두 눈이 얼굴 하나 가득이었다.

"어서요. 물 없이도 그냥 약을 삼켜 버릴 수 있다는 건 알아요. 하지만 그랬다간, 먹었던 알약을 도로 토하게 만들어 버릴 테니 내 말 단단히 명심해요. 어쨌든 이건 그냥 헹군 물이니까 안심해요. 마셔도 괜찮아요."

거대한 돌기둥이 무너지듯 애니의 몸이 폴에게로 쏠렸고, 양동이도 좀더 기울어졌다. 컴컴한 물 밑바닥에서 익사한 시체처럼 천천히 회전하는 걸레가 보였다. 수면 위를 덮은 엷은 비누 거품 막이 보였다. 마음 한구석이 쓰라렸지만 폴은 전혀 머뭇거리지 않았다. 재빨리 물을 들이켜 알약을 삼켜 버렸고, 입 안에는 어릴 적 어머니가 비누로 이빨을 닦아 주던 때와 같은 맛이 남았다.

배가 출렁거리면서 묵직한 소리를 냈다.

"폴, 알약을 도로 토하게 하지는 않을게요. 적어도 오늘 밤 9시에 다시 찾아올 때까지는."

애니는 생기 없는 멍한 눈길로 한동안 폴을 바라보다가 얼굴이 확 달아오르더니 웃어 보였다.

"다시는 나를 열 받게 하지 않을 거죠, 그렇죠?"

"안 그럴게요." 폴이 속삭였다. '바닷물을 몰고 오는 달을 열 받게 한다? 설마! 너무 불쾌한 생각이야!'

"당신을 사랑해요." 애니가 말했다. 그리고 폴의 뺨에 입 맞췄다. 기운 센 시골 여자가 우유 통을 들고 갈 때 우유를 흘리지 않으려고 으레 몸에서 약간 떨어뜨려서 통을 잡는 것처럼 양동이를 들고서, 애니는 뒤도 돌아보지 않고 곧장 방을 나갔다.

폴은 침대에 누워 입과 목 안에 남아 있는 모래와 석회 가루 맛을 음미했다. 비누 맛도 함께.

'나는 토하지 않을 거야…… 토하지 않을 거야…… 토하지 않을 거야!'

토하지 않겠다는 절박한 심정이 마침내 사그라지기 시작하자, 폴은 잠이 쏟아지는 것을 느꼈다. 알약이 효력을 발휘하는 긴 시간 동안은 폴이 모든 것을 제압했다. 그는 이겼다.

이번에는.

11

폴은 새에게 잡아먹히는 꿈을 꾸었다. 좋은 꿈은 아니었다. 쾅소리가 들렸고, 그는 생각했다. '그렇지, 좋아, 잘했어! 쏴 버려! 저 요망한 것을 쏴 죽여!'

그러다 잠에서 깨고 나서야 쾅 소리가 단지 애니 윌크스가 집 뒷문을 닫는 소리였음을 깨달았다. 애니는 허드렛일을 하러 밖으로 나갔다. 눈을 밟고 지나가는 소리가 희미하게 들렸다. 파카를 입고 그 위에 달린 모자를 쓴 애니가 방 창문 앞을 지나갔다. 하얗게 뿜어 나온 입김이 앞으로 나아가는 애니의 얼굴에 닿아 양쪽으로 갈라졌다. 애니는 방을 들여다보지 않았다. 폴은 애니가 축사에 일하러 가느라 이쪽엔 신경 쓸 겨를이 없을 거라 생각했다. 가축들 밥 주고, 축사를 청소하고, 심심하면 마녀처럼 요술도 부리고. 애니에게 참 어울리는 행동이었다. 하늘이 자줏빛으로 어둡게 물들고 있었다. 해질녘이었다. 5시 30분 아니면 6시쯤.

바닷물이 아직 잔잔하게 머물렀고, 폴은 다시 잠을 청할 수도 있었고, 사실 다시 잠들고 싶었지만, 이성적으로 생각할 여력이 있을 때 자신이 처한 심각한 상황을 곰곰이 생각해 보아야만 했다.

폴이 발견한 최악의 사실은 상황을 심사숙고할 충분한 여건이 되는데도, 심지어 생각하지 않으면 상황을 해결할 수 없음을 잘 알면서도, 도무지 생각하고 싶지가 않다는 것이었다. 밥을 다 먹지 않으면 밥상 앞을 떠날 수 없다는 말을 들으면서도 자꾸만 밥그릇을 밀치는 어린아이처럼, 폴의 마음은 자꾸만 현재 상황에 대한 고민을 밀쳐 내려 애썼다.

폴은 생각하고 싶지 않았다. 그런 상황에서 살아 있다는 것 자체로도 충분히 힘들었다. 생각하고 싶지 않았다. 생각하려 할 때마다 불쾌한 이미지들이 끼어들었다. 애니의 멍한 모습, 볼 때마다 우상과 암석을 연상시키던 애니의 모습, 그리고 노란 플라스틱 양동이가 무너져 내리는 달덩이처럼 얼굴로 돌진하던 모습. 그런 모습들을 떠올린다고 해서 처한 상태가 바뀔 리 없었고, 사실 아예 아무런 생각도 안 하는 것보다 더 끔찍한 일이었지만, 일단 애니 윌크스와 그 집에서 자신이 처한 상황 쪽으로 마음을 돌리기만 하면 생각나는 것이라곤 불쾌한 이미지들뿐이었고, 그 이미지들은 또 다른 불쾌한 이미지들을 줄줄이 불러올 것 같았다. 두려움과 약간의 수치심으로 심장이 너무나 빠르게 고동칠 것 같았다. 폴은 노란 양동이의 테두리에 입술을 갖다대는 자신의 모습을 보았고, 비누 거품이 쫙 깔린 헹군 물과 그 속에 떠다니는 걸레를 보았고, 그 모든 것을 눈으로 보면서도 한 치의 망설임 없이 그 불을 마셔 버렸다. 그곳을 빠져나간다면 결코 누구에게도 헹군 물 사건을 말하지 않을 작정이었고 그런 일이 있었다는 사실을 자신에게조차 부정할 생각이었지만, 결코 부정할 수는 없을 것이다.

그러나 비참하든 비참하지 않든(비참하다는 것은 사실이었지만) 폴은 여전히 살고 싶었다.

'현재 상황에 대해 생각해 보라니까. 씹할! 젠장. 너 벌써 겁먹은 거냐. 생각할 시도조차 못하는 거야?'

아니었다. 하지만 겁은 좀 먹었다.

이상하게 분한 생각이 들었다. '그 여자는 내 새 작품을 좋아하지 않아. 너무나 멍청해서 무엇을 말하는지 이해할 수가 없는 거지.'

이런 생각이 그저 이상하기만 한 것은 아니었다. 그 상황에서 애니가 『과속 차량』을 어떻게 생각하느냐 하는 것은 전혀 중요하지 않았다. 그러나 애니가 한 말을 생각해 보는 일은 적어도 사고 방식의 새로운 전환이었고, 그녀를 두려워하기보다 그녀에게 분노를 터뜨리는 쪽이 훨씬 나을 듯했다. 그래서 폴은 그 생각에 열심히 매달렸다.

'너무 멍청해? 아니지. 너무 꽉 막힌 거야. 단순히 변화를 마다하는 정도가 아니라, 변화라는 개념 자체를 용납하지 않는 거라고.'

옳은 말이었다. 그러면 비록 미친 여자라고는 해도 폴의 작품을 평가하는 애니의 의견이, 귀족 남성과 결혼해서 신분 상승을 이룩한 고아 출신 여자의 파란만장한 인생 역정이 펼쳐지는 연작 소설의 500쪽짜리 새 책이 나오길 기다리다 못해 안절부절 못하는, 그중 90퍼센트는 여성인 전국 수천수만의 사람들이 토해 내는 의견과 터무니없이 달랐을까? 아니, 전혀 그렇지 않았다. 그들은 '미저리', '미저리', '미저리'만을 원했다. 매번 일이 년 정도 작업해서 다른 경향의 소설을(처음에는 확신을 가지고 집필을 시작해서 그 다음엔 희망을 가지다가 결국에는 혐오스러운 절망감에 시달리게 하는, 폴이 생각하기에 '진지한' 작품을) 발표할 때마다 폴은 이런 수많은 여성들이 보내오는 항의 편지 속에, 대다수는 '당신의 넘버원 팬'이란 서명이 적혀 있는 항의 편지 속에 파묻혀야 했다. 이런 편지들의 어조는 당혹감(대부분 이쪽 부류에 속했는데)에서 비난, 더 나아가 노골적인 화풀이까지 다양했다. 하지만 그 속에 담긴 메시지는 항상 똑같았다. '이것은 내가 기대했던 것이 아니다, 내가 원하던 것이 아니다. 제발 '미저리'로 돌아와라. 나는 미저리가 무엇을 하고 있는지 알고 싶다!'

폴도 말콤 로리의 『화산 아래서』나 토머스 하디의 『테스』, 윌리엄 포크너의 『음향과 분노』 같은 걸작을 쓸 수 있었다. 하지만 그런 것은 하나도 중요하지 않았다. 팬들이 원하는 것은 여전히 '미저리', '미저리', '미저리'였으므로.

'읽어 나가기가 어려워요……. 그 애는 재미가 없어요……. 그리고 저질스러운 말들!'

다시 한번 분노가 불타올랐다. 애니의 완고한 편견을 향한 분노, 실제로는 폴을 납치해서 이곳에 가둬 놓고는 양동이에 든 더러운 행군 물을 마시든가 아니면 그냥 부서진 다리에서 삐져나오는 고통을 감수하라며 선택을 강요한 애니의 처사에 대한 분노,

그리고 무엇보다도 폴이 이제껏 쓴 것 가운데 가장 훌륭한 작품에 애니 따위가 뻔뻔스럽게 비평을 했다는 사실에 대한 분노였다.

"저질스러운 말 자지는 네년 똥구멍에나 처박아라." 폴이 중얼거렸다.

그러자 갑자기 다시 기분이 좋아졌고, 본연의 모습을 되찾은 것만 같았다. 비록 이런 반항이 시시하고, 비참하고, 아무 의미도 없음을 알고 있었지만. 축사에 있는 애니는 폴이 말하는 소리를 들을 수 없었고, 바닷물이 부서진 말뚝들을 안전하게 잘 덮고 있었다. 적어도 아직은…….

폴은 애니가 방에 들어와서 주려던 알약을 도로 뺏고 『과속 차량』 원고를 읽도록 허락해 달라고 협박했던 일을 떠올렸다. 치욕과 수치로 얼굴이 벌겋게 달아오르는 것을 느꼈지만, 이제 그런 감정에 진정한 분노가 더해졌다. 분노는 불똥에서 시작하여 낮게 깔리는 작은 불길로 피어올랐다. 원고 교정을 끝내고 다시 깨끗한 용지에 타자기로 쳐 넣기 전까지, 폴은 남에게 절대 원고를 보여 주지 않았다. 절대로. 에이전트인 브라이스에게조차 보여 주지 않았다. 절대로. 바보같이…….

잠시 동안 생각이 완전히 끊어졌다. 자그맣게 암소 우는 소리가 들렸다.

왜 그는 바보같이 두 번째 원고가 완성될 때까지 복사본을 만들어 놓지 않았던가.

『과속 차량』 원고는 애니 윌크스의 수중에 들어가 있었고, 사실 그 원고가 전 세계에 존재하는 유일한 『과속 차량』 원고였다. 폴은 원고 내용을 정리해 놓았던 노트까지 불태워 버렸다.

2년간의 고단한 작업. 애니는 그것을 좋아하지 않았다. 그리고 그녀는 미쳐 있었다.

애니는 '미저리'를 좋아했다. 미저리는 애니가 좋아하는 '사람'이었다. 애니는 욕을 입에 달고 다니면서 차량 절도나 일삼는 빈민촌 출신 스페인계 미국인 꼬마 새끼는 좋아하지 않았다.

폴은 얼마 전에 했던 생각을 기억해 냈다. '네가 원한다면 내 원고를 찢어서 종이배를 접는다고 해도 난 상관 안 해. 그러니…… 제발…….'

또다시 분노와 수치심이 들끓었고, 그러면서 처음으로 다리가 뻐근하게 쑤셔 왔다. 그렇다. 작품, 작품에 대한 자부심, 작품 그 자체의 귀한 가치……. 고통이 심해지기만 하면 그 모든 가치들이 검은 장막 속으로 사라졌다. 애니가 그런 꼴로 만들어 버릴 거라는 사실이, 자신을 표현하는 가장 중요한 단어가 작가라고 여기며 성인 시절의 대부분을 살아온 그를 애니가 그런 꼴로 만들어 버릴 수 있다는 사실이, 폴로 하여금 애니를 너무 끔찍해서 도망쳐야만 하는 존재로 여기게끔 했고, 애니가 그를 죽이지 않는다 해도 그의 안에 들어 있는 무언가를 죽여 버릴 것만 같았다.

돼지가 열심히 꿀꿀거리는 소리가 들려왔다. 애니는 폴이 기분 나빠할 것이라고 생각했지만, 그는 미저리가 굉장히 멋진 돼지 이름이라고 생각했다. 폴은 애니가 윗입술을 코 쪽으로 바짝 당겨 찌푸리며 어떻게 돼지 흉내를 냈는지, 그녀의 양쪽 뺨이 얼마나 납작해졌는지, 그 순간만큼은 그녀가 얼마나 진짜 돼지처럼 보였는지 기억했다. '꿀꿀! 꾸웨애액!'

"휘어어어이 돼지, 돼지, 돼지야!" 축사에서 애니의 목소리가 들려왔다.

폴은 자리에 누워 한쪽 팔을 눈 위에 댄 채로 분노한 상태를 유지하려 애썼다. 그러면 용감해진 듯한 기분이 들었다. 용감한 자만이 생각을 할 수 있다. 겁쟁이는 그럴 수 없다.

애니는 과거에 간호사였다. 폴은 그렇게 확신했다. 아직도 간호사일까? 아니다. 한 번도 출근하러 나간 적이 없었다. 더 이상 간호사 일을 하지 않는 이유가 뭘까? 뻔했다. 그녀는 모든 톱니바퀴들이 제대로 들어차 있지 않기 때문이었다. 그런 상태로 대부분의 톱니바퀴가 맞물려 돌아가고 있었다. 고통의 안개 속에서 살아온 폴도 분명히 알고 있는 사실이라면, 직장 동료들도 분명히 알아차렸을 것이다.

그리고 폴은 애니의 톱니바퀴가 얼마나 어긋나 있는지 가늠할 수 있는 추가 정보도 가지고 있었다. 그렇지 않은가? 애니는 사고가 난 차에서 그를 끌어내서는 경찰이나 구급차를 부르는 대신 손님방에 눕혀 놓고 팔뚝에 정맥 주사를 푹푹 찔러 영양제를 집어넣고 몸속에 약을 들이부었다. 그렇게 많이 투여한 약 때문에 애니가 호흡 장애라고 부르는 증상을 폴은 적어도 한 번은 겪었다. 애니는 그가 이곳에 있다는 사실을 아무에게도 알리지 않았고, 그때까지 알리지 않았다는 것은 곧 앞으로도 알릴 의사가 없다는 뜻이었다.

사고 현장에서 끌고 나온 사람이 그저 그런 동네에서 온 그저 그런 남자였더라도 애니가 이렇게까지 호들갑을 떨었을까? 아니었다. 폴은 아니라고 생각했다. 애니가 그를 붙잡고 있는 것은 그가 폴 셸던이기 때문이었다. 그리고 애니는······.

'나의 넘버원 팬이라지.' 폴은 투덜대며 팔로 눈을 가렸다.

어둠 속에서 소름 끼치는 기억이 펼쳐졌다. 어머니가 폴을 보스턴 동물원에 데려갔고, 폴은 굉장히 커다란 새를 보고 있었다. 그때까지 보았던 새들 중에서 가장 깃털이 아름다운 새였다. 빨간색과 자주색과 감청색이 어우러진 깃털에…… . 가장 슬픈 눈을 하고 있었다. 그는 어머니에게 어디서 온 새냐고 물어보았고, 어머니가 아프리카라고 말했을 때 그는 하느님이 살라고 정해 준 곳에서 멀리 떨어져서 살게 된 그 새가 살고 있는 새장 안에서 죽을 운명임을 직감했다. 그래서 울음을 터뜨리자 어머니가 아이스크림콘을 사다 주었는데, 한동안 잠잠한 듯했던 그는 다시 새를 떠올리고 울기 시작했다. 그래서 어머니는 그를 집에 데려갈 수밖에 없었고, 집으로 가는 전차 안에서 그가 울보 아기에다 계집애라고 핀잔을 주었다.

새의 깃털. 새의 눈.

욱신욱신 쑤시는 다리의 고통이 심해지기 시작했다.

'안 돼. 안 돼, 그만.'

폴은 팔을 구부려 더욱 세게 눈에 갖다 대고 눌렀다. 축사에서 무엇인가 쿵 떨어지는 소리가 연이어 들려왔다. 물론 정확히 어떤 물건이 떨어진 것인지 말할 수는 없었지만, 상상 속에서는

당신의 정신세계 당신의 창의력 당신의 그런 점을 사랑한다는 뜻이에요

축사 위층에 쌓아 둔 건초 덩어리들을 부츠 뒤꿈치로 밀어 버리

는 애니가 보였고, 축사 바닥으로 굴러 떨어지는 건초 덩어리들이 보였다.

'아프리카. 그 새는 아프리카에서 왔다. 그 새는……'

순간 새에 관한 생각이 날카로운 칼에 잘리듯 끊어졌고 광분해서 거의 숨넘어갈 듯 비명을 지르는 애니의 목소리가 들려왔다. '당신은 어떻게 생각하냔 말이야 사람들이 나를 덴버에 있는 법정에 세……'

법정에. 사람들이 애니를 덴버에 있는 법정에 세웠다.

'당신은 진실을, 진실에 대해서만, 오직 진실만을 말할 것을 하느님 앞에 맹세합니까?'

("애가 어떻게 이런 재능을 타고났는지 모르겠어요.")

'맹세합니다.'

("애는 항상 이런 것들을 글로 쓰곤 한다니까요.")

'이름을 말하시오.'

("외가 쪽에는 애처럼 상상력이 뛰어난 사람이 없는데.")

'애니 윌크스.'

("너무 생생해요!")

'내 이름은 애니 윌크스입니다.'

더 이야기하도록 내버려두었지만 애니는 더 이상 입을 열지 않았다.

"어서 말해." 팔로 눈을 가린 채 폴이 중얼거렸다. 눈을 가리는 것은 생각을 끌어올릴 수 있는 최선의 방법이었고 상상력을 최고로 발휘할 수 있는 방법이었다. 어머니는 이웃에 사는 멀배니 부인에게 그가 지닌 놀라운 상상력(너무나 생생한 상상력)과 그가 글로 써 놓은 훌륭한 단편들을 자랑하곤 했다.(물론 그를 울보 아기에다 계집애라고 부를 때는 제외하고.)

"어서, 어서, 어서 말해."

법정이 보였고, 청바지 차림이 아니라 자주색과 검은색이 알록달록한 빛 바랜 드레스에 볼품없는 모자를 쓰고 있는 애니 윌크스도 보였다. 법정 안은 방청객들로 가득했고, 안경을 쓴 대머리 판사도 보였다. 판사는 하얀 콧수염을 길렀다. 하얀 콧수염 밑으로 태어날 때부터 있던 점 하나가 보였다. 콧수염이 점을 교묘히 가렸지만 전부 가리지는 못했다.

'애니 윌크스.'

("애는 세 살 때부터 글을 읽었어요! 상상할 수나 있는 일인가요!")

'팬으로서 사랑하는…… 그런 마음가짐…….'

("애는 항상 글을 써서 이야기를 만들어 낸답니다.")

'나는 이제 깨끗이 씻어 내야 해요.'

("아프리카. 저 새는 그곳에서 왔단다.")

"어서 말해." 폴이 속삭였지만, 진전이 없었다. 법정 경위가 이름을 말하라고 하자 애니가 거듭 말한 것은 애니 윌크스라는 이름뿐, 그 밖에 다른 말은 하지 않았다. 애니는 법정의 분위기를 압도하며 딱딱한 자신의 육체를 드러내 놓고 앉아 자꾸만 자기 이름을 말할 뿐 다른 말은 하지 않았다.

전직 간호사가 자신을 가둬 놓는 이유가 한때 법정에 섰던 일과 관련이 있는 것 같다고 끈질기게 상상하며 폴은 어느새 잠에 빠져들었다.

12

폴은 병실에 있었다. 커다란 안도감이 마음속으로 밀려들었다. 어찌나 감격스럽던지 울음이 나올 것만 같았다. 잠든 새 무슨 일이 일어나서 누군가 찾아왔던지 아니면 애니가 마음 내지는 정신 세계에 변화를 일으킨 거겠지. 그런 것은 중요치 않았다. 괴물 여자의 집에서 잠이 들었다가 병원에서 깨어났던 것이다.

그런데 사람들이 폴을 이렇게까지 기다란 병실에 두었을까? 병실은 비행기 격납고만큼이나 거대했다! 환자들이 똑같이 줄을 지어 침대에 누운 채로 병실 안을 채우고 있었다. 침대마다 똑같이 생긴 정맥 주사용 철제 받침대에 똑같이 생긴 유리병들이 매달려 있었다. 몸을 일으키고 앉아 둘러보니 침대 위의 환자들도 모두 똑같이 생겼다. 그들은 모두 폴 자신이었다. 그때 멀리서 시계 종소리가 들려오자 폴은 그 소리가 잠의 장벽을 뚫고서 외부에서 날아오는 소리임을 알아차렸다.

'꿈이로구나.' 안도감의 자리를 슬픔이 차지했다.

거대한 병실 맨 끝에 있는 문이 열리고 애니 윌크스가 들어왔다. 앞치마를 두른 긴 드레스를 입고, 머리 위에는 가장자리를 레이스로 장식한 모자를 둘러썼다. 소설 『미저리의 사랑』에 등장하는 미저리 체스틴처럼 차려입은 것이다. 한쪽 팔에는 버들가지로 엮은 바구니가 걸려 있었다. 바구니 속의 내용물은 수건으로 덮여 있었다. 폴이 보는 가운데 애니가 수건을 접었다. 그리고 바구니 속으로 손을 집어넣더니 무언가를 한 움큼 끄집어내서는 잠들어 있는 첫 번째 폴 셸던의 얼굴에 확 뿌렸다. 모래였다. 애니는 소설 속에서 잠의 요정을 흉내 낸 미저리 체스틴을 흉내 내고 있었다.

순간 폴은 첫 번째 폴 셸던의 얼굴이 모래가 닿자마자 끔찍하게 하얀색으로 돌변하는 광경을 보았고, 공포가 그를 꿈에서 끄집어내 침실 안으로 데려다 놓았다. 애니 윌크스가 그를 내려다보며 서 있었다. 한 손에 두툼한 페이퍼백 『미저리의 아이』를 들고 있었다. 책갈피 위치로 보아 4분의 3 정도 읽었음을 알 수 있었다.

"당신, 신음소리를 내던데요."

"나쁜 꿈을 꿨어요."

"어떤 꿈?"

머릿속에 처음으로 떠오른 생각은 꿈과 아무런 상관이 없었지만 폴은 그대로 대답했다.

"아프리카."

13

다음날 아침, 다른 날보다 늦게 찾아온 애니는 얼굴이 잿빛으로 물들어 있었다. 졸다가 갑자기 잠에서 깬 폴은 팔꿈치를 움직여 침대에서 몸을 일으키려 했다.

"윌크스 양? 애니? 당신 괜찮아……."

"아니."

'이런 세상에나, 이 여자 심장 발작이라도 일으킨 건가.' 이런 생각이 떠오르자 한순간 느꼈던 불안감이 즉시 기쁨으로 변했다. '발작 한번 일으켜 보라지! 아주 강력한 놈으로! 가슴이 왕창 터져 버릴 만큼!' 그랬다면 폴은 아무리 아프더라도 기꺼이 전화기까지 기어갔을 만큼 더할 나위 없이 행복했을 것이다. 애니가 정말 심장 발작을 일으켰다면, 설령 전화기까지 가는 길에 깨진 유리 조각들이 널려 있더라도 그는 기꺼이 기어갔을 것이다.

그리고 사실 애니는 심장 발작을 일으킨 것이나 마찬가지였지만…… 폴이 생각한 육체적인 발작은 아니었다.

애니는 비틀거리는 것이 아니라 천천히 건들거리며 폴에게 다가왔다. 긴 항해를 끝낸 선원이 배에서 내려오는 모습처럼.

"무슨……."

폴은 애니에게서 물러나려 했지만 피할 데가 없었다. 가 봤자 침대 머리 판뿐이었고, 그 뒤는 벽이었다.

"아니라고!"

침대 옆으로 온 애니가 침대에 부딪혀 흔들거리더니 한동안 폴 위로 엎어질 것처럼 보였다. 그러다 균형을 잡고 서서 백짓장처럼 하얗게 질린 얼굴로 폴을 내려다보았다. 목에는 힘줄이 솟아 있었고 이마 한가운데에는 굵은 핏줄 하나가 꿈틀댔다. 활짝 폈던 손이 딱딱한 돌멩이 같은 주먹으로 똘똘 뭉쳐지더니 다시 펴졌다.

"너…… 너…… 너 이 더러운 새끼!"

"무슨…… 난 도무지……."

하지만 폴은 순식간에 사태를 파악했고, 몸통 전체가 푹 가라앉아 죄다 사라져 버리는 듯한 기분이 들었다. 어젯밤 책갈피가 있던 위치가 떠올랐다. 책의 4분의 3. 책을 다 읽은 게 확실했다. 책 속에 무슨 내용이 들어 있는지 다 알아 버린 것이었다. 애니는 아기를 임신하지 못하는 것이 결국 미저리의 책임이 아님을 알았다. 문제는 이언에게 있었다. '폴이 아직 가 보지 못한' 거실에 앉아 책을 읽던 애니는 미저리가 마침내 불임의 진실을 알아내고 마음의 결정을 내린 뒤 몰래 제프리를 찾아가는 장면을 읽었을 때 입이 벌어지고 눈이 휘둥그레졌을까? 미저리와 제프리가 그들 모두 사랑하는 이언이라는 남자의 뒤편에서 은밀한 관계를 갖고 그들이 이언에게 선사할 수 있는 가장 큰 선물을, 이언이 자신의 핏줄이라고 믿게 될 아기를 만들어 내는 장면에서 애니의 두 눈은 눈물로 가득 찼을까? 그리고 미저리가 이언에게 임신 사실을 전하자 이언이 그녀를 와락 껴안고 눈물을 쏟으며 "내 사랑, 오 오, 내 사랑!"만을 계속해서 되뇌는 장면에서 애니의 심장은 벅차게 부풀어 올랐을까? 찰나의 생각이었지만 폴은 그 모든 일이 실제로 일어났음을 확신했다. 그러나 미저리가 사내아이를 낳다 숨을 거두고 이언과 제프리가 함께 아이를 키우게 될 것임을 암시하는 장면을 다 읽고 나서, 애니는 슬픔에 젖어 숭고한 눈물을 흘리는 대신 심각하게 미쳐 버렸다.

"그녀는 죽으면 안 돼!"

애니 윌크스가 폴을 향해 날카롭게 소리 질렀다. 양손은 점차 빠르게 활짝 폈다 쥐기를 반복했다.

"미저리 체스틴은 절대로 죽으면 안 돼!"

"애니…… 애니, 제발……."

탁자 위에는 물이 담긴 커다란 유리잔이 놓여 있었다. 애니가 그것을 집어 들어 냅다 휘둘렀다. 차가운 물이 폴의 얼굴로 튀었다. 사각 얼음 덩어리 하나가 왼쪽 귀 옆으로 떨어져 베개 아래로 미끄러져 내리더니 어깨뼈 사이 움푹 팬 곳으로 쏙 빠졌다. 폴은 마음속에서

"너무 생생해요!"

애니가 자신의 얼굴에 유리잔을 내리치는 모습을 보았고, 두개골이 함몰하고 팔에는 소름이 돋은 가운데 차가운 얼음물 속에서 대량 뇌출혈을 일으켜 자신이 죽어 가는 모습을 보았다.

애니는 그렇게 하기를 원했다. 의심의 여지가 없는 사실이었다.

하지만 바로 그 마지막 순간에 애니는 그에게서 몸을 틀어 잔을 문에다 던져 버렸고, 잔은 며칠 전에 박살난 수프 그릇처럼 산산이 깨져 버렸다.

애니는 폴을 돌아보고 얼굴을 덮은 흐트러진 머리카락을 손등으로 쓸어 냈다. 하얗게 질린 얼굴 속에서 작고 단단한 빨간 점 두 개가 떠올랐다. 애니가 숨을 헐떡거렸다.

"더러운 새끼! 너는 더러운 새끼야! 어떻게 감히 그런 짓을!"

폴은 애니의 얼굴에 시선을 고정하고 눈을 번득이며 다급하게 말을 건넸다. 앞으로 20초 동안 어떤 말을 하느냐에 따라 자신의 목숨이 결판난다고 믿었다.

"애니, 1871년에는 여성들이 출산 중에 사망하는 일이 자주 있었어요. 미저리는 그녀의 남편과 그녀의 가장 절친한 친구와 그녀의 아이를 위해 자신의 생명을 희생한 겁니다. 미저리의 숭고

한 정신은 언제까지나⋯⋯."

"나한테는 그녀의 정신 따위 필요 없어!"

애니는 소리치고 나서 손톱을 세워 그를 향해 흔들어 댔다. 눈알을 뽑아 버릴 듯한 기세였다.

"나는 그녀를 원해! 네가 그녀를 죽였어! 네가 그녀를 살해했어!"

그러더니 두 손을 주먹 쥐고 폴의 머리 양 옆으로 하나씩 피스톤처럼 내리쳤다. 주먹이 베개 깊숙이 내리꽂혔고 폴은 헝겊 인형처럼 튀어 올랐다. 다리가 고통으로 불타올랐다. 폴은 비명을 토해 냈다.

"나는 그 여자를 죽이지 않았어!"

애니의 몸이 굳어 버렸다. 양미간이 좁아지는 어두운 표정으로, 균열이 드러나는 바로 그 표정으로 폴을 쳐다보았다. 애니가 따끔하게 비꼬는 투로 말했다.

"물론 그러시겠지. 그럼 폴 셸던 네가 안 그랬으면, 누가 죽인 건데?"

"아무도 죽이지 않았어." 그가 조용히 말했다.

"미저리는 그냥 죽은 거야."

폴은 이 말이 결과적으로 진실임을 깨달았다. 완곡한 표현을 쓰자면 만약 미저리 체스틴이 진짜 사람이었을 경우, 자신이 '경찰의 심문에 협조하기 위해' 불려 다녔을 것임을 잘 알았다. 결국 폴에게는 살해 동기가 있었던 것이다. 폴은 미저리를 미워했으니까. 폴은 미저리 시리즈의 세 번째 작품부터 미저리를 미워했다. 4년 전 만우절에 폴은 개인적으로 작은 책자를 만들어서 열 명 정도 되는 가까운 지인들에게 보낸 적이 있었다. 제목은 『미저리의 취미』였다. 책 속에서 미저리는 이언이 기르는 아이리시세터종 개와 수간을 하며 전원에서 즐거운 주말을 보냈다.

폴이 미저리를 살해했을지도 모르지만…… 그러나 폴은 아무도 살해하지 않았다. 마침내 미저리를 경멸하는 마음이 점점 커지기는 했지만, 미저리의 죽음은 깜짝 놀랄 만한 일이었다. 진부해진 '미저리의 모험' 시리즈가 대단원의 막을 내리는 순간에도 폴은 삶을 모방하는 예술을 위해 미약하나마 진심으로 임하고 있었다. 미저리의 죽음은 거의 예상치 못했을 정도로 갑작스럽게 일어났다. 폴이 좋아서 낄낄거리기는 했지만 고의가 아니라는 사실에는 변함이 없었다. 애니가 속삭였다.

"거짓말하지 마. 나는 네가 좋은 사람이라고 생각했는데, 아니야. 너는 좋은 사람이 아냐. 넌 그저 거짓말쟁이에 늙어 빠진 더러운 새끼야."

"애니, 미저리는 그냥 휙 저 세상으로 가 버린 거야. 그뿐이지. 그런 일은 이따금씩 벌어지곤 해. 인생이 다 그런 거지. 누군가가 막……."

애니가 침대 옆에 있던 탁자를 엎어 버렸다. 그 바람에 탁자 밑에 달린 작은 서랍이 튕겨 나왔다. 서랍에서 폴의 손목시계와 잔돈들이 쏟아졌다. 폴은 이제까지 그 물건들이 침대 탁자 속에 들어 있는지 전혀 몰랐다. 폴은 애니에게서 멀어지려고 몸을 뒤로 움츠렸다.

"넌 나를 하룻강아지로만 생각하나 본데." 애니가 말했다. 입술이 치켜 올라가 잇몸이 훤히 드러났다.

"나는 직업상 죽는 사람을 수도 없이 봤어. 생각해 보니 수백 명 정도 되는 것 같군. 그런 사람들은 때때로 고함을 지르다 죽기도 하고 잠자는 도중에 죽기도 해. 확실히 네 말대로 그냥 획 저 세상으로 가는 경우가 있긴 하지.

"하지만 이야기 속의 등장인물들은 그냥 획 저 세상으로 가 버리면 안 돼! 하느님은 때가 됐다고 생각하시면 우리를 데려가서. 이야기 속에 사는 사람들에게 작가는 그야말로 하느님과 같은 존재라서, 하느님께서 우릴 데려가시듯, 작가도 이야기 속 사람들을 저 세상으로 데려갈 수 있어. 어느 누구도 하느님께서 하시는 일에 꼬치꼬치 설명을 요구하면서 딴죽을 걸 수는 없는 노릇이지. 그래 좋아, 좋다고. 하지만 미저리가 죽어 버렸으니 이참에 너한테 한마디 해야겠다. 이 더러운 새끼야. 미저리를 죽인 그 잘난 하느님께서 그냥 두 다리가 뚝 부러져 버려서, 그 하느님께서 그냥 우리 집에서 살게 돼 버렸어, 내 식량을 축내면서 말이지…… 그리고……."

순간 애니는 흐리멍덩한 상태가 되어 버렸다. 양팔을 축 늘어뜨린 채 우두커니 서서는 개선문 사진이 걸린 벽 쪽을 주시했다. 애니는 그렇게 우뚝 서 있었고, 폴은 머리통 양쪽으로 베개 깊숙이 둥근 주먹 자국이 패여 있는 침대에 누워 애니만 바라봤다. 유리잔의 물이 바닥에 뚝뚝 떨어지는 소리를 들으며 폴은 자기가 살인을 저지를 수도 있겠구나 하는 생각을 했다. 이따금씩 그가 마음속에 품어 왔던 의문이기는 했지만, 엄밀히 말해 직업적인 호기심 차원의 상상일 뿐이었다. 물론 그때는 호기심 운운할 때가 아니었고, 폴은 자신의 살인 가능성에 대한 해답을 얻었다. 만약 애니가 유리잔을 내던지지 않았다면 그가 나서서 유리잔을 바닥에 내동댕이쳐 박살 내 버린 다음, 깨진 유리 조각을 집어 들고 애니의 목을 냅다 찔러 버렸을 것이다. 넋을 잃고 우산 꽂이처럼 꼼짝 않고 서 있는 바로 그런 순간에 말이다.

폴은 서랍에서 쏟아진 자기 물건들을 내려다보았지만 겨우 잔돈 몇 푼, 펜 하나, 빗 하나, 손목시계 하나가 전부였다. 지갑은 없었다. 그 상황에서 더없이 소중했을 휴대용 스위스 군용 칼도 없었다.

애니는 차츰 의식을 회복했고 적어도 분노의 감정은 사라졌다. 애니가 슬픈 표정으로 폴을 내려다보았다.

"나는 이제 가는 게 좋겠어. 한동안은 네 주위에 나타나서는 안 될 것 같아. 서로 마주치는 게…… 현명한 행동이 아닌 것 같아."

"가? 어딜?"

"알아서 뭐 하게. 그냥 내가 아는 곳이 한 군데 있어. 여기 계속 있으면 난 어리석은 행동을 하게 될 거야. 나는 생각할 시간이 필요해. 안녕, 폴."

애니가 성큼성큼 걸어갔다.

"시간 되면 돌아와서 나한테 약은 줄 거지?"

스스로 내뱉은 말에 스스로도 놀라며 폴이 물었다.

애니는 손잡이를 돌려 문을 열고는 아무런 대꾸도 없이 문을 닫았다. 처음으로 방문을 열쇠로 잠그는 소리가 들렸다.

복도를 걸어가는 발소리가 점차 사라져 갔다. 애니가 성난 목소리로 고함쳤고 폴은 무슨 뜻인지 알아들을 수 없었지만 움찔했다. 그리고 무엇인가 떨어져서 깨지는 소리가 났다. 문이 큰 소리를 내며 닫혔다. 엔진 돌아가는 소리가 나더니 자동차가 움직였다. 깔린 눈을 우두둑우두둑 밟고 지나가는 타이어 소리가 자그맣게 들렸다. 곧 엔진 소리도 희미해졌다. 작아지는 엔진 소리가 코고는 소리처럼 들리다 윙윙거리는 벌레 소리처럼 변하더니 결국 사라져 버렸다.

폴은 혼자가 되었다.

애니 윌크스의 집에서 혼자였다. 열쇠로 잠긴 방에 갇혀 있었다. 침대에 갇혀 있었다. 그곳에서 덴버까지는…… 대략 보스턴 동물원과 아프리카 사이만큼의 거리였다.

폴은 침대에 누워 천장을 쳐다보았고, 목이 말랐고, 심장이 빠르게 뛰었다.

잠시 후 거실 시계가 정오를 알리는 종소리를 울리자 바닷물이 빠져나가기 시작했다.

14

51시간.

펜으로 기록해 두었기 때문에 시간이 얼마나 흘렀는지 알 수 있었다. 사고 당시 주머니 속에 들어 있던 플레어 수성 펜이었다. 애니가 침대 탁자에 넣어 두었다 쏟아진 것을 가까스로 손을 뻗쳐 낚아챘다. 시계종이 울릴 때마다 폴은 펜으로 자신의 팔에 표시를 했다. 세로 줄을 차례로 네 개 긋고 그 위로 비스듬히 대각선을 그어 다섯 개가 한 묶음이 되도록 했다. 애니가 돌아왔을 때는 다섯 줄 묶음이 열 개에다 세로 줄 한 개가 추가되어 있었다. 다섯 줄 묶음은 처음에는 깔끔하게 그어져 있었는데, 손이 떨리기 시작하면서부터는 급속도로 삐뚤빼뚤 엉망이 되었다. 폴은 단한 시간도 놓치지 않았다고 믿었다. 깜빡 존 적도 있었지만, 결코 잠에 푹 빠지지는 않았다. 시간이 바뀌면서 시계 종소리가 울릴 때면 어김없이 잠에서 깨어났다.

시간이 흐르자 배고픔과 목마름이 느껴지기 시작했다. 고통 속에서도 말이다. 마치 경마 같았다. 초반에는 '고통왕'이 월등히 선두를 유지하고 '나 배고파'가 3킬로미터 정도 뒤쳐져 있었다. '너무 목말라'는 흙먼지에 가려 모습조차 잘 보이지 않았다. 그러다 애니가 떠난 다음날 해 뜰 녘이 되자 우승 상금을 위해 '나 배고파'가 '고통왕'과 함께 한 치의 양보 없이 치열한 접전을 벌였다.

폴은 밤새도록 식은땀을 흘려 가며 졸다 깨어나기를 계속하면서 자신이 죽어 간다고 확신했다. 시간이 흐르면서 정말로 죽어버렸으면 좋겠다고 바라기 시작했다. '지금 이 순간을 벗어날 수만 있다면.' 그보다 더한 고통이 어떤 것인지 생각조차 할 수 없었다. 말뚝이 점점 더 커졌다. 말뚝 표면에 들러붙은 조개껍데기들이 보였고, 말뚝의 갈라진 틈에 무기력하게 누워 있는 익사한 생물체들이 보였다. 복에 겨운 녀석들이었다. 죽어 버렸으니 고통에서 해방된 것 아닌가. 3시경이 되자 폴은 아무 소용 없는 비명을 지르며 발작을 일으켰다.

둘째 날 정오, 그러니까 24시간이 지났을 때 폴은 다리와 골반에 가해지는 고통만큼이나 고약한 것이 그를 아프게 하고 있음을 깨달았다. 금단 증상이었다. 이 말 이름은 '약쟁이의 복수' 쯤인 듯싶었다. 한 알이 아니라 많은 양의 알약이 필요했다.

　침대 밖으로 나갈 것을 고려해 봤지만, 침대 아래로 떨어져 충격을 받고 나면 한층 더한 고통에 끊임없이 시달릴 거라는 생각에 단념하게 되었다. 폴이 상상하기에

　　"너무 생생해요!"

떨어지는 고통이 어떨지는 너무나 분명했다. 그래도 한번 시도해 볼 수는 있었을 테지만, 애니가 문을 잠가 놓았다. 뱀처럼 기어서 문 앞까지 간다 해도 그 다음에는 어떻게 할까? 그냥 거기서 퍼질러 누워 버려?

　폴은 필사적으로 용기를 내서 처음으로 이불을 손으로 걷어 보았다. 이불에 덮여 있는 하반신의 모습이 실제로 보면 그렇게 심각하지는 않을 거라는 기대를 외면하면서. 실제 모습은 단순히 심각한 정도가 아니었다. 훨씬 끔찍했다. 폴은 두려움에 휩싸인 채 자신의 무릎 아래쪽이 어떻게 되었는지 쳐다보았다. 마음속으로 영화 「킹스로우」에서 로널드 레이건이 절규하던 소리가 울려 퍼졌다. '내 나머지는 어디로 간 거야?'

　폴의 나머지는 그곳에 있었고, 그는 어쩌면 그곳을 빠져나갈 수도 있었다. 탈출 가능성이 너무 낮아 보였지만 기술적으로는 가능하리라 생각했다. 하지만…… 두 번 다시 걷지 못할 수도 있었다. 부러진 두 다리를(어쩌면 여러 군데를) 다시 부러뜨려 철심을 박아 넣고 무자비하고 철저한 정밀 검사를 거쳐 비명이 절로 튀어나올 정도로 고통스러운 치욕의 순간들을 한 50번 정도 또 겪

지 않는다면, 다시 걸을 수 없음은 분명했다.

애니는 폴의 다리에 지지대를 붙여 고정해 놓았다. 물론 이불 위로 드러난 두루뭉술한 다리 모습을 보고 지지대로 고정되어 있음은 이미 알고 있었지만, 그때까지 폴은 애니가 지지대를 가지고 정확히 무슨 짓을 했는지는 모르고 있었다. 다리 아랫부분은 잘라 낸 알루미늄 목발처럼 생긴 가는 쇠막대기들로 둘러싸여 있었다. 막대기들은 테이프로 단단히 동여매져 있었고, 덕분에 그 상태로 무덤에 묻힌 뒤 먼 훗날 발굴된다면 무릎 아래쪽은 이집트 미라처럼 보일 터였다. 다리 자체는 무릎까지 이상한 모습으로 구불구불 찌그러져서 이쪽이 바깥으로 튀어나와 있는가 하면 저쪽은 속으로 푹 꺼져 있었다. 왼쪽 무릎은, 고통이 난리 치는 진원지는 더 이상 존재하지 않는 듯했다. 종아리가 있었고, 허벅지가 있었고, 그 중간에는 몇 천 년 전 바닷물이 증발해서 생긴 소금 언덕 같은 구역질 나는 불룩한 덩어리가 붙어 있었다. 그 위쪽은 심하게 부었는데 바깥쪽으로 살짝 휘어진 듯했다. 허벅지, 가랑이, 심지어 음경까지도 모조리 희미한 멍 자국으로 덕지덕지 얼룩져 있었다.

폴은 다리 아랫부분이 산산조각 났을 거라 생각했다. 나중에 밝혀진 바로는 그 정도가 아니었다. 완전히 가루가 되어 있었다.

폴은 신음하고 울부짖으며 이불을 도로 덮었다. '침대에서 굴러 내려갈 생각 말자. 여기 누워 있는 게 더 낫다. 그냥 여기서 콱 죽자. 지금까지 잘해 왔듯이 이 정도 고통쯤은 그냥 꾹 참고 있다가 죽음이 모든 고통을 치워 버리는 순간을 기다리는 편이 낫겠다.'

둘째 날 4시경이 되자 '너무 목말라'가 바짝 속력을 냈다. 폴은 오랫동안 입과 목 안이 말라 있다고 느꼈지만, 좀더 다급해지기 시작했다. 혀가 두꺼워지고 굉장히 커진 것 같았다. 침을 삼키면 아팠다. 애니가 내던졌던 물이 든 유리잔을 생각하기 시작했다.

졸다가 깨어났다가 다시 졸았다.

낮이 흘러갔다. 밤이 찾아왔다.

오줌보가 터질 것 같았다. 폴은 침대 시트를 음경 위에 덮고 시트가 천연 필터 역할을 해 줄 거라 기대하며 시트에 오줌을 쌌고, 떨리는 두 손을 모아 시트 위로 올라온 오줌을 받아 냈다. 자원 재활용이라고 생각하려 애쓰며 가까스로 양손에 받아든 액체를 마셔 버렸고, 그러고 나서 젖은 손바닥까지 싹싹 핥아 댔다. 폴은 만약 다른 사람들에게 그곳에서 일어난 이야기를 들려줄 정도로 오래도록 살아남는다 해도 결코 오줌 사건은 말하지 않을 거라고 생각했다.

폴은 애니가 죽었다고 믿기 시작했다. 애니는 심각할 만큼 불안정한 사람이었고, 그렇게 불안정한 사람들은 흔히들 자기 목숨을 내놓기도 하니까. 폴은 상상 속에서

"너무 생생해요!"

애니가 자동차를 길가에 세우고 좌석 밑에서 44구경 권총을 집어 들어 입속에 총구를 밀어 넣고 자살을 기도하는 모습을 지켜보았다. '미저리가 죽었으니 나는 더 이상 살고 싶지 않구나. 잘 있어라, 잔인한 세상이여!' 애니는 눈물을 비 오듯 쏟아 내며 울부짖고 방아쇠를 당긴다.

폴은 몸을 들썩이며 낄낄대고 웃다가 끙끙거리더니 비명을 질렀다. 그 소리에 맞춰 바깥에서는 바람이 세찬 비명소리를 내질렀고…… 아무것도 변하지 않았다.

아니면 사고가 난 걸까? 그게 가능할까? '오, 맞습니다, 신사 양반!' 폴은 상상 속에서 애니가 과속으로 차를 험하게 몰다가

외가 쪽에는 애처럼 상상력이 뛰어난 사람이 없는데!

의식이 사라져 흐리멍덩한 상태가 되는 바람에 차가 길을 벗어나 굴러 떨어지는 모습을 보았다. 아래로 아래로 그리고 더 아래로. 경사면과 한번 충돌한 차는 불덩어리가 되어 터져 나가고, 흐리멍덩한 애니는 영문도 모른 채 죽어 간다.

애니가 죽었다면 폴도 그곳에서 죽게 될 참이었다. 덫에 걸린 쥐 꼴이었다.

인사불성이 되어 편안하게 쉴 수 있기를 간절히 바랐지만 인사불성은 폴의 초대를 거절했다. 대신 '30시간째'가 찾아왔고 그 뒤에 '40시간째'가 찾아왔다. '고통왕'과 '너무 목말라'가 합체해서 한 마리가 되었다.('나 배고파'는 오래전에 흙먼지 속으로 뒤처져 버렸다.) 폴은 자신이 현미경 검사판 위에 올려진 납작한 세포 쪼가리나 낚싯바늘 끝에 꿰인 지렁이와 다를 바 없다고 생각하기 시작했다. 모두 다 하염없이 꿈틀대며 죽기만을 기다리고 있잖은가.

15

애니가 들어왔을 때 처음에 폴은 그저 꿈일 거라고 생각했다. 하지만 잠시 후 현실 감각이(아니면 단순히 맹목적인 생존 본능이) 돌아왔고, 폴은 신음하고 구걸하며 애원하기 시작했다. 그 모든 행동이 깊고 깊은 비현실의 우물에서 튀어나와 한꺼번에 폭발했다. 폴은 애니가 짙은 남색 드레스에 나뭇가지 무늬의 모자를 착용한 모습을 분명히 보았다. 덴버에서 법정에 섰을 때 입었을 것이라고 상상했던 복장과 정확히 맞아떨어졌다.

애니는 안색이 발그레했고 두 눈은 생기와 활력이 넘쳐 반짝거렸다. 애니 윌크스라는 여자가 할 수 있는 최고로 예쁜 얼굴을 하고 있었고, 폴이 나중에 그 순간을 다시 떠올렸을 때 명확하게 기억한 유일한 영상은 애니의 빨간 볼과 나뭇가지 무늬 모자였다. 정상적 사고와 명석한 판단력이 살아남은 마음속 최후의 요새 안에서 이성적인 폴 셸던이 생각했다. '이 여자 꼭 10년 동안 섹스에 굶주리다 방금 막 씹질하고 나온 과부 같은 꼬락서니군.'

애니는 손에 물 잔을 쥐고 있었다. 큰 유리잔을. 애니가 말했다. "마셔."

그러고는 물을 마시다 숨 막히는 일이 없도록 바깥에서 이제 막 들어와 아직도 냉기가 남아 있는 손으로 폴의 목덜미를 잡아 몸을 일으켜 주었다. 폴은 허겁지겁 세 모금을 마셨고, 갑자기 물이 들이닥친 충격으로 그때까지 메마른 혓바닥 평원 위에 잠들어 있던 미세한 구멍들이 커지며 아우성을 쳤다. 물을 마시다 보니 일부는 턱으로 흘러내려 입고 있던 티셔츠를 적셨다. 그러자 애니가 잔을 뒤로 뺐다.

폴은 떨리는 두 손을 앞으로 내밀며 물을 달라고 훌쩍거렸다.

"안 돼. 안 돼, 폴. 한 번에 조금씩 마셔, 안 그러면 토하고 말 거야."

조금 뒤 애니가 다시 잔을 갖다 대고 두 모금 더 마시게 했다.

"약 좀."

폴이 콜록거리며 말했다. 그리고 입술을 입 안으로 빨아들였다 가 입술 위를 혀로 훑더니 혀를 빨았다. 오줌을 마시던 기억이 희 미하게 떠올랐다. 어찌나 뜨끈하던지, 어찌나 짭짤하던지.

"알약 말이야. 아파. 제발, 애니, 부탁이야, 나 좀 제발 살려 줘, 고통이 너무 심해……."

"알고 있어. 하지만 내 말 먼저 들어."

애니는 이렇게 말하며 엄격하지만 어머니의 사랑이 담긴 표정 으로 폴을 바라보았다.

"난 그동안 떨어져서 생각해 봐야만 했어. 깊은 생각에 잠겼고, 그래서 좋은 결론을 얻기를 바랐어. 그렇게 되리라고 완전히 확 신하지는 않았지. 나는 생각이 자주 흐릿해지거든. 나도 잘 알아. 인정해. 그래서 사람들이 나한테 어디 있었느냐고 마구 질문을 퍼부을 때에도 기억이 나지 않으니까 제대로 대답해 줄 수가 없 었던 것이지. 그래서 나는 기도했어. 너도 알다시피 하느님이 계 시니까. 그리고 그분은 기도하는 자에게 응답을 내려 주시니까. 항상 그러시지. 그래서 나는 기도했어. '하느님 아버지, 제가 집 에 돌아가면 폴 셸던이 죽어 있을 겁니다.' 하지만 하느님이 이렇 게 말씀하셨어. '그는 죽지 않을 것이다. 내가 그를 살려 두었으니, 너는 그에게 돌아가 앞으로 그의 나아갈 길을 보여 주거라.'"

애니는 '주거라'를 '죽여라'처럼 발음했지만, 폴은 애니의 말을 거의 듣지 않았다. 시선은 오로지 애니가 들고 있는 물 잔에 고정되어 있었다. 애니는 세 모금을 더 마시게 해 주었다. 폴은 말처럼 쩝쩝 소리를 내며 물을 마시고 나서 트림을 했고 몸에 순간적으로 경련이 일어나자 고함을 질렀다.

그러는 동안 애니는 온화한 표정으로 바라보고 있었다.

"약으로 고통을 덜어 줄게. 하지만 우선 네가 해야 할 일이 있어. 조금 있다 돌아올게."

애니는 침대에서 일어나 문으로 향했다.

"안 돼!"

폴이 소리쳤다. 아무 반응도 없었다. 그는 침대에 누워 고통 속에서 몸을 둥글게 감싸 안고는, 더 이상 신음하지 않으려 안간힘을 쓰며 신음했다.

16

처음에 폴은 자기가 정신 착란으로 돌아 버렸다고 생각했다. 눈앞에 보이는 광경이 너무 요상해서 제정신이 아닌 것 같았다. 방으로 돌아온 애니가 숯불 구이 통을 밀며 다가오고 있었다.

"애니, 나 너무 아파서 미칠 것 같아."

폴의 뺨 위로 눈물이 흘렀다.

"나도 알아, 자기야."

애니가 그의 뺨에 입 맞췄다. 입술의 감촉이 깃털처럼 부드러 웠다.

"좀 있다 돌봐 줄게."

애니가 방에서 나가자 폴은 멍하니 숯불 구이 통만 쳐다봤다. 여름철 야외 정원 같은 곳에 있어야 할 물건이 방 안에 우뚝 서서 우상과 제물을 연상케 하는 냉혹한 인상을 풍겼다.

물론 애니가 마음속으로 생각하고 있는 것은 제물이었다. 다시 돌아왔을 때 애니의 한 손에는 이 세상에 오직 하나만 존재하는, 폴 셸던이 2년간 쓴 역작인 『과속 차량』 원고가 들려 있었다. 다른 손에 든 것은 다이아몬드 블루팁 성냥갑이었다.

17

"안 돼."

폴은 울부짖으며 몸을 떨었다. 한순간 떠오른 생각이 그의 가슴속을 쓰리도록 불태웠다. 볼더에 있을 때 100달러도 채 안 되는 비용으로 원고를 복사해 둘 수 있었는데. 사람들은(브라이스, 두 명의 전처, 심지어 어머니마저) 작품의 복사본 한 부 만들어 놓지 않을 뿐더러 보관도 허접한 폴을 보고 항상 미쳤다고 했다. 만약의 경우 볼더라도 호텔이나 뉴욕 본가에 불이 날 수도 있었다. 토네이도나 홍수 아니면 다른 자연재해가 들이닥칠 수도 있었다. 합리적인 이유 없이 폴은 계속해서 사람들의 권유를 거부해 왔다. 단지 복사본을 만들면 재수 없는 일이 생길 것 같다는 이유로.

그런데 정말로 재수 없는 일이 벌어졌고, 모든 자연재해들이 모여들어 하나로 뭉쳤다. 여기 허리케인 애니께서 행차하셨다. 애니의 순수한 마음은 어딘가에 『과속 차량』 복사본이 있을 것이라는 생각은 전혀 하지 못한 게 분명했고, 그러므로 그가 사람들의 말을 귀담아 들었더라면, 그가 까짓 100달러만 투자했더라면······.

"돼."

애니가 대꾸하며 성냥을 내밀었다. 순백의 깨끗한 햄머밀 원고용지 뭉치 맨 위로 표제 쪽이 붙어 있는 소설 원고가 애니의 무릎 위에 누워 있었다. 얼굴은 여전히 환하고 차분했다.

"안 돼."

폴이 달아오른 얼굴을 돌리며 말했다.

"돼. 이건 불결한 거야. 게다가 별로 좋은 작품도 아니잖아."

"작품이 걸어와서 네 코를 물어뜯는다고 해도 너같이 무식한 게 작품이 좋은지 나쁜지 알기나 하냐!"

폴은 눈치 보지 않고 소리 질렀다. 애니는 조용히 웃었다. 애니의 성질이 어디론가 여행을 떠난 것이 분명했다. 그러나 폴은 애니 윌크스란 사람을 잘 알았고, 그녀의 성질은 어느 순간이든 예고 없이 여행 가방을 들고 불쑥 돌아올 수 있었다. '떨어져 있으니까 보고 싶어 미치겠더라! 그동안 잘 지냈어?'라며. 애니가 말했다.

"첫째. 좋은 작품이라면 내 코를 물어뜯지는 않을 거야. 나쁜 작품은 그럴지 몰라도, 좋은 작품은 안 그래. 둘째, 나는 좋은 작품을 보면 그게 좋다는 것을 정확하게 알 수 있어. 너는 좋은 작가야, 폴. 너에게 필요한 것은 건 도움이지. 자, 성냥 받아."

"안 돼."

폴은 단호하게 머리를 흔들었다.

"돼."

"안 돼!"

"돼."

"안 된다니까 씹할!"

"저질스러운 말 하고 싶으면 맘대로 해. 그런 건 예전부터 많이 들어 왔으니까."

"난 시키는 대로 안 할 거야."

폴은 눈을 감았다.

다시 눈을 떴을 때 애니가 네모난 판지 한 장을 내밀고 서 있었다. 판지 위쪽에 선명한 파란색 글씨로 '노브릴'이라고 적혀 있었다. 그 이름 바로 밑에는 붉은 글씨들이 적혀 있었다. '견본: 의사의 처방 없이 유통할 수 없습니다.' 경고문 밑으로는 투명한 물방울 모양 플라스틱 포장에 덮인 알약 네 알이 있었다. 그가 냉큼 손을 뻗었다. 손이 닿지 못하도록 애니가 판지를 끌어당겼다.

"네가 원고를 불태우고 나면. 그때 줄게. 네 알 다 줄 생각이야. 그럼 고통이 사라지겠지. 너는 다시 평온한 상태로 돌아갈 거고, 안정을 되찾았다 싶으면 침대보를 바꿔 줄게. 딱 보니까 침대를 축축하게 만들어 놨던데, 그렇게 하고 누워 있으면 불편하겠지. 그리고 너도 말끔하게 '바꿔' 줄게. 그때쯤 되면 배가 고플 테니 수프도 가져다 줄 거야. 어쩌면 버터를 바르지 않은 토스트를 몇 조각 곁들여도 괜찮겠어. 그렇지만 폴, 네가 원고를 태우지 않으면, 나는 아무것도 해 줄 수 없어. 유감이지만."

혀로는 '알았어! 그래, 할게!'라고 외치고 싶었지만, 폴은 혀를 꾹 깨물었다. 그리고 다시 애니로부터 몸을 돌렸다. 투명한 마름모꼴 물방울 포장 속에 들어 있는 하얀 알약으로 그를 유혹하며 미칠 듯이 환장하게 하는 네모난 판지로부터 몸을 돌렸다.

"너는 악마야." 폴이 말했다.

이번에도 애니가 분노할 것이라 예상했지만, 돌아오는 반응은 슬픔을 머금은 듯한 낮은 음성으로 흘러나오는 관대한 웃음이었다.

"그래! 맞아! 어린애가 부엌 싱크대 밑에 놓인 세제를 꺼내 가지고 한창 장난치고 있는데 엄마한테 들키면, 그 어린애도 바로 너 같은 생각을 할 거야. 그 애는 물론 너같이 말하지는 않아. 너처럼 우아하고 훌륭한 교육을 받지는 못했으니까. 그냥 이렇게 말하겠지. '엄만 너무 비열해!'"

뜨거워진 폴의 이마에 달라붙은 머리칼을 애니가 매만져 단정하게 정리했다. 연민의 감정이 실린 손가락이 뺨을 지나 목덜미를 훑고 어깨를 살짝 문지르다 떨어졌다.

"지금 네가 징징대듯이 자식이 엄마한테 비열하다고 말하거나 엄마한테 뺏어 간 것 도로 내놓으라고 울고불고 난리를 치면, 엄마는 참 마음이 아프지. 그렇지만 엄마는 자신의 행동이 옳다는 것을 잘 알고, 그래서 엄마로서의 의무를 충실히 이행할 수밖에 없는 거야. 내가 나의 의무를 다하듯이 말이야."

애니가 재빠르게 주먹으로 원고를 후려쳤다. 둔탁한 소리가 세 번 튀어나왔다. 19만 단어짜리 필생의 역작을 눈앞에 두고 폴은 고통 없이 평온한 상태가 될 것인지 심각하게 고민했다. 19만 단어짜리 필생의 역작을 눈앞에 두고, 폴은 시간이 지날수록 처분해도 좋을 거라는 생각이 점점 강해짐을 느꼈다.

알약. 알약. 망할 놈의 알약이 절실하게 필요했다. 필생의 역작이란 건 허울 좋은 허상일 뿐이지만, 알약은 그렇지 않았다. 그것은 현실이었다.

"폴?"

"안 돼!"

폴이 흐느꼈다. 물방울 모양 포장 속에 든 알약들이 희미하게 덜그럭거렸고, 얼마간 침묵이 흐르더니 성냥갑 속에 든 성냥개비들이 부스럭대는 소리가 났다.

"폴?"

"안 돼!"

"나 이렇게 기다리잖아, 폴."

'어휴, 네가 무슨 로마 시대 때 적에 맞서 홀로 다리를 지켰다는 호라티우스라도 돼? 도대체 그런 짓을 해서 누굴 감동시키겠다는 거야? 너 이게 영화나 텔레비전 쇼인 줄 아냐? 용기를 과시해서 청중들한테 점수 따고 싶은 거야? 애니의 소원을 들어주든가 아니면 버티는 수밖에 없어. 버티면 넌 죽고, 그러면 애니는 그냥 원고를 태워 버리면 그만이야. 이젠 어쩔 거야? 침대에 누워서 그깟 책 때문에 고통당할 거야? 이제까지 출간된 '미저리' 시리즈 중 가장 적게 팔린 책의 반만큼도 안 팔릴 책 한 권 때문에? 피터 프레스콧 같은 평론가가 위대한 문학의 전당 《뉴스위크》에다 가장 고상하고 신사적인 방식으로 비꼬고 욕하는 평론 기사나 써 댈 그런 책 때문에? 야, 야, 정신 차려! 갈릴레오 같은 위인도

사람들이 심각하게 밀어붙이니까 바짝 쫄아서 고분고분 시키는 대로 했다는 걸 알아야지!'

"폴, 나 기다리잖아. 난 하루 종일이라도 기다릴 수 있어. 하지만 너무 오래 끌면 넌 혼수상태에 빠질걸. 내가 보기에 너 지금 혼수상태 직전인 것 같은데. 그리고 나한테는 아주 많은……."

애니의 목소리가 희미해져 갔다.

'그래! 나한테 성냥을 줘! 나한테 용접봉을 줘! 나한테 휴이 헬리콥터랑 네이팜탄 한 무더기를 줘! 원한다면 원고에다 전술 핵폭탄이라도 떨어뜨려 줄게! 그러니 아무거나 빨리 줘, 이 씹할 할망구야!'

악착같이 살아남으려는 마음속의 기회주의자가 저질러 버리라고 선동했다. 그러나 한쪽 구석에서는 혼수상태 직전의 패배한 목소리가 어둠 속으로 사라지며 울부짖었다.

'19만 단어짜리! 필생의 역작! 2년간의 고단한 작업이 일구어 낸 작품!'

그리고 진정한 핵심은 이것이었다.

'진실! 염병할 진실에 관하여 네가 알아낸 것이잖아!'

애니가 일어서자 침대 스프링이 삐걱댔다.

"흥! 너 아주 고집 센 꼬마구나. 알았어. 더 기다려 줄 수도 있지만, 밤새 이러고 있을 수는 없어! 여기에 서둘러 오느라고 거의 한 시간이나 운전했단 말이야. 조금 있다 다시 올게. 그땐 네 마음이 바뀌었을……."

"그럼 네가 원고를 불태우면 되잖아!"

폴이 애니를 향해 소리 질렀다. 애니가 몸을 돌리고 그를 보았다.

"안 돼. 나도 그렇게라도 해서 네 고통을 덜어 주고 싶지만, 절대 그럴 수는 없어."

"왜 안 되는데?"

애니가 우아하게 말했다. "그건 네가 자신의 자유 의지로 직접 해결해야 할 문제니까."

그러자 폴이 웃기 시작했다. 그리고 집에 돌아온 후 처음으로 애니의 얼굴이 어두워졌다. 애니는 팔 밑에 원고를 끼고 방에서 나갔다.

18

한 시간 후 애니가 다시 왔을 때, 폴은 성냥을 받아 들었다.

애니가 숯불 구이 통 석쇠 위에 표제 쪽을 올려놓았다. 폴은 블루팁 성냥 한 개비로 불을 붙이려고 했지만, 성냥을 성냥갑에 제대로 긋지 못하거나 손에서 떨어뜨리는 바람에 불이 붙지 않았다.

그래서 애니가 직접 성냥갑을 들고 성냥을 그어 손에 쥐어 주었고, 폴은 불붙은 성냥을 종이 한쪽 구석에 갖다 댄 다음 통 속에 성냥을 던졌다. 그리고 불길이 종이에 붙어 맛을 보는가 싶더니 순식간에 먹어치우는 광경을 멍하니 지켜보았다. 애니는 숯불 구이용 꼬챙이를 들고 있다가 불타는 종이가 쭈그러들기 시작하면 탄 종이를 꼬챙이로 푹푹 찔러 석쇠 틈 아래로 떨어지게 했다.

"이 순간이 영원히 계속될 것만 같아. 난 더 이상……."

"아니야. 우리는 이 일을 신속하게 해치울 거야. 그런데 폴, 너는 몇 쪽만 더 태우면 돼. 이번 작업에 공감하고 있다는 상징적인 표시로 말이야."

애니가 석쇠 위에 『과속 차량』의 첫째 쪽을 올려놓았다. 폴은 24개월쯤 전 뉴욕 본가에서 첫째 쪽에 썼던 문장들을 떠올렸다. '난 차가 없어.' 계단을 내려오는 소녀에게 다가가며 토니 보나사로가 말했다. '그리고 뭐든지 느리게 배워. 하지만 운전은 빨라.'

그때를 생각하니 라디오에서 하는 「추억의 팝송」을 들을 때처럼 그날의 기억이 돌아왔다. 폴은 아파트에서 이 방 저 방 왔다 갔다 하며 서성거렸다. 작품을 가슴속에 품은 상태, 아니 잉태한 상태였다. 이제 작품을 세상 밖으로 내보내기 위한 출산의 고통이 시작될 참이었다. 그날 아침 일찍 소파 쿠션 밑에서 조앤의 브래지어를 찾아냈던 일이 떠올랐다. 그녀가 떠나간 지 꼭 3개월이 지났으니 청소 대행 업체 직원이 얼마나 일을 제대로 했는지 들통난 셈이었다. 뉴욕 도심의 자동차 소음이 기억났고, 충실한 신도들에게 예배 시간을 알리며 희미하게 들려오던 단조로운 교회 종소리도 기억났다.

폴은 자신이 자리에 앉았음을 기억했다.

항상 그랬듯이 작품을 시작하게 되었다는 축복받은 안도감이 느껴졌고, 눈부신 빛으로 충만한 구멍 속에 빠져드는 기분이 들었다.

항상 그랬듯이 원하는 만큼 훌륭하게 써 내지 못할 거라는 우울한 예감이 들었다.

항상 그랬듯이 작품을 끝내 완성할 수 없을 거라는, 더 이상 글이 써지지 않는 막다른 벽에 쏜살같이 부딪칠 거라는 불안감이 엄습했다.

항상 그랬듯이 여행을 시작한다는 놀랍고도 기쁘고 벅찬 설렘이 온몸을 휘감았다.

폴은 애니 윌크스를 바라보며 똑똑히 그러나 언성을 높이지는 않고 말했다.

"애니, 제발 부탁이야. 나한테 이런 일 시키지 마."

애니는 성냥을 들고 꿋꿋이 선 채 말했다.

"선택은 너의 몫이야."

그래서 폴은 자기가 쓴 원고를 불태웠다.

19

애니는 폴에게 첫 번째 쪽, 마지막 쪽 그리고 원고 이곳저곳에서 빼낸 종이들을 두 장씩 묶어 만든 아홉 묶음을 태워 버리도록 시켰다. 애니의 말에 따르면 9는 힘의 숫자로서 9가 쌍을 이루면 행운을 나타낸다고 했다. 폴은 원고에 적힌 저질스러운 말들을 애니가 매직펜으로 까맣게 지워 놓은 것을 보았는데, 적어도 애니가 읽어 본 쪽까지는 그렇게 되어 있는 듯했다.

"좋아, 좋아."

아홉 번째 묶음이 불타고 있을 때 애니가 말했다.

"잘했어, 넌 정말 멋진 놈이야. 이렇게 하는 게 다리의 통증만큼이나 너를 아프게 한다는 거 나도 잘 알아. 그러니까 더 이상 시간 끌지 않을게."

애니는 석쇠를 빼서 남은 원고를 숯불 통 안에 쏟아 부었고, 불타서 푸석푸석 오그라든 새까만 종이 재들이 부서져 내렸다. 방안에 성냥불과 불탄 종이 냄새가 진동했다.

'악마의 옷장에서나 날 법한 고린내야.'

폴은 반쯤 정신 나간 상태로 생각했다. 폴은 한때 위장이었던 곳이 이미 쭈글쭈글한 호두 껍데기처럼 쪼그라들어 버렸고, 그 속에 아무 음식물이든 들어만 있었다면 구역질을 해 댔을 것이라고 상상했다.

애니가 성냥 한 개비에 불을 붙여 손에 쥐어 주었다. 어쨌든 폴은 몸을 앞으로 숙여 성냥을 숯불 통 속에 떨어뜨리는 일 정도는 할 수 있었다. 더 이상 아무렇지도 않았다. 아무렇지도 않았다.

애니가 툭 쳤다.

폴이 짜증 나는 기색으로 감았던 눈을 떴다.

"불 꺼졌잖아."

애니가 다른 성냥에 불을 붙여 건네주었다. 다시 한번 힘을 내서 몸을 수그리느라 다리 속에서 녹슨 톱으로 썰어 대는 듯한 고통이 깨어났지만, 폴은 원고 뭉치 한쪽 구석에 성냥불을 갖다 댔다. 불꽃이 이번에는 성냥 주위에서 움츠러들다 꺼지는 일 없이 무사히 원고 전체로 퍼져 나갔다.

폴은 눈을 감고 드러누워서 타닥타닥 종이 타는 소리를 들으며 극도로 뜨거워지는 열기를 느꼈다.

"어이구야!"

애니가 깜짝 놀라 외쳤다. 눈을 떠 보니 숯덩이가 된 종이 쪼가리들이 뜨거워진 공기를 타고 숯불 통에서 나와 둥둥 떠다녔다.

애니가 방을 나갔다. 욕조 수도꼭지에서 양동이 속으로 물줄기가 쏟아져 내리는 소리가 들렸다. 폴은 검게 타 버린 원고 한 조각이 방 안을 가로질러 떠다니다 엷은 커튼 한쪽으로 착륙하는 광경을 멍하니 지켜보았다. 착륙 지점에 한순간 불꽃이 튀었다. 방 안에 불이 나는 것은 아닌지 골똘히 생각해 보았다. 불꽃은 한 번 반짝하다 곧 꺼졌다. 재가 커튼에 담뱃불에 탄 것 같은 작은 구멍을 남기고 침대 위로 떨어졌다. 몇몇은 팔에도 내려앉았다. 침대 쪽이든 팔 쪽이든, 폴은 어느 쪽에도 전혀 관심이 없었다.

애니는 방 안에 돌아와 단숨에 방 안 구석구석을 훑어보며 까맣게 탄 채 허공에서 오르락내리락 하는 종이 조각들의 이동 경로를 추적하려 애썼다. 숯불 통에서 불길이 솟구쳐 올라와 맹렬히 들끓었다.

"어이구야!"

애니는 또 놀라는 소리를 내고 물이 든 양동이를 든 채 주위를 두리번거리면서 어느 쪽에다 물을 퍼부어야 할지 아니면 그냥 온 방 안에 물을 쫙 끼얹어야 할지 결정을 내리려 애썼다. 입술은 떨고 있었고 침으로 젖어 있었다. 폴이 보고 있자니 혀가 튀어나와 젖은 입술을 말끔하게 닦았다.

"어이구야! 어이구야!"

할 줄 아는 말이라곤 그것밖에 없는 것 같았다.

폴은 숨 막히게 조여 오는 고통 속에서도 강한 쾌감을 느꼈다. '애니 윌크스가 겁먹으면 이렇게 변하는구나.' 사랑할 수밖에 없는 모습이었다.

또다시 종이가 둥실 떠올랐다. 이번 것에는 아직도 푸른 불꽃이 꺼지지 않고 희미하게 남아 길게 매달려 있었고, 그것이 애니를 움직이게 했다. 애니는 또 한번 '어이구야!' 소리를 내며 조심스럽게 숯불 구이 통 안에 물을 부었다. 야단스럽게 지글거리는 소리와 함께 연기구름이 새 나왔다. 냄새가 축축하고 지독하고 메케했지만, 어쩐지 달콤하기도 했다.

애니가 방에서 나가자 폴은 온 힘을 다해 팔꿈치를 움직여 가까스로 몸을 일으켰다. 통 속을 들여다보니 새까맣게 탄 통나무 덩어리처럼 생긴 물체가 지저분한 연못 속에서 떠다니고 있었다.

잠시 후 애니 윌크스가 다시 돌아왔다.

놀랍게도 콧노래를 흥얼거리고 있었다.

애니는 폴을 자리에 똑바로 앉혀 놓고 입속으로 알약을 밀어넣었다.

폴은 약을 삼킨 다음 자리에 드러누워 생각했다.

'네년을 꼭 죽여 버리고 말겠어.'

20

"먹어."

멀리서 애니가 말하는 소리가 들려왔고, 폴은 찌르는 듯한 고통을 느꼈다. 눈을 떠 보니 애니가 곁에 앉아 있었다. 폴은 처음으로 애니와 얼굴을 맞대고 대등한 높이에서 만났다. 이루 말할 수 없는 영겁의 시간이 흐른 뒤에 처음으로 자리에 앉아 있다는 사실을 깨닫고 폴은 멀리서 아득히 메아리치는 놀라움을 느꼈다. 실제로 폴은 똑바로 앉아 있는 상태였다.

'그게 뭐 대수냐?'

그러고는 다시 눈을 굳게 감아 버렸다. 바닷물이 들어와 있었고 말뚝은 바닷물에 덮여 있었다. 마침내 바닷물이 밀려 들어왔고 다음에 쓸려 나가면 다시는 돌아오지 않을지도 몰랐다. 그러니 바닷물이 남아 있는 동안은 파도타기를 실컷 즐길 작정이었다. 어떻게 앉아 있는지 따위는 나중에 생각할 수도 있으니 우선…….

"먹어!"

애니가 다시 말하자 또다시 고통이 일어났다. 고통이 머리 왼편에서 윙윙거렸고, 폴은 낑낑대며 고통으로부터 달아나려 애썼다.

"먹어, 폴! 기운 차리려면 잘 먹어 둬야지 안 그러면……."

찌이이잉! 귓불. 애니가 귓불을 꼬집어 비틀었다.

"알아." 폴이 중얼거렸다.

"알았어! 제발 부탁인데 귀 좀 잡아당기지 마."

억지로 눈을 떴다. 눈꺼풀이 시멘트 덩어리를 매단 것처럼 무거웠다. 즉시 숟가락이 입에 들어와 목 안에 뜨거운 수프를 쏟아 버렸다. 폴은 질식하지 않으려고 수프를 삼켰다.

갑자기 어디에선가('신사숙녀 여러분, 아나운서 생활을 오랫동안 해 왔지만 이토록 놀라운 등장은 처음입니다!') '나 배고파'가 모습을 드러내며 뛰쳐나왔다. 수프 한 입이 최면에 걸린 듯 잠자던 폴의 뱃속을 깨워 놓은 듯했다. 폴은 떠먹여 주는 대로 허겁지겁 받아먹었고, 요란하게 소리를 내며 먹고 삼킬수록 배고픔은 덜해지기는커녕 더욱 기승을 부리는 듯했다.

약을 먹고 몽롱한 상태에 있는 동안 애니가 불길한 연기를 내뿜는 숯불 구이 통을 끌고 나간 뒤 무언가를 끌고 들어왔다는 생각이 언뜻 들었다. 폴은 그 무언가가 쇼핑 카트일 거라 생각했다. 이런 생각이 놀랍지도 이상하지도 않았다. 그는 애니 윌크스를 방문하고 있었으므로. 숯불 구이 통, 쇼핑 카트, 어쩌면 다음 날에는 주차 미터기나 핵탄두가 나올지도 몰랐다. 요술의 집에 살다 보면 재미있는 볼거리가 끊일 날이 없는 법이다.

의식이 표류했다. 하지만 이제 폴은 쇼핑 카트라고 생각했던 것이 실은 접을 수 있게 만든 휠체어임을 깨달았다. 그는 휠체어에 앉아 있었고, 부서진 다리는 몸 앞으로 뻣뻣하게 뻗쳐 나와 있었고, 골반 부위는 불편하게 부어오른 느낌이었고, 휠체어에 앉아 있는 새로운 자세는 별로 행복하지 않았다.

'내가 약에 취해 정신 못 차리는 사이에 나를 휠체어에 앉혔군. 나를 들어올린 거야. 축 늘어져 무거워진 나를. 맙소사, 이 여자 힘이 그렇게 세단 말인가.'

"다 먹었네. 폴, 네가 수프를 잘 먹으니까 기쁘다. 나는 네 상태가 좋아질 거라고 믿어. '새것처럼 말짱해진다'고는 말 못해. 슬프지만 그렇게는 안 될 거야. 하지만 더 이상 이런…… 이런 외부 충격이 없다면, 상태가 많이 좋아질 거라고 믿어. 이제 더러워진 침대보를 바꿔 주고 나서, 그 다음에는 더러워진 네 몰골을 바꿔 줄게. 그러고 나서 네가 많이 안 아프고 그때까지도 배고파하면, 토스트를 좀 갖다 줄게."

"고마워, 애니."

폴은 얌전하게 말했다. 그리고 생각했다.

'네 모가지를 확 찢어 놓을 테다. 기회가 되면 네가 깜짝 놀라 입에서 '어이구야!' 소리가 튀어나오도록 해 줄게. 하지만 그 소리도 딱 한 번밖에 못 지를 거야, 애니.'

'딱 한 번.'

21

네 시간 뒤 폴은 다시 침대로 돌아왔고, 노브릴을 딱 한 알만 준다 해도 자기 작품 전부를 불태울 수 있을 듯한 심정이 되었다. 휠체어에 앉아 있는 동안은 하나도 고통스럽지 않았다. 독일 군대 절반을 잠재울 수 있을 정도의 약 기운이 혈관 속에 흘렀기 때문이었다. 하지만 이제는 마치 벌 떼가 하반신을 들쑤시고 다니는 것만 같았다.

폴은 아주 커다랗게 비명을 질렀다. 앞서 먹은 음식이 어떤 작용을 일으킨 듯했다. 폴이 기억하기에 먹구름 속에서 의식이 탈출한 뒤로 그때처럼 처절하게 비명을 질러 본 적이 없었다.

폴은 애니가 오랫동안 침실 문 밖에 우두커니 서 있는 듯한 낌새를 느꼈다. 꼼짝없이 서서 전기 코드가 뽑힌 것처럼 의식이 꺼진 채 멍하니 문손잡이만 보고 있거나, 아니면 자기 손금을 들여다보고 서 있을 터였다.

"자."

애니가 들어와서 약을 주었다. 이번에는 두 알이었다.

폴은 물 잔을 갖다 대려는 애니의 손목을 부여잡은 채 알약을 그냥 꿀꺽 삼켰다.

"나 마을에 가서 너한테 줄 선물 두 개 사 왔어."

"그랬어?"

폴이 쉬어 버린 목소리로 대꾸했다.

애니가 휠체어를 가리켰다. 휠체어가 다리 받침대를 밖으로 내놓은 채 방 한구석에 가만히 서 있었다.

"나머지 하나는 내일 보여 줄게. 이제 좀 푹 자, 폴."

22

오랫동안 잠이 오지 않았다. 폴은 약 기운 속을 두둥실 떠다니며 자신이 처한 상황을 생각해 보았다. 생각하는 일이 조금 더 쉬워진 것 같았다. 이미 완성했지만 다시는 완성할 수 없게 된 어떤 책을 생각하는 일보다는 더 쉬웠다.

단서들…… 천 조각들처럼 흩어져 있는 단서들을 이불보 꿰매듯이 한 곳에 모을 수 있을 터였다.

애니가 말하길 이 집은 이웃들로부터 수 킬로미터 정도 떨어져 있다고 했다. 이웃들은 그녀를 싫어한다. 이웃 이름이 뭐였더라? 보인튼. 아니, 로이드먼. 그래 맞아, 로이드먼. 마을로부터 얼마나 멀리 떨어져 있는 것인가? 확실히 너무 먼 거리는 아니었다. 폴은 지름이 작게 잡아 25킬로미터, 또는 크게 잡아 70킬로미터 정도 되는 원 안에 있었다. 애니 윌크스의 집이 그 원 안에 있었고, 로이드먼네 집도, 사이드와인더 마을도 있었다. 아무리 보잘 것 없이 작은 영역일지라도…….

'그리고 내 차. 내 카마로도 그 원 안 어딘가에 있다. 경찰이 차를 찾아냈을까?'

아닐 거라고 생각했다. 폴은 유명 인사였다. 만약 그의 이름으로 등록된 번호판을 단 차가 발견되었다면 아주 간단한 초동 수사를 통해 볼더에 있다가 실종되었다는 사실이 밝혀졌을 것이다. 그가 몰던 차가 부서진 채 빈 차로 발견되었다면 수색 작업이 벌어지고, 뉴스에도 소식이 나오고…….

'애니는 텔레비전 뉴스 같은 건 절대 안 봐. 라디오로도 뉴스는 전혀 안 듣지. 귀마개나 이어폰을 끼지 않은 다음에야.'

들리지 않는 뉴스는 셜록 홈즈 소설에 나오는 개와 닮은꼴이었다. 짖지 않는 개라니. 경찰이 이 집에 오지 않았으므로 폴의 차는 아직 발견된 것이 아니었다. 만약 발견되었다면 경찰은 폴이 만든 가상의 원 안에 있는 모든 집들을 수색하고 다녔을 것이다. 안 그런가? 그리고 원 안에서 폴이 있는 로키 산맥 서쪽 사면 정상 가까이에 사는 사람들은 얼마나 될까? 로이드먼네, 애니 윌크스, 어쩌면 그 밖에 열 가구 또는 열두 가구 정도?

그리고 아직 차가 발견되지 않았다고 해서 앞으로도 발견되지 않을 거라는 뜻은 아니었다.

폴의(외가 중에는 아무도 갖지 못했다는) 생생한 상상력이 뒷얘기를 만들어 갔다. 경찰은 키가 크고 잘생겨서 냉철한 멋이 풍기고 구레나룻은 보통보다 좀 긴 듯했다. 검은 선글라스를 쓰고 있어서 용의자가 그의 얼굴을 보면 선글라스 렌즈 위로 용의자의 얼굴 두 개가 반사되어 보였을 것이다. 목소리는 중서부 지방 특유의 단조로운 코맹맹이 소리였다.

'말짱 꽝 산 중턱에서 폴 셸던이라는 유명 소설가의 차가 전복되어 있는 현장을 발견했다. 좌석과 계기판에 혈흔이 있지만, 운전자는 보이지 않는다. 차량에서 기어 나온 것 같고, 어쩌면 의식이 혼란스러운 상태에서 이 부근을 돌아다니고 있을 수도……'

폴의 다리 상태에 비춰 본다면 경찰의 말은 정말 웃기는 소리였다. 하지만 경찰들은 폴의 부상이 얼마나 심한지 알 도리가 없었으므로 충분히 그럴 수 있었다. 폴이 사고 현장에 없으니 현장을 빠져나갈 만큼의 기운이 남았다고 추측할 뿐이었다. 경찰은 추리 과정에서 납치 같은 가능성이 희박한 경우를 염두에 두지는 않을 듯했다. 적어도 처음에는. 그리고 어쩌면, 그런 쪽으로는 전혀 생각을 못 할 수도 있었다.

'폭풍 치던 날 도로에서 사람을 본 기억이 있습니까? 큰 키에 나이는 마흔두 살, 옅은 갈색 머리인데요? 아마도 청바지에 체크무늬 면 셔츠에 파카를 입었을 텐데요? 부상을 입었을 것으로 추정되는 사람이거든요? 저런, 그가 누군지 전혀 모르시겠습니까?'

애니는 부엌에서 경찰에게 커피를 대접할 것이다. 애니는 부엌과 손님용 침실 사이에 있는 모든 문을 잊지 않고 닫아 놓을 것이다. 폴이 신음소리를 낼 경우에 대비해서.

'흐음, 전혀요. 경관님, 저는 사람이라곤 하나도 못 봤어요. 사실 마을에 갔다가 서둘러 돌아왔거든요. 토니 로버츠한테서 흉악한 폭풍이 남쪽으로 꺾이지 않았다는 소리를 들어서요.'

경찰이 커피 잔을 내려놓고 일어선다.

'예, 만약 지금 말씀드린 인상착의와 일치하는 사람을 보시면, 신속히 저희한테 연락해 주십시오. 아주 유명한 사람입니다. 《피플》에 나왔던 사람이에요. 다른 잡지에도 나왔고요.'

'꼭 일러 주신 대로 할게요, 경관님!'

그리고 경찰은 떠날 것이다.

어쩌면 그런 일이 벌써 일어났는데 폴만 모를 수도 있었다. 어쩌면 그가 약을 먹고 정신이 나가 있는 동안 상상한 대로 경찰이 혼자서 또는 동료 경찰들과 함께 애니를 방문했을지도 몰랐다. 폴이 그 정도로 오랜 시간 동안 약에 취해 있었음을 하느님께서는 잘 알고 계셨다. 그런데 방문 수사는 없었을 거라는 생각이 강하게 들었다. 폴은 한순간 관심을 끌다 사라질 만한 그저 그런 평범한 동네에서 온 그저 그런 평범한 남자가 아니었다. 《피플》에도 등장했고(첫 번째 베스트셀러를 터뜨렸을 때) 연예인 사생활이나 캐는 《어스》에도 등장했다.(첫 번째 이혼 때) 일요일판 《퍼레이드》 중 월터 스콧의 「화제의 인물 퍼레이드」에서는 폴에 관한 궁금증을 풀어 보는 시간을 마련할 정도였다. 그러니 경찰에서는 나중에 꼼꼼하게 집집마다 다시 한번 확인했을 것이다. 어쩌면 전화로, 어쩌면 직접 방문해서. 작가처럼 실속 없는 유명 인사라고 해도 일단 사라지면 그 열기는 오랫동안 지속되는 법이다.

'인마, 지금 이건 다 그냥 네 생각일 뿐이잖아.'

어쩌면 그냥 단순한 생각일 수도, 어쩌면 칼날같이 날카로운 추리일 수도 있었다. 어느 쪽이건 가만히 드러누워 아무 짓도 안 하는 것보다는 훨씬 나았다.

가드레일은 어떨까?

기억해 보려 했지만 떠오르지 않았다. 떠오르는 것이라곤 사고 당시 담배를 찾으려고 더듬다가 하늘과 땅이 놀라운 방식으로 서로 자리를 뒤바꾸는 모습을 본 기억뿐이었고, 그 다음은 어둠뿐이었다. 그러나 다시 한번 추리력(또는 폄하하고 싶으면 그저 경험에 근거한 추측이라고 불러도 좋다)을 발휘해 보니 사고 당시 가드레일 같은 것은 없었다고 쉽사리 믿게 되었다. 가드레일이 부서지고 버팀 밧줄이 끊어졌다면 이미 도로 관리원들이 발견했을 테니.

그럼 도대체 사고는 정확히 어떻게 일어난 것일까?

폴은 경사가 별로 높지 않은 곳에서 균형을 잃었던 것이다. 바로 그거였다. 딱 차가 뒤집어질 수 있을 정도의 경사만 있는 곳. 경사가 더 심한 곳이었다면 가드레일이 설치되어 있었을 것이다. 경사가 더 심한 곳이었다면 애니 윌크스는 혼자 힘으로 내려가서 폴을 길 위까지 끌어올리기가 어렵거나 불가능하다고 여겼을 것이다.

그럼 그의 차는 어디에 있었을까? 당연히 눈 속에 파묻혀 있었을 것이다.

폴은 팔로 눈을 가렸고, 사고를 당한 도로 위로 겨우 두 시간 전에 마을을 나온 제설차가 지나가는 광경을 상상했다. 날이 저물 무렵 휘날리는 눈발 속에서 제설차는 흐릿한 오렌지 색 덩어리로 보였다. 운전사는 눈 바로 아래까지 옷을 껴입었다. 머리에는 파랗고 하얀 무명천으로 만든 구식 열차 승무원 모자를 썼다. 운전사 오른편에서 그리 멀지 않은 곳에 눈이 쌓이면 전형적인 산골짜기 모습으로 변모할 완만한 경사면의 바닥이 보였다. 폴 셸던의 카마로가 누워 있는 곳이었다. 카마로 뒤 범퍼에는 '하트

후보를 대통령으로'라고 씌어진 오래된 파란색 스티커가 붙어 있었는데, 차에서 그나마 가장 밝게 빛나는 부분이었다. 제설차 운전사는 누워 있는 차를 보지 못했다. 범퍼 스티커가 너무 낡아 제설차 운전사의 눈을 끌지 못했다. 제설차에 달린 널찍한 날이 측면 시야를 대부분 가렸고, 게다가 날도 거의 어두워져서 그는 지쳐 있었다. 그에게는 그저 그날의 마지막 작업을 빨리 끝내고 다음 근무자에게 제설차를 넘겨주고 나서 마실 따끈한 커피 한 잔이 간절할 뿐이었다.

제설차가 더러워진 눈 덩이들을 하수로 쪽으로 뿌려 대며 폴의 차가 있는 곳을 지나갔다. 이미 창문까지 눈이 쌓였던 카마로는 이제 거의 지붕 있는 곳까지 덮어 버렸다. 그 후 날이 저물어 어스름할 무렵 바로 눈앞의 물체도 제대로 알아보기 힘들 만큼 폭풍이 절정으로 치달았을 때, 두 번째 근무자가 모는 제설차가 그전 제설차가 지나간 반대 방향에서 와서는 카마로를 아예 눈 무덤으로 만들어 놓고 갔다.

폴은 눈을 뜨고 흰 석회가 발라진 방 천장을 바라보았다. W자 세 개를 서로 이어 놓은 것처럼 보이는 미세한 금이 길게 나 있었다. 먹구름에서 나와 의식을 회복한 뒤에 침대에 누워 수없이 많은 날을 지내면서 지켜보느라 아주 친숙해진 금이었다. 폴은 또다시 금을 따라서 시선을 움직이며, 멍하니 W를 생각했다. '사악한 wicked'과 '비참한wretched'과 '마녀 같은witchlike'과 '몸부림치는wriggling' 같은 말들을 생각나게 하는 W.

그렇다.

사고는 그런 식으로 났던 것이다. 그랬을 것이다.

폴의 차가 발견 되고 나면 어떻게 행동할지 애니는 미리 생각해 두었을까?

그랬을지도 모른다. 애니는 미쳤다. 하지만 미쳤다고 해서 멍청한 것은 아니다.

그래도 애니는 폴이 『과속 차량』 원고의 복사본을 만들어 뒀을 것이라는 생각은 전혀 하지 못했다.

'그랬지. 그리고 그 생각이 맞았어. 그 씹할 년의 생각이 맞았다고. 내가 틀린 거야.'

새까맣게 타 버려 허공을 떠다니는 종이들, 불꽃, 타는 소리, 작품이 파괴되는 냄새. 이런 형상들이 계속해서 떠올랐다. 폴은 상상에 무너지지 않으려 이를 갈며 그것들로부터 마음의 문을 닫으려고 노력했다. 생생한 상상력이 항상 좋기만 한 것은 아니었다.

'그래, 복사본 따위는 만들 생각도 안 했어. 하지만 작가라면 열 명 중 아홉은 복사본을 만들어 놓는다고. 적어도 네가 '미저리가 안 나오는' 소설을 써서 벌어들이는 만큼만 수입을 올리는 작가라면 복사본은 꼭 챙길 거다. 그런데 애니는 복사본이 있을 거라는 가능성은 전혀 생각도 못했어.'

애니는 작가가 아니니까.

'하지만 멍청이도 아냐. 그건 우리 모두 인정하는 사실이잖아. 애니의 내면은 자신만의 생각으로 가득 차 있는 것 같아. 단순히 자아가 강한 정도가 아니야. 애니의 자아는 웅장하리만치 거대하고 강력하단 말이지. 원고를 태우는 일을 마땅히 해야 할 일이라고 여겼을 테고, 마땅히 해야 할 일을 결정하는 애니의 사고 회로는 어쩌면 아주 사소한 이유만으로 단절되는지도 몰라. 유료 복사기하고 25센트짜리 동전 한 무더기만 있으면 얼마든지 복사본을 만들 수 있는데…… 애니는 고작 25센트짜리 동전 따위는 신경 쓸 겨를이 전혀 없었단 말이지.'

다른 추리들은 모래 위에 지은 집처럼 엉성할지도 몰랐지만, 애니 윌크스를 바라보는 이런 시각은 지브롤터 해협의 험준한 바위산처럼 견고했다. 폴은 『미저리』를 쓰기 위해 자료 조사를 한 경험이 있어서 신경 불안과 정신 이상에 관해 보통 이상의 지식을 가지고 있었다. 폴이 알기로 단순한 신경증과 정신병의 경계 사이에서 위태롭게 줄타기를 하는 환자의 경우 극도의 우울증과 공격적이라고까지 할 만한 쾌활한 흥분 상태가 번갈아 가며 나타나는데, 그 모든 감정들 밑에는 우쭐대기 좋아하며 상처받기 쉬운 자아가 깔려 있고, 그런 자아는 모든 타인들의 시선이 자신에게 쏠려 있으며 자기가 위대한 드라마 속의 주인공으로 산다고 생각한다. 그 결과 이 세상에는 본성을 겉으로 드러내지 않은 수백만 명이 폭발할 날만을 기다리며 숨죽이고 있는 것이다.

그들의 자아는 연속적으로 꼬리를 물고 이어지는 생각을 철저하게 용납하지 않는다. 그런 일련의 생각들은 예측이 가능하다. 모두들 같은 방향으로 뻗어나가기 때문이다. 불안정한 사람의 사고는 생각하고 있는 주제에 관해 스스로 통제할 수 있는 영역을 벗어난 목표, 상황, 또는 어떤 인물에까지 도달한다.(또는 환상을 꿈꾸는 단계에까지 도달한다고 할 수 있다. 신경증 환자는 통제 가능한 현실과 통제 불가능한 환상이 서로 다름을 인식하지만, 정신병 환자는 그 둘을 하나로 보고 똑같이 취급한다.)

애니 윌크스는 『과속 차량』을 파괴하고 싶어 했다. 그래서 원고가 오직 그것 하나뿐이라는 환상에 빠졌다.

'어쩌면 복사본이 더 있다고 말했으면 그놈의 원고를 구할 수 있었을지도 몰라. 애니는 원고를 파괴하는 일이 헛된 짓임을 깨달았을 거야. 애니는……'

잠들려고 하면서 차츰 느려지던 호흡이 갑자기 목에 걸렸고, 두 눈이 휘둥그레졌다.

결국 애니는 헛된 짓임을 깨달았을 것이다. 꼬리를 물고 이어지는 생각이 결국 자기 힘으로는 어찌할 수 없는 영역까지 도달한다는 사실을 인정할 수밖에 없었을 것이다. 그렇게 자아가 상처받으면 분하고 원통해서……

'내가 성질이 좀 있어!'

폴이 쓴 '더러운 작품'을 파괴하기가 불가능하다는 사실을 확실히 인식했다면, 애니는 더러운 작품 대신 그것의 창조자라도 파괴해 버려야겠다고 마음먹지 않았을까? 어쨌든 폴 셸던이라는 인간 자체를 복사해 뒀을 리는 없을 테니까.

폴의 심장이 빠르게 두근거렸다. 다른 방에 있는 시계가 종을 치기 시작했고, 머리 위쪽 천장에서는 쿵쿵거리며 걸어가는 애니의 발소리가 들려왔다. 오줌 누는 소리가 조그맣게 들렸다. 화장실 물 내리는 소리. 침대로 돌아가는 육중한 발소리. 침대 스프링이 삐걱거리는 소리.

'다시는 나를 열 받게 만들지 않을 거지, 그렇지?'

폴의 마음이 갑자기 전속력으로 뜀박질하려고 했고, 한껏 탄력 받은 말처럼 속력을 내려 했다. 이렇게 조잡한 정신 분석이 자동차와 무슨 상관이 있을까? 차가 언제쯤 사람들 눈에 발견될지 추측하는 데 도움이 될까? 그런 것이 무슨 의미가 있기는 한 걸까?

"잠깐만."

폴이 어둠 속에서 속삭였다.

"잠깐만, 진정해, 숨 좀 돌리자. 속력을 좀 늦추자."

폴은 또다시 팔을 들어 눈을 가리고 마법의 주문을 외듯 검은 선글라스에 기다란 구레나룻의 경찰관을 불러냈다. '말짱 꽝 산 중턱에서 전복된 차량을 발견했다.' 경찰관은 이번에도 이러쿵저러쿵 수다를 떨었다.

하지만 이번에는 애니가 커피 마시고 가라는 소리를 하지 않았다. 이번에는 경찰관이 집에서 나와 멀리 길 아래로 내려갈 때까지 마음을 놓을 수 없었을 것이다. 경찰관과 함께 부엌에만 머물러 있었지만, 그들과 손님 방 사이에 굳게 닫힌 문이 두 개나 있었지만, 손님방에 있는 손님은 머리 꼭대기까지 약에 취해 해롱대고 있었지만, 새어 나오는 신음소리가 들릴 수도 있었기 때문이다.

폴의 차가 발견되었다면 애니 윌크스는 자신이 곤란한 처지에 빠졌음을 알아차렸을 것이다. 안 그런가?

"맞아."

폴이 속삭였다. 다리가 다시 아파오기 시작했지만 애니가 곤란해질 거라는 생각 덕분에 폴은 점차 드러나는 공포 속에서도 고통 따위 거의 신경 쓰지 않았다.

폴을 집에 데리고 왔다고 해서 애니가 곤경에 빠지지는 않았을 것이다. 특히 사고 지점에서 사이드와인더 마을보다 애니의 집이 더 가까웠다면 말이다.(폴은 그렇게 믿었다.) 그랬다면 애니가 폴을 구조한 셈이고, 아마도 사람들은 애니에게 미저리 체스턴 팬클럽 평생 회원증과 메달을 수여할 것이다.(그런 일이 실제로 일어난 듯 폴은 너무 분해 치를 떨었다.) 여기서 문제는 애니가 폴을 집에 데려와 손님방에다 모셔 놓고 아무에게도 알리지 않았다는 사실이다. 애니는 지역 응급 구조대에 전화를 걸지 않았다. '저는 말짱 꽝 산 도로 위에 사는 애닌데요, 여기서 웬 남자를 한 명 발견했지 뭐예요. 꼭 서커스단의 그물망에서 재주넘는 킹콩같이 생겼거든요.' 여기서 문제는 애니가 절대 허가 없이 소지해서는 안 될 약품을 폴의 몸속에 한 가득 채워 넣었다는 사실이다. 당시 상태의 반만큼만 덜 중독됐더라도 폴은 애니가 그런 약을 갖고 있다는 사실을 비난했을 것이다. 여기서 문제는 애니가 약을 투여한 다음에도 이상야릇한 치료법을 감행하여 폴의 팔뚝에 정맥 주사를 찔러 놓고 알루미늄 목발에서 잘라 낸 쇠막대기로 다리를 동여매 놓았다는 사실이다. 또한 여기서 문제는 애니 윌크스가 덴버에서 법정에 선 경험이 있다는 사실인데……. '증인 신분으로 섰던 것은 아니야. 그 점은 내 집과 전 재산을 걸고라도 장담할 수 있어.'

그래서 애니는(폴의 상상 속에서) 경찰이 겁나게 깨끗한 순찰차를 몰고 길 아래로 내려가는 모습을 끝까지 지켜본다.(순찰차는 범퍼 아래쪽과 흙받기 안쪽에 눈과 제설용 소금이 한데 뭉친 덩어리들이 붙어 있는 것만 빼면 겁나게 깨끗하다.) 그리고 다시금 안전해졌음을 느끼지만…… 완전히 안전해진 것은 아니다. 애니는 이제 깜짝 놀란 동물과 같기 때문이다. 너무, 너무 심하게 놀라 버렸다.

경찰들은 찾고 또 찾고 그러고도 모자라 계속 찾으러 돌아다닐 것이다. 실종자는 겨우 그저 그런 평범한 동네에서 온 그저 그런 평범한 남자가 아니니까. 실종자는 폴 셸던인 것이다. 슈퍼마켓 삼류 소설 판매대의 연인이자 쓰레기통의 단골손님으로 추앙받는 미저리 체스틴을 만들어 낸 문학계의 제우스 같은 존재인 것이다. 만일 그를 찾지 못한다면 경찰은 수색을 중단하든지, 아니면 적어도 수색 지역을 다른 곳으로 옮길 것이다. 그러나 어쩌면 이웃에 산다는 로이드먼 일가 중 한 명이 폭풍 치던 날 밤에 지나가는 애니를 목격했을 수도 있다. 애니의 낡은 트럭 뒷자리에 담요로 싼(언뜻 보기에 사람처럼 보이는) 뭔가 재미있게 생긴 물체가 놓인 장면을 목격했을 수도 있다는 말이다. 설사 그 사람들이 아무것도 보지 못했다고 해도, 애니는 로이드먼 일가라면 자신을 불행에 빠뜨리기 위해 이야기를 고의로 지어낼 만한 사람들이라고 생각할 것이다. 그 사람들은 애니를 싫어하니까.

경찰이 다시 애니를 찾아올 수도 있다. 그리고 그때는 애니가 모시고 있는 손님이 그전처럼 조용히 있지만은 않을 수도 있다.

폴은 숯불 구이 통에 난 불이 통제 불능 직전의 상황까지 갔을 때 시선을 어디다 둘지 몰라 두리번거리던 애니를 기억했다. 폴은 혀로 입술을 문지르는 애니를 보았다. 정신없이 이곳저곳 왔다 갔다 걸어 다니며 주먹을 쥐었다 폈다 반복하면서, 폴이 먹구름 속에서 길을 잃은 채 누워 있는 손님 방 안을 이따금씩 힐끔거리는 애니를 보았다. 이따금씩 빈 방에 대고 '어이구야!'를 연발했을 것이다.

애니는 아름다운 깃털을 가진 진귀한 새를 훔쳤다. 그 진귀한 새는 아프리카에서 왔다.

그런데 애니가 훔쳤다는 사실을 알면 사람들이 어떻게 행동할까?

물론 또다시 법정에 세울 것이다. 또다시 덴버에 있는 법정에. 그리고 다시는 법정에서 무사히 걸어 나오지 못할 것이다.

폴은 눈에 대고 있던 팔을 치웠다. 그리고 천장을 가로질러 술취한 듯 흔들거리며 길게 연결되어 있는 W들을 쳐다보았다. 나머지 일들이 어떻게 벌어질지 생각하느라 눈에다 팔을 덮을 필요는 없었다. 하루 내지 일주일 동안은 애니에게 붙들려 있을 수도 있었다. 그러는 동안 애니가 경찰의 추가 전화 또는 추가 방문을 받는 통에 품에 안고 있는 진귀한 새를 제거하기로 결심을 굳힐 수도 있었다. 어쨌든 결국 제거하고야 말 터였다. 사람들에게 쫓길 상황에 처한 들개가 몰래 잡아온 사냥감들을 땅에 묻기 시작하는 것과 마찬가지였다.

폴에게 알약을 두 알 대신 다섯 알 줄 수도 있었고, 어쩌면 베개로 질식시킬 수도 있었다. 어쩌면 간단하게 총으로 쏴 죽일 수도 있었다. 분명 집 어딘가에는 엽총이 있었을 것이다. 산골에 사는 사람들은 거의 대부분 엽총을 가지고 있으니까. 엽총 한 자루면 문제가 해결될 터였다.

'아니, 총은 안 돼.'

'결과가 너무 지저분해.'

'증거를 남길 수 있을 테니.'

그때까지는 폴이 생각한 일들이 실제로 일어나지 않았다. 아무도 폴의 차를 발견하지 못했기 때문이다. 뉴욕이나 로스앤젤레스에서는 사람들이 그를 찾고 있었을지도 모르지만, 콜로라도 주 사이드와인더에서는 아무도 그를 찾지 않았다.

'하지만 봄이 오면.'

W들이 천장 위를 구불구불 지나가고 있었다. '씻긴Washed.' '지워진Wiped.' '초췌한Wasted.'

다리가 더욱 심하게 쑤셨다. 다음번 시계 종소리가 울리면 애니가 들어올 터였지만, 얼굴 표정만 보고도 생각을 읽어 낼 것만 같아 폴은 두려워졌다. 너무 섬뜩해서 차마 글로 쓸 수 없는 어떤 이야기의 설정처럼. 폴의 시선이 왼쪽으로 흘렀다. 벽에 달력이 걸려 있었다. 달력 그림에선 한 소년이 썰매를 타고 언덕을 내려오고 있었다. 달력에 따르면 그때는 2월이었지만, 그러나 폴의 계산이 옳다면 이미 3월 초였다. 애니 월크스는 깜빡 잊고 달력을 넘기지 않았다.

뉴욕 번호판이 달려 있고 운전석 사물함 속에는 차량 소유자가 폴 셸던임을 알리는 자동차 등록증이 든 그의 카마로가 눈이 녹아내려 외부로 드러나려면 얼마나 오랜 시간이 걸릴까? 경찰이 애니에게 전화하거나 아니면 애니가 신문을 보고 차가 발견되었다는 사실을 알려면 얼마나 오랜 시간이 걸릴까? 봄에 눈이 녹으려면 얼마나 오랜 시간이 걸릴까?

6주? 5주?

'그동안이 내 목숨이 붙어 있는 시간이 되겠지.'

폴은 그렇게 생각하고 몸을 떨기 시작했다. 그때쯤 다리의 고통이 완전히 깨어났다. 폴은 애니가 찾아와 알약을 더 먹여 주고 나서야 겨우 잠들 수 있었다.

23

    다음 날 저녁, 애니가 수동식 로열 타자기를 들고 왔다. 그 타자기는 전동 타자기, 컬러 텔레비전, 누름 버튼 전화기 같은 것들이 과학 소설에나 등장하는 상상의 물건으로 대접받던 시대에 만들어진 사무용 모델이었다. 검은색이었고, 발목까지 오는 구두 두 짝을 합쳐 놓은 크기였다. 옆면에는 유리판이 붙어 있어서 안에 있는 레버, 스프링, 톱니바퀴, 회전축 같은 부품들이 다 보였다. 쇠로 된 줄 바꿈 레버는 오랫동안 사용하지 않아 무디어진 채 차를 세우려는 히치하이커의 엄지처럼 한쪽으로 튀어나와 있었다. 롤러에는 먼지가 쌓였고 롤러 표면의 단단한 고무는 여기저기 상처가 나고 구멍이 패어 있었다. 타자기 앞부분에는 반원형으로 '로열(ROYAL)'이라고 새겨져 있었다. 애니는 끙끙대며 타자기를 들어 잠깐 동안 폴이 자세히 살펴볼 수 있게 한 다음, 폴의 다리 사이 침대 발치 위에 타자기를 내려놓았다.

    폴은 타자기를 바라보았다.

    '타자기가 웃고 있는 건가?'

    '아하, 이런. 타자기가 정말 웃고 있는 것처럼 보이잖아.'

    어찌 됐든 타자기는 벌써부터 고난을 예고하는 것처럼 보였다. 타자기 잉크 리본은 빛 바랜 2색 리본이었는데, 검은색 위에 붉은색이 덮인 모습이었다. 폴은 그런 종류의 리본이 있었는지조차 잊고 있었다. 그 잉크 리본을 보아도 즐거웠던 추억은 떠오르지 않았다. 애니가 정색하며 웃고 있었다.

    "어때? 이 타자기 괜찮은 거 같아?"

"멋져!" 폴이 서슴없이 말했다.

"진정한 골동품이네."

애니의 웃음에 구름이 끼었다.

"골동품으로 감상하려고 산 게 아냐. 이건 중고품이야. 좋은 중고품."

폴이 즉시 입심을 발휘했다.

"이봐! 골동품 타자기만큼 좋은 타자기는 없어. 구하고 싶어도 구할 수 없는 귀한 물건이야. 모름지기 좋은 타자기는 거의 영원토록 쓸 수 있는 법이지. 여기 있는 이 고풍스러운 사무용 모델은 탱크처럼 튼튼하다고!"

손이 타자기까지 닿을 수 있다면, 쓰다듬었을 것이다. 입이 타자기까지 닿을 수 있다면, 입이라도 맞췄을 것이다.

애니의 웃음이 돌아왔다. 폴의 심장 박동이 약간 느려졌다.

"이거 '중고 뉴스'에서 산 거야. 가게 이름치곤 좀 한심하지? 그런데 그 가게 주인 낸시 다트몽거도 정말 한심하기 짝이 없는 여자거든."

애니의 얼굴이 약간 어두워졌지만 폴은 자기 때문이 아님을 단번에 알아차렸다. 생존 본능이라는 것은 그 자체로도 의미 있는 본능이지만, 폴은 생존 본능이 감정 이입으로 가는 정말로 멋진 지름길을 만들어 내기도 한다는 사실을 발견하는 중이었다. 폴은 자신이 애니의 감정 상태와 감정 주기에 좀더 능숙하게 맞춰 가고 있음을 깨달았다. 애니가 고장 난 시계라도 되는 듯 폴은 애니의 째깍 소리 하나에도 예민하게 반응했다.

"한심할 뿐만 아니라 추악하기도 하지. 다트몽거! 그 여자 이름으로는 창녀몽거가 딱 어울려. 두 번이나 이혼하고서도 글쎄 지금은 바텐더랑 동거를 한대. 그래서 네가 타자기를 골동품이라고 했을 때, 내⋯⋯."

"타자기가 참 멋지게 생겼네."

애니는 오랫동안 말이 없더니, 마치 고백하듯 말을 꺼냈다.

"이거 N자가 빠졌어."

"그래?"

"응. 볼래?"

애니는 글쇠들이 겹겹으로 펼쳐져 반원형을 이루고 있는 기계 내부를 폴이 들여다 볼 수 있게 타자기를 위로 젖혔다. 입속에 있는 다른 이들은 멀쩡한데 어금니 하나가 빠져 버린 것처럼 글쇠 막대 하나가 사라지고 없었다.

"봤어."

애니가 타자기를 도로 내려놓았다. 침대가 약간 흔들렸다. 폴은 타자기가 25킬로그램은 나갈 거라고 추측했다. 그 물건은 합금도 플라스틱도 없던 시절에 나온 것이니까⋯⋯. 0이 줄줄이 붙는 막대한 액수의 소설 계약금도 없고, 영화 개봉에 맞춰 원작 소설을 새로 찍어 내 파는 일도 없고, 《유에스에이 투데이》 같은 신문도 없고, 「엔터테인먼트 투나이트」 같은 연예 정보 프로그램도 없고, 신용카드나 보드카 광고에 나와 선전하는 유명 인사도 없던 시절에.

로열 타자기가 폴을 향해 활짝 웃었다. 앞으로 닥쳐올 고난을 약속하듯.

"그 여자가 45달러라고 했다가 나중에 5달러 깎아 줬어. n이 없으니까."

애니가 꾀돌이 같은 미소를 지었다. 나는 바보가 아니다라고 말하는 듯했다.

폴도 미소로 화답했다. 바닷물이 들어와 있었다. 덕분에 편안히 누워 있기와 억지로 미소 짓기가 동시에 가능해졌다.

"깎아 줬다고? 흥정도 안 했는데 알아서?"

애니가 약간 우쭐해졌다.

"내가 그 여자한테 N은 중요한 글자라고 따졌거든."

"와, 애니 말솜씨 좋은데! 끝내 준다!"

폴은 새로운 사실을 발견했다. 일단 요령만 터득하고 나면 아부하는 일은 식은 죽 먹기라는 사실을.

애니의 미소가 음흉하게 커졌다. 달콤한 비밀을 함께 공유하자고 폴을 초대한 것이다.

"그 여자한테 내가 좋아하는 작가의 이름Paul Sheldon에 N이 하나 들어 있다고 말했어."

"내가 좋아하는 간호사의 이름Annie Wilkes에는 N이 두 개나 들어 있답니다."

애니의 웃는 얼굴이 불꽃처럼 타올랐다. 딱딱해 보이던 양 볼에 놀랍게도 빨간 장미가 피어났다.

'바로 저런 모습일 거야. H. 라이더 해거드의 소설에 나오는 수많은 거대 여신상들의 입속에 아궁이를 만들어 놓으면 저런 모습이 될 거야. 밤에 보는 여신의 모습이 바로 저렇겠지.'

"장난치지 마!" 애니가 억지웃음을 지었다.

"장난 아냐! 진짜야."

"흥!"

애니가 잠시 시선을 돌렸다. 의식이 또 흐리멍덩해져서가 아니라 단지 기쁘기 때문이었고, 약간 어리둥절해진 상태에서 생각할 시간을 갖기 위해서였다. 폴도 이런 화기애애한 분위기에 편승해 기쁨을 느낄 수도 있었을 것이다. 하지만 애니처럼 딱딱한 데다 속이 부서진 타자기에서 전해 오는 무게감이 폴을 짓눌렀다. 타자기가 침대에 앉아 이빨 빠진 웃음을 지었다. 앞으로 닥쳐올 고난을 약속하듯.

"휠체어는 훨씬 더 비쌌지. 중환자용 용변 처리 비닐 봉투 값이 너무 올라서 말이지. 언제부터 그랬냐면 그때 내가……."

애니는 말을 끊고 얼굴을 찌푸리더니 목을 가다듬었다. 그러고는 웃으며 폴을 바라보았다.

"하지만 이젠 너도 침대에만 누워 있지 말고 자리에 앉기 시작할 때가 됐고, 또 나도 휠체어 비용을 가지고 인색하게 굴 사람은 절대 아니야. 그리고 누워서 타자기를 칠 수는 없을 거 아냐, 그렇지?"

"그렇긴 한데……."

"나무 판을 하나 구했어. 내가 적당한 크기로 잘라서…… 그리고 종이를…… 기다려 봐!"

폴과 타자기가 서로 물끄러미 쳐다보도록 남겨 둔 채 애니는 발랄한 소녀처럼 방을 뛰쳐나갔다. 애니가 등을 돌리는 순간 폴의 웃음이 사라졌다. 타자기의 웃음은 전혀 변하지 않았다. 나중에 생각해 보니 폴은 이 상황이 무엇을 위한 것이었는지 그때 이미 단번에 꿰뚫고 있었다. 직접 손으로 쳐 보기도 전에 타자기에서 어떤 소리가 날지, 그 타자기 특유의 웃는 표정 사이로 흘러나

오는 옛날 만화 주인공 더키 대들스처럼 요란하게 딸깍딸깍거리는 소리가 어떨지 훤히 알 수 있었듯이 말이다.

애니가 비닐 포장된 코러서블 본드 용지 꾸러미와 너비 1미터에 길이 1미터 20센티미터 정도 되는 나무 판을 가지고 돌아왔다.

"이것 봐!"

뼈만 남은 사람처럼 침대 옆에 엄숙하게 서 있는 휠체어의 양쪽 팔걸이 위로 애니가 나무 판을 걸쳐 놓았다. 폴은 이미 나무 판 뒤에 앉아 죄수처럼 갇혀 있는 유령 같은 자신의 모습을 볼 수 있었다.

애니는 유령과 마주한 채 타자기를 나무 판 위에 올려놓았고, 그 옆에다가 코러서블 본드 용지 꾸러미를(그 종이는 원고들이 한데 섞였을 때 글씨가 번지기 때문에 폴이 세상에서 가장 싫어하는 종이인데도) 올려놓았다. 장애인을 위한 집필실을 만들어 낸 것이다.

"어때?"

"좋아 보이는데."

폴은 자기 인생에서 가장 큰 거짓말을 완벽하리만치 태연하게 말했다. 그러고는 이미 답을 아는 질문을 던졌다.

"그 자리에서 내가 뭘 쓰면 좋을까? 특별히 생각해 둔 거라도 있어?"

"아아, 폴!"

애니가 몸을 돌려 마주보며 애기했다. 붉게 물든 얼굴 속에서 눈빛이 현란하게 춤추고 있었다.

"나는 생각 같은 거 안 해. 그냥 딱 보면 척 아는 거야! 너는 이 타자기로 새로운 소설을 쓸 거야! 폴 셸던 최고의 소설! 『돌아온 미저리』!"

24

『돌아온 미저리』. 폴은 아무런 감정도 느끼지 않았다. 전기톱에 손이 잘려 나간 뒤 멍한 충격으로 피가 분출하는 손목을 바라보는 사람의 심정이 바로 자기가 느끼는 무감정과 같을 거라고 생각했다.

"바로 그거야!"

애니의 얼굴이 탐조등처럼 빛났다. 억센 두 손은 기도하듯 가슴 사이에서 깍지 끼고 있었다.

"그것은 나만을 위한 책이 될 거야, 폴! 너를 건강하게 간호해 준 데 대한 대가라고! 단 하나, 오직 한 권밖에 없는 최신판 미저리 시리즈! 남들이 아무리 갖고 싶어 한다 해도, 이 세상 어느 누구도 갖지 못한 특별한 것을 나만이 갖게 될 거야! 그 멋진 모습을 상상해 봐!"

"애니, 미저리는 죽었어."

그러나 놀랍게도, 폴은 이미 생각에 잠겨 있었다. '나는 그녀를 살아 돌아오게 할 수 있어.' 그런 생각이 지긋지긋한 혐오감과 함께 머릿속을 가득 채웠다. 하지만 그리 놀랄 일은 아니었다. 결국 양동이 속 허드렛물을 받아 마실 수 있는 사람이라면 은근히 명령받은 글쓰기 정도는 척척 해낼 수 있는 법이므로.

"아니, 미저리는 죽지 않아."

애니가 꿈꾸는 듯한 목소리로 대답했다.

"심지어 내가…… 내가 너 때문에 미치고 환장했을 때조차도, 나는 그녀가 실제로는 죽지 않았다는 사실을 알았어. 나는 네가 실제로는 그녀를 죽일 수 없다는 사실을 알았어. 왜냐하면 너는 좋은 사람이니까."

"내가?"

폴은 반문하며 타자기를 쳐다보았다. 타자기가 그를 보고 웃었다.

'친구야, 네가 얼마나 좋은 놈인지 우리 함께 알아보자꾸나.' 타자기가 속삭였다.

"그래!"

"애니, 내가 저 휠체어에 제대로 앉을 수나 있을지 모르겠어. 지난번에……."

"지난번엔 아팠겠지, 당연히 그랬을 거야. 그리고 다음번에 앉을 때도 역시 아플 거야. 어쩌면 조금 더 아플지도 몰라. 하지만 그러다 보면 고통이 좀 덜한 날이 찾아올 거야. 너한테는 그날이 실제보다 하염없이 멀게만 느껴지겠지만, 멀지 않았어. 고통이 더 약해지는 그날이 말이야. 그리고 그 다음번에는 더 약해지고. 그리고 그 다음번에는 더 약해지겠지?"

"애니, 한 가지 물어봐도 돼?"

"물론이지, 자기야!"

"만약 너를 위해 그 이야기를 쓴다면……."

"소설! 미저리 시리즈의 다른 책들처럼 두껍고 멋진 소설. 어쩌면 더욱 거대한 소설이 될지도 몰라!"

폴은 잠시 눈을 감았다가 떴다.

"좋아. 만약에 너를 위해 그 소설을 쓴다면, 다 완성하고 나면 나를 놓아줄 거야?"

잠시 동안 애니의 얼굴에서 어렴풋이 불안한 기운이 흘러나왔다. 애니가 주의 깊고 신중한 눈길로 바라보았다.

"말하는 게 어째 내가 너를 죄수처럼 가둬 놓고 있다는 것처럼 들린다, 폴."

폴은 아무 말 없이 쳐다보기만 했다.

"소설을 완성하고 나면, 너도 예전처럼…… 예전처럼 다시 사람들을 만나러 다녀야 한다고 생각해. 네가 원하는 대답이 이거야?"

"그래, 그게 바로 내가 원하던 대답이야."

"어이구, 솔직하기도 하셔라! 나는 이제껏 작가들이 훌륭한 인격을 가진 사람들인 줄로만 알았어. 그런데 훌륭한 인격에 배은 망덕까지도 포함된다는 건 이제야 알았네!"

폴이 계속 쳐다보자 잠시 후 애니는 불안하고 조금은 당황스러운 듯 시선을 돌렸다.

마침내 폴이 입을 열었다.

"이제까지 나왔던 미저리 시리즈 전부 다 갖다 줘. 혹시 다 갖고 있다면 말이지. 색인집이 없으니 책을 일일이 뒤질 수밖에 없어."

"미저리 시리즈야 물론 다 가지고 있지!"

그리고 질문.

"색인집이란 게 뭐야?"

"그건 미저리와 관련된 모든 사항을 내가 직접 정리해 놓은 서류 묶음을 말하는 거야. 주로 등장인물과 지명을 정리한 것인데, 세 가지 또는 네 가지 다른 방식으로 다양하게 만들어 놓지. 시간 순서, 역사적인 사건 발생……."

폴이 보기에 애니는 그가 하는 말을 거의 듣고 있지 않았다. 작가 지망생들 앞에서 강연했더라면 모두들 넋을 잃을 만큼 좋아할 만한 소설 쓰기의 비밀을 밝히는데도 아무런 관심도 나타내지 않은 것은 그때가 두 번째였다. 폴이 생각하기에 이유는 단순했다. 애니 윌크스는 완벽한 독자로서 이야기를 사랑하기는 하지만 그 이야기를 만들어 내는 기술적인 부분에는 손톱만큼의 관심도 없는 여자였던 것이다. 바로 빅토리아 여왕 시대의 전형적인 열성 독자가 구체화된 모습이었다. 애니는 색인집과 참고 노트에 대해서 듣고 싶어 하지 않았다. 애니에게 자신을 둘러싼 미저리와 주변 등장인물들은 완벽한 현실이었기 때문이다. 참고 노트 따위는 아무 의미도 없었다. 만약 소설의 무대가 되는 리틀 던소프 마을에서 실시한 인구 조사 결과 같은 것을 말해 준다면 조금은 흥미를 나타낼지도 모르지만.

"책들을 꼭 갖다 줄게. 책들이 모서리가 좀 접혀 있고 그렇거든. 하지만 그건 다 책을 여러 번 읽고 많이 사랑했다는 표시니까 괜찮지?"

"그럼."

그 질문에는 거짓말할 필요가 없었다.

"그렇고 말고."

"책 제본하는 걸 좀 연구해 봐야겠어. 돌아온 미저리는 내가 직접 책으로 제본할 거야. 우리 어머니가 쓰시던 성경책을 빼면, 그 책은 내가 소장한 유일한 진짜 책이 될 거야."

애니가 꿈에 취한 듯 말했다.

"그거 좋겠군."

폴은 별로 할 말이 없어서 아무렇게나 말했다. 속이 좀 울렁거 리는 듯한 기분이 들었다.

"자, 이제 나는 나가 줄 테니까, 너는 소설이나 실컷 구상하라 고. 이거 정말 흥분되는걸! 너도 그렇지?"

"그래, 애니. 정말 그래."

"30분 뒤에 닭 가슴살이랑 으깬 감자랑 콩 요리로 식사 준비해 가지고 올게. 오늘은 착한 짓을 했으니까 디저트로 작은 젤리도 가져오도록 하지. 그리고 시간 맞춰서 진통제도 대령하고 네가 원하면 밤중에 한 알을 덤으로 줄 수도 있어. 네가 숙면을 취했으 면 좋겠어. 내일부터는 집필 작업에 들어가야 하니까. 일하다 보 면 몸도 더 빨리 좋아질 거야. 내가 장담한다!"

애니는 문간까지 가서 잠시 멈춰 섰다. 그러고는 괴상망측한 자세로 폴을 향해 키스를 날렸다.

문이 잠겼다. 폴은 타자기를 보고 싶지 않아서 한동안 기를 썼 지만, 결국에는 시선이 어쩔 수 없이 그쪽으로 흘러갔다. 타자기 는 서랍장 위에 앉아 웃고 있었다. 바라보고 있자니 왠지 발을 우 그러뜨리고 사지를 잡아 뜯고 몸뚱이를 매달아 놓는 고문 기구들 을 바라보는 듯한 기분이 들었다. 순진하게 가만히 있는 물건처럼 보였지만, 사실은 고문의 순간만을 기다리고 있었다.

'네가 소설을 완성하고 나면, 너도 예전처럼…… 예전처럼 다

시 사람들을 만나러 다녀야 한다고 생각하고 있어.'

'아하, 애니, 너는 우리 둘 모두에게 거짓을 말하고 있구나. 그건 나도 알고 너도 아는 사실이야. 네 눈에 다 씌어 있었어.'

앞에 펼쳐진 좁디좁은 미래는 우울하기 짝이 없었다. 목숨이 남아 있을 6주 동안 폴은 부러진 뼈들이 울어 대는 고통에 시달리며, 성급하게 뒤뜰에 매장한 오랜 친구 미저리 체스틴을 새롭게 부활시키는 일에 매달려야 했다. 그렇게 안 하면, 어쩌면 애니가 그의 몸뚱이를 돼지 미저리한테 사료로 먹일지도 몰랐다. 음침하고 소름 끼치는 생각일 수도 있었지만, 어쩌면 당연한 처벌일 수도 있었다.

'그럼 쓰지 마. 그 여잘 미치게 해. 애니는 걸어 다니는 니트로글리세린 폭탄이야. 좀 뒤흔들어 봐. 폭발시켜 버려. 여기서 고통에 시달리며 누워만 있느니 차라리 그게 낫잖아.'

길게 이어진 W들을 올려다보려 했지만, 폴의 눈은 이내 또다시 타자기로 향했다. 타자기는 말없이 서랍장 위에 떡 하니 버티고 앉아 이빨 하나 빠진 웃음을 흘리면서, 그 속에 폴이 쓰고 싶지 않은 수많은 단어들을 가득 담아 두고 있었다.

'이봐 친구, 나는 네가 그렇게 믿으리라고는 생각 안 해. 고통스럽더라도 근근이 목숨을 부지하는 쪽을 원할 것 같은데. 그래서 미저리를 다시 살려 내야 한다면, 너는 그렇게 할 거야. 어찌됐든 시도는 해 보겠지. 하지만 우선 너는 나를 잘 다뤄야 할 거야……. 그리고 나는 네 얼굴이 맘에 안 들어.'

"피장파장이로구먼." 폴이 쉰 목소리로 말했다.

폴은 의식적으로 흰 눈이 내리는 창 밖을 내다보려 했다. 그러나 곧이어 당혹스럽게도 또다시 열심히 넋을 잃고 타자기만을 바라봤다. 언제쯤 시선이 타자기 쪽으로 돌아갔는지는 그 자신도 알 수 없었다.

25

침대에서 휠체어로 옮겨 가는 일이 걱정했던 만큼 고통스럽지 않아 다행이었다. 지난번 경험으로 미루어 보건대 고통은 폴이 다시 침대로 돌아간 후에 한꺼번에 달려들었을 것이다.

애니는 쟁반을 서랍장에 내려놓고 휠체어를 침대까지 끌고 왔다. 그리고 폴이 일어나 앉는 것을 도왔다. 골반 부위를 묵직하게 강타하는 고통이 있었지만 이내 가라앉았다. 애니가 상체를 구부렸을 때는 목이 폴의 어깨를 눌렀는데, 느낌이 마치 말의 목에 닿은 듯했다. 순간적으로 전해진 맥박의 진동 때문에 폴의 얼굴이 불쾌감으로 일그러졌다. 애니는 오른팔로 폴의 등을 단단히 둘러싸고 왼팔로 엉덩이 아래를 떠받쳤다.

"내가 안아 올리는 동안 무릎 아래쪽은 움직이지 마."

그렇게 말하고 가뿐하게 폴을 휠체어에 앉혔다. 그저 책꽂이에 책을 꽂아 넣듯 힘든 기색 하나 없었다. '그래, 이 여자는 힘이 세다고.' 심지어 건강한 상태로 한판 붙는다고 해도 결과가 어찌 될지 장담할 수 없을 듯했다. 폴의 몸 상태로 애니와 한판 붙는다는 것은 윌리 콕스 같은 약골 영화배우가 레이 맨시니 같은 강펀치 권투 선수랑 겨뤄 보겠다고 나서는 일과 같았다.

애니가 폴 앞에 나무 판을 대 놓았다.

"어때, 딱 맞지?"

그리고 쟁반을 가지러 서랍장으로 갔다.

"애니?"

"응."

"저 타자기를 좀 돌려놓아 주면 좋겠는데. 벽을 마주 보고 있게."

애니가 얼굴을 찌푸렸다.

"도대체 왜 그딴 일을 나한테 시키는 거야?"

'밤새도록 타자기가 나를 보고 웃는 것이 싫어서.'

"오랜 미신이지. 나는 항상 집필을 시작하기 전에는 내 타자기를 벽에다 돌려놓았어."

폴은 잠시 멈춘 다음 말을 이어갔다.

"사실 글을 쓰는 동안은 매일 밤 그렇게 해 왔거든."

"금 밟으면 엄마 등 부러진다는 미신하고 비슷한 건가 보군. 나도 어쩔 수 없는 경우가 아니면, 절대 금 안 밟아."

애니가 타자기를 빙글 돌려놓았고, 그것은 이제 벽만 보고 웃는 처지가 됐다.

"이제 됐어?"

"기분이 한결 편해졌어."

"너도 참 바보 같다."

애니가 폴에게 다가와 음식을 먹여 주기 시작했다.

26

폴은 전설 속의 어느 아라비아 국왕이 사는 궁궐에 애니 윌크스가 있는 꿈을 꾸었다. 애니는 호리병에서 꼬마 도깨비와 요정을 불러내서 놀았고, 마법의 양탄자를 타고 궁궐 주위를 날아다녔다. 양탄자가 내려와 지나치는 순간(애니의 머리칼은 머리 뒤로 나부꼈고 두 눈은 빙산 무더기 사이를 항해하는 선장의 그것처럼 냉철하게 빛났다), 폴은 양탄자 전체가 녹색과 흰색 실로 짜인 것을 보았다. 콜로라도 주 자동차 번호판 모양이었다.

'옛날옛날 한옛날에.' 애니가 소리쳤다.

'옛날 옛적부터 전해 내려온 이야기입니다. 이 이야기는 저희 할아버지의 할아버지가 소년이었을 때 일어났던 일입니다. 어느 불쌍한 소년에 관한 이야기지요. 저는 이 이야기를 성인이 된 그 소년으로부터 전해 들었답니다. 옛날옛날 한옛날에, 옛날 옛적에 일어난 이야기입니다.'

폴이 깼을 때 애니는 그를 흔들어 깨우고 있었고, 눈부신 태양빛이 창문으로 쏟아져 들어왔다. 내리던 눈은 그쳐 있었다.

"일어나, 잠꾸러기야!"

노래 부르듯 활기찬 애니의 목소리.

"아침 식사로 요구르트랑 맛있는 삶은 계란 가져왔어. 다 먹고 나서 오늘부터 일을 시작하면 되는 거야."

열정적인 애니의 얼굴을 보자 낯설고 새로운 감정이 느껴졌다. 희망. 폴은 애니 윌크스가 『아라비안 나이트』에서 왕에게 이야기를 들려주는 세헤라자데가 된 꿈을 꾸었다. 꿈에서 애니의 딱딱한 육체는 속이 비치는 하늘하늘한 옷을 걸치고 있었고, 커다란 발에는 발끝이 말려 올라간 반짝거리는 분홍 덧신을 신고 있었다. 애니는 마법의 양탄자 위에 올라타고서 최고의 이야기들이 가득 들어 있는 문을 여는 마법의 주문을 거듭해서 외쳤다. 그러나 세헤라자데 신세가 된 것은 물론 애니가 아니었다. 바로 폴이었다. 그리고 만약 폴이 완성해 낸 소설이 애니의 기대만큼 좋다면, 만약 애니의 동물적 본능이 아무리 열렬하고 우렁차게 폴을 죽이라고 부르짖더라도 소설을 완성할 때까지는 두고 보자는 결심을 애니가 지속할 수 없다면, 어떤 경우든 애니는 틀림없이 그를…… 죽일 작정이었다.

'구원의 기회는 없단 말인가?'

고개를 돌려 보니 폴을 깨우기 전에 애니가 이미 앞으로 돌려 놓은 타자기가 보였다. 이빨이 하나 빠진 타자기가 눈부시게 환한 웃음을 내보이면서 희망을 갖는 것은 좋은 일이며, 희망을 이루기 위해 노력하는 것은 고귀한 행동이라고 말했다. 그러나 애석하게도 마지막에 가서는 그 모든 노력이 죄다 물거품이 되어 버릴 것이라고 폴을 한껏 약올렸다.

28

애니가 창문 앞으로 밀어다 준 덕분에 수주일 만에 처음으로 폴의 몸에 햇빛이 닿았다. 여기저기 자잘한 욕창이 피어나 창백해진 피부 속으로 따뜻한 온기가 스며드는 기분이었다. 폴은 기분 좋게 감사의 말을 중얼거렸다. 유리창 안쪽 테두리에는 서리가 얼어 있었는데, 손을 갖다 대 보니 창문을 에워싼 냉기가 느껴졌다. 그 감촉은 옛 친구가 보낸 편지만큼이나 기분이 산뜻해지고 과거가 그리워지게 했다.

몇 년처럼 길었던 수주일이 지나고 폴은 처음으로 항상 변함없이 지루한 방 안 풍경, 곧 파란 벽지, 개선문 사진, 소년이 썰매를 타고 언덕을 내려오는 그림이 담긴 길고 길어 언제까지고 계속될 듯한 2월 달력 따위와는 전혀 다른 바깥 풍경을 감상할 수 있었다.(만약 거기서 살아남아 1월 달력이 2월 달력으로 바뀌는 모습을 50년도 넘게 지켜보게 되더라도 그때마다 털모자를 쓴 썰매 소년의 얼굴이 떠오를 것만 같았다.) 폴은 어릴 적 난생 처음 영화를(「아기 사슴 밤비」를) 보았을 때처럼 창문 밖으로 펼쳐진 새로운 세계를 열심히 구경했다.

지평선이 가까웠다. 로키 산맥 지역이 항상 그렇듯, 더 멀리 있는 경치는 위로 솟은 암석 봉우리들에 꽉 막혀 보이지 않았다. 구름이 평온하게 떠 있는 하늘은 이른 아침에 딱 어울리는 완벽한 푸른빛이었다. 가장 가까운 산 옆면에는 녹색 숲이 양탄자처럼 빽빽히 깔려 있었다. 그 숲 바깥쪽과 애니의 집 사이에 펼쳐진 땅이 100,000평은 될 것 같았다. 그곳은 온통 눈으로 덮여서 완전히 하얗게 빛났다. 눈 밑이 흙 땅일지 넓은 풀밭일지 확인하기란 불가능했다. 사각 창으로 보이는 풍경을 딱 한 채의 건물이 가로막고 있었다. 깔끔하게 생긴 빨간 축사였다. 애니가 자신이 기르는 가축에 대해 말하거나 뿜어 나오는 입김을 얼굴로 가르며 터벅터벅 걸어 창문을 지나가는 모습을 지켜볼 때, 폴은 어린아이들이 보는 유령 동화책 삽화에서 튀어나온 듯한 다 쓰러져 가는 낡은 축사를 상상했다. 수년간 쌓인 눈의 무게 때문에 푹 꺼지고 휘어 버린 지붕에, 아예 유리창이 없거나 먼지가 수북이 쌓인 창문의 일부는 유리가 깨져서 골판지로 덕지덕지 막아 놓았고, 기다란 출입문은 고장 나서 바깥으로 삐걱거리는 외양간을 상상했다. 그러나 눈앞에 보이는 말쑥한 황백색 외벽에 짙은 빨간 페인트를 입힌 건물은 마치 부유한 지방 대지주가 차 다섯 대를 보관하는 대형 차고를 축사로 위장해 놓은 것처럼 보였다. 앞에는 지프 체로키가 한 대 서 있었는데 5년 정도 사용한 듯했지만 관리를 제대로 했음이 확실했다. 다른 한쪽에는 손수 나무를 깎아 만든 받침대 속에 제설용 쟁기가 걸쳐 있었다. 쟁기를 지프에 연결하려면 받침대 있는 곳까지 지프를 조심스럽게 운전해서 차량에 달린 갈고리를 제설 쟁기의 고리에 물려 주고 차량 계기판의 잠금 레버를 조작해 주기만 하면 될 것 같았다. 주위에 도움을 청할 이웃도 없이(물론 썩을 로이드먼 가족이 있기는 했지만 애니는 굶어 죽을지언정 그들에게 고기 한 점도 요청하지 않았을 것이다) 혼자 사는 여자가 몰기에는 완벽한 차였다. 집 앞 길은 제설 쟁기로 말끔하게 눈이 치워져 있어서 애니가 쟁기 날을 실제로 능숙하게 사용할 줄 알 거라는 추측을 뒷받침해 주었다. 그렇지만 집 앞에서 더 나간 곳의 일반 도로는 보이지 않았다. 집이 그쪽 전망을 가리고 있었다.

"폴, 내 축사를 보고 감탄하고 있구나."

폴은 주위를 돌아보다 화들짝 놀랐다. 무의식중에 급히 몸을 움직이다 보니 잠들었던 고통이 깨어났다. 고통이 양쪽 정강이부터 왼쪽 무릎을 대신해 두툼하게 들러붙은 소금 언덕에서 나지막하게 으르렁댔다. 뼛속에 갇혀 있던 고통이 마구 날뛰며 바늘로 쑤셔 대더니, 이내 또다시 얕은 잠에 빠져 들었다.

애니는 음식을 올려 놓은 쟁반을 들고 있었다. 소화가 잘되는 부드러운 음식, 환자용 음식……. 하지만 폴의 위장은 그런 음식이라도 보자마자 반가워서 야단법석을 떨어 댔다. 다가오는 애니를 보고 폴은 그녀가 간호사들이 많이 신는 얇은 고무 밑창이 달린 하얀 신을 신었음을 알아차렸다.

"응. 아주 훌륭한 축산데."

애니는 나무 판자를 휠체어 양쪽 팔걸이 위에 걸치고 그 위에 쟁반을 내려놓았다. 그리고 휠체어 옆에 의자를 끌어다 놓고 앉아 폴이 식사하는 모습을 지켜보았다.

"쪼까 신경 좀 썼지! 훌륭한 일을 해야 훌륭해지는 법이라고 우리 어머니가 항상 말씀하셨지. 나는 축사를 꼼꼼하게 관리했어. 안 그러면 이웃이란 것들이 입방아를 찧어 댈 테니까. 그것들은 늘 나를 욕하거나 나에 관해 안 좋은 소문을 만들어 낼 꼬투리를 잡으려고 기웃거리는 족속들이거든. 그래서 나는 모든 것을 꼼꼼하게 정리해 놓고 살아. 겉모습을 그럴듯하게 꾸며 놓는 일은 아주아주 중요해. 물건을 지저분하게 쌓아 놓지만 않으면, 축사 관리하는 데 그렇게 손이 많이 들지는 않아. 지붕이 상하지 않게 눈 쌓이는 걸 방지하는 일이 제일 골 때리는 부분이지."

'제일 골 때리는 부분. 그 말을 네가 자서전 쓸 일이 있을 때 참고할 애니 윌크스 어록에 넣어 두렴. 네가 자서전을 쓸 일이 생긴다면, 유용하게 써먹을 테니까. '더러운 새끼'와 '쪼까 신경 좀 썼지'와 그 밖에 다른 말들과 함께 잘 보관하라고. 반드시 그럴 날이 올 테니까.'

"2년 전에 빌리 해버섬한테 축사 지붕에 발열 테이프를 설치해 달라고 일을 맡겼어. 스위치를 누르기만 하면 열을 발생시켜서 얼음을 녹여 버리는 신통한 물건이지. 그렇지만 올 겨울에는 더 이상 쓸 일이 없을 것 같아. 눈이 저절로 녹아내리는 게 보이지?"

폴은 계란을 포크에 얹어 입으로 가져가는 중이었다. 축사를 내다보느라 계란이 허공에 멈췄다. 축사 지붕 처마를 따라 고드름이 달려 있었다. 고드름 끝에서 물이 뚝뚝 떨어졌다. 빠르게 떨어졌다. 물방울들이 축사 밑바닥 근처에 뭉쳐 있는 좁은 얼음길 위로 떨어져 내리며 반짝거렸다.

"지금 벌써 영상 7도야. 아직 9시도 안 됐는데!"

애니가 신이 나서 떠들어 대는 가운데 폴은 태양 빛 때문에 녹아내린 썩은 눈 무더기를 뚫고 나온 카마로의 뒤 범퍼가 반짝거리는 모습을 상상했다.

"물론 계속 이렇진 않을 거야. 앞으로도 한 번이나 세 번쯤 갑작스럽게 기온이 떨어지는 날이 있을 거고, 어쩌면 큰 폭풍이 또 불어 닥칠지도 모르지. 그래도 봄은 오고 있어, 폴. 우리 어머니가 항상 말씀하시길, 봄을 희망하는 것은 천국을 희망하는 것과 같다고 그러셨어."

폴은 계란이 꽂혀 있는 포크를 접시에 도로 내려놓았다.

"그거 마저 안 먹을 거야? 다 먹은 거야?"

"다 먹었어."

애니의 물음에 답하며, 폴은 마음속으로 사이드와인더 마을에서 출발한 로이드먼네가 차를 타고 폴의 차 근처를 지나가는 광경을 떠올렸다. 눈부신 햇살이 로이드먼 부인의 얼굴을 어지럽힌다. 그녀가 몸을 움츠리며 손을 들어 얼굴을 가린다. '여보, 저게 뭐지……. 나보고 미친 소리 한다고 그러지 마. 진짜로 저기 뭔가 있다니까! 너무 번쩍거려서 눈이 타 버리는 줄 알았어! 차 좀 뒤로 빼 봐, 도대체 뭔지 자세히 좀 살펴봐야지.'

"그럼 쟁반 치워 줄게. 이제부터 집필을 시작하면 되는 거야."

애니는 그야말로 따뜻한 눈길로 폴을 바라보았다.

"어찌나 흥분되는지 말로 다 표현할 수가 없어, 폴."

애니가 나갔다. 휠체어에 앉아 축사 지붕 끝에 매달린 고드름에서 물이 떨어지는 모습만 물끄러미 지켜보도록 방 안에 폴을 홀로 남겨둔 채로.

29

"다른 종이를 사용했으면 좋겠어. 네가 그렇게 해 준다면."

애니가 방에 돌아와 나무 판 위에 타자기와 종이를 올려놓았을 때 폴이 말했다.

"이거랑 다른 걸로?"

애니가 코러서블 본드 용지를 감싼 비닐 포장을 두드리며 물었다.

"하지만 이게 제일 비싼 종이란 말이야! 내가 '종이 쪼가리'에 가서 다 물어보고 샀어!"

"네 어머님이 너한테 제일 비싼 것이 항상 최고는 아니라고 말씀해 주시지는 않았나 보지?"

애니의 얼굴이 어두워졌다. 처음에 보여 준 방어적 태도는 언짢은 마음으로 바뀌었다. 폴은 그 마음이 분노로 이어질 것이라고 예상했다.

"그래, 우리 어머니는 그런 말씀 하신 적 없어. 잘난 똑똑 씨, 우리 어머니께서 나에게 해 주셨던 말씀은 싸구려를 사면 얻는 것은 결국 싸구려일 뿐이라는 말이었어."

폴이 알아낸 바에 따르면 애니 마음속의 날씨는 중서부 지방의 봄 날씨 같았다. 토네이도를 마음속 가득 품은 채 터지기만을 기다리는 여자였고, 만약 폴이 애니의 얼굴처럼 생긴 잔뜩 찌푸린 하늘을 본 농부였다면 당장 가족과 가축들을 한데 모아 폭풍을 피할 수 있는 곳으로 피난을 가야 했을 것이다. 애니의 얼굴은 새하얗게 질려 있었다. 콧구멍은 불 냄새를 맡은 동물처럼 규칙적으로 벌렁거렸다. 양손이 활짝 열렸다가 재빨리 닫혔고, 공기를 움켜쥐고 짓눌렀다.

애니의 도움을 필요로 하는 불쌍한 마음과 애니의 위력에 꼼짝 못하는 나약한 마음이 폴에게 아직 시간이 남아 있을 때(만약에 정말로 시간이 남아 있다면) 그녀를 달래고 좀 나긋나긋하게 굴라고 소리 질렀다. H. 라이더 해거드의 소설 속에서 제물을 바쳐 분노한 여신을 진정시킨 부족 사람들처럼 해야 한다고 말이다.

그러나 마음 한구석 좀 더 계산적이고 좀 덜 겁먹은 부분에서는 애니의 감정에 폭풍이 불어 닥칠 때마다 겁에 질려 무조건 아양 떨기만 해서는 세헤라자데 역할을 제대로 수행할 수 없을 것이라고 경고했다. 만약 애니의 기세에 눌렸다가는 폭풍이 더욱 맹렬하게 불어 닥칠 것이라고 말이다. 폴의 마음 한구석이 그를 설득했다. '애니가 너무나 원하는 것을 네가 가지고 있지 않다면, 애니는 너를 당장 병원에 데려가든지 아니면 로이드먼 가족의 감시로부터 자신을 보호하기 위해 너를 살해할 거야. 왜냐하면 애니는 이 세상이 모두 로이드먼네 같은 사람들로 가득 차 있고, 그들이 모든 나무 뒤에 숨어서 자기를 지켜본다고 생각하거든. 내 친구 폴리야, 네가 지금 당장 이 계집애한테 당당하게 나가지 않으면, 당당해질 수 있는 기회는 앞으로도 찾아오지 않을 거야.'

애니의 호흡이 더욱 빠르게 거칠어지기 시작했다. 거의 숨이 넘어갈 정도였다. 손을 쥐었다 펴는 속도도 더욱 빨라졌다. 폴은 얼마 안 있어 그로서는 어찌할 수 없는 상태로 변할 것임을 알았다.

그나마 남아 있는 작은 용기를 한데 긁어모아 거칠면서도 약간은 화난 듯한 목소리를 제대로 내려 기를 쓰며 폴이 말했다.

"너 성질 좀 누그러뜨리는 게 좋겠다. 혼자 열 내 봤자 아무것도 변하지 않아."

마치 한 대 얻어맞기라도 한 듯 빳빳이 얼어붙은 채, 애니는 상처받은 표정으로 폴을 바라보았다. 폴은 차분하게 말했다.

"애니. 이건 별로 중요한 일이 아냐."

"농간 부리는 거지. 내 책을 쓰기 싫으니까 안 쓰려고 수작 부리는 거야. 넌 그러고도 남을 놈이야. 자식, 그렇지만 그런 거에 안 속아. 그건……."

"별 이상한 소리를 다 하는구나. 내가 안 쓰겠다고 했어?"

"아니……. 아니야, 그렇지만……."

"거 봐. 내가 누군데. 여기 내 옆으로 와 봐, 문제가 뭔지 똑똑히 보여 줄게. 우선 웹스터 항아리를 나에게 가져다 줘."

"뭐?"

"펜하고 연필 꽂아 놓는 작은 병 말이야. 신문사에서는 말이지, 이따금씩 그걸 웹스터 항아리라고 부르곤 해. 정치가 대니얼 웹스터의 이름을 따서."

순식간에 지어낸 거짓말이었지만, 의도한 목표를 달성했다. 애니는 자기가 조금도 알지 못하는 전문가들의 세계에서 길을 잃고 어느 때보다 더 혼란스러운 모습을 보였다. 혼란은 그녀의 분노를 더욱 흩트려 놓았다.(그리고 결국 무력화시켰다.) 폴의 눈에 이제 화를 터뜨릴 권리를 갖고 있기나 한 건지 갈피를 못 잡고 헤매는 애니가 보였다.

애니는 펜과 연필이 들어 있는 병을 가지고 와서 나무 판 위에다 쿵 소리가 날 정도로 세게 내려놓았다. 폴은 생각했다. '제기랄! 결국 내가 이겼어!'

아니다. 그렇지 않았다. 미저리가 이겼다.

'아니, 이긴 것은 세헤라자데야. 세헤라자데가 이긴 거야.'

"보여 줄 게 뭐야?" 애니가 툴툴거리며 말했다.

"잘 봐."

폴은 코러서블 용지 포장을 열고 종이 한 장을 꺼냈다. 날카롭게 깎은 연필을 손에 쥐고 종이 위에 선 하나를 긋고, 다음에는 볼펜을 손에 들고 첫 번째 선과 나란히 선을 하나 더 그었다. 그러고는 엄지로 종이 표면을 살짝 문질렀다. 엄지손가락이 지나간 방향으로 선 두 줄이 지저분하게 번졌다. 연필 선이 볼펜 선보다 약간 더 심하게 번졌다.

"봤지?"

"그래서 어쩌라고?"

"타자기 리본 잉크도 번질 거야. 리본 잉크는 연필 선만큼은 아니지만 볼펜 선보다는 더 심하게 번지지."

"너 타자기 앞에 앉아서 한 장 한 장 엄지손가락으로 문지르겠다는 소리야?"

"몇 주일, 아니 단 며칠만이라도 종이를 한데 모아 놓으면 서로 부대껴서 글씨가 죄다 번질 거야. 그리고 작업 중에는 원고를 움직일 일이 많이 생겨. 이름이나 날짜를 확인하느라 항상 이미 써 놓은 원고들을 이리저리 뒤져 봐야 한다고. 세상에나, 애니, 출판업계에서 제일 처음 알아 둬야 할 사항은 말이지, 편집자들은 손으로 직접 쓴 원고만큼이나 코러서블 본드 용지에 타자 친 원고를 싫어한다는 사실이야."

"그렇게 말하지 마. 네가 그런 식으로 말하는 거, 난 싫어."

폴은 정말로 당황해서 그녀를 바라보았다.

"내가 뭘 어떻게 말했는데 그래?"

"하느님께서 너에게 내리신 재능을 업계라는 말로 타락시키는 거 말이야. 나는 그런 게 싫어."

"미안해."

"당연히 그래야지. 그런 나쁜 말을 아무렇게나 하다니, 너를 창녀라고 부르는 게 낫겠다."

애니가 무표정한 얼굴로 말했다.

'아니야, 애니.' 폴은 갑자기 분노로 가득 차서 생각했다. '나는 창녀가 아니야. 『과속 차량』을 쓴 이유는 창녀가 되기 싫어서였어. 씹할 미저리를 깡그리 죽여 버리기 위한 일이었어. 이젠 다 생각난다. 나는 창녀촌에서 탈출한 것을 자축하려고 서부 해변으로 차를 몰고 가는 길이었지. 네가 한 짓은 차 사고가 났을 때 사고 현장에서 나를 빼내 다시 사창가 쪽방에 처 넣은 거나 같아. '2달러만 내시면 한판 할 수 있고요, 4달러만 내시면 온갖 기교를 다 동원해서 책임지고 천국으로 보내 드려요.' 그리고 가끔씩 반짝거리는 네 눈빛을 보고 있으면 너도 네 자신이 무슨 짓을 해 놨는지 잘 안다는 게 훤히 보여. 배심원들은 정신 이상을 사유로 너를 풀어 주었을지 모르지만, 나는 안 그래. 나는 그렇게 만만한 놈이 아냐.'

"좋은 지적이었어. 이젠 다시 종이 문제로 돌아가서……."

"네가 원하는 염병할 종이를 갖다 줄게. 종이 이름이 뭔지만 말해 주면 구해다 줄게."

애니가 기분 나쁘다는 투로 말했다.

"내가 네 편이라는 사실을 잊지 말아……."

"웃기고 자빠졌네. 20년 전 우리 어머니가 돌아가신 뒤로 내 편이 돼 준 사람은 아무도 없어."

"그럼 좋을 대로 생각해. 내 생명을 구해 준 너에게 감사하고 있다는 걸 못 믿는다면, 네가 그렇게 불안한 사람이라면, 그건 네 문제니까."

폴은 애니를 주의 깊게 지켜보았고, 애니의 눈에 또다시 그의 말을 믿어야 할지 어떨지 결정을 못 내리고 우왕좌왕하는 빛이 역력했다. '좋았어. 아주 좋았어.' 폴은 온 힘을 다해 최고로 정직한 표정을 지어 보이며 애니를 바라보았다. 그러면서 마음속으로는 또다시 단 한 번의 일격으로 깨진 유리 조각을 애니의 목에 푹 찔러 대며, 미친 뇌를 먹여 살리는 피가 영원토록 분출하게 만드는 장면을 상상했다.

"적어도 내가 소설 편이라는 것은 믿어야 해. 너 나중에 그 소설 제본한다고 그랬잖아. 그거 원고를 묶겠다는 소리지, 타자 친 종이들 말하는 거지?"

"물론 그게 내 생각이야."

'그래, 그러시겠지. 원고를 인쇄업자에게 맡겼다가는 의심을 살 수도 있을 테니. 너라는 인간은 책과 출판의 세계에 관해서라면 일자무식일 테지만, 의심 살 짓을 할 정도까지는 아니지. 폴 셸던은 실종됐고, 네가 원고를 맡긴 인쇄업자는 훗날 폴 셸던이 실종되었을 무렵 그가 창조한 가장 유명한 주인공이 들어 있는 책 한 권 분량의 원고를 인쇄하도록 주문받았던 일을 기억해 낼지도 몰라. 그렇겠지? 그러면 그는 주문 내역까지도 확실하게 기억해 낼 거야. 어느 인쇄업자든 잊을 수 없을 정도로 아주 이상한 주문 내역. 장편 소설 한 권 분량의 원고를 한 부만 인쇄해 달라는 주문.'

'딱 한 부만.'

'그 여자 인상착의가 어땠냐고요, 경관님? 그게, 몸집이 컸어요. H. 라이더 해거드가 쓴 소설에 나오는 암석 우상하고 똑같이 생겼다고 보시면 됩니다. 잠깐만요, 서류 철에 그 여자 이름하고 주소를 받아 놓은 게 있는데…… 잠시 배달 서류 복사해 놓은 걸 찾아볼게요……'

"네 생각은 틀리지 않아. 원고를 제본하면 끝내 주게 멋져. 잘 만든 2절판세로 33센티미터의 대형 판형 책처럼 보이지. 그런데 애니, 책이란 것은 오랫동안 변치 말아야 하는 물건이야. 내가 만약에 코러서 블 용지에다 소설을 쓰면, 한 10년쯤 지나서는 텅 빈 종이 뭉치만 남을걸. 물론 네가 책을 안 읽고 그냥 책꽂이에다 꽂아서 모셔 두기만 하면 얘기가 달라지겠지만."

'그러나 모셔 두기만 하는 책을 원하지는 않겠지? 니미럴, 당연한 얘기지. 그 책을 매일같이 꺼내 읽고 싶어할 거야. 어쩌면 몇 시간마다 수시로 읽을지도 모르지. 책을 펼쳐 들고 행복한 표정을 짓겠지.'

애니의 얼굴이 이상야릇하리만치 무표정한 모습으로 변했다. 폴은 이런 식의 고집스러운 표정이 마음에 안 들었다. 거의 냉혹함을 과시하는 수준이었다. 보기만 해도 불안해졌다. 애니의 분노는 예측할 수 있었다. 그러나 이 새로운 표정 속에 숨은 감정은 유치한 듯하면서도 도무지 감을 잡을 수 없었다.

"더 이상 얘기할 필요 없어. 원하는 종이로 구해다 준다고 벌써 얘기했잖아. 어떤 거면 돼?"

"네가 가는 사무 용품점에다가……."

"종이 쪼가리."

"그래, 가게 이름이 종이 쪼가리였군. 그 가게에 가서 두 연을 달라고 해. 연이라는 것은 500장 한 묶음을 뜻하는 단위인데……."

"나도 알아. 폴. 난 바보가 아냐."

"아니라는 건 나도 알아."

폴은 더욱 불안감을 느끼며 말했다. 고통이 또다시 다리를 오르락내리락하며 소리 지르기 시작했고, 골반쯤에서부터 더욱 요란한 괴성을 질러 댔다. 거의 한 시간 동안이나 앉아 있는 바람에 어긋난 뼈가 불만을 터뜨린 것이다.

'제발 침착하자. 이제까지 얻은 걸 지금 와서 다 잃으면 안 돼!'

'그런데 이제까지 얻은 게 뭐지? 그저 혼자만의 희망 사항?'

"백상지 두 연을 달라고 그래. 상표는 햄머밀 본드가 좋아. 트라이어드 모던을 골라도 좋고. 백상지 두 연이면 여기 있는 코러서블 용지 한 꾸러미보다도 저렴할 뿐 아니라 집필 작업하는 데도 충분해. 원고를 초고에다 재고까지 써도 모자랄 일이 없어."

"지금 당장 사 갖고 올게." 애니가 벌떡 일어서며 말했다.

폴은 깜짝 놀라 쳐다보기만 하다가, 애니가 저번처럼 약도 주지 않고 자기를 남겨 두고 가 버릴 작정임을 알아차렸다. 이번에는 힘들게 휠체어에 앉아 있는 상태였는데도 말이다. 벌써부터 앉아 있는 몸이 아파 왔다. 애니가 아무리 서두른다 한들 집에 돌아왔을 때는 고통이 걷잡을 수 없을 정도로 커져 있을 터였다. 폴은 다급해진 나머지 서둘러 말했다.

"그렇게 서두르지 않아도 돼. 처음 시작할 때는 코러서블 용지로 해도 돼. 어차피 나중엔 퇴고하느라 다시 고쳐 써야 되는

데……"

"오직 바보 같은 사람만이 좋은 일을 시작하면서 나쁜 도구를 사용하지."

애니는 코러서블 본드 용지 꾸러미를 집어 들고는 지저분한 선 두 개가 그려진 종이를 낚아채서 둥글게 구겨 버렸다. 애니는 용지 꾸러미와 구겨진 종이를 모두 휴지통에 던져 넣고 돌아보았다. 냉혹해 보이는 무표정이 얼굴을 가면처럼 뒤덮고 있었다. 두 눈이 퇴색한 은화처럼 반짝거렸다.

"지금 마을로 출발할 거야. 너는 내 편이니까 어서 빨리 집필을 시작하고 싶은 마음이 간절하리란 걸 나도 잘 알거든……."

애니는 '내 편이니까'를 엄격하고 굳은 목소리로 빈정대며 말했다.(그리고 폴이 생각하기에 스스로 느끼는 것보다 더 심한 자기혐오를 담아서.)

"그래서 너를 도로 침대에 옮기느라 지체할 시간이 없어."

애니가 웃었다. 벌어지는 입술이 기괴하게도 꼭두각시 인형의 웃음을 연상케 했다. 그리고 흰 간호사 신발을 신은 발로 소리도 없이 조용히 폴의 곁으로 다가왔다. 손가락이 폴의 머리를 건드렸다. 폴은 몸을 움츠렸다. 자연스럽게 있고 싶었지만, 맘대로 되지 않았다. 애니의 생기 없는 웃음이 더욱 커졌다.

"『돌아온 미저리』를 하루 늦게 시작해야 할 것 같다는 생각이 드는데…… 이틀…… 어쩌면 사흘이 될지도. 그래, 네가 다시 휠체어에 앉을 수 있을 정도가 되려면 사흘은 걸릴 거야. 고통스러울 테니까. 너무 아플 거야. 샴페인을 냉장고에 넣어서 시원하게 해 놨는데, 다시 창고에 갖다 놔야겠어."

"애니, 정말이야. 너만 괜찮다면 나는 지금 당장이라도 시작할 수……."

"아니야, 폴."

애니는 문으로 걸어가서 돌아보았다. 여전히 무표정한 얼굴로. 눈썹 아래로 퇴색한 은화 같은 두 눈만이 생기가 돌고 있었다.

"너를 그대로 남겨 두고 떠나고 싶은 생각밖에 없어. 너는 나를 놀려 먹었다고, 어쩌면 나를 속여 먹었다고 생각하고 있을지도 몰라. 내가 느릿느릿하고 바보 같아 보이는 건 나도 알아. 그렇지만 나는 바보가 아니야, 폴. 그리고 행동이 느리지도 않아."

갑자기 애니의 얼굴이 산산조각 났다. 냉혹한 무표정을 깨뜨리고 눈부시게 튀어나온 것은 미쳐 버린 어린아이의 성난 표정이었다. 한동안 폴은 극도의 공포감 때문에 그대로 죽을 것 같다고 생각했다. 이제껏 애니보다 우세한 위치에 서 있다고 생각했던가? 정말 그랬나? 자기를 잡아 놓고 있는 상대방이 미치광이인데도 세헤라자데 노릇이라니, 가당키나 한 일이었던가?

애니가 방 저편에서부터 폴을 향해 돌진했다. 환자가 있는 방 특유의 퀴퀴한 공기 속에서 두꺼운 다리가 펌프질하듯 위아래로 흔들렸고, 무릎은 연신 접혔다 펴졌고, 팔꿈치는 피스톤 운동하듯 앞뒤로 날아다녔다. 머리핀으로 고정되어 있던 머리칼이 풀려 흐트러지면서 얼굴 주위에서 흔들거렸다. 이제 애니의 발걸음은 전혀 조용하지 않았다. 죽음의 계곡을 성큼성큼 뛰어다니는 거인 골리앗처럼 요란했다. 벽에 걸린 개선문 사진이 무서워서 딱딱거리는 소리를 내며 흔들렸다.

"끼이이이이이야아아악!"

애니가 기성을 질렀다. 그리고 폴 셸던의 왼쪽 무릎이 있던 자리에 불룩 튀어나온 소금 언덕을 주먹으로 내리쳤다.

폴은 고개를 젖히고 울부짖었다. 목과 이마 위로 힘줄이 솟았다. 새로 태어난 별이 새하얗게 작열하듯, 무릎에서 터져 나온 고통이 온몸을 뒤덮었다.

애니가 무거운 타자기를 빈 종이 상자 들 듯 아무렇지도 않게 나무 판에서 집어 들어 벽난로 위에 털썩 내려놓았다.

"그러니까 넌 잠자코 거기에 앉아 있어."

애니가 말했다. 입술이 웃는 모습으로 팽팽하게 당겨져 있었다.

"그리고 여기서 누가 대장인지 곰곰이 생각해 봐. 네가 허튼 짓을 하거나 나를 속이려 들면, 내가 해 줄 수 있는 일은 고통스럽게 하는 것뿐이야. 거기 앉아서 소리 지르고 싶으면 맘대로 해. 들어줄 사람 아무도 없으니까. 여긴 아무도 안 와. 사람들은 애니 윌크스가 미쳤다는 것을 다 알고, 애니 윌크스가 옛날에 무슨 짓을 했는지도 다 알거든. 내가 무죄였다는 사실을 알면서도 말이지."

애니는 문으로 걸어가서 또다시 폴을 돌아보았다. 폴은 그 모습을 보고 다시 한번 황소 같은 거친 폭력이 가해지는 줄 알고 비명을 질렀다. 그런 행동이 애니의 웃음을 더 활짝 흐드러지게 만들었다. 애니가 조용히 말했다.

"재미있는 사실 또 한 가지 말해 줄게. 사람들은 내가 죄가 있는데도 벌을 받지 않았다고 생각하는데, 그 사람들 생각이 맞아. 폴, 그 점을 잘 생각해 봐. 너한테 줄 염병할 종이를 사러 내가 마을에 가 있는 동안."

집이 흔들릴 정도로 침실 문을 세게 닫으며 애니가 나갔다. 덜그럭거리며 방문 자물쇠가 채워지는 소리가 났다.

폴은 휠체어에 몸을 기대고 앉아 부들부들 떨었다. 떨면 더 아파서 몸을 진정시키려 했지만, 몸이 말을 안 들었다. 눈물이 뺨을 타고 흘러내렸다. 방 저편에서 애니가 날아드는 모습이 지워지지 않았고, 술집 카운터를 두들기는 화난 주정뱅이처럼 무지막지한 힘으로 남아 있는 무릎 부위를 주먹으로 내리치는 애니의 모습이 지워지지 않았고, 끔찍하도록 강렬한 별빛 같은 고통이 그를 삼켜 버렸다.

"제발, 하느님, 제발요."

바깥에서 지프 체로키가 큰 소리로 으르렁거리며 출발하는 소리를 들으면서 폴이 신음했다.

"제발, 하느님, 제발. 여기서 구해 주시든가 아니면 저를 죽여 주세요……. 여기서 구해 주시든가 아니면 죽여 주세요."

길을 내려가며 엔진 소리가 멀어져 가도 하느님은 아무런 행동도 하지 않으셨고, 폴은 눈물과 고통 속에 혼자 남겨졌다. 그리고 고통이 완전히 잠에서 깨어나 폴의 육체 속에서 사납게 날뛰었다.

30

나중에 생각해 보니 언제나 심술궂은 이놈의 세상은 폴이 그 뒤에 한 일들을 아마도 영웅적인 행동이라고 평가할 것 같았다. 그리고 아마도 폴은 세상이 그렇게 생각하도록 내버려둘 것이다.

하지만 사실 그가 한 일은 자기 보존을 위해 마지막으로 기를 쓰고 발악한 것뿐이었다.

어렴풋이 어떤 열정적인 스포츠 해설자가 미친 듯이 중계방송하는 소리가 들렸다. 하워드 코셀이나 워너 울프 아니면 늘 정신없는 조니 모스트 정도 되는 사람인 것 같았다. 그 해설자는 고통이 자신을 죽이기 전에 애니가 보관하는 약을 손에 넣으려고 발버둥치는 폴의 모습을 무슨 기이한 스포츠 경기라도 되는 양 중계했다. 어쩌면 월요 심야 미식축구 중계방송을 위해 미리 시험삼아 연습해 보는 것일 수도 있었다. 연습이든 뭐든 이런 스포츠를 뭐라고 부르는 게 좋을까? 약을 갖고 튀어라?

'저는 오늘 밤 저런 몸 상태를 하고서도 출전한 셸던 선수의 배짱을 믿을 수가 없습니다!'

폴 셸던의 머릿속에서 해설자가 흥분했다.

'애니 윌크스 스타디움에 운집한 관람객 어느 누구도, 가정에서 지켜보고 계시는 시청자 여러분께서도 셸던 선수가 상대로부터 강력한 일격을 받은 뒤에 휠체어를 움직일 수 있는 아주 실낱같은 기회를 얻었으리라고는 생각하지 못했겠지만, 저는 이 선수 한번 믿어 보고 싶습니다……. 아, 보십쇼! 휠체어가 움직이고야 말았습니다! 반복 화면으로 다시 한번 돌려 보도록 하겠습니다!'

이마에서 흘러내린 땀이 눈을 따갑게 했다. 폴은 입술 위에 뒤섞인 소금과 눈물을 혀로 핥았다. 경련이 멈추지 않을 것 같았다. 세상이 끝장나는 것처럼 고통스러웠다. 폴은 생각했다.

'고통이 과연 어디까지 처참해질 수 있을지를 두고 토론이 벌어진다면, 이것 하나는 말해 줄 수 있어. 세상 누구도 이처럼 거

대한 고통이 존재한다는 건 모를 거야. 어느 누구도. 마치 마귀에 홀린 것처럼 처참해.'

오로지 약만을 생각했다. 노브릴. 애니가 집 안 어딘가에 둔 노브릴 덕분에 움직일 힘을 얻었다. 잠겨 있는 침실 문…… 예상과 달리 1층 욕실이 아니라 다른 장소에 약이 있을 가능성…… 애니가 돌아와서 그를 잡아낼 위험성……. 이 모든 것이 하나도 중요치 않았다. 고통 뒤에 남겨진 그림자들일 뿐이었다. 문제가 하나씩 발생할 때마다 열심히 해결하든가 아니면 그냥 앉아서 죽든가. 선택은 그게 전부였다.

움직임 때문에 허리 아래는 고통으로 불바다가 되었고, 뜨거운 대못을 안쪽에 촘촘히 박아 넣은 벨트를 꽉 조인 듯 두 다리는 더욱 깊은 고통의 수렁 속으로 빠져 들었다. 그러나 휠체어는 마침내 움직였다. 아주 천천히 움직이기 시작했다.

간신히 1미터 정도를 움직이고 나서야 폴은 방향을 틀지 않고 계속 가다간 문을 지나쳐서 방 한쪽 구석으로 들어가게 될 것임을 알아차렸다.

폴은 몸을 부들부들 떨며 오른쪽 바퀴를 부여잡고는

약을 생각하자. 약이 선사해 줄 기쁨을 생각하자

온 힘을 다해 밀었다. 나무 바닥 위에서 바퀴 고무가 쥐처럼 계속 찍찍 소리를 냈다. 포기하지 않고 힘을 주어 바퀴를 밀었다. 처음엔 멀쩡하던 근육이 나중에는 축 늘어져 젤리처럼 흐느적거렸고, 입술은 빠드득 소리가 날 정도로 꽉 다문 이를 드러내며 말려 올라갔고, 휠체어는 천천히 회전했다.

폴은 양쪽 바퀴를 붙잡고 다시 휠체어를 움직였다. 이번에는 힘이 들어 몸을 쭉 펼 때까지 1.5미터를 굴러 갔다. 그러고 나서 의식을 잃었다.

5분이나 지나서 다시 현실로 헤엄쳐 돌아온 폴의 머릿속에 선동적인 해설자의 목소리가 희미하게 들려왔다.

'또다시 움직이려 합니다! 셸던 선수의 끈기는 정말 믿을 수 없을 정도입니다!'

폴의 마음 앞부분은 오로지 고통에 관한 생각뿐이었다. 그의 눈에 지시를 내리는 것은 마음의 뒷부분이었다. 폴은 문 가까운 곳에 있는 물체를 보고 그쪽으로 휠체어를 굴렸다. 손을 아래로 뻗자 손가락 끝이 바닥에서 10센티미터 되는 곳에 멈췄다. 바닥에는 애니가 그를 습격했을 때 머리에서 빠져 나온 머리핀 하나가 떨어져 있었다. 땀이 얼굴과 목을 타고 내려와 잠옷 셔츠를 짙게 물들이는 것도 모른 채, 폴은 입술을 깨물었다.

'시청자 여러분, 저 핀을 집어올리기는 힘들 것 같습니다. 셸던 선수는 지금까지 경이적인 노력을 보여 주었습니다. 하지만 이로 써 모든 것이 끝나 버리게 되니 안타깝군요.'

'글쎄, 끝이 아닐 수도 있어.'

폴은 휠체어 오른쪽으로 몸을 구부렸다. 처음에는 몸 오른쪽에서 일어난 고통을 무시하려 애썼지만, 사랑니가 쑤시는 것처럼 묵직해지는 고통에 굴복하고 비명을 질러 댔다. 애니의 말마따나 아무도 들어줄 사람이 없는데 소리 지른들 어쩌랴.

손가락 끝은 아직도 바닥에서 3센티미터 정도 떨어진 채 왔다

갔다 하며 머리핀 표면만 스치고 있었다. 그러는 통에 오른쪽 엉덩이가 금방이라도 젤리처럼 흐물흐물해진 하얀 뼈를 흉측스럽게 토해 내며 밖으로 터져 버릴 듯한 고통에 시달렸다.

'오 하느님 제발 제발 저를 도와주소서……'

고통스러웠지만 몸을 더 굽혔다. 손가락이 핀을 스쳤지만, 오히려 핀을 0.5센티미터 더 밀쳐 버리는 사태만 벌어졌다. 폴은 계속 오른쪽으로 틀면서 앉은 몸을 휠체어 속으로 더 가라앉혔고, 다리 아래쪽에서 느껴지는 고통에 또다시 비명을 질렀다. 눈은 튀어나올 듯 부풀어 올랐고 입은 벌어졌으며 혀는 창문 블라인드 줄을 당겨 놓은 듯 삐져나와 아래로 늘어졌다. 혀끝에서 침 한 방울이 흘러내려 바닥으로 떨어졌다.

폴은 손가락 사이에 머리핀을 끼우고…… 들어올리다가…… 하마터면 떨어뜨릴 뻔했지만…… 핀은 끝내 주먹 속으로 들어왔다.

몸을 쭉 펴니 펄펄 끓는 고통의 늪이 덮쳐왔다. 핀을 성공적으로 손에 넣은 뒤 폴이 할 수 있었던 행동이라곤 꿈쩍도 않는 휠체어 등받이에다 등을 댄 채 고개를 한껏 젖히고 앉아서 잠시 동안 헐떡대는 것뿐이었다. 머리핀은 휠체어 팔걸이 위에 대 놓은 나무 판에다 올려놓았다. 한동안 토할 것같이 울렁거리더니 이내 잠잠해졌다.

'너 뭐 하는 거야?'

폴의 마음 한구석이 짜증스럽게 잔소리를 해 댔다.

'고통이 저절로 사라지길 기다리냐? 그렇게는 안 돼. 애니는 항상 자기 어머니 말을 인용하던데, 너희 어머니도 몇 말씀 남기신 게 있잖냐, 안 그래?'

'그래. 우리 어머니도 쓸 만한 말을 남기셨지.'

고개를 뒤로 젖힌 채 얼굴은 땀으로 범벅이 되고 머리카락은 이마에 들러붙은 모습으로 휠체어에 주저앉아, 폴은 어머니의 말씀 중 하나를 큰 소리로 말했다. 거의 주문을 외우듯이 외쳤다.

"세상에는 도움을 주는 요정이 있을지도 모르고, 도움을 주는 요술 난쟁이가 있을지도 몰라. 그러나 하느님은 스스로 돕는 자를 도와주신단다."

'바로 그거야. 이제 기적이 일어나길 기다리는 짓은 그만둬, 폴리. 이곳에 나타날 만한 유일한 요정이라면 사상 최악의 헤비급 요정밖에 없어. 바로 애니 윌크스 요정이라네.'

문 쪽으로 천천히 휠체어를 굴리며 폴은 또다시 움직였다. 애니가 문을 잠가 놓았지만 열 수 있을 거라 믿었다. 이미 시커먼 잿더미로 변해 버렸지만, 『과속 차량』의 주인공 토니 보나사로는 차 도둑이었다. 그 소설을 쓰려고 준비하면서 폴은 산전수전 다 겪은 전직 경찰관 톰 트위포드에게 자동차 절도 방법론을 한 수 배웠다. 톰은 운전석 전선을 연결해서 시동을 거는 법, 자동차 절도범들이 슬림짐이라 부르는 가늘고 유연한 쇠막대기로 차 문을 여는 법, 도난 경보 장치를 무력화하는 법을 보여 주었다.

2년 반쯤 전의 어느 봄날, 폴이 뉴욕에 있을 때 톰이 말했다.

"당신이 차를 훔치고 싶은 맘이 전혀 없다고 칩시다. 이미 차를 한 대 가지고 있는데 기름이 부족한 상황이라고 쳐요. 기름을 빼 올 호스는 준비되어 있는데, 기름을 공짜로 빼 오려고 점찍은 차를 보니 연료 주입구 뚜껑이 잠겨 있다 이겁니다. 이게 골치 아픈 문제일까요? 만약 방법만 알고 있으면 아무것도 아닙니다. 대부분의 주입구 뚜껑 자물쇠는 아주 허접하거든요. 당신에게 정말로 필요한 것은 머리핀 하나뿐입니다."

폴은 왼쪽 바퀴가 거의 문에 닿을 만큼 정확한 위치로 휠체어를 이리저리 비틀어 움직이느라 영원히 계속될 것만 같던 고통의 5분을 소비했다.

녹슨 문손잡이 금속판 중앙에 있는 구식 열쇠 구멍을 보자 소설 『이상한 나라의 앨리스』에서 본 존 테니얼의 삽화가 떠올랐다. 폴은 휠체어 속으로 몸을 조금 미끄러트리느라 절규하는 신음소리를 한마디 내뱉었고, 열쇠 구멍 속을 들여다보았다. 방문 저편은 짧은 복도를 지나 거실인 듯한 곳과 연결되어 있었다. 바닥에는 적갈색 카펫이 깔려 있었고 기다란 구식 소파에는 소파와 비슷한 천으로 만든 덮개가 씌워져 있었으며 어두운 구석에는 실장식이 주렁주렁 달린 전등이 매달려 있었다.

시야에서 왼편으로 복도를 따라 반쯤 내려가다 보니 문 하나가 약간 열려 있었다. 맥박이 빨라졌다. 1층 욕실임이 거의 분명했다. 그곳에서 물 틀어 놓는 소리가 들리곤 했는데(양동이에 물을 가득 담아 와서 폴이 열심히 마셔 주었던 때도 포함해서), 어쩌면 애니는 약을 갖다 주기 전에도 그곳에 항상 들르지 않았을까?

그럴 것 같았다.

폴은 머리핀을 손에 쥐었다. 머리핀이 손에서 나무 판으로 떨어져 가장자리를 향해 미끄러져 나갔다.

"안 돼!"

폴이 쉰 목소리로 외쳤다. 그리고 나무 판에서 떨어지기 직전에 머리핀을 손바닥으로 내리쳤다. 머리핀을 주먹으로 꽉 쥐고 나서 또다시 의식을 잃어버렸다.

확실하진 않았지만 이번에는 무의식 속에서 더 오래 헤맨 듯했다. 고통이(왼쪽 무릎의 극심한 통증만 빼면) 아주 조금은 줄어든 듯한 기분이었다. 머리핀이 휠체어 팔걸이에 걸친 나무 판 위에 놓여 있었다. 폴은 다시 핀을 잡기 전에 오른손을 몇 번씩 쥐었다 펴면서 준비 운동을 했다.

'지금이다.'

폴은 구부러진 핀을 오른손으로 쫙 펴고 움켜쥐었다.

'너는 떨지 않을 거야. 자신감을 가져. 너는 떨지 않을 거라고.'

폴은 핀을 잡아 몸을 숙이고서 열쇠 구멍 속으로 핀을 밀어 넣었다. 해설자가 폴의 마음속에서

너무 생생해요!

움직임을 중계하고 있었다.

끈적한 땀방울이 끊임없이 얼굴로 흘러내렸다. 자물쇠 안에서 나는 소리를 주의 깊게 들었다……. 어쩌면 소리를 느꼈다는 표현이 더 정확할 것이다.

"싸구려 자물쇠 속에 든 회전판은 흔들의자와 같아요."

톰 트위포드가 손을 앞뒤로 흔들어 보이며 회전판의 움직임을 설명하던 모습이 떠올랐다.

"흔들의자를 뒤엎어 버리고 싶다? 세상에서 제일 쉬운 일이잖아요? 의자를 잡고 있다가…… 확 밀쳐 버리면 되죠. 허공에다가.

이런 싸구려 자물쇠는 그런 식으로 다루면 돼요. 회전판을 위로 튕겼다가 다시 철컥 닫히기 전에 재빨리 연료 주입구 뚜껑을 열어 버리는 거죠."

폴은 회전판에다 대고 튕기기를 두 번 시도해 봤지만, 그때마다 머리핀이 옆으로 미끄러져서 어떻게 해 볼 틈도 없이 회전판이 돌아와 다시 닫혔다. 머리핀이 구부러지기 시작했다. 두세 번 사용하고 나면 부러질 것 같았다.

"하느님 제발."

머리핀을 다시 자물쇠 속에 넣으며 폴이 속삭였다.

"하느님 제발, 제가 어찌하오리까? 불쌍한 어린 양을 위해 아주 작은 행운을 내려 주소서, 바라는 것은 단지 그것뿐이오니."

'시청자 여러분, 오늘 셸던 선수는 영웅적인 플레이를 보여 주었습니다. 그러나 이번이 마지막 시도가 될 것 같습니다. 스타디움에 운집한 관중들은 숨을 죽이고……'

폴은 눈을 감았다. 자물쇠 속에 들어간 핀이 덜그럭거리는 미세한 소리를 집중해서 듣는 동안에는 해설자의 음성이 희미해졌다.

'보십시오! 강력한 저항에 부딪혔습니다! 회전판이로군요!'

폴은 흔들의자의 휘어진 다리처럼 생긴 회전판이 자물쇠 안에 누워 있는 모습을 떠올렸다. 그놈의 회전판이 날름쇠를 꾹 눌러 자물쇠가 꼼짝달싹 못하게 했고, 폴도 꼼짝달싹 못하게 했다.

'그건 아주 허접해, 폴. 침착하게 행동하라고.'

'이렇게 아파 죽겠는데 침착하기란 쉽지 않거든.'

폴은 오른팔 밑으로 왼손을 집어넣어 문손잡이를 잡고서 머리핀에 부드럽게 힘을 주기 시작했다.

'조금만 더…… 조금만 더…….'

상상 속에서 먼지 가득한 작은 골방으로 이동하기 시작하는 회전판이 보였다. 눌려 있다가 자물쇠 뭉치 안으로 들어가는 날름쇠가 보였다. 그쯤에서 무리하게 힘을 가할 필요는 없었다. 절대로 톰 트위포드의 비유를 충실히 따른답시고 흔들의자를 뒤집을 정도로 무지막지한 힘을 발휘할 필요는 없었다. 문짝으로부터 반응이 전해지는 그 한순간에 맞춰, 밀면…….

머리핀이 구부러짐과 동시에 속으로 미끄러져 들어가기 시작했다. 폴은 결정적인 순간이 찾아왔음을 느꼈고, 있는 힘을 다해 몸을 일으켜 세우며 문손잡이를 돌려 문을 밀었다. 머리핀은 뚝 소리를 내며 두 조각으로 부러져 버렸고, 자물쇠 안에 있던 머리핀 조각은 안쪽으로 떨어졌고, 폴은 실패했다고 생각해서 멍한 기분에 빠졌다. 그러나 눈앞에서 천천히 문짝이 열렸다. 문짝 옆면에는 머리핀의 힘으로 자물쇠 속으로 잠시 밀려났던 쇠 손가락 같은 날름쇠가 다시 튀어나와 있었다.

'오, 주여. 오, 주여, 감사합니다.'

'비디오 화면을 다시 한번 보도록 하겠습니다!'

마음속에서 해설자 워너 울프가 흥분하며 소리쳤고, 애니 윌크스 스타디움에 모인 수천 명의 관중들이(물론 가정에서 지켜보던 수백만 시청자들도 함께) 천둥 같은 환호성을 질렀다.

"흥분하긴 아직 일러, 워너 씨."

폴이 잔뜩 쉰 목소리로 말했다. 그리고 휠체어를 이리저리 비틀어 움직이는 길고 고단한 작업에 시달리고 나서 비로소 문 입구와 정면으로 마주할 수 있었다.

31

폴은 안 좋은, 아니 그저 안 좋기만 한 게 아니라 끔찍하고 공포스러운 순간을 맞았다. 휠체어가 문간을 통과할 수 없을 것 같았기 때문이다. 휠체어는 문틀보다 겨우 5센티미터 더 넓었지만, 그 5센티미터가 너무나 컸다.

'애니는 휠체어를 접어서 갖고 들어왔어. 그래서 처음에 그걸 보고 쇼핑 카트라고 생각했던 거야.'

마침내 폴은 '겨우겨우' 문간을 통과할 수 있었다. 문간을 정면으로 마주 본 상태에서 몸을 앞으로 숙여 양손으로 양쪽 문틀을 부여잡고 힘껏 잡아당겼다. 휠체어 바퀴 축 덮개가 나무 문틀과 마찰을 일으키며 큰 소리를 냈다. 그래도 통과할 수는 있었다.

문을 빠져나온 뒤, 폴은 다시 의식을 잃었다.

32

멍한 상태에서 애니의 목소리가 폴을 불렀다. 눈을 떠보니 애니가 산탄총을 겨누고 있었다. 두 눈이 강렬하게 번쩍거렸다. 이는 온통 침으로 번들거렸다. 애니가 말했다.

"폴, 네가 그토록 절실하게 자유를 원한다면. 나는 기쁜 마음으로 너에게 자유를 주겠어."

그리고 격발 장치를 뒤로 당겼다.

33

폴은 애니가 산탄총을 쏘는 줄 알고 움찔했다. 그러나 당연히 애니는 자리에 없었다. 마음속으로는 이미 꿈이었음을 알고 있었다.

'꿈이 아니야. 경고야. 애니는 어느 때고 돌아올 수 있어. 어느 때고, 아무 때나.'

반쯤 열린 욕실 문에서 새어 나오던 빛이 변했다. 더 밝아졌다. 달빛 같았다. 시계 종소리가 울려 시간을 좀 제대로 알려 주면 좋으련만, 고집불통 시계는 조용하기만 했다.

애니는 지난번에 50시간 동안 떠나 있었다.

'그랬지. 어쩌면 이번엔 80시간일지도 모르지. 어쩌면 지금부터 딱 5초 뒤에 체로키가 달려오는 소리가 들릴 수도 있어. 친구야, 잘 이해가 안 가면 기상청이 폭풍 경보를 발령하는 경우를 한 번 생각해 봐. 기상청 인간들은 폭풍이 불어 닥칠 거라고 말은 하지만, 사실 정확히 언제 어디로 불지는 개뿔도 몰라. 똑같은 이치야.'

"그럴듯하군."

폴은 휠체어를 굴려 욕실로 갔다. 안을 들여다보니 별다른 치장 없이 아담한 실내에, 바닥에는 흰색 육각형 타일이 깔려 있었다. 녹슨 환풍기가 보이고 수도꼭지 밑으로 네 발 달린 욕조가 서 있었다. 그 옆에는 물건을 보관하는 수납장이 있었다. 욕조 맞은 편에는 세면대가 있고 위에 약품 보관함이 붙어 있었다.

욕조 속에 양동이가 들어 있었다. 플라스틱 양동이 윗부분이 욕조 위로 드러났다.

복도가 충분히 넓어서 폴은 휠체어를 맘껏 돌려 욕실 문과 마주할 수 있었는데, 기진맥진한 팔이 마구 떨렸다. 폴은 허약한 아이로 자랐기 때문에 어른이 되고 나서는 몸 관리를 위해 상당히 노력했다. 그러나 그때 폴의 근육은 힘이 빠져 버렸고, 다시 허약한 아이가 되어 버린 것만 같았다. 지난날 운동구를 사용하여 뛰고 달리고 운동하며 시간을 보내던 일들이 그저 꿈인 것만 같았다.

욕실 문간은 그래도 넓어서 좋았다. 아주 넓지는 않았지만, 통과하는 데 크게 두려움을 느낄 정도는 아니었다. 휠체어의 딱딱한 고무 바퀴가 문지방을 넘어서 부드럽게 욕실 타일 위를 굴렀다. 폴은 시큼한 냄새를 맡고 저절로 병원 냄새 같다고 생각했다. 소독약 리졸 냄새 같았다. 욕실에는 변기가 없었다. 그러나 변기 물 내리는 소리가 유일하게 위층에서만 났기에 이미 어느 정도 짐작은 하고 있었다. 다시 생각해 보니 환자용 간이 변기를 사용한 다음에는 항상 이층에서 화장실 물 내리는 소리가 났다. 그 욕실에는 욕조, 세면대, 문이 열려 있는 수납장만 있었다.

폴은 수납장 안에 말끔하게 차곡차곡 쌓여 있는 파란 목욕 수건과 그보다 작은 수건들을 잠시 바라보았다. 애니가 스펀지로 몸을 닦아 줄 때마다 본 친숙한 물건들이었다. 그러고는 세면대 위 약품 보관함으로 시선을 돌렸다.

손이 닿지 못하는 곳이었다.

아무리 손을 뻗어 봐도 손끝에서 20센티미터 정도 더 위에 있었다. 운명이니 하느님이니 뭐니 하는 것들이 잔인하다는 말을 쉽게 믿을 수 없어서, 폴은 눈으로만 봐도 결과가 뻔히 나오는데도 어쨌든 손을 위로 추켜올렸다. 절대로 잡을 수 없음을 알면서도 홈린 공을 향해 죽어라 뛰어가는 외야수의 모습 그대로였다.

폴은 비참하고 당혹스러운 신음소리를 내며 손을 내리고서 몸을 뒤로 기댄 채 숨을 몰아쉬었다. 눈앞에 회색 구름이 내려왔다. 정신을 차려 회색 구름을 쫓아내 버리고 약품 보관함 문을 열 만한 도구를 찾으려고 주위를 두리번거렸다. 그러다 대걸레 자루인 듯한 기다랗고 파란 막대기가 구석에 떡 하니 기대 서 있는 모습이 눈에 띄었다.

'그걸 쓰려고 그래? 진심이야? 글쎄, 써 볼 수야 있겠지. 약품 보관함 문을 흔들어서 열면 안에 있던 물건들이 죄다 세면대로 떨어질 거야. 약병들이 다 깨진다고. 어느 집이나 약품 보관함에는 적어도 구강 청결제 리스터린이나 스코프 같은 약병들이 꼭 들어 있단 말이야. 만에 하나 운이 좋아서 약병이 없다 쳐도 떨어진 물건들을 다시 보관함에 주워 담을 방법이 없잖아. 애니가 돌아와서 욕실의 난장판을 보면, 그땐 어떡할 거야?'

"그럼 난 미저리가 그랬다고 말할 거야. 미저리가 자기를 무덤에서 끌어내 줄 자양 강장제를 구하려고 여길 방문했다고 말해 줄 거야."

폴이 쉰 목소리로 말했고…… 눈에서 왈칵 눈물이 터져 나왔다. 하지만 눈물이 앞을 가린 상태에서도 그의 눈은 욕실 안을 살피고 있었다. 어떤 것, 그 무엇인가, 도움이 될 만한 것, 행운, 그저 씹할 행운을…….

폴은 또다시 수납장 안을 들여다보았고, 거칠게 몰아쉬던 숨소리가 갑자기 멈췄다. 두 눈이 커졌다.

처음 성급하게 살펴보았을 때에는 수납장 선반 위에 접혀 있는 침대 시트, 베갯잇, 수건, 목욕 수건만 보일 뿐이었다. 그러다 나중에는 수납장 바닥을 살펴보았고, 바닥에 사각 종이 상자들이 잔뜩 쌓여 있었다. 어떤 상자에는 업존이라는 라벨이 붙어 있었다. 어떤 상자에는 릴리라는 라벨이 붙어 있었다. 어떤 상자에는 캠 제약이라는 라벨이 붙어 있었다.

급하게 휠체어를 돌리는 바람에 몸이 아팠지만 개의치 않았다.

'하느님, 제발 엉뚱한 물건이 나오지 않게 해 주십시오. 샴푸라든가 애니가 쓰는 탐폰이라든가 천국에 계시는 애니 어머니 사진이라든가 아니면…….'

손으로 이리저리 더듬다 상자 하나를 끄집어내 열어 보았다. 샴푸도 아니고 화장품 견본도 아니었다. 그런 것과는 한참 거리가 먼 물건이었다. 상자 속은 온갖 약들이 뒤섞여 난장판이었고, 작은 상자 안에 든 대부분의 약에는 견본이라고 찍혀 있었다. 상자 맨 밑에는 다양한 색깔의 알약과 캡슐 몇 가지가 아무렇게나 굴러다니고 있었다. 모트림과 로프레서 같은 혈압 약은 폴의 아버지가 사망하기 전까지 3년 동안 복용했던 것이라서 폴도 잘 알았다. 상자 안의 나머지 약들은 전혀 듣도 보도 못한 것들이었다.

"노브릴."

폴이 중얼거렸다. 얼굴에 땀이 쏟아지고 다리가 쿵쿵 울리고 쑤시는 동안에도 미친 듯이 상자 속을 뒤졌다.

"노브릴, 씹할 노브릴은 어디 있는 거야?"

노브릴은 없었다. 상자를 다시 닫고 수납장 안으로 밀어 넣었다. 처음 있던 바로 그 자리에 똑같이 놓느라 신경을 좀 썼다.

'괜찮을 거야, 수납장 안이 원래 쓰레기장 같았으니…….'

그 다음에는 맨 왼쪽 끝으로 몸을 기울여 두 번째 상자를 끄집어냈다. 상자를 열었을 때 폴은 자기 눈을 믿을 수가 없었다.

다본. 다보세트. 다본 혼합물. 모르포제와 모르포제 혼합물. 리브리움. 발륨. 그리고 노브릴. 견본 상자들이 가득가득 또 한 가득이었다.

'사랑스러운 상자들. 소중한 상자들. 오오 사랑스럽고 소중하고 거룩한 상자들.'

견본 상자 하나를 열어 보니 애니가 여섯 시간마다 갖다 주던 알약이 작은 물방울 모양 포장 속에 붙어 있었다.

상자에는 '의사의 처방 없이 유통할 수 없습니다.'라고 적혀 있었다.

"오 이런 세상에, 의사가 별거냐, 아픈 사람이 의사지!"

폴은 흐느껴 울었다. 셀로판 포장을 이빨로 뜯고 세 알을 씹어 먹었다. 약 특유의 톡 쏘는 쓴맛을 음미할 틈도 없었다. 그리고 동작을 멈추고 찢어진 포장 안에 들어 있는 나머지 알약 다섯 개를 가만히 쳐다보다가, 네 번째 알약을 허겁지겁 삼켰다.

폴은 턱을 가슴뼈 있는 곳까지 푹 숙이고 겁에 질렸으면서도 영악함이 묻어 나오는 눈으로 잽싸게 주위를 두리번거렸다. 약을 금방 먹었으니 아직 약효가 나타날 때가 아님을 잘 알았지만, 이미 약 기운이 느껴졌다. 약을 먹는 행위보다 약을 지니고 있다는 사실이 더욱 깊숙이 마음에 와 닿는 듯했다. 마치 달과 바닷물의 통제권을 선사받은 기분이었다. 또는 직접 가서 뺏어 온 기분이었다. 웅장하고 장엄한 생각이었지만…… 한편으로는 범죄를 저질렀다는 죄의식이 들게 하는 무서운 생각이기도 했다.

'만일 애니가 지금이라도 들이닥치면……'

"알았어, 오케이. 잘 알아들었어."

폴은 상자 속을 들여다보면서 폴 셸던이라는 생쥐가 물건을 훔쳐 가려고 하는데 애니가 눈치 못 채게 하려면 견본 상자를 몇 개나 가져갈 수 있을지 계산해 보았다.

그런 생각을 하면서 마음껏 날카로운 소리로 낄낄거리며 웃었다. 덕분에 애꿎게도 약 기운이 아직 다리에는 미치지 못했다는 사실만 확인하고 말았다. 까놓고 말해서 도둑질 좋아하다 천벌받은 격이었다.

'빨리 움직여, 멍청아. 그렇게 넋 놓고 희희덕대고 있을 시간 없어.'

상자 다섯 개를 빼냈다. 전부 합해서 서른 알이었다. 더 가져가고 싶은 욕심을 자제하느라 진땀을 뺐다. 폴은 큰 상자 속에 남은 다른 상자들과 약병들을 마구 뒤섞어 놓으며 남의 눈에도 그가 처음에 상자 속을 들여다봤을 때와 다름없는 어수선한 상태로 보이기를 빌었다. 그리고 상자를 다시 닫고 수납장 안으로 집어넣었다.

자동차가 오고 있었다.

폴은 깜짝 놀란 눈으로 몸을 일으켰다. 손이 휠체어 팔걸이로 떨어져 어쩔 줄 몰라 하며 팔걸이를 꼭 붙들었다. 만약 애니가 온 거라면 모험은 수포로 돌아가고 인생 종 칠 일만 남은 상황이었다. 도저히 그 다루기 힘들고 거대한 휠체어를 조종해서 재빨리 침실로 돌아갈 수가 없었다. 어쩌면 애니가 닭 모가지 비틀 듯이 폴의 목을 비틀기 전에 대걸레 자루 같은 것으로 한 번 정도 툭

칠 수는 있을 것 같았다.

무릎에 노브릴 상자들을 내려놓은 채 부러진 다리를 앞으로 쭉 펴고 휠체어에 앉은 폴은 자동차가 지나가거나 방향을 바꾸기만을 기다렸다.

자동차 소리가 끊임없이 커지다가…… 차츰 작아지기 시작했다.

'좋았어. 폴, 더 실감 나는 경고를 체험해 보고 싶어?'

진심으로, 더 이상은 원치 않았다. 마지막으로 상자들을 죽 훑어보았다. 처음에 봤을 때와 똑같은 상태인 듯했다. 비록 처음에는 안개 같은 고통 속에 시달리며 봐서 제대로 정확히 기억해 낼 수 없었지만. 그러나 눈에 보이는 것처럼 상자들이 아무렇게나 제멋대로 방치되어 있지는 않았음을 깨달았다. 오, 그렇게 엉성할 리가 없겠지. 애니는 자기가 심각한 신경증을 앓고 있다는 사실을 잘 알고 필요한 약 상자들 각각의 위치를 주의 깊게 기억해 두고 있을지도 몰랐다. 한번 쓱 살펴보기만 해도 자신만이 아는 은밀한 순서에 뭔가 이상이 생겼음을 즉시 눈치 챌지도 몰랐다. 그렇다고 해서 무섭다는 기분은 들지 않았다. 어쩔 수 없다고 체념할 뿐이었다. 약이 필요했고, 어떻게든 침실을 빠져나와 마침내 약을 구했다. 결국 발각돼서 처벌된다 해도 적어도 하고자 하는 일을 해낼 수 있었다는 사실을 마음에 새기며 벌을 받을 수 있을 것 같았다. 그러나 그동안 애니가 한 짓들을 생각해 보건대, 그때 폴이 느낀 체념은 확실히 최악의 징조였다. 체념은 곧 애니가 폴을 어떠한 확실한 선택권도 가질 수 없는 고통에 찌든 한 마리 짐승으로 전락시켰다는 증거였다.

폴은 천천히 욕실을 가로질러 휠체어를 후진시키면서 엉뚱한 방향으로 가고 있지나 않은지 확인하려고 가끔씩 뒤를 돌아보았다. 예전 같으면 몸을 그렇게 움직이느라 고통으로 비명을 질렀겠지만, 이제는 고통이 달콤한 나른함 밑으로 사라지고 있었다.

폴은 복도로 나왔다가 끔찍한 생각이 들어 멈춰 섰다. 만약 욕실 바닥이 조금이라도 축축하던가, 아니면 아주 조금이라도 더러운 자국이…….

욕실 바닥을 살펴보았다. 한동안 깨끗한 흰색 타일 위에다 분명히 바퀴 자국을 남겼다는 생각이 강하게 들었고, 실제로 바퀴 자국이 눈에 보이기까지 했다. 머리를 흔들고 다시 살펴보았다. 바퀴 자국은 없었다. 단지 욕실 문이 처음 봤을 때보다 더 많이 벌어져 있을 뿐이었다. 폴은 휠체어를 앞으로 굴리면서 살짝 오른쪽으로 틀었고, 다음으로 몸을 앞으로 구부리며 문손잡이를 잡아 문을 반 정도만 닫았다. 문이 벌어진 정도를 주의 깊게 관찰하더니, 문을 문간 쪽으로 조금 더 잡아당겼다.

'됐다. 아까랑 똑같아 보여.'

폴은 침실로 돌아갈 생각으로 휠체어 방향을 바꾸려고 바퀴를 잡았다가, 자신이 거실 쪽을 향하고 있음을 알았다. 그리고 거실이라면 대부분의 사람들이 전화기를 놔두는 곳이고 또…….

안개 자욱한 초원 위에 불길이 솟구치듯, 마음속에서 빛이 퍼져 나왔다.

'여보세요. 사이드와인더 경찰서 말짱 꽝 경관입니다.'

'내 말 좀 들어 주세요, 말짱 꽝 경관님. 가만히 듣기만 하고 제 말을 끊지 마세요. 얼마나 통화할 수 있을지 도무지 알 수 없을 정도로 다급합니다. 내 이름은 폴 셸던이에요. 애니 윌크스의 집에서 전화하는 겁니다. 적어도 2주일 동안 그 여자가 나를 이곳에 가둬 놓았어요. 어쩌면 한 달일지도 모르겠어요. 나는 지금…….'

'애니 윌크스라고!'

'어서 나를 구해 줘요. 앰뷸런스도 보내 주고요. 그리고 제발 그 여자가 돌아오기 전에 빨리 여기로…….'

"그 여자가 돌아오기 전에."

폴이 비탄에 잠겨 말했다.

"그래. 기상천외한 생각이야."

'대체 왜 애니가 전화기를 가지고 있다고 생각하는 거냐? 전화벨 울리는 소리 들어 본 적이나 있냐? 애니가 누구한테 전화 걸일이나 있겠냐? 좋은 친구 로이드면 가족한테라도 할까?'

'하루 종일 전화로 수다 떨 상대가 아무도 없다고는 해도, 예기치 못한 사고를 대비해서 전화를 설치했을 수도 있잖아. 계단에서 굴러 떨어져서 팔다리가 부러질 수도 있고, 축사에 불이라도 나면…….'

'그럼 그 가상의 전화기가 울리는 소리를 몇 번이나 들어 봤는데?'

'그게 무슨 상관이야? 전화가 적어도 하루에 한 번씩 울리지 않으면, 전화 회사에서 쳐들어와 전화기를 뜯어 가기라도 하냐? 게다가 나는 그동안 대부분의 시간을 의식이 없는 채로 지냈잖아.'

'너는 지금 목숨을 걸고 도박을 하는 거야. 목숨을 걸고 도박을 하고 있고, 너도 그걸 잘 알아.'

그랬다. 폴은 그 사실을 잘 알았다. 하지만 전화기 생각, 차가운 검은 플라스틱 수화기를 손에 잡고 교환원과 통화하려고 0번 다이얼을 돌릴 때 나는 철컥 소리나 0번 버튼을 누를 때 나는

소리를 상상하는 기분. 이런 것들은 너무나 강렬한 유혹이라 도저히 뿌리칠 수가 없었다.

폴은 휠체어를 요리조리 돌려 거실 방향과 일직선이 되게 만든 다음 거실로 굴러 들어갔다.

거실에서는 퀴퀴한 곰팡내가, 답답하게 밀폐된 공기 냄새가 났다. 거실 전망 창에 달린 커튼은 겨우 반밖에 열려 있지 않았지만 주변 산들의 사랑스러운 모습을 엿볼 수 있었다. 실내는 전체적으로 너무 어두웠는데 방 색깔 자체가 너무 어둡기 때문인 듯했다. 누군가 상당량의 피를 쏟아 부은 듯 온통 적갈색이었다.

벽난로 위에 걸린 액자에는 포동포동한 얼굴 속에 작은 눈이 파묻힌 여자가 험상궂은 표정을 짓고 있는 빛 바랜 사진이 들어 있었다. 여자는 빨간 입술을 새침하게 오므리고 있었다. 금테 두른 로코코 풍의 화려한 액자 속에 들어 있는 사진은 대도시 우체국 로비에서 볼 수 있는 대통령 사진과 같은 크기였다. 사진의 주인공이 애니의 죽은 어머니임을 알아보는 데에는 별다른 노력이 필요치 않았다.

폴은 거실 안쪽으로 좀더 들어갔다. 싸구려 도자기 인형을 세워 놓은 작은 탁자에 휠체어 왼쪽이 부딪혔다. 인형들이 서로 딱딱 맞부딪치더니 그중 얼음 덩어리 위에 앉아 있는 펭귄 인형이 탁자 아래로 떨어져 내렸다.

생각할 겨를도 없이 손을 뻗어 펭귄을 붙잡았다. 무심결에 취

한 행동이었지만…… 곧이어 그 반작용이 느껴졌다. 폴은 펭귄을 붙잡은 주먹을 꼭 쥔 채 떨리는 손을 진정하려 노력했다.

'펭귄 잡았잖아, 걱정할 것 없어. 게다가 밑에는 작은 카펫도 깔려 있었잖아. 어쨌든 떨어졌더라도 깨지지는 않았을……'

'깨졌으면 어쩔 뻔했어!'

폴의 마음 한 구석이 버럭 소리를 질렀다.

'깨졌으면 어쩔 거야! 제발 부탁인데, 방으로 돌아가자. 이상한 흔적 같은 거 남기기 전에…… 바퀴 자국 같은 거……'

아니. 아직은 아니었다. 아무리 겁에 질렸더라도 아직 돌아갈 때가 아니었다. 거기까지 오느라 너무나 큰 대가를 치렀기 때문이다. 위험 요소가 있다면 기꺼이 받아들여야 했다.

거실 안을 죽 둘러보니 멋대가리 없이 덩치만 큰 가구들로 가득했다. 가구들은 창문과 그 뒤로 보이는 눈부신 로키 산맥의 경치에 어울리게 갖추어 놓았어야 했다. 하지만 현란한 꽃 장식 금박을 입혀 지겹도록 번들거리는 액자 속의 포동포동한 여자 사진에 맞춰져 있었다.

애니가 앉아서 텔레비전을 보는 긴 소파 끝의 탁자 위에 평범한 다이얼식 전화기가 놓여 있었다.

폴은 숨도 제대로 쉬지 못할 정도로 조심스럽게 도자기 펭귄 (펭귄이 앉은 얼음 덩어리에는 '이제 나의 이야기는 끝났다!'라는 문구가 적혀 있었다)을 장식용 탁자 위에 올려놓고서, 거실을 가로질러 전화기 쪽으로 굴러 갔다.

소파 앞에 전화기가 놓인 작은 탁자가 서 있었다. 폴은 휠체어가 부딪치지 않게 신경 써서 멈췄다. 탁자 위의 못생긴 녹색 꽃병에는 말라 버린 꽃들이 뭉텅이로 꽂혀 있었고, 전체적으로 꽃병보다 꽃의 덩치가 더 커서 무심코 건드렸다가는 쓰러질 것 같았다.

바깥에서는 자동차 소리가 들리지 않았다. 오직 바람 소리만이 들렸다.

폴은 한 손으로 전화 수화기를 잡고 천천히 들어 올렸다.

수화기를 귀에 대기도 전에 실패할 거라는 불길한 예감이 들더니만, 전화기에서는 아무 소리도 들리지 않았다. 천천히 수화기를 제자리에 내려놓고 나니 로저 밀러가 부른 옛 노래 가사가 떠오르면서 그 무의미한 의미가 마음에 와 닿는 듯했다.

'전화도 없어, 수영장도 없어, 귀여운 아가씨도 없어……. 이제 보니 담배도 없어…….'

눈으로 전화선을 쭉 따라가 보니 벽 아래쪽에 붙은 나무판 위에 작은 사각 콘센트가 있었고, 전화선이 콘센트에 연결되어 있었다. 작동하는 순서에 따라 모든 것이 완벽하게 설치된 듯싶었다.

축사에 발열 테이프를 설치해 둔 것처럼.

'겉모습을 그럴듯하게 꾸미는 일은 아주아주 중요해.'

눈을 감자 애니가 전화 플러그를 떼어 내고 콘센트 구멍 속으로 강력 접착제를 짜 넣는 모습이 보였다. 단단해져서 영원히 굳어 버릴 접착제 속으로 플러그를 다시 꽂아 넣는 모습도 보였다. 애니에게 전화를 건 누군가가 먹통이라고 신고하지 않는 한 전화 회사는 뭐가 잘못된지도 모른 채 가만히 있을 것이 분명했다. 그런데 애니한테 전화를 걸 사람은 아무도 없다, 안 그런가? 죽은 전화선인데도 매달 정기적으로 전화 요금 고지서를 받았을 테고, 신속하게 요금을 납부했을 테지만 전화기는 단지 연극 소품에 불과했고, 겉모습을 그럴듯하게 꾸며 놓을 때까지 결코 끝나지 않을 투쟁의 한부분일 뿐이었다. 산뜻한 빨간 페인트와 황백색 외벽과 겨울에 얼음을 녹이는 열선 테이프로 치장해 놓은 깔끔한 축사처럼 말이다. 지금처럼 폴이 몰래 거실로 빠져나올 사태를 대비해서 전화기를 막아 놓은 것일까? 그가 방에서 탈출할 가능성을 미리 예견한 것일까? 폴은 아니라고 생각했다. 전화기는, 제대로 작동하는 전화기는 폴이 이 집에 오기 훨씬 전부터 골칫거리였을 것이다. 애니는 한밤중에 잠들지 못하고 누운 채로 침실 천장을 바라보며 산악 지역에 부는 바람 소리를 들었을 것이다. 틀림없이 혐오나 노골적인 증오의 감정을 품고 자신을 생각할 사람들(이 세상에 존재하는 모든 로이드먼들)을 상상했을 것이고 그어느 때든 자신에게 전화를 걸어 소리 지르고 싶은 욕망을 가지고 있을 사람들을 상상했을 것이다.

'너는 죄를 지었어, 애니! 사람들은 너를 덴버에 있는 법정으로 끌고 갔고, 우리는 네가 무슨 죄를 저질렀는지 다 알아! 죄가 없었다면 너를 법정으로 끌고 가지도 않았어!'

물론 애니는 전화 회사에 신청해서 전화번호부에 오르지 않는 전화번호를 받았을 것이다. 중범죄에 연루됐다 무죄로 풀려난 사람이라면 누구나 그렇게 했을 것이다.(그리고 덴버 같은 대도시에서 재판이 열렸다면, 그것은 중범죄였을 것이다.) 그러나 전화번호부에 없는 전화번호를 사용한다고 해서 애니 윌크스 같은 심각한 신경증 환자가 오랫동안 편안하게 지낼 수는 없었을 것이다. 사람들은 서로 결탁해서 애니를 모함했고, 원하기만 하면 전화번호쯤은 알아낼 수 있었다. 어쩌면 법정에서 맞섰던 상대편 변호사가 누구든 번호를 물어오는 사람들에게 기쁘게 전화번호를 넘겨주었을 수도 있고, 사람들은 번호를 물었을 것이다. 그랬을 것이다. 애니는 이 세상이 바다 속처럼 움직이는 인간 집단들로 가득찬 시커먼 곳이라고 생각할 것이고, 포악하게 빛나는 조명 하나가 비추는 작은 무대 주위를 증오의 세계가 둘러싸고 있는데……. 그 포악한 조명은 오직 애니만을 비추고 있을 것이다. 그러니 전화기를 원천 봉쇄하고 조용히 시키는 것이 애니에게는 최선의 방법이었을 것이다. 폴이 거실로까지 진출한 것을 알면 물론 그 또한 조용히 시켰을 것이고.

두려움이 마음속에서 폭발하며 날카로운 소리를 질렀고, 거실에서 나와 침실로 다시 돌아가야 한다고, 훔친 알약들을 어딘가에 숨겨야 한다고, 원래 있던 창문 옆 자리로 돌아가야 한다고, 그래서 애니가 집에 왔을 때 아무런 변화도, 그 어떤 변화도 전혀 발견하지 못하게 해야 한다고 말했고, 이번에는 폴도 그 목소리에 동의했다. 진심으로 동의했다. 조심스럽게 전화기로부터 후진해서 상당히 여유 있는 공간까지 나왔고, 탁자에 부딪치지 않도록 신중하게 휠체어를 돌리는 힘든 일을 시작했다.

휠체어를 거의 다 돌렸을 무렵 자동차가 다가오는 소리가 났다. 그리고 폴은 알았다. 애니가 마을에서 돌아오는 소리임을 단번에 알아 버렸다.

34

이제까지 겪어 본 가장 강력한 공포, 대책 없이 깊고 깊은 죄의식으로 가득 찬 공포에 사로잡힌 폴은 거의 실신할 뻔했다. 갑작스레 인생에서 단 한 번 그때와 유사하게 절망적인 상태에 휩싸였던 과거의 사건이 떠올랐다. 열두 살 때였다. 여름 방학 때였는데, 아버지는 일을 나가고 어머니는 길 건너 사는 카스브라크 부인과 보스턴에서 오후를 보내기 위해 집을 비웠다. 폴은 어머니가 피던 담뱃갑을 발견하고 한 개비를 꺼내 불을 붙였다. 열심히 빨아 보니 기분이 나쁘기도 하고 좋기도 한 것이 마치 강도가 되어 은행을 터는 듯한 기분이었다. 반 정도 피워서 방 안이 담배 연기로 자욱해졌을 때 어머니가 현관 문 여는 소리가 들렸다.

"폴리? 나 왔다. 글쎄 지갑을 놓고 나갔지 뭐니!"

폴은 쓸데없는 짓인 줄 알면서도 연기를 없애려고 미친 듯이 손을 휘저어 댔다. 어머니한테 들킬 줄 알면서도. 두들겨 맞을 줄 알면서도.

이번에는 걸리면 두들겨 맞는 것보다 더 무서운 일을 당할 참이었다.

폴은 의식을 잃었을 때 꿨던 꿈을 기억했다. 애니가 산탄총의 격발 장치를 잡아당기며 말했다.

'폴, 네가 그토록 간절하게 자유를 원한다면, 나는 기쁜 마음으로 너에게 자유를 주겠어.'

차가 속도를 줄이자 엔진 소리도 늘어지기 시작했다. 정말로 애니였다.

폴은 저도 모르게 바퀴에 손을 올리고 휠체어를 복도 쪽으로 굴렸다. 도중에 얼음 덩어리 위에 앉은 펭귄을 흘끗 쳐다보면서.

'처음과 똑같은 위치에 제대로 놓은 걸까?'

확신할 수 없었다. 좋은 쪽으로 생각할 수밖에 없었다.

폴은 속력을 내서 복도를 지나 침실 쪽으로 굴러 갔다. 한 번에 쭉 침실 안으로 들어가고 싶었지만, 방향이 조금…… 아주 조금 어긋났다. 그러나 침실 문틀 넓이에 너무 여유가 없어서 조금만 어긋나도 통과할 수 없었다. 휠체어가 문간 오른쪽과 충돌해 뒤로 조금 팅겨 나갔다.

'부딪쳐서 페인트칠한 게 벗겨졌지?'

폴의 마음이 소리 질렀다.

'오 이런 세상에나, 페인트가 벗겨졌지? 너 기어이 움직인 흔적을 남긴 거지?'

벗겨진 곳은 없었다. 움푹 팬 부분이 자그맣게 생겼지만, 칠이 벗겨진 부분은 없었다.

'하느님 감사합니다.'

폴은 문틀의 빡빡한 공간에 정확하게 맞추기 위해 미친 듯이 휠체어를 뒤로 뺐다 앞으로 빼며 난리를 쳤다.

자동차 엔진 소리가 커지며 가까워졌고 계속 느려졌다. 스노타이어가 우두둑 소리를 내며 움직이는 소리까지 다 들을 수 있었다.

'진정해……. 차분하게 움직이자…….'

휠체어를 앞으로 굴리자 휠체어 바퀴 축 덮개가 침실 문틀 양쪽에 딱 걸려 버렸다. 소용없는 짓임을 알면서도 더 힘껏 바퀴를 밀었다. 포도주 병에 꽂힌 코르크 마개처럼 문간에 딱 끼어서는, 앞

뒤 어느 쪽으로도 빠져나갈 수가 없었다.

마지막으로 온 힘을 다해 밀어붙였고, 팔 근육이 팽팽하게 조율된 바이올린 현처럼 힘겨워하며 떨리자 휠체어가 침실을 빠져나올 때와 마찬가지로 나지막이 끽끽거리는 소리를 내며 문간을 통과해 버렸다.

체로키가 집 앞길로 접어들었다.

'짐이 있을 거야, 타자 용지, 어쩌면 몇 가지 물건이 더 있을지도. 그리고 길바닥의 얼음 때문에 천천히 조심해서 걸을 거야. 폴, 이제 침실 안에 들어왔으니까 최악의 순간은 끝났어. 시간이 있어, 아직은 시간이⋯⋯.'

폴은 방 안으로 좀더 깊숙이 들어가서 서툴게 반원을 그리며 돌았다. 휠체어를 열려 있는 침실 문과 평행이 되도록 굴렸을 때 체로키의 엔진이 꺼졌다.

몸을 앞으로 기울여 손잡이를 붙잡고 문을 당겨 닫으려고 했지만, 뻣뻣한 쇠 손가락처럼 튀어나온 날름쇠가 문틀에 딱 걸리며 부딪쳤다. 날름쇠를 엄지손가락으로 밀었더니 문짝 속으로 들어가기 시작했⋯⋯다가 멈췄다. 날름쇠는 꿈쩍도 안 한 채 문 닫는 일에 협조하기를 거부했다.

폴은 한동안 날름쇠를 멍청하게 쳐다보면서 해군의 오랜 격언을 생각했다.

'잘못될 조짐이 보이는 일은 결국 잘못된다.'

'제발요, 하느님, 더 이상은 안 됩니다. 애니가 전화를 죽여 놓은 것만으로는 충분하지 않습니까?'

날름쇠를 누르던 손가락을 떼었다. 날름쇠가 원래 위치로 다시 튀어나왔다. 다시 눌러 보아도 똑같은 저항에 부딪혔다. 자물쇠 속에서 덜그럭거리는 이상한 소리가 들렸고, 폴은 무슨 소린지 알아차렸다. 부러져서 떨어져 나간 머리핀 조각이었다. 떨어진 조각이 자물쇠 속에 걸려서 날름쇠가 완전히 후퇴하지 못하게 가로막았다.

체로키의 문이 열리는 소리가 들렸다. 애니가 밖으로 나오며 투덜대는 소리도 들렸다. 짐을 끌어 모으느라 종이봉투들이 부스럭거리는 소리도 들렸다.

"제발."

폴은 속삭이면서 자꾸만 눌렀다 뗐다 하며 날름쇠를 살살 괴롭히기 시작했다. 누를 때마다 1센티미터의 10분의 1씩 들어가는 것 같더니, 끝내는 그마저도 딱 멈추고 말았다. 자물쇠 속에서 빌어먹을 머리핀이 덜그럭대는 소리가 들렸다.

"제발…… 제발…… 제발 부탁이야……"

폴은 자신도 모르게 또 울었고, 땀과 눈물이 범벅이 되어 거리낌 없이 뺨 위로 흘렀다. 아까 약을 훔쳐 먹었는데도 여전히 대단한 고통에 휩싸여 있음을 어렴풋이 느꼈다. 이렇게 사소한 일에까지 에너지를 소모한 것 때문에 나중에 큰 대가를 치를 것 같았다.

'그래도 이 망할 놈의 문을 다시 닫지 못했을 때 애니한테 치를 대가에 비하면 아무것도 아니야, 폴리.'

애니가 조심스럽게 걸으며 눈을 밟는 발자국 소리가 들렸다. 종이봉투가 부스럭대는 소리…… 지갑에서 꺼낸 열쇠들이 찰랑거리는 소리.

"제발…… 제발…… 제발……."

다시 밀자 날름쇠가 자물쇠 안에서 둔탁하게 철컥 소리가 나면서 튀어나왔다가 1센티미터의 2분의 1만큼 안으로 더 들어갔다. 문짝이 문틀에 완전히 들어오기에는 충분치 않지만…… 조금만 더 하면.

"부탁이다…… 제발……."

폴이 날름쇠에 매달려 꾸물거리고 있을 때 부엌문을 열어젖히는 소리가 들렸다. 그리고 담배 피우다가 엄마한테 들켰던 그 옛날의 오싹한 기억에서처럼, 애니가 명랑한 소리로 외쳤다.

"폴? 나 왔어! 너한테 줄 종이 사 왔다!"

'들켰다! 나 이제 들킨 거야! 제발 하느님 안 돼요 하느님 애니가 저를 해치지 못하게 하느님…….'

엄지손가락에 경련이 일어날 정도로 날름쇠를 힘껏 누르자 머리핀이 부러지며 짤막하게 뚝 소리가 났다. 날름쇠가 완전히 문짝 안으로 들어갔다. 부엌에서는 애니가 파카를 벗으려고 지퍼를 내리는 소리가 났다.

폴은 침실 문을 닫았다. 문짝 속으로 들어갔던 날름쇠가 다시 튀어나와 문틀로 쏙 들어가며 내는 철커덕 소리가

애니가 들었겠지? 들었을 거야 분명히 들었을 거야!

육상 경기 출발을 알리는 총소리만큼이나 커다랗게 울려 퍼졌다.

휠체어를 후진해서 창문으로 갔다. 휠체어를 이리 돌리고 저리 돌리며 씨름하는 동안 애니의 발자국 소리가 복도에서 가까워지

기 시작했다.

"폴, 네 종이 사 왔어! 지금 깨어 있는 거야?"

'안 돼…… 시간이 없어…… 애니가 소리를 들……'

마지막 힘을 짜내 바퀴 돌리는 손을 우악스럽게 움직여 휠체어를 창문 옆에 굴려 놓자마자 열쇠가 문 자물쇠에서 덜그럭거렸다.

'자물쇠는 안 열릴 거야……. 머리핀 때문에……. 그리고 애니는 의심할 것이고…….'

그러나 그 이상한 금속 조각은 자물쇠 밑바닥으로 완전히 내려간 게 분명했다. 열쇠가 완벽하게 작동했기 때문이다. 폴은 눈을 반쯤 감은 채로 휠체어에 앉아 휠체어를 맨 처음 위치 그대로 똑같이 갖다 놓았기를 열렬히 기원했고(아니면 적어도 애니가 눈치 못 챌 정도로 비슷하게라도 갖다 놓았기를), 땀에 전 얼굴과 떨고 있는 몸을 보고 단순히 약을 못 먹어서 그런가 보다 하고 생각해 주기를 열렬히 기원했고, 그리고 무엇보다도 움직인 흔적을 하나도 남기지 않았기를 열렬히 기원했는데…….

침실 문이 활짝 열렸을 때 남아 있는 흔적들이 있는지 찾으려고 고통스럽지만 집중해서 아래를 내려다보던 폴은 흔적을 보고야 말았다. 이리저리 돌아다니느라 생긴 통증 따위는 깡그리 사라져 버렸다. 노브릴 견본 상자들이 여전히 무릎 위에 고스란히 놓여 있었던 것이다.

35

애니는 양손에 하나씩 종이 꾸러미를 든 채 웃고 있었다.

"네가 말한 바로 그거야, 맞지? 트라이어드 모던 타자 용지. 여기 두 연이 있고, 만약에 대비해서 산 다른 두 연은 부엌에 놔뒀어. 그래서 너는……."

애니는 말을 멈추고 폴을 보며 얼굴을 찌푸렸다.

"땀이 아주 비 오듯 쏟아지네……. 안색도 아주 붉어."

그녀가 잠시 말을 멈췄다.

"그동안 무슨 짓 한 거지?"

겁에 질린 폴의 나약한 자아가 이제 다 들통 났으니 그만 단념하고 자수해서 선처를 구하는 편이 낫겠다고 또다시 우는소리를 해 댔지만, 폴은 가까스로 용기를 내서 수상쩍게 생각하는 애니의 시선에 기가 차다는 듯 짜증 내는 표정으로 맞섰다.

"뭘 했는지 너도 잘 알잖아."

폴이 말했다.

"너무 아파서 끙끙 앓고 있었어."

애니가 치마 주머니에서 클리넥스 화장지를 꺼내 폴의 이마를 닦아 주었다. 화장지가 금세 푹 젖었다. 애니가 그 끔찍하게 어설픈 어머니의 사랑이 담긴 표정으로 폴을 보고 웃었다.

"그렇게 많이 아팠어?"

"그래. 그랬단 말이야, 무지 아팠다고. 그럼 이제 나한테……."

"그러기에 날 열 받게 하면 어떻게 되는지 전에 경고했잖아. 배워서 남 주냐란 말도 몰라? 여기서 좀더 살면, 너도 내 가르침 한

마디 한마디를 뼈저리게 느끼며 배우게 될 거야."

"약 줄 거지, 지금?"

"조금 있다가."

애니는 밀랍 인형처럼 창백하고 붉은 반점이 뾰루지처럼 생겨
난 데다 땀까지 뻘뻘 흘리는 폴의 얼굴에서 조금도 시선을 떼지
않았다.

"지금 당장은 네가 더 원하는 게 없는지 확실히 해 두는 게 먼
저야. 늙다리 바보 애니 윌크스는 똑똑 씨가 어떻게 책을 쓰는지
하나도 모르니까 말이지. 또 뭔가를 빠뜨렸는지도 모르잖아. 녹
음기가 필요하다거나 아니면 글쓰기 전용 특수 슬리퍼가 필요하
다거나 아니면 하여튼 뭐 그딴 것들이 필요하니까 네가 또 나를
마을로 보내서 사 오게 할 건지 아닌지 확실히해 두고 싶어. 나보
고 사 오라고 하면, 나는 사러 나갈 거니까. 원하는 게 있으면 명
령대로 할게. 너한테 약 주느라 지체할 시간도 없어. 서둘러 내
애마에 올라타고 마을에 가야 하니까. 그러니까 똑똑 씨, 또 뭐
원하는 거 있어? 아니면 이제 글 쓸 준비는 다 끝난 거야?"

"나 이제 준비 다 끝났어. 애니, 제발······."

"이젠 더 이상 나를 열 받게 하지 않을 거지?"

"그럴게. 더 이상 널 열 받게 하지 않을 거야."

"나 한번 열 받기 시작하면, 정말 제정신이 아니거든."

애니의 시선이 아래로 떨어졌다. 노브릴 견본 상자들을 꽉 덮
은 폴의 손을 내려다보고 있었다. 아주 오랫동안 지켜보았다.

"폴?" 애니가 부드럽게 물었다.

"폴, 두 손을 왜 그렇게 잡고 있어?"

폴은 엉엉 울기 시작했다. 죄책감 때문이기도 했지만, 무엇보다 그런 감정을 느낀다는 것 자체가 싫었다. 그 괴물 같은 여자는 폴에게 저지른 갖은 학대에 덧붙여 그가 죄책감마저 느끼도록 했던 것이다. 폴은 죄책감에 목놓아 울었다……. 하지만 동시에 단순히 기진맥진해서 유치하게 울적해졌기 때문이기도 했다.

폴이 올려다보자 눈물이 양 볼을 타고 흘러내렸다. 폴은 손에 쥐고 있던 마지막 카드를 빼들었다.

"나 약 먹고 싶어. 그리고 오줌 누고 싶어. 아니, 네가 나가 버린 후부터 쭉 참았어. 그런데 더 이상은 참을 수가 없고, 또다시 내 몸에다 질질 오줌 싸기 싫어."

애니는 소리 없이 활짝 웃으며 폴의 이마에 헝클어져 있는 머리칼을 떼 주었다.

"어휴, 불쌍하기도 해라. 애니가 너를 많이 괴롭혔구나, 그렇지? 너무 심했다! 비열한 애니 할망구 같으니! 지금 당장 편하게 해 줄게."

36

애니가 다시 방에 돌아올 때까지 시간적 여유가 있었다고 해도, 폴은 감히 카펫 밑에 약을 숨기지는 못했을 것이다. 상자는 부피가 작았지만 카펫을 불룩 튀어 올라오게 할 정도는 되었고 금방 눈에 띄었을 것이다. 애니가 1층 욕실로 들어가는 소리가 들리자 폴은 상자들을 집어 들고 고통스럽게 손을 등 뒤로 돌려 속옷 뒤쪽에 쑤셔 넣었다. 날카로운 판지 끝부분이 엉덩이의 갈라진 틈을 찔러 댔다.

애니가 한 손에 소변기를 들고 돌아왔다. 구식 양철통이었는데, 우스꽝스럽게도 헤어드라이어처럼 보였다. 나머지 한 손에는 물 한 잔과 노브릴 두 알을 들고 있었다.

'30분 전에 먹은 약에다 이제 또 두 알을 더 먹으면 혼수상태에 빠져서 죽을지도 몰라.'

머릿속에서 두 번째 목소리가 득달같이 대답했다.

'그렇게 된다면 나야 좋지.'

폴은 약을 받아서 물과 함께 삼켰다. 애니가 변기를 내밀었다.

"내가 도와줘?"

"혼자 할 수 있어."

폴이 서툰 동작으로 음경을 차가운 양철통 속에 집어넣고 오줌을 누는 동안 애니는 예의상 몸을 뒤로 돌리고 있었다. 오줌 줄기가 텅 빈 양철통을 두들기는 소리가 나자 폴은 애니를 흘깃 쳐다보았는데, 애니가 웃는 모습이 보였다. 잠시 후 애니가 물었다.

"다 된 거야?"

"응."

실제로도 오줌이 무척 급하던 참이었다. 흥분해서 집 안을 돌아다니느라 그전까지는 오줌 생각을 미처 할 여유가 없었다.

애니는 소변기를 받아들고 조심스레 바닥에 내려놓았다.

"이젠 너를 침대에 눕혀야겠다. 너 무척 피곤하지……. 그리고 다리는 아예 고래고래 고통의 오페라를 불러 대고 있을 거고."

폴은 사실 애니가 말한 어떤 것도 느낄 수 없었지만, 고개를 끄덕거려 주었다. 방금 먹은 것까지 포함해서 이미 복용한 약들이 놀라운 속도로 폴을 인사불성으로 밀어 넣고 있었고, 눈에는 온 방 안에 엷은 회색 빛 막이 둘러쳐져 있는 것처럼 보이기 시작했다. 한 가지 생각이 떠올랐다. 애니는 그를 들어 올려 침대로 갈 것이고, 그러는 동안 속옷 뒤쪽에 작은 상자들이 가득 들어 있는 줄은 보지도 알지도 못할 것이다. 그 상태로 털썩 내려놓는다면…….

애니가 휠체어를 밀어 그를 침대 옆으로 다가왔다.

"조금만 참아, 폴. 이제 낮잠을 푹 잘 수 있을 거야."

"애니, 5분만 기다렸다 누우면 안 될까?"

폴이 가까스로 말을 꺼냈다.

쳐다보는 애니의 눈이 살짝 가늘어졌다.

"이봐, 난 네가 무척 고통스러워 할 거라고 생각했는데."

"고통스러워. 아프다고…… 너무 많이 아파. 특히 무릎이. 네가…… 그, 네가 성질을 이기지 못하고 분풀이한 곳. 아직 휠체어를 떠날 준비가 안 됐어. 5분만 있다가 눕자. 그래서…… 그래서……."

폴은 자신이 무슨 말을 하고 싶은 건지 잘 알았지만, 자꾸만 말들이 입 안에서 날아올라 사라져 버렸다. 날아올라 엷은 회색빛 막 속으로 들어가 버렸다. 아무 말도 못하고 애니만 바라보았다. 이제 다 들통 나는구나 싶었다.

"그래서 약효가 퍼지게 하려고?"

애니가 묻자 기꺼이 고개를 끄덕였다.

"알았어. 그럼 사 온 물건들 좀 정리해 놓고, 이따가 돌아올게."

애니가 방을 나가자마자 폴은 손을 등 뒤로 돌려 상자들을 꺼내 하나씩 차례로 침대 매트리스 밑에 집어넣었다. 방 안을 채운 얇은 막들이 두꺼워지면서 회색은 끊임없이 검은색으로 변하고 있었다.

'상자들을 될 수 있는 한 제일 깊숙이 집어넣어.'

폴은 무턱대고 생각했다.

'확실하게 해야 해. 그래서 애니가 침대 시트를 갈 때 시트를 잡아당겼는데 상자까지 딸려서 같이 나오지 않게. 상자를 네가 할 수 있는 한 제일 깊숙이…… 네가 할 수 있는…….'

마지막 상자까지 매트리스 밑에 집어넣고 나서 폴은 휠체어에 몸을 기댄 채 W들이 술 취한 듯 흔들거리며 춤추고 있는 천장을 올려다보았다. 폴은 생각했다.

'아프리카.'

'나는 이제 깨끗이 씻어내야 해.'

'오, 나는 너무나 큰 곤경에 빠져 버렸어.'

'흔적.'

'내가 집 안에다 흔적들을 남겼던가? 내가…….'

폴 셸던은 의식을 잃었다. 깨어났을 때는 열네 시간이 지나 있었고, 밖에는 또 눈이 내리고 있었다.

2

MISERY

미저리

글쓰기가 고통(misery)을 불러일으키는 것이 아니다.
고통이 작가로 하여금 글을 쓰게 하는 것이다.

― 몽테뉴 ―

1

돌아온 미저리
폴 셸던 지음

애니 윌크스에게 바칩니다.

제1장

이언 카마이클은 여왕의 보물을 다 준다 한들 리틀 던소프 마을
에서 꿈쩍도 안 할 위인이었지만, 영국 어느 지역보다도 콘월에서
내리는 비가 가장 사납다는 사실만은 인정할 수밖에 없었다.

이언은 현관 입구에 있는 옷걸이에 물이 뚝뚝 떨어지는 젖은 코
트를 걸어 놓고 부츠를 벗은 뒤, 옷걸이에 걸려 있던 낡은 수건을
꺼내 짙은 금발 머리를 닦아 말렸다.

멀리 거실에서부터 쇼팽의 선율이 잔잔하게 들려왔고, 이언은 왼
손에 수건을 쥔 채 우두커니 서서 음악을 경청했다.

뺨에 흘러내리는 축축한 물기는 이제 빗물이 아니라 눈물이었다.

제프리가 했던 말이 떠올랐다. 이보게, 그녀 앞에서 울면 안 되네. 자네가 결코 해선 안 되는 단 한 가지가 바로 그것일세!

물론 제프리의 말이 옳았다. 믿음직스러운 오랜 친구 제프리는 좀처럼 틀린 말을 하지 않았다. 그러나 때때로 혼자 있을 때, 미저리가 죽음의 신에게서 가까스로 탈출했다는 사실이 가슴속에 절실히 느껴질 때는, 끓어오르는 눈물을 참기가 거의 불가능했다. 이언은 미저리를 너무나 사랑했다. 미저리가 세상에 없다면 따라서 죽을 작정이었다. 미저리가 없다면 남은 인생은, 이언에게 남겨진 인생은 아무짝에도 쓸모가 없었다.

산파가 말하기를 미저리의 출산은 길고 힘들었지만, 이제까지 맡았던 수많은 다른 젊은 아낙들보다 특별히 더 길거나 힘들지는 않았다고 했다. 그런데 산파가 사태의 심각성을 우려하기 시작한 때는 자정이 막 지나서였고, 제프리가 말을 달려 밀려오는 폭풍을 헤치고 나가 의사를 데리러 간 지 한 시간이 지난 뒤였다. 그때가 미저리가 출혈을 시작한 때였다.

"믿음직스러운 나의 오랜 친구 제프리!"

이언은 큰 소리로 외치며 어지러워질 만큼 따스하고 거대한 저택 부엌으로 들어섰다.

"부르셨습니까, 주인님?"

카마이클 가에서 일하는 고집불통이면서도 사랑스러운 살림꾼 노파 래미지 부인이 식품 저장실에서 나오며 물었다. 여느 때와 마찬가지로 레이스 달린 모자를 빼딱하게 썼고, 요 몇 년 새 스스로는 여전히 부도덕한 습관을 비밀리에 즐긴다고 굳게 믿고 있었지만,

코담배 냄새가 폴폴 풍겼다.

"특별히 누굴 부르는 소리는 아니었네, 래미지 부인." 이언이 말했다.

"주인님께서 현관에 들어오시면서 코트에서 물 떨어지는 소리가 나기에, 오두막에 들렀다 집으로 오시는 동안 물에 빠져 돌아가실 뻔하셨나 하고 생각했습니다그려!"

"맞아, 정말 그 정도로 고생 좀 했지."

이언이 그렇게 말하고 나서 생각했다. 제프리가 의사를 데리고 온 것이 10분만 늦었더라도, 나의 미저리는 죽었을 것이다. 의식적으로 회피하고 싶은 생각이었다. 쓸데없이 섬뜩하기만 한 생각이었다. 미저리가 없는 인생을 생각하면 너무나 끔찍해서 때때로 전율하고 소스라치게 놀라기까지 했다.

우울한 상상을 하고 있자니 건강한 아기가 울어 대는 소리가 들렸다. 아들이 잠에서 깨어나 오후 식사를 달라고 칭얼대는 소리였다. 토머스를 돌보는 유능한 간호사 애니 윌크스의 목소리가 희미하게 들렸다. 애니는 아기를 달래며 기저귀를 갈아 주기 시작했다.

"오늘따라 조그만 도련님 목소리가 아주 우렁찹니다그려."

래미지 부인이 말했다. 제프리는 이루 말할 수 없는 놀라움을 느끼며 자신이 한 아이의 아버지가 되었다는 사실을 새삼스럽게 실감했다. 그때 아내가 문간에서 말했다.

"안녕, 내 사랑."

이언은 고개를 들어 그의 사랑을 미저리를 우러러보았다. 그녀는 문가에 가볍게 기대서 있었으며, 꺼져가다가 마지막으로 힘을 내는 재처럼 신비스러운 붉은빛으로 반짝이는 밤색 머릿결은 화려한 자태를 뽐내며 어깨 위로 흘러내려 와 있었다. 안색은 여전히 너무 창백했지만, 이언은 그녀의 양 볼에 화색이 돌기 시작했다는 첫 번째 징표를 볼 수 있었다. 눈빛은 짙고 깊었으며, 보석상이 어두운 진열대 위에 놓아둔 작지만 귀중한 다이아몬드가 빛을 내듯 부엌의 등불에서 나온 빛이 두 눈 속에서 반짝거렸다.

"내 사랑!"

미치광이 잭 위커스함이 호언장담한 대로 해적들이 미저리를 납치한 줄 알고 있다가 리버풀에서 다시 만났을 때처럼, 이언은 울먹거리며 미저리에게 달려갔다.

래미지 부인은 갑자기 거실에서 해야 할 일이 생각나 주인 부부만 남겨 놓고 황급히 자리를 떴다. 그러나 발길을 돌리는 그녀의 얼굴에는 미소가 가득했다. 래미지 부인 역시 두 달 전 폭풍이 몰아치던 캄캄한 밤에 제프리와 의사가 도착하는 데 한 시간도 더 걸렸다거나, 아니면 이론적으로만 가능하던 수혈을 실제로 시도해서 젊은 주인이 용감하게도 자신의 살아 있는 피를 미저리의 죽어 가는 혈관 속에 주입했는데도 아무런 효과가 없었더라면, 지금의 일상이 어떻게 변했을지 개인적으로 자꾸만 생각하곤 했다.

"에구에구, 내 정신 좀 봐."

래미지 부인이 서둘러 현관 홀로 나서며 혼잣말을 했다.

"어떤 것들은 마음속에만 담아 두고 있으면 안 되지." 좋은 충고였다. 이언이 스스로에게 해 주었던 충고였다. 그러나 그들 모두 때때로 좋은 충고란 받아들이기보다는 전해 주기가 더 쉽다는 것을 알고 있었다.

부엌에서 이언은 미저리를 꼭 껴안고 그녀의 따스한 피부에서 풍기는 달콤한 향기 속에서 자신의 영혼이 삶과 죽음을 거듭하다 다시금 살아나는 기분을 만끽했다. 부풀어 오른 미저리의 가슴을 만지며 끊임없이 강하게 요동치는 심장을 느꼈다.

"당신이 죽었다면, 나는 당신과 함께 죽었을 것이오."

이언이 속삭였다.

미저리가 두 팔로 이언의 목을 감싸자 탄탄한 가슴이 더욱 충만하게 이언의 손 안으로 들어왔다.

"그런 말 마요, 내 사랑." 미저리가 속삭였다.

"그리고 어리석은 생각은 하지 마요. 나는 여기에 있잖아요……
바로 이곳에. 지금 나에게 입맞춤해 줘요! 만일 내가 죽었다면, 당신이 말한 대로 됐을까 봐 생각만 해도 무서워요."

이언의 입술이 미저리의 입술을 탐했고, 손은 눈부신 밤색 머릿결 속으로 깊숙이 빠져 들었다. 그리고 한동안 세상에는 아무도 없었다. 오직 그 두 사람뿐이었다.

2

애니는 폴 옆에 있는 작은 탁자 위에 타자된 원고 세 쪽을 내려놓았고, 폴은 그녀가 원고에 대해 무슨 말을 할 것인지 기다렸다. 결과가 궁금했지만 불안한 생각은 전혀 들지 않았다. 사실 미저리의 세계로 다시 들어가는 일이 어찌나 쉽던지 폴은 깜짝 놀랄 정도였다. 미저리의 세계는 진부한 멜로 드라마의 세계였지만, 그렇다고 해서 그곳으로 다시 돌아가는 일이 폴이 예상했던 만큼

싫지만은 않았다는 사실을 바꿔 놓지는 못했다. 사실 오래도록 사용했던 슬리퍼를 신는 것처럼 오히려 편안하기까지 했다. 애니가 의견을 말했을 때 폴이 명백하고 심각한 충격에 빠져 입을 벌린 채 어리둥절했던 것도 그 때문이었다.

"이건 옳지 않아."

"넌…… 너는 내 원고가 마음에 안 든다는 거야?"

도저히 믿을 수 없었다. 다른 미저리 시리즈는 그토록 좋아하면서, 어떻게 이 원고를 싫어한단 말인가? 지금 쓴 원고는 매우 '미저리' 다운 내용이었고 전작들의 모습을 거의 똑같이 그려 내고 있었다. 자애로운 늙은 래미지 부인은 식품 저장실에서 코담배를 집적거리고, 이언과 미저리는 금요일 밤 무도회에 갔다가 이제 막 집에 들어와 몸이 후끈 달아오른 고등학생들처럼 서로를 주물럭거리고, 그리고…….

이제 어리둥절해 보이는 사람은 애니였다.

"이게 좋으냐고? 물론 나는 좋지. 아주 아름다워. 이언이 그녀를 그의 팔에 확 안았을 때는, 난 울었어. 도저히 참을 수가 없었어."

애니의 눈이 실제로 약간 붉어졌다.

"그리고 네가 아기 토머스를 돌보는 간호사 이름을 나를 따라서 지은 것은…… 그것은 아주 달콤한 일이었어."

'아주 영리한 짓이었지. 적어도 나는 그렇게 되기를 원했어. 이보라고 아가씨, 그런데 말이지 혹시나 당신도 흥미가 있을 것 같아 밝혀 두는데, 아기 이름이 처음에는 숀Sean이었어. 그런데 내가 토머스로 바꿔 버렸어. 빌어먹을 n을 그렇게나 많이 적어 넣기 싫

었거든.'

"통 무슨 말인지 이해가……."

"그래, 넌 이해 못 하겠지. 나는 이 원고를 좋아하지 않는다고 말한 게 아니라, 옳지 않다고 말했어. 이건 사기야. 다시 써야 해."

폴이 애니를 완벽한 독자라고 생각한 적이 있었던가? '이럴 수가 있나. 아주 잘하는 짓이다, 폴. 실수였다 쳐도 이렇게까지 완전히 헛다리를 짚을 수가 있나.'

충성스러운 독자는 방금 무자비한 편집자로 돌변했다.

무슨 일이 벌어졌는지 제대로 파악이 안 되는 상황에서, 폴의 얼굴은 그가 편집자의 말을 들을 때면 언제나 짓는 진심으로 경청하는 듯한 표정으로 바뀌었다. 폴은 이런 표정을 '아가씨, 제가 좀 도와 드릴까요?' 하는 표정이라고 생각했다. 왜냐하면 대부분의 편집자들은 정비소로 차를 몰고 와서는 정비사에게 보닛 속에서 쿵쿵 소리가 나거나 운전석 계기판이 깜박깜박거린다고 말하며 무턱대고 빨리 고쳐 놔라, 한 시간 전처럼 차가 쌩쌩했던 상태로 다시 되돌려 놓으라고 독촉하는 여자랑 다를 바 없기 때문이었다. 진심으로 경청하는 표정을 지어 주는 것은 좋은 일이었다. 덕분에 편집자들은 의기양양해지고, 의기양양해진 편집자들은 때때로 자기들이 뽑아 낸 미친 아이디어들을 없던 일로 해 주기도 하기 때문이다. 폴이 물었다.

"내가 쓴 글이 어떻게 사기라는 거야?"

"흐음, 제프리는 말을 타고 의사를 데리러 갔어. 그건 괜찮아. 그건 『미저리의 아이』 제38장에 나오는 얘기니까. 하지만 너도 알다시피, 의사는 결국 오지 못했어. 제프리가 그 망할 놈의 크랜소프 씨가 운영하는 통행료 징수소를 뛰어넘으려다가 말이 울타리 꼭대기에 걸려 넘어졌기 때문에. 그 더러운 새끼가 『돌아온 미저리』에서는 자신이 저지른 죗값을 치르게 된다면 좋으련만. 폴, 그렇게 된다면 정말정말 후련할 거야. 하여튼 제프리는 어깨와 갈비뼈가 부러져서, 양치기 소년이 그를 발견할 때까지 비 오는 밤 내내 길바닥에 쓰러져 있었지. 그래서 결국 의사는 미저리를 구하러 오지 못했어. 이제 너도 기억하지?"

"그래."

폴은 갑작스레 애니의 얼굴에서 눈을 떼지 못하는 자신의 모습을 발견했다.

애니가 편집자 행세를 하며, 어쩌면 공동 저자 행세까지 하려고 하며 소설에서는 무엇을 어떻게 써야 하는지 한바탕 설교를 해 댈 줄로만 알았다. 하지만 그러지 않았다. 한 예로 크랜소프 씨를 보라. 애니는 크랜소프 씨가 죗값을 치르기를 바랐지만, 그것을 요구하지는 않았다. 애니는 폴을 자기 맘대로 통제할 수 있는 우월적 위치에 서 있었지만, 이야기를 만드는 창의적인 과정은 자기의 통제권 밖에 있는 사항이라고 보았다. 그러나 어떤 사항들은 쉽게 내버려둘 수 없다. 창의력 문제든 창의력 부족의 문제든 이런 엉터리 사항들은 그냥 방치해서는 안 된다. 그대로 방치해 둔다는 것은 중력의 법칙을 무효라고 선언하거나, 벽돌로 탁구를 치려고 덤비는 일처럼 바보 같은 짓인 것이다. 애니는 진정 충성스러운 독자였지만, 충성스러운 독자가 곧 충성스러운 얼간이라는 뜻은 아니었다.

애니는 폴이 미저리를 죽이도록 허용하지 않았지만……. 그렇다고 해서 그가 미저리를 살리기 위해 사기를 치는 것까지 허용하지는 않을 작정이었다.

'제길, 하지만 나는 미저리를 죽였단 말이야.'

폴은 짜증스러워 하며 생각했다.

'도대체 어떻게 해야 하는 거야?'

"내가 어렸을 때." 애니가 말했다.

"극장에서는 줄거리가 다음 편으로 이어지는 연속극 영화들을 틀어 주곤 했어. 『가면의 복수자』, 『플래시 고든』. 그리고 프랭크 버크가 아프리카에 가서 야생 동물을 잡는데, 그가 노려보기만 해도 사자나 호랑이가 꼼짝 못하는 내용도 있었지. 연속극 영화 기억하니?"

"나도 기억해. 그런데 애니 너는 그런 추억의 영화를 극장에서 봤을 만큼 나이가 많아 보이지 않는데. 아마 TV에서 봤거나, 오빠나 언니가 해 준 이야길 기억하는 거겠지?"

입을 실룩거리느라 애니의 입술 양쪽에 보조개가 잠깐 나타났다 사라졌다.

"너 자꾸 장난칠래? 짓궂어! 하긴, 실제로 오빠가 한 명 있긴 했어. 그리고 우린 매주 토요일 오후에 극장으로 달려가곤 했지. 내가 자란 곳은 캘리포니아 주 베이커스필드야. 나는 항상 뉴스 영화, 만화 영화, 극 영화 같은 것들을 즐겨보곤 했는데, 진짜 간절히 보고 싶었던 것은 연속극 영화 다음 편이었어. 일주일 내내 기회만 생기면 나도 모르게 다음 편은 어떻게 될지 생각했더랬지. 학교 수업 시간이 지루하거나 아래층 사는 크렌미츠 부인의 애새끼들 넷을 돌봐야 할 때면 그런 생각을 했어. 그나저나 나는 그 조막만 한 새끼들이 정말 싫었어."

애니는 방 한구석을 뚫어지게 쳐다보며 우울한 침묵 속에 빠졌다. 코드가 뽑혀 나간 상태가 되었던 것이다. 그 멍한 모습은 실로 오랜만이었고, 폴은 애니의 감정 주기가 암울한 밑바닥으로 접어드는 것인지 불안하고 궁금했다. 만일 그랬다면 애니가 갑작스레 발광하는 사태에 대비하는 편이 신상에 이로울 테니까.

마침내 애니가 멍한 상태에서 풀어졌다. 항상 그랬듯이 세상이 아직도 그 자리에 그대로 머물러 있을 줄은 정말 몰랐다는 듯 약간 놀라는 표정을 지으며.

"내가 제일 좋아했던 건 『로켓맨』이야. 제6편 「죽음의 하늘」맨 마지막에 비행기가 아래로 곤두박질치는데 그 속에서 로켓맨은 의식을 잃었어. 제9편 「불타는 운명」의 마지막에서는 불타는 창고 안에서 의자에 꽁꽁 묶여 있었고. 어떤 때는 브레이크 없는 자동차, 어떤 때는 독가스, 어떤 때는 고압 전류가 나오기도 했지."

그렇게 말하는 동안 애니는 섬뜩하게 보일 만큼 순수한 애정을 품고 있었다.

"그런 걸 보고 모험 활극이라고 부르지."

폴이 겁도 없이 끼어들었다.

애니가 그를 보고 얼굴을 찌푸렸다.

"이봐 똑똑 씨, 그딴 건 나도 알아. 나 원 참, 가끔 가다 보면 너 나를 아주 바보 멍청이로 취급하는 것 같아!"

"그건 아니야. 애니, 정말이야."

애니는 짜증 난다는 듯 폴을 향해 손을 휘휘 저었고, 폴은 적어도 그날만큼은 애니가 하는 말을 방해하지 않는 편이 좋겠다고 생각했다.

"로켓맨이 다음 편에서는 어떻게 위기에서 빠져나올지 생각해 보는 게 즐거웠어. 때로는 딱 맞추기도 하고, 때로는 못 맞추기도 했지. 맞히느냐 못 맞히느냐는 하나도 신경 쓰이지 않았어. 사람들이 공정하게 처신하는 동안은. 이야기를 만들어 내는 그 사람들 말이야."

폴에게 똑똑히 새겨들으라고 강조하듯 애니가 날카롭게 쏘아보았다. 폴은 어찌 애니가 보내오는 험악한 신호를 놓칠 수 있으랴 하고 생각했다.

"로켓맨이 비행기 안에서 정신을 잃었던 이야기처럼 공정하게. 로켓맨이 깨어나 보니, 좌석 밑에 낙하산이 있는 거야. 낙하산을 착용하고 비행기에서 뛰어내렸다. 그건 충분히 공정한 거지."

'이보라고, 전국의 초중고등학교 작문 선생님들 수천 명은 네 의견에 동의 안 할 거야.' 폴은 생각했다.

'네가 말하는 것은 데우스 엑스 마키나deux ex machina라는 거야. '기계 장치에서 나타난 신'이라는 뜻인데, 고대 그리스 연극에서 다급할 때마다 신이 갑자기 기계 장치를 통해 나타나서 위험을 해결해 버리는 데서 유래한 말이지. 극작가가 글을 쓰다 영웅이 도저히 해결 불가능한 궁지에 몰리면, 꽃으로 장식한 기계 의자가 하늘에서 내려오는 장면을 집어넣는 식이지. 영웅이 그 의자에 올라타면 하늘로 끌어 올려져서 위험에서 벗어나는 거야. 아무리 멍청한 시골뜨기라도 그 장면에 숨어 있는 상징성은 알아볼 수 있어. 영웅은 신에게 구원받은 거야. 그런데 가끔씩 전문 용어로 '케케묵은 비행기 좌석 밑에 낙하산 수법'이라고 불리던 데우스 엑스 마키나는 1700년경이 되자 마침내 유행이 끝나 버렸어. 물론 『로켓맨』 시리즈나 『낸시 드루』 추리 소설 문고 같은 만병통치 장르에서는 예외였지만. 애니, 넌 그 소식을 못 들었나 보구나.'

이상하게도, 폴은 어느 순간부턴가 자꾸만 폭소를 터뜨릴 것만 같은 기분에 시달렸다. 그날 아침 기분으로 보건대 애니 앞에서 폭소를 터뜨렸다간 재미없고 고통스러운 처벌을 받을 것이 거의 확실했다. 그래서 재빨리 입에다 손을 갖다 대서 튀어나오려는 웃음을 틀어막으며 일부러 기침 소리를 냈다.

애니가 등을 너무 세게 두드려 대는 바람에 아프기까지 했다.

"이제 괜찮아?"

"그래, 고마워."

"폴, 하던 얘기 계속할까? 계속 재채기 나오려고 그래? 양동이 가져올까? 토할 것 같아?"

"아냐, 애니. 하던 얘기 계속해 줘. 네가 해 주는 얘기 너무 재미있어."

애니는 약간 기분이 좋아지는 듯했다. 많이는 아니고 약간.

"로켓맨이 좌석 밑에서 낙하산을 찾아낸 것은 공정한 거야. 어쩌면 비현실적일지도 모르지만, 공정한 건 공정한 거지."

폴은 그 말을 생각해 보고 깜짝 놀랐다. 이따금씩 튀어나오는 애니의 예리한 통찰력은 그때마다 폴을 놀라게 했다. 그리고 애니의 통찰력이 옳음을 폴도 따라 느꼈다.

공정성과 현실성이 동의어처럼 쓰인다면 그야말로 최고로 멋진 세상일 테지만, 분명 이 세상은 그렇지 않았다.

"그렇지만 『로켓맨』의 다른 에피소드를 예로 들면."

애니가 말했다.

"네가 어제 썼던 원고들이 뭐가 잘못됐는지 정확히 알게 될 거야. 폴, 내가 하는 말 잘 들어 봐."

"열심히 귀 기울이고 있어."

애니가 농담인가 싶어 날카롭게 쏘아 보았다. 그러나 폴의 표정은 무겁고 진지했다. 성실한 학생의 얼굴 그 자체였다. 애니가 데우스 엑스 마키나라는 용어만 모를 뿐이지 그 본질은 모조리 꿰뚫고 있다는 생각이 든 다음부터 웃음이 터질 것 같던 충동이 사라졌다.

"좋았어. 이번 편은 차에 브레이크가 없는 상황이야. 나쁜 놈들이 로켓맨을, 항상 로켓맨이라는 암호명으로만 불리는 그를 말이지, 제동 장치가 전혀 없는 차에 가둬 놓고는 모든 문을 닫아서 용접까지 한 다음 구불구불한 산악 도로 아래로 차를 굴려 버린 거야. 고백하건대, 나는 그날 극장에서 그 장면을 보면서 너무 흥분해서 의자 끝에 엉덩이를 살짝 걸치고만 있었어."

애니는 침대 끝에 살짝 걸터앉아 있었고 폴은 맞은편 휠체어에 앉아 있었다. 욕실과 거실로 장거리 여행을 갔다 온 지 닷새가 지난 때였고, 예상보다 빠른 속도로 그날의 악몽으로부터 회복되었다. 결국 들키지 않았다는 사실이 놀라운 효과를 발휘한 듯했다.

애니는 무심히 달력을 쳐다보았다. 웃고 있는 소년이 썰매를 타고 영원한 2월 속을 달려가는 곳이었다.

"그래서 불쌍한 로켓맨은 등에 매는 로켓 장치도, 심지어 검은 안경이 달린 특수 헬멧도 없이 차 안에 갇혀서는, 차를 세워 보려고 운전대를 돌려 보기도 하고 차 문을 열어 보려고도 하면서 정신없이 움직였어. 외팔이 도배장이보다도 훨씬 바빴다고 할 수 있겠어!"

'그랬군.'

폴은 갑자기 그 장면이 눈에 선했다. 본능적으로 그런 장면이 어떻게 만들어졌을지 이해했다. 어울리지 않게 멜로드라마처럼 감상적인 분위기로 서스펜스를 더욱 고조시켰을 것이다. 화면이 불안한 내리막길 시점으로 기울어져 급박하게 돌아간다. 화면이 브레이크 페달로 바뀌고, 한 남자의 발이 밟아 대자 페달은 맥없이 바닥으로 떨어진다.(폴은 남자가 1940년대식의 날렵한 구두를 신고 있는 것을 똑똑히 보았다.) 화면이 차 문을 치고 있는 남자의 어깨로 넘어간다. 화면이 문 바깥으로 바뀌고, 문을 봉인하고 있는 울퉁불퉁한 용접 자국들을 보여 준다. 확실히 엉뚱한 상상일 뿐이었다. 조금도 문학적이지 않았다. 그래도 그럭저럭 즐길 수 있었다. 장면을 상상하는 것만으로도 맥박이 빨라졌다. 시바스 리갈 위스키 따위는 없으니 이런 이야기라도 독한 밀주 삼아 기분을 내 보는 것과 같았다.

"그때 길이 끝나고 낭떠러지가 나타나는 거야." 애니가 말했다.

"그러면 극장 안에 있는 모든 이들은 다 알게 되지. 로켓맨이 낭떠러지에 도달할 때까지 그 고물 허드슨 차에서 빠져나오지 못하겠구나, 로켓맨은 끝장이겠구나. 아아, 안돼! 그리고 로켓맨이 아직도 브레이크를 밟아 대고 문짝을 두들기고 있는데 차가 벌써 저만치 갔어, 그러고는…… 부웅 날았어! 허공으로 솟구치더니 아래로 추락했지. 그리고 반쯤 내려오다가 낭떠러지 옆면에 부딪쳐서 폭발해 버린 뒤 불덩이가 되어 바닷물 속으로 빠져 버리고, 그러고는 스크린에 이런 자막이 뜨는 거야. 다음주 제11편 「용이 날아오르다」 편을 기대하시라."

애니는 침대 끝에 걸터앉아 두 손을 꼭 움켜쥐었고, 커다란 가슴은 쉴 새 없이 위아래로 흔들거렸다.

"나는!"

애니가 폴은 쳐다보지도 않은 채 그저 벽만 바라보며 말했다.

"그 다음에 동시 상영으로 나오는 다른 영화들은 거의 보지도 않았어. 그 다음주 내내, 그냥 틈이 생기면 생각해 보는 정도가 아니었어. 한시도 빠짐없이 항상 로켓맨을 생각했어. 그가 어떻게 차에서 탈출했을까? 도저히 방법이 없는데.

"다음주 토요일 정오에 나는 극장 앞에 서 있었어. 매표소는 1시 반에 열고 영화 시작은 2시였는데도 말이야. 그런데 말이야 폴……, 무슨 일이 벌어졌냐면……. 세상에, 넌 상상도 못할 거야!"

폴은 아무 말도 안 했지만 상상은 할 수 있었다. 그의 원고를 좋아한다고 말하면서도 여전히 옳지 않다고 항변하는 애니를 이해할 수 있었다. 애니는 옳지 않다는 것을 잘 알았고, 옳지 않은 이유를 편집자가 때때로 내뱉는 전혀 믿을 수 없는 문학적 궤변이 아니라 충성스러운 독자로서 변함없이 부정할 수 없는 확신을 가지고 말하고 있었다. 폴은 그것을 이해했고, 그 때문에 자신이 부끄러워함을 알고 놀랐다. 애니가 옳았다. 폴은 사기 치는 글을 썼던 것이다.

"새로운 이야기는 늘 전편 끝 장면에서 시작해. 로켓맨이 언덕

길을 내려가는 모습이 보이고, 낭떠러지가 보이고, 차 문을 두들겨서 열려고 애쓰는 모습이 보이지. 그때 차가 낭떠러지에서 떨어지기 직전에, 차 문이 활짝 열리고 그가 길바닥으로 몸을 날렸어! 차는 낭떠러지 아래로 떨어졌고, 극장 안에 있던 모든 애들은 로켓맨이 탈출했다고 환호성을 질렀어. 하지만 난 환호성을 지르지 않았어, 폴. 나는 열 받았어! 나는 고래고래 소릴 지르기 시작했어. '저건 지난 주 얘기랑 틀려! 저건 지난 주 얘기랑 틀려!'"

애니는 침대에서 벌떡 일어나 방 안을 빠른 속도로 왔다 갔다 서성거리기 시작했다. 머리는 아래로 숙여서 머리칼이 얼굴 앞으로 쏟아져 내렸고, 손바닥을 주먹으로 계속 내리치면서 눈을 번뜩였다.

"우리 오빠가 내 행동을 멈추려 했지만 내가 그만두지 않으니까 입을 손으로 막아서 조용히 시키려 했어. 그래도 나는 오빠 손을 깨물고 계속 소리 질렀어. '저건 지난 주 얘기랑 달라! 너희들 모두 지난 주 얘기를 다 잊어버릴 정도로 명청한 거냐? 니들 모두 기억 상실증이야?' 그러자 우리 오빠가 말했어. '너 미쳤구나, 애니.' 하지만 나는 미치지 않았단 걸 알고 있었지. 극장 관리인이 와서 조용히 안 할 거면 나가라고 말했어. 그래서 내가 말했어. '나갈 테니 걱정 마요. 저건 다 더러운 사기니까. 저건 지난주 얘기랑 다르단 말이야!'"

애니가 폴을 보았고, 폴은 애니의 눈에 감도는 살기를 똑똑히 보았다.

"저번 주 장면에서 로켓맨은 그 염병할 차에서 탈출하지 못했어! 차는 그대로 낭떠러지로 떨어졌고, 그는 아직 그 차 안에 남아 있어야 하는 거야! 너 내 말 이해하니?"

"그래."

"너 내 말 이해하냐고오오?"

애니가 갑자기 사나운 기세로 폴을 향해 껑충 뛰어올랐다. 폴은 애니가 낭떠러지로 떨어져 내리는 허드슨 자동차에서 로켓맨을 빼내려고 사기를 쳐 버린 더러운 영화 각본가 새끼를 붙잡을 수 없기에 대신 자신을 붙잡고 분명히 예전처럼 갖은 학대를 가할 거라고 느꼈지만, 전혀 몸을 움직이지 않았다. 애니가 폴을 위해 열어 보인 과거라는 창문 속에서 폴은 오늘날 그녀의 불안정한 정서를 만들어 낸 씨앗을 발견할 수 있었고, 그 때문에 공포에 질려 버렸다. 애니가 느끼는 불공정함은 유치한 것이었지만, 그녀에게는 명백하게 현실적인 문제였던 것이다.

애니는 때리지 않았다. 폴의 옷 앞자락을 잡고는 서로의 얼굴이 거의 닿을 때까지 끌어당겼다.

"이해하니?"

"그럼, 애니, 물론이지."

애니는 분노에 찬 암울한 시선으로 빤히 쳐다보더니, 폴의 얼굴에서 그가 말한 대답이 진심임을 읽어 낸 듯했다. 잠시 후 폴을 짐짝 부리듯이 휠체어로 다시 내던져 버린 걸로 봐서.

폴은 묵직하게 압박을 가하는 고통을 느끼고 얼굴을 찡그렸는데, 고통은 조금 있다 가라앉기 시작했다.

"그럼 너도 뭐가 잘못된 것인지 다 알겠구나." 애니가 말했다.

"그런 것 같아."

'잘못된 원고를 어떻게 고쳐 놔야 할지 대책은 없지만.'

동시에 마음속에서 또 다른 목소리가 대답했다.

'나는 네가 하느님에게 벌을 받을지 구원을 받을지 잘 모르겠어, 폴. 하지만 한 가지 아는 게 있지. 만일 애니가 납득할 수 있는 방법으로 미저리를 살려 내지 못한다면, 애니는 너를 죽일 거야.'

"그럼 고쳐 놔."

애니는 퉁명스럽게 말하고는 방을 나갔다.

3

폴은 타자기를 쳐다보았다. 타자기가 제자리에 앉아 있었다. n들! 평균적으로 타자 한 줄에 n이 그렇게 많이 들어 있을 줄은 꿈에도 몰랐다.

'나는 네가 솜씨 좋은 놈이라고 생각했는데.'

타자기가 말했다. 그것의 목소리가 폴의 마음속에서 냉소적인 애송이의 목소리로 바뀌었다. 할리우드 서부 영화에 나옴직한 소년 총잡이의 목소리, 데드우드 시에서 하루 빨리 유명세를 떨치고 싶어 안달이 난 꼬맹이의 목소리였다.

'하지만 솜씨가 별로더군. 제길, 아무리 그래도 전직 간호사 출신 미친 뚱땡이 하나 즐겁게 못해주다니. 아마 저번 교통사고 때 글쓰기 뼈가 부러졌나 보군……. 그 뼈는 재활이 안 되나 보지.'

폴은 휠체어 등받이가 허용하는 최대한도까지 몸을 힘껏 젖히고 눈을 감았다. 고통이 너무 심한 나머지 그가 제대로 글을 쓰지 못했기 때문에 애니가 원고를 거부한 것이라고 변명할 수 있었다면, 폴로서는 마음이 편했을 것이다. 하지만 사실은 고통이 마침내 조금씩 진정될 기미를 보이기 시작했다.

훔친 약들은 매트리스와 침대 바닥 사이에 안전하게 감춰져 있었다. 폴은 그 약들을 하나도 먹지 않았다. 애니가 난동을 부릴 경우에 대비하여 보험처럼 비축해 두는 것만으로도 큰 위안이 되었다. 행여나 애니가 매트리스를 뒤집어 봐야겠다는 생각을 하면 약이 발각될 거란 걱정이 들기도 했지만, 그런 낌새가 보인다 싶으면 확 먹어 버리면 그만이라고 생각했다.

타자 용지 때문에 열 받았던 이후로 애니와 폴은 별다른 갈등이 없었다. 애니는 시간 맞춰서 약을 가져왔고, 폴은 받아먹었다. 폴은 자신이 약에 중독되어 버렸다는 사실을 애니가 아는지 궁금해지기도 했다.

'이봐 폴, 이젠 정신 좀 차려. 자기 중독 상태를 좀 과장하고 있는 거 아냐?'

아니, 그렇지 않았다. 사흘 전날 밤, 애니가 위층에 있음을 확인한 폴은 견본 상자 중 하나를 몰래 꺼내 제품 라벨에 적혀 있는 문구를 모조리 읽어 보았다. 노브릴의 주요 성분이 무엇인지 읽자마자 알고 싶은 사실을 다 알아냈다는 생각이 들기는 했지만. 위장약 하면 '롤레이드'라는 약 이름이 딱 나오듯이, 노브릴 하면 '코데인'이라는 중독성 아편 성분 이름이 딱 튀어나왔다.

'폴, 사실 너는 회복되고 있는 거야. 무릎 아래가 마치 네 살배기가 그린 막대 인간처럼 보이겠지만, 너는 회복되고 있는 거야. 이제 아스피린이나 엠피린 같은 일반 약으로도 충분해. 노브릴이

필요한 사람은 네가 아니야. 그딴 약 원숭이한테나 줘 버려.'

약을 먹는 횟수를 줄이고, 약의 분량도 줄여야 했다. 스스로 행동에 나설 때까지 휠체어뿐 아니라 애니가 만들어 낸 또 다른 족쇄에 묶여 있을 수밖에 없었다. 노브릴이라는 족쇄에 말이다.

'좋아. 약을 가져올 때마다 두 번에 한 번은 두 알 중에 한 알을 먹지 않겠어. 한 알은 삼키고 나머지 한 알은 혀 밑에 숨겨 뒀다가 애니가 물 잔을 가지고 나가면 다른 약들과 함께 매트리스 밑에 집어넣을 거야. 그런데 오늘은 아니야. 오늘은 아직 마음의 준비가 덜 된 것 같아. 내일부터 시작해야지.'

이때 마음속에서 하트의 여왕이 이상한 나라의 앨리스에게 훈계하는 소리가 들려왔다.

'이곳에서 우리는 어제 우리가 한 짓을 깨끗이 바로잡았고, 내일도 우리가 한 짓을 깨끗이 바로잡을 예정이다. 그러나 오늘은 결코 그러지 못하리라.'

'허허, 폴, 너 참 웃기는 녀석이로구나.'

폴이 만들어 준 터프한 총잡이 목소리로 타자기가 말했다.

"우리 같은 더러운 새끼들은 그다지 웃지지 않아. 하지만 웃기려는 노력은 결코 게을리 하지 않아. 그 점은 너도 인정해야 해."

폴이 중얼거렸다.

'글쎄, 지금은 네가 먹고 있는 그 약에 대해서 생각해 보는 게 나을 것 같은데. 폴, 그 약에 대해 아주 심각하게 생각해 봐야 할 거야.'

폴은 원고용지에다 첫 번째 장을(애니가 사기가 아니라고 인정할 만한 내용으로) 완성한 다음 즉시 '애니가 주는 약 안 먹고 숨겨 놓기 운동'을 시작하는 게 좋겠다고 충동적으로 결정했다.

폴의 마음 한 부분이(편집자가 말하는 가장 공정하고 훌륭한 제안조차도 기분 나쁘게 들어 먹는 부분이) 애니는 미쳤고, 애니가 좋아할 만한 내용인지 아닌지 미리 예측할 방법은 전혀 없다고 항변했다. 그런 일에 힘을 쏟아 봤자 그저 도박일 뿐이라고 말했다.

그러나 또 다른 부분은, 훨씬 더 분별력 있는 부분은 그런 주장에 동의하지 않았다. 폴에게는 진짜 물건을 찾아냈을 때 그 가치를 알아보는 안목이 있었다. 그 좋은 안목을 가지고도 전날 밤 애니에게 읽어 보라고 건네준 그런 쓰레기를 만들어 냈고, 애초에 시작부터가 허점투성이였던 그 쓰레기를, 1달러 은화 옆에 퍼질러진 개똥 같은 그 쓰레기를 만들어 내는 데 사흘이나 걸렸다. 죄다 잘못이라는 사실을 몰랐던 것인가? 그 쓰레기 원고를 완성하느라 진심으로 고생하며 노력하지도 않았고, 집중해서 갈겨쓴 메모나 '미저리가 그를 향해 돌아섰다, 눈은 빛났고, 입술은 마법의 단어를 읊조리며 오 이런 너는 바보같이 머릿속에 똥만 들었냐 이 따위로 형편없이 글을 쓰면 안 되잖아!!!' 같은 문장으로 끝나는 미완성 원고들이 쓰레기통을 가득 채우지도 않았다. 고통을 회피하고자, 저녁 식사가 문제가 아니라 목숨을 구해야 하는 상황에 대처하고자 그저 원고 용지를 꾸역꾸역 채워 나갔던 것이다. 그러나 이런 식으로 생각하는 것조차 그저 듣기 좋은 거짓말일 뿐이었다. 사실 그 쓰레기 원고를 쓰는 과정은 최악이었다. 폴은 사기를 쳤고, 스스로 사기 친다는 사실을 분명히 알고 있었기 때문이다.

'그런데 애니는 너를 단번에 꿰뚫어 봤잖냐, 이 머리에 똥만 들

어 있는 놈아.'

타자기가 더럽게 건방진 목소리로 말했다.

'안 그래? 그럼 이제 뭘 어떻게 할 건데?'

알 수 없었다. 하지만 무엇이든 해야 한다는 것은, 게다가 서둘러서 해야 한다는 것은 알았다. 그날 아침 폴은 애니의 기분을 살펴보지 않았다. 자기 책을 시작부터 망친 데 대한 불쾌한 기분을 표현하기 위해 애니가 야구 방망이로 다리를 다시 부러뜨리거나 맹독성 마약이나 그 비슷한 것들을 먹으라고 들이밀지 않은 것은 폴이 생각하기에 정말 행운이라고밖에 볼 수 없었다. 세상을 바라보는 애니의 독특한 관점에서는 그 정도 비판적 반응은 언제라도 아무렇지 않게 일어날 수 있는 일이었으므로. 만일 살아서 그곳을 나간다면 크리스토퍼 헤일에게 편지라도 쓸 것 같았다. 헤일은 《뉴욕 타임스》에서 서평을 쓰는 사람이었다. 편지 내용은 다음과 같았을 것이다.

'내 편집자가 전화를 걸어 당신이 《뉴욕 타임스》에다 내 소설에 관해 서평을 쓸 거란 소식을 알려 줄 때마다, 내 무릎은 후들후들 떨리곤 했습니다. 노련한 크리스 당신도 잘 알다시피, 당신은 내게 좋은 평을 해 준 적도 있었지만 적어도 한 번 이상은 나를 무자비하게 혹평하기도 했으니까요. 어쨌건 나는 그저 당신이 이제까지 해 오던 것처럼 꼴리는 대로 계속 지랄 떨기만을 바랄 뿐입니다. 이봐요 친구, 나는 완전히 새로운 비평 방식을 발견했습니다. 그것을 생각나는 대로 콜로라도 식 숯불 구이와 양동이 비평이라고 불러도 좋을 듯합니다. 그에 비하면 당신이 하는 짓거리는 센트럴 파크에서 회전목마를 타는 것만큼이나 시시해 보

일 정도더군요.'

'거 참 재미있는 생각이로구나. 폴, 비평가들에게 보내는 조촐한 연애편지는 심심풀이로 상상을 즐기기에 항상 좋은 소재이긴 해. 그런데 이젠 너도 슬슬 먹고 살 궁리를 해야지, 안 그래?'

'그래. 정말 그래야지.'

타자기가 자리를 잡고 앉아 폴을 보고 히죽히죽 웃었다.

"나는 네가 싫어."

폴은 시무룩하게 말하고는 창밖을 내다보았다.

4

욕실로 나들이 갔다 온 뒤 잠에서 깨어났을 때 한참이던 눈보라는 그 후로 이틀 동안 계속되었다. 폭설이 휘날리고, 새로 쌓인 눈이 적어도 40센티미터 정도는 되었다. 마침내 태양이 구름 속에서 모습을 드러냈을 때에는 길가에 세워 둔 애니의 체로키가 어렴풋이 낙타 혹처럼 보였다.

그러나 그날 태양은 완연한 빛을 발했고 하늘은 더할 나위 없이 화창했다. 눈부신 태양은 뜨겁기까지 했다. 폴은 창문 옆에 앉아 있는 동안 얼굴과 손에서 열기를 느낄 수 있었다. 축사 지붕에 매달린 고드름들이 또다시 물을 뚝뚝 흘렸다. 폴은 잠시 눈 속에 묻혀 있을 자신의 차를 생각하다가 종이 한 장을 꺼내 들고 로열 타자기 속으로 돌려 넣었다. 종이 상단의 왼쪽 구석에는 『돌아온 미저리』를, 상단 오른쪽 구석에는 숫자 1을 쳐 넣었다. 다음으로 종이를 기준점으로 돌아오게 하는 줄 바꿈 레버를 네다섯 번 두드려서 종이를 가운데 위치에 맞춰 놓고 제1장이라고 쳤다. 필요 이상으로 자판을 세게 쳤기 때문에, 적어도 애니는 폴이 무엇인가를 열심히 쓰는 소리를 확실히 들었을 것이다.

이제 제1장 밑으로 온통 하얀 여백이 드러나 있었다. 마치 추락했다가 강추위에 질식해 죽을 뻔한 눈 더미를 보는 듯했다.

아프리카.
사람들이 공정하게 처신하는 동안은.
그 새는 아프리카에서 왔다.
그가 앉은 좌석 밑에 낙하산이 있었다.
아프리카.
나는 이제 깨끗이 씻어 내야 해.

폴은 그러면 안 되는 줄 알면서도 의식을 잃고 표류했다. 만약 애니가 방에 들어왔다가 글도 안 쓰고 졸고 있는 꼴을 봤더라면 열 받았을 것이다. 그래도 정처 없이 의식이 표류하도록 그냥 내버려뒀다. 그저 꾸벅꾸벅 조는 것이 아니었다. 폴은 기묘한 방식으로 생각하고 있었다. 살펴보고, 찾아보고 있었다.

'무엇을 찾고 있니, 폴리?'

대답은 분명했다. 비행기가 곤두박질치고 있었고, 폴은 비행기 좌석 밑에서 낙하산을 찾았다. 괜찮은 건가? 이 정도면 공정한 건가?

'공정하고말고. 좌석 밑에서 낙하산을 찾아낸 건 공정한 거야.

어쩌면 그다지 현실적이지 못할 수도 있지만, 공정한 건 공정한 거지.'

2년 동안 여름이 오면 어머니는 폴을 맬든 커뮤니티 센터에서 하는 일일 캠프에 보내곤 했다. 그곳에서 아이들은 게임을 하고 놀았는데…… 아이들이 원형으로 둥글게 모여 앉아서 하는, 애니의 연속극 영화와 성격이 비슷한 게임이었다. 폴은 그 게임에서 항상 이겼는데……. 그 게임 이름이 뭐였더라?

그늘진 운동장 한구석에 열다섯에서 스무 명 정도 되는 소년소녀들이 둥글게 모여 앉아 있는 광경이 떠올랐다. 모두들 맬든 커뮤니티 센터 티셔츠를 입고 있었고, 지도 교사가 게임 요령을 설명하는 소리를 주의 깊게 듣고 있었다.

'할 수 있지? 그 게임 이름은 '할 수 있지?'였어. 그리고 그 게임은 정말 흥미진진한 모험 활극의 세계 그 자체였지. 네가 그 당시 했던 게임의 이름은 '할 수 있지?'야, 폴리, 그리고 네가 지금 하고 있는 게임의 이름이기도 하지, 그렇지?'

'그래.'

폴은 옳은 말이라고 생각했다.

'할 수 있지?' 게임에서 지도 교사는 '제멋대로 코리건'이라는 한 남자 이야기를 시작한다. 제멋대로가 남아메리카 정글 속에서 길을 잃었다. 문득 주위를 둘러보니 등 뒤에 사자가 있고…… 양옆으로 각각 한 마리씩 사자가 있고…… 쯧쯧쯧, 앞에도 사자들이 있다. 제멋대로 코리건은 사자들에게 포위되었고…… 사자들이 다가오기 시작한다. 겨우 오후 5시에 벌어진 사건이고, 이 덩치 큰 야옹이들은 태평스럽기만 하다. 남아메리카 사자들이 머릿속으로 생각하는 것은 이것뿐.

'오늘 8시 저녁 식사는 멍청이 고기겠구나.'

지도 교사는 초시계를 들고 있었다. 정밀하게 돌아가는 그 은 시계를 폴이 마지막으로 직접 잡아 본 것은 30년도 더 된 일이었지만, 수면 속을 표류하는 폴 셸던의 마음은 놀랍도록 명확하게 지도 교사의 초시계를 그려 냈다. 동판 위에 늘어선 깨알 같은 숫자들도, 10분의 1초 단위를 기록하는 시계 아랫부분의 아주 작은 바늘도, 작은 글씨로 찍혀 있는 애넥스 상표명도 훤히 들여다볼 수 있었다.

지도 교사가 원 주위를 둘러보고 캠프 아이들 중 하나를 불러 일으켜 세운다.

"대니얼." 그리고 이렇게 말한다. "할 수 있지?"

입에서 '할 수 있지?'란 말이 튀어나오는 순간, 지도 교사는 단추를 눌러 초시계를 작동시킨다.

대니얼은 정확하게 10초 안에 이야기를 시작해야 한다. 만약 10초 동안 이야기를 시작하지 못하면 원을 떠나야 한다. 하지만 제멋대로가 사자들에게서 탈출하는 이야기를 성공적으로 풀어내면, 지도 교사는 다시 원을 지켜보면서 게임 속에서 사용하는 또 다른 질문을 던진다. 그 질문이란 것이 폴로 하여금 자신이 처한 상황을 다시금 돌아보게 했다. 그 질문은 이렇다.

"방금 이 친구가 제대로 했니?"

게임에서 이 부분의 규칙은 애니의 규칙과 정확하게 맞아떨어진다. 현실성이 중요한 것이 아니다. 공정성이 중요하다. 예를 들어 대니얼이 이렇게 말했다고 치자.

"운이 좋게도 마침 제멋대로는 윈체스터 엽총과 많은 양의 총 알을 가지고 있었습니다. 그래서 그는 사자 세 마리를 쐈고 나머 지 사자들은 도망쳤습니다."

이 경우, 대니얼은 제대로 잘한 셈이다. 지도 교사는 초시계를 손에 쥐고 이야기를 계속 진행한다. 제멋대로가 모래 늪에 빠져 엉 덩이까지 잠겼다는 식으로 이야기를 끝낸 다음 또다시 한 아이에 게 할 수 있냐는 질문을 던지고 초시계 단추를 눌러 버릴 것이다.

그러나 10초라는 게 긴 시간이 아니라서 이야기를 짜내느라 쩔 쩔매기 쉽고…… 급한 김에 사기 치기도 쉽다. 다음번 아이는 이 렇게 말할지도 모른다.

"그때 커다랗고 멋진 새가 날아왔습니다. 제 생각엔 안데스 독 수리인 것 같습니다. 새 목을 잡자 새가 날아올라 제멋대로는 모 래 늪에서 빠져나올 수 있었습니다."

지도 교사가 '이 친구가 제대로 잘했니?' 하고 물어볼 때 잘 했다고 생각하는 사람은 손을 들고, 이야기를 망쳤다고 생각하는 사람은 손을 내리고 있으면 된다. 안데스 독수리 이야기를 지어 낸 아이는 원을 떠나는 쪽으로 결론 날 것이 거의 확실하다.

'할 수 있지, 폴?'

'당연하지. '할 수 있다' 정신이야말로 내가 지금까지 살아오 면서 간직한 인생철학이란 말이야. '할 수 있다' 정신 덕분에 나 는 뉴욕과 로스앤젤레스에 집을 가지게 되었고, 웬만한 중고차 판매장보다 더 많은 차를 굴릴 수 있게 된 거라고. 나는 할 수 있 고, 그것은 누구한테 미안해할 일이 아니야, 아무렴. 세상에는 나 보다 문장력도 훨씬 뛰어나고, 사람들이 진정으로 원하는 것이 무엇인지, 인간이란 어떤 존재인지 나보다 훨씬 깊이 있게 이해하는 사람들이 수없이 널리고 널렸어. 뭐, 그건 나도 인정하는 사실이지. 하지만 지도 교사가 그런 사람들에 대해서 다른 사람들에게 '이 친구가 제대로 잘 했니?'라고 물어보면 가끔씩 소수의 사람들만 손을 든다고. 그러나 사람들은 나를 위해서는 모두들 손을 들어올리지……. 아니, 내가 아니라 미저리를 위해선가……. 하여튼 나는 그게 그거라고 생각해. 할 수 있냐고? 당연하지. 틀림없다니까. 세상에는 내가 할 수 없는 수백만 가지 일이 있어. 커브 볼은 못 쳐, 팔팔하던 고등학교 때도 못하던 거야. 물새는 수도꼭지 못 고쳐. 롤러스케이트 타기나 기타로 F 코드 잡고 제대로 소리 내는 거 못 해. 결혼을 두 번 해 봤지만, 한 번도 성공하지 못했어. 하지만 네가 나더러 즐겁게 해 달라, 무섭게 해 달라, 흥미진진하게 해 달라, 울게 해 달라, 웃겨 달라고 하면, 그렇게 해 줄게. 나는 할 수 있어. 나는 네가 원하는 것을 만들어 주고 언제까지고 끊임없이 계속 만들어 내서 네 입에서 이제 제발 그만이라고 항복하는 소리가 터져 나오도록 할 수 있어. 나는 그럴 능력이 있어. 나는 할 수 있어.'

타자기가 내보내는 건방진 총잡이 목소리가 폴의 깊은 꿈속으로 들어왔다.

'친구들아, 우리는 여기서 두 가지를 실컷 구경하게 되었단다. 허풍 떠는 남자와 하얀 여백 말이야.'

'폴, 할 수 있지?'

'그래. 그렇다니까!'

'얘들아, 폴이 제대로 잘했니?'

'아니오. 그 애는 사기를 쳤어요. 『미저리의 아이』에서는 의사가 오지 않았거든요. 모두들 지난주 얘기를 다 잊어버린 모양이지만, 암석 우상은 결코 잊는 법이 없죠. 폴은 원에서 나와야 해요. 폴, 미안하지만 좀 비켜 줘. 나는 이제 깨끗이 씻어 내야 해. 나는 이제 깨끗이……'

5

"씻어 내야 해."

폴이 중얼거리며 몸을 오른쪽으로 뒤척였다. 그러자 왼쪽 다리가 약간 비틀어지면서 부서진 무릎으로 고통이 벼락같이 내리꽂혔고 그는 잠에서 깨어났다. 시간은 5분도 채 흐르지 않았다. 부엌에서 애니가 접시 닦는 소리가 들렸다. 보통은 집안일을 하면서 노래를 불렀는데, 그날은 부르지 않았다. 접시들이 달그락거리고 가끔씩 수돗물 트는 소리만 들렸다. 불길한 징조였다.

'셸던 시 주민 여러분께 특별 기상 예보를 알려 드리겠습니다. 폭풍 경보가 오늘 저녁 5시까지 발효되겠습니다. 반복합니다. 폭풍 경보가……'

장난 그만하고 사업에 전념할 때였다. 애니는 미저리가 무덤에서 살아나기를 원했는데, 그 방법이 공정해야만 했다. 꼭 현실적일 필요까지는 없고 공정하기만 하면 됐다. 만약 그날 아침에 그 공정하다는 방법을 찾아내기만 했다면 아마도 폴이 느낀 불길한 기운이 현실로 나타나기 전에 막을 수 있었을 것이다.

폴은 턱을 괴고 앉아 창 밖을 내다보았다. 잠에서 완전히 깨어나 생각이 빨라지고 집중도 잘됐지만, 별다른 진전이 없었다. 마지막으로 머리를 감아 본 게 언젠지, 애니가 시간 맞춰서 약을 잘 갖고 올 것인지 같은 일들에나 신경 쓰는 폴의 마음 최상층 두 칸 또는 세 칸은 공정한 방법 찾기 사업에서 완전히 떠난 듯했다. 머릿속 그 부분들은 파스트라미 햄 샌드위치를 먹으러 갔거나 다른 바쁜 일 때문에 말없이 자리를 떴다. 감각 기관으로부터 신호가 들어왔지만 폴은 신호 따위는 무시했다. 눈에 보이는 것을 보지 않았고, 귀에 들리는 것을 듣지 않았다.

마음속 다른 부분에서는 아이디어들을 수집하고 걸러 내고 합쳐 보고 폐기해 보면서 맹렬히 움직였다. 폴은 이런 작업이 계속될 것이라 느꼈지만 그 작업에 직접적으로 관여하지 않았고, 그러고 싶지도 않았다. 그런 작업은 마음 깊은 곳에 세워진 노동력 착취 공장에서 벌어지는 지저분한 일이었다.

폴은 마음속에서 일어나는 일이 '아이디어 짜내기'라는 사실을 깨달았다. 아이디어 짜내기는 '아이디어 획득하기'와 다르다. 아이디어 획득하기는 '나 영감을 얻었다!' 또는 '유레카! 예술의 여신께서 예술적인 해답을 알려 주셨다!' 같은 말들을 좀더 소박하게 표현한 말이었다.

『과속 차량』을 집필하게 된 아이디어는 뉴욕에 있던 어느 날 떠올랐다. 폴은 83번가에 있는 집에서 쓸 비디오를 사러 편한 마음으로 외출했다. 그는 주차장을 지나다가 주차장 안내원이 쇠지렛대로 차 문을 열려고 하는 모습을 봤다. 그것이 전부였다. 목격한 광경이 합법이었는지 불법이었는지 알지 못했고, 거리를 두

세 블록 정도 걷다 보니 더 이상 신경 쓰이지도 않았다. 그 주차장 안내원이 토니 보나사로가 되었다. 폴은 이름만 빼고 토니의 모든 것을 알게 되었고, 나중에 전화번호부에 나와 있는 이름을 골라 토니라고 이름 붙였다. 부분적으로만 존재하던 이야기가 마음속에서 활짝 피어나자 나머지 부분들도 급속도로 제자리를 찾아 들어왔다. 춤추고 싶을 만큼 행복한, 술에 흠뻑 취한 듯한 기분이 들었다. 예술을 관장하는 여신이 찾아온 것이었고, 우편물 속에 생각지도 않게 끼어 있는 수표만큼이나 환영할 만한 일이었다. 비디오를 사러 나왔다가 대신 더 좋은 것을 획득했다. 아이디어를 획득한 것이다.

또 다른 진행 과정인 아이디어 짜내기는 고상하지도 고상한 취급을 받지도 않았지만, 모든 것이 신비에 싸여 있었고…… 또 모든 것이 소설 작업에 꼭 필요했다. 소설을 쓰기 시작하면 거의 모든 경우에 어느 부분에선가 꽉 막히는 사태가 벌어지는데, 이때 억지로 집필에만 매달리는 것은 미련한 짓이고 그래서 '아이디어 찾기'가 필요하다.

아이디어 찾기가 필요한 경우 폴은 일반적으로 코트를 입고 산책을 나섰다. 만약 아이디어 찾기가 필요하지 않은 경우라면 산책 나갈 때 책 한 권을 들고 나갔다. 걷기는 좋은 운동이었지만 좀 지루했다. 걷는 동안 함께 대화를 나눌 상대가 없다면, 책 한 권은 필수였다. 그러나 만약 아이디어 찾기가 필요한 경우라면 지루함은 꽉 막힌 소설에 대해 암 환자에게 시행한 화학 요법 같은 효과를 발휘할 수 있었다.

『과속 차량』 중간 부분에서 토니가 타임스 스퀘어 극장에 있을 때 그레이 경관이 수갑을 채우려 하자, 토니는 그레이를 살해했다. 폴은 토니가(어쨌든 당분간은) 살인 때문에 잡히지 않고 무사히 빠져나가기를 바랐는데, 토니를 감방에 앉혀 놓고 소설의 3부를 진행할 수는 없었기 때문이다. 그러나 토니는 왼쪽 겨드랑이에 칼자루가 박혀 있는 그레이를 무턱대고 극장에 앉혀 놓고 도망갈 수 없었다. 그레이가 토니를 만나러 갔다는 사실을 아는 사람이 적어도 세 명은 있었기 때문이다.

시체를 처리할 방법이 문제였는데, 어떤 방식으로 풀어 나갈지 묘안이 떠오르지 않았다. 소설이 꽉 막혀 버린 것이다. 그것은 게임이었다.

'제멋대로가 타임스 스퀘어 극장에서 이 남자를 살해했는데, 지금 제멋대로는 다른 사람 눈에 띄어 "이봐 젊은이, 그 남자 죽은 건가 아니면 그냥 발작 같은 거 일으킨 건가?" 같은 질문에 시달리지 않고서 시체를 차까지 옮겨야 한다. 일단 그레이의 시체를 차까지 옮기기만 하면, 제멋대로는 퀸즈 지역으로 차를 몰아 잘 아는 황량한 공사장에다 시체를 버리고 가면 돼. 폴리? 할 수 있지?'

물론 10초 제한 시간 같은 것은 없었다. 『과속 차량』은 미래의 이익을 보고 무턱대고 시작한 원고라 출판사와 계약을 맺지 않았으므로, 원고 인도 마감 날짜를 걱정할 필요도 없었다. 그러나 모든 작품에는 언제나 나름대로 마감 시간이 존재하며, 그때를 넘어서면 작업을 멈춰야 한다는 사실을 작가라면 누구나 안다. 집필 도중 꽉 막힌 채로 너무 오래 시간을 끌면 작품이 썩어 버리기 시작하고, 결국 산산이 무너져 내리는 법이다. 그러면 작품 속에 들어 있던 모든 기교와 환상들이 추한 몰골을 드러낸다.

어느 날 폴은 산책을 나갔다. 훗날 애니의 집에서 별 생각 없이 자유롭게 뉴욕을 회상한 것처럼 그날도 별 생각 없이 산책하러 나갔다. 5킬로미터 정도 걸었을 때, 마음속 저 밑바닥의 노동력 착취 공장에서 누군가가 불을 피워 올렸다.

'토니가 극장에 불을 지르는 것은 어떨까?'

효과적인 방법인 듯했다. 그 순간에는 감격해서 정신을 잃을 듯한 느낌도 없었고 영감을 받았다는 벅찬 기분도 들지 않았다. 그저 열심히 다듬으면 멋진 물건으로 변신할 듯한 훌륭한 통나무를 바라보는 목수의 심정이었다.

'토니가 옆 자리 의자 속의 솜에다 불을 지를 수도 있지. 어때? 그런 극장의 의자라는 건 항상 뜯어져 있게 마련이잖아. 불이 나면 연기도 나지. 아주 많이. 가능한 한 오랫동안 극장에 머물다가 기회를 봐서 그레이를 끌고 나가는 거야. 그레이를 연기에 질식한 환자로 위장하면 사람들 눈을 뚫고 지나갈 수 있어. 어떻게 생각해?'

좋은 방법이라고 생각했다. 아주 훌륭한 정도는 아니고 세부적인 면에서 손 볼 데가 많았지만, 좋은 방법처럼 보였다. 폴은 그날 아이디어를 찾았다. 소설을 계속 쓸 수 있게 되었다.

애니를 만나기 전까지 소설을 써 오면서 처음부터 '아이디어 찾기'가 필요했던 적은 없었다. 그러나 이제 그런 노력이 필요함을 본능적으로 실감할 수 있었다.

폴은 휠체어에 조용히 앉아 턱을 손에 괴고 축사를 바라보았다. 걸을 수만 있다면, 들판에 나갔을 것이다. 조용히 앉아 거의 조는 상태로 어떤 일이 일어나기를 기다렸다. 사실 아무것도 모른 채 단지 마음속 맨 밑바닥에서 어떤 일들이 벌어지고 있다는 것만 알았다. 허구라는 이름으로 만들어진 수많은 건물들이 세워졌다가 가치를 평가받고는 수준 미달로 판정 나서 철거되는 일들이 눈 깜짝할 사이에 반복되었다. 10분이 지났다. 15분. 이제 애니는 거실에서 진공청소기를 돌리고 있었다.(그러나 노래는 아직 부르지 않았다.) 청소기가 작동하는 소리가 들렸지만, 폴은 귀가 전달하는 소리에 아무런 반응도 하지 않았다. 그것은 단절된 소리였다. 골짜기를 타고 흐르는 물처럼 머릿속으로 흘러 들어왔다가 다시 머리 밖으로 흘러 나갈 뿐이었다.

마지막엔 항상 그랬던 것처럼, 결국 이번에도 마음속 맨 밑바닥 사람들이 불을 피워 올렸다. 그 불쌍한 밑바닥 인생들은 죽도록 일만 하고 한 번 쉴 줄을 모른다. 폴은 그런 인생이 조금도 부럽지 않았다.

폴은 조용히 앉아서 아이디어 찾기를 시작했다. 일 보러 밖에 나갔던 의식이 돌아와('용한 의사 선생님 들어오셨군요.') 우편함 틈새로 삐죽 나와 있는 편지를 빼듯 밑바닥에서 올려 보낸 아이디어를 낚아챘다. 폴은 그 아이디어를 검토하기 시작했다. 거의 퇴짜 놓을 뻔하다가(저 아래 노동력 착취 공장에서 새 나온 희미한 소리는 탄식이었을까?) 다시 심사숙고하더니, 절반은 잘 살려 보기로 결정했다.

노동력 착취 공장에서 두 번째 불길이 솟았다. 이번엔 먼젓번보다 더 밝았다.

폴은 손가락으로 창틀을 조급하게 두드리기 시작했다.

11시경이 되자 타자기를 치기 시작했다. 처음에는 타자 치는 속도가 아주 느렸다. 한 자씩 칠 때마다 침묵이 이어졌다. 어느 때는 침묵이 15초 정도 흐르기도 했다. 마치 공중에서 내려다 본 섬들의 모습을 소리로 바꾸어 귀로 듣는 것과 같았다. 널찍한 파란 띠들이 낮은 산맥들을 뭉텅뭉텅 잘라 놓은 느낌이었다.

차츰차츰 침묵의 시간이 줄어들더니, 마침내 타자 소리가 이따금씩 홍수를 이루는 상태로까지 변해 버렸다. 폴이 쓰던 전동 타자기였다면 타자 소리가 듣기 좋았겠지만, 로열 타자기가 딸깍거리는 소리는 둔탁하고 공격적으로 들려 기분이 불쾌했다.

그러나 잠시 후 더키 대들스 목소리로 딸깍거리는 타자기 소리 따위는 신경 쓰이지 않았다. 첫 장 아랫부분에서부터 기운이 달아올랐다. 두 번째 장 아랫부분을 쓸 때는 그 기운이 최고조에 달했다.

잠시 후 애니가 진공청소기를 끄고 문간에 서서 폴을 지켜봤다. 폴은 애니가 그곳에 서 있는 줄 몰랐다. 사실 몰랐던 것은 당시 그 자신의 위치였다. 폴은 마침내 탈출에 성공했다. 폴은 리틀 던소프 마을의 교회 묘지에 있었고, 축축한 밤공기를 호흡하며 이끼와 흙과 안개의 냄새를 맡았다. 장로교회 시계탑이 두 번 울리는 소리를 들었고, 그 소리를 그대로 빠짐없이 이야기 속에 집어넣었다. 이렇게 이야기에 집중하는 동안에는 종이 속을 꿰뚫어 볼 수가 있었다. 바로 그때 폴은 종이 속을 꿰뚫어 보는 중이었다.

애니는 오랫동안 그를 지켜보았다. 웃음기 없이 고정된 우울한 얼굴에 다소 만족스러운 표정이 비쳤다. 잠시 후 애니는 가 버렸다. 무거운 발소리가 크게 울렸지만, 폴은 그것도 듣지 못했다.

폴은 그날 오후 3시까지 작업했고, 그날 밤 8시에는 애니를 불러 휠체어에 도로 앉혀 달라고 요청했다. 10시경에는 고통이 너무 심하게 기승을 부렸지만, 꿋꿋하게 세 시간 동안 작업을 계속했다. 애니가 11시에 찾아왔다. 폴은 15분만 더 글을 쓰겠다고 말했다.

"안 돼, 폴. 오늘은 이걸로 됐어. 얼굴이 아주 창백하단 말이야."

애니는 폴을 침대로 데려갔고, 그는 3분 만에 잠들었다. 의식이 회색 구름에서 벗어난 후 처음으로 밤새도록 깊이 잠들었고, 처음으로 꿈을 전혀 꾸지 않았다.

꿈은 깨어 있는 동안 실컷 꿨으니까.

돌아온 미저리
폴 셀던 지음

애니 윌크스에게 바칩니다.

제1장

한동안 제프리 알리버튼은 문 앞에 서 있는 노인이 누구인지 알
아볼 수 없었다. 깊이 잠들어 있다가 초인종 소리에 깨어났기 때문
만은 아니었다. 제프리가 생각하기에 시골 생활에서 짜증 나는 점
이라면 완전히 낯선 사람을 별로 볼 수 없다는 사실이었다. 대신 대
다수 시골 사람들은 그냥 봐서는 누가 누군지 도무지 분간이 안 가
서 난처하기만 했다. 그래도 가족끼리는 종종 외모가 비슷하다는
점을 이용해 사람을 알아보려 애를 쓰기도 했다. 물론 그렇게 가족
간의 닮은꼴로만 사람을 알아본다면 바람 피워서 낳은 자식을 정상
적인 결혼 생활로 낳은 자식과 혼동하게 되는, 드물지만 또 아주 불
가능하지도 않은 경우가 생길 수도 있었다. 그런 경우에도 보통은
그럭저럭 대처할 수 있었다. 겉으로는 눈앞에 있는 사람과 일상적인
대화를 유지하려 애쓰면서 속으로는 그 사람의 이름이 생각날 듯하
다가도 도저히 알 수 없는 상황에 처하면 자신이 노망 든 것은 아닐
까 하는 우울한 기분이 들기도 하겠지만. 거기다 우연히도 출생의
비밀로 얽힌 닮은꼴 두 사람과 동시에 맞닥뜨려서 두 사람을 서로

인사시켜야 하는 입장에 서면, 그때의 당혹감은 끝없는 우주에까지 뻗쳐 나갈 지경이었다.

"쉬고 계시는데 방해한 것 같아 송구스럽습니다요, 나리."

낯선 방문객이 말했다. 그는 불안한 기색으로 노동자들이 쓰고 다니는 싸구려 모자를 두 손으로 쥐어짜고 있었고, 제프리가 든 등불에 비친 주름투성이 얼굴은 누렇게 뜬 피부에 몹시 근심이 가득했다. 심지어 겁에 질린 듯도 했다.

"부킹스 신부님을 찾아 뵙고 싶지 않았습니다요, 그분의 권위에 폐를 끼치고 싶지 않았습지요. 나리께서 저의 뜻을 받아 주신다면은, 적어도 나리를 먼저 찾아뵙고 말씀드리고 싶었습니다요."

제프리는 도무지 뭐가 뭔지 혼란스럽기만 했다. 그러다 갑자기 한 가지 사실을 깨달았다. 밤늦게 찾아온 손님의 정체를. 그가 성공회 신부 부킹스를 언급한 데서 단서를 얻었다. 사흘 전, 부킹스 신부는 사제관 뒤쪽에 위치한 교회 묘지에서 미저리의 장례식을 집전했다. 그리고 이 사람도 그때 그 장소에 있었다. 사람들 눈에 안 띄게 멀찍이 떨어져 있었다.

그의 이름은 콜터. 교회 일꾼들 중 하나였다. 툭 터놓고 말해 묘지기였다.

"콜터. 내가 뭐 도와줄 게 있나?"

콜터가 주저하며 말했다.

"소리 때문에 그럽니다, 나리. 교회 묘지에서 소리가 납니다요. 마님께서 무덤 속에서 편히 잠드시는 게 힘드신 모양입니다, 나리. 그래서 가만히 있으시질 못하고, 그래서 쇤네는 너무 무섭습니다요. 제가……."

세프리는 누가 복부를 후려치는 듯한 충격을 받았다. 숨이 멈췄고, 뜨끈한 고통이 샤인본 박사가 붕대로 단단히 감아 준 갈비뼈를 바늘처럼 찔렀다. 밤새도록 쌀쌀한 비를 맞으며 도랑에 쓰러져 있었으니 분명 폐렴으로 고생할 거라고 샤인본 박사가 우울하게 예상했지만, 사흘이 지나도 고열이나 기침의 징후가 나타나지 않았다. 제프리는 앞으로도 폐렴 증상은 나타나지 않을 것이라고 생각했다. 그러나 하느님께서는 죄책감까지 쉽게 떨쳐 버리지는 못하게 하셨다. 하느님께서는 불쌍하게 죽어 간 연인의 기억을 되새기며 오랫동안, 아주 오랫동안 살아가도록 벌하실 거라고 제프리는 믿었다.

"괜찮으세요, 나리? 제가 듣기론 저번 밤에 큰 부상을 당하셨다고 하던데요."

콜터가 잠시 말을 멈췄다.

"마님께서 돌아가시던 날 밤에."

"난 괜찮네." 제프리가 천천히 말했다.

"콜터, 자네가 들었다는 그 소리 말인데……. 자네의 상상 때문에 들린 헛것일 거야, 자네도 알지?"

콜터는 충격받은 듯했다.

"상상이라굽쇼?" 콜터가 물었다.

"나리! 그렇다면 이번에는 예수님을 믿으면 영생을 얻으리라는 말이 죄다 거짓이라고 말씀하시겠군요! 아 글쎄, 장사 지낸 지 이틀도 안 돼서 패터슨이란 늙은이가 산불 난 것처럼 새하얗게 빛을 내며 돌아다니는 꼴을 던칸 프롬슬리가 목격했다는 소문도 못 들으셨습니까?('그것은 아마도, 술주정뱅이 프롬슬리의 술병 안에서 튀어나왔을 것 같은데.' 제프리는 생각했다.) 그리고 또 그 대단한 런던 사람들 절반이 리지히스 영지의 성벽을 걸어가는 초췌한 가톨릭 수도사 유령을 목격했다고 하잖습니까? 저 대단한 런던 심령학회에서도 그 사건을 조사하려고 숙녀 두 분을 파견했다고 합니다요!"

제프리도 콜터가 말한 그 숙녀들을 알았다. 중년의 나이에 우울과 흥분 사이를 오락가락하며 고통을 겪을 듯한 신경질적인 아줌마 둘이서 애들 장난 같은 일에 어리석게 광분했다.

"유령은 나리나 쉰네처럼 진짜로 존재하는 것입니다."

콜터가 진지하게 말했다.

"그렇다고 제가 단지 <u>유령의 존재</u> 때문에 무서워하는 것이 아닙니다. 하지만 들리는 소리들이 오싹하고 무섭고, 정말 그렇게 무서워서, 이제는 교회 묘지 근처에도 가기가 싫어져요. 그리고 내일은 로이드먼네 아기를 묻을 무덤 자리를 파야 하는데, 제 일이니까 꿋꿋이 해야겠지만요."

제프리는 부글부글 끓어오르는 기분을 진정하려고 마음속으로 힘겨운 기도를 했다. 이 불쌍한 일꾼에게 소리 지르고 싶은 충동을 억누르기가 무척 힘들었다. 무릎에 책 한 권을 올려놓고 난롯불 앞에서 평화롭게 잠자는 중이었는데 콜터가 와서 깨웠던 것이다. 이제 시간이 지날수록 점점 더 정신이 또렷해졌고…… 침울한 슬픔이 그의 마음속 깊숙이 똬리를 틀고 앉아 그가 사랑하는 사람이 영원히 가 버렸다는 사실을 매 순간마다 일깨워 주었다. 미저리가 무덤 속으로 들어간 지 사흘, 곧 일주일이 되겠지…… 한 달…… 1년…… 10년. 제프리는 슬픔이라는 것이 바닷가 해안선의 바위와 같다고 생각했다. 사람이 잠들어 있을 때는 바닷물이 밀려 들어와 있는 것과 같아서 조금은 평온을 얻을 수 있다. 잠은 슬픔의 바위를 덮어 주는 바닷물과 같은 역할을 한다. 그러나 잠에서 깨어나면 바닷물이 빠져나가기 시작하고 곧이어 조개들이 표면을 뒤덮은 바위가, 의심할 여지 없이 뚜렷한 존재감을 자랑하는 바위가 또다시 모습을 드러냈다. 바위는 영원히 그 자리에서 모습을 뽐내든가 아니면 하느님의 의지로 밀려온 바닷물에 가려지든가 하는 수밖에 없다.

그리고 이놈의 바보가 감히 집에까지 찾아와서 유령이 어쩌느니 하며 횡설수설하고 있다!

하지만 남자의 얼굴이 너무나 불쌍해 보여서 제프리는 가까스로 치밀어 오르는 성질을 자제할 수 있었다. 제프리가 조용히 말했다.

"미저리는, 마님께서는 생전에 많은 사랑을 받으셨지."

"그렇습죠, 나리. 그렇고말고요."

콜터도 제프리의 말을 열렬히 지지했다. 그는 양손에 쥐고 있던 모자를 왼손으로 넘기고 오른손으로 주머니에서 엄청나게 큰 빨간 손수건을 꺼냈다. 그는 손수건에다 팽 하며 코를 풀었고 두 눈에는 눈물이 흘렀다.

"그녀가 이 세상을 떠나서 우리 모두 슬프다네."

제프리의 손이 셔츠로 옮겨 가서 셔츠 밑에서 느껴지는 몸을 감싼 두터운 붕대를 불안하게 문질러 댔다.

"그러믄입쇼, 우린 모두 그런 거죠, 나리. 그런 겁니다요." 콜터가 하는 말은 손수건에 가로막혀 웅얼거리는 소리로 들렸지만, 제프리는 그의 눈만은 똑똑히 볼 수 있었다. 그 남자는 진정으로, 진심에서 우러나온 감정으로 눈물을 흘렸다. 마지막으로 남아 있던 제프리의 이기적인 분노가 한풀 꺾여 연민으로 변했다.

"그분은 훌륭한 숙녀이셨습니다요, 나리! 그렇죠, 고귀한 숙녀이셨고, 그래서 주님께서 그분을 데려가신 것이 더욱 안타깝고……."

"그래, 그녀는 훌륭한 사람이었지."

제프리가 점잖게 말했다. 그러다 갑작스런 폭우가 늦여름의 화창한 오후를 위협하듯 눈에서 눈물이 쏟아질 것만 같아 당황했다.

"그리고 있잖은가 콜터, 누군가 특별히 좋은 기억을 남기고 이 세상을 뜨면, 우리 모두에게 소중했던 특별한 누군가가 이 세상을 뜨면, 우리는 그 사람이 죽었다는 사실을 받아들이기가 힘들다는 걸 깨닫지. 그래서 우리는 그 사람이 죽지 <u>않았다고</u> 상상하게 될 수도 있어. 자네 내 말 알아듣겠나?"

"그렇습니다요, 나리!" 콜터가 힘차게 대답했다.

"그렇지만 제가 들은 소리는…… 나리, 나리께서도 그 소리를 들으셨어야 하는 건데!"

제프리는 참을성 있게 말을 이어 나갔다.

"자네가 말하는 소리란 구체적으로 어떤 소린가?"

물론 그는 콜터가 말하는 소리란 것이 나무를 스치는 바람 소리를 상상해서 부풀린 것일 뿐이라고 생각했다. 아니면 교회 묘지 뒤에 있는 리틀 던소프 개천을 돌아다니는 오소리 소리를 오해했거나. 마침내 콜터가 공포에 질린 목소리로 속삭였을 때, 제프리는 미처 마음의 준비가 안 된 상태였다.

"긁어 대는 소리입니다요, 나리! 그분이 땅 속에 아직 살아 계셔서 땅 위로 올라오려고 몸부림치는 듯한 소리였습니다. 정말입니다요!"

제2장

15분 후 혼자 남은 제프리는 부엌 찬장으로 갔다. 사나운 바람 앞에서 배 앞 갑판을 지키는 선원처럼 이리저리 비틀거렸다. 제프리는 정말로 자신이 사나운 바람 앞에 선 선원이 된 것처럼 느꼈다. 샤인본 박사가 흥에 겨워 예언했던 바로 그 열병이 드디어 복수하러 찾아온 것이라고 믿었는지도 모른다. 그러나 열과 함께 제프리의 뺨에 빨간 들장미 같은 홍조를 띠게 하고 이마를 양초 반죽같이 새하얗게 질리게 한 것은 열병이 아니었다. 손을 너무 심하게 떨어 찬장에서 꺼낸 브랜디 병을 하마터면 떨어뜨릴 뻔하게 한 것은 열병이 아니었다.

만약 콜터가 마음속에 심어 놓고 간 극악무도한 생각이 진실이라고 제프리가 믿었다면, 조금이라도 그렇게 믿었다면, 거기서 그렇게 머뭇거릴 이유가 없었다. 그러나 술 한 방울 안 마셨는데도 금방이라도 바닥에 쓰러져 기절할 것 같은 기분이 들었다.

제프리 알리버튼은 그때까지 살아온 인생에서 단 한번도 해 본 적 없는 행동을 했다. 이후로도 다시는 하지 않을 행동이었다. 그는 술병을 곧장 입 위로 들어 올려 엉뚱하게도 목에다 쏟아 부었다.

그러고는 뒤로 주춤거리고 나서 조용히 속삭였다.

"어떻게 된 일인지 확인해 봐야겠어. 어떻게 된 일인지 확인해 볼 거야. 기필코. 그래서 내가 이 정신 나간 임무를 끝마쳤을 때 아무런 소득도 없이 그저 콜터의 상상력에 놀아났다는 게 밝혀지면, 그 마음 착한 늙은 묘지기의 귀를 내 시곗줄에 매달고 다니겠어. 그가 미저리를 사랑하는 마음이 아무리 지극하다 해도."

제3장

제프리는 마차를 끌고 나와 흐르는 구름 무리 사이로 달의 4분의
3 정도가 들락날락하며 불길한 빛을 보내는 어스름한 하늘 밑을 달
렸다. 그는 집을 나서기 전 아래층 홀에 있는 벽장 속을 뒤져 손에
잡히는 대로 아무 옷이나 걸치고 나왔다. 짙은 적갈색 실내용 가운
이었다. 채찍질할 때마다 메리의 꼬리가 위로 올라왔다. 늙은 암말
은 속력을 재촉하는 그가 마음에 들지 않았다. 제프리는 깊어지는
어깨와 몸통의 통증이 마음에 들지 않았지만…… 어느 쪽의 통증도
사정을 봐주지 않았다.

'긁어 대는 소리입니다요, 나리! 그분이 땅 속에 아직 살아 계셔
서 땅 위로 올라오려고 몸부림치는 것 같은 소리였습니다!'

단지 콜터의 말 때문에 정신을 잃을 듯한 전율에 빠진 것은 아니
었다. 제프리는 미저리가 죽은 다음 날 캘소프 저택에 갔던 일을 기
억했다. 그와 이언은 서로를 쳐다봤고, 이언은 웃음을 지어 보려 했
지만 두 눈엔 보석 같은 눈물이 고여 있었다.

"그렇게 된다면 한결 마음이 편할 텐데." 이언이 말했다.

"만약 그녀가…… 그녀가 정말 죽은 것처럼 보인다면. 나도 내
말이 이상하다는 거 알지만……."

"그런 소리 마."

제프리가 웃음 지으려 애쓰며 말했다.

"장의사가 신경 써서 확실하게 잘해 놨을 것이고 또……."

"장의사!"

이언은 거의 비명을 지르는 듯했다. 그리고 처음으로 제프리는

그의 친구가 광기의 문턱에서 아슬아슬하게 비틀거리고 있음을 깨달았다.

"장의사! 시체 파먹는 괴물! 나한테는 장의사가 없어. 그리고 앞으로도 없을 거야. 내 사랑에게 연지곤지 발라 주고 인형처럼 예쁘게 화장해 줄 장의사 같은 건 없어!"

"이언! 내 오랜 친구여! 제발 이러지 좀 말게……."

제프리는 이언의 어깨를 칠 듯이 움직였지만 결국 그를 포옹했다. 다른 방에서는 태어난 지 하루도 안 돼서 이름도 없는 미저리의 아들이 잠에서 깨 울기 시작하는 가운데, 두 사람은 지친 아이들처럼 서로를 껴안고 울었다. 슬픔에 잠긴 래미지 부인이 울먹이느라 갈라지는 목소리로 자장가를 부르는 소리가 들려왔다.

제프리는 그때 이언의 정신 상태를 너무나 걱정하느라 이언이 흥분해서 소리 지르는 데만 신경 썼지 그의 말에는 별로 신경을 쓰지 않았다. 그런데 깊어지는 고통 속에서도 더 빨리 가라고 암말 메리를 채찍질하며 리틀 던소프로 달려가는 그 순간에, 이언이 했던 말이 귀를 맴돌았다. 콜터의 이야기와 겹쳐져 귀를 맴돌았다. 만약 그녀가 정말 죽은 것처럼 보인다면. 친구여, 만약 그녀가 정말 죽은 것처럼 보인다면.

그게 다가 아니었다. 그날 오후 늦게 마을 사람들이 슬픔에 젖은 영주님께 문안드리기 위해 캘소프 언덕을 오르기 시작할 무렵 샤인본이 도착했다. 그는 피곤해 보였고, 정상적인 몸 상태가 아니었다. 워털루 전투에서 나폴레옹을 물리친 철의 장군 웰링턴 공작을 만나서 악수해 봤다고 주장할 만큼 나이가 들었으니 피곤에 절은 모습이 그다지 놀랄 일은 아니었다. 소년이었을 때(웰링턴이 아니라 샤인본이) 정말 공작을 만났다고 하니 얼마나 오래 살았단 말인가. 제프리는 웰링턴 운운하는 이야기가 아마도 과장되었을 것이라고 생각했지만, 그는 제프리와 이언이 소년이었을 때 아플 때마다 만나면 샤이니 할아버지라고 불렀을 만큼 어린 제프리의 눈에도 이미 나이 많은 노인으로 보였다. 어린아이의 눈에는 스물다섯 살만 넘어도 아저씨로 보인다는 사실을 감안하면, 제프리가 생각하기에 샤이니는 일흔다섯 살 정도일 것 같았다.

그는 늙었고…… 꼬박 스물네 시간을 열병에 시달리다 왔다…….
그리고 꼭 나이 든 사람이 아니더라도, 피곤한 사람이라면 실수를 저지를 수도 있는 것 아닌가?

이루 말할 수 없을 만큼 끔찍한 실수라고 해도?

결국 다른 무엇이 아닌 그런 생각이, 달이 구름 속에서 불안하게 오락가락하는 데다 춥고 바람까지 불던 야밤에 제프리를 집 밖으로 나오게 했던 것이다.

샤인본이 정말로 그런 실수를 저질렀을 가능성이 있는가? 제프리의 마음 한구석, 의사의 실수가 불러온 피할 수 없는 결과를 확인하기보다는 미저리를 영원히 그대로 놔두는 쪽이 바람직하다고 생각하는 소심하고 겁 많은 부분이 그 가능성을 부인했다. 그렇지만 샤이니가 왔을 때…….

제프리는 이언 옆에 앉아 생각나는 대로 아무렇게나 과거의 일을 회상했다. 그와 이언이 미치광이 프랑스인 르루 자작의 지하 감옥에서 미저리를 구출했던 일, 다 함께 건초 더미로 뛰어내리던 일, 그리고 위험한 순간에 미저리가 건초 속에서 늘씬한 맨 다리를 드러내 우아하게 흔들어 보이며 경비병의 주의를 흩트려 놓았던 일.

이언 곁에서는 슬픔에 도취되어 과거의 모험에 얽힌 추억을 회상하는 데만 집착했다. 묘지로 향하면서 제프리는 그때 슬픔에만 눈이 멀었던 자신을 저주했다. 이언도 마찬가지였을 테지만 샤이니를 제대로 주의 깊게 살펴보지 못했기 때문이다.

샤이니는 그날따라 이상하게도 잠이 덜 깬 듯이 보였고, 이상하게도 딴 곳에 정신이 팔린 것처럼 보이지 않았던가? 단지 피곤했기 때문일까, 아니면 다른 이유가…… 어떤 음모가……?

'아니야, 그런 것은 절대 아니야.'

제프리는 마음속으로 강력하게 항의했다. 마차는 캘소프 언덕을 날듯이 올라갔다. 저택은 어둠에 싸여 있었다. 그런데, 아, 다행이었다! 유일하게 래미지 부인이 기거하는 별채에 불이 들어와 있었다.

"서두르자, 메리!"

제프리가 외치며 채찍을 휘둘렀다.

"얼마 안 남았다, 메리야. 조금만 더 가면 쉬게 해 줄게!"

'절대, 절대로 네가 생각하는 그런 게 아니야!'

그러나 샤이니는 제프리의 부러진 갈비뼈와 접질린 어깨뼈도 건성으로 검사하는 듯싶었고, 깊은 슬픔에 잠겨 실성해서 자꾸만 헛소리를 외쳐 대는 이언에게도 한마디 위로조차 해 주지 않았다. 아니, 샤이니는 저택에 도착해서 사회적 관습이 허용하는 최소한의 인사치레만 하고 조용히 물었다.

"부인께서는……?"

"그래요, 거실에 있소이다." 이언이 겨우겨우 대답했다.

"불쌍한 내 사랑은 거실에 누워 있소이다. 샤이니, 나 대신 그녀에게 키스해 주고, 그리고 그녀에게 나도 곧 뒤따라갈 거라고 전해 주시오!"

이언은 또 울음을 터뜨렸다. 샤이니는 들릴 듯 말 듯 애도의 말을 중얼거린 뒤 거실로 갔다. 다시 생각해 보니 그 늙은 외과 의사가 거실에서 꽤 오랫동안 머물렀던 것 같기도 한데…… 아니면 단지 잘못 기억하는 것이든가. 그런데 거실에서 나왔을 때 샤이니는 거의 기뻐하는 듯도 했고, 그 점에 대해서는 자신의 기억이 틀림없다고 제프리는 확신했다. 그 표정은 슬픔과 눈물로 가득한 방, 래미지 부인이 이미 장례식 커튼을 다 쳐 놓은 방에서 나온 사람에게는 어울리지 않는 표정이었다.

제프리는 늙은 의사를 부엌까지 뒤따라가서 머뭇거리다가 그에게 말을 걸었다. 의사에게 이언이 지금 상태가 너무 안 좋으니 수면제를 처방해 주었으면 하고 부탁했다.

그러나 샤이니는 정신이 아주 딴 데 가 있는 사람 같았다.

"에블린하이드 양하고는 사정이 아주 틀립니다."

샤이니가 말했다.

"그 점에 있어서는 저도 매우 안심했습니다."

그러고 나서 제프리의 부탁에 대해서는 별다른 언급 없이 밖에서 대기하던 자신의 마차로 가 버렸다. 제프리는 집 안으로 들어오며 의사가 한 이상한 말은 다 잊고 그저 의사의 이상한 행동도 연로한 나이, 피로, 그 나름의 슬픔 같은 이유들 때문이겠거니 하고 넘겨버렸다. 그의 생각은 다시 이언에게 모였다. 수면제를 구할 수 없으니 위스키를 입에다 들이부어 그 불쌍한 친구를 곯아떨어지게 해야겠다고 결정했다.

잊고 지냈다……. 생각 없이 지냈다.

그때까지는.

에블린하이드 양하고는 사정이 아주 틀립니다. 그 점에 있어서는 저도 매우 안심했습니다.

무엇에 대해서?

제프리는 알지 못했다. 그러나 해답을 찾도록 노력할 작정이었다. 그의 온전한 정신이 어떤 대가를 치르더라도. 그리고 그는 그 대가가 무척 비쌀 것임을 알고 있었다.

제4장

평상시 잠드는 시간에서 이미 두 시간이나 지났지만, 제프리가 별채 문을 두드렸을 때 래미지 부인은 깨어 있었다. 미저리가 세상을 뜬 후로 래미지 부인은 잠드는 시간이 자꾸만 뒤로 뒤로 늦추어지는 걸 깨달았다. 대책도 없이 침대에서 불안하게 이리저리 뒤척일 바에야 차라리 잠자는 시각을 뒤로 미루는 편이 나을 성싶었다.

래미지 부인은 침착하고 분별력 있는 여성이기는 했지만, 그래도 갑작스레 문 두들기는 소리에 놀라 자그맣게 비명을 질렀다. 그러다 컵에 따라 놨던 뜨거운 우유에 데고 말았다. 그즈음 그녀는 항시 불안했고 조금만 놀라도 비명이 튀어나오려 했다. 슬픔에 휩싸여 있기는 했지만 자꾸만 불안해지는 것이 슬픔 때문만은 아니었다. 전에는 느껴 보지 못한, 금방이라도 벼락이 떨어질 것 같은 이상한 느낌이었다. 때때로 정체를 알 수 없고 차라리 모르는 게 더 나을 것 같은 불안한 느낌들, 지치고 쓰라린 슬픈 마음으로 파악할 수 없는 그런 느낌들이 자신의 주위를 맴도는 것 같다고 생각했다.

"누가 밤 10시에 남의 집 문을 두드려?"

그녀가 문에 대고 소리를 질렀다.

"누군진 몰라도 날 뜨거운 것에 데게 했으니 좋은 소리 듣긴 글렀어!"

"래미지 부인, 나 제프리요! 제프리 알리버튼이란 말이오! 제발 문 좀 열어 주오!"

래미지 부인은 입이 벌어질 정도로 깜짝 놀라 문 있는 데까지 반정도 와서야 자신이 나이트가운 차림임을 알아차렸다. 그녀는 제프리가 그토록 다급하게 말하는 것을 들은 적이 없었고, 다른 사람이 제프리가 다급하게 말하는 소리를 들었다고 해도 믿지 않았을 것이다. 영국에 그녀가 사모하는 주인님보다 더 강인한 심장을 가진 사람이 한 명 있다면, 그것은 제프리였다. 그런데 그의 목소리가 발작을 일으키려고 하는 여자 목소리처럼 떨리고 있었다.

"잠깐만요, 제프리 씨! 옷 좀 걸치고요!"

"제기랄!" 제프리가 외쳤다.

"래미지 부인, 난 당신이 발가벗고 있어도 상관없소! 이 문이나 열어요! 제발 빨리 여시오!"

래미지 부인은 1초 동안 마음을 진정시키고 나서 문으로 가 빗장을 풀고 문을 열었다. 제프리의 모습은 그녀를 기절초풍하게 만들었고, 그녀는 또다시 머리 뒤 어딘가에서 벼락이 칠 듯한 희미한 천둥소리를 들었다.

제프리는 살림꾼이 기거하는 별채 문간에 불안하게 비스듬한 자세로 서 있었다. 마치 오랫동안 보따리 등짐을 지고 다녀서 척추가 휘어 버린 사람 같았다. 오른손은 왼팔과 왼쪽 옆구리 사이를 꼭 누르고 있었다. 머리는 헝클어졌다. 암갈색 눈이 하얀 얼굴에서 이글거렸다. 평상시 제프리 알리버튼의 옷차림에 비하면 그때의 차림새는 조심스럽게 말해서 놀랄 만한 모습이었다. 누군가는 일부러 멋을 부린 것이라 평할지도 모르지만. 제프리는 낡은 실내용 가운에 벨트를 삐딱하게 걸치고 목이 트인 흰 셔츠에다 리틀 던소프 마을에서 제일가는 부자가 아니라 날품팔이 정원사의 다리에나 더 어울릴 법한 꺼칠꺼칠한 서지 바지를 입고 있었다. 발에는 너덜너덜한 슬리퍼를 신고 있었다.

래미지 부인도 왕실 무도회에 어울릴 법한 옷차림새는 아니었다. 단지 기다란 흰 나이트가운에다 등불 갓에 달린 털 장식처럼 돌돌 말린 리본 장식들이 군데군데 풀어져 있는 취침용 모자만 쓰고 있었지만, 그래도 제프리를 걱정스럽게 바라봤다. 사흘 전 의사를 찾아가려고 말을 달리다 부러진 갈비뼈에 다시 부상을 입었음이 확실했지만, 하얗게 질린 얼굴 속에서 두 눈이 그토록 불타오른 것은 고통 때문만은 아니었다. 피할 길 없는 공포 때문이었다.

"제프리 씨! 대체……."

"질문은 사절하겠소!" 제프리가 쉰 목소리로 말했다.

"아직은 아니오. 당신이 내 질문에 답해 줄 때까지는 아니오."

"무슨 질문이신지요?"

래미지 부인은 이제 너무나 겁에 질려, 커다란 가슴 위에 왼손을 올리고 주먹을 꼭 쥐었다.

"당신은 에블린하이드 양이라는 이름을 들으면 뭔가 생각나는 게 없소?"

그 말에 래미지 부인은 토요일 밤부터 자신을 불안하게 했던 그 벼락 치듯 끔찍한 느낌이 생겨난 까닭을 깨달았다. 그녀는 마음 한 구석에서 이미 소름 끼치는 생각이 떠올랐지만 억눌렀다. 굳이 자세한 설명을 듣고 싶지 않았기 때문이다. 단지 리틀 던소프 서쪽에 위치한 스토핑 온 퍼킬 마을에서 사망한 불행한 여인 샬럿 에블린 하이드의 이름을 듣는 것만으로도 입에서 비명이 터져 나오기에 충분했다.

"오, 이런 세상에! 오, 주님이시여! 그분은 산 채로 묻히신 겁니까? 그분은 산 채로 묻히신 겁니까? 사랑하는 미저리 마님이 무덤에 산 채로 묻히신 겁니까?"

그리고 제프리가 대답을 시작하기도 전에, 강인한 래미지 부인은 예전에 결코 해 본 적도 없고, 나중에도 결코 두 번 다시 하지 않을 짓을 저질렀다. 죽은 듯이 기절해 버린 것이다.

제5장

제프리는 정신 차리게 하는 약을 찾아볼 시간이 없었다. 래미지 부인같이 강인한 사람이 그런 약을 가지고 있을 리 없다는 생각도 했다. 그는 싱크대 밑에서 희미하게 암모니아 냄새가 나는 걸레를 찾아냈고, 그것을 래미지 부인의 코 밑에서 흔들어 대는 정도가 아니라 아예 얼굴 아래쪽에 대고 꾹 눌렀다. 콜터가 제기한 의문이 너무나 끔찍했기에 이것저것 예의를 차릴 상황이 아니었다.

래미지 부인은 경련을 일으키고 비명을 지르며 눈을 떴다. 한동안 그녀는 이해할 수 없는 어리둥절한 표정으로 멍하니 제프리를 보았다. 그리고 일어나 앉았다.

"아니예요." 래미지 부인이 말했다.

"아니예요, 제프리 씨. 당신께서 말씀하시는 것은 그런 것이 아니라고 말씀해 주세요. 그것은 사실이 아니라고……."

"사실인지 아닌지는 나도 모르오. 그렇지만 우리는 즉시 해답을 찾아봐야 한다오. 즉시 말이오, 래미지 부인. 지금 내 몸으로는 땅 파는 일을 혼자서 해낼 수 없소. 땅을 파야만 한다면 말이오……."

래미지 부인은 두려운 눈으로 제프리를 바라보고, 두 손으로는 입을 틀어막았다. 손톱이 하얬다.

"도움을 청한다면, 나를 도와주겠소? 마땅한 사람이 정말 아무도 없어서."

"우리 주인님." 래미지 부인이 힘없이 말했다.

"우리 주인님 이언……."

"우리가 좀더 확실하게 알아낼 때까지 이 일에 대해선 아무것도 알려선 안 되오!" 제프리가 말했다.

"만약 하느님이 정의로우시다면, 이언에게는 아무것도 모르게 하실 거요."

제프리는 그의 마음속에 두려움만큼이나 거대하게 자리 잡은 희망에 대해서는 말하지 않을 생각이었다. 만약 하느님이 정말로 정의로우시다면, 이언은 그날 밤의 일을 나중에는 알게 될 것이므로……. 예수님이 나사로를 살리셨듯 기적적으로 미저리가 죽음에서 돌아와 이언의 아내와 하나뿐인 자식이 이언과 함께하는 그 순간이 실현된다면 말이다.

"오, 이건 너무 끔찍해……. 끔찍해!"

래미지 부인이 희미하게 떨리는 목소리로 말했다. 탁자를 잡고 겨우 자리에서 일어선 그녀는 모자에서 흘러내린 머리카락이 얼굴 주위로 흩어진 채 비틀거렸다.

"괜찮은 거요?"

제프리의 말투가 아까보다 부드러워졌다.

"만약 아니라면 나 혼자서 힘닿는 데까지 해 볼 수밖에."

래미지 부인은 몸을 떨며 숨을 한 번 깊이 들이마셨다 내뱉었다. 옆으로 비틀거리던 몸이 멈췄다. 그녀는 돌아서서 식품 저장실 쪽으로 걸어갔다.

"별채 뒤쪽에 삽 두 자루가 있습니다. 곡괭이도 하나 있을 거예요. 마차에다 실으시면 됩니다. 식품 저장실에는 진이 반 병쯤 남아 있어요. 5년 전 수확제가 있던 날 밤에 빌이 죽은 뒤로 손도 안 대고 있던 거예요. 제프리 씨, 쉰네는 진을 좀 마신 다음에 따라가겠어요."

"당신은 용감한 여성이오, 래미지 부인. 서둘러 줘요."

"예, 제 걱정은 마세요."

래미지 부인은 살짝 떨리는 손으로 진 병을 잡았다. 술병 위에는 먼지 하나 없었다. 식품 저장실조차 냉혹한 먼지 박사 래미지 부인의 깔끔함을 당해 낼 수는 없었다. 그러나 '가엾은 술꾼들의 계곡'이라고 적힌 상표는 누렇게 변색되어 있었다.

"제프리 씨나 어서 서두르세요."

래미지 부인은 독한 술을 싫어했고, 지저분한 곱향나무 냄새와 기름기 가득한 맛. 구토 때문에 늘 진을 멀리하고 싶어 했다. 그래서 오랫동안 손을 안 대고 그냥 놔둔 것이었다. 그러나 그날 밤 그녀에게는 진이 필요했다.

제6장

검은 하늘보다 더 검은 구름들이 유유히 동쪽에서 서쪽으로 흐르고 달이 지평선으로 돌아가려 하는 가운데, 마차는 속력을 높여 교회 묘지로 향했다. 이제는 래미지 부인이 정신없이 고생하는 메리에게 채찍질을 하며 마차를 몰고 있었다. 만약 말도 말을 할 수 있다면, 대놓고 말했을 것이다. 이 모든 것이 다 잘못이라고, 이런 밤에는 따뜻한 마구간에서 잠을 즐기고 있어야 옳다고. 삽과 곡괭이가 서로 부대끼며 덜컥거렸고, 래미지 부인은 누군가 그들을 본다면 정말로 공포를 느낄 거라고 생각했다. 그들은 틀림없이 디킨스 소설에 나오는 시체 도굴꾼들처럼 보였을 것이다……. 아니면 유령이 모는 마차에 탄 시체 도굴꾼 한 명이거나. 온통 흰 나이트가운을 입은 래미지 부인은 유령으로 보였을 것이다. 집에서 나올 때 잠옷 위에 뭔가 더 걸칠 시간이 없었다. 긴 잠옷은 힘줄이 불룩 나온 강인한 발목 주위에서 펄럭거렸고, 취침용 모자에 달린 꼬리는 머리 뒤에서 세차게 나부꼈다.

그들은 교회에 도착했다. 래미지 부인은 마차 옆을 스쳐 가는 으스스한 바람 소리에 몸을 떨며 메리를 묘지 옆길로 몰았다. 교회처럼 성스러운 곳이 어째서 날이 어두워진 다음에는 그리도 무서운 곳으로 보이는지 의아했다. 그러다 곧 깨달았다. 무섭게 보이는 것은 교회여서가 아니라…… 그들이 하려는 일 때문이었다.

래미지 부인이 기절했다 깨어나면서 첫 번째로 떠올린 생각은 이언 주인님이 그들을 도와주셔야 한다는 것이었다. 그동안 주인님은 모든 일에 온갖 어려움을 무릅쓰고라도 결코 주저함 없이 도와 주시지 않았던가? 그러나 잠시 후 그것이 얼마나 터무니없는 생각인지 깨달았다. 주인님이 용기가 없어서가 아니라 주인님의 혼란스러운 정신 상태 때문에 도움을 요청할 수 없었다.

제프리 씨에게서 자세한 사정을 들을 필요가 없었다. 에블린하이드 양에 대한 기억이 모든 것을 말해 주었다.

래미지 부인은 당시 사건이 벌어졌을 때 제프리 씨와 이언 주인님 모두 리틀 던소프에 없었음을 알고 있었다. 그 일은 반년 정도 전 봄에 일어났다. 미저리는 임산부로서 평온한 시간을 보내고 있었다. 아침마다 겪던 고통은 과거의 일이 되었고, 마지막으로 배가 산만 하게 부풀어 올라 그 속의 태아를 밖으로 내보내는 위험한 출산은 앞으로 치를 미래의 일이었다. 미저리는 즐거운 마음으로 두 남자를 일주일간 돈캐스터에 있는 오크 홀 저택으로 놀러 보냈다. 그들은 꿩 사냥과 카드 게임과 축구와 그 밖에 오직 하늘만이 알 남자들만의 바보스러운 놀이를 하며 지내다 올 참이었다. 이언 주인님은 임산부를 두고 떠나는 것을 염려했지만 미저리는 자신에겐 아무 일 없을 테니 안심하라며 그를 문 밖으로 거의 떠밀다시피 했다. 미저리에게 아무 일도 없을 것임은 래미지 부인도 인정하는 바였다. 그러나 주인님과 제프리 씨가 돈캐스터로 떠날 때마다, 래미지 부인은 그들 중 한 명이, 또는 둘 다 죽은 채로 짐수레에 실려 돌아오는 것은 아닐까 하고 걱정했다.

오크 홀은 제프리와 이언의 동창생 버티 포싱턴이 물려받은 재산이었다. 래미지 부인이 보기에 버티 포싱턴은 확실히 미친 사람이었다. 3년 전 그는 자신이 가장 아끼는 폴로 경기용 조랑말이 두 다리가 부러져 안락사시켜야 하는 상황에 처하자 그 말을 잡아먹었다. 그가 말하길 애정의 표시였다는 것이다.

"이건 다 남아프리카 원주민들한테서 배운 것이야. <u>그리쿠아스</u>족. 멋진 친구들이지. 나무 조각 같은 물건들을 입속에 집어넣어서 입을 크게 부풀리고 다닌다네, 알겠어? 그들 중 몇몇은 아랫입술에다 표준 항해 지도 열두 권을 전부 다 넣고 다닐 수 있을 정도로 생겼다고, 하하! 그들이 나에게 모름지기 남자라면 자기가 사랑하는 것을 먹어야 한다고 가르쳐 줬어. 좀 소름 끼치는 방법이지만 오히려 시적으로 들리잖아, 안 그런가?"

그런 이상야릇한 행동을 하고 다녔지만 제프리 씨와 주인님은 버티와 끈끈한 관계를 유지했고(<u>버티가 죽으면 그들이 버티를 잡아먹어야 한다는 뜻일까?</u> 래미지 부인이 버티의 집에 한 번 다녀오고 난 뒤 궁금하게 생각했던 점이다. 그때 버티는 집에서 기르는 고양이들 중 한 마리와 크로케 경기를 하려 했는데, 결국 크로케 공으로 그 고양이의 조그마한 머리를 박살냈다), 그들은 그해 봄에도 오크 홀에서 거의 열흘 동안을 지내고 왔다.

그들이 오크 홀로 떠나고 나서 하루나 이틀 정도 지났을 때, 스토핑 온 퍼킬 마을에 사는 샬럿 에블린하이드 양이 자기 집 뒤뜰에서 죽은 채로 발견되었다. 쭉 뻗은 한 손 근처에는 방금 뽑아 싱싱한 꽃 뭉치들이 흩어져 있었다. 마을 의사인 빌포드라는 남자는 누구나 인정하는 유능한 의사였다. 그런데도 그는 자문을 구하고자 늙은 샤인본 박사를 불렀다. 소녀는 겨우 열여덟 살의 나이로 매우 어리고 건강해 보였지만, 빌포드는 사망 원인을 심장마비로 진단해 버렸다. 빌포드는 혼란스러워 어쩔 줄 몰라했다.

무엇인가 잘못된 것만 같았다. 늙은 샤이니 역시 당황하기는 마찬가지였지만, 결국 그도 빌포드의 진단에 동의하고 말았다. 그래서 마을 사람들도 대부분 의사들의 말을 믿었다. 소녀의 심장이 선천적으로 기형이었다는 것이다. 그게 다였다. 그런 사건은 흔히 있는 일이 아니라서 사람들은 두고두고 화젯거리로 삼을 것이다. 지독하게 힘들었던 사망 진단이 대단원의 막을 내리고 나서 모든 사람들의 의견이 통일된 덕분에 그간 쌓아 온 빌포드의 명성은 구원을 받았다. 아니면 골머리를 앓느라 터질 것 같던 그의 머리가 구원받았거나. 비록 소녀의 죽음에 미심쩍은 부분이 남아 있다는 사실에는 모두 동의했지만, 그녀가 완전히 죽지 않았을지도 모른다는 생각은 아무도 하지 못했다.

소녀를 매장한 지 나흘 후, 나이가 지긋한 솜스 부인이(래미지 부인과도 좀 아는 사이인데) 작년 겨울에 죽은 남편의 무덤에 꽃을 놓으려고 조합 교회 공동묘지에 들렀다가 땅 위에 무언가 하얀 것이 떨어져 있는 모습을 발견했다. 꽃잎이라고 보기에는 너무 커서, 솜스 부인은 그것이 죽은 새일 거라 생각했다. 그러나 가까이 다가설수록 그 하얀 물체가 그저 땅 <u>外에</u> 누워 있는 것이 아니라 땅 속<u>에서</u> 뻗어 나온 것이라고 점점 더 확신하게 되었다. 내키지는 않았지만 자세히 관찰하려고 머뭇거리며 두세 걸음 더 가까이 가 보았더니, 그것은 만든 지 얼마 안 된 무덤 흙을 뚫고 나온 사람 손이었고, 무언가 갈구하듯 소름 끼치는 모습으로 손가락이 굳어 있었다. 엄지를 뺀 나머지 모든 손가락은 피범벅이 된 채 끝에 뼈가 튀어나와 있었다.

솜스 부인은 비명을 지르며 공동묘지에서 달아나 스토핑의 번화가를 2킬로미터하고도 4분의 1킬로미터나 뛰어다닌 끝에 지역 경찰을 겸임하던 이발사를 찾아가 목격담을 전해 주었다. 이야기를 다 끝낸 그녀는 그 자리에 쓰러져 기절해 버렸고, 그날 오후에 자기 집 침대로 옮겨진 다음 거의 한 달이나 지나서야 실신 상태에서 깨어났다. 그러나 마을의 어느 누구도 솜스 부인을 흉보지 않았다.

물론 불행한 에블린하이드 양의 시체는 무덤 밖으로 꺼내졌다. 리틀 던소프 성공회 교회 묘지로 통하는 철문 앞에서 제프리 알리버튼이 메리를 세웠을 때, 래미지 부인은 옆 마을에서 시체를 발굴한 얘기를 차라리 안 들었더라면 얼마나 좋았을까 하고 간절히 생각했다. 그만큼 시체 얘기가 무시무시했던 것이다.

충격으로 제정신에서 살짝 맛이 간 빌포드 박사는 몸이 굳어 버리는 강직증이라고 진단을 내렸다. 인도 수도승들이 수행을 위해 살에다 바늘을 찌르거나 산 채로 땅에 묻히기 전에 자발적으로 자기 몸을 혼수상태로 만들어 놓듯, 그 불쌍한 소녀도 외관상으로는 죽은 것처럼 보이는 혼수상태에 빠졌던 것이다. 그녀는 이런 혼수상태에서 48시간, 어쩌면 60시간 정도를 보냈으리라. 하여튼 긴 시간을 그렇게 지내다가 눈을 떴을 때는 꽃을 꺾으며 놀던 자기 집 뒤뜰이 아니라 관에 담겨져 산 채로 땅 속에 묻혔다는 사실을 알아차렸을 것이다.

소녀는 자기 생명을 위해 필사적으로 투쟁했다. 래미지 부인이 제프리를 따라 교회 묘지 철문을 지나 기울어진 비석들이 옅은 안개에 덮여 섬처럼 보이는 장소에 다다르고 보니, 고결한 인간의 지위를 되찾기 위해 소녀가 벌이던 몸부림이 더욱더 무시무시하게만 느껴졌다.

소녀는 결혼할 남자와 약혼을 했다. 그녀의 왼손(물에 빠진 여자의 손처럼 땅 위로 나와 굳어 버린 그 손이 아니라 반대쪽 손)에는 다이아몬드 약혼반지가 끼워져 있었다. 그녀는 그 반지를 이용해 관 속에서 자기 몸을 감싼 매끄러운 천을 찢었고, 하느님만이 아실 만큼 오랜 시간 동안 각고의 노력 끝에 다이아몬드 반지로 후벼 파서 나무 관 뚜껑을 부서뜨리는 데 성공했다. 마침내 숨 쉴 공기가 다 없어지고, 그녀는 반지 낀 왼손으로 흙을 후벼서 구멍을 만들고 오른손으로 흙을 파내는 식으로 안간힘을 썼다. 그것만으로는 역부족이었다. 얼굴은 자줏빛으로 시커멓게 부어올랐고, 핏물이 가득한 두 눈은 죽음의 공포를 바라보며 영원히 굳어 버렸다.

교회 시계탑이 12시를 알리는 종소리를 울리기 시작했을 때(래미지 부인의 어머니가 말씀하시기를 밤 12시에는 삶과 죽음 사이에 있는 문이 약간 열리고, 죽은 자들이 양쪽 길을 오갈 수 있다고 하셨다) 래미지 부인이 할 수 있었던 일이라고는 비명을 지르고 싶은 마음을 꾹 누르고, 줄어들기는커녕 시간이 갈수록 더욱 커지는 공포 속으로 도피하고 싶은 유혹을 뿌리치는 것뿐이었다. 만약 그녀가 뛰기 시작했다면 인사불성이 되어 엎어질 때까지 무조건 달리기만 했을 것이다.

'바보같이 겁만 많은 여편네야!' 그녀는 자신을 꾸짖다가, 살짝 말을 바꿨다. '바보같이 겁만 많은 이기적인 여편네야! 지금은 우리 주인님을 생각할 때지 너 자신의 두려움에 벌벌 떨 때가 아니야!

우리…… 주인님…… 그리고 만일 실낱같은 희망이 이루어져 우리 마님께서…….'

아, 하지만 그만. 그런 것을 벌써부터 생각하고 좋아하다니 정신 나간 짓이다. 그런 희망이 성사될 가능성은 아주 조금, 아주 조금, 아주 아주 조금이니까.

제프리는 래미지 부인을 데리고 미저리의 묘비가 있는 곳으로 갔다. 두 사람은 무언가에 홀린 듯 가만히 서서 묘비만 내려다봤다. 묘비에는 '캘소프 저택의 귀부인'이라는 문구가 새겨져 있었다. 그 밖에 태어난 날짜와 사망한 날짜 외에도 묘비명 한 줄이 새겨져 있었다. '많은 이들의 사랑을 받았노라.'

래미지 부인은 깊은 잠에서 깨어난 듯 천천히 제프리를 쳐다보고 말했다.

"연장들을 이리로 가져 오셔야죠."

"아니, 아직은 아니오." 제프리는 온몸을 지면에 대고 바짝 엎드려서는 무성의하게 심어 놓은 잔디 사이로 이제 막 새로운 풀들이 돋아나기 시작한 땅에다 귀를 갖다 댔다.

한동안 등불을 들고 서 있으면서 래미지 부인이 본 제프리의 유일한 표정은 처음에 그에게 문을 열어 주었을 때 보았던 표정 그대로였다. 극심한 두려움에 사로잡힌 표정. 그러다 차츰 새로운 표정이 나타나기 시작했다. 절대적인 공포가 미칠 것 같은 희망과 뒤섞인 듯한 표정이었다.

제프리는 래미지 부인을 올려다보았다. 눈이 번뜩이고, 입이 움직였다.

"그녀가 살아 있는 게 확실해."

제프리가 힘없이 속삭였다.

"오, 래미지 부인……."

갑자기 제프리가 다시 배를 깔고 납작 엎드려 땅에 대고 소리쳤다. 다른 상황에서라면 우스꽝스럽게 보였을 것이다.

"미저리! 미저리! 우리가 왔소! 우리가 다 알고 왔소! 조금만 버텨 주시오! 조금만 버텨 주시오, 내 사랑!"

잠시 후 제프리가 땅에서 벌떡 일어나 땅 파는 연장이 들어 있는 마차 쪽으로 전력 질주했다. 슬리퍼 바람인 발이 지면에 낮게 깔린 밤안개를 마구 휘저었다.

래미지 부인은 또다시 기절할 것처럼 어지럼증을 느끼다가 다리에 힘이 빠져서 앞으로 고꾸라졌다. 앞으로 넘어지면서 저절로 머리가 옆으로 돌아가 오른쪽 귀가 땅에 닿았다. 그녀는 아이들이 이와 비슷한 자세로 철로에 귀를 대고 기차 소리를 듣는 모습을 본 적이 있었다.

소리가 들렸다. 땅 속에서 희미하게 들려오는 고통스럽게 긁어 대는 소리. 땅 속에 사는 동물들이 내는 소리가 아니었다. 손가락이 안간힘을 쓰며 나무를 긁어 대는 소리였다.

래미지 부인은 몸을 움찔하며 숨을 크게 한 번 들이마셨다. 멎을 것만 같던 심장이 다시 힘차게 움직이는 듯했다. 래미지 부인이 새된 소리로 외쳤다.

"우리가 왔습니다! 우리가 늦지 않았음을 하느님께 기도하고 예수님께 간청하옵니다. 우리가 여기 왔습니다!"

래미지 부인은 부들부들 떨리는 손으로 땅에서 잔디를 파내기 시작했다. 제프리가 서둘러 돌아왔을 때 그녀는 이미 깊이가 20센티미터 정도 되는 구멍을 파 놓고 있었다.

7

폴은 이미 제7장의 9쪽까지를 완성해 놓았다. 제프리와 래미지 부인이 가까스로 미저리를 무덤 속에서 꺼내 놓고 보니, 미저리 는 그들이 누군지도 자기가 누군지도 모른다는 내용이었다. 그 장면을 계속 쓰고 있는데 애니가 방에 들어왔다. 이번에는 들어 오는 소리가 들렸다. 폴은 꿈속에서 나오려니 아쉬웠지만 타자 치는 일을 멈췄다.

애니는 치마 옆에 폴이 제6장까지 쓴 원고를 들고 있었다. 초고 를 다 읽는 데는 20분도 채 걸리지 않았지만, 이 21쪽짜리 원고뭉 치를 다시 들고 나타난 것은 한 시간이나 흐른 뒤였다. 폴은 애니 의 얼굴이 약간 수척해진 데 흥미를 느끼며 계속 쳐다보았다.

"어땠어? 이번 원고는 공정했어?"

"응."

이것이 필연적인 결론이라는 듯 애니가 넋 나간 얼굴로 말했 다. 폴도 그 말이 옳다고 생각했다.

"공정해. 그리고 멋져. 흥미진진해. 하지만 섬뜩한 기분이 들기 도 해! 이제까지 나온 미저리 시리즈하고는 달라. 그 불쌍한 소녀 의 흙을 파던 손가락 끝이 까져 있었다니……."

애니는 머리를 절래절래 흔들고 나서 말을 반복했다.

"이제까지 나온 미저리 시리즈하고는 달라."

'이보게나, 이 원고를 쓴 남자는 더 섬뜩한 기분을 느끼며 산다네.'

"계속 써 나가도 되겠지?"

"안 쓰면 콱 죽여 버린다!"

애니가 살짝 웃으며 대답했다. 폴은 그 말에 웃지 않았다. 예전 같으면 '고놈 참 살이 포동포동 쪄서 잡아먹으면 맛있겠다.' 같은 말처럼 진부한 표현으로 받아들였겠지만, 그때는 전혀 진부하게 들리지 않았다.

하지만 문간에 서 있는 애니의 태도에서 엿보이는 그 무엇이 폴을 황홀하게 했다. 마치 폴에게 접근하는 것을 조금은 두려워하는 것처럼 보였기 때문이다. 마치 폴의 몸속에 들어 있는 무언가가 자신을 불살라 버릴까 봐 두려워하는 듯한 모습이었다. 성급한 생매장이 등장하는 소설 내용 때문은 아니었고, 영악한 폴도 그 점은 잘 알고 있었다. 그런 특정한 내용 때문이 아니라 먼젓번에 썼던 원고와 나중에 쓴 원고 사이의 본질적인 차이점 때문이었다. 첫 번째 원고는 초등학생이 쓴 '나의 여름방학 이야기' 만큼이나 유치했다. 하지만 나중에 쓴 원고는 달랐다. 용광로가 불타오른 것이다. 아, 그는 원래 특별히 글을 잘 쓰는 사람은 아니었다. 이야기는 화끈하지만, 등장인물들은 구태의연하고 식상하기만 했다. 그러나 두 번째 원고에서는 적어도 힘을 분출할 수 있었다. 그 글에서는 문장 사이사이에서 열기가 솟아 나왔다.

'재미있군. 애니도 그 열기를 느꼈어. 내 곁에 너무 가까이 다가오면 내가 활활 태워 버릴까 봐 두려워하는 것 같아.'

"글쎄." 폴이 부드럽게 말했다.

"애니, 나를 죽이지는 말아 줘. 나는 계속 글을 쓰고 싶은 사람이니까. 그런데 다 읽은 원고는 나한테 돌려주지 않겠어?"

"알았어."

애니는 폴에게로 다가와 나무 판 위에 원고를 올려놓고 황급히 뒷걸음질쳤다.

"내가 쓰는 동안 계속 그때그때 조금씩이라도 가져다 읽고 싶어?"

"그래! 그렇게 읽으면 어렸을 때 본 연속극 영화 같을 거야."

애니가 웃었다.

"글쎄, 나는 각장마다 위기 상황으로 끝나는 모험 활극은 쓸 자신 없는데. 내 소설은 그런 것과는 방식이 달라."

"그래도 나는 연속극 영화처럼 느낄 거야."

애니가 열광적으로 말했다.

"만약 제17장이 미저리와 이언과 제프리가 나란히 현관 앞의 안락의자에 앉아 신문을 읽는 장면으로 끝나면, 나는 제18장에서 어떤 일이 생길지 알고 싶어져. 벌써부터 네가 쓴 이 원고 다음 장면에 어떤 일이 벌어질지 알고 싶어 미치겠어. 아, 그렇다고 지금 여기서 미리 나한테 말해주지는 마!"

애니는 마치 폴이 정말 줄거리를 다 까발리기라도 했다는 듯 톡 쏘며 말했다.

"흐음, 나는 원래 작품이 다 완성되기 전까지 다른 사람에게 미리 보여 주지 않아."

폴은 이렇게 말하고 애니를 보며 웃었다.

"그렇지만 지금은 특별한 상황이니까, 기쁜 마음으로 네가 한

장 한 장 가져다 읽는 것을 허락할게."

'이렇게 해서 폴 셸던의 아라비안 나이트가 시작되는 거로군.'

"그런데 내 부탁 하나만 들어줄래?"

"뭔데 그래?"

"나 대신 원고에다 이 지긋지긋한 n들 좀 적어 넣어 줘."

애니가 눈부신 미소로 화답했다.

"영광이로소이다. 그럼 이제 너 혼자 있게 난 나가 봐야겠다."

애니는 문으로 걸어가다가 머뭇거리더니 폴을 돌아보았다. 그러고는 거의 고통스러워 하듯 심하게 수줍음을 타며, 그때까지 한 말 중 유일하게 편집자 같은 제안을 했다.

"아마도 그건 벌이었을 거야."

폴은 이미 타자기에 끼워 둔 종이에 시선을 두고 있던 참이었다. 그는 종이에서 구멍을 찾고 있었다. 그날 작업을 끝마치기 전에 미저리를 래미지 부인의 별채로 옮겨 놓고 싶었다. 그러다가 짜증 나는 기색을 조심스럽게 감추고 애니를 올려다보았다.

"지금 뭐라고 그랬어?"

"벌."

애니가 말했다. 애니의 목과 뺨 위쪽이 빨개지는 것이 보였다. 잠시 후에는 귀까지 빨갛게 달아올랐다.

"열두 명 중에 한 명은 벌침에 들어 있는 독에 알레르기를 일으켜. 나는 전에 그런 환자들을 수없이 봤어……. 정식 간호사로 근무하다 퇴직하기 전까진. 그런 알레르기는 다양한 증상을 일으킬 수 있어. 때로는 벌침 때문에 혼수상태에 빠져서…… 사람들이 말하는…… 어…… 강직증과 유사한 증세를 보이기도 해."

이제 애니의 얼굴은 아주 시뻘겋게 물들어 거의 자줏빛 덩어리라고 불러도 손색없을 정도가 되었다.

폴은 그 아이디어를 잠시 마음에 담아 두었다가 이내 마음속의 쓰레기장에 갖다 버렸다. 벌 때문에 에블린하이드 양의 불행한 생매장이 벌어졌을 수도 있다. 때가 한창 봄이었으니 말은 된다. 게다가 사고 장소도 정원이었으니. 그러나 폴은 이미 두 번의 생매장 사이에 서로 관련이 있을 가능성을 생각해 보았고, 미저리는 정원이 아니라 침실에서 죽지 않았던가. 미저리가 죽은 늦가을이 벌들이 거의 활동하지 않는 시기라는 점은 사실 큰 문제가 아니었다. 문제는 강직증이 희귀한 병이라는 것이었다. 아무리 충성스러운 독자라도 이웃 마을에 사는 전혀 상관없는 두 여성이 벌침 때문에 6개월의 시차를 두고 생매장당했다는 이야기를 무턱대고 받아들일 것 같지는 않았다.

그러나 애니에게 곧이곧대로 말할 수는 없었다. 애니를 화나게 할 것 같아서가 아니었다. 말했다가는 심히 고통스럽게 할 것 같아서였다. 그동안 애니가 그를 고통스럽게 만들긴 했지만, 그런 식으로 고통을 안겨 주고 싶지는 않았다. 폴 자신이 과거에 그런 경우를 많이 당해 봐서 그 고통을 잘 알기 때문이었다.

그래서 폴은 작가 강연회에서 요긴하게 써먹었던 가장 일반적인 완곡어법을 구사했다.

"그것 참 충분히 가능성 있는 얘기로군. 좋았어. 애니, 그 얘기는 마음속에다 잘 기억해 둘게. 그런데 벌써 마음속에 몇 가지 아이디어들을 생각해 놓은 게 있어서 말이지, 네 얘기는 채택 안 될 수도 있거든."

"오, 알았어. 작가는 너니까, 내가 작가도 아닌데 뭐. 내가 말한 거는 그냥 무시해 버려. 쓸데없는 소리 해서 미안해."

"그런 말 하지……."

애니는 벌써 나가고 없었다. 거의 뛰는 듯한 육중한 발소리가 복도를 지나 거실로 사라졌다. 폴은 애니가 서 있던 텅 빈 공간을 쳐다보았다. 시선이 아래로 떨어졌다. 그리고 눈이 휘둥그레졌다.

바닥에서 20센티미터 정도 높이의 문틀 양 옆으로 검은 자국이 나 있었다. 억지로 힘을 써서 문을 지날 때 휠체어 바퀴 중심축이 부딪치면서 만든 자국임을 한눈에 알 수 있었다. 애니는 아직 보지 못했다. 일주일 가까이 지났는데도 못 보고 지나쳤다는 것은 작은 기적이었다. 그러나 곧, 다음 날, 어쩌면 그날 오후에라도, 진공청소기를 들고 방을 청소하러 들어온다면 그 자국을 볼 참이었다.

'애니가 본다면.'

그날 내내 폴은 원고를 얼마 못 썼다.

종이 속의 구멍이 사라져 버렸다.

8

다음 날 아침 폴은 베개 뭉치에 기댄 채 침대에 앉아 커피를 마시고 있었다. 미처 처리하지 못한 피 묻은 옷을 발견한 살인자처럼, 죄책감 가득한 눈으로 문 옆에 난 자국들을 주의 깊게 살펴보고 있었다. 갑자기 애니가 방으로 뛰어 들어왔다. 두 눈이 튀어나올 듯 커다랗게 휘둥그레져 있었다. 한 손에는 걸레를 들고 다른 손에는 놀랍게도 수갑을 들고 있었다.

"무슨……."

폴이 할 수 있는 말은 거기까지였다. 애니가 그를 무지막지한 힘으로 붙잡고 끌어올려 똑바로 앉은 자세로 만들었다. 고통이, 며칠 만에 느껴 보는 최악의 고통이 다리에 쩌렁쩌렁 울려 퍼졌고, 폴은 비명을 질렀다. 손에서 떨어진 커피 잔이 바닥에서 산산이 부서졌다.

'이곳에서는 뭐든지 다 부서지는군.'

생각이 이어졌다.

'애니가 자국을 본 거야. 물론이지. 아마도 오래전에 이미 봤을 테지.'

이것이 그때 애니의 이상한 행동을 설명할 수 있는 폴의 유일한 추측이었다. 결국 애니가 그 자국들을 본 것이고, 이렇게 해서 새롭고 화려한 형벌이 시작되는 것이었다.

"아가리 닥쳐, 멍청아."

애니는 이렇게 내뱉으며 폴의 양손을 비틀어 등 뒤로 돌렸다. 수갑을 차는 철커덕 소리가 나자마자 집을 향해 다가오는 자동차 소리가 들렸다.

폴은 입을 벌리고 뭔가 말을 하든지 다시 비명을 질러 보려 했지만, 행동으로 옮기기 전에 애니가 입속으로 걸레를 쑤셔 넣었다. 걸레에서 무시무시한 공포의 맛이 느껴졌다.

'청소용 세정제 맛인가. 아니면 먼지 제거액 맛이거나 아무튼 그 비슷한 것이겠지.'

"찍소리도 내지 마."

애니가 한 손으로 폴의 머리통을 움켜쥐고 몸을 가까이 기울이며 말했다. 머리카락이 늘어져서 폴의 뺨과 이마를 간질였다.

"나 분명히 경고한다. 폴. 만약 누군가가 무슨 소리를 듣는다면, 또는 나만 무슨 소리를 듣더라도 그 누군가도 그 소리를 들은 것으로 간주할 거야. 나는 그 누군가를 죽여 버릴 거야. 같이 따라온 사람이 있으면 그 사람도 죽여. 그러고 나서 너를 죽이고. 그러고 나서 나도 죽일 거야."

애니가 일어섰다. 눈을 부릅떴다. 얼굴에는 땀이 맺혔고, 입술에는 계란 노른자가 말라붙어 있었다.

"명심해, 폴."

폴은 고개를 끄덕거렸지만 애니는 보지 않았다. 이미 방에서 뛰쳐나간 후였다.

낡았지만 관리가 잘 된 시보레 벨에어 한 대가 애니의 체로키 뒤에 정차했다. 폴은 거실 어딘가에 있는 문이 열렸다가 쾅 하고 닫히는 소리를 들었다. 이상한 삐걱 소리도 같이 나서 애니가 외출복을 보관하는 벽장문이 움직인 소리임을 알아차렸다.

차에서 나온 사람은 타고 온 차처럼 늙었지만 관리를 잘한 체형이었다. 전형적인 콜로라도 사람이라 부를 만한 외모였다. 예순다섯 살로 보였지만 여든 살일 수도 있었다. 법률 회사 대표나 건설 회사 경영자처럼도 보였지만, 목장주나 부동산 중개업자 쪽에 더 가까워 보였다. 끝이 뾰족한 이탈리아 구두 따위는 신지 않을 뿐더러 차 범퍼에 붙이는 스티커 따위와도 거리가 먼 공화당 지지자인 듯했다. 어쩌면 일 때문에 들른 읍내 공무원일 수도 있었다. 공무가 아니라면 이런 남자가 세상을 등지고 사는 애니 윌크스 같은 여자를 만날 일은 없을 테니까.

서둘러 집 앞으로 걸어 나가는 애니가 보였다. 그 남자를 반기는 게 아니었다. 남자를 가로막으려는 것이었다. 이제 폴이 앞서 꿈꾸었던 환상이 실현되려 했다. 비록 경찰은 아니지만 관청에서 나온 사람이었다. 관청에서 나온 사람이 애니의 집에 찾아왔고, 그 때문에 그의 목숨이 달아날 수도 있었다.

'그 사람을 집 안으로 들여놓지 그래, 애니?'

폴은 먼지투성이 걸레에 숨 막히지 않으려 애쓰며 생각했다.

'그를 집 안으로 초대해서 네가 훔친 아프리카 새를 자랑해 보지 그래?'

아니, 그럴 리 없었다.

애니가 로키 산맥 관리 공무원 양반을 집 안에 들여놓기란 그녀가 폴을 스테이플턴 국제공항에 데려다 준 다음 손에 일등석 표를 쥐어 주며 뉴욕으로 돌려보내는 것만큼이나 가망 없는 일이었다.

애니는 그 남자 앞에 이르기도 전에 서둘러 말을 걸었다. 입에서 뿜어 나오는 입김은 마치 대사를 빼놓은 말 풍선 같았다. 그 남자는 멋들어진 검은 가죽 장갑을 낀 손을 내밀었다. 애니는 그 손을 잠시 쳐다보더니, 무안하게 그의 얼굴에 대고 삿대질을 해대기 시작했다. 입에서 속이 빈 하얀 말 풍선이 더 많이 피어올랐다. 그러다 코트를 잡고 지퍼를 올리느라 삿대질이 중단되었다.

그 남자는 외투 주머니에 손을 넣어 종이 한 장을 꺼내서 죄송하다는 듯한 태도로 그것을 그녀에게 내밀었다. 폴은 그 종이가 정확히 무엇인지 알 길이 없었지만, 애니가 그것의 이름 앞에 어떤 말을 붙일지는 확실히 알았다.

'염병할.'

아마 그랬을 것이다.

애니는 계속 말하면서 그를 찻길 쪽으로 몰고 갔다. 그들이 폴의 시야에서 사라졌다. 색종이를 잘라 놓은 듯 눈 위에 그들의 그림자가 누워 있었고, 그것이 폴이 볼 수 있는 전부였다. 폴은 애니가 고의로 그렇게 한 것이라고 무덤덤하게 생각했다. 만약 폴이 그들을 볼 수 없다면, 곧 목장 아저씨 같은 그 남자도 손님용 침실 창문을 봤을 때 폴을 발견할 수 없다는 뜻이었으므로.

애니의 집 찻길 앞에서 녹아내리는 눈밭 위로 두 사람의 그림자가 한 5분 동안 일렁거렸다. 한 번은 애니가 언성을 높이더니 소리를 있는 대로 질러 가며 호통 치는 소리가 들렸다. 폴에게는 길고 지루한 5분이었다. 어깨가 쑤셨다. 쑤시는 어깨를 풀어 주려고 움직여 보려 했지만 제대로 움직일 수가 없었다. 애니가 손에 수갑을 채운 뒤 아예 침대 쇠틀에다 묶어 버렸던 것이다.

그중 최악은 입에 물린 걸레였다. 가구 광택제 악취가 머리를 아프게 했고, 차츰 토할 것만 같았다. 토할 것 같은 기분을 조절하려 애타게 정신을 집중했다. 일주일에 한 번은 마을 이발소에서 머리를 깎고 아마도 겨울 내내 검은 정장 구두 위에다 고무 덧신을 껴 신을 것 같은 나이 지긋한 시골 공무원이 애니와 떠드는 동안, 토사물에 기관지가 막혀 질식해 죽을 수는 없었다.

폴의 이마에 식은땀이 맺혔을 때 그들이 다시 시야에 나타났다. 이제 애니는 종이를 들고 그 목장 아저씨를 뒤따라가면서 등에 삿대질을 했고, 입에서 빈 말 풍선들이 뿜어져 나왔다. 목장 아저씨는 뒤돌아보지 않을 듯싶었다. 넋이 살짝 나간 얼굴이었다. 오직 그의 입술만이 안 보일 정도로 너무 꽉 다물어져 있어서 감정을 드러냈다. 분노? 어쩌면. 혐오? 그렇다. 혐오였을 것이다.

'당신은 그녀가 미쳤다고 생각하지. 당신과 당신 포커 친구들은(아마도 시골 촌구석에서 행세깨나 하고 다니는 분들이시겠지) 아마도 이런 개떡 같은 일을 누가 맡을지 결정하려고 로볼 카드를 쳐서 결정했을지도 모르지. 어느 누구도 미친 인간한테 나쁜 소식을 전하는 일을 좋아할 리 없지. 그렇지만, 아아, 목장 아저씨여! 당신이 애니가 정말 얼마나 미친 여잔지 알았더라면, 그녀가 있는데도 그렇게 무방비 상태로 등을 내보이지는 않았을 텐데!'

그가 벨에어에 올라타서 차 문을 닫았다. 이제 애니는 차 옆에 서서 닫혀 있는 차창에 대고 삿대질을 하고 있었다. 폴은 또다시 어렴풋이나마 애니의 목소리를 들을 수 있었다.

"네가 그렇게 그렇게 그렇게 자아아알났냐!"

벨에어가 찻길로 천천히 후진하기 시작했다. 목장 아저씨는 맘대로 해 보라는 듯 이를 드러내고 으르렁대는 애니를 쳐다보지도 않았다. 애니의 목소리가 더 커졌다.

"넌 네가 대단한 놈인 줄 착각하지!"

그러고는 갑자기 차의 앞 범퍼를 걷어찼다. 어찌나 세게 찼던지 흙받기에 붙어 있던 눈 무더기가 부서져 내릴 정도였다. 나이 지긋한 그 남자는 오른쪽으로 난 길을 살펴보며 그리로 차를 움직이는 중이었다.

이제 그는 그곳에 와서부터 쭉 유지하던 신중함을 버리고 잔뜩 놀란 표정으로 애니를 돌아다보았다.

"그래 내가 좋은 거 하나 말해 줄까, 이 더러운 새끼야! 쬐그만한 개새끼들이 으리으리한 차에다 오줌만 잘 싸지르더라! 이런 말 들으니까 기분이 어떠냐? 엉?"

기분이야 어떻든 목장 아저씨는 비아냥거리는 소리에 민감하게 반응해서 애니에게 기쁨을 안겨 줄 사람이 아니었다. 또다시 신중한 표정이 면갑처럼 그의 얼굴을 덮었다. 그는 차를 움직여 폴의 시야에서 사라졌다.

애니는 주먹을 엉덩이 위에 올리고 한동안 그 자리에 가만히 서 있다가 성큼성큼 집으로 걸어왔다. 부엌문이 열렸다가 부서질 듯이 요란하게 닫히는 소리가 들렸다.

'그래, 갔군.' 폴은 생각했다.

'목장 아저씨는 가고, 나는 여기에 남았어. 그래, 나는 여기에 남았어.'

9

하지만 이번에 애니를 화나게 한 것은 폴이 아니었다.

애니는 코트를 걸친 채 폴이 있는 방으로 들어왔다. 코트 지퍼가 내려져 있었다. 애니는 폴을 쳐다보지도 않고 계속해서 방 안을 이리저리 서성거렸다. 종이는 여전히 손에 들고 있었고, 이따금씩 자학하듯 코앞에 대고 흔들었다.

"그 자식이 10퍼센트 세금 추가! 그 자식이 연체금! 선취 특권!

변호사! 분기별 납부! 그 자식이! 세금 체납! 염병할! 제기랄! 에이, 이런 개똥 같은 새끼들!"

폴이 걸레를 문 입으로 뭐라 말했지만, 애니는 돌아보지 않았다. 애니는 방에 자기 혼자 있다고 생각했다. 딱딱한 몸뚱이가 방안 공기를 가르며 더욱 빠르게 앞뒤로 왔다 갔다 했다. 폴은 애니가 종이를 마구 찢어발길 것이라 생각했지만, 감히 그렇게까지는 못하는 듯했다.

"500달러하고도 또 6달러!"

이번에는 종이를 폴의 코앞에 대고 흔들어 대며 소리 질렀다. 그러고는 폴의 입을 막은 걸레를 거칠게 뽑아내서 바닥에 던졌다. 폴은 머리를 한쪽으로 돌리고 캑캑거렸다. 팔이 어깨에서 천천히 떨어져 나가는 듯했다.

"500달러에다 6달러에다 또 17센트까지! 그놈들도 내가 여기 아무도 안 찾아오길 원한다는 거 잘 알아! 내가 전에 그놈들한테 그렇게 말했거든, 그랬거든? 그런데 봐! 이것 좀 보라고!"

폴은 또다시 토하는 것처럼 필사적으로 캑캑거렸다.

"너 지금 토하면 토한 데다 얼굴 뭉개 버린다. 생선에다 튀김옷 입히듯이 골고루 발라 줄 거야. 아까 그 자식이 우리 집에다 대고 선취 특권이 어쩌고 뭐라 그러던데. 그게 뭐야?"

"수갑 좀……." 폴이 쉰 소리로 말했다.

"그래, 그래." 애니가 조바심 내며 말했다.

"가끔씩 보면 너 참 아기 같아."

그리고 치마 주머니에서 열쇠를 꺼내더니 폴을 왼쪽으로 확 밀쳤다. 폴이 침대 시트로 코를 처박으며 엎어졌다. 비명을 질렀지만 애니는 무시했다. 덜그럭, 철컥 소리가 들리더니 양손이 풀려났다. 일어나 앉은 폴은 숨을 헐떡거리다 천천히 베개 있는 곳으로 무너졌다. 그전에 다리를 쭉 펴는 것도 잊지 않았다. 얇은 손목에 핏기 없는 주름살이 패여 있었다. 보고 있자니 빨갛게 피가 차 오르기 시작했다.

훌륭한 집안에서는 대부분 클리넥스 티슈나 옷걸이 같은 물건처럼 경찰이 쓰는 인신 구속 장비도 일상적으로 구비해 놓고 사용한다는 듯, 애니는 태연스럽게 치마 주머니 속에 수갑을 집어넣었다. 애니가 다시 물었다.

"선취 특권이 뭐야? 그 자식들이 우리 집을 빼앗겠다는 소리야? 내 말 맞아?"

"아니야. 그 말은 네가……."

목을 가다듬고 나니 냄새 고약한 걸레의 뒷맛이 느껴졌다. 다시 마른 기침을 해 대자 가슴이 울렁거렸다. 애니는 폴이 겪는 고통엔 신경 쓰지 않았다. 그저 조바심을 내며 바라보고 서서는 폴이 말하기만 기다릴 뿐이었다. 잠시 후 폴이 말을 할 수 있게 되었다.

"그 말은 그저 네가 이 집을 맘대로 팔 수 없다는 뜻이야."

"그저? 그저? 그저라는 말 참 쉽게도 쓰시는군요, 폴 셸던 씨. 그렇지만 내 생각에 나처럼 불쌍한 과부한테 일어난 근심거리를 너 같은 부자 똑똑 씨는 별로 중요하게 여기지 않는 것 같아."

"그 반대야. 나는 네 근심거리를 내 근심거리처럼 생각해, 애니. 지금 내 말은, 네가 세금을 심각하게 체납할 경우에 그들이 취할 수 있는 다른 강제 수단에 비하면 선취 특권은 그래도 낫다는 뜻이었어. 이해하겠지?"

"세금 체납. 그러니까 말하자면, 내가 한발 늦었다는 뜻이지, 그런 거지?"

"한발 늦었다. 버스 떠났다. 세금 밀렸다. 그런 거지."

"나는 움막집 거지 새끼가 아냐!"

애니가 윗입술을 치켜 올리며 말하자 반짝거리는 이가 보였다.

"나는 세금 꼬박꼬박 내는 사람이야. 나는 그저…… 이번에는 그저……"

'깜빡했구나, 그렇지? 깜빡한 거야. 저기 저 빌어먹을 2월 달 달력을 넘기는 것을 잊어버린 것처럼. 분기별 재산세 납부를 잊어 먹은 것은 달력 넘기는 거 잊어 먹는 것보다 훨씬 더 심각한 일이고, 너는 지금 정신을 못 차리고 있어. 이런 큰일을 잊어 먹은 것은 이번이 처음일 테니까. 애니, 사실 너는 점점 더 최악으로 치닫고 있어, 그렇지? 매일같이 조금씩 나빠지지. 정신병자들은 세상 속에서 그럭저럭 살아갈 수 있어. 너도 잘 알 테지만 때로는 아주 지저분한 짓을 저지르고도 처벌받지 않고 빠져나갈 수 있지. 그러나 스스로 관리할 수 있는 정신병과 통제 불가능한 정신병 사이엔 경계선이 있단다. 너는 매일매일 그 경계선에 가까워지고 있는 거야……. 그리고 너도 마음속으로는 그 사실을 알고 있어.'

"나는 그저 이번에는 세금에 신경 쓸 겨를이 없었던 것뿐이야." 애니가 언짢은 기색으로 말했다.

"여기서 너를 돌보느라 외팔이 도배장이보다 더 바빴잖아."

폴에게 한 가지 아이디어가 떠올랐다. 아주 좋은 아이디어가.

이 아이디어로 학교에서 참 잘했어요 상을 받았다면 점수가 무제한으로 올라갔을 것이다.

"나도 그건 잘 알지."

폴은 진심어린 표정으로 조용히 말했다.

"나는 너에게 생명의 빚을 졌는데도 너한테 폐만 끼치고 있어. 내 지갑에 400달러 정도 들어 있을 거야. 네가 체납 세금 내는 데 그걸 보태고 싶어."

"오, 폴……."

애니는 당황스럽기도 하고 기쁘기도 한 표정으로 바라보았다.

"내가 어떻게 네 돈에 손을……."

"그것은 내 돈이 아니야."

폴은 애니를 향해 미소 지었다.

'당신을 사랑하는 사람이 누군지 이젠 알겠지, 아가씨?'

싱긋 웃었다. 그리고 속으로 생각했다.

'애니, 내가 원하는 건, 네가 깜빡 잊은 일들을 처리하는 동안 네 식칼을 찾아내서 그걸 사용할 기회를 만드는 거야. 너는 고통에 몸부림치다 덧없이 죽어 버릴 거야.'

"그건 네 돈이야. 네가 원하면 그 돈을 내가 여기서 숙식을 해결하는 데 대한 생활비라고 불러도 좋아."

폴은 잠시 말을 멈췄다가 계산된 도발을 감행했다.

"애니, 네 덕에 살아났다는 사실을 내가 모른다고 생각한다면, 넌 정말 미친 거야."

"폴…… 난 잘 모르겠어……."

"나 지금 진심이야."

폴은 자신이 짓고 있는 미소를 진정한 승리의 미소라고 규정했다.(적어도 그러기를 희망했다. '제발, 하느님, 승리를 내려 주소서.')

"너도 알다시피 너는 내 생명을 구하는 것 이상의 일을 했어. 두 생명을 구한 것이지. 네가 아니었으면, 미저리는 아직도 무덤 속에 누워 있을 테니까."

애니는 눈을 반짝이며 폴을 바라보았다. 손에 든 종이 같은 건 잊어버린 상태였다.

"그리고 내가 가는 길이 잘못된 길임을 가르쳐 주고, 다시 제대로 된 길로 들어서도록 도와주었어. 그런 점에서 나는 너에게 400달러를 훨씬 넘는 큰 빚을 진 거야. 그리고 그 돈을 받지 않겠다면, 너는 나를 염치도 모르는 나쁜 놈으로 만드는 거고."

"음, 난……. 알았어. 나…… 고마워."

"진짜 고마워해야 할 사람은 나야. 그 종이 좀 볼까?"

애니는 순순히 종이를 건넸다. 체납 세금 납부 독촉장이었다. 선취 특권은 그냥 형식상의 엄포였다. 폴은 쭉 훑어보고 나서 다시 건네주었다.

"은행에 돈은 충분히 있어?"

애니의 눈이 그 시선을 슬쩍 피했다.

"모아 둔 돈은 좀 있어. 그렇지만 은행은 아니야. 나는 은행 안 믿어."

"종이에 쓰여 있는 바로는 세금을 3월 25일까지 납부하면 그 사람들이 선취 특권을 행사하지 못한다고 되어 있던데. 오늘이 며칠이야?"

애니는 달력을 보고 찡그렸다.

"어이구야! 저거 잘못됐다."

애니가 2월 달력을 떼어 내자 썰매 타는 소년이 사라졌다. 폴은 어이없게도 아쉬움에 가슴 아파하며 지켜보았다. 3월 달력은 눈 더미 사이로 하얀 물줄기가 어지럽게 흘러가는 그림이었다.

한동안 달력에 눈을 가까이 대고 살펴보더니 애니가 말했다.

"오늘이 3월 25일이네."

'세상에, 그렇게 늦도록 세금을 미뤘다니, 그렇게 늦도록.'

"그렇군. 그래서 그 남자가 여기에 왔던 것이구먼."

'그 남자는 네 집에다 이미 선취 특권을 행사해 버렸다고 말하러 온 게 아니었어, 애니. 오늘 저녁 읍 사무소 문 닫는 시간까지 세금을 안 내면 선취 특권을 행사할 거라고 알려 주러 온 거야. 실제로는 네가 곤란한 지경에 빠질까 봐 도와주려고 미리 알려 주러 왔던 건데.'

"그래도 네가 506달러를 서둘러……."

"그리고 17센트." 애니가 쏘아보았다.

"염병할 17센트를 잊지 마."

"알았어, 17센트도 있었군. 네가 그 금액을 오늘 오후 읍사무소 문 닫는 시간까지 납부하면, 선취 특권은 없어져. 만약 마을 사람들이 진짜로 네가 말하는 것처럼 너를 생각한다면, 애니……."

"그 사람들은 나를 싫어해! 그들 모두 나를 못 잡아먹어 난리라고, 폴!"

"그렇다면 이번 세금 문제는 그들이 너를 쫓아내려고 벌인 음모야. 고작 한 분기 재산세 납부를 놓쳤을 뿐인 사람한테 '선취 특권'을 요란하게 강조하는 것이 아주 이상해. 뭔가 냄새가 나. 으흠. 아주 구린 냄새가 나. 네가 만일 분기별 세금 납부를 두 번 놓친다면, 그들은 네 집을 아주 빼앗으려 들 거야. 경매에 팔아넘기는 거지. 미친 생각인지 모르겠지만, 나는 그들이 법적으로도 충분히 그런 짓을 할 수 있는 권한을 가지고 있다고 생각해."

애니가 귀에 거슬리게 미친 듯이 웃어 댔다.

"해볼 테면 해보라고 그래! 그놈들 나한테 잡히면 배때기에 구멍을 뚫어 버릴 거야! 내 너한테 맹세한다. 맹세합니다, 각하! 맹세할게에에에 자기야!"

"그러다 결국에는 그 사람들이 너한테 구멍 내려고 달려들걸."

폴이 조용히 말했다.

"그런데 지금 대화의 요점은 그게 아니야."

"그럼 뭐야?"

"애니, 아마 사이드와인더에는 내야 할 세금을 2, 3년씩 안 내고 버티며 사는 사람들이 있을 거야. 하지만 읍사무소에 자기 집을 압류당하거나 경매로 가구를 뺏기는 일은 아무도 당하지 않아. 그런 사람들에게 일어나는 최악의 일이래 봤자 수돗물이 끊기는 일 따위가 대부분이지. 이웃 사는 로이드면네를 생각해 봐."

폴이 애니를 날카롭게 쩨려보았다.

"너는 그 사람들이 자기 세금이나 꼬박꼬박 잘 낸다고 생각해?"

"그 백인 쓰레기들이? 하!"

애니는 거의 비명을 지를 뻔했다.

"나는 마을 사람들이 너를 괴롭히는 것이라고 생각해, 애니."

사실 폴은 그 말을 진짜 믿었다.

"나는 절대로 압력에 굴복해서 이 집에서 쫓겨나지 않을 거야! 여기 계속 살면서 그 사람들을 못살게 굴 거야! 여기 계속 살면서 그 인간들 눈깔에 침을 뱉을 거야!"

"그럼 내 지갑에서 나온 400달러에 100달러하고 또 6달러를 보태서 세금 내러 갈 거지?"

"그래."

애니가 조심스럽게 안심하는 듯했다.

"잘 생각했어. 그럼 나는 이제 그 나쁜 사람들이 보낸 더러운 세금 고지서를 들고 오늘 당장 납부하러 갈 것을 권유하는 바야."

'그리고 네가 집을 비운 사이에 문에 난 저 빌어먹을 자국들을 어떻게 할지 생각해 볼 거야. 그 일을 끝마치면, 이놈의 집구석을 탈출하려면 무엇을 어떻게 해야 좋을지 생각 좀 해 봐야겠다. 애니, 너의 극진한 대접이 좀 지겨워졌거든.'

폴은 가까스로 웃음을 지었다.

"내 생각엔 저기 침대 옆에 있는 탁자 서랍 안을 뒤져 보면 적어도 17센트는 나올 것 같은데."

10

애니 윌크스는 자신만의 독특한 원칙을 고수하는 정신세계를 가지고 있었다. 이상한 방식으로 꼼꼼하게 일을 처리했다. 폴로 하여금 양동이 물을 마시도록 했고 그가 아파 죽으려고 할 때까지 약을 주지 않았다. 폴이 쓴 새로운 소설의 유일한 원고를 직접 불태우게 했다. 손목에 수갑을 채우고 가구 광택제 악취가 나는 걸레를 입에다 쑤셔 넣었다. 그러나 폴의 지갑에 든 돈은 선뜻 손대지 않으려 했다. 애니는 폴이 대학 시절부터 사용해서 이제는 낡고 닳은 로드 벅스톤 가죽 지갑을 가져와서 그의 손에 쥐어 주었다.

신분증은 모두 사라지고 없었다. 돈이 아니라서 망설임 없이 손댄 듯싶었다. 폴은 그런 일로 따지지는 않았다. 그냥 잠자코 있는 게 현명할 듯싶었다.

신분증은 없어졌지만 돈은 그대로 남아 있었다. 새로 뽑은, 대부분 50달러짜리인 빳빳한 지폐 뭉치. 그 돈을 인출하던 기억이 명확하게 떠오르자 놀랍고도 조금은 불길했다. 그날의 모습이 눈에 선했다. 『과속 차량』원고를 완성하기 전날 폴은 카마로 승용차를 몰고 가서 볼더 은행 자동차 전용 창구에 세웠다. 수표에 배서를 해서 넘겨 주니 출납 용기에 현금으로 450달러가 담겨 나왔다.('그때는 노동력 착취 공장에서 일하는 친구들까지 태평스럽게 휴가 타령을 했더랬지?' 폴의 기억으로는 그랬다.) 은행에서 돈을 찾던 그 남자는 자유롭고 건강하고 기분이 좋아 보였다. 그리고 그런 여건들이 얼마나 소중한지 그때까지는 깨닫지 못했다. 은행에서 돈을 찾던 그 남자는 출납 창구 여직원을 강렬하고 관심 있는 눈빛으로 관찰했다. 키가 크고 금발에다 딱 달라붙는 자줏빛 드레스가 몸의 굴곡을 드러냈다. 그리고 그녀도 그를 쳐다보았다……. 폴은 궁금해졌다. 돈을 찾던 남자의 지금 모습을 그 여자가 보면 어떻게 생각할까? 몸무게가 20킬로그램 빠지고, 10년은 더 늙어 보이고, 두 다리는 기형적으로 뒤틀려서 쓸모없는 고깃 덩어리가 되었는데, 과연?

"폴?"

폴은 한 손에 돈을 쥔 채 그녀를 올려다보았다. 전부해서 420달러였다.

"응?"

애니가 어머니의 사랑과 인자함으로 무장한 표정으로 쩔쩔매며 쳐다보았다. 그 표정 밑에는 빈틈없고 완벽하게 딱딱한 암흑이 은밀하게 숨어 있기에 쩔쩔매는 것이었다.

"지금 우는 거야, 폴?"

손으로 뺨을 훑어보니, 물기가 있었다. 폴은 웃으면서 돈을 건넸다.

"약간. 네가 나한테 얼마나 잘해 주었는지 생각해 보고 있었어. 음, 많은 사람들이 너의 진면목을 오해하지만…… 나는 잘 알아."

애니가 눈을 반짝거리고 몸을 앞으로 숙여 부드럽게 폴의 입술을 만졌다. 폴은 애니의 숨결에 들어 있는 어떤 냄새를 맡았다. 내면의 어둡고 음산한 방에서 새어 나오는 냄새, 죽은 생선을 떠올리게 하는 냄새. 걸레의 맛과 냄새보다 1000배는 더 끔찍했다. 그 냄새는 애니의 음산한 숨결이

숨쉬어! 아유 씹할 숨쉬란 말이야!

지옥에서 불어 온 더러운 바람처럼 목구멍 속으로 불어 닥쳤던 기억을 상기시켰다. 그렇지만 폴은 웃어 보였다.

"사랑해, 자기야." 애니가 말했다.

"밖에 나가기 전에 날 휠체어에 앉혀 줄래? 글을 쓰고 싶어."

"물론이지." 애니가 포옹했다.

"물론이지, 자기야."

11

애니는 침실 문을 열어 놓고 나갈 정도로 인자하지는 않았지만, 그것은 문제가 아니었다. 폴은 그때 고통과 약물 금단 증상으로 반쯤 미쳐 버린 상태가 아니었다. 다람쥐가 추운 겨울에 대비해 도토리를 모아 놓듯 부지런히 애니의 머리핀을 네 개 모아 두었고, 약과 함께 매트리스 밑에다 숨겨 두었다.

폴은 애니가 집에서 완전히 나갔으며 혹시나 그가 (점점 불어나는 윌크스 어록에 추가할 또 하나의 윌크스식 표현에 따르면) '까불고 다니지나' 않는지 감시하느라 주위를 서성거리지는 않을 거라고 확신했고, 휠체어를 굴려 침대로 가서 머리핀을 꺼내고 침대 옆 작은 탁자에서 물 잔과 클리넥스 티슈 상자를 집어 들었다. 나무 판 위에 앉아 있는 로열 타자기를 앞에 둔 채 휠체어를 굴리는 일은 그리 힘들지 않았다. 팔에 부쩍 힘이 붙었다. 폴의 팔이 얼마나 강해졌는지 애니가 알면 깜짝 놀랐을 것이다. 그리고 폴은 진심으로 그의 팔 힘을 실감 나게 체험할 기회를 애니에게 되도록 빨리 안겨 주고 싶었다.

로열 타자기는 형편없는 글쓰기 도구였지만, 운동 기구로는 훌릉했다. 홀로 휠체어에 앉아 있을 때마다 폴은 타자기를 들었다 내리는 운동을 했다. 처음에는 15센티미터 높이로 다섯 번 드는 것도 힘에 부쳤다. 나중에는 쉬지 않고 열여덟 번에서 스무 번 정도 들 수 있게 되었다. 타자기가 적어도 20킬로그램은 나간다는 점을 감안하면 괜찮은 훈련 성과였다.

폴은 머리핀으로 자물쇠 따는 작업에 열중하며, 여자 재봉사가 옷을 재봉할 때 그러하듯 만일을 대비하여 입에다 머리핀 두 개를 물었다. 먼젓번에 부러진 머리핀 조각이 아직 자물쇠 안에 남아 있어서 문 여는 데 방해가 될 수도 있다고 생각했지만, 그런 일은 벌어지지 않았다. 단번에 회전판을 낚아채서 밀어 올렸고 날름쇠도 따라서 문틀 속으로 끌려 들어갔다. 그런데 애니가 문 바깥쪽 면에다가도 빗장을 걸어 놓지 않았을까 하는 의구심이 들었다. 폴은 부정적인 생각을 누그러뜨리려 애를 태웠지만, 심각한 편집증 환자다운 의구심은 넓고 깊숙이 퍼져 나갔다. 그 순간 문이 열렸다.

폴은 먼젓번과 마찬가지로 불안한 죄책감을 느끼고 빨리 움직여야겠다고 다짐했다. 귀로는 혹시 차가 돌아오는 소리가 들리는지 주의 깊게 살폈다. 비록 애니가 떠난 지 45분밖에 안 지났지만. 폴은 클리넥스 티슈를 한 움큼 뽑아 물에 담근 다음 젖은 휴지 뭉치를 손에 들고 어색하게 한쪽으로 몸을 구부렸다. 이를 꽉물고 고통을 애써 무시하며 문틀 오른편에 난 자국을 문지르기 시작했다.

정말 다행스럽게도 자국이 거의 한 번에 지워지기 시작했다. 걱정한 것과 달리 실제로는 휠체어 바퀴 중심축이 문의 페인트를 긁어 버린 게 아니라, 슬쩍 지나간 자국만 남겼을 뿐이었다.

폴은 문에서 물러나 휠체어 방향을 틀고 약간 후진해서 자리를 잡은 다음 문틀 왼편에 난 자국도 지웠다. 최선을 다해 작업을 끝마친 뒤, 뒤로 좀더 후진해서 문을 바라보며 애니처럼 예민하고 의심 많은 눈으로 작업 결과를 검사해 보았다. 자국은 남아 있었지만 희미해서 거의 눈에 띄지 않을 정도였다. 문제없을 것 같았다.

그러기를 바랐다.

"친구들과 동네 주민 여러분."

폴은 입술을 핥고 무표정하게 웃었다.

"토네이도를 피해 지하실로 대피하세요. 가만 있다 무슨 험한 꼴을 당할지 아무도 모르는 겁니다요."

다시 문 쪽으로 굴러와서 복도 쪽을 내다보았다. 하지만 이제 자국은 지워졌고, 밖으로 나가 돌아다니고 싶은 충동도 없었고, 그날은 더 이상 위험한 도박을 하고 싶지 않았다. 그래, 다음을 기약하자. 폴은 때가 되면 기회가 또 찾아오리라는 것을 알고 있었다.

이제 글을 쓰고 싶어졌다.

문을 닫자 철커덕 자물쇠 닫히는 소리가 아주 요란하게 났다.

'아프리카.'

'그 새는 아프리카에서 왔다.'

'그렇지만 그 새 때문에 울어서는 안 돼, 폴리. 얼마 안 있으면 그 새는 정오의 아프리카 초원이 어떤 냄새를 풍겼는지, 물웅덩이를 찾아온 아프리카 영양의 울음소리가 어땠는지, 빅 로드 북쪽의 광활한 벌판에 서 있는 이에카이에카 나무가 내는 강렬한 냄새가 얼마나 대단했는지 따위 깡그리 다 잊어버릴 테니까 말이지. 얼마 안 있으면 킬리만자로 산 뒤로 사그라지는 선홍빛 태양도 다 잊어버릴 거야. 얼마 안 있으면 기억 속에는 오직 탁하고 스모그 연기 가득한 보스턴 거리의 노을 지는 하늘만 남을 거야. 그 새가 기억하는 것은 그것이 전부고, 기억하고 싶어 하는 것도 그게 다야. 얼마 안 있으면 더 이상 아프리카로 돌아가고 싶어 하지도 않을 테고, 만약 누군가 다시 아프리카로 데리고 가서 풀어 준다 해도, 겨우 한쪽에 웅크리고 서서는 한 치 앞을 내다볼 수 없는 처절한 운명 앞에서 두려워하고 괴로워하며 편안했던 과거만 그리워할 거야. 무언가가 어슬렁어슬렁 다가와 죽여 줄 때까지 말이야.'

"오, 아프리카, 오, 씹할." 폴이 떨리는 목소리로 말했다.

폴은 약간 울먹거리면서 휠체어를 휴지통 있는 곳까지 굴려 젖은 티슈 뭉치를 버리고 그 위에 종이 쓰레기들을 덮어 놓았다. 그러고는 창문 옆에 휠체어를 얌전히 갖다 대고 로열 타자기 안으로 종이 한 장을 감아 넣었다.

'그런데 말이지 폴리, 네 차 범퍼가 눈 속에서 튀어나올 때가 되지 않았던가? 네가 이렇게 앉아 탈출할 수 있는 절호의 기회를 헛되이 낭비하는 동안 카마로의 범퍼는 눈 속에서 튀어나와 태양 아래 환히 빛을 내며 누군가 지나가다 자기를 발견하기를 마냥 기다리지 않을까?'

폴은 타자기 속에 들어가 있는 텅 빈 종이를 불안하게 바라보았다.

'어찌 됐든 지금은 글을 쓸 수 있는 상태가 아니야. 기분이 영

엉망진창이라고.'

하지만 그 무엇도 글쓰기를 망쳐 놓지 못했다. 창작 활동이라는 것이 으레 상처받기 쉽다는 사실은 누구나 다 알고, 그도 지금 기분으로는 글쓰기를 망치게 됐다고 생각했다. 하지만 그가 살아온 인생에서 글쓰기는 항상 가장 강인한 일이었고, 가장 끈질긴 일이었다. 그 무엇도 꿈으로 가득한 열정의 우물을 오염시킬 수는 없었다. 술도, 마약도, 고통도. 이제 폴은 황혼녘이 되어서야 물웅덩이를 발견한 목마른 짐승처럼 꿈의 우물 속으로 빨려 들어가 물을 들이켰다. 물을 마시고 종이에서 구멍을 찾아냈고, 감사하는 마음으로 구멍 속을 탐험했다. 애니가 6시 15분에 집에 도착했을 때 폴은 원고를 50쪽 가까이 완성해 놓았다.

12

그 다음 3주 동안 폴 셸던은 온통 전기로 둘러싸인 듯한 이상한 평온함을 느꼈다. 늘 입술이 바짝 말랐다. 소음이 아주 크게 들렸다. 어떤 날은 눈으로 그냥 보기만 해도 숟가락을 구부러뜨릴 수 있을 것만 같았다. 또 어떤 날은 미치도록 울고만 싶었다.

주위 상황이나 외부 일에 아랑곳하지 않고 회복되어 가는 다리가 미치도록 가려운 것도 별개의 문제로 치부하며, 폴은 홀로 유유히 소설 쓰는 작업을 계속했다. 로열 타자기 오른편에 쌓아 놓은 원고 종이들이 나날이 늘어만 갔다. 그렇게 전기에 눌린 듯한 기분을 느끼기 전에는 많이 써 봤자 하루에 네 쪽일 거라고 생각했다.(『과속 차량』을 쓸 때는 보통 세 쪽이었고, 막판에 속력을 내기 전에는 두 쪽밖에 못 쓰는 날도 허다했다.) 그러나 그 3주일짜리 전기 체험 코스가 4월 15일 폭풍우와 함께 막을 내릴 때까지 폴은 하루 평균 열두 쪽을 써 나갔다. 아침에 일곱, 저녁에 다섯. 만약 그의 예전 인생에서(폴은 무의식중에도 자꾸 예전 인생이라는 말을 떠올리게 되었다) 누가 그런 속도로 글을 써 보라고 했다면 웃어 넘겼을 것이다. 비가 떨어지기 시작했을 때 폴은 『돌아온 미저리』 267쪽을 쌓아 놓았다. 아직 초고였지만, 쭉 훑어보니 초고치고는 놀라울 만치 나무랄 데가 없었다.

이렇게 된 이유 중 하나는 놀랍도록 단순한 삶을 살기 때문이었다. 밤새 술집을 전전하며 오랫동안 빈둥거리다 그 다음 날 커피에 오렌지 주스에 비타민 B 한 움큼씩 주워 먹느라 오랫동안 빈둥거리는 일은 더 이상 없었다.(술 마신 다음날 타자기를 들여다보고 있으면, 몸을 벌벌 떨며 고개를 돌리게 된다.) 전날 밤 어딘가에서 낚아 온 금발 머리 또는 빨강 머리 글래머 옆에서 잠을 깨는 일도 더 이상 없었다. 그런 여자들 대부분은 한밤중에는 여왕처럼 보이다가도 다음 날 아침 10시에 보면 메주 덩어리로 보인다. 폴은 담배도 피지 않았다. 언젠가 기어 들어가는 소리로 머뭇거리며 담배 좀 달라고 말했다가 애니가 완전히 어둠에 뒤덮인 특유의 표정으로 응수하자, 폴은 즉시 담배 없어도 된다고 꼬리를 내리고 말았다. 그는 바른 생활 사나이였다. 나쁜 버릇들을 버리고 나니(물론 코데인이 들어 있는 아편 약물에 손대는 버릇은 빼고. '폴, 아직도 그 버릇 못 고쳤어?'), 정신이 흐트러질 일이 없었다.

'날 좀 봐.' 폴은 생각했다.

'세상에 오직 하나뿐인 바른 생활 약물 중독자다.'

7시에 기상. 주스와 함께 노브릴 두 알을 먹고 누웠다. 8시에 귀빈이 누워 있는 침대로 아침 식사 서비스가 왔다. 일주일에 사흘은 그냥 삶든 프라이를 하든 계란 하나를 먹었다. 나머지 사흘은 섬유질이 풍부한 시리얼을 먹었다. 그러고 나서 휠체어에 앉았다. 창문 옆자리다. 종이에서 구멍을 찾았다. 남자들은 남자다웠고 여자들은 여자답게 치마 뒷자락을 오리 궁둥이처럼 부풀려 입고 다니던 19세기 속으로 빨려 들어갔다. 점심. 오후 낮잠. 다시 일어나면 썼던 글을 퇴고하거나 독서. 애니가 서머싯 몸의 소설을 전부 다 가지고 있어서(한때는 그녀가 존 파울즈가 쓴 첫 번째 장편 소설『콜렉터』라는 소설로서 취미로 나비를 수집하는 한 남자가 젊은 여성을 납치하여 자기 집 지하실에 가두면서 벌어지는 이야기. 현대 사이코 스릴러 소설의 효시 격인 작품을 가지고 있는지 그냥 궁금했는데, 물어보지 않는 편이 좋겠다고 결정했다) 폴은 스무 권 정도 되는 몸의 전집을 읽어 나가기 시작했고, 이야기를 쥐고 흔드는 작가의 능숙한 솜씨에 반했다. 지난 수 년간 폴은 갈수록 어린 아이였을 때보다도 책을 덜 읽게 된다는 사실을 받아들여야만 했다. 그 자신이 작가가 되고부터는 작품을 즐겁게 읽기보다는 자세히 분석하는 일에 익숙해졌다. 그러나 몸은 처음에 폴을 유혹하더니 나중에는 다시 어린아이로 만들어 놓았다. 놀라운 경험이었다. 5시에는 애니가 가벼운 저녁 식사를 가져왔고, 7시에는 흑백 텔레비전을 방 안에 갖고 들어와서 함께 연속극「육군 야전 외과 병원」을 보고 WKRP 라디오 방송의「신시내티에서」를 들었다. 보고 듣는 일이 끝나면 글을 썼다. 글쓰기를 끝내면 휠체어를 천천히 침대 옆으로 굴렸다.(더 빠르게 굴릴 수도 있었지만, 힘이 세진 걸 애니가 모르게 하는 편이 나았다.) 그 소리를 듣고 애니가 들어와서 침대로 옮겨 주었다. 약을 또 주었다. 콰쾅. 정신을 잃었다. 그리고 전날과 똑같은 다음 날이 시작되었다. 그 다음 날도. 또 그 다음 날도.

이렇게 착실한 생활이 놀라운 집필 속도를 설명하는 비결일 수도 있지만, 더 중요한 비결은 애니에게 있었다. 폴은 앞으로 다시는 미저리 시리즈를 빨리 쓰고 싶다는 절박한 기분을 느낄 일이 없을 거라고 굳게 믿고 있었는데 그런 그에게 망설이면서도 벌침을 제안함으로써 작품의 체계를 잡아 주고 작품을 쓰고 싶다는 절박한 기분을 불어넣어 준 이가 바로 애니였던 것이다.

작품을 시작하면서 폴은 한 가지 사실만은 분명히했다. 진정한 『돌아온 미저리』는 없다는 사실. 긴수 식칼 한 다발이 온몸에 꽂히는 듯한 영감을 애니가 불어넣기 전까지 폴의 관심사는 오로지 어떡하면 사기 치지 않고 미저리 그 씹할 년을 무덤에서 살려 내느냐 하는 데 집중되어 있었다. 그 좆같은 작품의 내용이 어떤지 따위 사소한 문제들은 나중에 시간 날 때나 한번 고려해 볼 일이었다.

애니가 세금을 내러 마을에 갔다 오고 나서 이틀 동안, 폴은 탈출할 수도 있었던 황금 같은 기회를 제대로 이용도 못했다는 생각을 잊은 대신 미저리를 래미지 부인의 별채로 옮기는 일에만 전념하려고 노력했다. 그녀를 제프리의 집에 데려가는 것은 좋지 않았다. 하인들이, 특히 제프리의 수다쟁이 집사 테일러가 소문을 낼 것 같았다. 또한 생매장당했던 충격으로 완벽한 기억 상실증이 생긴다는 설정도 필요했다.

'단순한 기억 상실증? 제길, 미저리는 말도 제대로 못할 거야. 미저리가 입에다 거품을 물고 주절거린다고 해 놓으면 좋겠어.'

'자, 그럼 다음은 뭐지? 그 씹할 년이 무덤에서 나왔으면, 이제 이 망할 놈의 이야기가 어디로 흘러가야 할까? 제프리와 래미지 부인이 이언에게 미저리가 아직 살아 있다고 말해야 하나?'

폴은 그렇게 생각하지 않았지만 그렇다고 자신의 생각을 확신하지도 않았다. 모든 것에 확신이 안 섰다. 어디로 갈지 아무 생각도 없는데 무조건 빨리 가려고만 서두르는 작가들이 반드시 겪는 꼴 보기 싫은 천벌이었다.

'이언한테는 안 돼.'

폴은 축사를 바라보며 생각했다.

'이언은 안 돼, 아직은 안 돼. 의사가 먼저다. 이름에 n자가 많이 들어가는 그 늙은 새끼. 샤인본 박사.'

의사를 생각하니 마음속에 애니가 말한 벌침 생각이 떠올랐는데, 그때가 처음은 아니었다. 그전부터 이따금씩 계속 벌침 생각이 머리를 맴돌았던 것이다.

열두 명 중에 한 명은…….

그러나 당장은 이해가 가지 않았다. 이웃 마을에 사는 전혀 상관없는 여성 두 명이 똑같이 벌침 알레르기를 일으켜 똑같이 아주 희귀한 증세를 보인다?

애니 윌크스의 위기일발 세금 납부 대탈출 작전이 성공한 지 사흘째 되던 날, 폴이 오후 낮잠에 빠져 있을 때 노동력 착취 공장에서 일하는 친구들이 끼어들었다. 아주 심하게 끼어들었다. 그저 불꽃 정도가 아니었다. 아주 수소 폭탄 대폭발이었다.

폴이 침대에서 벌떡 일어나 앉았다. 다리를 욱신거리게 하는 불타는 고통 따위는 안중에도 없었다.

"애니!" 폴이 소리쳤다.

"애니, 이리로 와 봐!"

애니가 계단을 한번에 두 단씩 건너뛰며 쿵쿵 소리와 함께 내려와서 복도를 뛰어오는 소리가 들렸다. 방에 들어왔을 때는 눈이 휘둥그레져 겁을 집어먹은 상태였다.

"폴! 뭐야, 왜 그래? 몸에 경련이라도 일어났어? 너……."

"아니야."

그러나 물론 경련이 일어났다. 폴의 마음이 경련을 일으켰다.

"아냐 애니, 놀라게 했다면 미안해. 나 좀 휠체어에 앉혀 줘야겠어. 아, 좆같이 기쁘다! 드디어 해결책을 찾았어!"

미처 조심하지 못하고 애니가 싫어하는 저질스러운 말이 툭 튀어나왔지만, 이번에는 괜찮을 듯싶었다. 애니는 폴을 정중하게 바라보고 있었고 불쾌감 같은 것은 전혀 없었다. 성령의 불길이 극적으로 재현되었다. 바로 애니의 눈앞에서 불길이 활활 타오르고 있었던 것이다.

"네 말대로 해 줄게, 폴."

애니는 서둘러 폴을 휠체어에 앉혔다. 휠체어를 밀어 창문 옆에 데려다 놓으려 하자, 폴이 조급하게 고개를 흔들었다.

"오래 걸리진 않을 거야. 그렇지만 아주 중요한 일이지."

"소설에 관련된 일인 거지?"

"소설 그 자체야. 조용히 좀 해 줘. 나한테 말 걸지 마."

타자기는 무시했다. 폴은 그때까지 타자기로 메모를 작성한 적이 없었다. 볼펜 한 자루를 손에 쥐고 재빨리 종이 위에 휘갈겼다. 그 글씨는 아마도 오직 그만이 알아볼 수 있었을 것이다.

그 여자들은 관련이 있었다. 벌이 그들을 쐈고, 똑같은 방식으로 그녀들에게 영향을 끼쳤다. 왜냐하면 그녀들은 서로 관련이 있었으니까. 미저리는 고아다. 그래서 어쨌냐고? 그 에블린하이드 양이 미저리의 동생이었던 것이다! 어쩌면 배다른 동생일지도 모른다. 아마도 그러는 편이 더 자연스러울 것이다. 그것을 누가 제일 먼저 알아챌까? 샤이니? 아냐. 샤이니는 멍청이야. 래미지 부인. 그녀라면 샬럿 에블린하이드의 엄마를 찾아가서

그러다가 너무나 사랑스러운 아이디어가(적어도 소설 줄거리의 관점에서 보면 사랑스러울 아이디어가) 떠올라 충격을 받았다. 폴이 고개를 쳐들었다. 입이 벌어졌고, 눈이 커졌다.
"폴?"
애니가 걱정스럽게 물었다.
"그녀는 알고 있었어." 폴이 속삭였다.
"물론 그녀는 알았어. 적어도 강하게 의심은 했지. 하지만……"
그리고 다시 메모지로 고개를 숙였다.

그녀는, 그러니까 래미지 부인은, 에블린하이드 부인이 생매장당한 자기 딸과 미저리가 서로 관련이 있음을 틀림없이 알 것이라고 즉시 눈치 챈다. 머리 색깔이 같거나 그 밖의 이유로. 에블린하이드

양이 주인공과 닮았다는 점도 기억해 낸다. 래미지 부인을 부각시키는 작업이 필요하다. 그녀는 심지어 에블린하이드 부인이 미저리가 생매장당했다는 사실까지 알고 있을지 모른다고 눈치 채기 시작한다. 끝내 준다! 멋진 생각이야! 래미지 부인은 추측해 본다. 미저리는 눈 맞아서 자고 나면 헤어지던 젊은 시절에 덜컥 임신한 아이일 것이다. 그리고

폴은 펜을 내려놓고 종이를 보았다. 그리고 다시 천천히 펜을 들어올려 몇 줄을 더 갈겨썼다.

세 가지 중요 사항.
1. 래미지 부인의 의심에 에블린하이드 부인은 어떻게 반응할까? 살인을 기도하든가 우웩 토할 정도로 겁에 질리든가 둘 중 하나여야 한다. 개인적으론 겁에 질린 쪽이 맘에 들지만, 소설 전개상 살인을 기도하는 쪽이 좋겠지. 그래, 살인으로 가자.
2. 이언을 어떻게 이야기 속으로 연결시킬 것인가?
3. 미저리의 기억 상실증은?
아, 또 한 가지. 미저리는 자기 딸이 하나도 아니고 둘씩이나 생매장된 사실을 알면서도 숨기는 매정한 엄마의 존재를 알고 있었다?

안 될 이유가 없지?
"괜찮다면 이제 날 침대로 다시 데려다 줘." 폴이 말했다.
"내가 방금 헛소리를 했다면, 미안해. 좀 흥분해서 그랬어."
"괜찮아, 폴."

애니의 목소리에서는 여전히 놀라움이 가시지 않았다.

그 일이 있은 후로 집필 속도가 믿기지 않을 정도로 빨라졌다. 애니가 옳았다. 이번 작품은 시리즈의 다른 작품들과 달리 상당히 무시무시한 내용을 담고 있었다. 첫 번째 장부터 소설의 전체 분위기가 그냥 구색 맞추는 정도가 아니라 강하게 드러났다. 시작부터 이야기 구성이 역동적이었고, 등장인물들이 생생하게 움직였다. 미저리 시리즈의 이전 세 편은 단순한 모험 이야기에다 여성 독자들을 즐겁게 해 주기 위해 흥미를 자극하는 섹스 장면을 상당수 삽입했을 뿐이었다. 폴은 눈앞의 작품이 고딕소설이고, 때문에 각각의 장면보다는 전체적인 플롯의 구현이 더 중요하다는 사실을 이해하기 시작했다. 도전은 끝이 없었다. '할 수 있지?' 하는 질문이 작품을 시작할 때만 나온 것이 아니었다. 몇 년 만에 처음으로 거의 매일매일이 '할 수 있지?'의 연속이었다. 그리고…… 폴은 '할 수 있다'라는 대답을 꼬박꼬박 자신 있게 외치고 있었다.

그때 비가 내렸고, 모든 것이 변해 버렸다.

13

4월 8일부터 14일까지는 계속 화창한 날씨를 만끽했다. 구름한 점 없는 하늘에서 태양이 빛났고, 때로는 기온이 영상 18도까지 올라가기도 했다. 애니의 깔끔한 빨간 축사 뒤로 펼쳐진 들판에는 갈색 풀빛이 드문드문 나타나기 시작했다. 그때쯤에는 카마로가 발견되었을 것 같았지만, 폴은 소설 작업 뒤에 숨어서 차 생각은 하지 않으려고 했다. 작업은 괴롭지 않았지만, 폴의 기분은 그랬다. 점점 더 꽉 막힌 상자 안에 살면서 전기로 가득 찬 공기를 마시고 사는 기분을 느꼈다. 카마로 생각이 마음을 뺏을 때마다 즉시 신고를 했고, 머릿속 경찰이 출동해서 자동차 생각에 수갑과 족쇄를 채우고 끌고 갔다. 곤란했던 것은 그 불쾌한 생각이 수시로 탈출해서 다양한 모습으로 변장하고 계속 찾아온다는 사실이었다.

어느 날 밤 폴은 목장 아저씨가 또 집에 찾아오는 꿈을 꾸었다. 잘 관리한 시보레 벨에어에서 내린 아저씨는 한 손에 카마로의 범퍼 조각을, 다른 한 손에는 운전대를 들고 있었다.

'당신 겁니까?'

꿈속에서 목장 아저씨가 애니에게 물었다.

폴은 찜찜한 기분으로 꿈에서 깨어났다.

반면 애니는 햇빛 찬란한 초봄 날씨가 계속되는 동안 더할 나위 없이 기분이 좋았다. 청소도 하고 의욕적으로 식사를 만들기도 했다.(이상하게도 애니가 만드는 모든 음식에서는 공장에서 만든 제품처럼 밋밋한 맛이 났는데, 수년간 병원 식당에서만 식사하느라 요리하는 능력이 상당히 떨어진 듯했다.) 매일 오후가 되면 애니는 폴을 커다란 파란 담요로 둘둘 말아 머리에 녹색 사냥 모자를 푹 눌러 씌우고 휠체어를 밀어 뒤쪽 현관으로 데리고 나갔다.

그럴 때마다 폴은 몸의 소설을 들고 갔는데, 거의 읽지 않았다. 바깥으로 나왔다는 것 자체가 너무나 감격스러운 경험이어서 다른 데 별로 신경 쓸 수 없었다. 뒤뜰에 나와 있는 대부분의 시간 동안 폴은 솔직히 말해 병실이나 다름없는 침실의 퀴퀴한 실내 공기 대신 달콤하고 상쾌한 공기를 맘껏 마셨고, 고드름이 녹아 물 떨어지는 소리를 들으며 구름이 만든 그림자가 눈이 녹는 벌판을 천천히 흘러가는 광경을 감상했다. 그중에서 구름 벌판 구경이 제일 좋았다.

애니는 음정이 안 맞는 목소리로 흥겹게 노래를 불렀다. 또 「육군 야전 외과 병원」과 WKRP 라디오에서 들었던 농담을 읊어 대며 애처럼 키득거렸다. 특히 좀 음란한 농담을 할 때면 더욱 요란하게 웃어댔다.(WKRP 방송이 음담패설 대부분의 진원지였다.)

폴이 제9장과 제10장을 완성하는 동안 애니는 정력적으로 원고에 n을 써 넣었다.

15일 아침은 구름이 끼고 바람도 부는 우중충한 날씨로 시작됐다. 그리고 애니는 변해 버렸다. 폴이 생각하기에 기압이 떨어진 것이 원인이 아닌가 싶었다. 제일 그럴듯한 이유였다.

애니는 약을 주러 나타나지 않았다. 9시가 되자 폴은 약이 먹고 싶어 죽을 지경이 되었다. 너무나 간절해서 훔쳐 둔 약에 손을 댈까 하는 생각도 해 봤다. 그날은 아침 식사도 주지 않았다. 그저 약만 줬다. 마침내 나타났을 때, 애니는 여전히 분홍색 퀼트 잠옷을 걸치고 있었다. 폴은 애니의 뺨과 팔에 나 있는 채찍으로 맞아서 생긴 듯한 빨갛게 부르튼 자국을 불안한 마음으로 주시했다. 잠옷에는 음식물이 튀어 끈적끈적한 얼룩이 졌고, 슬리퍼도 한 짝만 신고 있었다. 쿵, 스르륵 하는 발소리를 내며 애니가 다가왔다. 쿵, 스르륵. 쿵, 스르륵. 쿵, 스르륵. 얼굴 주위엔 머리카락이 들러붙어 있었다. 두 눈은 생기를 잃었다.

"옜다."

애니가 폴을 향해 알약을 던졌다. 손은 끈적거리는 음식물로 온통 뒤범벅이었다. 빨간색, 갈색, 흰색이 뒤섞여 끈적거렸다. 폴은 무엇인지 알 수 없었다. 정체를 과연 알고 싶기나 한 건지도 의문이었다. 알약이 가슴에 튕겨 무릎으로 떨어졌다. 그녀가 몸을 돌려 밖으로 나갔다. 쿵, 스르륵. 쿵, 스르륵. 쿵, 스르륵.

"애니?"

멈췄다. 그대로 등을 돌린 채였다. 분홍색 잠옷을 어깨에 걸친 모습이 애니를 더 커 보이게 했고, 머리는 박살 난 헬멧처럼 보였다. 동굴에서 모습을 드러낸 필트다운인처럼 보였다.

"애니, 괜찮아?"

"아니."

애니가 시무룩하게 말하고 몸을 돌렸다. 폴을 보았다. 오른손 엄지와 집게손가락으로 아랫입술을 꼬집으면서 계속 멍청이처럼 뚱한 표정을 짓고 있었다. 그녀는 순식간에 꼬집은 아랫입술을 밖으로 잡아당겨서 비틀어 버린 뒤 다시 안쪽으로 밀어 넣고 꼬집었다. 피가 입술과 잇몸 사이에서 솟아나오더니 턱으로 주르륵 흘러내렸다. 폴이 애니의 행동을 보고 소스라치게 놀라 자기가 제대로 본 건지 반신반의하는 사이, 애니는 한마디 말도 없이 몸을 돌려 방을 나갔다. 그리고 문을 닫았고…… 잠갔다. 복도를 지나 거실로 향하는 쿵, 스르륵 소리가 들렸다. 제일 좋아하는 의자에 앉으며 내는 삐걱 소리가 들려왔다. 그러고는 아무 소리도 나지 않았다. 텔레비전 소리도 노래 부르는 소리도 들리지 않았다. 식사하면서 수저가 식기에 부딪치는 떨그럭 소리도 들리지 않았다. 아무 소리도 없었다. 가만히 그 자리에 앉아만 있었다. 애니가 가만히 앉아만 있다는 것은 불길한 징조였다.

그때 소리가 났다. 두 번 다시 들리지 않았지만, 한 번만으로도 뚜렷한 인상을 남겼다. 철썩 때리는 소리였다. 지독하게 세게 때리는 소리. 잠긴 문을 사이에 두고 폴은 이쪽에 갇혀 있고 애니는 저쪽에 가 있었지만, 굳이 셜록 홈즈가 되지 않더라도 애니가 자기 몸을 때렸다는 것 정도는 쉽게 알 수 있었다. 소리로 봐서 정통으로 세게 맞은 듯했다. 폴은 애니가 입술을 잡아당겨 안 쪽의 연약한 분홍색 속살을 짧은 손톱으로 찢어 버리는 광경을 떠올렸다.

첫 번째 미저리 소설을 쓸 당시 많은 장면이 런던 베들렘 정신 병원을 무대로 했기 때문에, 자료 조사를 위해 정신 질환에 관한 메모를 작성하던 일이 불현듯 떠올랐다.(미저리는 그녀를 미친 듯이 질투하는 악녀의 음모로 그 정신 병원에 감금당했다.) 폴은 그때 메모에 이렇게 적었다.

'조울증 환자가 우울한 상태로 깊이 빠져들었을 때 나타날 수 있는 징후 중 하나는 자기 학대 행위이다. 손바닥으로 치기, 주먹질하기, 쥐어뜯기, 담뱃불로 지지기 등등.'

갑자기 너무나 무서워졌다.

14

폴은 작가 에드먼드 윌슨이 어떤 수필에서 그만의 투덜대는 어투로 했던 말을 떠올렸다. 시인 워즈워스가 내세운 좋은 시를 판단하는 기준, 곧 평온한 시간을 보내는 중에 일어난 강력한 감정의 폭발이라는 기준이 대부분의 극적 소설에도 충분히 적용될 수 있다는 말이었다. 옳은 말이지 싶었다. 폴은 결혼 생활의 위기 같은 일을 겪고 난 다음에 글 쓸 능력을 상실한 작가들을 알고 있었고, 그 자신도 기분이 엉망일 때는 대개 글을 써 내려갈 수 없음을 알았다. 그러나 반대 결과가 나타날 때도 있었다. 직업인 탓에 의무적으로 쓰는 것이 아니라 기분을 엉망으로 만드는 것들에서 벗어나기 위해 글쓰기에 몰입하는 때가 있었던 것이다. 그런 일은 대개 기분을 엉망으로 만든 원인을 폴의 힘으로 해결할 수 없을 때 일어났다.

그날도 바로 그런 경우였다. 애니가 아침 11시가 다 되도록 휠체어로 옮겨 주러 나타나지 않자, 폴은 글을 쓰기로 결심했다. 그의 몸 상태로는 서랍장 위에 있는 타자기를 혼자서 끌어내리기가 불가능했지만, 직접 손으로 글을 쓸 수는 있었다. 팔로 몸을 질질 끌어 휠체어에 앉을 자신이 있었다. 그런 일이 가능할 정도로 건강이 좋아졌음을 애니가 알면 곤란하겠지만, 당장 앉아 있을 곳이 필요했다. 침대에 누워서 글을 쓸 수는 없었다.

폴은 힘겹게 침대 가장자리로 몸을 끌고 와서 휠체어 제동 장치가 잠겨 있는 것을 확인했다. 그리고 휠체어 팔걸이를 잡고 천천히 좌석으로 몸을 끌어당겼다. 한 번에 하나씩 다리를 발 받침대 위에 올려놓는 과정이 좀 고통스러웠을 뿐 무사히 휠체어에 앉았다. 휠체어를 굴려 창문 옆에 세우고, 원고를 집어 들었다.

문 자물쇠에서 열쇠가 덜컥거리는 소리가 났다. 애니가 그를 보고 서 있었다. 두 눈이 블랙홀처럼 이글거렸다. 오른쪽 뺨이 부어올라 있었는데, 아침에 세게 맞아서 멍든 자국인 듯싶었다. 입과 턱에는 빨간 것이 묻어 있었다. 한동안 찢어진 입술에서 흘러내린 핏물일 것이라고 생각했지만, 자세히 보니 빨간 얼룩 안에 씨들이 묻어 있었다. 빨간 것의 정체는 딸기 잼이나 딸기 소스였지 피는 아니었던 것이다. 애니가 폴을 쳐다보았다. 폴도 그녀를 쳐다보았다. 한동안 아무도 말이 없었다. 바깥에서는 첫 번째 빗방울이 떨어져 창문을 때렸다.

"혼자서도 휠체어에 앉을 수 있었구나, 폴."

마침내 애니가 말했다.

"그럼 네가 만들어 내는 원고에 그 좆같은 n들을 채워 넣는 일도 혼자서 하도록 해."

말을 끝낸 애니는 문을 닫고 다시 자물쇠를 채웠다. 폴은 뭔가 볼거리라도 있다는 듯 오랫동안 가만히 앉아 문만 멀뚱멀뚱 쳐다보았다. 너무 놀라서 다른 일은 할 수가 없었다.

15

오후 늦게까지 애니의 모습을 다시 볼 수 없었다. 애니가 그렇게 다녀가고 난 뒤, 폴은 글을 쓸 수가 없었다. 몇 번 시도는 해 봤지만 종이만 구기다 포기하고 말았다. 완전히 실패했다. 폴은 휠체어를 굴려 방을 가로질렀다. 휠체어에서 나와 침대로 가는 도중에 손이 미끄러져서 하마터면 떨어질 뻔한 순간이 있었다. 왼발을 아래로 뻗어 체중을 지탱한 덕분에 떨어지는 것은 모면했지만, 왼발의 고통은 이루 말할 수 없을 정도였다. 벼락 수십 개가 한순간에 뼈에 내리꽂히는 느낌이었다. 폴은 비명을 지르며 침대 머리 판을 부여잡고 필사적으로 몸부림쳐서 무사히 침대 위로 몸을 끌어당겼다. 욱신욱신 쑤시는 왼쪽 다리가 몸뚱이 뒤에서 질질 끌려왔다.

'내 비명소릴 듣고 그년이 올 거야.'

폴은 두서없이 생각했다.

'폴 셸던이 혹시 성악가 루치아노 파바로티로 변신한 건지, 아니면 그냥 성대모사한 건지 궁금해서라도 확인하러 올 거야.'

그러나 애니는 오지 않았고, 왼쪽 다리에서 썩어 들어가는 고통을 감당할 별다른 방법이 없었다. 폴은 어색한 자세로 배를 굴려 침대 위를 이동했고 한쪽 팔을 매트리스 아래로 깊숙이 집어넣어 노브릴 포장을 하나 꺼냈다. 물도 없이 두 알을 삼키고는 한동안 의식을 잃었다.

다시 의식이 돌아왔을 때 폴은 여전히 꿈속인 줄 알았다. 애니가 숯불 구이 통을 방 안에 끌고 들어오던 밤처럼, 눈앞에 너무나 환상 같은 광경이 펼쳐져 있었다. 침대 위에 애니가 걸터앉아 있었다. 침대 옆의 탁자 위에 노브릴이 가득 든 유리컵이 놓여 있었다. 한 손에는 빅터 쥐덫이 들려 있었다. 쥐덫에 쥐가 한 마리 잡혀 있었다. 회색과 갈색의 얼룩덜룩한 털을 가진 커다란 쥐였다. 쥐덫은 쥐의 등뼈 한가운데를 부러뜨려 놓았다. 쥐의 하반신이 쥐덫 판 끝에 걸려 허공에서 제멋대로 씰룩거렸다. 콧수염에는 핏방울이 맺혀 있었다.

꿈이 아니었다. 애니와 함께 요술의 집에서 또 신기한 하루를 보내야 할 판이었다.

애니의 숨결에서 죽은 시체가 썩은 음식을 소화시키는 듯한 고약한 냄새가 났다.

"애니?"

폴은 몸을 일으키고 애니와 쥐를 번갈아 가며 보았다. 바깥에서는 날이 저물고 있었다. 신비로운 파란색 황혼이 빗속을 가득 채웠다. 그 빛이 창문에도 깔렸다. 강력한 돌풍이 집을 흔들어 삐걱대는 소리가 났다.

아침에 뭐가 잘못되었는지는 알 수 없었지만 밤이 되자 애니의 상태가 더 악화되었다. 너무 많이 악화되었다. 폴은 쓰고 있던 모든 가면들을 걷어 낸 애니의 모습을 보고 있었다. 진정한 애니, 내면의 애니였다. 그전에는 오싹할 만큼 딱딱해 보이던 얼굴 피부가 이제는 생기 없는 밀가루 반죽처럼 보였다. 눈은 흐리멍덩했다. 옷은 입었지만, 치마를 뒤집어 입었다. 피부에는 맞아서 부르튼 자국이 더 많이 생겼고 옷에는 음식 얼룩이 더 많이 생겼다. 움직일 때마다 일일이 가려내기도 힘들 만큼 너무나 다양하고 복잡한 냄새가 풍겨 나왔다. 입고 있던 카디건의 한쪽 팔 부분 전체가 고기 수프 냄새가 나는 반쯤 말라붙은 물질로 흠뻑 젖어 있었다.

애니가 쥐덫을 들어 올렸다.

"비만 오면 쥐들이 지하실로 놀러 온다."

몸이 찌그러진 쥐가 힘없이 찍찍 소리를 내며 허공을 향해 발버둥치다 엎어졌다. 자기를 사로잡은 인간보다 더 생기 있는 눈을 가진 쥐가 검은 눈알을 끊임없이 이리저리 굴렸다.

"쥐덫을 놨지. 놔야 해. 쥐덫 미끼 놓는 곳에 베이컨 기름을 발라 놨지. 항상 여덟, 아홉 마리 정도는 잡혀. 가끔씩은 다른 애들이……."

그때 애니의 의식이 완전히 흐리멍덩해졌다. 거의 3분 동안 의식을 잃고 허공에서 쥐를 들고 있었다. 밀랍같이 굳어 버리는 완벽한 긴장병 증상이었다. 애니만 쳐다보던 폴은 쥐가 찍찍거리며 몸부림치자 쥐를 쳐다보았다. 그리고 사실 자기보다 더 심각한 지경에 처한 친구가 있음을 깨달았다.

'그렇지 않아. 나도 좆같이 힘든 신세라고.'

폴이 마침내 애니가 호들갑 떠는 출항식도 없이 영원히 망각의 나라로 항해를 떠났다고 생각했을 때, 애니가 쥐덫을 아래로 내리고는 자기가 말을 하다 멈춘 적이 없다는 듯 태연하게 말을 이어 나갔다.

"지하실 구석에서 물에 빠져 죽은 채로 발견되곤 하지. 불쌍한 것들."

애니가 쥐를 내려다보았고, 덥수룩한 쥐 털 위에 눈물이 한 방울 떨어졌다.

"불쌍하고 불쌍한 것들."

애니는 억센 손으로 쥐를 움켜잡고 나머지 한 손으로 쥐덫 스프링을 잡아 뺐다. 쥐가 손 안에서 꿈틀거리며 머리를 마구 비틀어 손을 물려고 했다. 찍찍거리는 가녀린 울음소리가 소름 끼쳤다. 폴은 움찔거리는 입을 손바닥으로 틀어막았다.

"쥐 심장 뛰는 것이 이렇게 처절해! 도망치려고 발버둥치는 것이 이렇게 처절해! 우리랑 똑같아, 폴. 이게 바로 우리의 모습이야. 우리는 스스로 아주 많이 안다고 생각하지만, 사실은 쥐덫에 걸린 쥐만큼이나 아는 게 없어. 등이 부러진 쥐가 살고 싶어서 이렇게 미련을 못 버리는 것 좀 봐."

쥐를 움켜잡은 손이 주먹이 되었다. 눈은 계속 흐리멍덩한 상태로 먼 어딘가를 바라보고 있었다. 폴은 눈을 다른 곳으로 돌리고 싶었지만 맘대로 되지 않았다. 애니의 팔 안쪽에서 힘줄이 불룩 솟아 나오자 갑자기 쥐의 입에서 가느다란 핏물이 흘러나왔다. 폴은 쥐의 뼈가 부서지는 소리를 들었고, 두꺼운 손가락이 쥐의 몸통 속을 뚫고 들어가는 것을 보았고, 손가락 첫째 마디가 몸통 속으로 사라지는 것을 보았다. 피가 바닥에 뚝뚝 떨어졌다. 총기가 사라진 작은 생물체의 눈이 부풀어 올랐다.

애니는 죽은 쥐를 방구석에다 내던지고 아무렇지도 않게 손을 침대 시트에 닦았다. 시트에 길고 빨간 얼룩이 남았다.

"이제 쥐는 평안을 찾았어."

애니는 어깨를 으쓱하더니 웃음을 터뜨렸다.

"나는 내 총으로 평안을 찾을 거야. 폴, 아무래도 그래야겠지? 아마 다음 세상은 더 나은 곳일 테지. 쥐와 인간 둘 모두에게. 그 둘 사이에 별다른 차이가 없는 곳이겠지."

"내가 소설을 끝마칠 때까지는 안 돼."

폴은 각각의 단어를 신경 써서 똑똑히 발음하려 애썼다. 어려웠다. 누가 입에다 마취 주사를 듬뿍 놓은 것처럼 얼얼했다. 폴은 전에도 감정이 침울한 애니를 본 적이 있지만, 이런 모습은 처음이었다. 과거에도 이렇게 침울에 침울을 거듭한 적이 있었을지 궁금했다. 애니의 표정은 우울증 환자가 가족을 다 쏘아 죽이고 마지막에 자기도 쏘아 죽이겠다고 마음먹기 직전에나 볼 수 있는 표정이었다. 정신병을 앓다 자포자기한 여자가 자기 애들을 최고로 예쁘게 차려 입히고 아이스크림을 사 준다고 밖으로 끌고 나가 가장 가까운 다리로 데려가서는 양팔에 하나씩 끼고 다리 아래로 뛰어내릴 때나 볼 수 있는 표정이었다. 우울증 환자는 자살한다. 정신병자는 자아를 맹독으로 가득한 요람 속에 맡기고, 곁에 있는 모든 사람들에게 은혜를 베풀어 자기가 가는 곳으로 함께 데리고 가고 싶어 한다.

'인생에서 지금보다 더 죽음에 가까웠던 순간이 있었을까?' 폴은 생각했다.

'단지 애니가 죽음을 원한다는 이유로. 이 씹할 년이 죽기를 원하니까.'

"미저리?"

애니는 생전 처음 들어보는 단어를 말하듯 중얼거렸다. '하지만 눈에서는 순간적으로 불꽃이 튀었잖은가?' 폴은 그렇다고 생각했다.

"미저리, 그래."

폴은 무슨 말을 어떻게 해야 할지 필사적으로 생각했다. 가능한 모든 접근 방식을 검토해 보았다.

"나도 이 세상이 거의 언제나 쓰잘데기 없는 곳이라는 생각에는 동의해."

폴이 말했다. 그리고 거짓말을 덧붙였다.

"특히 비 오는 날에는."

'오, 이런 병신 새끼, 헛소리 당장 집어치워!'

"그러니까 내 말은 요 몇 주 동안 고통이 너무 심했고……."

"고통?"

애니가 암울하게 가라앉은 경멸의 표정으로 바라보았다.

"너는 고통이 뭔지 몰라. 너는 아무것도 몰라, 폴."

"그래…… 나는 잘 몰라. 나의 고통을 너의 고통에 비할 수는 없지."

"그렇지."

"그렇지만 나는 이 소설을 끝마치고 싶어. 나는 소설이 어떻게 끝맺음될지 보고 싶어." 폴이 말을 멈췄다.

"그리고 네가 계속 옆을 지켜 주면서, 소설이 완성되는 과정을 함께 봐 주길 원해. 주위에 작품을 읽어 줄 사람이 아무도 없으면 작가는 전혀 쓸 수가 없다고. 내 말 이해하겠지?"

폴은 침대에 누운 채 가슴을 두근거리며 돌처럼 딱딱한 애니의 얼굴을 바라보았다.

"애니? 내 말 이해하지?"

"그래……." 애니가 한숨 쉬었다.

"나는 정말 소설이 어떻게 될지 알고 싶어. 이 세상에서 내가 아직도 원하는 것은 오직 그것밖에 없는 것 같아."

분명 자기가 무슨 짓을 하는지도 모르는 채, 애니는 천천히 손가락에 묻은 쥐 피를 빨아먹기 시작했다. 폴은 이를 악물고, 토하지 않겠다고 토하지 않겠다고 토하지 않겠다고 자신에게 굳게 다짐했다.

"네 소설이 완성되기를 기다리는 건 옛날에 연속극 영화의 결말을 기다렸던 것과 같아."

애니가 갑자기 주위를 두리번거렸다. 입술에 묻은 피가 립스틱 같았다.

"폴, 모든 걸 나한테 맡겨. 내가 방아쇠만 당기면 다 끝나. 우리 사이에 일어난 모든 일들을 끝낼 수 있어. 너는 바보가 아니잖아. 내가 너를 이 집에서 절대 풀어 주지 않을 거란 건 너도 잘 알잖아. 너도 언젠가부터 그 사실을 알아챘을 거야, 그렇지?"

'눈빛이 흔들리면 안 돼. 네 눈빛이 흔들리는 걸 본다면, 그년이 지금 당장 너를 죽일 거야.'

"잘 알지. 하지만 소설이란 항상 끝이 있게 마련이잖아. 그렇지, 애니? 우리 소설이나 끝내고 나서 같이 죽든가 그러자."

애니의 입가에 유령처럼 희미한 미소가 번졌다. 애정 어린 손길로 폴의 얼굴을 짧게 매만졌다.

"나는 네가 도망갈 궁리나 하고 있다고 생각해. 분명히 그럴 거야. 덫에 걸린 쥐가 그랬듯이. 하지만 폴, 넌 아무 데도 못 가. 지금 이게 네가 지어낸 소설 속의 상황이라면, 너는 탈출할 수도 있겠지. 하지만 이것은 현실이야. 너를 여기서 도망치게 할 수는 없어……. 하지만 너와 함께 좋은 세상으로 올라갈 수는 있어."

그리고 한동안, 폴은 갑자기 될 대로 되라는 식으로 말하고 싶었다.

'그래 알았어, 애니. 네 맘대로 해. 다 끝장내 버려.'

그러자 여전히 폴의 마음속에 적잖이 남아 있던 살아야 한다는 절박감과 살고 싶다는 의지가 들고 일어나 순간적인 나약함을 향해 당장 물러가라고 항의 시위를 벌였다. 문제는 나약함이었다. 나약함과 비겁함. 행인지 불행인지 폴은 정신병자의 회유에 넘어

가지 않기로 결심했다.

"그렇게까지 생각해 준다니 고마워. 하지만 나는 일단 시작한 소설은 끝까지 완성하고 싶어."

애니가 한숨을 쉬고 일어났다.

"알았어. 아마 나도 네가 이렇게 소설의 완성을 열망한다는 걸 알고 있었나 봐. 갖고 나온 기억이 없는데, 내 손으로 이렇게 너한테 줄 알약을 들고 온 걸 보면."

애니가 웃었다. 복화술을 하듯 맥 빠진 얼굴에서 신경질적으로 자그맣게 큭큭거리는 웃음소리가 흘러나왔다.

"나는 한동안 여길 떠나 있어야겠어. 내가 여기 계속 있다간, 네가 뭘 원하든 내가 뭘 원하든 아무 소용 없게 돼. 내가 무슨 짓이든 저질러 버릴 테니까. 지금처럼 기분이 안 좋을 때, 내가 찾아가는 장소가 한 군데 있어. 언덕들 사이에 숨겨진 곳이야. 폴, 너 『리머스 아저씨』 이야기 읽어 봤어?"

폴이 고개를 끄덕였다.

"그럼 토끼가 여우한테 자기가 자주 가는 웃음 천국이라는 장소를 소개하던 장면 기억 나?"

"그래."

"나도 산골짜기에 있는 나만의 장소를 그렇게 불러. 나의 웃음 천국. 널 구조하던 날 사이드와인더 마을에 갔다 집에 돌아가는 길이었다고 했던 거 기억하지?"

폴이 고개를 끄덕였다.

"음, 그거 거짓말이야. 그때는 네가 어떤 사람인지 잘 몰라서 그냥 거짓말해 버렸어. 사실 그때 나는 웃음 천국에 갔다 돌아오

는 길이었어. 웃음 천국 출입 문 위에는 표지판도 붙어 있어. '애
니의 웃음 천국'이라고. 그곳에 가면 가끔씩은 정말 웃기도 해.
하지만 대부분의 시간 동안은 소리만 질러."

"애니, 그럼 그곳에 얼마나 있다 올 건데."

그녀는 몽롱한 표정으로 어슬렁거리며 문으로 걸어갔다.

"말할 수 없어. 저기 탁자 위에 네가 먹을 알약들 놔뒀어. 그거
면 충분할 거야. 여섯 시간마다 두 알씩 먹어. 아니면 네 시간마
다 여섯 알 먹든가. 아니면 한꺼번에 싹 다 먹어 버리든가."

'그렇지만 끼니는 어떻게 해결하라고?'

폴은 묻고 싶었지만, 그러지 않았다. 애니의 주의를 다시 자신
에게로 돌리고 싶지 않았다. 전혀. 그저 애니가 가 버리기를 원했
다. 그 방에서 애니와 함께 있기란 죽음의 사자와 함께 있는 것과
같았다.

폴은 오랫동안 침대에 빳빳이 누워 애니가 밖에서 움직이는 소
리를 들었다. 처음엔 위층, 그 다음 계단, 그 다음 부엌. 그 다음
에는 애니가 마음을 바꿔 결국엔 총을 들고 들이닥칠 것이라고
굳게 믿었다. 심지어 현관문을 닫아 잠그고 뒤이어 바깥 계단을
저벅저벅 내려가는 소리가 들려왔을 때조차 마음을 놓지 못했다.
체로키 안에 총을 놔뒀을지도 모르는 일이니까.

자동차 엔진이 툴툴거리다 시동이 걸렸다. 낡은 지프가 거칠게
급출발했다. 전조등 불빛이 번뜩거렸고, 빗속을 뚫고 눈부신 은
빛이 밝게 빛났다. 전조등 빛이 아래 도로 쪽으로 물러나기 시작
했다. 커브를 돌아 희미해지더니 완전히 사라졌다. 이번에는 사
이드와인더 방향으로 난 내리막길을 향하지 않고 고지대 쪽으로

올라갔다.

"자신만의 웃음 천국으로 가는 거겠지."

폴이 쉰 목소리로 말하고는, 혼자서 웃기 시작했다. 애니에게 는 애니만의 웃음 천국이 있었다. 폴도 이미 자기만의 웃음 천국 에 들어와 있었다. 주체할 수 없이 터지던 폴 셸던의 폭소는 방구 석에 처박혀 엉망으로 찌그러진 쥐의 시체를 보는 순간 끝났다.

한 가지 생각이 떠올랐다.

"어떤 놈이 애니가 나한테 먹을 것 하나 안 남겨 놓고 가 버렸 다고 뻥쳤어?"

폴은 빈 방에다 질문을 던지더니 방금 전보다 더 격렬하게 웃 음을 터뜨렸다. 집 안은 텅 비어 있었고, 폴 셸던의 웃음 천국에 서는 정신병자 독방에서나 날 법한 광기에 찬 웃음소리가 흘러나 왔다.

16

두 시간 후 폴은 또다시 침실 자물쇠를 땄고, 그냥 지나가기에 는 빡빡한 문간으로 휠체어를 통과시켰다. 혼자서 문 밖으로 나 오기는 그때가 두 번째였다. 폴은 마지막이 되기를 바랐다. 무릎 에는 담요를 두 장 깔았다. 매트리스 밑에 감춰 두었던 알약은 전 부 화장지에 싸서 속옷 안에 집어넣었다. 비가 내리든 안 내리든 간에 가능하다면 집 밖으로 나갈 작정이었다. 그때가 기회였고 폴은 기회를 적극 활용하기로 했다. 사이드와인더 마을로 가는 길은 내리막길이었고 도로는 비 때문에 미끄러울 터였고 날이 어두워져 탄광 속보다 더 깜깜할 듯싶었다. 폴은 그 모든 악조건을 뚫고 가 보기로 결심했다. 그때까지 영웅이나 성자의 삶을 살지는 않았지만, 그렇다고 동물원에 갇힌 아프리카 새처럼 가만히 있다 죽고 싶지는 않았다.

폴은 어느 날 저녁 뉴욕 웨스트 빌리지 아래쪽 '사자 대가리' 술집에서 번스타인이라는 우울한 극작가와 스카치위스키를 나눠 마신 일을 어렴풋이 기억하고 있었다.(만일 살아남아서 다시 그곳에 가게 된다면, 무릎 아래로 남아나는 게 있든 없든 무릎을 꿇고 크리스토퍼 가의 더러운 땅바닥에 키스할 생각이었다.) 그와 대화를 나누던 중 독일군이 폴란드를 침공해 본격적으로 축제를 즐기기 사오 년 전의 불안한 정세 속에서 독일에 거주하던 유태인들에 관한 이야기가 화제에 올랐다. 유태인 대학살에서 할아버지와 고모를 잃은 번스타인에게 폴이 말했다. 독일에 살던 유태인들이, 유럽 다른 데도 아니고 특별히 독일에 살던 유태인들이, 아직 시간 여유가 있을 때 왜 해외로 도피하지 않았는지 도저히 이해할 수 없다고. 그들은 대체로 바보가 아니었고, 대다수가 독일 사회에서 직접적인 박해를 받았다. 그들은 분명 앞으로 닥쳐올 위기를 미리 알고 있었다. 그런데도 왜 독일에 그대로 머물렀을까?

번스타인의 대답은 폴에게 하찮고 잔인하며 이해할 수 없는 느낌으로 다가왔다.

"그들 대부분이 피아노를 갖고 있었어. 우리 유태인에게 피아노는 꼭 필요한 생활의 일부야. 피아노를 가지고 있으면, 이사를 결심하기가 힘들지."

이제 폴은 이해할 수 있었다. '아무렴.' 처음에는 부러진 다리와 으스러진 골반이 폴의 피아노였다. 나중에는 가엾게도 소설이 피아노가 되어 버렸다. 미친 소리로 들릴 테지만, 폴은 피아노를 가지고 있다는 사실이 재밌기까지 했다. 부러진 뼈나 약을 탓하기는 쉬웠지만(너무나 쉬웠지만) 사실 가장 비난을 들어야 할 대상은 소설이었다. 회복기의 단순한 일상 속에 빈둥거리며 보낸 나날들과 소설. 그런 것들 가운데서도 따분하고 엿 같은 소설이 폴의 피아노였던 것이다. 웃음 천국에서 돌아왔을 때 폴이 탈출하고 없으면, 애니가 어떻게 할까? 원고를 태울까?

"그런 것 따위 신경 안 써."

폴이 말했다. 진실에 가까웠다. 살아남으면 다른 소설을 쓰면 그만이었다. 원한다면 그 집에서 썼던 소설을 다시 쓸 수도 있었다. 그러나 죽은 사람은 새 피아노를 살 수 없을 뿐 아니라 소설도 쓸 수 없다.

폴은 거실로 갔다. 전에는 잘 정돈되어 있었는데 이제는 적당한 공간 모두 더러운 접시들이 쌓여 있었다. 마치 집 안에 있는 모든 접시들이 거실로 총집합한 모습처럼 보였다. 애니는 기분이 우울할 때 자신을 꼬집고 때리기만 한 것은 분명 아니었다. 그럴 때 애니는 음식을 먹었으며, 다 먹고 나서는 치울 생각도 안 했다. 의식이 먹구름 속에서 방황하고 있을 때 목구멍으로 불어 닥쳤던 악취 나는 바람을 떠올리자 폴은 뱃속이 울렁거렸다. 거실에 남아 있는 음식물 찌꺼기는 대부분 단것들이었다. 상당수의 그릇과 우묵한 수프 접시에서 아이스크림이 말라붙어 있거나 말라 가고 있었다. 납작한 접시들 위로 케이크 조각과 파이 부스러기가 뒹굴고 있었다. 텔레비전 위에는 2리터짜리 펩시콜라 페트병과 둥근 고기 수프 그릇 옆으로 크림 거품이 잔뜩 말라붙은 라임 맛 젤리 껍데기가 산더미처럼 쌓여 있었다. 펩시콜라 병이 타이탄 II 미사일의 원추형 탄두만큼이나 커 보였다. 페트병은 표면이 지저분하게 얼룩져서 속을 들여다 볼 수조차 없었다. 폴은 애니가 페트병을 쥐고 콜라를 쭉 들이킬 때 고기 수프와 아이스크림으로 범벅이 된 손가락이 페트병을 더럽혔을 거라고 생각했다. 폴은 방에 있을 때 거실에서 식기가 떨그럭거리는 소리를 듣지 못했는데, 와서 보니 그리 놀랄 일도 아니었다. 떨그럭거릴 이유가 없었다. 접시와 그릇만 수북할 뿐 포크나 숟가락 같은 식사 도구가 하나도 없었다. 폴은 카펫과 소파 위에 말라붙고 엎질러진 음식 찌꺼기를 바라보았다. 대부분이 아이스크림이었다.

'저 얼룩은 그년의 잠옷에서도 봤던 거다. 그년이 먹던 거였어. 그리고 그년 입 냄새에서도 저 냄새를 맡았지.'

필트다운인 같은 애니의 모습이 다시 떠올랐다. 애니가 거기 앉아서 아이스크림을 손으로 퍼먹고 반쯤 언 닭고기 수프를 한 움큼 떠먹으며 펩시콜라를 연신 벌컥벌컥 들이키는 모습이 보였다. 깊은 우울증 때문에 멍한 상태에서 단순히 먹고 마신 것이다.

얼음 덩어리 위에 앉은 펭귄이 여전히 장식용 탁자 위를 차지했지만, 거실 구석에는 애니가 집어던져서 깨진 도자기 인형 조각들이 널려 있었다. 온통 작고 날카로운 파편과 가루투성이였다.

이어서 애니의 손가락이 쥐의 몸통 속을 뚫고 들어가는 모습이 떠올랐다. 애니가 손가락에 묻은 빨간 얼룩을 침대 시트에 문질렀다. 이어서 아이스크림과 젤리와 부드러운 검은색 스위스롤 케이크를 먹을 때 그럴 것처럼 넋을 잃은 채 손가락에 묻은 피를 핥아먹었다. 이런 상상들은 두려웠지만, 동시에 폴이 정신을 차리고 빨리 서두르도록 훌륭한 자극제 역할도 했다.

커피 탁자 위에 메마른 꽃들이 꽂혀 있는 화병이 엎어져 있었다. 탁자 밑으로 보일락 말락 하게 커스터드 푸딩이 놓인 접시와 커다란 책 한 권이 누워 있었다. 책에는 『추억 여행』이라는 제목이 씌어 있었다.

'우울할 때 추억 여행을 떠나는 건 그리 좋은 생각이 아니야, 애니. 과거를 추억하다 보면 현재가 더욱 초라해 보일 뿐이란 사실은 너도 잘 알 텐데.'

폴은 거실을 가로질러 굴러갔다. 앞으로 쭉 가면 부엌이었다. 오른쪽으로 넓고 짧은 복도를 내려가면 집 정면 현관문이 있었다. 그 복도 옆에 2층으로 올라가는 계단이 나 있었다. 폴은 계단을 잠시 훑어보다가(카펫 깔린 계단 몇 군데에 아이스크림 얼룩이 묻어 있었고, 계단 난간도 번들거렸다) 현관문으로 굴러갔다. 휠체어에 의지한 채로 나갈 수 있는 길이 한 군데 있다면, 바로 부엌문일 거라고 생각했다. 애니가 가축들 먹이 줄 때 이용하던 문이었고 목장 아저씨가 나타났을 때 뛰쳐나간 문이기도 했다. 그렇더라도 일단 현관문도 살펴봐야 했다. 우연히 행운을 얻을 수도 있을 테니.

우연한 행운 따위는 없었다.

현관으로 가는 계단은 두려움을 느낄 만큼 경사가 심했고, 설사 휠체어 진입로가 나 있다 할지라도(활력 넘치는 '할 수 있지?' 게임에서 누군가 휠체어 진입로를 해결책으로 내놓았다면 퇴짜를 놓

앉을 것이다. 아무리 친한 친구가 내놓은 해결책이었더라도) 그런 급경사에서는 이용할 수 없었다. 현관문에는 잠금 장치가 세 개 있었다. 문과 바닥 사이를 가로지르는 안전 빗장은 안쪽 손잡이를 돌려 처리할 수 있다. 그런데 나머지 두 개는 그의 친구인 전직 경찰 톰 트위포드가 전 세계에서 가장 좋은 자물쇠라고 극찬한 크레이그 자물쇠였다. 그러면 열쇠를 어디서 구한다?

'음…… 어디 보자. 열쇠는 아마도 지금쯤 애니의 웃음 천국으로 가고 있겠지?'

'그렇습니다아아아! 저 똑똑하신 신사 분께 선물로 시가 한 개비랑 화력이 끝내 주는 불꽃 용접봉을 하나 갖다 드리게!'

폴은 어차피 정면 현관은 별로 기대하지 않았다며 불안한 마음을 애써 위로하면서 후진해서 복도로 다시 나왔다. 휠체어가 거실로 진입하자 방향을 틀어 부엌으로 굴러 갔다. 부엌은 바닥에 밝은 리놀륨이 깔리고 천장에 구불구불한 양철이 달린 고풍스러운 모습이었다. 냉장고는 구식이었지만 소음이 없었다. 냉장고 문짝에 자석 장식이 서너 개 붙어 있었다. 별로 놀라울 것도 없이 모두 군것질거리의 모양을 하고 있었다. 풍선껌, 초코 바, 초콜릿 사탕. 장식장 문 하나가 열려 있었고, 안의 선반에는 방수천이 말끔하게 깔려 있었다. 싱크대 위로 흐린 날에도 빛이 잘 들어오도록 큰 창문이 나 있었다. 쾌적한 부엌이어야 했지만, 그러질 못했다. 뚜껑 없는 쓰레기통이 넘쳐 상한 음식 쓰레기의 후끈거리는 악취가 진동했는데, 그 냄새는 부엌에서 유일한 악취도 최악의 악취도 아니었다. 주로 폴의 마음속에만 존재하는 듯한 악취가 있었다. 현실에서도 무시할 수 없을 만큼 존재감이 뚜렷했다. 윌크스의 향기였다. 강박 관념이 빚어 낸 심리적인 악취였다.

부엌에는 냉장고와 식품 저장실을 사이에 두고 문이 세 개 있었는데, 둘은 왼쪽에 하나는 바로 정면에 있었다.

폴은 먼저 왼쪽으로 갔다. 하나는 부엌 벽장이었다. 속에 들어 있는 코트, 모자, 스카프, 부츠를 눈으로 보기 전에도 부엌 벽장 문임은 이미 알고 있었다. 경첩이 짧게 삐걱대는 소리만으로도 애니가 외출 준비하느라 열어 놓은 벽장임을 알 수 있었다. 또 다른 문은 애니가 밖으로 나가는 통로였다. 그리고 그 문에도 역시 안전 빗장 한 개와 크레이그 자물쇠 두 개가 달려 있었다. 로이드먼 가족은 집 외부로, 폴은 집 내부로 서로 격리해 놓은 철벽인 셈이었다.

폴은 애니가 비웃는 소리를 상상했다.

"야 이 좆같은 씹할 년아!"

주먹으로 문을 쳤다. 너무 아파서 손을 입에 대고 꾹 눌러야 했다. 눈을 깜빡일 때마다 눈물이 눈을 자극하는 것도, 순간적으로 눈앞이 흐릿해지는 것도 싫었지만, 멈출 도리가 없었다. 두려워하는 마음이 더욱 시끄럽게 울고 짜면서 이젠 어쩔 거냐고, 도대체 이젠 어쩔 거냐고 물었다. 이번이 마지막 기회가 될지도 모르는데…….

당장 해야 할 일은 상황 전체를 차근차근 짚어 보는 것이었다. 폴은 단호한 어조로 스스로에게 말했다.

'조금만 더 냉정을 유지할 수만 있다면 그럴 수 있겠지. 하지만 너 같은 겁쟁이가 그럴 수 있을까?'

엉엉 운다고 득 될 것은 하나도 없었기에 폴은 눈물을 닦았고,

문 중간쯤에 붙어 있는 창을 들여다보았다. 사실은 유리 한 장이 아니라 작은 유리판 열여섯 개가 한데 모인 창이었다. 유리판들이야 손쉽게 깰 수 있을 테지만, 그 유리판들을 움켜쥔 쇠틀까지 부서뜨려야 한다는 것이 문제였다. 톱 같은 연장이 없으면 몇 시간이 걸릴지도 몰랐다. 쇠틀은 튼튼해 보였다.

'그럼 이제 어쩌지? 가미가제처럼 문을 향해 몸을 날려? 대단한 아이디어로군.'

설사 그렇게 문을 부수고 나간다 한들 그 과정에서 등이 부러질 수도 있었고 덕분에 한동안은 다리를 움직일 수조차 없었을 것이다. 그렇게 바깥에 쓰러져서 퍼붓는 빗속에 몸을 맡기고 있다 보면 금방 죽을 것 같았다.

무턱대고 일을 벌이면 그런 식으로 끝장나고 마는 것이다.

'방법이 없다. 씹할, 도무지 빠져나갈 방법이 없잖아. 혹시라도 일이 잘 풀려서 여길 빠져나갈 수 있게 된다 해도, 내 결단코 하느님께 맹세하는데, 내 넘버원 팬 애니에게 그녀를 알게 돼서 그동안 얼마나 즐거웠는지 톡톡히 깨닫게 해 주기 전에는 여기서 나가지 않겠어. 그리고 이건 단순한 엄포가 아니야. 하느님께 약속하는 신성한 맹세야.'

이제까지 자신을 꾸짖었던 수많은 생각들보다도 애니에게 당한 만큼 복수하겠다는 생각 한 방이 폴의 두려움을 더욱 효과적으로 가라앉혔다. 침착해진 그는 잠긴 문 옆에 달린 스위치를 켜보았다. 집 바깥에 달린 등이 켜졌고, 바깥을 살피는 데 도움이 되었다. 침실에서 나온 후로 태양 빛이 말라 사라져 버렸다. 집 앞에 난 찻길은 홍수가 졌고 마당은 녹아내린 눈 더미에 빗물까지 합세해서 온통 진흙탕이었다. 휠체어를 문 왼편에 바짝 갖다 대고 창문을 들여다보자 처음으로 집 앞을 지나는 찻길을 확인할 수 있었다.(사실 별 일은 아니지만.) 썩어 문드러진 눈 더미 사이로 2차선 아스팔트 도로가 나 있었고 물개 가죽처럼 빛나는 와중에도 빗물과 눈 녹은 물에 뒤덮여 있었다.

'아마도 로이드먼네가 집 안으로 못 들어오게 문을 다 잠가 놨을 테지. 어차피 나를 집 안에 가둬 놓으려고 문을 죄다 잠굴 필요는 없었어. 만일 이 휠체어로 바깥에 나간다면 5초도 안 돼서 바퀴가 수렁에 빠져 꼼짝도 못할 거야. 폴, 너는 아무 데도 갈 수 없어. 오늘 밤은 정말 안 되고, 아마 몇 주일이 지나도 안 될 거야. 이 휠체어를 끌고 도로에 나갈 수 있을 정도로 땅이 굳으려면 프로 야구 시즌이 시작하고도 한 달은 지나야 할 거야. 지금 나가고 싶으면 아예 거실 창문으로 뛰어내려서 기어 가 보도록 해.'

'싫어!'

그러고 싶지 않았다. 녹아내리는 눈 더미와 차디찬 진흙탕 속에서 죽어 가는 올챙이가 헤엄치듯 10분이나 15분 정도 꿈틀거리고 나면 부서진 뼈들이 어떻게 될지는 상상이 가고도 남았다. 설령 그렇게 해서 찻길까지 기어 간다쳐도, 지나가는 차를 얻어 탈 기회가 올까? 폴은 그 산골 오지 애니의 집에 있는 동안 애니의 차를 빼면 자동차 소리를 딱 두 번밖에 듣지 못했다. 목장 아저씨가 벨에어를 타고 왔을 때와 처음으로 '손님 방'을 탈출한 날 어느 이름 모를 자동차가 그를 죽을 만치 놀래키고 지나갔을 때.

폴은 외등을 끄고 냉장고와 식품 저장실 사이에 있는 나머지 문으로 굴러갔다. 그 문에도 역시 잠금장치가 세 개 달려 있었는데, 문에 난 창을 들여다보니 외부로 시원스레 탁 트인 곳이 아니었다. 적어도 정면에서 보기에는 뭔가가 가로막고 선 것 같았다. 문 옆에 전등 스위치가 있었다. 스위치를 켜 보니 집 벽면에 붙어 있는 깔끔하게 생긴 창고가 보였다. 창고 한 켠에는 장작 더미와 함께 장작 패는 받침목 위로 도끼가 꽂혀 있었다. 다른 한쪽에는 작업 탁자가 있었고 벽에 붙은 못에는 공구들이 걸려 있었다. 왼쪽으로 문이 하나 있었다. 외부 등은 그다지 밝지 않았지만, 그 문에도 안전 빗장 하나와 크레이그 자물쇠 두 개가 달렸음을 알아볼 수 있었다.

'로이드먼네를…… 모든 사람들을…… 모두를 이 집으로부터 격리시키는 거구나. 나를 붙잡아 두려고…….'

"나는 그 사람들 하나도 모르는데."

폴이 텅 빈 부엌에 대고 말했다.

"하지만 나에 대해서라면 확실히 알아."

폴은 문으로 나갈 생각을 싹 포기하고 식품 저장실 안으로 굴러 들어갔다. 선반 위에 쌓여 있는 식품들을 찬찬히 둘러보기 전에 눈이 성냥 있는 곳으로 향했다. 종이 성냥 두 상자와 적어도 스물네 상자 정도 되는 다이아몬드 블루팁 성냥이 차곡차곡 쌓여 있었다.

잠시 동안 그곳에 불이나 확 질러 버릴까 하고 생각하다 너무 터무니없는 생각임을 깨닫고 무시해 버렸다. 그러다 무언가를 보고 다시금 불 생각을 잠시 하게 되었다.

저장실 끝에 또 다른 문이 나 있었고, 그 문에는 잠금 장치가 하나도 달려 있지 않았다. 문을 열어 보니 금방이라도 무너질 듯

위태롭게 구불구불 휘어지며 지하실로 내려가는 급경사 계단이 나왔다. 지하실로 가는 어둠 속에서 습기에다 썩은 야채 냄새가 더해진 악취가 피어올랐다. 희미하게 찍찍거리는 소리가 들리자 애니가 하던 말이 생각났다.

'비만 오면 쥐들이 지하실로 놀러 온다. 쥐덫을 놨지. 봐야 해.'

허둥지둥 문을 세게 닫았다. 관자놀이에서 흘러내린 땀 한 방울이 오른쪽 눈에 들어와 따끔거렸다. 손가락으로 땀을 떨구어 냈다. 그 문에는 잠금 장치가 없고 문 아래로 내려가면 지하실이 나온다고 생각하니 식품 저장실에 불을 지르는 아이디어가 순간적으로 대단히 합리적이라고 느껴졌다. 불이 나면 지하실로 대피할 수 있으므로. 그러나 지하실 계단이 너무 가팔랐고, 만일 사이드와인더 소방서가 달려오기 전에 불길에 휩싸인 애니의 집이 지하실 위로 무너져 내리면 산 채로 통닭 구이가 된다는 걱정이 상당히 현실감 있게 다가왔다. 그리고 지하실에는 쥐들이 있었다……. 누가 뭐래도 쥐 우는 소리가 제일 끔찍했다.

'쥐 심장 뛰는 것이 이렇게 처절해! 쥐가 도망가려고 발버둥치는 것이 이렇게 처절해! 우리랑 똑같아, 폴. 이게 우리의 모습이야.'

"아프리카."

자기가 무슨 말을 하는지 듣지도 않은 채 폴이 말했다. 폴은 저장실에 있는 식품 깡통과 봉지들을 둘러보며 어떻게 하면 애니가 다음번에 저장실에 들어왔을 때 눈치 못 채게 식품들을 감쪽같이 빼돌릴 수 있을지 열심히 궁리했다. 마음 한 구석은 이런 생각이 무엇을 뜻하는지 정확히 이해했다. 탈출하겠다는 생각을 포기해 버린 것이다.

'그저 당분간일 뿐이야.'

불편해진 폴이 마음속으로 이의를 제기했다.

'아니야.'

좀더 깊은 내면의 목소리가 딱 잘라 말했다.

'영원히, 폴. 영원히 포기하는 거야.'

"나는 절대 포기하지 않아." 폴이 중얼거렸다.

"내 말 들었지? 절대라고."

'오, 그러셔?'

빈정거리는 목소리가 냉소적인 어조로 속삭였다.

'글쎄······. 우리 한번 두고 보자고, 알았지?'

'그래, 그러자고.'

그들은 시간이 지나면 결과를 알게 될 것이다.

17

애니의 저장실은 식품 저장실이 아니라 마치 핵전쟁 노이로제 환자가 만든 방공호 같았다. 폴은 애니의 처지로 봤을 때 이렇게 많은 식품을 비축할 만도 하다고 쉽사리 납득했다. 산골에서 혼자 사는 여자였고, 얼마 동안은 세상에서 단절된 고립된 상태로 지내야 할 경우가 당연히 있을 거라 예상했을 것이다. 그 기간이 하루가 될지도 모르지만, 때로는 한 주 심지어 두 주까지 길어질 수도 있었다. 어쩌면 염병할 로이드먼 가족까지도 다른 지역 사람들이 둘러보면 눈이 휘둥그레질 정도로 대단한 식품 저장실을 만들어 놓았을지 모르지만…… 염병할 로이드먼 가족이든 그 지역에 사는 어느 누구든, 눈앞에 있는 것과 비슷한 저장실을 가지고 있을지는 의심스러웠다. 그것은 식품 저장실이 아니었다. 씹할 슈퍼마켓이었다. 그는 애니의 식품 저장실 안에 어떤 상징적인 의미가 숨어 있을 것이라 추측했다. 식품들이 배열된 모습이 '현실 관념 독립국'과 '편집증 인민 공화국' 사이를 갈라놓는 애매한 경계선에 대해 뭔가 말해 주는 듯했다. 하지만 폴의 처지에서 그런 고상한 의미 따위는 검토할 가치가 별로 없었다.

'상징적인 의미 따위 뒈져 버려라. 먹을 거나 뒤져 보자.'

하지만 조심해야 했다. 아무렇게나 해 버려도 애니가 눈치 못 채겠지 하는 문제가 아니었다. 애니가 당장 들이닥칠 경우에 대비해서 이성적으로 생각해 딱 알맞은 만큼만 음식을 빼돌려야 했다. 애니가 집에 오면 그냥 불쑥 들어오는 거지 미리 나 들어갑니다 하고 알릴 리가 없잖은가? 집에 있는 전화는 죽었고, 애니가 돌아오기 전에 전보를 치거나 꽃 배달 주문을 넣어 줄 리도 없었다. 그러나 어찌 됐든 식품 저장실이 바뀐 것을 애니가 눈치 못 챌 거라든가, 훔친 음식을 방에서 찾아내고 말 것이다라든가 하는 걱정은 별 의미가 없었다. 우선 먹고 살아야 했다. 폴은 약뿐 아니라 식욕에도 지배당하는 몸이었으므로.

정어리 통조림. 포장지 밑에 깡통 따개가 붙어 있는 평평한 직사각형 깡통 안에 맛 좋은 정어리가 듬뿍 들어 있었다.

'좋았어.'

폴은 그중에서 몇 개를 챙겼다. 매운 양념을 친 햄이 든 깡통들. 따개는 붙어 있지 않았지만, 부엌에 나가 따개를 찾아내 두 개를 열고 먹어 치웠다. 빈 깡통은 흘러넘친 부엌 쓰레기통 깊숙이 묻어 놓았다. 작은 포장들이 큰 포장 속에 모여 있는 선메이드 건포도가 있었다. 겉을 싼 셀로판 비닐 껍데기에는 '미니 스낵'이라는 선전 문구가 붙어 있었다. 폴은 무릎 위에서 수북이 불어나고 있는 전리품에 미니 스낵 네 개를 추가했고, 일인분용 콘플레이크와 시리얼 상자들도 잊지 않고 집어 들었다. 둘러보니 달콤한 맛 시리얼은 하나도 보이지 않았다.

'만약 그런 게 있었다면 애니가 마지막 파티 때 다 먹어치웠겠지.'

더 높은 선반 위에는 애니의 창고에 있는 장작 더미처럼 슬림 짐 육포 한 무더기가 가지런히 쌓여 있었다. 피라미드 모양으로 쌓여 있는 구조를 무너뜨리지 않도록 조심하면서 육포 네 개를 빼냈다. 그리고 그중 하나를 게걸스럽게 먹어치우며 입 안에 고이는 고기 기름의 짭조름한 맛을 음미했다. 포장지는 나중에 처리하려고 속옷 안에 밀어 넣었다.

다리가 아프기 시작했다. 당장 그 집에서 탈출하거나 불 지를 것이 아니라면 침실로 돌아가야겠다고 결심했다. 애초에 예상했던 것보다 용두사미 꼴이 됐지만, 어설프게 욕심 부리다 신세를 망칠 수도 있었다. 폴은 알약 두 개를 먹고 졸음이 쏟아질 때까지 글을 쓰려고 마음 먹었다. 그리고 잠들면 만사 끝이었다. 그날 밤 애니가 바로 돌아올 것 같지는 않았다. 폭풍은 누그러지기는커녕 더욱 거세졌다. 애니가 괴상한 아이디어나 그보다 더 이상한 요구

사항을 가지고 들이닥치는 일 없이 완벽하게 혼자가 되어 조용히 글을 쓰다 잠들 수 있다는 생각에 마음이 너무나 행복했다. 용두사미건 아니건 간에. 폴은 저장실에서 물러나와 잠시 멈춰 전기 스위치를 끄려다 문득 생각했다. 반드시

깨끗이 씻어 내야 해

모든 물건을 원래대로 돌려놓아야만 했다. 침실로 돌아가는 길에 있는 모든 것을. 만약 애니가 집에 돌아오기도 전에 훔친 식품들을 다 먹으면 언제든 저장실로 가서 먹을 것을 더 빼내 올 수 있었지만,

하는 짓이 꼭 굶주린 쥐 새끼 같구나, 그렇지 폴리?

모든 것을 조심스럽게 다뤄야 한다는 사실을 기억해야 했다. 침실 문을 나서는 그 순간부터 항상 목숨을 건 위태로운 줄타기 신세에 처하게 된다는 간단한 사실을 반드시 기억해야 했다. 망각은 아무짝에도 쓸모없는 쓰레기이므로.

18

거실을 가로질러 굴러 갈 때, 커피 탁자 밑에 있는 스크랩북이 또다시 눈길을 끌었다. 『추억 여행』. 2절판 크기의 셰익스피어 회

곡 책만큼이나 컸고, 가정용 성경책만큼이나 두꺼웠다.

호기심이 발동한 폴은 그것을 집어 들고 펼쳐 보았다.

첫 번째 지면에는 신문 기사 하나가 붙어 있었다. 기사 제목이
'윌크스, 베리먼 결혼하다'였다. 기사 속에는 좁은 얼굴에 창백하
게 생긴 신사와 검은 눈에 새침하게 오므린 입술을 가진 여자가
찍힌 사진이 있었다. 폴은 신문 사진과 거실 벽난로 위에 있는 사
진을 번갈아 보았다. 의심의 여지가 없었다. 오려 낸 신문 기사 속
에서 크리실더 베리먼('애니에게는 미저리만큼이나 가치 있는 이름
이겠군.')으로 나온 여자는 애니의 어머니였다. 신문 기사 밑으로
검은 잉크로 쓴 깔끔한 글씨가 있었다.

《베이커스필드 저널》1938년 5월 30일.

두 번째 장은 출생 소식이었다. 폴 에머리 윌크스, 베이커스필
드 산부인과 병원에서 출생, 1939년 5월 12일. 아버지 칼 윌크스,
어머니 크리실더 윌크스. 애니 오빠의 이름을 보고 폴은 기억을
더듬었다. 애니와 함께 극장에 가서 연속극 영화를 같이 봤다는
오빠가 이 사람이 틀림없을 것이다.

'오빠 이름도 폴이었군.'

세 번째 장은 앤 메리 윌크스의 출생을 알리고 있었다. 출생일
은 1943년 4월 1일. 그렇다면 애니는 이제 막 마흔네 번째 생일을
쇠었다는 뜻이었다. 폴은 애니가 만우절에 태어났다는 사실도 놓
치지 않았다.

밖에서 갑자기 바람이 세차게 불었다. 빗줄기가 집을 두들겨

댔다.

스크랩북에 정신이 팔린 폴은 고통도 잠시 잊은 채 책장을 넘 겼다.

이번 신문 기사는 《베이커스필드 저널》 제1면에서 오려 낸 것 이었다. 목조 건물 창문에서 소용돌이치는 불길을 배경으로 사다 리차에 올라선 소방관 모습이 실루엣으로 나온 사진이 있었다.

아파트 화재로 다섯 명 사망

수요일 오전 이른 시간에 워치힐 가 베이커스필드 연립 주택에서 연기 자욱한 큰 화재가 일어나 주민 다섯 명이 사망했다. 그중 네 명은 한 가족이었다. 세 명은 어린이로 폴 크렌미츠(8세), 프레드릭 크렌미츠(6세), 앨리슨 크렌미츠(3세)이며 네 번째 사망자는 아버지 애드리언 크렌미츠(41세)이다. 크렌미츠 씨는 생후 18개월 된 딸 로 린 크렌미츠를 구하고 숨졌다. 제시카 크렌미츠 부인에 따르면 남편 이 막내를 품에 맡기며 이렇게 말했다고 한다. "다른 아이들도 구해 가지고 나오겠다. 우리를 위해 기도해 달라." 크렌미츠 부인은 "그렇 지만 두 번 다시 남편을 보지 못했다."라고 말했다.

다섯 번째 희생자는 건물 꼭대기 층에 살던 독신 남성 어빙 탤먼 (58세)이며, 아파트 3층은 화재 당시 비어 있었다. 당초 실종된 것 으로 잘못 알려졌던 칼 윌크스 씨 가족은 부엌에서 물이 새어 나와 화요일 밤부터 아파트를 떠나 있었다.

"크렌미츠 부인에게 일어난 사고 소식을 듣고 눈물을 흘렸다. 하 지만 내 남편과 두 아이들을 구해 주신 데 대해서는 주님께 감사드렸다." 크리실더 윌크스가 말했다.

센트럴리아 지역 소방서장 마이클 오헌은 화재가 아파트 지하실에서 시작됐다고 밝혔다. 방화 가능성을 묻자 오헌 서장이 말했다. "노숙자가 지하실에 몰래 들어가서 술을 마시다 아무렇게나 버려둔 담뱃불이 화재로 번졌을 가능성이 아주 높다. 그가 불을 끄는 대신 줄행랑을 쳐서 사망자가 다섯이나 나온 게 아닌가 싶다. 그 부랑자가 꼭 체포되기 바란다." 사건 해결의 단서가 될 만한 것을 발견했는지 묻자 이렇게 답했다. "현재로서는 경찰이 용의자 몇 명을 수사선에 올려놓고, 그들을 검거하는 데 최선을 다하고 있다는 것만 말하겠다."

오려 낸 기사 밑으로 먼젓번과 똑같이 깔끔하게 검은 잉크 글씨가 적혀 있었다.

1954년 10월 28일.

폴은 고개를 들었다. 아무 말도 하지 않지만, 목에서는 맥박이 빠르게 뛰었다. 뱃속 창자가 늘어지고 뜨끈해지는 기분이 들었다.

'조막만 한 애새끼들.'
'사망자 중 셋은 아이들이다.'
'아래층 사는 크렌미츠 부인의 애새끼들 넷.'
'오, 이런, 오, 세상에, 이런.'
'나는 그 조막만 한 애새끼들이 정말 싫었어.'

'애니는 당시 어린애였어! 화재 당시 집에 있지도 않았어!'

'애니는 열한 살이었다. 어쩌면 지하실에 있는 싸구려 술병 주위에 휘발유를 뿌리고, 그 한가운데 불붙인 양초를 놔둘 정도로 영특했을지도 모른다. 어쩌면 계획이 완벽하게 이루어지지는 않을 거라고 생각했을지도 모른다. 어쩌면 양초가 다 타 버리기 전에 휘발유가 증발해서 없어질 거라고 생각했을지도 모른다. 어쩌면 크렌미츠 가족이 살아서 도망 나올 수 있을 것이라고 생각했을 지도……. 아니면 그저 겁을 줘서 이사 가도록 만들려고 했을 수도 있다. 그러나 결국 저질러 버렸어, 폴. 그 빌어먹을 년이 저질러 버린 거야, 너도 잘 알잖아.'

그렇다, 폴은 그 일이 애니의 만행이라고 확신했다. 그가 아니라면 어느 누가 애니를 의심할 수 있겠는가?

폴은 책장을 넘겼다.

또《베이커스필드 저널》에서 잘라 낸 기사가 있었다. 이번 것은 1957년 7월 19일자였다. 좀더 나이 들어 보이는 칼 윌크스의 사진이 있었다. 한 가지는 분명했다. 그 사진이 사진 속의 주인공을 대신해 그때까지 살아남았다는 사실이었다. 신문 기사는 칼의 사망 기사였다.

베이커스필드의 회계사 기묘한 실족 사고로 사망

평생을 베이커스필드 주민으로 지낸 칼 윌크스가 어젯밤 헤르난데즈 종합 병원으로 실려 간 직후 사망했다. 알려진 바로는 전화를 받으러 내려오다 계단에 떨어져 있던 미끄러운 옷가지들을 밟고 넘어졌다고 한다. 사망 진단을 내린 프랭크 캔리 박사는 칼이 두개골에 복합 골절상을 입은 데다 목뼈까지 부러져 사망했다고 말했다. 향년 44세.

유족은 부인 크리실더, 아들 폴(18세), 딸 애니(14세)가 있다.

폴은 다음 장을 보면서 한동안 애니가 아버지를 그리워하는 마음에 그랬거나, 아니면 그저 우연히 똑같은 아버지의 사망 기사를 한 번 더 붙여 놓은 것이라고 생각했다.(둘 중에서 우연히 그랬을 가능성이 더 크다고 생각했다.) 그러나 이번 기사는 앞장과 다른 사건을 다룬 것이었고, 같은 사건인 줄로 착각할 만큼 두 사건이 비슷했던 이유는 너무나 간단했다. 사실은 두 사건 모두 우발적인 사고가 결코 아니었던 것이다.

무지막지한 전율이 거침없이 폴의 온몸을 타고 흘렀다.

이번 기사 밑에도 깔끔한 필기체 글씨가 쓰여 있었다.

《로스앤젤레스 콜》, 1962년 1월 29일.

남캘리포니아 대학 학생 기묘한 실족 사고로 사망

어젯밤 남캘리포니아 대학 간호학과 학생인 안드레아 세인트제임스가 기묘한 사고를 당해 로스앤젤레스 북부의 머시 종합 병원으로 옮겨졌으나 사망했다.

세인트제임스 양은 베이커스필드 출신의 같은 과 학생 애니 윌크스와 함께 데로메 가에 아파트를 얻어 자취 생활을 했다. 밤 11시가 막 되었을 무렵 윌크스 양은 "무언가 굴러 떨어지는 끔찍한 소리"
에 이어 짧은 비명소리를 들었다. 공부하고 있던 윌크스 양이 3층
계단이 꺾이는 중간 층으로 뛰어가 보니 세인트제임스 양이 "매우
부자연스러운 자세로 팔다리를 뻗은 채" 아래쪽 계단에 쓰러져 있
었다.

윌크스 양은 쓰러진 친구를 도와주러 다가가다 하마터면 놀라 기
절할 뻔했다고 말했다. "우리는 피터 건이라는 이름의 고양이를 길
렀다. 요 며칠 새 고양이가 통 안 보이기에, 동물 보호소 사람들이
주인 없는 고양인 줄 알고 데리고 가 버린 줄로만 생각했다. 고양이
한테 이름표 달아 주는 걸 깜빡했기 때문에. 고양이가 계단 위에 죽
은 채 누워 있었다. 죽은 고양이한테 발이 걸려 넘어진 것이다. 스
웨터로 안드레아를 덮어 준 다음에 병원에 전화를 걸었다. 그녀가
죽은 것은 알겠는데, 그 밖에 누구한테 전화해야 할지 정말 막막했
다."

로스앤젤레스 태생의 세인트제임스 양은 향년 21세이다.

"이런 세상에."

폴은 계속해서 같은 말을 되뇌었다. 지면을 넘기는 손이 심하
게 떨렸다. 이어서 나온 기사에서는 간호학과 학생들이 길에서
주워다 기른 그 고양이가 독약을 먹고 죽은 것이라고 밝히고 있
었다.

'피터 건. 고양이 이름치곤 귀엽군.'

아파트 지하실에 쥐들이 우글거린다. 세입자들의 민원이 쏟아
져 집주인은 그 전해에 시 건축 담당 공무원에게 경고 조치를 받

았다. 기분이 틀어진 집주인은 돌아오는 회기에 시의회 회의장에 들어가 난동을 부리고, 이 사실이 신문을 통해 생생하게 보도된다. 애니도 알았을 것이다. 시민한테 욕먹은 게 기분 나빴던 시의회 의원들은 집주인에게 가혹한 벌금을 물리고, 열 받은 집주인은 지하실에 쥐약 묻은 미끼를 쫙 깔았다. 고양이가 쥐약을 먹는다. 지하실에서 이틀 동안 괴로움에 몸부림친다. 그러다 죽기 전에 온 힘을 다해 기어서 여주인님들에게 가까이 다가간다. 그리고 위에서 언급한 주인들 중 한 명을 살해한다.

'폴 하비^{미국 ABC 방송국의 유명한 라디오 뉴스 해설자} 같은 방송인이 빈정대기 딱 좋은 애기로군.'

폴 셸던은 이렇게 생각하고 미친 듯이 웃어 댔다.

'내 장담하건대 하비라면 매일 뉴스에서 자랑스럽게 이 얘길 떠들어 댔을 게야.'

깔끔했다. 아주 깔끔했다.

'애니가 지하실에서 쥐약 묻은 미끼를 집어다가 고양이한테 먹였다는 사실을 우리가 이미 다 안다는 것만 빼면 말이지. 그리고 만약 늙은 피터 건이 미끼를 받아먹으려 하지 않았다면, 애니는 아마도 막대기 같은 것으로 고양이의 식도에 미끼를 쑤셔 넣었을 거야. 고양이가 죽자 계단에 놓고 계획대로 일이 성공하기를 기원했겠지. 아마도 안드레아가 거나하게 술에 취해 집에 돌아오리라고 확신했을지도 몰라. 애니가 무슨 끔찍한 생각을 하든 나는 이제 조금도 놀랄 것 같지 않아. 죽은 고양이, 떨어진 옷가지들. 톰 트위포드의 표현대로 동일한 범행 수법이야. 하지만 애니, 왜 그랬어? 신문 기사들은 모든 것을 말해 주지만 범행 동기만은 안

나와 있어. 왜 그랬어?'

폴은 본능적으로 상상력을 발동하여 몇 주 만에 처음으로 진짜 애니가 되었고, 애니로 변신한 그는 건조하고 강압적인 목소리로 거리낌 없이 말했다. 그리고 그 목소리가 완벽하게 미친 소리를 해 대는 동안은, 아무리 정신 나간 이야기를 하더라도 완벽하게 올바른 것으로 받아들였다.

'내가 그년을 죽였어. 밤늦도록 라디오를 틀어 댔기 때문에.'

'내가 그년을 죽였어. 고양이한테 멍청한 이름을 지어 줬기 때문에.'

'내가 그년을 죽였어. 그년이 소파에서 남자 친구랑 혀를 뽑을 듯이 키스를 나누는 동안 남자 친구가 금덩이라도 찾는 듯 그년 치마 속을 더듬거리는 걸 지켜보는 데 신물이 났기 때문에.'

'내가 그년을 죽였어. 그년이 사기 치고 있다는 걸 알았기 때문에.'

'내가 그년을 죽였어. 그년이 내가 사기 치고 있다는 걸 알았기 때문에.'

'자세한 이유가 뭐든 중요치 않잖아, 안 그래? 내가 그년을 죽였어 그년이 염병할 쌍년이라서 이유는 그걸로 충분해.'

"그리고 어쩌면 그녀가 똑똑 씨 부인이기 때문이었을지도 모르지."

폴이 속삭였다. 그러고는 고개를 뒤로 젖히고 겁에 질린 웃음소리를 날카롭게 내질렀다.

'이게 바로 『추억 여행』이란 거군, 그렇지? 오호, 애니와 함께 떠나는 길가에는 독을 잔뜩 품은 괴상하게 생긴 꽃들이 참으로

다채롭게도 피어 있구나!'

'아무도 그 두 가지 기묘한 실족 사고를 서로 연결 지어 생각하지 못했다고? 처음에는 애니의 아버지, 다음에는 애니의 방 친구가 죽었는데 지금 그걸 말이라고 하는 거냐?'

물론, 폴은 진지했다. 거의 5년이라는 시간차를 두고 서로 다른 지역에서 사건들이 터졌다. 아마도 사람들이 계단에서 굴러 떨어져 목이 부러지는 사고가 일상다반사로 일어날 법한 인구 많은 주에서 서로 다른 신문들이 보도했다.

'그리고 애니는 아주, 아주 영특해.'

사탄만큼이나 악랄하게 영특한 것 같았다. 그러나 이제 그 자랑스러운 영특함을 폴에게 들켜 버렸다. 만일 애니가 끝내 폴 셸던을 궁지로 몰아 살해하려 든다 해도, 폴로서는 작지만 귀중한 위안거리를 간직하게 된 셈이었다.

지면을 넘기자 《베이커스필드 저널》에서 따 온 기사가 또 눈에 띄었다. 《베이커스필드 저널》 기사는 그것이 마지막이었다. 제목이 '월크스 양 간호 학교 졸업'이었다.

'동네 꼬마가 출세했구먼.'

1966년 5월 17일 기사였다. 기사 속에는 놀랍도록 예쁜 젊은 시절의 애니 월크스가 간호사복과 모자를 착용하고서 카메라를 향해 웃고 있는 사진이 있었다. 물론 졸업 사진이었다. 훌륭하게 학업을 끝마치고 졸업했던 것이다.

'그 와중에 방 친구 한 명을 죽여야 했지만 말이지.'

폴은 겁에 질린 웃음소리를 날카롭게 내질렀다. 대답하듯 집 밖에서 돌풍이 휘몰아쳐 집 안을 뒤흔들었다. 벽에 걸린 애니 엄마 사진이 잠시 덜그럭거렸다.

다음은 뉴햄프셔 주 맨체스터에서 발행되는 《유니언 리더》에서 오려 낸 기사였다. '1969년 3월 2일.' 애니 윌크스랑은 아무 상관도 없어 보이는 간단한 부고였다. 79세의 어니스트 곤야가 세인트조셉 병원에서 사망했다. 정확한 사망 원인은 안 나와 있었다. 기사에는 '오랜 투병 생활 끝에'라고만 나와 있었다. 유족으로는 아내, 열두 명의 자녀들, 그리고 한 400명 정도 되는 손자들과 증손자들.

'그 많은 자손들을 조절해서 생산하는 생리 주기 피임법 같은 유익한 생활 정보는 나와 있지 않구먼.'

폴은 그렇게 생각하고 또 날카로운 웃음소리를 내질렀다.

'애니가 살해한 거야. 선량하기 그지없는 노인 어니에게 그런 일이 벌어진 거야. 안 그러면 그의 부고가 왜 여기에 붙어 있겠어? 이 책은 애니 윌크스 판 '사자(死者)의 서(書)'잖아, 안 그래?'

'도대체 왜? 왜 그랬어?'

애니 윌크스에게서는 정상적인 대답이 나올 리 없는 질문이었다.

'너도 잘 알면서 뭘 묻고 그래.'

다음 쪽, 《유니언 리더》의 또 다른 부고. 1969년 3월 19일. 이번 기사에 주인공으로 나온 부인은 84세인 헤스터 '여왕님' 불리펀트였다. 사진 속 그녀 모습은 로스앤젤레스의 라 브레아 유적에서 발굴한 원시 시대 뼈다귀 같았다. 어니에게 벌어졌던 똑같은 일이 '여왕님'에게도 일어났다. 오랜 투병 생활 끝에 저 세상 갔네 하는 이야기가 또 돌아온 것이다. 어니처럼 '여왕님'도 세인트 조셉 병원에서 숨을 거뒀다. 조문은 포스터 장례식장에서 3월 20일 오후 2시부터 6시까지. 매장은 3월 21일 오후 4시 메리 사이어 공동묘지.

'모르몬 교회 성가대라도 와서 「애니, 여기 와 봐야 하는 거 아니니?」 같은 찬송 정도는 불러 줘야 하는 건데.' 폴은 또 날카로운 웃음소리를 내질렀다.

다음 장에서도 《유니언 리더》의 부고 세 건이 이어졌다. 두 명의 노인이 언제나 변함없는 최고 인기 유행어 '오랜 투병 생활 끝에'로 사망했다. 세 번째 사망자는 46세 여성 폴레트 시모스였다. 폴레트는 별로 특별할 것 없는 평범한 유행어 '짧은 투병 끝에'로 사망했다. 부고에 나온 사진이 비록 건강할 때의 모습이 아니어서 다소 거칠고 흐트러진 모습을 보여 준다손 쳐도, 폴레트의 모습은 '여왕님' 뷸리펀트마저 엄지 공주로 돋보이게 할 정도였다. 폴은 그녀의 병세가 너무 심각해서 투병 생활이 정말로 짧을 수밖에 없었을 거라고 생각했다. 청천벽력처럼 심장 발작이 일어났을 수도 있다. 그래서 세인트 조셉 병원으로 실려왔을지도 모른다.

'그 다음엔……. 그 다음엔 뭐지? 정확히 무슨 일이 일어났을까?'

더 자세한 사정은 정말이지 생각하고 싶지 않았지만…… 이 사망 기사 세 건은 세인트 조셉 병원이 사망 천국이라는 사실을 말해 주었다.

'만약 우리가 1969년 3월 당시의 간호사 명부를 들춰 본다면, 윌크스라는 이름이 튀어나오겠죠? 여러분, 어쩌면 곰 한 마리가 숲 속에서 미친 짓을 하고 돌아다니는 걸까요?'

'이 책은, 오 이런 세상에, 이 책은 너무 두꺼워.'

'더 이상은 싫어, 제발. 더 이상 보고 싶지 않아. 그래, 좋은 생각이 떠올랐어. 이 책을 정확하게 원래 있던 자리에다 놔두는 거야. 그러고 나서 내 방으로 돌아가면 되는 거지. 오늘은 더 이상 글 쓸 기분이 아니야. 알약 하나 더 먹고 잠자리에 들어야겠어. 악몽에 대비한 보험이라고 불러도 좋아. 하지만 가능하면 애니의 『추억 여행』에 더 이상 깊숙이 관여하지는 않겠어. 정말로, 가능하면.'

그러나 폴의 손은 나름대로 생각과 의지를 가진 것 같았다. 손이 자꾸만 지면들을 넘겼다. 더 빠르게, 더 빠르게.

《유니언 리더》에서 짧은 부고 두 건이 더 나왔다. 하나는 1969년 9월 말, 다른 하나는 10월 초.

'1970년 3월 19일.' 이번 기사는 펜실베이니아 주 해리스버그에서 발행되는 《헤럴드》에서 오린 것이었다. 조그맣게 실린 기사였다. '리버뷰 병원 신규 채용 직원 발표.' 머리가 벗겨지고 안경을 쓴 남자 사진이 있었다. 폴이 보기에 혼자 있을 때 몰래 코딱지나 파먹을 성싶은 남자였다. 기사에는 새로 온 대외 홍보 담당관(머리가 벗겨지고 안경을 쓴 남자) 소개에 덧붙여 리버뷰 병원에 새로운 직원 스무 명이 근무하게 되었다고 적혀 있었다. 의사 두명, 간호사 여덟 명, 구내식당 직원과 잡역부 여럿, 경비원 한 명.

간호사 중 한 명이 애니였다. 폴은 예상했다.

'다음 장에서 분명 펜실베이니아 주 해리스버그에 있는 리버뷰 병원에서 나이 많은 남자 또는 여자가 죽었다는 부고가 나오겠지.'

예상 적중. 한 노친네가 인류 역사상 최고의 유행어 '오랜 투병 끝에'로 사망했다.

뒤를 이어 한 나이 지긋한 남자가 꾸준히 입소문을 타는 또다른 유행어 '짧은 투병 끝에'로 사망했다.

그 뒤를 이어 세 살짜리 아이가 우물에 떨어져 심각한 머리 부상을 입고 혼수상태에 빠진 채 리버뷰 병원으로 실려 왔다.

비바람이 집을 뒤흔드는 동안 폴은 정신없이 지면을 넘겨 나갔다. 사건이 돌아가는 방식이 눈에 들어왔다. 직장을 구한다. 환자들을 죽인다. 그리고 다른 직장을 찾아 이동한다.

갑자기 어떤 형상이 떠올랐다. 잊고 지내던 예전의 꿈에서 본 그 모습이 왠지 익숙하고도 묘한 진동과 함께 불쑥 튀어나왔다. 긴 드레스에 앞치마를 두르고 머리에는 가장자리를 레이스로 장식한 모자를 쓴 애니가 보였다. 마치 베들렘 정신 병원에서 일하는 간호사 같았다. 한쪽 팔에는 바구니를 걸쳤다. 애니는 바구니에 손을 집어넣어 모래를 퍼서 지나가는 통로 쪽으로 나와 있는 환자들의 얼굴에 뿌려 댔다. 잠들게 하는 모래가 아니라 독이 든 모래였다. 사람들을 죽이고 있었다. 그 모래를 맞으면 얼굴이 하얗게 변했고, 앞날을 예측할 수 없는 환자들의 생명을 관리하던 기계 화면에는 불규칙한 생명의 곡선 대신 평평한 죽음의 직선이 나타났다.

'아마 크렌미츠 가족은 꼴사나운 애새끼들이 있어서 죽였을 테지…… 그리고 방 친구도…… 심지어 아버지까지. 그런데 이 환자들은 왜?'

그러나 폴은 답을 알고 있었다. 그의 내면에 있는 애니가 답을 알았다. 늙고 병든 사람들. 시모스 부인만 빼면 모두 늙고 병든 사람들이었다. 시모스 부인은 병원에 실려 올 당시 만만한 먹잇감이었을 것이다. 시모스 부인과 우물에 떨어진 아이. 애니는 그들을 죽였다. 왜냐하면…….

"덫에 걸린 쥐새끼들이었으니까."

폴이 중얼거렸다.

'불쌍한 것들. 불쌍하고 불쌍한 것들.'

'확실해. 바로 그거야. 애니의 관점에서 보면 이 세상 모든 사람들을 세 부류로 나누어 볼 수 있지. 개새끼들, 불쌍하고 불쌍한 것들…… 그리고 애니.'

애니는 계속해서 서부 지역으로 옮겨 다녔다. 해리스버그에서 피츠버그로 댈러스로 파고로. 그러다 1978년 덴버에까지 왔다. 각각의 도시에서 사건이 발생하는 모양새는 똑같았다. 처음에 다른 사람들과 함께 애니의 이름이 들어 있는 '신규 채용 직원 환영식' 기사가 신문에 난다.(맨체스터에서의 환영식 기사는 찾아볼 수 없었는데, 폴이 생각하기에 당시 애니는 지역 신문에 그런 기사가 난다는 사실을 몰랐던 것 같았다.) 그리고 별 주목도 받지 못한 채 환자 두세 명이 죽는다. 이런 식의 순환이 계속 반복된다.

덴버로 오기 전까지는 공식대로였다.

덴버에서도 처음에는 공식대로 가는 듯했다. 덴버 종합 병원 신문에서 오려 낸 신규 직원 관련 기사에 애니의 이름이 들어 있었다. 애니는 깔끔한 글씨로 신문 이름을 《더 거니^{바퀴 달린 환자용 침대}》라고 적어 놓았다.

"병원 신문 이름으로는 딱이로군."

폴이 빈 방에 대고 들으라는 듯 말했다.

"아무도 신문 이름으로 《더 스툴 샘플대변 표본》을 생각해 내지 못했다니 놀랄 노자로구먼."

폴은 자기도 모르는 새 더욱 겁에 질려 날카로운 웃음소리를 내질렀다. 다음 장을 보니 《록키 마운틴 뉴스》에서 잘라 낸 덴버에서의 첫 번째 부고가 나왔다. 로라 로스버그. 오랜 투병 끝에 사망. 1978년 9월 21일. 덴버 종합 병원.

그 다음에 사건 발생 공식이 파격적으로 깨졌다.

다음 장에는 장례식 대신 결혼식 기사가 있었다. 사진에는 병원 유니폼이 아니라 레이스 달린 하얀 웨딩드레스를 입은 애니의 모습이 나와 있었다. 옆에서 애니의 손을 잡고 있는 남자는 이름이 랠프 듀건이었다. 그는 물리 치료사였다. 기사 제목이 '듀건-윌크스 결혼'이었다. 《로키 마운틴 뉴스》, 1979년 1월 2일.' 듀건은 아주 평범한 남자였는데, 한 가지만은 눈에 띄었다. 애니의 아버지를 쏙 빼닮았던 것이다. 폴은 만약 듀건이 콧수염을 싹 깎아 버리면(어쩌면 신혼여행에서 돌아온 후에 애니가 깎아 버리라고 강요했을지도 모르지만) 자기 장인과 무서울 정도로 똑같아 보일 것이라고 생각했다.

폴은 아직 읽지 않은 책 뒷부분의 두께를 엄지손가락으로 가늠하다가 랠프 듀건이 애니에게 청혼하던 날에 오늘의 운세를 확인했더라면 좋았을 것이라고 생각했다.

'쯧쯧, 오늘의 운세가 오늘의 별세였을 텐데.'

'랠프 듀건, 남아 있는 지면 어딘가에서 너에 관한 짤막한 신문 기사를 볼 것 같은 예감이 아주 강하게 든다. 아무리 발버둥쳐도

저승사자와 한 약속은 피할 수 없는 법이거든. 빨랫감 한 무더기 아니면 죽은 고양이랑 계단에서 만날 약속이 있을 것 같은데. 죽은 고양이는 귀여운 이름을 갖고 있겠지.'

그러나 폴의 생각이 틀렸다. 다음 기사는 네더란드 지방 신문에서 잘라 낸 새로 온 직원들의 기사였다. 네더란드는 볼더 서쪽에 있는 작은 마을이었다.

'여기서 별로 멀지 않겠네.'

한동안 폴은 이름들로 가득한 짧은 기사 속에서 애니의 이름을 못 찾아 당황했다. 그러다 자기가 잘못된 이름으로 찾고 있음을 깨달았다. 그녀의 이름은 기사에 분명히 들어 있었는데, 이제는 사회적 관습에 따라 만들어진 이성 공동체인 '듀건 씨와 듀건 부인'이었다.

폴이 황급히 고개를 쳐들었다.

'방금 차 오는 소리 났지……? 아니야. 그냥 바람 소리야.'

확실히 바람 소리였다. 폴은 다시 애니의 책 속으로 고개를 파묻었다.

랠프 듀건은 절름발이, 불구, 맹인을 돌보러 아라파호 카운티 병원으로 복귀했다. 추측해 보건대 당시에는 애니도 중환자들에게 도움과 평온을 주는 간호사 업무에 복귀했을 것이다.

'이제 또 살인이 시작되겠구나.'

진짜 궁금한 것은 랠프의 사정이었다.

'랠프는 이 살인 파티에서 언제쯤 시체로 등장할까? 처음? 중간? 아니면 끝 부분에?'

그러나 이번에도 폴의 생각이 틀렸다. 사망 기사 대신 공인 중개사가 배포하는 주택 매매 전단이 한 장 붙어 있었다. 전단 윗부분 왼쪽 구석에 어느 집을 찍은 사진이 나와 있었다. 폴은 집 옆에 딸린 축사를 보고 나서야 그 집의 정체를 알 수 있었다. 한번도 외부에서 애니 집 전체를 둘러볼 기회가 없었기 때문이다.

그 밑으로 애니가 쓴 깔끔한 글씨. '계약금 지불, 1979년 3월 3일. 매매 계약서 받음, 1979년 3월 18일.'

'은퇴 후 생활할 집? 아니야. 여름 별장? 아니, 그들은 그렇게 사치 부릴 처지가 아니지. 그렇다면……?'

'글쎄, 그저 상상일지도 모르지만, 하여튼 이렇게 생각해 보자. 아마도 애니는 진정으로 랠프 듀건을 사랑했을 것이다. 어쩌면 1년이나 지났는데도 아직 그에게서 썩은 내를 맡을 수가 없었겠지. 확실히 무엇인가 변해 버렸어. 사망 기사가 나오다가 멈췄잖아. 언제부터냐면……'

폴은 지나간 지면들을 뒤졌다.

1978년 9월 로라 로스버그가 죽고부터였다. 애니는 랠프를 만나던 무렵 살인을 멈췄다. 하지만 그때는 그때고, 지금은 지금이다. 이제 살인의 압박이 또다시 강해지고 있었다. 우울한 시간이 돌아왔다. 애니는 노인들을…… 중병에 걸린 환자들을 돌보게 되고…… 그들이 얼마나 불쌍하고 불쌍한 것들인지 생각해 본다. 그리고 어쩌면 이렇게 생각해 버렸을 것이다.

'이 지긋지긋한 근무 환경이 나를 우울하게 해. 타일이 깔린 길고 긴 복도와 고약한 냄새와 간호사용 신발의 고무 밑창이 바닥에 삐꾸 하는 소리와 고통 속에 괴로워하는 사람들의 신음소리.'

'이 지긋지긋한 곳에서 벗어날 수만 있다면, 한결 기분이 좋아

질 텐데.'

그래서 랠프와 애니는 땅을 산 것이다.

폴은 지면을 넘기고는 눈을 끔뻑거렸다.

맨 밑에 마구 갈겨쓴 글씨가 있었다. '1980년 8월 23일 나가 뒈져라 썩을 놈아!'

펜을 움직인 손에서 전해진 분노가 너무 강해서 두꺼운 책장 몇 군데가 찢겨 있었다.

이번 기사는 《네더랜드 신문》에서 나온 이혼 확정 기사였는데, 기사 속에 애니와 랠프의 이름이 들어 있는지 확인하느라 책을 뒤집어 봐야만 했다. 애니가 기사를 거꾸로 붙여 놓았다.

'찾았다, 이름이 여기 있군.'

랠프와 앤 듀건. '이혼 사유: 성격 차이.'

"짧은 투병 끝에 이혼하시는군."

폴은 중얼거리다 다시 고개를 들었다. 자동차 소리가 가까워지는 것 같았다.

'바람이야, 그냥 바람 소리야……. 아직까지는.'

이제 안전하게 방으로 돌아가는 것이 좋을 듯싶었다. 다리에서 느껴지는 고통이 점점 심해지기 때문만은 아니었다. 폴은 치명적인 현실 도피 상태로까지 치닫고 있었다.

그러나 다시 책 속으로 얼굴을 묻었다. 이상하게도 책이 너무 좋아서 도저히 내려 놓을 수가 없었다. 마치 너무 싫어하면서도 끝까지 다 봐야 직성이 풀리는 소설 같았다.

애니의 결혼 생활은 폴이 예상했던 것보다 훨씬 더 법률적인 방식으로 끝장나 버렸다. 정말로 짧은 투병 끝에 이루어진 이혼이었다고 말하는 게 옳을 듯싶었다. 1년 6개월 동안 지속된 결혼 천국은 그리 길었던 것은 아니니까.

그들은 3월에 집을 샀다. 결혼 생활이 파탄 날 줄 미리 알았더라면 그런 행동은 하지 않았을 것이다. 그동안 무슨 일이 벌어진 걸까? 알 수 없었다. 그럴듯한 이야기를 지어낼 수는 있었지만 지어낸 이야기는 결국 지어낸 것일 뿐이었다. 폴은 다시 신문 기사를 파고 들어가다가 무언가 의미 있는 것을 발견했다. '앤젤라 포드가 존 포드에게 요구. 커스틴 프롤리가 스탠리 프롤리에게 요구. 다나 맥로렌이 리 맥로렌에게 요구.' 그리고…….

'랠프 듀건이 앤 듀건에게 이혼 요구.'

'여기 보면 다분히 미국적인 관습이 잘 나와 있군, 그렇지? 아무도 그것을 떠벌리고 다니지는 않지만 여기 이혼 기사 속에 나와 있어. 남자들은 달빛 속에서 청혼하고 여자들은 법원에 이혼을 청구하지. 항상 그런 것은 아니지만, 보통은 그렇게 돼 버리잖아. 그렇게 이혼을 요구하는 사람들의 입장을 어법에 맞게 정리해 보면 어떤 얘기들이 나올까? 앤젤라는 "얼쩡거리지 말고 당장 꺼져, 존!"이라고 말하겠지. 커스틴은 "앞으로 나 없이 혼자 살 궁리나 잘해 봐, 스탠!"이라고 말할 테고. 다나는 "좋은 말로 할 때 집 열쇠 내놔, 리!"라고 했을 거야. 그리고 여기 이혼 기사 속에서 유일한 청일점 남성으로서 이혼 요구자로 기재된 랠프는 과연 어떤 말을 들려주었을까? 나는 그가 이렇게 말했을 것 같아. "나를 이 끔찍한 지옥 속에서 꺼내 줘요!"'

"어쩌면 계단 위에서 죽은 고양이를 발견해 버렸을지도 모르지."

다음 쪽. 또 새로 온 직원들 기사였다. 이번에는 콜로라도 주 볼더에서 발행된 《카메라》에서 발췌한 것이었다. 볼더 병원 잔디밭에 자세를 잡고 서 있는 열 명 정도의 새로운 직원이 사진 속에 있었다. 애니는 두 번째 줄에 나와 있는데, 검은 줄이 쳐진 간호사 모자에 가려 얼굴에 그늘이 졌다. 새로운 쇼를 펼치기 위한 새로운 무대. 기사 밑에 써 놓은 날짜는 1981년 3월 9일이었다. 애니는 처녀 시절에 쓰던 성을 다시 찾았다.

볼더. 애니가 완전히 미쳐 버린 곳이었다.

폴은 빠르게 더욱 빠르게 지면들을 넘겼고, 공포는 더욱 가파르게 상승했고, 두 가지 생각이 계속 반복해서 나타났다. '도대체 왜 사람들은 애니의 음모를 좀더 일찍 알아채지 못한 걸까?' 라는 생각과 '애니는 도대체 어떻게 유죄를 확신한 사람들 속에서 빠져나올 수 있었을까?' 하는 생각.

1981년 5월 10일 오랜 투병 끝에. 1981년 5월 14일 오랜 투병 끝에. 5월 23일 오랜 투병 끝에. 6월 9일 짧은 투병 끝에. 6월 15일 짧은. 6월 16일 오랜.

짧은. 오랜. 오랜. 짧은. 오랜. 오랜. 짧은.

폴의 손길을 따라서 지면들이 차르륵 넘어갔다. 말라붙은 종이풀 냄새가 희미하게 풍겼다.

"이런 제길, 이 여자 도대체 얼마나 많이 죽인 거야?"

만약 애니가 살인을 한 건씩 저지를 때마다 이 책에 제때 제때 사망 기사를 붙여 놓은 것이라면, 1981년 말에 이르러서는 한 명당 1점씩 계산해도 살인 점수가 30점을 넘어선 셈인데…… 그러는 동안 수사 당국으로부터 단 한번도 살인 의혹을 받아 본 적이 없었다. 물론 희생자 대부분이 고령이었고 나머지는 심각한 중환자였다고는 해도, 언제까지 그런 짓을…… 아마도 애니는…….

1982년에, 애니는 결국 꼬리를 밟히고 말았다.《카메라》1월 14일자 기사 속에는 잉크 점들이 촘촘히 박혀 만들어진 애니의 얼굴이 흐리멍덩하고 암석처럼 뻣뻣한 모습으로 나와 있었다. 기사 제목은 다음과 같았다. '산부인과 병동 새로운 수간호사 임명.'

1월 29일에 신생아실 연쇄 살인이 시작되었다.

애니는 특유의 꼼꼼한 방식으로 모든 이야기들을 기록으로 남겨 놓았다. 폴이 과거의 행적을 따라가는 데 아무 불편이 없을 정도였다.

'애니, 만약 네 은신처를 찾아온 사람들이 이 책을 발견한다면, 너는 감옥 아니면 정신 병원에서 평생을 썩게 될 거다. 시간이 멈출 때까지.'

처음에 발생한 유아 두 명의 죽음은 의심을 사지 않았다. 신문 기사에서는 그 아기들이 태어날 때부터 심각한 결함을 갖고 있었다고만 언급했다. 결함이 있든 없든, 아기들은 신장병으로 죽어가는 노인네나 머리가 반쪽이나 날아가고 배에 운전대만 한 구멍이 뚫렸어도 간신히 목숨은 부지하고 있는 교통사고 환자하고는 차원이 달랐다. 그리고 그 이후로 애니는 결함 있는 아기들에다 건강한 아기들까지 죽이기 시작했다. 폴은 자꾸만 깊어져 가는 정신병의 소용돌이 속에서 애니가 모든 아기들을 불쌍하고 불쌍한 것들로 보기 시작했을 것이라고 추측했다.

1982년 3월 중순에 이르러서는 볼더 병원 신생아실에서 아기 다섯이 죽었다. 전면적인 수사가 벌어졌다. 3월 24일《카메라》에서는 사망 원인을 '오염된 분유'라고 추측했다. 기사에 따르면 '신뢰할 만한 병원 소식통'의 말을 인용했다는데, 폴은 그 소식통이라는 것이 혹시 애니 윌크스가 아니었을까 하는 의구심을 품기도 했다.

또 다른 아기 한 명이 4월에 죽었다. 5월에는 두 명이 죽었다. 그 후《덴버 포스트》6월 1일자 제1면에 이런 기사가 났다.

산부인과 수간호사 유아 살해 혐의
보안관 사무소 대변인 "아직은 영장 청구 계획 없어"
마이클 레이스 기자

볼더 병원 산부인과 병동 수간호사 애니 윌크스(39세)가 여덟 건의 유아 살인 사건과 관련하여 혐의를 받고 있다는 사실이 오늘 밝혀졌다. 일련의 살인 사건은 수개월에 걸쳐 발생했다. 모든 아기들의 죽음이 윌크스 양이 담당하는 시간대에 벌어졌다.

윌크스 양을 수감 중이냐는 질문에 보안관 사무소 대변인 타마라 킨솔빙은 아니라고 말했다. 킨솔빙 대변인은 이번 사건과 관련해 윌크스 양이 자진 출두해서 조사를 받은 적이 있느냐는 질문에는 이렇게 대답했다. "단순한 사건 조사가 아니라는 점을 밝혀 두겠다. 그보다는 상황이 더 심각하게 돌아가고 있다." 어떤 죄목으로든 윌크스를 상대로 영장을 청구했느냐는 질문에 킨솔빙 대변인이 답했다. "아직은 아니다."

기사의 나머지 부분은 애니의 간호사 경력을 나열하고 있었다.

애니는 근무지를 많이 옮겨 다녔는데, 볼더 병원 사람들뿐 아니라 거쳐 간 모든 병원에서 그녀가 근무하는 동안 살인이 일어났다는 사실을 알아차리지 못했음이 분명했다.

폴은 기사 옆에 붙은 사진을 뚫어져라 쳐다봤다.

'애니가 구속됐다. 아니 이런 세상에, 애니가 구속됐어. 아직 떨어져 내린 것은 아니지만, 우상이 흔들린다…… 흔들리고 있어……'

애니가 빼빼 마른 여경과 함께 돌계단을 오르고 있었다. 얼굴은 멍하니 표정이 없고, 간호사 유니폼에 하얀 신발을 신고 있었다.

다음 쪽의 기사 제목은 '월크스 석방, 조사 중 묵묵부답'이었다.

애니가 무사히 풀려 나왔다. 결국에는 무사히 풀려 나왔다. 그때까지 있었던 무대에서는 사라지고, 어딘가 다른 무대에서 짠하고 나타날 때가 된 것이다. 아이다호, 유타, 캘리포니아 같은 곳에서. 하지만 애니는 다른 곳 대신 다니던 직장에 복귀했다. 그리고 좀더 서쪽 지방 어딘가에서 발행하는 신문에 새로 온 직원들 기사가 나는 대신 1982년 7월 2일 《로키 마운틴 뉴스》 제1면에 커다란 제목이 떴다.

공포는 계속된다
볼더 병원에서 유아 세 명 또 사망

이틀 후 수사 당국은 푸에르토리코인 잡역부를 체포했다가 9시간 만에 풀어 주었다. 7월 19일, 《덴버 포스트》와 《로키 마운틴 뉴스》 모두 애니의 체포 소식을 전했다. 8월 초 법원에서 증언 청취를 위한 예비 심리가 짧게 열렸다. 9월 9일 애니는 크리스토퍼 부부의 생후 하루밖에 안 된 여자 아기를 살해한 죄로 재판에 회부되었다. 크리스토퍼 부부의 여자 아기 다음에도 일급 살인죄가 적용될 희생자가 일곱 명 더 있었다. 신문 기사는 애니가 살해했을 것으로 추정되는 아기들 중 일부는 부모가 이름을 지어 줄 정도로 성장해 있었다고 밝혔다.

덴버와 볼더 신문들에서 나온 재판 기사들 틈틈이 신문 편집인에게 보내는 독자 투고들이 붙어 있었다. 폴은 애니가 독자 투고 중 가장 악의적인 것들만 추려 놓았다고 느꼈다. 투고 내용은 한결같이 모든 인류를 '죽여야 할 애새끼들'로 바라보는 애니의 편견을 더욱 강화시켜 줄 것들이었다. 다양한 가치관을 가진 사람들이 썼음에도 한결같이 욕설투성이였다. 그들 사이에 일정한 공감대가 형성된 듯했다. 모두가 애니를 목매달아 죽이는 것은 너무 관대한 처사라고 외쳐 댔다. 한 투고자는 만화 속에 등장하는 사악하면서도 요염한 악역의 이름을 따서 애니를 '드래곤 레이디'라고 불렀고, 이 별명은 재판 기간 내내 따라다녔다. 대부분의 투고자들은 뜨겁게 달군 쇠꼬챙이로 드래곤 레이디를 죽을 때까지 푹푹 찔러야 마땅하다고 생각했고, 푹푹 찌르기에 직접 자원봉사자로 참여하고 싶다는 강한 열망을 나타냈다.

한 투고 기사 옆에 애니는 평소 쓰던 단정한 필체와 전혀 다르게 부들부들 떨면서 다소 감정적인 글씨를 적어 놓았다.

'몽둥이와 돌덩이로 내 뼈를 부러뜨릴 수는 있겠지, 하지만 너희들처럼 맨 입으로만 떠들어 대는 새끼들한테는 꿈쩍도 안해.'

애니의 가장 큰 실수는 마침내 사람들이 무엇인가 안 좋은 일이 벌어진다는 사실을 알아차렸는데도 살인 행각을 멈추지 않은 것이었다. 애니로서는 기분 나쁜 상황이 되어 버렸지만, 유감스럽게도 그다지 심하게 기분 나빠할 정도로까지 일이 확대되지는 않았다. 우상은 단지 좀 비틀거렸을 뿐이다. 검찰 당국은 구체적 물증 없이 정황 증거에만 의존하여 주장을 폈고, 그나마 신문 같은 데서 쉽게 읽을 수 있을 정도로 부실한 것들이 태반이었다. 지방 검사는 크리스토퍼 부부 아기의 얼굴과 목에 난 손 자국이 애니의 손 크기와 일치하며, 그녀가 오른손 새끼손가락에 낀 자수정 반지 자국까지도 완벽하게 들어맞는다고 공격했다. 또한 지방 검사는 애니가 신생아실에 들어가고 나간 시간을 체크해 본 결과 유아들의 사망 시간과 대략 맞아떨어진다고 주장했다. 그러나 어쨌든 애니는 수간호사였기 때문에 늘 신생아실을 들락날락해야 하는 처지였다. 피고인 측 변호사는 애니가 신생아실에 들어갔어도 아무런 사건도 일어나지 않았던 적이 부지기수라는 사실을 들어 반박할 수 있었다. 폴은 이러한 주장이 파머 존 식품 회사 소유의 북부 들판에 일주일 동안 운석이 하나도 떨어지지 않았다는 이유로 운석과 지구가 충돌할 가능성이 전혀 없다고 말하는 것과 비슷하다고 생각했다. 그렇지만 가만히 앉아서 듣기만 하는 배심원단에게는 이런 논리가 먹혀들 수 있었다.

검찰은 최선을 다해 범인이 빠져나갈 수 없는 그물을 짜 놓았고, 반지 흔적이 보이는 손자국은 범인을 꼼짝 못하게 만들기 위해 그들이 찾을 수 있는 최고의 증거였다. 그 정도 정황 증거로는 유죄 판결의 가능성이 희박한데도 콜로라도 주가 애니를 재판에 회부하기로 결정했다는 점에서 폴은 한 가지 추측과 한 가지 확신을 갖게 되었다. 한 가지 추측은 최초 조사 과정에서 애니가 유죄를 암시할 만한 사실들을, 심지어 아주 적나라한 사실들까지도 다 말해 버렸을 가능성이 크다는 것이었다. 담당 검사는 재판에서 조사 당시의 진술서를 증거 자료로 제출했을 것이다. 한 가지 확신은 증언 청취를 위한 예비 심리에서 자신이 직접 증언하기로 결정한 애니의 행동이 매우 미련한 짓이었다는 것이다. 그 예비 심리 증언에서는 정식 재판에서 검사가 끌어내지 못했던 진술이 쏟아져 나왔다.('검사는 정식 재판 내내 자백을 이끌어내려고 거의 미칠 지경이었겠지.') 그러나 정작 정식 재판에서는, '덴버에 있는 법정에 섰던' 9월의 사흘 동안 애니는 예비 심리에서 자백했던 그 많은 말들을 한마디도 뻥긋하지 않았다. 폴은 예비 심리에서 애니가 정말로 모든 것을 다 털어놨을 것이라고 생각했다.

책에 붙여 놓은 기사들 일부에서 애니가 예비 심리 중 내뱉은 주옥같은 명대사들을 조금이나마 엿볼 수 있었다.

"그 아기들이 나를 슬프게 만들었냐고요? 물론이죠. 우리가 사는 세상에 걔들이 존재한다는 사실이 나를 슬프게 했어요."

"나는 부끄러운 짓을 하나도 하지 않았어요. 나는 절대 부끄럽지 않아요. 이미 다 끝난 일이라고요. 나는 그딴 것들을 뒤돌아볼 사람이 아녜요."

"그 아기들 장례식에 참석한 적이 있냐고요? 당연히 아니죠. 장례식이 얼마나 우울하고 재수 없는 일인데. 그리고 나는 아기들한테 영혼이 있다고는 믿지 않아요."

"아니오, 나는 절대 울지 않았어요."

"내가 한 행동을 미안하게 생각하느냐고요? 그것 참 철학적인 질문이군요, 그렇죠?"

"물론 나는 그 질문을 이해해요. 여러분이 내게 한 질문을 모두 이해해요. 당신들 모두 한통속이 돼서 어떻게든 나를 감옥에 처넣으려고 혈안이 되어 있다는 것도요.

'정식 재판에서도 스스로 변호하겠다고 고집 피웠더라면, 애니의 변호사가 아마 제발 입 닥치고 있으라고 총이라도 쐈을 거야.'
1982년 12월 13일, 배심원단이 평결을 내릴 때가 되었다. 그리고《록키 마운틴 뉴스》에 깜짝 놀랄 만한 사진이 실렸다. 애니가 유치장 안에 조용히 앉아서 폴이 쓴 소설『미저리의 모험』을 읽고 있는 사진이었다. 사진 밑에 짧은 글이 달려 있었다. '미저리에 푹 빠져? 드래곤 레이디 만화는 읽지 않았다.' 애니는 배심원단의 판결을 기다리는 동안 조용히 독서에 열중했다.
그리고 12월 16일 신문 1면 머리기사는 '드래곤 레이디 무죄'였다. 기사 속에서 익명을 요구한 한 배심원이 말했다. "저도 그녀의 무죄 가능성을 아주 심각하게 의심했습니다. 하지만 유감스럽게도, 냉철하게 생각해 보면 그녀가 유죄라고 확신하려 해도 미심쩍은 것이 사실이예요. 저 개인적으로는 그녀가 다른 유아 살해 사건으로 다시 재판을 받았으면 좋겠어요. 아마 그 재판에서는 검찰 당국이 더 강력히 문제 제기를 할 수 있을 거라고 기대합니다."

사람들은 모두 애니가 범인임을 알았지만, 아무도 그 사실을 입증할 수 없었다. 그래서 애니는 유죄를 확신한 사람들 속에서 빠져나왔다.

이어지는 서너 쪽에서는 사건이 서서히 마무리되고 있었다. 지방 검사는 확실히 애니가 희생된 다른 아기들 중 한 명에 대해서도 재판을 받게 될 것이라고 말했다. 3주일 후, 그는 그런 말 한 적 없다고 말했다. 1983년 2월 초, 지방 검찰청에서는 볼더 병원에서 발생한 유아 살인 사건은 계속 활발히 수사하겠지만, 애니 윌크스에 대한 수사는 종결되었다는 성명을 발표했다.

애니는 유죄를 확신한 사람들 속에서 빠져나왔다.

애니의 남편은 검찰 쪽과 피고 쪽 어느 편에서도 증언을 하지 않았다.

'왜 그랬는지 궁금한데?'

책에는 아직 못 읽은 부분이 남아 있었다. 하지만 폴은 대부분을 이미 읽었고, 이제 애니의 역사책을 거의 다 보았다고 기분 좋게 말할 수 있었다.

'하느님 감사합니다.'

다음 지면은 1984년 11월 19일 《사이드와인더 가제트》에 나온 기사였다. 도보 여행자들이 그라이더 야생 보호 구역 동쪽 지대에서 젊은 남자의 토막 시체를 발견했다. 그 다음 주 신문에서는 시체의 신원을 뉴욕의 콜드 스트림 하버에 거주하는 스물세 살의 앤드류 폼로이라고 밝혔다. 폼로이는 작년 9월부터 로스앤젤레스로 가기 위해 뉴욕을 떠나 히치하이킹을 하면서 여행하는 중이었다. 폼로이의 부모가 마지막으로 아들과 통화한 것은 10월 15일이었다. 폼로이는 줄스버그에서 수신자 부담 통화로 부모님께 전화했다. 시체는 메마른 강바닥에서 발견되었다. 경찰은 폼로이가 실제로는 9번 고속도로 근처에서 살해되었지만 봄철에 불어난 강물을 타고 떠 내려온 것으로 추정했다. 검시관이 작성한 보고서에 따르면 피해자가 입은 상처는 도끼로 인한 것으로 추정되었다.

아주 열심히 생각한 것은 아니었지만 폴은 그라이더 야생 보호 구역이라는 곳이 애니의 집에서 얼마나 멀리 떨어져 있는 곳일까 하고 떠올려 보았다.

그는 지면을 넘겼고, 적어도 그때까지는, 마지막 기사를 보게 되었다. 그리고 갑자기 숨이 막혔다. 마치 앞선 지면들 속에서 참기 힘들 정도로 끔찍한 사망 기사들을 힘겹게 헤치고 나왔더니, 자신의 사망 기사와 정면으로 맞닥뜨린 것과 같은 경우였다. 그가 보고 있는 것은 분명 부고는 아니었다. 그렇지만…….

"그렇지만 정부가 하는 일처리 과정에서는 비슷하게 취급될 테지." 폴은 낮게 깔리는 힘없는 목소리로 말했다.

《뉴스위크》에서 오려 낸 기사였다. '유명 인사 동정'란. 텔레비전 여배우 이혼 기사 밑에, 그리고 중서부 지역 철강 재벌 사망 기사 위에 이런 기사가 있었다.

실종 신고: 폴 셸던, 42세, 섹시한 데다가 머릿속이 텅 비어서 물에 빠져도 가라앉지 않을 미저리 체스틴을 주인공으로 하는 로맨스

소설 시리즈로 잘 알려진 소설가. 그의 에이전트 브라이스 벨이 작가가 실종되었음을 알려 왔다. "그는 잘 있을 거예요." 벨이 말했다. "그렇지만 연락이 되어서 안심할 수 있으면 좋겠어요. 전 부인도 그와 연락이 되어서 그들 사이에 정리해야 하는 은행 예금 계좌 문제를 해결할 수 있기를 바라고요." 셸던은 새로운 소설을 완성하기 위해 갔던 콜로라도 주 볼더에서 7주 전에 마지막으로 사람들 눈에 띈 이후로 행방이 묘연하다.

2주 전에 나온 기사였다.

'실종 신고, 그게 다야. 그저 실종 신고일 뿐이야. 나는 죽은 게 아니야, 죽은 것하고는 달라.'

그러나 죽은 것이나 다름없었다. 폴은 문득 약이 먹고 싶어졌다. 다리 때문이 아니었다. 신체 모든 부위가 아팠다. 폴은 책을 조심스럽게 제자리에 놓고 휠체어를 굴려 손님방을 향해 출발했다.

바깥에서는 바람이 이전보다 더욱 세차게 휘몰아치고 차가운 빗줄기가 집을 후려치고 있었다. 그 격렬한 기세에 폴은 움츠러들었고, 신음하며, 두려움에 떨며, 약해지려는 마음을 진정하고 왈칵 눈물을 쏟아내지 않으려 안간힘을 썼다.

19

한 시간 후 잔뜩 약에 취해 잠 속으로 빠져들다 보니 폴은 이제 울부짖는 바람 소리가 무서운 것이 아니라 오히려 맘을 편하게 해 주는 것 같았다. 그는 생각했다.

'여기서 탈출하지 못할 거야. 방법이 없어. 토머스 하디가 쓴 「비운의 주드」라는 소설에 나오는 구절 있잖아? "누군가가 와서 그 소년의 두려움을 달래 줄 수도 있었다. 그러나 아무도 그렇게 해 주지 않았다……. 아무도 남의 일에 나서려 하지 않았기 때문이다." 맞아. 옳은 말씀이야. 너를 구해 줄 배는 오지 않을 거야. 너 하나 살리겠다고 구명정을 타고 올 사람은 없단 말이야. 다들 자기 앞가림을 하느라 할리우드 영화 촬영장에 가 있거든. 서부극에 나오는 정의의 수호자는 아침 식사 시리얼 광고 찍느라 바쁘고, 슈퍼맨은 영화 찍느라 바쁘단 말이야. 네 일은 네가 알아서 해, 폴리. 죽이 되든 밥이 되든 내키는 대로 하란 말이야. 이 정도만 말해도 충분하겠지. 이제는 너도 정답을 알 테니까 말이야, 그렇지?'

그랬다. 물론 그는 정답을 알고 있었다.

그 집에서 나가고 싶다면 우선 애니를 죽여야만 했다.

'그래. 그게 정답이야. 아마도 오직 하나뿐인 정답일 거야. 그럼 이제 그 옛날의 정겹던 게임을 다시 시작해 봐야지, 그렇지? 폴리……. 할 수 있지?'

폴은 단 한순간도 망설이지 않고 단호하게 대답했다.

'그래, 나는 할 수 있어.'

눈이 스르르 잠겼다. 그리고 잠들었다.

20

폭풍은 다음 날도 계속되었다. 그날 밤에는 몰려 있던 구름이 흩어지며 날아가 버렸다. 동시에 기온이 영상 15도에서 영하 4도로 뚝 떨어졌다. 바깥세상이 딱딱하게 얼어붙었다. 여전히 혼자 남겨진 둘째 날, 폴이 침실 창문 옆에 앉아 얼음이 반짝거리는 아침 풍경을 바라보고 있자니 축사에서 돼지 미저리가 꽥꽥거리고 암소가 울부짖는 소리가 들려왔다.

가축들 우는 소리는 그때까지 종종 들려왔다. 거실에서 나는 시계 종소리와 더불어 가축들 우는 소리도 생활의 일부가 된 지 오래였다. 그러나 돼지가 그때처럼 격하게 울어 대는 소리를 들어 본 적은 없었다. 암소가 그렇게 다급하게 울어 대는 소리는 전에도 한 번 들어 본 적은 있다고 생각했다. 하지만 그때는 폴이 극심한 고통에 휩쓸려 펄펄 뛰던 때였기 때문에, 암소 우는 소리는 악몽 속에서 희미하게 들려오는 불길한 소리쯤으로 여겨졌다. 바로 애니가 처음으로 폴을 내팽개치고 떠나면서 그가 먹을 약도 안 놓고 갔을 때였다. 폴은 보스턴 근교에서 자랐고 인생 대부분을 뉴욕에서 보냈다. 그래도 그때 암소가 고통스럽게 우는 의미를 알 것 같았다. 젖이 불어서 누군가 빨리 와서 우유를 짜 주어야 했던 것이다. 다른 암소 한 마리는 애니가 제멋대로 불규칙하게 우유를 짜는 바람에 이미 젖이 말라 버려서 괜찮은 듯싶었다.

'그런데 돼지는 왜 저렇게 꿀꿀거릴까?'

배고프니까. 그게 이유였다. 그 한 가지 이유만으로도 돼지는 충분히 고통스러웠을 것이다.

가축들은 그날도 제대로 된 보살핌을 받지 못할 듯싶었다. 폴은 애니가 집에 오고 싶어도 제대로 올 수나 있을지 의심스러웠다. 세상이 온통 미끌미끌한 초대형 스케이트장으로 변해 버렸으니까. 냉정하고 거만한 이기주의에 빠져 가축들을 우리에 가둬 놓고 고통스럽게 만들어 놓았다는 사실 때문에 가축들에게는 동정심을, 애니에게는 분노를 너무나 절절하게 느끼는 자신을 발견하고 폴은 조금 놀랐다.

　'애니, 가축들이 말을 할 수만 있다면, 그들은 이곳에서 "진짜로" 더러운 새끼가 과연 누군지 너한테 말해 줄 거야.'

　날이 갈수록 폴의 생활은 편안해졌다. 깡통을 따서 음식을 꺼내 먹고, 새 컵에 물을 따라 마시고, 딱딱 시간 맞춰 약을 먹고, 매일 오후가 되면 낮잠을 잤다. 미저리와 그녀가 걸린 기억상실증과 예전에는 미처 생각지도 못했던(그리고 황홀하리만치 타락한) 그녀의 혈연관계 이야기들은 조금씩 꾸준히 아프리카로 이동해 갔고, 소설 후반부 무대는 아프리카가 될 예정이었다. 아이러니하게도 폴이 그토록 혐오하던 주인공 미저리가 시리즈 가운데 최고의 작품이 될 소설 줄거리를 술술 풀리게 해 주었다. 이언과 제프리는 영국의 사우샘프턴 항구로 가서 로렐라이라는 범선을 구해 항해할 준비를 했다.

　가장 다급한 순간에 강직증 때문에 인사불성에 빠져 꼼짝 못하는 신세가 된 미저리가(물론 살아가는 동안 또다시 벌에 쏘인다면, 그녀는 즉사할 것이다) 죽든 완치되든 결판을 내야 할 곳은 검은 대륙 아프리카였다. 아프리카 바버리 해안 북쪽 끝에 있는 영국인들과 네덜란드인들의 작은 정착촌 로스타운에서 내륙으로 250

킬로미터 정도 들어간 곳에, 아프리카에서 가장 위험한 부족인 부르카 족이 살고 있었다. 때때로 부르카 족은 '땅벌 족'이라는 이름으로도 알려져 왔다. 부르카 족 영토로 모험을 감행했던 무모한 백인들 중에는 살아 돌아온 사람이 거의 없었지만, 기적적으로 탈출에 성공한 사람들은 땅 위에 우뚝 솟은 커다란 바위산을 보았으며 그 옆면에 바위를 깎아 만든 여자 얼굴이 돌출해 있었다는 전설 같은 이야기를 가지고 돌아왔다. 그 냉혹한 여자는 입을 쩍 벌리고 있고 이마에는 커다란 루비 한 개가 박혀 있었다고 전했다.

거기에 다른 이야기들도 덧붙여져 돌아다녔는데, 분명히 소문에 지나지 않았지만 이상하게도 끊임 없이 사람들 입에 오르내렸다. 그 암석 우상의 보석 박힌 이마 뒤에는 벌집 모양으로 동굴들이 뚫려 있고 그 속에는 거대한 흰 벌들이 여왕벌을 모시고 산다고 했다. 여왕벌은 젤리같이 생긴 괴물로서 굉장한 힘을 지녔다고 했다. 헤아릴 수 없을 만큼 무한한 독…… 그리고 헤아릴 수 없을 만큼 무한한 마법.

평화로운 낮 시간 동안 폴은 이렇게 바보 같은 생각들을 즐기며 놀았다. 그러다 저녁이 되면 돼지가 꽥꽥거리는 소리를 들으며 조용히 앉아 어떻게 하면 드래곤 레이디를 죽일 수 있을지 생각했다.

폴은 실제 생활에서 하는 '할 수 있지?' 게임은 어릴 때 책상 다리를 하고 앉아 즐기던 게임이나 커서 타자기 앞에서 하던 게임과는 영 딴판이라는 사실을 깨달았다. 그저 게임일 때는(비록 돈이 걸린 게임일지라도, 게임은 결국 게임일 뿐이다) 아주 엉뚱한 것들을 생각해 내서 그럴듯하게 다듬어 낼 수 있었다. 한 예로 미저리 체스틴과 샬롯 에블린하이드 양 사이에서 연관성을 이끌어 낸 것을 들 수 있다.(그들은 배다른 자매였음이 드러났다. 나중에 미저리는 아프리카에서 부르카 족이 매달아 놓은 그녀 아버지를 발견하게 될 것이다.) 하지만 실제 생활에서 난해한 생각들은 힘을 잃고 맥을 못 춘다.

그래도 폴이 시도조차 안 한 것은 아니었다. 일 층 욕실에는 모든 약들이 보관되어 있었다. 그 약들을 사용하면 확실히 애니를 손쉽게 해치울 수 있을 것 같았다. 아니면 적어도 약으로 오래도록 무기력하게 해 그가 애니를 해치울 방법을 쓸 때까지 시간을 벌 수도 있었다. 노브릴을 먹이는 방법이 있었다. 그 똥 같은 약을 엄청나게 먹이기만 하면, 괜히 힘들게 해치우느라 움직일 필요도 없었다. 애니는 약물 과다 복용으로 자기가 알아서 스스로 하늘나라로 두둥실 떠오를 것이다.

'그것 참 좋은 아이디어로구나, 폴. 내가 어떻게 하면 되는지 가르쳐 줄게. 그 알약들을 모조리 구해다가 애니가 먹는 아이스크림 통 속에 쑤셔 넣기만 하면 돼. 애니는 아이스크림 속에 피스타치오가 듬뿍 들었네 하면서 돼지같이 맛있게 먹어치울 거야.'

아니다, 당연히 그런 방식이 먹혀들 리 없었다. 머리를 쓴답시고 캡슐을 열어 그 속에서 나온 가루약을 미리 녹여 둔 아이스크림과 섞어 봤자 소용없었다. 폴은 그때까지 꾸준히 약을 먹어 와서 그 맛을 잘 알았다. 캡슐을 빼고 노브릴 가루약만 먹으면 굉장히 썼다. 달콤한 맛을 기대하고 아이스크림을 먹는 애니가 즉시 그 강렬한 맛을 알아차릴 수밖에 없고……

'그렇게 되면 재앙이 너에게 불어 닥친다, 폴리. 절대 최고의 재앙이.'

지어낸 이야기에서라면 음식 속에 약을 섞는 것은 무척 좋은 아이디어였다. 그러나 실제 상황에서는 그렇게 간단히 성공으로 이어지지 않는다. 심지어 캡슐 속에 든 하얀 가루가 거의 또는 완전히 맛이 나지 않는 물질이라 하더라도 폴이 정말로 위험을 무릅쓰고 모험을 감행할 수 있을지는 장담할 수 없었다. 그것은 꽤 위험한 방법이었고, 꽤 불확실한 방법이었다. 그리고 이것은 게임이 아니었다. 목숨이 달린 현실이었다.

또 다른 생각들이 마음을 스치고 지나가다, 더욱더 빨리 폐기 처리 되었다. 그중 한 가지 생각은 어떤 물건을(당장은 타자기가 생각났다) 문 위에 올려놔서 아무것도 모르는 애니가 문을 열고 들어왔을 때 그 물건이 떨어져 맞아 죽게 만든다는 것이었다. 또 한 가지 생각은 계단에 줄을 매달아 놓아 애니가 걸려 넘어지게 만든다는 것이었다. 그러나 문제는 그 방법들이 '아이스크림 속에 노브릴 넣기' 수법처럼 구태의연하며, 성공을 완전히 확신할 수 없는 방법이라는 점이었다. 폴은 애니를 암살하려다 실패라도 하면 자신에게 어떠한 일이 닥쳐올지 상상조차 할 수 없었다.

두 번째 날에도 어둠이 깔리자 돼지 미저리가 여느 때처럼 계속 지루하게 꽥꽥 소리를 냈다. 돼지 우는 소리는 빗장 풀린 문이 바람에 흔들릴 때 녹슨 경첩이 지르는 비명과 비슷했다. 그런데 갑자기 암소 넘버원이 조용해졌다. 불안해진 폴은 그 불쌍한 동물의 젖통이 끝내 터져서 출혈 과다로 죽은 것은 아닌지 궁금해했다. 한동안 폴의 상상력이 우유와 피로 범벅이 된 진흙탕 속에서 죽은 채 엎어져 있는 암소를 보여 주었는데, 그는 황급히 그 그림을 쫓아내 버렸다. 다시는 그런 얼토당토않은 생각은 하지 말자고 맹세했다. 암소는 그런 식으로 죽지 않는다. 그러나 맹세를 부르짖는 목소리에는 어딘가 확신이 부족했다. 폴에게는 암소가 젖이 터져 죽는 일이 가능한지 아닌지 판단할 수 있는 지식이 없었다. 게다가 그가 고민해야 할 문제는 암소가 아니었다. 그렇지 않은가?

'네 엉뚱한 생각들은 모두 한 가지 일에 집중되어 있어. 너는 어떤 수단을 써서 간접적으로 애니를 죽이고 싶어해. 네 손에 직접 피를 묻히고 싶지는 않은 거지. 너는 마치 두꺼운 스테이크 고기를 그 무엇보다 사랑하면서도 정작 도살장에서는 한 시간도 안 돼서 도망치고 마는 사람과 똑같아. 그렇지만 내 말 잘 들어, 폴리, 그리고 내 말 명심해. 주위에 도와줄 사람은 아무도 없어. 너는 지금 당당히 현실과 맞서 싸워야만 하는 거야. 자꾸 엉뚱한 상상 하지 마. 자꾸 쓸데없는 생각 하지 마. 알았어?'

'알았어.'

폴은 부엌으로 굴러 가서 싱크대 서랍을 열고 나란히 꽂혀 있는 식칼을 찾아냈다. 그중에서 가장 길쭉하게 생긴 고기 써는 칼을 집어 들고 침실로 향했다. 폴은 방에 들어가려다 멈춰 서서 문틀 안쪽과 바깥쪽 모두에 나 있는, 휠체어 바퀴 축에 긁힌 자국을 손으로 문질러 닦았다. 그렇지만 문간을 들락날락거린 자국은 문지를수록 더욱 선명해지는 듯했다.

'상관없어. 애니가 자국을 한 번만 못 보고 지나친다면, 그걸 두 번 다시 볼 일이 없게 만들어 줄 테니까.'

폴은 일단 식칼을 침대 옆에 있는 탁자 위에 놓고 몸을 침대 위로 올려놓은 뒤 다시 식칼을 매트리스 밑으로 밀어 넣었다. 애니가 돌아왔을 때 시원한 물 한 잔 갖다 달라고 부탁할 생각이었다. 애니가 물 잔을 들고 와서 물을 먹이려고 상체를 기울이는 순간 목에다 식칼을 냅다 찔러 넣을 생각이었다.

'자꾸 엉뚱한 상상 하지 마.'

폴은 눈을 감았고, 잠에 곯아 떨어졌다. 다음 날 오전 4시 체로키 지프가 그르렁거리며 현관 진입로에 들어서고 엔진과 전조등을 다 끄고 난 뒤에도, 폴은 조금도 움직이지 않았다. 팔에 주사 바늘이 꽂히는 아픔에 잠에서 깨어 애니가 얼굴을 자기 얼굴 가까이 들이밀고 있는 것을 깨달았을 때까지도, 폴은 그녀가 집에 돌아왔다는 사실을 전혀 깨닫지 못했다.

21

처음에 폴은 자기가 쓰고 있는 소설 내용이 꿈으로 나타난 거라고만 생각했다. 막막한 어둠은 단지 거대한 부르카 벌 여신의 암석 머리 뒤로 난 동굴들 속의 어둠이 꿈에서 보이는 것일 뿐이고, 팔이 따끔하게 아픈 것은 벌이⋯⋯.

"폴?"

폴은 별 의미 없는 말을 중얼거렸다. 그저 여기서 나가 달라는 말을 꿈속에서 부르는 누군가에게 몇 마디 중얼거리다 잠잠해졌다.

꿈속의 목소리가 아니었다. 애니의 목소리였다.

폴은 억지로 눈을 떴다. 정말로 애니였다. 잠시 동안 느낀 두려움이 한층 더 강력하게 부풀어 올랐다. 그러다 군데군데 찌꺼기들로 막힌 하수도를 흘러가는 구정물처럼, 단숨에 새나갔다.

'이게 도대체 무슨……?'

전혀 정신을 차릴 수 없었다. 애니는 양모로 된 치마와 지저분한 스웨터를 입은 채로 한번도 그 자리를 떠난 적 없다는 듯 그늘 속에 우뚝 서 있었다. 폴은 손에 주사기를 들고 있는 애니를 보고 방금 전까지 꿈속에서 벌에 쏘여 아프다고 생각했던 것이 사실은 애니가 놓은 주사임을 깨달았다. '이런 제길.' 어느 쪽이든 침에 맞았다는 사실에는 변함이 없었다. 폴은 여신의 손아귀에 붙잡혀 버렸다. 그런데 대체 왜……?

눈부신 두려움이 또다시 몰려오려다가 다시금 푹 꺼졌다. 당황한 폴이 느낀 감정이라고는 다분히 학구적인 놀라움뿐이었다. 다분히 학구적인 놀라움에 지적 호기심이 가미된 감정이었다. 그녀는 어디에서 왔으며, 그때 나타났던 이유는 무엇일까. 폴은 손을 들어올리려 했지만, 손은 조금만 올라갔다……. 아주 조금. 눈에 안 보이는 무거운 추가 손에 매달려 있는 듯한 기분이 들었다. 들어올렸던 손이 조그맣게 둔탁한 소리를 내며 침대 시트 위로 떨어졌다.

'애니가 무슨 약을 주사했는지는 중요치 않아. 지금 이 상황은 네가 소설을 완성할 때마다 맨 마지막 쪽에 쓰는 말과 똑같거든. '끝'이란 말이지.'

그런 생각은 두렵지 않았다. 대신 은근히 행복한 기분이 들었다.

'적어도 애니는 내 마지막 가는 길을 고통 없는 방법으로……
고통 없는 방법으로 만들어 주……'

"아, 깨어났구나!"

애니가 호들갑스럽게 교태를 부리며 말했다.

"멋지다, 폴……. 그 푸른 눈동자. 네 푸른 눈이 얼마나 사랑스
러운지 내가 말한 적 있지? 내 생각엔 다른 여자들도, 나보다 훨
씬 예쁘고 마음속에 담은 애정을 나보다 훨씬 대담하게 표현할
줄 아는 여자들도 나랑 똑같은 말을 했을 것 같아."

'정말로 돌아왔구나. 한밤에 슬며시 기어 들어와 나를 죽이는
구나. 주사 바늘이건 벌침이건 상관없어. 침대 밑에 있는 식칼이
라도 상관없어. 이제 나는 애니가 배출한 수많은 사망자들 가운
데 최신 희생자가 되는 거야.'

주사약이 온몸에 퍼지면서 폴은 몽롱한 행복감에 젖어 거의 익
살스럽기까지 한 생각을 떠올렸다.

'나는 결국 실력이 형편없는 세헤라자데일 뿐이었구나.'

폴은 그렇게 생각하면서 잠으로, 인생의 마지막 잠으로 빠져
들려 했지만, 그게 아니었다. 주사기를 치마 주머니에 집어넣고
침대 위에 걸터앉는 애니가 보였는데…… 그런데 평소에 잘 앉지
않던 위치에 앉았다. 침대 다리 있는 쪽에 바싹 붙어 앉아서 한동
안 딱딱하고 강인한 등만 내보인 채 침대 아래로 몸을 구부렸다.
마치 무언가를 점검하듯이. 나무가 쿵 하고 부딪치는 소리, 금속
이 캉 하고 부딪치는 소리가 들렸다. 그리고 전에 어디선가 들은
것 같은 작은 물건들이 흔들거리며 부스럭대는 소리도 들렸다.

잠시 후 폴은 그 흔들거리는 소리의 정체를 기억해 냈다.

'성냥 받아, 폴.'

다이아몬드 블루팁 성냥. 애니가 침대 다리 아래쪽에 무슨 물건들을 놔뒀는지 다 알 수는 없었지만, 그중 하나가 다이아몬드 블루팁 성냥 상자임은 알 수 있었다.

애니가 돌아다보고 웃었다. 그동안 무슨 짓을 하고 돌아다녔는지 세상을 끝장낼 듯하던 우울증은 사라지고 없었다. 애니가 소녀 같은 몸짓으로 흐트러진 귀밑머리를 쓸어 넘겼다. 그러자 이상하게도, 답답하고 지저분해 보이던 귀밑머리칼이 좀 번들거렸다.

'답답하고 지저분해 보이던 게 좀 번들거리네 오 이보게 그 멋진 모습 추억으로 간직하게나 별로 나쁜 추억은 아니잖아 오 이봐 나 지금 주사약에 취했어 이런 좆같은 경우에 비하면 이제까지 모든 지난 일들은 전초전이었을 뿐이라네 헤이 자기 나 지금 주사에 찔렸어 오 좆같아 좆같이 당했어 그래도 이건 개똥 같은 내 인생에서 최고 절정의 순간이야 이제는 산더미같이 거대한 파도 속으로 좆같이 굽이치는 파도 속으로 들어가는 거야 이제는……'

"폴, 어떤 걸 먼저 듣고 싶어?" 애니가 물었다.

"좋은 뉴스 아니면 나쁜 뉴스?"

"좋은 뉴스 먼저."

폴은 힘겹게 바보 같은 웃음을 활짝 지어 보였다.

"나쁜 뉴스란 건 이제는 다 '끝'이라는 말일 것 같은데, 그치? 결국 내가 쓴 원고가 별로 맘에 안 들었던 거지, 그치? 정말 유감이군……. 그래도 많이 노력했는데. 이야기에 슬슬 발동이 걸렸는데. 나는 이제 막…… 너도 알다시피…… 이제 막 이야기에 흠뻑 몰입하기 시작했거든."

애니가 나무라듯 쳐다보았다.

"폴, 나는 네가 쓴 원고를 사랑해. 그건 이미 너한테 말했고, 결코 거짓말이 아니었어. 그 이야기를 너무나 사랑해서 완전히 결말이 날 때까지 더 이상 미리 읽고 싶지 않았어. 그래서 원고에 빠진 n을 네가 직접 손으로 써넣게 한 거야. 미안해, 하지만…… 내가 원고에 n을 써넣으면 미리 훔쳐 읽는 것 같아서 싫었어."

폴의 바보 같은 웃음이 더 활짝 찢어졌다. 얼마 안 있으면 찢어진 입 끝이 뒤통수에서 서로 만나 사랑의 매듭을 묶어 폴의 불쌍한 늙은 머리통이 패크맨의 얼굴처럼 쩍 벌어질 것 같았다. 어쩌면 머리통이 웃음 때문에 너무 당겨진 나머지 툭 부러져서 침대 옆 환자용 변기 속으로 굴러 떨어질지도 몰랐다. 아직은 주사약의 효과가 미치지 않은 폴의 마음속 깊고 어두운 부분에서는 비상벨 소리가 울려 퍼지고 있었다. 애니는 폴이 쓰고 있는 소설을 사랑했다. 그것은 곧 폴을 죽일 의사가 없다는 뜻이었다. 무슨 일이 벌어지고 있었든 간에, 죽일 의사가 없다는 뜻이었다. 그리고 만약 그것이 사실이라면, 애니가 폴의 생각보다 더욱 끔찍한 무엇인가를 준비하고 있다는 뜻이기도 했다.

그때부터 방 안의 빛이 우중충하게 보이지 않았다. 빛은 놀랍도록 깨끗했고, 빛 자체의 회색 빛무리와 섬뜩할 정도의 매력으로 놀랍도록 가득 차 있었다. 폴은 그 영롱한 빛을 흠뻑 받은 산속 호숫가에서 고요한 회색 안개에 휩싸여 한쪽 다리로 서 있는 백조 떼를 상상했다. 산 속 초원의 봄풀 틈에 솟아오른 바위의 운

모 결정체들이 영롱한 빛을 흠뻑 받아 빛을 반사하는 유리창처럼 삐죽삐죽 날카롭게 빛나는 모습을 상상했다. 영롱한 빛을 흠뻑 받은 이슬 머금은 담쟁이 넝쿨 밑으로 꼬마 요정들이 몸을 숨긴 채 줄을 지어 바쁘게 일하러 가는 모습을 상상했고……

'오 맙소사 너는 정녕 주사약에 홀라당 취해 버렸구나.'

폴은 그렇게 생각하고 가볍게 키득거렸다.

애니도 답례로 웃음을 보여 주었다.

"좋은 뉴스는, 네 자동차가 사라졌다는 소식이야. 그동안 네 차 때문에 걱정을 참 많이 했어, 폴. 지금 같은 폭풍이면 자동차를 멀리 떠내려 보낼 수 있다는 건 알지만, 혹시라도 생각대로 안 될 수도 있는 거잖아. 그 더러운 폼로이 새끼는 봄철에 불어난 물에 휩쓸려 완전히 떠내려갔지만, 자동차는 사람보다는 훨씬 무거운 거잖아, 그렇지? 몸속이 똥으로 가득 찬 사람일지라도 자동차 무게와 비교할 수는 없으니까. 그렇지만 폭풍과 불어난 강물이 힘을 합쳐서 내 생각대로 일을 훌륭하게 처리해 주고 말았어. 네 자동차는 멀리 가 버렸어. 그게 내가 전해 주는 좋은 뉴스야."

"뭐……."

비상벨 소리가 좀더 희미하게 울렸다. 폼로이……. 폴은 그 이름을 알았다. 그러나 정확히 어떻게 그 이름을 알게 됐는지는 생각나지 않았다. 그러다 기억이 났다. 폼로이. 돌아가신 위대한 앤드류 폼로이, 23세, 뉴욕 콜드 스트림 하버 거주. 정확히 어딘지는 몰라도 하여튼 그라이더 야생 보호 구역이란 곳에서 시체로 발견됨.

애니가 폴도 잘 아는 점잔 빼는 목소리로 말했다. "폴, 이제 더 이상 힘들게 숨길 필요 없어. 너도 앤디 폼로이가 누군지 알고 있잖아. 내 스크랩북을 네가 읽어 봤다는 거 나도 다 알아. 가만히 생각해 보면 마음속으로 네가 그 책을 읽어 주기를 바랐던 것 같아. 안 그랬으면 왜 그 책을 그렇게 빤히 보이는 장소에 놔뒀겠어? 너도 이제 알아차렸겠지만, 나는 알아. 나는 모든 것을 확실히 알게 되었어. 그리고 완벽한 증거도 있지. 실들이 다 끊어져 있더군."

"실." 폴이 조그맣게 말했다.

"그래. 나는 언젠가 누가 자기 서랍을 뒤지고 있는지 확실하게 알아낼 방법을 가르쳐 주는 글을 읽은 적이 있어. 각각의 서랍 문을 가로질러서 아주 가는 실을 테이프로 붙여 놓으면 돼. 그리고 나중에 서랍을 봤을 때 실이 떨어져 있으면, 왜 그런 건지는 너도 알겠지, 그렇지? 누군가 서랍을 열어 봤다는 뜻이지. 네가 보기에도 아주 간단한 방법이지?"

"그래, 애니."

폴은 애니가 하는 말을 듣기는 했지만, 진짜 원했던 일은 놀랍도록 영롱한 그 빛 속으로 사라지는 것이었다.

애니가 또다시 몸을 수그려서 침대 다리 아래쪽에 놓아둔 물건들을 점검했다. 폴은 또다시 조그맣고 탁하게 들리는 캉, 쿵 소리를, 나무가 금속 물체를 때리는 소리를 들었다. 그리고 애니가 폴을 돌아다보고 무심히 머릿결을 쓰다듬었다.

"나는 내 스크랩북을 그런 방식대로 만들어 놨어. 너도 알다시피, 사실 나는 실을 쓰지는 않았어. 내 머리에서 뽑은 머리카락을 사용했어. 책 배를 가로질러서 각기 다른 세 군데에다 머리카락을 끼워 놓았는데, 오늘 새벽에 돌아와 봤더니, 글쎄 너를 깨우지 않으려고 아주 일찍 쥐 새끼처럼 살금살금 들어와서 봤더니, 세상에 머리카락이 전부 떨어져 있더라고. 그래서 네가 내 책을 엿보았다는 것을 알았어."

애니는 말을 멈추고 웃었다. 애니로서는 통쾌한 승리의 웃음이었지만, 폴로서는 차마 표현은 못해도 불쾌한 웃음이었다.

"그래도 나는 놀라지 않았어. 네가 방을 나와 돌아다닌다는 것을 알고 있었거든. 그것이 내가 전해 주는 나쁜 뉴스야. 나는 아주 오래, 오래전부터 눈치 채고 있었어, 폴."

폴은 그 상황에서 화가 나고 어찌할 바를 몰라 당황해야 할 것 같았다. 애니가 알고 있었다니, 처음 방을 나왔던 직후부터 알고 있었다니……. 그런데도 폴은 그저 꿈을 꾸듯 몸이 둥실 떠오르는 듯한 행복감에 푹 빠져 있었고, 아침이 밝아 오는 새벽의 끝자락에서 강렬해지는 찬란한 빛만 중요하게 생각했지 애니가 하는 말들은 별로 중요하게 생각하지 않았다.

"그건 그렇고." 애니가 중요한 용건으로 다시 돌아오듯이 말했다.

"방금 네 차에 대해 말하는 중이었지. 폴, 나는 겨울에 미끄러지지 않도록 내 차에 스파이크 타이어를 장착했어 언덕들 사이에 숨겨진 내 비밀 장소에는 타이어 체인을 보관해 뒀고. 난 어제 오후 일찍부터 기분이 말할 나위 없이 좋았단다. 그곳에서 보낸 대부분의 시간 동안 무릎을 꿇고 주님께 진실한 기도를 드렸거든. 그리고 자주 그래 왔듯이 주님께서는 해답을 내려 주셨고, 자주 그래 왔듯이 그 해답은 아주 간결했어. 폴, 주님께 진실한 기도로 다가서서 근심을 털어놓으면, 그분께서는 1,000배도 넘는 어마어마한 은혜를 내려 주시는 법이야. 나는 타이어에 체인을 끼운 다음 조심조심 운전해서 여기까지 내려왔어. 운전하기가 쉽지 않았고, 스파이크 타이어와 체인으로 중무장해도 사고를 당할 수 있다는 건 나도 잘 알고 있었어. 또 이곳처럼 구불구불한 산간 도로에서 교통사고가 났다 하면 '경미한 사고'는 드물다는 것도 잘 알고 있었고. 하지만 내 마음속은 기쁨으로 충만했지. 주님의 뜻을 따르는 한 안전할 거라고 느꼈어."

"그것 참 정신적으로 아주 큰 힘이 될 만한 소리로구나, 애니."

폴이 쉰 목소리로 말했다.

애니는 순간 깜짝 놀라서 그를 보더니 긴장하며 의심의 눈초리를 보내다가…… 긴장을 풀고 웃음 지었다.

"너한테 줄 선물 갖고 왔어, 폴."

무슨 선물인지 물어보려 했지만 애니가 말을 막았다. 폴은 애니가 주는 선물이란 것을 받고 싶은지 어쩐지 제대로 판단하지도 못했다. 애니가 말을 이었다.

"도로가 끔찍하게 빙판 길로 변했더군. 두 번이나 길에서 완전히 벗어날 뻔했지 뭐야……. 두 번째 그랬을 때는 내 애마가 미끄러지면서 뺑글뺑글 도는데, 그 와중에도 무게 중심이 오른쪽으로 쏠리면서 내리막길을 계속 내려가더라니까!" 애니가 기분 좋게 웃었다.

"그러다 눈 더미가 쌓여 있는 곳에 부딪쳐서 그 속에 끼어 버렸어. 그때가 밤 12시쯤이었는데, 빙판 길에 모래 뿌리며 지나가던 유스티스 공공시설 관리국 소속 인부들이 날 발견하고는 눈 속에서 차 꺼내는 일을 도와줬지 뭐야."

"유스티스 고오공쉬스 간니구기 주언 이일 행니에."

폴은 '유스티스 공공시설 관리국이 좋은 일 했네.'라고 말했지만 힘없이 나온 말이라 발음이 무척 안 좋았다.

"주 고속도로에서 3킬로미터 들어온 지점, 그곳이 마지막으로 가장 신경 쓰이는 부분이었어. 너도 알다시피 주 고속도로는 9번 도로야. 네가 사고를 당했던 도로. 아까 말한 인부들이 그 도로에다 모래를 완벽하게 뿌려 놨더군. 난 네가 사고로 굴러 떨어진 지점에 멈춰서 네 차가 어디 있는지 찾아봤어. 그리고 차를 발견하면 무슨 조치를 취할지도 다 생각해 놨고. 차가 그 자리에서 세상에 발각되기라도 하면 사람들은 수많은 의문을 쏟아 낼 것이고, 그런 의문들을 제일 먼저 나한테 와서 물어볼 테니까. 너도 알다시피 남들한테 의심을 살 만큼 내 과거가 좀 화려했잖아."

'나는 너보다 몇 발자국 앞섰어, 애니.' 폴이 생각했다.

'그 모든 시나리오를 이미 3주 전에 다 검토해 봤단다.'

"너를 우리 집으로 데리고 온 데에는 단순한 우연 이상의 무언가가 있는 것 같아……. 하느님의 손길이 나로 하여금 그렇게 하도록 이끌었다고나 할까."

"하느님의 손길이 어떻게 작용했다는 거지, 애니?" 폴은 힘겹게 말을 내뱉었다.

"네 자동차는 내가 그 역겨운 폼로이 자식을 처리해 버렸던 바로 그 장소의 거의 똑같은 지점에 전복되어 있었거든. 자기를 예술가라고 소개하던 그 인간을 처리했던 곳."

애니는 경멸의 표시로 손을 탁 치고 다리를 들썩거렸다. 다리가 움직이면서 바닥에 내려놓은 물건들 중 일부를 건드려 나무가 부딪치는 쿵 소리가 났다.

"에스테스 공원에서 돌아오는 길에 그를 만나서 차에 태웠어. 그 공원에서 열린 도자기 쇼를 구경하고 나서였지. 나는 조그만 도자기 인형들을 좋아하거든."

"나도 거실에서 봤어." 폴의 목소리가 몇 만 광년 떨어진 우주 저편에서 들려오는 듯했다. '커크 함장님! 우주 성운 너머로부터 웬 목소리가 우리 우주선에 수신되고 있습니다.' 폴은 그런 생각을 떠올리고 나서 살짝 낄낄거렸다. 마음속 깊은 부분이, 주사약이 효력을 미칠 수 없는 깊은 부분이, 그를 향해 제발 입 좀 닥치라고, 더 이상 쓸데없는 소리하지 말고 입 좀 다물라고 경고를 보냈다. 하지만 그게 무슨 의미가 있을까? 애니는 이미 다 아는데. 물론 애니는 알고 있었다. 부르카 벌 여신은 모든 것을 다 안다.

"나는 특히 그 얼음 덩어리 위에 앉아 있는 펭귄이 맘에 들던데."

"고마워, 폴⋯⋯. 그거 정말 귀엽지, 그렇지?

"폼로이는 차를 얻어 타려고 길에 서 있었어. 등에 가방을 매고서. 자기가 예술가라고 말했지만, 나중에 알고 보니 단지 더러운 마약쟁이 히피 새끼일 뿐이었어. 지난 몇 달 동안 에스테스 공원 식당에서 접시 닦는 일을 했고. 내가 사이드와인더에 산다고 그러니까 놀라운 우연이라고 맞장구를 치더라고. 자기도 사이드와인더에 가는 길이었다는 거야. 뉴욕에 있는 잡지사에서 의뢰를 받았댔어. 오래된 호텔 있는 곳까지 올라가서 그 폐허를 스케치할 거라고 말했어. 자기가 그린 그림을 잡지사가 준비하는 기사에 사용할 거라나. 오버룩 호텔이라고, 아주 유명하고 오래된 호텔이야. 10년 전에 불타서 무너졌어. 호텔을 관리하던 사람이 불을 질렀대. 미쳐 버려서 그랬다지. 마을 사람들 모두 그렇게들 얘기해. 하지만 신경 쓸 것 없어. 그 사람은 죽었으니까.

"나는 폼로이를 집에 데리고 와서 같이 지냈어.

"우리는 사랑을 나누었지."

하얗도록 창백하고 딱딱한 애니의 얼굴 속에서 불타오르는 검은 눈이 폴을 노려보았고, 폴은 생각했다. '만약 앤드류 폼로이가 너 같은 년을 보면서도 물건을 발딱 세웠다면, 그놈은 호텔을 불질러 버렸다는 관리인만큼이나 미쳤던 게 틀림없어.'

"그 후에 나는 폼로이가 사실은 호텔 그림을 그려 달라는 의뢰를 받은 적이 전혀 없다는 사실을 알게 됐지. 그냥 저 혼자서 호텔 그림을 그리면 잡지사에서 사 주지 않을까 생각하고 호텔로 가던 길이었던 거야. 잡지사가 오버룩 호텔에 관한 기사를 준비해 줄 것인지도 알지 못했어. 나는 아주 순식간에 그 사실을 알아냈지! 그 다음에 몰래 그 새끼가 가지고 다니는 스케치북을 들여다봤어. 당연히 그럴 권리가 있다고 생각했어. 결국 그 새끼는 내음식을 얻어먹고 내 침대에서 잠자면서 빌붙어 지냈으니까. 그 스케치북에는 겨우 여덟, 아홉 장 정도의 그림만 있었는데, 죄다 끔찍했어."

애니가 얼굴을 찡그렸다. 한동안 돼지 소리를 흉내 내던 때와 똑같아 보였다.

"내가 그려도 그거보다는 잘 그렸겠더라! 스케치북을 보고 있는데 그 새끼가 다가오더니 막 화를 내더라고. 내가 예의 없게 훔

쳐봤다는 거야. 그래서 나는 내가 내 집에 있는 물건 보는데 훔쳐
보다니 말이 안 된다고 그랬어. 또 그 새끼가 예술가면 나는 퀴리
부인이라고 말했어. 그런데 그 새끼가 비웃었어. 나를 보고 비웃
었어. 그래서 나…… 나는…….."

"너는 그를 죽였어."

폴이 말했다. 목소리가 희미하고 아득하게 들렸다.

애니가 벽을 보고 불안하게 웃었다. "글쎄, 뭐 그 비슷한 일이
일어났다고 할 수 있겠지. 자세한 것은 기억이 안 나. 오직 그 새
끼가 죽어 있는 모습밖에는. 그것만은 생생히 기억해. 시체를 욕
조에서 물로 씻은 것도 기억 나고."

폴은 애니를 보며 토할듯 역겨운 공포를 느꼈다. 어떤 형상이
떠올랐다. 벌거벗은 폼로이의 시체가 짓이겨진 밀가루 반죽 같은
모습으로 1층 욕조 속에 떠 있고, 머리통은 욕조 가장자리에 비스
듬히 기대어 있고, 부릅뜬 눈은 천장을 올려다보고…….

"어쩔 수 없었어."

애니가 입술을 추켜올려 이빨을 드러내 보이고 말했다.

"너는 아마 머리카락 딱 한 올이나 시체 손톱 밑에 낀 때나 심
지어 시체 머리카락에 묻은 먼지만 가지고도 경찰이 얼마나 많은
것을 알아낼 수 있는지 모를 거야! 너는 모르지만 나는 평생 병원
에서 근무해 봐서 다 알고 있어! 나는 다 알아! 나는 버어업의학
을 잘 알아!"

애니는 분명 극도의 광란 상태로 빠져들고 있었고, 폴은 어떻
게든 최소한 일시적으로라도 그녀를 진정시킬 말을 해 줘야만 한
다는 것을 알고 있었다. 그러나 폴의 입은 감각이 빠져나가 무용

지물이 된 것만 같았다.

"그들이 나를 잡으러 올 거야, 경찰 병력이 전부 출동해서! 너는 내가 그들한테 일이 어떻게 된 것인지 잘 설명하면 그들이 귀 담아 들을 것이라고 생각하니? 너는 그래? 그래? 오 절대 아냐! 아마 미친 소리만 해 댈 거야. 내가 그 새끼한테 치근댔다가 그 새끼가 비웃으니까 내가 죽여 버렸다는 식으로! 그딴 식으로밖에 말할 줄 모르는 작자들이라고!"

'그런데 애니, 너 그거 아니? 그거 알아? 내 생각에는 그 작자들 말이 진실에 좀더 가까운 것 같은데.'

"이 근처에 사는 더러운 새끼들은 나를 곤경에 빠뜨리거나 내 이름을 더럽히는 일이라면 무엇이든지 지어내서 말할 거야."

그녀가 말을 멈췄다. 숨이 차서 그런 것이 아니라 숨을 거칠게 쉬느라 그런 것이었다. 그리고 폴을 따갑게 노려봤다. 마치 자기 의견에 반대하면 감히 도전해 보라고 유도하는 것만 같았다. '네까짓 게 감히 도전을!' 하는 식으로.

그러다 차츰 안정을 찾는 것 같더니 차분한 목소리로 말을 계속했다.

"나는 씻었어……. 그러니까…… 그 시체…… 그리고 옷들. 나는 무엇을 해야 할지 알고 있었어. 밖에는 눈이 내렸는데, 그해 첫 폭설이었어. 일기예보에서는 다음날 아침이면 30센티미터나 쌓일 거라고 하더군. 그 새끼의 옷가지들을 비닐봉지에 넣고 시체는 시트 천에 둘둘 말아서 다 챙긴 다음에 날이 어두워진 후 9번 도로 아래의 그 말라붙은 강바닥으로 나갔지. 나는 네 차가 끝장난 곳에서 1킬로미터 더 아래로 걸어 내려갔어. 한참을 걷다 숲이 나오자 가져온 것들을 다 버렸어. 아마 내가 시체를 조심스럽게 숨겨 놨을 것이라고 생각하겠지만, 안 그랬어. 내리는 눈이 시체를 감쪽같이 덮을 줄 알고 있었고, 강바닥 있는 데다 버렸으니 봄이 되면 얼음이 녹아 불어난 강물에 시체가 떠내려갈 거라고 생각했어. 그리고 내 예상대로 일이 벌어졌지. 그렇게 멀리까지 떠내려 갈 줄은 몰랐지만. 사람들이 1년이 지나서야 시체를 찾아 냈지 뭐야……. 죽은 지 1년이나 지나서, 그리고 45킬로미터나 떨어진 지점에서. 사실 그렇게 멀리까지 안 떠내려갔더라면 더 좋았을 텐데. 그라이더 야생 보호 구역은 지나가는 무전 여행자나 조류 관찰하는 사람들이 늘 많이 모여들거든. 이 근처 숲이었다면 인적이 드물어서 발견되지도 않았을 텐데."

애니가 웃었다.

"그리고 이젠 네 차가 그렇게 멀리 떠내려갔어, 폴. 9번 도로와 그라이더 야생 보호 구역 사이 어디쯤에. 도로에서는 보이지도 않을 만큼 멀리 떨어진 곳이지. 내 차 옆에는 산악용 전등이 달려 있는데 아주 강력한 거야. 그런데도 강물이 숲 속으로 깊이 들어가서 잘 안 보이는 거야. 물이 깊지만 않았으면 내가 직접 발로 걸어 들어가서 네 차가 혹시 보이는지 살펴보려고까지 했는데, 더 살펴보지 않아도 인적 없는 곳까지 떠내려간 게 확실한 것 같더라고. 2년이나 5년이나 7년쯤 지나 어떤 사냥꾼이 발견하겠지. 온통 녹이 슬고 운전석엔 다람쥐가 둥지를 틀고 있을 거야. 그리고 그때쯤이면 너는 내 소설을 다 완성하고 뉴욕이나 로스엔젤레스나 아니면 너 가고 싶은 곳 어느 곳이든 돌아가 있을 거고, 나는 이곳에서 나만의 고요한 삶을 살겠지. 어쩜 가끔씩 편지도 주고받으면서."

애니가 무엇엔가 홀린 듯 희미하게 웃었다. 하늘 위에서 사랑스러운 마법의 성을 발견한 여자의 웃음이었다. 그러나 웃음은 이내 사라졌고, 다시 사무적인 태도로 돌아왔다.

"그러고 나서 집에 돌아왔는데, 도중에 생각을 참 많이도 했지. 그럴 수밖에 없는 것이, 네 차가 사라졌다는 건 곧 이제 정말로 네가 계속 이곳에 머무를 수 있게 됐고, 내 소설을 정말로 완성할 수 있게 됐다는 뜻이니까. 너도 알다시피, 나는 항상 네가 그렇게 될 수 있을지 회의적이었어. 결코 말은 안 했지만. 왜냐하면 너를 혼란스럽게 하고 싶지 않았거든. 너를 혼란스럽게 하고 싶지 않았어. 혼란스럽게 했다가는 글을 제대로 쓰지 못하리라는 것을 어느 정도 알고 있었기 때문이야. 그런데 있잖아, 막상 말해 놓고 보니 내가 느꼈던 것보다도 훨씬 냉혹하게 들리는데, 너도 알다시피, 나는 그토록 훌륭한 이야기들을 만들어 내는 너의 일부를 사랑하기 시작했다는 거 아니겠어. 내가 사랑하는 것은 너의 그런 점뿐이야. 나머지 다른 부분들은 난 잘 몰라. 그리고 그 부분들은 아주 유쾌하지 못한 것들로 가득 차 있을 거라고 생각해. 너도 알다시피, 나는 멍청이가 아니야. 나는 소위 '유명 작가'라고 불리는 인간들을 다룬 글을 읽은 적이 있어서, 그것들이 흔히 불쾌한 면도 많이 가지고 있다는 사실을 알아. 그 F. 스콧 피츠제럴드랑 어니스트 헤밍웨이랑 미시시피 출신 무식한 놈이랑(이름이 포크너인지 뭔지 간에), 그 인간들이 퓰리처 상이나 다른 많은 상을 받긴 했을 테지만, 동시에 단지 염병할 술주정꾼 게으름뱅이이기도 하더군. 다른 작가들도 마찬가지야. 훌륭한 소설을 쓰지 않을 때는 술 퍼마시고 계집질에 마약이나 하고 하여튼 그 밖에 하늘만이 아실 별의별 추잡한 짓은 다 저지르고 다녔더란 말이지.

"하지만 너는 그런 새끼들이랑은 달라. 그리고 조금 더 지나서 내가 폴 셸던이란 사람의 나머지 면들까지 다 알게 됐을 때, 지금 너를 향한 내 신뢰가 깨지지 않았으면 좋겠어. 그렇지만 지금은 너의 나머지 면들도 역시 사랑해."

"고마워, 애니."

폴은 황금빛으로 빛나는 파도 꼭대기에서 말했다. 그리고 생각했다. '그렇지만 너도 알다시피, 너는 나를 오해하는지도 몰라. 내 말은, 이곳에서는 남자를 유혹에 빠뜨릴 만한 여러 가지 요소들이 엄격하게 제한되어 있다는 뜻이야. 애니, 두 다리가 부러져 있을 때는 말이지, 술집을 전전하며 즐겁게 노는 일도 아주 힘든 노동이란다. 마약이라면 나는 지금도 실컷 즐기고 있어. 부르카 벌 여신께서 내 건강을 위해 마약 성분으로 똘똘 뭉친 약을 꼬박꼬박 챙겨 주시니까.'

"그런데 네가 정말로 이곳에 머무르고 싶어 하는 걸까?" 애니가 질문을 던졌다.

"나는 나 자신에게 그렇게 물으면서도 계속 내 마음을 속이고 싶었어. 그 답을 알고 있으니까. 심지어 저기 문에 난 자국을 발견하기 전부터 이미 답을 알고 있었으니까."

애니가 문에 있는 자국을 가리켰고, 폴은 생각했다.

'나는 네가 거의 처음부터 그 답을 알고 있었다는 데 돈을 걸겠어. 마음을 속였다고? 애니, 너는 안 그랬어. 절대 아니야. 그렇지만 넓게 봐서 우리 둘 다 서로 자기 마음을 속였다고 해 두지.'

"내가 처음으로 너를 팽개치고 가 버렸을 때 기억하니? 우리가 바보같이 원고 종이 때문에 싸우고 난 다음에?"

"기억해, 애니."

"그때가 처음으로 네가 방을 빠져나왔을 때였지, 그치?"

"맞아." 사실을 부인할 이유가 없었다.

"당연히 그랬겠지. 약이 간절했을 테니까. 약을 구하려고 무슨 짓이라도 저지를 거라는 걸 미리 예상했어야 하는데, 그렇지만 나는 확 열 받으면, 나는…… 어떻게 되는지 너도 알잖아."

애니가 약간 신경질적으로 키득거렸다. 폴은 애니의 웃음에 동참하지 않았다. 조금도 웃지 않았다. 극심한 고통에 몸부림치는 동안 스포츠 해설자의 유령 같은 목소리가 끊임없이 실황 중계를 하던 기억이 여전히 강하게 남아 있었다.

'그래, 나는 네가 어떻게 돌변하는지 알아. 더러운 성질을 다 쏟아내지.'

"처음에는 나도 완전히 확신하지는 못했어. 흠, 거실 작은 탁자 위에 세워 놓은 인형 몇 개가 움직인 것을 발견했지만, 그저 내가 오다가다 부딪쳐서 그런 것이겠지 하고 생각했어. 깜빡 잊고 흔들린 인형들을 정리 안 하고 지나친 적이 몇 번 있었거든. 마음속에 네가 방을 나온 것이 아닌가 하는 생각이 스쳤지만, 대수롭지 않게 여겼어. '아니야, 그건 불가능해. 폴은 몸 상태가 정상이 아니야, 게다가 내가 문까지 잠가 놨는데.' 나는 치마 주머니 속에 문 열쇠가 잘 있는지 뒤져 보기까지 했는데, 물론 열쇠는 잘 있었지. 그런데 그때 네가 엉거주춤하게 휠체어에 앉아 있었던 것을 기억해 냈어. 그래서 어쩌면……."

"간호사로 10년간 활동하며 배운 것들 중 하나는, 항상 만일의 경우까지 살펴보는 현명한 자세를 유지해야 한다는 거야. 그래서 아래층 욕실에 보관해 둔 물건들을 검사해 봤어. 그 약들은 대부분 내가 병원에서 근무하는 동안 집에 가져온 견본들이야. 폴, 그 견본들은 병원에 가 보면 아무렇게나 굴러다니는 것들이라고! 그래서 이따금씩 몇 개만…… 그러니까…… 남아도는 몇 개씩만…… 슬쩍했어. 그리고 병원에서 나만 그랬던 것도 아니고. 그렇지만 나는 모르핀 성분이 함유된 중독성 약품은 절대 손대지 않았을 만큼 똑똑했어. 병원에서는 그런 약들을 자물쇠를 채워 철저히 보관해. 개수를 다 세어서 확인하지. 정확하게 수량을 기록해 놓는 거야. 그리고 너도 알다시피, 만약 병원 측에서 어떤 간호사가 몰래 중독성 약을 훔치고 있다는 사실을 알면, 그러니까 흔히들 말하는 것처럼 눈치 채면, 확실해질 때까지 그 간호사를 지켜만 보는 거야. 그러다 마침내 쾅!" 애니가 세차게 손을 아래로 내리쳤다. "그렇게 해서 쫓겨난 간호사들은 대부분 다시는 하얀 간호사 모자를 쓰지 못하게 돼 버리는 거야.

"나야 그런 일에 휘말리지 않게 조심했을 만큼 똑똑한 사람이지만.

"욕실 안에 들어가서 약 상자들을 살펴봤더니 거실 작은 탁자에 있는 인형들을 봤을 때랑 똑같은 생각이 들었어. 어떡하다 보니 상자 속 약들이 흐트러졌구나 했지. 자세히 보니까, 그중 상자 하나가, 전에는 맨 밑바닥에 있던 것이었는데 그때는 다른 상자들 위에 얹혀 있는 것처럼 보였어. 그래도 확신할 수가 없었어. 그래서 내가 그렇게 놔뒀을 수도 있겠구나, 내가…… 그러니까…… 내가 정신이 없었을 때.

"그렇게 신경 쓰지 않기로 하고 이틀이 지났을 때, 나는 오후 약을 주려고 네 방으로 들어갔어. 너는 계속 낮잠을 자는 중이었고. 내가 문손잡이를 잡고 돌리려고 하는데, 몇 초 동안 꿈쩍도 하지 않는 거야. 꼭 열쇠로 잠겨 있는 것처럼. 그러다 손잡이가 제대로 돌아갔는데, 자물쇠 속에서 무엇인가 덜컥거리는 소리가 들렸어. 그때 네가 인기척을 느끼고 잠에서 깨어나는 바람에 평상시처럼 약을 갖다 주었지. 아무 일도 없었다는 듯이. 폴, 나는 시침 뚝 떼는 데 선수거든. 그리고 네가 글을 쓸 수 있게 휠체어에 앉혀 주었어. 그렇게 그날 오후 네가 편안히 집필할 수 있게 뒷바라지를 해 주면서, 나는 다메섹 가는 길에 놀라운 가르침을 받은 사도 바울이 된 듯한 기분이었어. 눈이 휘둥그레졌지. 네 혈색이 놀랄 정도로 좋아진 것이 보였어. 다리를 움직이는 것도 보였어. 그렇게 움직이면 아파서 조금씩밖에 못 움직일 텐데, 너는 자연스럽게 다리를 움직이고 있었어. 그리고 네 팔도 마찬가지로 예전의 힘을 되찾아 가고 있었고.

"나는 네가 다시 예전의 건강을 거의 회복하고 있다는 것을 알았어.

"그제야 비로소 아무리 외부에서 의심을 사지 않더라도, 너 때문에 문제가 생길지도 모른다는 사실을 깨달았던 거야. 나는 너를 보았고, 시침 뚝 떼고 비밀을 감추는 데 선수인 사람은 나 혼자만이 아닐 거라는 사실을 알았지.

"그날 밤 네가 먹는 약을 좀더 독한 걸로 바꿨어. 그리고 네가 침대 밑에서 수류탄이 터져도 일어나지 않을 정도로 곯아떨어졌다는 것을 확인하고 나서, 나는 지하실 선반에서 작은 공구 상자를 가지고 와서는 침실 문손잡이가 붙은 판을 뜯어냈어. 그때 내가 찾아낸 게 뭔지 잘 봐!"

애니는 입고 있던 남성용 셔츠 가슴 주머니에서 작고 검은 물체를 꺼냈다. 그리고 감각이 얼얼한 폴의 손에 올려놓았다. 폴은 그것을 얼굴 가까이 가져다 놓고 올빼미같이 휘둥그레진 눈으로 보았다. 구부러지고 찌그러진 머리핀 조각이었다.

폴이 낄낄대며 웃기 시작했다. 도무지 멈출 수가 없었다.

"뭐가 그리 웃겨, 폴?"

"네가 세금 고지서 내려 나갔던 날 말이야. 나는 또 문을 열고 나가야만 했어. 휠체어가, 이거 너무 커서 탈이야, 문에다 검은 자국을 남겨 놨거든. 나는 할 수 있는 한 깨끗이 그 자국을 닦아 버리고 싶었어."

"그래서 내 눈에 걸리지 않게 말이지."

"맞아. 그런데 너는 이미 그전에 자국을 발견했지, 그런 거지?"

"문 자물쇠 속에서 내 머리 핀을 발견한 후에 말이지?" 애니가 흥에 겨워 웃었다. "아무렴 그랬지 그랬고 말고."

폴은 고개를 끄덕이고 더욱 맹렬히 웃어 댔다. 너무 심하게 웃어서 눈에서 눈물이 줄줄 흘러나왔다. 그 모든 노력…… 그 모든 근심…… 그 모두가 헛수고였다니. 너무나 우스웠다.

"나는 그 머리핀 조각 때문에 다 들통 날지도 모르겠다고 걱정했어……. 그런데 아무 일도 없더군. 그것이 문 속에서 덜그럭거리는 소리도 전혀 듣지 못했어. 그런데 그럴 만한 기막힌 이유가 있었던 것이었구먼, 그렇지 않아? 머리핀 조각이 덜그럭거리지 않았어. 네가 꺼내 갔기 때문에. 야, 애니, 너 정말 장난이 심했다."

"그래."

애니가 말했다. 그리고 희미하게 웃음 지었다.

"나는 짓궂은 장난꾸러기야."

애니가 발을 움직였다. 침대 다리 있는 곳에서 또 나무가 쿵 하는 둔탁한 소리가 났다.

22

"너 방을 빠져나간 게 전부해서 몇 번이나 돼?"

'식칼. 오, 제발, 식칼이여.'

"두 번. 아니, 잠깐. 어제 오후 5시경에 또 나갔던 것까지 합해야 해. 컵에 물을 채우러 나갔거든."

사실이었다. 폴은 진짜로 물 잔에 물을 채웠다. 하지만 세 번째 나들이의 진짜 목적은 말하지 않았다. 진짜 목적은 침대 매트리스 밑에 있었다. 폴은 옛날 동화 제목을 생각했다. '공주님과 침대 속의 완두콩 한 알. 폴과 침대 속의 돼지 먹따는 식칼 한 자루.'

"세 번. 물 가지러 나간 것까지 포함해서."

"사실대로 말해, 폴."

"오직 세 번뿐이야, 맹세할 수 있어. 그 밖에는 절대 나간 적 없어. 네가 미처 생각을 못했나 본데, 예수님의 이름을 걸고 말하는데, 나는 이 방에서 소설을 쓰느라 무척 바쁜 몸이었단 말이야."

"구세주의 이름을 함부로 입에 담지 마, 폴."

"네가 내 이름을 입에 담으면서 괜스레 오해하지만 않으면, 그렇게 하겠어. 처음에 방을 나간 것은 너무 아파서, 누군가가 내무릎 아래쪽을 지옥 불에 푹 담가 놓은 것만 같아서 그랬던 거야. 그래 누군가 나를 그렇게 만들었지. 네가 그랬어, 애니."

"아가리 닥쳐, 폴!"

"두 번째 나갔을 때는 먹을 것을 찾아서, 네가 오랫동안 집에 돌아오지 않을 경우에 대비해서 방에다 비상식량을 준비해 두려고 그랬던 거야." 폴은 애니를 무시하고 계속 말했다.

"그 다음번에는 목이 말라서 그랬어. 그것뿐이지 더 뭐가 있겠어. 거창한 음모 같은 거 없어."

"그렇다면 매번 나갈 때마다 전화를 걸려고도 안 했고, 출입문들에 붙은 자물쇠를 어떻게 해 보려고도 안 했겠군. 네가 그렇게 착한 꼬맹이 소년이라면 말이야."

"전화를 걸어 보려고 애쓴 적은 있어. 물론 자물쇠를 열고 싶은 맘도 있었지…… 하지만 관뒀어. 출입문들이 활짝 열려 있었다 해도 밖에 나갔다가는 꼼짝없이 진흙탕에서 목욕해야 할 판인데 어딜 나가."

주사약이 세찬, 더욱 세찬 파도가 되어 폴을 덮쳤다. 그리고 이제 폴은 애니가 제발 입 닥치고 방에서 나가 주기만을 바랐다. 애니는 이미 주사약을 이용하여 그가 진실을 말하게끔 하는 혁혁한 전과를 올리지 않았던가. 폴은 조만간 그 대가를 치르게 될 것 같아 걱정스러웠다. 그러나 우선은 잠을 자고 싶었다.

"너 방을 빠져나간 게 몇 번이야?"

"이미 말했는데……."

"몇 번이냐니까?" 애니가 언성을 높였다.

"사실대로 말해!"

"사실이야! 세 번이라니까!"

"몇 번이냐니까, 제기랄!"

애니가 한 방에 뿅 가서 정신 못 차리게 하는 어마어마한 약을 주사했는데도 폴은 슬슬 두려워지기 시작했다.

'애니가 내게 무슨 짓을 저지른다 해도, 적어도 아주 고통스러운 일은 아닐 거야……. 내가 소설을 완성하기를 바라고 있으니까……. 그렇게 말했으니까.'

"너는 나를 바보 취급하고 있어."

폴은 애니의 피부가 눈부시게 빛나는 것을 보았다. 암석 위에 매끈한 플라스틱을 단단히 붙여 놓은 듯했다. 그 딱딱한 얼굴에서는 작은 땀구멍 하나 찾아볼 수 없을 것 같았다.

"애니, 나 맹세하건대……."

"오, 거짓말쟁이는 맹세를 밥 먹듯 하지! 거짓말쟁이는 맹세를 사랑해! 그래, 그래, 너 하고 싶은 대로 맘껏 해 봐, 나를 바보라고 생각하고 놀려 보라고. 괜찮아. 너만 좋다면야 상관없어. 바보가 아닌 여자를 바보라고 농락하다 보면, 그 여자는 항상 너보다 저만치 앞서 가 있는 법이거든. 폴, 너한테 밝혀 둘 게 있어. 나는 집 안 곳곳에다 실과 내 머리카락을 붙여 놓았단 말이야. 그런데 나중에 보니까 그중 대다수가 떨어져 있었어. 떨어져 있든가 아니면 아예 없어져 버렸든가······. 그냥 사라졌더군······. 휘리릭!
스크랩북만 그랬던 게 아냐. 복도에서도, 윗층 옷장 서랍에서
도······ 창고에서도······ 여기저기."

'애니, 부엌문을 그렇게 단단히 잠가 해 놨는데 내가 어떻게 바
깥에 있는 창고까지 나갈 수 있었겠어?'

폴은 이렇게 묻고 싶었다. 그러나 애니는 틈을 주지 않고 몰아
붙이기만 했다.

"자, 이제 네 맘대로 말해 봐. 나한테 또 세 번밖에 안 했다고
나불거려 보시지, 똑똑 씨. 그러면 너한테 과연 누가 바본지 알려
줄 테니까."

폴은 겁에 질린 표정으로 불안하게 애니를 보았다. 어떻게 대
답해야 할지 알 수 없었다. 애니의 의심은 너무나 피해망상적이
었고······ 너무나 미친······.

'이럴 수가.' 폴은 갑자기 창고를 잊고 다른 생각을 떠올렸다.

'위층? 애니가 방금 위층이라고 그랬나?'

"애니, 도대체 내가 무슨 수로 위층으로 올라가겠어?"

"오호, 너 말 한번 잘했다!" 갈라진 목소리로 애니가 소리 질
렀다.

"당연히 가능하지! 며칠 전에 내가 이 방에 들어왔을 때, 너는
순전히 혼자 힘으로 휠체어에 올라탔잖아! 그런 짓을 혼자 할 수
있을 정도면 위층에도 얼마든지 올라갈 수 있어! 기어가면 되잖
아!"

"그렇겠지, 부러진 두 다리로, 부서진 무릎으로."

애니의 얼굴에 다시금 어두운 균열이 나타났다. 평화로웠던 초

원 밑에서 박쥐 같은 어둠이 날개를 펼쳤다. 애니 윌크스는 사라졌다. 그때 그곳에 서 있었던 것은 부르카 벌 여신이었다.

"폴, 너 지금 내 앞에서 똑똑한 척하는 거니?"

애니가 속삭였다.

"있잖아, 애니, 우린 지금 적어도 둘 중 하나는 똑똑한 척이라도 해야 할 처지야. 그런데 넌 별로 잘할 것 같지가 않아. 만약 네가 얼마나 미쳤는지……"

"몇 번이냐니까?"

"세 번."

"처음에는 약을 구하러."

"그래. 노브릴 알약."

"그리고 두 번째는 먹을 것을 구하러."

"바로 그거야."

"세 번째는 잔에 물을 채우려고."

"그래. 그런데 애니, 나 지금 너무 어지럽거……"

"복도에 있는 욕실에서 물을 채웠지."

"그래……"

"한 번은 약, 한 번은 먹을 것, 그리고 또 한 번은 물."

"그래, 벌써 끝난 얘기잖아!" 폴은 소리치려고 했지만 입에서 나온 것은 기운 없는 중얼거림뿐이었다.

애니가 다시 치마 주머니 속에 손을 넣더니 고기 써는 식칼을 끄집어냈다. 날카로운 칼날이 밝아 오는 아침 햇살 속에서 빛났다. 갑자기 애니가 왼쪽으로 몸을 틀더니 식칼을 던졌다. 서커스 단원처럼 민첩하고 자연스럽게 식칼을 날렸다. 식칼은 몸을 부르르 떨면서 개선문 사진 바로 아래 벽에 꽂혔다.

"너한테 수술 전 주사를 놓기 전에 침대 매트리스 밑을 좀 조사해 봤지. 약이 나올 줄은 알고 있었어. 하지만 식칼은 완전히 충격이었어. 정신이 없어서 그만 손을 베일 뻔했다니까. 하지만 넌 식칼을 매트리스 밑에 숨겨 둔 사람이 네가 아니라고 잡아뗄 거지, 그렇지?"

폴은 대답하지 않았다. 마음이 마치 고장 나 버린 유원지 놀이 기구처럼 걷잡을 수 없이 소용돌이치며 갈래갈래 흩어지는 듯했다.

'수술 전? 내가 제대로 들은 건가? 수술 전 주사?'

폴은 순식간에 모든 것을 깨달았다. 애니는 벽에서 식칼을 뽑아내 그의 성기를 잘라 버릴 작정이었다.

"아니지, 너는 그런 곳에다 식칼을 놔둘 사람이 아니야. 너는 약을 구하러 한 번 나갔고, 먹을 것을 구하러 한 번 나갔고, 물을 구하러 한 번 나갔어. 이 식칼은 분명히…… 분명히 혼자서 저절로 두둥실 떠올라 이 방까지 날아와서는, 매트리스 밑으로 숨어 들어 갔을 거야. 그래, 일이 그렇게 된 거로구나!" 애니가 비웃는 듯한 웃음을 터뜨렸다.

'수술 전? 오 하느님, 애니가 정말 그렇게 말했나요?'

"집어치워! 다 집어치우라고, 자식아! 몇 번이냐니까?"

"알았어! 알았어! 물 마시러 나가면서 식칼도 가져왔어! 솔직히 고백할게! 만약 그것 때문에 내가 밖에 나간 횟수를 속였다고 생각한다면, 네 맘대로 생각하고 네 맘대로 빈 칸에 숫자를 채워 넣어도 좋아! 네가 다섯 번이라고 하고 싶으면 다섯 번이 되는 거야. 네가 스무 번이나 쉰 번이나 백 번이라고 하고 싶으면, 그게 정답이야. 그렇다고 해 둘게. 애니, 네가 뭐라고 생각하든, 그게 바로 정답이야."

폴은 분노와 약에 취해 정신이 혼미한 탓에 한동안 수술 전 주사라는 말이 전하는 모호하고 두려운 개념을 잊었다. 애니에게 거침없이 말하고 싶었다. 비록 분명한 사실을 말한다 해도 받아들여지지 않았을 테지만, 거침없이 말하고 싶었다. 스카치테이프는 습기에 약하다. 첩보 소설가 로버트 러들럼의 소설에나 나올 법한 애니의 작은 함정들은 대부분 틈새로 불어든 바람 때문에 벗겨지고 날아가 버린 것이 분명했다. 그리고 쥐 새끼들. 지하실로 빗물이 들어오고 저택 안주인께서 자리를 비운 사이, 벽에서는 쥐 소리가 들렸다. 당연히, 쥐들은 온 집 안을 헤집고 돌아다녔을 것이다. 그리고 그 녀석들은 애니가 너저분하게 흘린 끔찍한 음식 찌꺼기들을 차지하려 몰려들었을 것이다. 아마 그 쥐들이 애니가 집 안에 설치한 대부분의 실들을 떨어져 나가게 한 괴물들이었을 것이다. 그러나 애니는 이런 가능성들을 모두 외면했을 것이다. 애니는 속으로 폴이 당장이라도 뉴욕 마라톤 대회에서 뛸 준비가 되어 있는 튼튼한 사람이라고 믿고 있었을 것이다.

"애니…… 애니, 수술 전 주사라니 무슨 뜻이야?"

그러나 애니는 그때까지도 다른 문제에 집착했다. 애니가 조용히 말했다.

"나는 일곱 번이라고 생각해. 적어도 일곱 번. 내 말대로 일곱 번이었어?"

"네가 일곱 번이라고 하면 일곱 번인 거야. 그런데 방금 뭐라고……."

"너 고집 부리기로 작정했구나. 나는 너 같은 인간들이 먹고 살려고 거짓말하는 데 너무 익숙한 나머지 실제 생활에서도 거짓말을 멈출 수가 없을 거라고 생각해. 그렇지만 뭐, 괜찮아. 네가 일곱 번을 나갔든 일흔 번을 나갔든 일곱 번씩 일흔 번을 나갔든 원칙은 변하지 않으니까. 원칙은 변하지 않고, 그에 따른 결과도 변하지 않아."

폴의 의식이 두둥실, 두둥실, 두둥실 떠올랐다. 눈을 감고 멀리서 말하는 듯한 애니의 목소리를 들었다. 구름 속에서 내려오는 듯한 그 신비한 목소리는······.

'여신.'

"폴, 남아프리카 킴벌리 다이아몬드 광산의 초기 시절에 관한 책을 읽어 본 적 있어?"

"그 책 내가 쓴 거야."

폴은 별다른 이유 없이 불쑥 말을 내뱉고는 웃어 버렸다.

수술 전? 수술 전 주사?

"원주민 일꾼들이 이따금씩 다이아몬드를 훔쳤대. 다이아몬드를 훔쳐서는 잎사귀에 싸서 자기 항문 속에 쑤셔 넣었다는 거야. 만약 걸리지 않고 광산에서 몰래 나오면, 냅다 뛰는 거지. 그러다가 오렌지 강을 지나 보어 인들이 사는 지역까지 도망가기 전에 붙잡히면, 영국인들이 그들을 어떻게 했는지 알아?"

"죽였을 것 같은데." 폴은 여전히 눈을 감은 채 말했다.

"오, 아니야! 그건 스프링 하나 고장 났다고 비싼 자가용을 갖다 버리는 것과 똑같은 짓이야. 영국인들은 도망친 일꾼을 붙잡으면 계속 광산에서 일할 수 있도록 허락했어. 그렇지만 다시는 도망 못 가게 확실한 조치를 취했지. 폴, 그 수술은 '절름발이 개조 수술'이라고 불렸어. 그리고 지금 내가 너한테 해 주려는 게 바로 그거야. 나 자신의 안전과…… 또 너 자신의 안전을 위해서. 나를 믿어. 너는 너 자신의 유혹으로부터 보호받을 필요가 있어. 이것만 기억해 둬. 고통은 잠시뿐이고, 그걸로 끝이야. 그 생각만 하면서 꾹 참는 거야."

면도날을 가득 머금은 돌풍같이 날카로운 공포가 약에 취해 흐트러진 폴의 마음속을 헤집고 다녔고, 그의 눈이 활짝 열렸다. 애니가 일어서서 그가 덮고 있던 이불을 걷었다. 뒤틀린 다리와 맨발이 드러났다.

"안 돼. 안 돼……, 애니…… 마음속에 무슨 생각을 담아 두고 있든, 대화로 풀면 되잖아, 응……? 제발……."

애니가 몸을 숙였다. 몸을 폈을 때는 한 손에 바깥 창고에서 쓰던 도끼를, 다른 한 손에는 용접 작업에 쓰는 프로판 가스 불대를 들고 있었다. 도끼날이 번뜩였다. 불대 옆면에는 번츠 오 매틱 상표가 붙어 있었다. 애니는 다시 몸을 숙여 검은 유리병 하나와 성냥 상자를 꺼내 놓았다. 검은 유리병에 종이 라벨이 붙어 있었다. 라벨에는 '소독약 베타딘'이라고 쓰여 있었다.

폴은 이 물건들, 이 단어들, 이 이름들을 결코 잊지 못했다.

"애니, 안 돼! 애니, 나 여기 계속 있을게! 도망 안 갈 거야! 침대에서 한 발자국도 안 나갈게! 그러니까 제발! 오 하느님 제발 날 자르지 마!"

"괜찮을 테니까 너무 걱정하지 마."

애니의 얼굴은 전기 코드가 뽑힌 가전제품처럼 생기 없는 표정이었다. 복잡한 현실이 만들어 낸 공허한 표정. 폴은 공포가 산불처럼 타올라 마음속을 완전히 초토화하기 직전에야 깨달았다. 그 상황이 끝나고 나면 애니에게는 자신이 무슨 짓을 저질렀는지 아주 어렴풋한 기억밖에 남지 않을 것이 분명했다. 아이들, 노인들, 불치병 환자들, 그리고 앤드류 폼로이를 죽였으면서도 아주 희미하게만 기억하고 있는 것과 같은 이치였다. 애니는 결국 몇 분 전까지만 해도 1966년에 처음 간호사 모자를 썼으면서도 고작 10년 동안 간호사로 일해 왔다고 떠벌리던 대책 없는 인간이었다.

'바로 저 도끼로 폼로이를 죽였겠지. 나는 다 알아.'

폴은 계속해서 비명도 질러 보고 애원도 해 봤지만, 뭐라고 하는지 알아들을 수도 없게 횡설수설하는 꼬락서니였다. 몸을 뒤집어 애니를 피하려 했지만 두 다리가 고통스럽다고 소리쳤다. 다리를 끌어당겨 애니의 공격 목표를 조금이라도 가려 보려고 해도 무릎이 고통스럽게 절규했다.

"딱 1분만 참으면 돼, 폴."

애니는 베타딘 병의 뚜껑을 열고 안에 든 적갈색 액체를 폴의 왼쪽 발목에 부었다.

"딱 1분만 참으면 다 끝나."

애니는 도끼를 기울여 도끼날을 납작하게 고정했고, 강인한 오른 손목에 힘줄이 불끈 솟았다. 오른손 새끼손가락에 끼워진 자수정 반지가 반짝거리며 윙크했다. 애니는 도끼날에도 베타딘을 부었다. 소독약 냄새가 풍겼다. 병원 진료실 냄새, 뭔가 한 방 맞게 될 것임을 의미하는 냄새였다.

"아주 조금 아파, 폴. 그리 심하진 않을 거야."

애니는 도끼를 뒤집고 반대쪽 도끼날에도 소독약을 부었다. 끈적한 액체가 도끼날을 뒤덮기 전 표면에 꽃 핀 것처럼 여기저기 슬어 있는 녹이 보였다.

"애니 애니 오 애니 제발 제발 안 돼 제발 그러지 마 애니 나 너한테 맹세해 착하게 지낼게 하느님께 맹세해 착하게 지낼게 제발 나한테 착해질 수 있는 기회를 줘 오 애니 제발 착해질 수 있는 기……."

"아주 조금 아파. 이제 곧 이 더러운 사업도 영원히 우리들의 과거 속으로 사라질 거야, 폴."

애니는 뚜껑이 열린 베타딘 병을 어깨 너머로 던져 버렸다. 흐리멍덩하고 의식이 없는 얼굴은 냉혹하리만치 딱딱했다. 거의 도끼뿔까지 올라가 있던 오른손이 도끼 자루까지 내려왔다. 애니는 왼손으로 좀더 위쪽을 잡고 나무꾼처럼 다리를 벌렸다.

"애니 오 제발 제발 날 해치지 마!"

애니의 눈빛이 잔잔히 흔들렸다.

"걱정하지 마. 나는 정식 간호사니까."

도끼가 휘파람 소리를 내며 떨어졌고, 폴 셸던의 왼쪽 발목 바로 위쪽에 내리꽂혔다. 거대한 벼락에 맞은 듯한 고통이 온몸에서 터져 나왔다. 검붉은 피가 사방으로 튀어 마치 인디언 전사의 분칠처럼 애니의 얼굴에 들러붙었다. 성난 핏줄기는 벽에까지 튀었다. 애니가 도끼를 비틀어 빼내는 순간 다리뼈 속에 박혀 들썩거리던 도끼날이 끼긱거리는 소리가 들렸다. 폴은 믿을 수 없다는 듯 하반신 쪽을 내려다보았다. 침대 시트가 빨갛게 물들었다. 발가락들이 꿈틀거리는 모습이 보였고, 이어서 핏물이 뚝뚝 떨어지는 도끼를 다시 들어올리는 애니가 보였다. 머리카락이 핀에서 풀어져 나와 흐리멍덩한 얼굴 주위에 매달려 있었다.

폴은 다리와 무릎에 전해지는 고통 속에서도 몸을 뒤로 빼려고 안간힘을 썼다. 그러다 다리는 몸을 따라 움직이는데 발은 그러지 못한다는 것을 알았다. 몸을 움직일 때마다 도끼에 잘린 상처가 넓어져서 입처럼 벌어졌다. 발이 종아리 근육에 붙어 다리에 실낱같이 덜렁덜렁 매달려 있음을 실감하는 순간, 또다시 도끼가 떨어져 내렸다. 도낏날은 이미 한 번 내리쳤던 상처 부위를 정면으로 덮치면서 다리에 간신히 매달려 있던 왼쪽 발목의 나머지 부분을 완전히 절단하고 침대 매트리스 속 깊이 박혀 버렸다. 침대 스프링이 팅팅 틀어지는 소리를 내며 출렁거렸다.

애니는 도끼를 빼내 옆에다 던졌다. 그러고는 피가 뿜어져 나오는 다리의 절단면을 한동안 물끄러미 쳐다보더니, 성냥 상자를 집어 들고 성냥 한 개비에 불을 켰다. 그러고 나서 옆면에 번츠 오 매틱 상표가 붙은 프로판 가스 불대를 집어 들고 가스 밸브를 열었다. 불대 끝에서 쉬익 하는 바람 소리가 났다. 왼쪽 발이 홀로 떨어져 있는 곳에서는 피가 넘쳐흘렀다. 애니가 번츠 오 매틱 불대의 주둥이 밑으로 성냥을 조심스레 갖다 댔다. '후룩!' 소리가 났다. 길고 노란 불꽃이 새 나왔다. 애니는 그것을 견고한 파란 불꽃으로 조절했다.

"상처를 봉합할 수는 없어. 시간이 부족해. 지혈대를 사용하는 것도 좋지 않아. 지혈할 때 상처에 대고 눌러야 하는 중심점이 따

로 없으니까. 할 수 없이

깨끗이 씻어 내야 해

불로 지져야겠어."

애니가 몸을 숙였다. 뼈와 살을 고스란히 드러낸 채 피를 흘리는 절단면 위로 불길이 뿜어져 나오자 폴이 비명을 질렀다. 연기가 피어올랐다. 달콤한 냄새가 났다. 폴은 첫 번째 아내와 하와이 마우이 섬으로 신혼여행을 갔다. 그곳에서 흥겨운 하와이 식 파티를 즐겼다. 발목 타는 냄새는 그로 하여금 하와이 식 파티에서 본 하루 종일 불에 달군 구덩이 속에서 꺼내 온 돼지 구이 냄새를 연상케 했다. 돼지는 막대기에 꽂힌 채 축 늘어져 있었는데, 부위별로 토막 난 고기가 시커멓게 그을려 있었다.

고통이 비명을 질렀다. 폴이 비명을 질렀다.

"거의 다 됐다." 애니는 이렇게 말하며 가스 밸브를 돌렸다. 그러자 절단 부위 주변의 시트에 불이 붙었다. 절단면에서는 더 이상 피가 흘러나오지 않았고, 사람들이 파티장 구덩이에서 꺼내 왔던 돼지 껍데기처럼 새까맣게 변했다. 하와이 식 파티에서 사람들이 푸석푸석해진 돼지 껍질을 마치 미식축구 한 게임 뛰고 나서 땀복을 훌러덩 벗어 버리듯 손쉽게 벗겨 내는 동안 첫 번째 아내 에일린은 고개를 돌려 버렸지만, 폴은 황홀한 듯 열심히 바라보았다.

"거의 다 됐어……"

애니가 불대의 불을 껐다. 폴의 다리는 저만치서 흔들거리는 절단 난 왼발과 함께 불길 속에 누워 있었다. 애니는 몸을 구부리 더니 폴의 오랜 친구인 노란 양동이를 들어 올렸다. 그리고 불길 위로 양동이의 물을 쏟았다.

폴은 비명을 지르고 또 질렀다. 고통! 여신! 고통! 오 아프리카!

애니는 가만히 서서 어렴풋이 놀라는 표정으로 폴을 보고, 다시 검게 탄 피 묻은 침대 시트를 보았다. 파키스탄이나 터키에서 지진이 발생해 10,000명이 죽었다는 소식을 라디오에서 들은 여자의 표정을 하고 있었다.

"폴, 너 이제 괜찮아질 거야."

애니의 목소리가 갑자기 두려움으로 떨렸다. 시선은 막연하게 방 안 이곳저곳을 헤매고 다니기 시작했다. 폴의 원고를 태울 때, 불길이 걷잡을 수 없을 만큼 번질 것처럼 보였을 때에도 그랬다. 애니는 갑자기 어딘가를 응시하더니 안도하는 표정이 되었다.

"그럼 난 쓰레기나 치워야겠다."

애니가 폴의 잘려 나간 왼발을 집어 들었다. 발가락들이 여전히 경련을 일으키고 있었다. 애니는 그 발을 들고 걸어갔다. 문 앞에 이르렀을 때, 발가락들이 움직임을 멈췄다. 폴은 발등에 난 흉터를 봤고, 그 흉터가 생긴 사정을, 아주 어렸을 때 깨진 병 조각을 잘못 밟았던 일을 기억해 냈다.

'거기가 리비어 해변이었던가?'

폴은 그곳이 맞을 거라고 생각했다. 아파서 소리를 지르자 아버지가 와서 작은 상처일 뿐이라고 말했던 것이 기억 났다. 아버지는 그에게 누가 발이라도 잘라 낸 것처럼 호들갑 떨지 말라고 했다. 애니가 문 앞에 멈춰 서서 돌아보자, 폴은 비명을 지르며 불에 타고 피로 물든 침대 속에서 몸부림쳤다. 얼굴은 죽은 사람처럼 하얗게 질렸다.

"이제 너는 절름발이가 됐어. 나를 욕하지 마. 네가 저지른 잘못 때문이니까."

애니가 방에서 나가 버렸다.

폴의 의식도 머릿속에서 나가 버렸다.

23

구름이 다시 몰려왔다. 폴은 더이상 구름이 무의식 대신에 죽음을 의미하는 것인지 신경 쓰지 않고 구름 속으로 뛰어들었다. 차라리 죽음이기를 바랐다. 그저…… 고통만 사라지기를, 제발. 기억도, 고통도, 공포도, 애니 윌크스도 사라지기를.

폴은 구름을 향해 몸을 날렸고, 아예 구름 속으로 뛰어들었다. 어렴풋이 자기가 내지르는 비명소리를 들으며 자기 살이 타 들어가는 냄새를 맡았다.

생각이 흐려지는 가운데, 폴은 생각했다.

'여신이여! 너를 죽이겠다! 여신이여! 너를 죽이겠다! 여신이여!'

그러고는 아무것도 남지 않았다. 아무것도 없었다.

3

폴

기분이 안 좋다. 30분 동안 잠을 자려고 무던히도 애썼지만, 성공하지 못했다. 여기다 글을 쓰는 것은 일종의 마약 같은 일이다. 내가 하고 싶은 유일한 일이다. 내가 써 놓은 글을 오늘 오후에 읽어 보았다……. 글이 생생하게 느껴졌다. 내 글이 생생하게 느껴지는 이유는 나의 상상력이 다른 사람은 이해할 수 없는 사소한 부분들까지도 모조리 채워 주고 있기 때문이다. 잘난 척한다고 할지도 모른다. 그러나 그것은 일종의 마법 같은 것이다……. 그리고 나는 지금 같은 현실 속에서는 살아갈 수 없다. 더 있다간 미쳐 버릴 것이다.

— 존 파울즈, 『콜렉터』 —

1

제32장

"오 이럴 수가 있나."

이언이 신음소리를 내며 발작을 일으키듯 앞으로 나갔다. 제프리가 이언의 팔을 붙잡았다. 규칙적으로 들려오는 북소리가 마치 착란 상태에서 들리는 소리처럼 이언의 머릿속에서 고동쳤다. 벌들은 그들 주위를 윙윙거리며 맴돌았지만 그대로 머무르지는 않았다. 그들을 곧장 지나쳐서 넓은 평지로 날아갔다. 마치 자석에 끌려가는 것 같았다. 제프리는 불안한 마음으로 생각했다. '북소리가 벌들을 끌어당기고

2

폴은 타자기를 들어 올려 흔들어 보았다. 잠시 후 작은 쇳조각

하나가 휠체어 팔걸이에 걸쳐 놓은 나무 판 위로 떨어져 나왔다. 그는 쇳조각을 집어서 살펴보았다.

t자였다. 타자기가 글쇠 t를 뱉어 낸 것이다.

'관리인한테 가서 항의해야겠군. 타자기를 새로 사 달라고 부탁할 게 아니라, 아예 새로 '사 내라고' 강하게 요구해야겠어. 애니는 돈이 있으니까. 나는 다 알아. 아마 축사 밑 유리병 속에 담아 두었든가 웃음 천국 오두막 벽 속에 채워 넣었을 거야. 애니는 돈이 많단 말이야. 그리고 t, 이런 젠장, 영어에서 두 번째로 많이 쓰이는 문자가……!'

물론 폴은 애니에게 아무것도 부탁하지 않았다. 더욱이 주제넘게 요구까지 한다는 것은 꿈도 못 꿀 일이었다. 한때 적어도 부탁 정도는 할 수 있는 남자가 있었다. 비교할 수 없는 거대한 고통 속에 시달리며 의지할 데라고는 전혀 없는, 이 따위 엿 같은 소설 원고에도 의지하지 않는 남자가 있었다. 그 남자였다면 과감히 부탁했을 것이다. 부탁하고 나서 고통을 당하든 말든, 그 남자는 적어도 애니 윌크스에 맞서려고 시도해 볼 배짱은 가지고 있었다.

폴이 바로 그 남자였다. 폴은 자신이 부끄러웠다. 하지만 과거의 그 남자는 폴에게 없는 두 가지 큰 장점을 가지고 있었다. 그 남자는 두 발과…… 두 엄지손가락을 가지고 있었으니까.

폴은 한동안 생각에 잠겨 앉아 있다가, 원고 마지막 줄을 다시 읽어 보고(마음속으로 빠진 문자를 채워 가면서) 곧장 집필 작업으로 돌아갔다.

그게 좋겠다고 생각했다.

부탁하지 않는 게 좋겠다고.

괜히 자극하지 않는 게 좋겠다고.

창문 밖에서는 벌들이 윙윙거렸다.

그날은 그해 여름의 첫날이었다.

3

있구나.'

"이거 놓으란 말이야!"

이언은 화를 내며 제프리 쪽으로 몸을 돌리고 오른손을 불끈 감아 쥐었다. 얼굴은 흙빛으로 변했고 두 눈은 미친 듯이 치켜뜬 채였다. 자신이 사랑하는 연인에게 가려는 것을 막는 사람이 누구인지 전혀 몰라보는 눈치였다. 헤제키아가 나뭇가지로 만든 보호막을 걷어 냈을 때 눈앞에 펼쳐진 광경을 보고 이언이 미쳐 버릴 듯한 상태로 돌변한 것이라고 제프리는 냉철하게 확신했다. 이언은 계속해서 땅 끝에서 기우뚱거렸고, 아주 살짝만 떼밀려도 아래로 내려갈 듯했다. 그러면 그는 앞뒤 가리지 않고 무조건 미저리를 데리고 나오려 했을 것이다.

"이언……"

"이거 놓으란 말이다, 명령이다!"

이언은 분노하며 힘껏 몸을 뒤로 끌어당겼고, 헤제키아는 걱정스럽게 말했다. "안 된다, 대장. 벌드를 자극하면 안 돼, 벌드리 부인을 침으로 찌르……"

이언은 듣지 않는 것 같았다. 눈이 거칠고 흐리멍덩해졌다. 그가 제프리를, 오랜 친구의 광대뼈 위쪽을 후려쳤다. 제프리의 머릿속으로 검은 별들이 날아올랐다.

별들로 어지러운 속에서도 제프리는 헤제키아가 파괴력이 큰 고샤(부르카 족이 근접 전투에서 사용하는 모래를 가득 채운 주머니)를 휘두르려 하는 것을 보고 황급히 소리쳤다. "안 돼! 이 친구는 내가 조용히 시킬게!"

헤제키아는 마지못해 가죽 끈에 매달린 고샤를 떨어뜨렸다. 고샤가 시계추처럼 천천히 흔들거렸다.

그러자 제프리의 머리는 또다시 강력한 주먹에 맞아 흔들렸다. 이번 공격은 입술뿐 아니라 이까지 짓이겨 놓았고, 입속에서 짭조름하면서도 달착지근한 뜨거운 피가 스며 나왔다. 이언이 입은 셔츠에서 거친 파열음이 났다. 제프리가 손으로 잡아당기는 통에 땡볕에 바래고 이미 여러 군데 찢겨진 셔츠가 완전히 뜯어지려 했다. 얼마 안 있으면 이언이 제프리의 손에서 빠져나갈 것만 같았다. 제프리는 이 셔츠가 겨우 사흘 전 남작 부부가 열었던 저녁 파티에서 이언이 입었던 바로 그 셔츠라는 것을 알고 놀라서 멍해졌다……. 물론 다른 셔츠일 리가 없었다. 그날 이후로 옷을 갈아입을 기회가 없었으니까. 이언은 물론 다른 사람도 마찬가지였다. 겨우 사흘 전이었을 뿐인데……. 셔츠는 적어도 3년은 입고 다닌 것처럼 보였고, 제프리는 그 파티 이후로 적어도 300년은 흐른 것처럼 느꼈다. 겨우 사흘 전이었을 뿐인데. 그는 바보처럼 놀라고만 있다가, 이언이 내지르는 주먹에 얼굴을 두들겨 맞았다.

"이거 놓으란 말이다, 나쁜 자식!"

이언이 피 묻은 주먹으로 제프리의 얼굴을 치고 또 쳤다. 제정신이었다면 대신 죽어 줄 수 있을 정도로 절친한 친구의 얼굴을.

제프리가 조용히 물었다.

"자네는 그녀를 죽여서 그녀를 향한 사랑을 증명해 보일 작정인가? 친구여, 자네가 정말 그럴 작정이라면, 반드시 나를 쓰러뜨리고 가게."

이언의 주먹이 멈칫했다. 겁에 질려 광분하던 그에게 적어도 무엇인가 느낄 수 있는 정도의 의식이 돌아온 것이다.

이언이 꿈에 잠긴 사람처럼 중얼거렸다.

"나는 그녀에게 가 봐야 해. 제프리, 내가 자네를 치다니 미안하네. 진심으로 사과하겠네, 친구여. 자네도 미안해하는 내 마음을 알리라 생각하네. 그렇지만 나는 반드시…… 자네도 그녀를 좀 봐……."

이언은 두 눈으로 공포를 확인하려는 듯 다시금 눈앞에 펼쳐진 광경을 보았다. 그리고 정글 속에 드러난 평지에서 머리 위로 두 손을 올린 채 기둥에 묶여 있는 미저리에게 달려가겠다는 듯이 계속 몸부림을 쳤다. 평지에 홀로 서 있는 유칼리나무의 제일 낮은 가지에 묶여 있는 미저리의 손목에서 반짝거리는 것은 분명히 부르카족이 하이드지크 남작을 여신의 입속으로 들여보내 끔찍한 죽음을 맞게 하기 전 그에게서 빼앗은 물건이었다. 남작이 지니고 있던 푸른빛이 감도는 강철 수갑.

빠져나가려는 이언을 다시 붙잡은 것은 헤제키아였다. 또다시 덤불들이 부스스 흔들거리자 제프리는 이언도 잊은 채 평지를 바라보았다. 목에 가시가 걸린 것처럼 순간 숨이 턱 막혔다. 제프리는 부패돼서 위험한 휘발성 폭발물을 한 아름 안고 바위산을 걸어 올라가야만 하는 사람이 된 것 같았다.

'벌침 한 방. 딱 한 방이면 미저리의 생명은 완전히 끝장난다.'

"안 돼, 대장. 그로지 말아."

헤제키아가 두려움을 누르며 말했다.

"옆에 있는 대장이 하는 말이 옳다……. 대장 당신이 저곳에 달려들면, 벌드리 꿈에서 깨어난다. 그리고 벌드리 깨어나면, 그녀가 벌침 한 방 맞고 죽나 천 방 맞고 죽나 마창가지다. 버얼드리 꿈에서 깨나면 우리 모두 죽는다. 그러나 그녀가 젤 먼저 죽는다는 게 젤로 무서운 일이다."

한 쪽은 흑인, 다른 한 쪽은 백인. 두 사람 사이에서 조금씩조금씩 이언이 힘을 풀었다. 이언의 얼굴이 두려움에 질려 내키지 않는 표정으로 평지 쪽을 향했다. 보기 싫었지만 그렇다고 꾹 참고 있을 수만은 없다는 모습이었다.

"그럼 어떻게 해야 하지? 내 불쌍한 연인을 위해 우리가 뭘 해야 하는 거야?"

'나도 모르겠어.' 라는 말이 제프리의 입에서 나오려 했다. 그러나 번민 속에서 가까스로 입술을 깨물었다. 제프리가 사랑하는 여자를 이언이 차지하는 일이 처음은 아니었다. 이언이 괴팍한 이기심과 거의 여자 수준인 히스테리를 부리는 것까지 순순히(아니면 남모르게) 허용하고 나면 제프리 자신은 사랑을 포기해야만 했다. 그 결과 이제 세상 모든 사람들은 제프리가 단지 미저리의 친구일 뿐이라고 알고 있었다.

'그래, 겨우 그녀의 친구일 뿐.' 제프리는 우스꽝스러운 운명의 장난이라고 생각했다. 그리고 시선을 평지로 향했다. 그의 친구에게로.

미저리는 몸에 실오라기 하나 걸치지 않은 상태였다. 제프리는 일주일에 교회를 세 번씩 꼬박꼬박 나가는 가장 얌전 떠는 마을 노처녀라 할지라도 미저리한테 외설스럽다고 비난할 수는 없을 것이라고 생각했다. 그 얌전 떠는 노처녀가 미저리를 보고 비명을 지른다 해도, 그것은 공포와 혐오감에서 나오는 것이지 예의에 어긋났다고 그러는 것은 아닐 것이다. 미저리는 몸에 실오라기 하나 걸치지 않은 상태였지만, 벌거벗은 것과는 거리가 멀었다.

미저리는 벌 옷을 입고 있었다. 발끝에서 밤색 머리끝까지, 그녀는 벌들에 파묻혀 있었다. 이상하게 생긴 수녀복을 입은 것처럼 보이기도 했다. 바람 한 점 없는데도 가슴과 엉덩이의 불룩한 부분을 가로질러 수녀복 같은 것이 물결 치며 움직이고 있으니 이상했다. 얼굴도 마찬가지로 정숙한 모슬렘 여인네처럼 머리에 베일을 뒤집어쓴 모습이었다. 벌들이 느릿느릿 얼굴로 기어오르고 입과 코와 턱과 이마에서 숨바꼭질을 하며 노는데, 그 벌 가면에서 오직 두 눈만이 노출되어 있었다. 더 많은 벌들이, 이 세상에서 가장 독성이 강하고 가장 성질이 사납다는 아프리카 왕갈색벌이 남작의 강철 수갑 위에서 이리저리 기어 다니다 미저리의 손에 붙은 살아 있는 벌 장갑에 합류했다.

제프리가 보기에 점점 더 많은 벌들이 사방 천지에서 평지로 날아들었다. 그러나 심란한 중에도 그는 대부분의 벌들이 서쪽에서 오고 있음을 분명히 확인했다. 벌들은 거대한 암갈색 얼굴의 암석 여신상이 우뚝 솟아 있는 곳에서 오고 있었다.

졸린 듯 윙윙대는 벌 소리와 그에 못지않게 최면 작용을 일으키는 북소리가 끊임없이 울려 퍼졌다. 그러나 제프리는 그 최면 작용이라는 것이 얼마나 위태로운 것인지 잘 알았다. 그는 남작 부인에게 벌어졌던 일을 목격했다. 그 장면을 이언이 보지 못한 것에 하느님께 감사했다……. 자는 듯 윙윙대던 벌 소리가 갑자기 맹렬하게 톱질하듯 끽끽거리는 소리로 높아졌던 것이다……. 처음에는 숨 막히는 소리가 들리더니 이내 물에 빠져 고통스럽게 죽어 가는 여자의 비명소리가 터져 나왔다. 공작 부인은 허영심 강하고 바보 같은 여자였지만 또한 위험한 인물이었다. 그녀가 스트링펠로가 기르던 커다란 독사를 풀어 줬을 때엔 일행이 모두 몰살당할 뻔하기도 했다. 그러나 어리석든 아니든, 바보 같든 아니든, 위험하든 아니든, 남자든 여자든 어느 누구도 벌들에게 그런 식으로 죽어야 한다는 법은 없었다.

제프리의 마음속에서 이언이 외쳤던 질문이 메아리쳤다.

'어떻게 해야 하지? 내 불쌍한 연인을 위해 우리가 뭘 해야 하는 거야?'

헤제키아가 말했다. "대장, 지금은 손 쓸 도리가 없다. 그러나 그녀는 위험하지 않다. 북소리가 울려 퍼지는 한 벌드른 잠잔다. 그리고 부인도 그녀도 역시 잠잘 거다."

이제 벌들은 미저리를 두껍게 뒤덮어 움직이는 이불이 되었다. 열려 있지만 보지 못하는 두 눈은 비틀거리고 기어 다니며 윙윙거리는 벌들이 모여 만든 살아 있는 동굴 속으로 멀어지는 듯했다.

"만약 북소리가 멈춘다면?"

제프리가 기운 없는 목소리로 조용히 물었다. 바로 그때 북소리가 멎었다.

한동안 그들을 둘러싼 주위에서는

4

폴은 믿을 수 없다는 듯 마지막 문장을 뚫어지게 쳐다만 보다가, 로열 타자기를 들어 올렸다.(그동안 폴은 애니가 방에 없을 때마다 타자기를 괴상하게 생긴 역기인 양 반복해서 들어 올리곤 했는데, 그 이유는 하늘만이 아실 것이다.) 그리고 타자기를 흔들었다. 글쇠들이 덜커덕거리더니 책상으로 사용하는 나무 판 위로 또 쇳조각이 떨어져 나왔다.

밖에서 애니가 파란색으로 빛나는 잔디 깍이 차를 움직이는 시끄러운 소리가 들렸다. 애니는 그 염병할 로이드먼네가 마을에서 소문낼 만한 꼬투리를 만들지 않기 위해 앞마당 부근을 돌아다니며 풀을 단정히 깎았다.

폴은 타자기를 내려놓고, 이 놀라운 발견을 자세히 살펴보기 위해 쇳조각을 이리저리 움직여 보았다. 창문에서 비스듬히 쏟아져 내리는 늦은 오후의 강렬한 햇빛 속에서 쇳조각을 바라보았다. 놀란 표정은 하나도 변하지 않았다.

떨어진 글쇠 머리 판에는 잉크로 약간 얼룩진 문자가 불룩 튀어나와 있었다.

E

e

낡은 로열 타자기는 갈수록 재미를 더해 주기 위해 마침내 영어에서 가장 자주 쓰이는 문자까지도 뱉어 내 버렸다.

폴은 달력을 보았다. 꽃이 만발한 초원 그림에 5월이라고 쓰여 있었지만, 폴은 애니의 스크랩북에서 본 기사 속의 날짜에 따라 자신만의 날짜를 기록해 두고 있었다. 그가 직접 만든 달력에 따르면 그날은 6월 21일이었다.

'나른하고 몽롱하고 미칠 것 같은 여름날이 잘도 굴러 가는구나.'

폴은 씁쓸한 생각에 잠겨 글쇠를 휴지통이 있을 만한 곳으로 던졌다.

'제길, 이제 뭘 어떻게 해야 하나?'

그러나 그는 다음에 할 일을 이미 알고 있었다. 손으로 직접 쓴다. 그것이 다음에 할 일이었다.

하지만 당장 그러지는 못했다. 바로 몇 초 전까지만 해도 집에 불이라도 난 듯 흥분하면서 소설의 극적 결말을 위해 이언, 제프리, 그리고 항상 웃기는 헤제키아가 매복한 부르카 족에게 잡혀 모두 여신 얼굴 뒤쪽에 난 동굴로 끌려가지 않을까 걱정했지만, 폴은 갑자기 피곤해졌다. 종이 속에 있던 구멍이 무시무시한 쿵 소리와 함께 닫혔다.

'내일.'

다음날부터 손으로 글을 쓰려고 마음먹었다.

'손이라니 웃기고 자빠졌네. 관리인한테 가서 항의해, 폴.'

하지만 그런 짓은 하고 싶지 않았다. 애니는 너무 이상해져 있었다.

잔디 깎이 차의 지루한 소음이 들려왔고, 애니의 그림자가 보였다. 그리고 그동안 애니가 얼마나 이상해졌는지 생각할 때마다 자주 그래 왔듯 폴은 마음속으로 도끼가 올라갔다 떨어지는 장면을 떠올렸다. 그리고 그의 피를 뒤집어쓴 무시무시하고 냉혹한 애니의 얼굴이 이어졌다. 너무나 선명했다. 애니의 한마디 한마디, 폴이 외친 한마디 한마디, 절단된 뼈에서 빠지면서 끼긱거리는 도끼 소리, 벽에 튄 핏자국 하나하나. 그 모든 것이 선명하고 또렷했다. 또한 이런 순간마다 자주 그래 왔듯 폴은 그 기억들이 떠오르지 못하게 막아 보려고 애썼고, 그런 노력이 헛수고임을 깨달았다.

『과속 차량』을 쓸 때 토니 보나사로가 경찰을 따돌리기 위해 필사적으로 마지막 탈출을 기도하던 중 치명적인 자동차 충돌 사고를 당하게 되는 장면에서 심각하게 줄거리가 꼬이는 일이 벌어졌기 때문에(그리고 이 장면 다음에 에필로그가 이어지는데, 토니가 입원한 병실에서 죽은 그레이 경관의 짝패였던 형사가 폭력을 동원하여 심문하는 내용이었다) 폴은 자동차 충돌 사고 환자들을 인터뷰했다. 인터뷰 때마다 같은 말을 들었다. 저마다 겉모습은 달랐지만, 속에 담긴 내용물은 항상 똑같았다. '자동차에 올라탔던 일은 기억 나요. 그리고 이 병실에서 눈을 뜬 것도 기억나고. 나머지는 텅 빈 공백 상태이지만.'

왜 폴에게는 그렇게 좋은 일이 벌어지지 않은 것일까?

'폴, 작가들은 모든 것을 기억하기 때문이야. 특히나 아픈 기억들을. 작가 한 명을 홀딱 벗겨 놓고 상처들을 하나하나 가리키면, 그 작가는 작은 상처들 각각에 얽힌 사연을 들려줄 거다. 커다란 상처들을 통해 장편 소설을 얻는 거야. 망각은 소설 쓰는 데 아무 쓸모도 없어. 작가가 되고 싶다면 작은 재능 정도는 갖고 있는 편이 좋겠지만, 단 한 가지 진짜로 필요한 것은 모든 상처에 얽힌 사연을 철저하게 기억할 수 있는 능력이야.

'예술은 연속된 기억으로 이루어지는 법이니까.'

그런 말을 누가 했더라? 정신 병리학자 토머스 사스? 작가 윌리엄 포크너? 가수 신디 로퍼?

그런데 마지막 이름이 폴의 기억을 불러일으켰다. 그 상황에서는 고통스럽고 우울한 기억이었지만. 쾌활하게 목소리를 꺾으며 「소녀들은 그저 재미있게 놀고 싶을 뿐」을 열창하는 신디 로퍼가 떠올랐다. 그 기억이 너무 또렷해서 노랫소리가 귀에 들리는 듯했다.

'오 사랑하는 아빠 아빠는 아직도 넘버원이에요 / 그렇지만 소녀들은 재애미있게 놀고 싶답니다 / 오 답답한 일상에서 벗어나 / 소녀들은 그저 재미있게 놀고 싶을 뿐.'

갑자기 폴은 담배 피우고 싶은 욕구보다 더 간절하게 로큰롤 히트송을 듣고 싶은 욕구를 느꼈다. 꼭 신디 로퍼일 필요는 없었다. 아무 가수나 상관없었다. '아아 이런, 테드 뉴전트 정도면 딱 좋은데.'

아래로 떨어지는 도끼.

도끼의 속삭임.

'그런 생각 하지 마.'

하지만 어리석은 다짐이었다. 폴은 생각하지 말자고 거듭 다짐했지만, 목에 걸린 가시처럼 그 생각이 항상 자리를 차지하고 있음을 깨달았다. 가시를 그냥 그대로 놔두는 것이 좋을까 아니면 남자답게 과감히 토해 버리는 것이 좋을까?

그때 또 다른 기억이 떠올랐다. 마치 그날이 폴 셸던을 위한 추억의 명곡 신청일로 지정되기라도 한 것 같았다. 이번에는 데이비드 크로넨버그 감독의 영화「브루드」에서 미쳤지만 말솜씨 하나는 기가 막힌 과학자를 연기한 영화배우 올리버 리드가 떠올랐다. 영화에서 리드는 자신이 운영하는 정신 원형질 연구소(폴은 상큼하게 웃기는 이름이라고 느꼈다)와 인연을 맺은 환자들을 열심히 설득했다. "힘들어도 참아 내야 해! 힘들어도 꿋꿋이 참아 내는 거야!"

가끔은…… 그것도 괜찮은 충고일 것이다.

'나는 한 번은 꿋꿋이 참아 냈어. 그 정도면 이제 충분해.'

한 번 참고 보니 그 충고는 정말이지 개소리였다. 만약 무슨 일이든 한 번쯤은 꾹 참고 해 보는 것이 그토록 좋은 일이었다면, 폴은 잘난 아버지의 뒤를 이어 청소기 외판원이 되어 있었을 것이다.

'이러니 저러니 해도, 힘들어도 참아야 해! 힘들어도 꿋꿋이 참아 내는 거야, 폴. 미저리와 함께 새로 시작하는 거야.'

'안 돼.'

'돼.'

'닥쳐.'

폴은 몸을 뒤로 젖히고, 손을 눈 위로 갖다 댔다. 그리고 싫든 좋든, 힘들어도 참기로 했다.

힘들어도 꿋꿋이 참아야 했다.

5

폴은 죽지도 잠들지도 않았다. 그러나 애니가 그를 절름발이로 만들고 나서 한동안은 고통이 없었다. 그는 육체에서 스르르 빠져나가는 영혼을 느꼈고, 의식이 표류하면서 순전히 생각으로만 똘똘 뭉친 풍선이 육체와 연결된 끈에 매달려 떠다니는 듯했다.

'이런 젠장, 왜 자꾸 신경이 쓰이지?'

애니가 도끼로 다리를 절단한 후로 폴에게는 늘 고통과 권태, 그리고 가끔씩 그 두 가지에서 벗어나기 위해 어리석은 신파 소설을 쓰는 데 매달리는 일이 전부였다. 그 모든 것이 무의미했다.

'오, 하지만 그렇지만은 않아. 폴, 여기에는 한 가지 주제가 있어. 모든 것을 관통하는 요소가 있어. 그 요소란 모든 것의 본질이지. 너는 그게 무엇인지 알겠니?'

물론, 그것은 미저리였다. 미저리는 모든 것을 관통하는 요소였고, 참된 본질이든 거짓된 본질이든 간에, 그것은 너무나 터무니없이 어리석은 것이었다.

'미저리Misery'는 보통 명사로서 고통을, 일반적으로 길고 끝을 알 수 없는 고통을 의미했다. 그런 단어가 적당한 소설에 인용되면서 등장인물의 이름과 구성 방식을 의미하게 되었다. 확실히 길고 끝을 알 수 없는 구성이기는 했지만, 그래도 곧 대단원을 맞을 참이었다. 미저리는 폴의 인생에서 마지막 4개월(어쩌면 5개월)을 관통하여 흘러왔다. 그렇다, 수많은 미저리가 있었고, 미저리의 날이 밝았다가 미저리의 날이 저물어 갔다. 확실히 너무나도 단순한 인생이었고, 확실히……

'오, 아니야, 폴. 미저리에 관해서라면 단순한 것은 하나도 없어. 네가 미저리에게 목숨을 빚졌다는 사실만 빼면. 아마도 넌…… 넌 결국 세헤라자데가 되었기 때문에 그나마 목숨을 부지할 수 있었던 거야, 안 그래?'

폴은 다시금 모든 생각을 훌훌 털어 버리려 했지만, 결과적으로 불가능하다는 사실만 확인했다. 기억이란 것은 끈질기고 그 후유증까지 남긴다. 삼류 작가들은 그저 재미있게 놀고 싶을 뿐인데. 그 순간 예상치 못한 생각이 떠올랐다. 완전히 새로운 생각의 지평이 열렸다.

'네가 계속 알면서도 모르는 척 외면하는 분명한 사실이 있어. 네가 과거에도 그리고 지금도, 너 자신에게까지 세헤라자데 행세를 한다는 사실 말이야.'

폴은 손을 내리면서 눈을 깜빡거리다 예상치 못하게 눈앞에 펼쳐진 여름 풍경을 멍하니 바라보았다. 애니의 그림자가 지나가다 시야에서 사라졌다.

그것이 사실이었을까?

그 자신에게까지 세헤라자데 행세를 했다?

폴은 곰곰이 생각해 보았다. 만약 그렇다면 매우 어마어마한 어리석음에 직면한 셈이었다. 폴은 애니가 쓰라고 강요한 개떡 같은 소설 나부랭이를 완성하고 싶다는 이유로 목숨을 부지했다. 죽은 편이 나았지만…… 그냥 죽을 수는 없었다. 소설이 어떻게 끝을 맺을지 직접 확인하기 전까지는.

'오, 너 제대로 미쳤구나.'

'정말 그렇게 확신하는 거냐?'

그렇지 않았다. 폴은 더 이상 확신할 수 없었다. 그 무엇도.

그러나 한 가지 예외가 있었다. 폴은 한평생 미저리에 빌붙어 살아왔으며, 여전히 미저리에 빌붙어 살고 있었던 것이다.

폴은 생각이 제멋대로 흘러가도록 내버려뒀다.

'구름.'

'구름에서 시작하자.'

6

새로 태어난 구름은 더 검고, 더 짙고, 어쩐 일인지 더 매끈했다. 둥실 떠다니는 느낌이 아니라 미끄러져 움직이는 느낌이었다. 때때로 여러 가지 생각이 떠올랐고, 때때로 고통이 있었고, 때때로 희미하게 애니의 목소리가 들렸다. 숯불 구이 통에다 원고를 불태워 버리라고 엄포를 놓던 그때 그 어조 그대로였다.

"이거 마셔, 폴⋯⋯. 꼭 마셔야 해!"

'미끄러지는 건가?'

그렇지 않았다.

그것은 썩 적합한 동사가 아니었다. '가라앉다'가 옳았다. 폴은 새벽 3시에 걸려 왔던 전화를 기억했다. 그가 대학생일 때였다. 졸음에 겨운 4층 기숙사 사감이 방문을 두드리며 와서 전화받으라고 말했다. 어머니의 전화였다. '가능한 한 빨리 집에 와라, 폴리. 네 아버지가 심각한 뇌졸중으로 쓰러졌다. 아버지가 축 가라앉고 있어.' 폴은 가능한 한 빨리 서둘렀고, 시속 80킬로미터만 넘어도 앞바퀴가 심하게 흔들리는 포드 자동차를 120킬로미터로 몰고 갔다. 하지만 결국엔 모두 허사였다. 도착했을 때 아버지는 더 이상 가라앉고 있지 않았다. 완전히 침몰해 있었다.

애니가 도끼로 내리치던 날 밤에 폴은 얼마나 깊숙이 가라앉고 있었을까? 알 수 없었다. 그러나 절단 수술 후 일주일간 거의 고통이 없었다는 사실이 그가 얼마나 깊이 가라앉고 있었는지 매우 명확하게 알려 주는 지표인 듯싶었다. 그리고 애니의 목소리에 배어 있던 두려움도.

폴은 약의 부작용으로 일어난 호흡 장애 때문에 겨우겨우 숨만 붙은 채 반혼수상태로 누워 있었고, 팔에 다시 포도당 주사가 꽂혔다. 그 상태에서 그에게 다가온 것은 북소리와 윙윙거리는 벌소리였다.

부르카 북소리.

부르카 벌.

부르카 꿈.

폴이 쓰는 원고 용지 바깥으로는 한번도 나가 본 적 없는 땅과 부족이 천천히 그리고 멈추지 않고 빨갛게 물들어 갔다.

여신 꿈, 여신 얼굴. 비바람에 부식된 그 검은 형상이 녹색 정글 위에 우뚝 서 있었다. 검은 여신, 검은 대륙, 벌들로 가득 찬 암석 머리. 이 풍경 위로 어떤 그림이 겹쳐졌고, 시간이 지날수록 더욱더 선명해졌다.(마치 그가 누워 있는 구름에 대고 거대한 슬라이드 필름을 영사하는 듯했다.) 그림 속 풍경은 중앙에 오래된 유칼리나무 한 그루만 서 있는 넓은 평지였다. 나무의 가장 낮은 가지에는 푸른빛이 감도는 구식 강철 수갑이 매달려 있었다. 벌들이 수갑 위를 기어 다니고 있었다. 수갑은 비어 있었다. 수갑이 비어 있다는 것은 곧 미저리가 마침내…….

탈출했다는 것인가? 그랬을까? 원래 이야기의 진행상 그렇게 되어야 하는 것 아니었나?

원래 계획은 그랬다. 그러나 폴은 더이상 섣불리 확신하지 않았다. 빈 수갑은 탈출을 의미하는가? 그게 아니라면 미저리는 끌려간 것일까? 우상 안으로? 여왕벌한테, 부르카 족의 거대한 연인한테로?

'너는 너 자신에게까지 세헤라자데 행세를 했어.'

'폴, 네가 만들어 낸 이야기를 누구한테 들려줄 거지? 누구한테 들려줄 거야? 애니한테?'

물론 그렇지 않았다. 폴이 원고 용지 속에 나타난 구멍을 들여다본 것은 애니에게 이야기를 보여 주거나 애니를 즐겁게 해 주기 위해서가 아니라…… 애니로부터 도망치고 싶어서였다.

고통이 시작되었다. 그리고 미칠 듯한 가려움도. 구름이 점점 엷어지기 시작하더니 산산이 흩어져 버렸다. 폴은 방 안을 흘끗 둘러보았다. 지독했다. 애니를 흘끗 보았다. 더욱 지독했다. 계속 살아 보겠다고 결심했다. 어릴 적 애니가 그랬듯이 연속극 영화에 중독되어 버린 폴은 소설이 어떻게 끝날 것인지 눈으로 확인할 때까지는 죽을 수 없다고 결심했다.

미저리는 이언과 제프리의 도움으로 탈출에 성공했을까?

아니면 여신의 머리속으로 끌려갔을까?

우스운 질문들이었지만, 그래도 그 질문들에 실제로 대답할 필요가 있을 듯싶었다.

7

애니는 폴이 다시 소설을 쓰기를 원치 않았다. 처음에는 그랬다. 폴은 애니의 변덕스런 눈빛이 처음부터 계속 겁에 질려 있었음을 알았다. 그동안 그가 정말로 심각하게 가라앉아 있었다는 증거였다. 애니는 과분할 정도로 폴을 배려했다. 하염없이 진물이 나오는 발목 절단 부위에 여덟 시간마다 붕대를 갈아 주었고 (처음에는 네 시간마다 갈아 주었다고 말했는데, 그 말하는 태도가 온몸을 바쳐 헌신적으로 봉사했는데도 아무도 알아주는 사람이 없어 섭섭하다는 투였다), 물에 적신 스펀지로 닦아 주고 알코올로 상처를 소독해 주었다.(전에 자기가 저지른 행동을 부인하듯 태연하게.) 소설을 쓰면 몸에 무리가 갈 것이라고 애니가 말했다. '소설을 쓰면 다시 예전처럼 상태가 악화될 거야, 폴. 내가 괜히 이런 얘길 하는 게 아냐. 내 말 들어. 그래도 너는 최소한 소설이 앞으로 어떻게 전개될지 알고 있기나 하지. 나는 어떤 내용이 펼쳐질지 궁금해서 죽을 지경이라고.'

알고 보니 애니는 폴이 써 놓은 원고를, 이미 수술 전 원고라고 불러야 할 원고를 전부 다 읽고 난 후였다. 폴이 혼수상태 속에서 죽음의 문턱을 헤매는 동안…… 원고 용지로 300쪽도 넘는 분량을 읽어 치웠다. 마지막 40쪽 정도는 n을 채워 넣지 못했는데, 애니가 채워 넣었다. 애니는 불쾌할 정도로 거만을 떨면서 그 원고를 폴에게 보여 주었다. 비교해 보면 폴이 쓴 n이 흉측하게 갈겨쓴 괴물로 보일 정도로 애니가 적어 놓은 n들은 교과서 글씨처럼 깔끔했다.

애니는 그렇게 말하지 않았지만, 폴은 그녀가 n을 채워 넣은 것이 자기가 저지른 폭력 사태를 걱정하는 증거라고 믿었다. '이렇게 일일이 n을 적어 넣어 줄 정도로 자상한데, 어떻게 내가 너를 잔인하게 대했다고 말할 수 있겠니, 안 그래 폴?' 아니면 죗값을 치르는 행동이었거나 그도 아니면 사이비 미신을 따르는 의식이었을지도 모른다. 붕대를 여러 번 갈아 주고 스펀지 목욕을 자주 시켜 주고 n을 많이 채워 넣어 주면 폴이 살아날 거라고 믿었을지도 모른다. '부르카 벌 여인은 강녁한 마법 구사한다, 대장, 이 엄병할 n을 전부 채워 노으면 모둔 일이 잘 풀린다.'

그렇게 애니는 지나친 배려를 시작했던 것이지만…… 결국에는 슬슬 '알고 싶어'를 시작할 때가 되었다. 폴은 이미 그 징조를 눈치 챘다. 애니가 앞으로 어떤 내용이 펼쳐질지 궁금해서 죽을 지경이라고 말했을 때, 그것은 농담이 아니었다.

'왜냐하면 너는 앞으로 어떤 내용이 펼쳐지는지 알고 싶어서 계속 살아가는 거니까. 네가 진짜 하고 싶은 말이 그거지?'

미친 생각이었다. 어처구니없을 만큼 부끄러운 생각이었다. 그러나 폴은 실제로 그렇게 생각했다.

'알고 싶어.'

독자들에게 다음 장을 알고 싶어 하는 감정을 불러일으키는 일을 미저리 시리즈에서는 자유자재로 해 내는 반면, 정통 소설을 쓸 때는 그런 감정이 엉뚱하게 변질되거나 한술 더 떠 아예 만들어 내지 못한다는 사실에 폴은 늘 짜증이 났다. 소설을 쓰면서 정확히 어느 부분에서 '알고 싶어'를 찾아낼 수 있을지는 알 수 없었지만, 그런 감정을 찾았을 때는 항상 확실한 감이 왔다. 몸 안에 들어 있는 방사능 측정기의 바늘이 계기판 눈금 끝까지 치달아 덜덜 떠는 듯한 느낌이 들곤 했다. 전날 마신 술이 덜 깬 채로 타자기 앞에 앉아 두 시간마다 블랙커피를 마시고 위장약 롤레이드를 한두 알씩 깨물어 먹고 있어도(적어도 아침에는 담배를 피우지 말아야 한다는 것을 알지만, 자신을 그렇게 궁지로 내몰 수만은 없었다), 원고 마감 날짜를 몇 달이나 넘기고 출판 예정일을 몇만 광년이나 넘겨 버린 다급한 처지에 몰렸어도 '알고 싶어'를 얻었을 때는 항상 확실한 감이 왔다. 그것을 얻을 때면 항상 부끄러운 기분이 들었다. 작품을 교묘하게 조작하는 것만 같았다. 하지만 '알고 싶어'를 얻고 나면 작업의 진실성을 입증한 듯한 기분도 들었다. 끔찍하게도 마감 날짜는 지났고, 종이 속 구멍은 쪼그라들었고, 찬란하던 빛은 시들었고, 등장인물들의 대화는 힘이 빠져 버린 때가 있었다. 할 수 있는 조치라고는 그대로 밀고 나가는 것뿐이었다. 공자님 가라사대 '한 줄의 곡식을 기르기 위해서는 우선 똥 덩이를 한 무더기 퍼부어야 하느니라.' 그러다 보면 어느 날인가는 구멍이 극장 화면처럼 커지고, 세실 B. 드밀 감독이 만든 대하 사극에 나오는 것처럼 구멍에서 찬란한 햇빛이 쏟아져 나오고, 싱싱하고 힘이 넘치는 '알고 싶어'를 드디어 얻었음을 실감하는 것이다.

독자들은 이렇게 '알고 싶어'를 느끼게 된다.

"자기야, 나 15분만 더 있다가 잘게. 지금 읽고 있는 장이 어떻게 결판나는지 알고 싶어." 이렇게 말하는 남자는 낮에는 직장에서 격무에 시달리며 집에 가서 편히 드러눕고 싶다고 간절히 원했을 뿐 아니라 그 장을 다 읽고 나서 침실에 가면 착한 아내가 기다리다 지쳐 먼저 잠들어 있을 것임을 알지만, 소설이 어떻게 진행될지 알고 싶다는 욕망을 도저히 억누를 수가 없다.

독자들은 또 이렇게 '알고 싶어'를 느끼게 된다. "어머나, 벌써 저녁 지을 시간이네. 또 냉동식품이나 데워서 대충 차려 놓으면 남편이 화낼 텐데. 그래도 지금 읽고 있는 이 이야기가 어떻게 끝나는지는 알고 싶어."

'알고 싶어. 주인공이 살 수 있을지.'

'알고 싶어. 주인공이 아버지를 살해한 개자식을 붙잡을 수 있을지.'

'알고 싶어. 주인공이 가장 친한 친구가 자기 남편이랑 떡을 친다는 사실을 알아낼 수 있을지.'

'알고 싶어.' 그 느낌은 스트립쇼 술집에서 자위하는 것만큼이나 역겹고, 세계에서 가장 솜씨 좋은 콜걸에게 봉사받는 것만큼이나 황홀하다.

'오 애야 그것은 나쁜 것이고 오 애야 그것은 좋은 것이고 오 애야 결국에 가서는 얼마나 야만적이든 얼마나 노골적이든 전혀 문제가 안된단다. 결국에 가서는 잭슨스가 부르는 노래 제목이랑 똑같아지니까.'

'만족할 때까지는 멈추지 마라.'

8

'너는 네 자신에게까지도 세헤라자데 행세를 했어.'

폴이 구체적으로 표현하거나 이해할 수 있는 생각이 아니었다. 그때는 그랬다. 너무나 극심한 고통에 빠져 있었으니까. 그러나 폴이 예전부터 똑같은 생각을 하고 있었던 것은 아닐까?

'네가 아냐. 노동력 착취 공장에서 일하는 그 친구들이지. 그들은 이미 알고 있었어.'

그랬다. 그 말이 옳았다.

잔디 깎이 차가 굴러가는 소리가 더욱 요란하게 울려 퍼졌다. 한동안 시야에 애니가 들어왔다. 폴을 보더니 잠시 머뭇거리며 바라보다가 손을 들어 인사했다. 폴도 답례로 한 손을, 엄지손가락이 붙어 있는 손을 들어 인사했다. 애니가 다시 시야에서 사라졌다.

'잘됐군.'

폴은 집필을 다시 시작하는 것이 건강에 도움이 되면 됐지 해가 되지는 않을 거라고 마침내 애니를 설득할 수 있었다……. 구름 속에서 그를 매혹시켰던 특출한 형상들이 자꾸만 따라다녔고, 그 형상에 딱 떨어지는 말들도 함께 따라다녔다. 직접 글로 적어 놓기 전까지 그것들이 방황하는 망령처럼 괴롭힐 것 같았다.

그리고 애니는, 그때는 폴을 믿지 않았지만 집필을 재개하는 것은 허락했다. 폴이 설득하는 데 성공했기 때문이 아니라 애니의 '알고 싶어' 때문이었다.

처음에 폴은 고통 속에 짧은 시간 동안만 글을 쓸 수 있었다. 15분 정도. 이야기가 강렬하게 끌어당길 때는 30분 정도. 짧은 시간 동안이었지만 고통의 연속이었다. 앉아 있는 자세를 바꾸기만 해도 꺼져 가던 불씨가 솔솔 부는 산들바람에 활활 타는 불꽃으로 일어나듯, 절단된 발목 부위가 맹렬하게 달아올랐다. 글을 쓰는 동안 격렬한 고통이 찾아왔지만, 그것으로 끝나지 않았다. 최악의 상황은 한두 시간 후에 찾아왔다. 상처가 나아 가는지 절단 부위가 떼를 지어 잠든 벌들처럼 윙윙거리며 가렵기 시작해서 미칠 것만 같았다.

폴이 옳았다. 애니가 틀렸다. 절대로 감쪽같이 완쾌될 수는 없었지만, 더구나 그런 환경에서 완쾌되기란 불가능했을 테지만, 건강이 점차 나아지고 있었고 근력도 어느 정도는 되돌아왔다. 폴은 신체 능력이 떨어졌음을 절실하게 느꼈지만 목숨을 건진 대가라고 받아들였다. 그나마 목숨이라도 부지한 것이 정말이지 커다란 기적이었다.

자꾸만 글쇠들이 떨어져 나가는 타자기 앞에 앉아 글은 쓰지 않고 사건들로 얼룩진 지난날을 돌아보며 폴은 고개를 끄덕거렸다. 그랬다. 자신이 음란한 여인이 되어 열정적인 섹스의 환상을 연출하면서 성기를 문지르며 자위를 하듯, 폴은 스스로에게 이야기를 들려주는 세헤라자데가 되었다. 정신과 전문의가 옆에 없더라도 글쓰기가 자위와 비슷한 성격을 띤다는 것쯤은 알 수 있었다. 성기 대신 타자기를 잡는다는 점은 다르지만, 두 행위 모두 민첩한 상상력, 재빠른 손놀림, 억눌렸던 욕망을 무리하게 분출하고픈 진심 어린 열정에 의존한다.

그러나 가장 무미건조한 경우라고는 해도 어느 정도는 쾌감을 주는 섹스가 아니었던가? 일단 작업에 돌입하면…… 애니는 글을 쓰는 동안만은 폴을 내버려 두었다가, 집필을 끝내면 그날그날 쓴 원고들을 곧장 가져갔다. 표면적으로는 자판에서 빠진 문자들을 써 넣어 주겠다는 것이었지만, 연애 감각이 발달한 남자가 어떤 데이트에서는 마지막까지 가고 어떤 데이트에서는 실패할지 잘 아는 것처럼 폴은 애니가 원고를 가져가는 진짜 이유를 이미 깨달았다. 사실 자기만족을 위해 그러는 것이었다. '알고 싶어'라는 욕구를 풀고 싶어서.

'연속극 영화. 그렇지. 또 그것에 푹 빠졌구나. 이제는 매주 토요일 오후가 아니라 매일매일 즐긴다는 점과 연속극 영화를 보러 함께 가는 사람이 폴 오빠가 아니라 노예 작가 폴이라는 사실만 달라졌을 뿐이야.'

고통이 천천히 줄어들고 인내력이 조금씩 회복함되면서 타자기와 함께 작업하는 시간이 꾸준히 늘어났지만…… 결국 폴은 애니의 요구를 만족시킬 만큼 빨리 쓸 수는 없었다.

'알고 싶어'는 폴과 애니 둘 모두를 살려 놓았다. 만약 그것이 없었다면 애니는 일찌감치 폴은 물론이고 자신까지 죽여 버렸을 것이다. '알고 싶어'는 또한 폴로 하여금 엄지손가락을 잃게 한 원인이기도 했다. 공포스러운 경험이었지만, 한편으로는 재미도 있었다.

'인생이 약간 꼬였구나, 폴. 인격 수양에 도움이 될 게야.'

그리고 하마터면 더 끔찍한 일이 벌어졌을지도 모른다. 예를 들면 엄지손가락 대신 성기가 희생물이 됐을지도 모르는 것이다.

"게다가 고맙게도 엄지 한 개는 건강하게 남아 있잖아."

폴이 말했다. 그러고는 텅 빈 방 안에서 이빨 빠진 미소를 짓고 있는 꼴 보기 싫은 로열 타자기 앞에 앉은 채 미친 듯이 웃어 대기 시작했다. 너무 심하게 웃어서 배와 잘린 발목이 동시에 아팠다. 너무 심하게 웃어서 마음까지 아팠다. 어느 순간부터 웃음은 눈물 한 방울 나오지 않는 소름 끼치는 흐느낌으로 변했고, 잘린 왼손 엄지 부위에서 고통이 들고 일어나서야 마침내 흐느낌을 멈출 수 있었다. 폴은 언뜻 자신이 얼마나 심각하게 미쳐 가고 있는 것인지 궁금해졌다.

'지금 중요한 건 그게 아니잖아.' 폴은 그렇게 생각했다.

9

엄지손가락이 잘리기 얼마 전, 아마 일주일 안짝이었을 어느 날 애니가 커다란 접시 두 개에 담은 바닐라 아이스크림, 허시 초콜릿 시럽 한 통, 크림 거품이 가득한 스프레이 캔 한 통, 생물 표본처럼 시뻘건 마라스키노 술 속에 앵두가 둥둥 떠 다니는 유리병 하나를 가지고 들어왔다.

"우리 아이스크림 위에 이거 다 뿌려서 같이 먹자, 폴."

애니가 말했다. 애니의 목소리는 겉으로는 유쾌하게 들렸다. 폴은 그게 불안했다. 원래 목소리도 아닐뿐더러 두 눈에 맺혀 있던 불안한 기운도 사라지고 없었다. 그 표정은 '나는 장난꾸러기 소녀랍니다.' 라고 외치는 듯했다. 그 표정이 폴을 긴장하고 경계하게 했다. 폴은 그 표정이 어떤 계단에는 옷가지들을 늘어놓고 또 어떤 계단에는 죽은 고양이를 내려놓았을 때 짓던 표정과 정확히 일치할 거라고 저절로 생각했다.

"어, 고마워, 애니."

폴은 애니가 접시 위에 시럽을 붓고 스프레이 캔으로 크림 거품을 잔뜩 뿌리는 것을 지켜보았다. 오랫동안 설탕 중독자로 생활해 온 사람답게 모든 동작을 숙련되고 거침없이 해냈다.

"나한테 감사할 필요 없어. 너는 이런 대접을 받을 만한 사람이야. 그동안 너무 열심히 일만 했잖아."

애니가 아이스크림에 초콜릿, 과일, 과즙 따위를 얹어 폴에게 건네주었다. 폴은 딱 세 입 먹고 나서 단맛에 질려 버렸지만, 계속 꾸역꾸역 먹었다. 현명한 행동이었다. 풍광 좋은 이 서부 산악 지대에서 살아남기 위해 지켜야 할 중요 수칙 중 한 가지는 바로 이것, '애니가 주는 대로 받아먹기'였다. 한동안 침묵이 흐른 뒤, 애니는 숟가락을 내려놓고 녹은 아이스크림과 초콜릿 시럽이 뒤섞인 끈적한 액체가 묻어 있는 턱을 손등으로 닦아 냈다. 그러고 나서 유쾌하게 말했다.

"내게 나머지를 다 말해 줘."

폴도 숟가락을 내려 놓았다.

"뭐라고?"

"지금 쓰고 있는 소설의 나머지 내용을 다 얘기해 줘. 도저히 못 기다리겠어. 참을 수가 없단 말이야."

폴이 이런 상황을 예상하지 못했을까? 물론 알고 있었을 것이다. 만약 누군가가 애니가 학수고대하며 기다리던 연속극 영화 『로켓맨』의 새로운 필름 스무 통을 전부 집에 배달해 준다면, 애니는 그것들을 일주일에 한 편씩 보려 할까 아니면 하루에 한 편씩 보려 할까?

애니가 먹다 남긴 반쯤 뭉개진 아이스크림 산에 앵두가 보였다. 한 알은 크림 거품 속에 파묻혀 있었고, 한 알은 초콜릿 시럽 속에 떠 있었다. 폴은 온통 설탕으로 번들거리는 접시들이 사방에 널려 있던 거실 풍경을 기억해 냈다.

그렇지 않았다. 애니는 차분히 앉아 기다리는 타입이 아니었다. 애니라면 단 하룻밤에 시리즈 20편을 다 봤을 것이다. 보는 도중에 아무리 눈이 아프고 골이 빠개질 듯 아파도 그만두지 않았을 것이다.

'애니는 달콤한 것들을 사랑하니까.'

"그런 짓은 할 수 없어."

폴이 말했다.

애니의 얼굴이 순식간에 어두워졌다. 그렇지만 한편으론 어렴풋이 안도감 같은 것이 남아 있지 않았던가?

"그래? 왜 안 돼?"

'다 말해 버리고 나면 너는 내일 아침부터 나를 소중히 여기지 않을 테니까.' 폴은 그렇게 말하려다가 꾹 참았다. 입술을 깨물며 꾹 참았다.

"나는 형편없는 이야기꾼이니까."

그냥 그렇게 대답했다.

애니는 남은 아이스크림을 숟가락으로 푹푹 떠서 다섯 숟갈 만에 전부 꿀떡꿀떡 먹어 치웠다. 폴이 똑같이 따라 했다면 목이 얼어 터졌을 것이다. 그런 다음 접시를 내려놓고 화난 표정으로 폴을 쳐다보았다. 마치 그가 위대한 폴 셸던이 아니라, 위대한 폴 셸던을 감히 비평하려 드는 버릇없는 인간이라는 듯이.

"만일 네가 정말로 형편없는 이야기꾼이었다면, 어떻게 베스트

셀러를 줄줄이 발표하고 수백만 명이 네가 쓴 책들을 사랑하도록 할 수 있었지?"

"내가 형편없는 이야기 작가라고는 말하지 않았어. 사실 이야기 작가로서는 정말 훌륭하다고 생각하곤 해. 그렇지만 이야기를 직접 말로 전달하는 이야기꾼으로서는 최악이지."

"너는 단지 빌어먹을 똥 같은 변명을 둘러대고 있을 뿐이야."

애니의 얼굴이 어두워졌다. 손이 치마를 움켜쥐며 주먹으로 변했다. 허리케인 애니께서 또다시 방 안에 등장하셨다. 그 때 그 모습 그대로 나타났다. 그러나 사정은 달라졌다.('그렇지?') 여전히 무섭기는 했지만, 애니가 그를 완전히 제압한 것은 아니었다. 폴에게 목숨은 더 이상 '알고 싶어'를 주느냐 마느냐와 같이 대단한 것이 아니었다. 그저 애니가 그를 아프게 할까 봐 걱정될 뿐이었다. 폴이 대답했다.

"변명이 아니야. 그 둘은 사과와 오렌지 같은 거야, 애니. 보통 이야기를 유창하게 잘하는 사람들은 글을 잘 쓰지 못해. 만일 네가 정말로 글을 잘 쓰는 사람들이 조금이라도 말솜씨가 있을 거라고 생각한다면,「투데이 쇼」같은 프로그램에 나온 소설가가 인터뷰 내내 굼벵이같이 느릿느릿 어설프게 허둥대는 것은 어떻게 설명할 거야?"

애니가 뽀로통해져서 말했다.

"어쨌든 더 이상은 기다리기 싫어. 이렇게 훌륭한 아이스크림을 만들어 줬으니까, 너는 그저 최소한의 보답으로 줄거리 몇 가지만 말해 주면 돼. 줄거리 전체를 모조리 알려 달라는 것도 아니잖아, 그런데…… 남작이 캘소프 저택 주인을 죽인 거 맞아?"

애니가 눈을 번뜩였다.

"나는 그게 정말로 궁금했어. 그리고 만약 남작이 그랬다면 시체를 어떻게 했어? 다 토막 내서 아내가 애지중지하던 그 여행 가방 속에다 숨겨 놨지? 내 생각엔 그랬을 것 같은데."

폴은 고개를 저었다. 애니가 하는 말이 틀렸다는 뜻이 아니라 아무 말도 하지 않겠다는 표시였다.

애니의 표정이 점점 더 어두워졌다. 하지만 목소리만은 부드러웠다.

"너 나를 화나게 하고 있어. 너도 알지, 그치?"

"물론 알고 있어. 그렇지만 어쩔 수 없어."

"나는 네가 말하도록 만들 수 있어. 어쩔 수 없이 말하게 만들 수 있다고. 네가 입을 열도록 할 수 있단 말이야."

그러나 애니도 아무 소용 없음을 아는 듯 한풀 꺾인 모습이었다. 애니는 폴이 말하도록 할 수는 있었다. 하지만 진실만을 말하도록 할 수는 없었다.

"애니, 전에 네가 나한테 했던 말 기억해? 어린애가 개수대 밑에 있던 세제를 가지고 장난치다 엄마한테 뺏겨서 장난을 못 치게 되었을 때, 그 애가 뭐라고 말한댔지? '엄만 너무 비열해!' 그게 바로 지금 네가 하고 있는 말 아냐? '폴, 너는 너무 비열해!'"

"너 자꾸 날 열 받게 하는데, 앞으로 무슨 일이 일어나도 난 책임 안 져."

애니가 말했다. 하지만 폴은 애니의 목소리를 듣고 이미 위기가 지나가 버렸음을 감지했다. 애니는 그날따라 묘하게 규율과 실행 사이에서 방황하고 있었다.

폴이 말했다.

"그래도 내 의지대로 해 나갈 수밖에 없어. 지금 나는 어린 자식을 가르쳐야 하는 어머니의 입장에 서 있으니까 말이지. 내가 줄거리를 말하려 하지 않는 것은 비열한 사람이 되고 싶어서도 아니고, 너를 괴롭히기 위해서도 아니야. 내가 말하려 하지 않는 이유는 네가 소설을 좋아하게 되기를 진심으로 바라기 때문이야……. 그리고 만약 네가 알고 싶은 것을 내가 다 말해 주고 나면, 너는 소설에 싫증을 내고 더 이상 거들떠보려고도 안 할 테니까."

'그러고 나면 나에게 무슨 일이 벌어질까, 애니?'

마지막 말은 생각만 하고 입에 담지는 않았다.

"적어도 그 깜둥이 헤제키아가 미저리의 아버지가 있는 곳을 정말로 아는지 정도는 말해 줘! 적어도 그 정도는 말해!"

"너는 소설을 원하는 거니, 아니면 내가 앙케트 조사 설문지에 답을 채워 주기를 원하는 거니?"

"그렇게 빈정대는 말투로 나한테 깐죽거리지 마!"

"그럼 너도 내 말을 못 알아듣는 척 딴청 피우는 짓 좀 그만 둬!"

폴이 소릴 질렀다. 애니는 놀라움과 불안감으로 그에게서 몇 걸음 물러났고, 얼굴을 덮고 있던 어둠이 달아나 버렸다. 남은 것은 작은 소녀 같은 기묘한 표정, '나는야 장난꾸러기 소녀' 표정이었다.

"너는 지금 황금 알을 낳는 거위의 배를 갈라 보고 싶은 거야! 겨우 그 정도밖에 안 되는 행동이란 말이야! 동화 속에서 그런 짓을 저지른 농부는 결국 죽은 거위와 아무 짝에도 쓸모없는 창자 한 무더기만 손에 넣게 되었다고!"

"알았어. 알았다고, 폴. 너 아이스크림 마저 먹을 거야?"

"더 못 먹겠어."

"알았어. 내가 너를 당황하게 했구나. 미안해. 네 말이 옳은 것 같아. 물어본 내가 잘못했어."

애니는 다시 무거운 침묵 속에 빠졌다. 폴은 깊은 우울증이나 분노가 다시 한 번 불어 닥칠 거라고 얼핏 예상했지만, 그런 일은 일어나지 않았다. 두 사람은 예전처럼 일상으로 돌아갔다. 폴은 글을 쓰고 애니는 매일매일 나오는 원고를 읽었다. 둘 사이에 있었던 말다툼에서 어떻게 엄지손가락 절제 수술로 이어진 과정은 잘 기억할 수 없었지만, 시간은 잘도 흘러만 갔다. 그때까지는.

'내가 먼저 타자기에 대해서 투덜거렸지.'

폴은 타자기를 보며 생각에 잠겼고, 잔디 깎이 차가 지나가는 소리를 들었다. 지나가는 소리가 점점 작아졌는데, 그것이 애니가 멀어지기 때문이 아니라 자기가 멀어져 가기 때문이었음을 가까스로 눈치 챘다. 폴은 꾸벅꾸벅 졸고 있었다. 그 무렵 자꾸만 눈이 감기곤 했다. 요양원에 사는 바보 영감태기처럼 시간 나는 대로 졸곤 했다.

'자주 그랬던 건 아니야. 타자기에 대해서 겨우 딱 한 번 투덜거렸어. 그렇지만 한 번도 과했던 거야, 그치? 과한 정도가 아니라 그 이상이지. 그게 언제였더라? 애니가 구역질 나는 아이스크림을 가지고 왔던 날부터 일주일 지나선가? 그저 투덜댔을 뿐인데. 딱 일주일 뒤에 유일하게 한 번 지껄인 투덜댐. 글쇠들이 빠진 고장 난 타자기 자판 깽깽거리는 소리가 나를 얼마나 미치게 하는지 싫은 소리를 좀 해 댔지. 그래도 나는 낸시 창녀몽건가 뭐라든가 하는 여자한테서 자판이 제대로 박힌 중고 타자기를 하나 더 사 오라고 말하지는 않았는데. 그저 고장 난 자판이 깽깽거리는 소리 때문에 미치겠다고 말한 것뿐인데, 눈 깜짝할 사이에 이얏! 하더니 왼손 엄지손가락에 불벼락을 맞았고, 이제는 왼손 엄지손가락을 찾으려야 찾을 수도 없게 되었어. 애니가 그런 짓을 한 건 사실 내가 타자기를 가지고 투덜댔기 때문이 아니야, 그렇지? 그런 짓을 한 건 내가 소설 줄거리를 말해 주지 않았기 때문에, 또 애니가 그런 나를 무력하게 받아들여야만 했기 때문이야. 애니의 행동은 분노의 표시였어. 분노는 깨달음이 낳은 결과였고. 무엇을 깨달았는데? 자기가 모든 것을 지배하지는 못한다는 사실을 결국 깨달은 거야. 소극적으로나마 자기가 나한테 어느 정도는 지배당한다는 사실을 깨달은 거지. '알고 싶어'의 힘인가. 마침내 내가 아주 쓸 만한 세헤라자데라는 사실이 증명된 셈이로군.'

미친 생각이었다. 하지만 재미있는 생각이었다. 또한 현실적인 생각이기도 했다. 수백만 명이 비웃을지도 모르지만 그것은 단지 그 사람들이 예술의 영향력이, 심지어 대중 소설같이 타락한 예술이라 할지라도 그 영향력이 얼마나 거대한지 실감하지 못하기 때문이었다. 주부들은 오후 연속극 시간을 기준으로 일정을 조정한다. 만약 직장에 다니는 주부라면, 녹화해 둔 오후 연속극을 밤에 볼 수 있도록 먼저 비디오를 구입하는 것을 최우선 목표로 삼을 것이다. 빅토리아 여왕 시대 작가 아서 코난 도일이 라이헨바

흐 폭포에서 명탐정 셜록 홈스를 죽게 했을 때 모든 영국인들은 들고 일어나 홈스를 다시 살려 내라고 아우성쳤다. 그들이 항의하던 어조와 애니가 항의하던 어조는 완전히 똑같았다. 이별의 아쉬움이 아니라 격렬한 분노였다. 도일이 어머니에게 보낸 편지에서 홈스를 없애 버릴 계획을 말하자 어머니조차도 그를 몹시 꾸짖었다. 분노한 어머니가 답장을 보냈다. '그 훌륭한 홈스 씨를 죽인단 말이냐? 바보 같으니! 네가 뭔데 감히!'

볼더 공공 도서관에서 일하는 폴의 친구 개리 러드먼도 그런 적이 있었다. 폴이 어느 날 그를 만나러 불쑥 들렀을 때, 개리의 사무실 창에는 커튼이 쳐져 있었고 문에는 초상 났을 때 두르는 검은 천이 걸려 있었다. 폴은 걱정이 되어 문을 세차게 두드렸고, 잠시 후 개리가 대답했다. '제발 가 줘. 오늘은 기분이 우울해. 누가 죽었거든. 나에게 중요한 어떤 사람이.' 폴이 그 사람이 누구냐고 물었을 때, 개리는 기운 없는 소리로 대답했다. '반 데르 발크.' 폴은 개리가 멀어져 걸어가는 소리를 들었고, 다시 문을 두드렸지만 그는 문 쪽으로 돌아오지 않았다. 반 데르 발크는 작가 니컬러스 프릴링이 창조한 소설 속의 형사였다.

폴은 개리의 행동이 단순한 오류 이상이라고 확신했다. 그가 생각하기에 친구의 행동은 고상하게 잘난 척하는 짓이었다. 한마디로 말해서, 똥 폼 잡는 짓이었다. 그런 생각을 가지고 쭉 지내던 폴은 1983년에 『가아프가 본 세상』이라는 소설을 읽었다. 실수로 그만 주인공 가아프의 어린 아들이 변속기 손잡이에 눈을 꿰뚫려 죽는 장면을 자러 가기 직전에 읽고 말았다. 그날 밤 잠들기 전까지 몇 시간을 뒤척거렸다. 그 슬픈 장면이 마음속에서 도무지 떠나지 않았다. 엎치락뒤치락 혼란스러운 가운데 허구의 인물 때문에 슬픔을 느낀다는 것이 너무나 우스꽝스럽다는 생각이 강하게 들었다. 물론 그때 폴이 느낀 감정은 분명히 깊은 슬픔이었다. 그러나 그런 깨달음은 감정에 아무 도움도 주지 못했고, 오히려 개리가 자신보다 반 데르 발크에게 더 크고 진실한 정을 주었던 것이 아니었을까 하는 의구심만 불러일으켰다. 그리고 그런 의구심은 또 다른 기억을 불러왔다. 열두 살의 어느 뜨거운 여름날, 윌리엄 골딩이 쓴 소설 『파리 대왕』을 다 읽고 나서 차가운 레모네이드를 마시러 냉장고로 가던 도중…… 폴은 갑자기 방향을 바꿨다. 미식거리던 속이 점점 압력을 높이더니 급기야 밖으로 터져 나올 지경이 되었고, 폴은 화장실로 줄달음질쳤다. 그곳에서 변기를 부여잡고 속에 든 것을 모조리 토했다.

폴은 갑자기 이런 괴상한 열풍의 또 다른 사례들을 기억해 냈다. 매달 찰스 디킨스의 소설 『리틀 도리트』나 『올리버 트위스트』의 새로운 연재분이 들어 있는 짐 꾸러미가 도착할 때가 되면 사람들은 볼티모어 부둣가로 벌 떼같이 모여 들었다고 한다.(그 혼란 통에 몇몇이 물에 빠져 죽기는 했지만, 나머지 사람들의 의욕을 꺾지는 못했다.) 105살 먹은 어떤 할머니는 존 골즈워디가 쓴 연작 소설 『포사이트 모험담』이 완결될 때까지는 죽을 수 없다고 공개적으로 선언했고, 결국에는 마지막 권 마지막 쪽을 옆에서 읽어 주는 것을 듣고 나서 채 한 시간도 안 되어 숨을 거두었다. 한 젊은 등산가가 저체온증으로 추정되는 치명적인 혼수상태로 병원에 입원했는데, 그의 친구가 옆에서 『반지의 제왕』을 읽어 주었다. 친구가 옆에 붙어서 밤낮을 가리지 않고 쉴 틈도 없이 계속해서 그 소설을 읽어 준 끝에 그 등산가는 혼수상태에서 깨어났다. 이런 비슷한 사례들이 셀 수 없이 많았다.

폴이 생각하기에 모든 '베스트셀러' 작가들은 자기가 창조한 허구의 세계에 흠뻑 빠진 열성 독자들 때문에 생긴 사연을 한두 건 정도는 다 가지고 있을 것 같았다. 폴은 세헤라자데 콤플렉스의 실례라고 생각했다. 얕은 꿈속에서 헤엄치는 가운데 애니가 모는 잔디 깎이 차에서 울리는 커다란 굉음이 먼 곳으로 흘러가며 작아졌다. 폴은 디즈니 월드나 그레이트 어드벤처 같은 미저리 테마 공원을 만들어 보자는 제의가 담긴 편지를 두 통 받았던 것을 기억했다. 그중 한 통은 대략적인 테마 공원 모습을 그린 청사진도 동봉했다. 그러나(적어도 애니 월크스가 폴의 인생으로 들어오기 전까지) 최후의 승자는 플로리다 주 잉크 비치에 사는 로만 D. 샌드파이퍼 3세의 부인이었다. 이름이 버지니아라는 로만 D. 샌드파이퍼의 부인은 자기 집 2층을 미저리가 사는 거실로 꾸며 놓았다. 그녀는 미저리 거실에 있는 물건들을 폴라로이드 사진으로 찍어 편지와 함께 보냈다. 미저리의 물레, 미저리의 책상(책상 위에는 11월 20일에 열리는 강연회에 참석하겠다고 미저리가 패버리 씨에게 보내는 반쯤 쓰다 만 편지가 놓여 있었는데, 둥글둥글하게 흘러가는 일반적인 여성 글씨체가 아니라 좀 딱딱하고 반듯한 필기체 글씨여서 폴은 자신이 만든 여주인공이 실제로 썼을 법한 글씨체와 소름 끼치도록 딱 맞아떨어진다고 생각했다), 미저리의 소파, 미저리의 십자수 글씨 진열대('사랑이 당신을 가르치도록 하라. 당신이 사랑을 가르칠 수 있다고 믿지 말라.'라고 쓰여 있었다), 기타 등등, 기타 등등. 로만 D. ('버지니아') 샌드파이퍼 부인은 편지에서 그 가구들이 공장에서 만드는 대량 복제품이 아니라 전부 진짜 수공예품이라고 밝혔는데, 폴은 뭐라 확실히 말할 수는 없지만 그 말이 사실일 거라고 생각했다. 만약 그렇다면 이 허구를 재현한 값비싼 가구들을 들여놓느라 로만 D. ('버지니아') 샌드파이퍼 부인은 수천 달러를 들였음이 틀림없었다. 로만 D. ('버지니아') 샌드파이퍼 부인은 폴이 창조한 캐릭터를 돈버는 데 이용하려는 것이 아니며, 앞으로도 그런 쪽으로는('하늘이 용서치 않을 거예요!') 어떠한 계획도 짜지 않을 것이라고 편지에서 분명히 확인해 줬다. 그녀는 단지 폴이 사진을 보고 어디가 잘못됐는지(그녀는 잘못된 곳이 엄청나게 많을 것이라고 확신했다) 그녀에게 말해 주기를 간절히 바랐다. 또한 자신이 이룩한 결과물에 대한 폴의 감상을 듣고 싶어 했다. 폴은 그 사진들을 보면서 소름 끼치도록 기묘하고 불가사의한 느낌을 받았다. 머릿속으로 상상했던 그림을 그대로 사진으로 찍어 감상하는 느낌이었다. 또한 그 순간부터 미저리가 사용하는 작은 거실 겸 서재를 떠올릴 때마다, 익숙하지만 일차원적으로 굳어 버린 그 자신만의 상상력을 제치고 로만 D. ('버지니아') 샌드파이퍼 부인의 폴라로이드 사진들이 마음속에서 껑충 튀어나올 것임을 알았다. '뭐가 잘못됐는지 말해 달라고? 말도 안 돼.' 도리어 그는 과연 잘못된 곳이 어디냐고 그녀에게 묻고 싶었다. 폴은 축하와 감탄의 말을 담은 짧은 편지를 그녀에게 보냈다. 편지에서 폴은 로만 D. ('버지니아') 샌드파이퍼 부인과 관련해 마음속에 떠오르던 여러 질문들을 전혀 내비치지 않았다. 그녀가 어떻게 해서 그토록 놀라운 열정을 발휘하게 되었는가 따위의 질문들을. 후에 폴은 그녀가 보낸 답장과 함께 금방 찍어 따끈따끈한 폴라로이드 사진들을 받았다. 로먼 D. ('버지니아') 샌드파이퍼 부인이 보냈던 첫 번째 우편물은 손으로 쓴 두 쪽짜리 편지와 폴라로이드 사진 일곱 장이었다. 다음번에 온 두 번째 우편물은 손으로 쓴 열 쪽짜리 편지와 폴라로이드 사진 마흔 장이었다. 그 편지란 것은 로먼 D. ('버지니아') 샌드파이퍼 부인이 각각의 가구들을 어디서 찾아냈고 얼마를 주고 사들였으며 어떻게 집 안에 설치했는지까지 철저하게 (너무하다 싶을 만큼 철저하게) 기록한 설명서였다. 로먼 D. ('버지니아') 샌드파이퍼 부인은 맥키본이란 사람이 구식 22구경 소총을 소지하고 있음을 알아냈는데, 그 사람을 시켜서 의자 뒤의 벽에다 총알구멍을 내도록 했다고 편지에서 설명했다. 로먼 D. ('버지니아') 샌드파이퍼 부인은 그 총이 소설의 시대 배경과 정확히 일치하는지는 장담할 수 없지만, 총구의 직경은 정확히 확인했다고 말했다. 사진 대부분은 피사체를 자세히 근접 촬영한 것이었다. 뒷면에 손으로 쓴 설명이 적힌 사진들을 보고 있자니 퍼즐 잡지에 나오는 '이 사진은 무엇일까요?' 퀴즈를 보는 것 같았다. 그런 잡지에 나오는 크게 확대한 사진은 종이 클립의 쭉 뻗은 철사를 고압선 송전탑으로 보이게 하고 맥주 캔 뚜껑의 고리 부분을 피카소의 조각으로 보이게 한다. 폴은 나중에 받은 우편물에는 답장을 쓰지 않았는데, 로만 D. ('버지니아') 샌드파이퍼 부인은 단념하지 않고 우편물을 다섯 번이나 더 보내다가(네 번째 편지까지는 폴라로이드 사진들을 동봉했다) 마침내 당황하고 약간은 기분이 상한 듯 편지를 끊었다.

마지막 편지에는 무뚝뚝하게 단순히 로만 D. 샌드파이퍼 부인이라고만 서명을 해 놓았다. 그동안 의도적으로 삽입해서 자신을 '버지니아'로 불러 달라던 암묵적 권유를 철회한 것이다.

그동안 죽 망상에 사로잡혔던 이 여자의 감정은 애니처럼 피해 망상적 집착으로까지 발전하지는 않았다. 그러나 이제 폴은 그 근원을 따져 보면 두 사람 모두 똑같다는 사실을 이해했다. 세헤라자데 콤플렉스. 모든 감정을 끌어당기는 깊고 본질적인 '알고 싶어'의 힘.

표류하던 의식이 깊이 가라앉았다. 폴은 잠들었다.

10

그즈음 폴은 부적절한 순간에 가끔씩 난데없이 늙은이처럼 꾸벅꾸벅 조는가 하면 쿨쿨 자기도 했다. 그렇게 정신을 놓고 있는 와중에도 외부 세계를 민감하게 느꼈다. 자꾸만 들려오는 잔디 깎이 차 소리를 그대로 놔뒀다. 그러나 소리는 점점 더 굵어졌고 거칠어졌으며 잔인해졌다. 움직이는 소리였다.

폴은 로열 타자기와 이빨 빠진 n을 가지고 불만을 털어놓으려 다 재수 없는 날을 골랐다. 물론 애니 윌크스한테 안 좋은 소리 하기에 좋은 날이란 절대로 없었다. 처벌이 연기되는 일은 있어도…… 면제받는 일은 결코 없었다.

"그래, 그렇게 자꾸 신경이 쓰인다면 이미 떠나 버린 n을 잊을 수 있게 내가 특별한 선물을 주지."

폴은 애니가 부엌을 뒤지고 물건들을 내던지며 애니 윌크스 식

언어로 욕을 해 대는 소리를 들었다. 10분 뒤 애니가 주사기와 베타딘과 전동 칼을 가지고 들어왔다. 폴은 그것들을 보자마자 비명을 지르기 시작했다. 파블로프의 개가 된 셈이었다. 파블로프 박사가 종소리를 내면 개는 조건반사로 무조건 침을 흘린다. 애니가 주사기 한 개, 베타딘 한 병, 그리고 그 날카로운 칼을 가지고 손님용 침실로 들어왔을 때, 폴도 개처럼 무조건 비명을 지르기 시작했다. 애니가 휠체어 옆에 있는 콘센트에 전동 칼의 플러그를 꽂자 폴에게서 너무나 간절한 애원과 그보다 더 큰 비명과 앞으로 착하게 살겠다는 너무나 간절한 약속의 말이 터져 나왔다. 폴이 주사기를 피하려 몸부림치자 애니는 가만히 앉아서 얌전히 있지 않으면 가벼운 마취는 생략하고 곧장 실력 행사에 들어가겠다고 말했다. 그래도 계속해서 주사 바늘을 피하려고 몸을 흔들고 질질 짜며 애원하자, 정말 그의 뜻이 그렇다면 나이프를 목에 대고 썰어 버릴 수밖에 없을 것 같다며 겁을 줬다.

폴이 조용해지자 애니가 마취 주사를 놓았다. 다음으로 베타딘을 폴의 왼손 엄지손가락에 뿌렸고 전동 칼날도 바로 그 지점을 파고들었다.(애니가 전동 칼의 전원을 켜자 칼날이 앞뒤로 재빠르게 움직이며 손가락을 썰기 시작했다. 적갈색 베타딘 방울들이 허공으로 튀어 올랐는데, 애니는 보지 못한 듯했다.) 물론 마지막에는 시뻘건 핏방울들이 허공으로 튀어 올랐다. 애니는 일단 어떤 행동을 하기로 마음먹으면 철저히 완수했다. 애원하는 소리에 흔들리지 않았다. 비명소리에도 흔들리지 않았다. 자신의 신념을 곧장 밀고 나갈 용기가 있었다.

윙윙거리며 진동하는 칼날이 '곧 있으면 고인이 되실' 엄지손가락과 집게손가락 사이 물갈퀴 모양으로 생긴 부드러운 살갗 속을 파고들었을 때, 애니는 '엄마는 너보다 더 아프단다 폴리야' 라는 식의 목소리로 그를 위로했다. 자기는 그를 사랑하고 있다며.

그리고 그날 밤······.

'꿈을 꾸는 것이 아니야, 폴. 너는 지금 깨어 있을 때는 감히 생각할 엄두도 못 내던 것들을 생각하고 있는 거야. 그러니 깨어나. 제발 깨어나!'

그러나 깨어날 수 없었다.

그날 밤 아침에 폴의 엄지손가락을 잘라 낸 애니가 폴이 붕대 감은 왼손을 가슴에 대고 약과 고통에 취해 멍하니 주저앉아 있는 방 안으로 유쾌한 표정을 지으며 들이닥쳐서 케이크를 든 채 폴의 생일이 아닌데도 음정은 맞지만 박자는 제멋대로 춤추는 목소리로 '생일 축하합니다' 노래를 소리쳐 불렀고 케이크 위에는 양초들이 수북이 꽂혀 있었으며 한가운데서 설탕 옷을 입은 채 특별한 초대형 양초같이 서 있는 것은 폴의 엄지손가락이었고 죽어서 흙빛이 되어 버린 엄지손가락은 손톱이 약간 들쭉날쭉했는데 글을 쓰다 단어가 생각나지 않을 때마다 이따금씩 손톱을 씹어 먹는 폴의 버릇 때문이었으며 애니가 '폴, 앞으로 착하게 지내겠다고 약속하면 생일 케이크를 먹어도 돼, 하지만 특별한 양초는 먹으면 안 돼.' 라고 말해서 폴은 착하게 살겠다고 약속했지만 실은 그 특별한 양초를 먹으라고 강요당할까 봐 무서워서였고 또한 그 이유는 중요한 이유는 확실한 이유는 애니는 위대한 애니는 착하기 때문이었고 먹지 못할 것까지 포함해서 일용할 양식을 내려 주시는 애니에게 감사해야 했기 때문이며 소녀들은 그저 재미있게 놀고

싶을 뿐이지만 무언가 사악한 것이 이쪽으로 온다 제발 내 엄지손
가락을 먹으라고 나한테 강요하지 마 애니는 우리 엄마 애니는 내
여신 애니가 옆에 있을 때는 정직하게 구는 것이 신상에 좋아 애
니는 네가 잠자는지 깨어 있는지 나쁜지 착한지 다 안단 말이야
그러니 제발 착하게 굴어라 울지 않는 게 좋아 토라져도 안 돼 그
러나 무엇보다도 시끄럽게 소리 지르지 않는 게 좋아 하지 마 소
리 지르지 마 소리 지르지 마 소리 지르지 마 소리

　지르지 않았다. 아무 소리도.

　그러나 잠에서 깨어 몸을 꿈틀거리는 바람에 온몸이 아팠고 그
때까지 하지 않던 짓을 하고 말았다. 폴은 엄지손가락 절제 수술
을 당한 지 한 달이나 지났어도 또다시 터져 나오는 비명소리를
입 안에 가둬 두기 위해 저도 모르게 입술을 단단히 다물었다.

　한동안 소리 지르지 않는 데만 열중하느라 집 앞길로 무엇이
들어오는지 미처 발견하지 못했다. 그것을 두 눈으로 똑똑히 보
게 되었을 때, 처음에 폴은 그것이 신기루일 거라고만 생각했다.

　콜로라도 주 경찰차였다.

11

　엄지손가락 절제 수술을 당하고 나서 침울한 시기가 찾아왔을
때, 계속 소설을 쓴 것 외에 폴이 이룩한 최고의 업적들 가운데 하
나는 흘러가는 시간을 놓치지 않고 기억 속에 담아 두었다는 것이
다. 병적일 만큼 그 일에 매달렸고, 가끔씩은 5분 정도 멍한 상태

로 정신을 놓고 있었지만 그런 시간까지도 일일이 기억해 두면서 어떻게 해서든 찰나의 시간도 잊지 않으려고 확실히 챙겼다.

'나도 애니만큼이나 잔인해져 보는 거야.'

한때 폴은 그렇게 생각했다. 폴의 마음이 짜증나는 투로 물었다.

'그래서 어쩌려고?'

발이 절단되고 나서 애니가 거들먹거리며 '회복기'라고 이름 붙인 기간 동안 폴은 소설을 아주 잘썼다. 아니, 표현이 이상할지 몰라도 아주 잘이란 말은 지나친 겸손이라고 할 수 있다. 소설을 놀라울 정도로 잘 썼다. 담배가 떨어지거나 허리가 쑤시거나 머릿속이 쿵쿵거리는 두통이 느껴진다는 이유로 소설 쓰기가 불가능하다고 손을 놓던 그런 남자치고는 말이다. 영웅적인 행동이었다고 치부해 버리면 좋았을 테지만, 폴은 그때도 단지 글쓰기를 탈출구로 이용했을 뿐이라고 생각했다. 절제 수술 후의 고통이 정말로 무시무시했기 때문이다. 마침내 회복 과정에 들어섰을 때는 고통보다도 더 이상 존재하지 않는 발이 호소하는 환지증_{절단한 팔다리에 감각이 있는 것처럼 느끼는 증상}이 더 끔찍했다. 그중에서도 폴을 가장 괴롭힌 것은 사라진 왼 발바닥 한가운데에 느껴지는 가려움이었다. 폴은 한밤중에 잠에서 깨어나 수시로 오른쪽 엄지발가락을 써서 왼쪽 다리가 끝나는 지점 밑으로 10센티미터 정도 떨어진 텅 빈 허공을 긁어 댔다.

그렇지만 그렇게 시달리는 중에도 소설을 계속 썼다.

엄지손가락을 절제당하고 공포 영화 『제인의 말로』에나 등장할 법한 기괴한 생일 케이크가 나온 다음부터는 글이 제대로 씌어지지 않았다. 또다시 공처럼 구겨져 쓰레기통 속으로 들어가는 종이의 양이 불어나기 시작했다. 발 한쪽을 잃고서 거의 죽을 뻔한 위기에 처했을 때도 집필은 계속했다. 하지만 엄지손가락 하나를 잃고 나서는 이상하게 글발이 서지 않았다. 그 반대가 정상 아닌가?

게다가 열병에 시달렸다. 폴은 열병에 걸려 일주일을 침대에 누워 지냈다. 그러나 그것은 단지 부차적인 문제였다. 체온이 최고조에 올랐을 때는 39도를 기록하기도 했지만, 그 정도만 가지고 수준 높은 멜로드라마가 만들어질 리 없었다. 열병은 어떤 독특한 질병 때문이 아니라 체력이 저하된 탓에 발병한 듯싶었다. 그래도 애니한테는 혐오스러운 열병 따위 문제도 아니었다. 병원에서 훔쳐 가지고 나온 보물 중에는 항생제 케플렉스와 암피실린이 있었으니까. 애니가 투약했고, 폴의 증상이 나아졌다…… 적어도 그토록 엽기적인 상황 속에서 정신을 차릴 수 있을 만큼은 나아졌다. 그러나 무엇인가 잘못된 듯싶었다. 무엇인가 중요한 것들을 잃어버린 것만 같았고, 그렇게 뒤죽박죽 혼란스러운 생각이 폴에게 정신적으로 큰 피해를 끼쳤다. 사라진 n 때문이라고 욕하고 싶었지만, 그전까지는 n이 없어도 잘만 지내다가 이제 와서 n이 없어진 것을 가지고 발 한쪽이 잘려 나가고 특별 보너스로 엄지손가락도 하나 잘린 것과 맞먹는 엄청난 사건인 양 호들갑 떠는 일이 가당키나 한 것인가?

이유야 어찌됐든 무엇인가가 폴이 꿈속에서 보았던 매혹적인 형상들을 어지럽혔고, 무엇인가가 그가 들여다보던 원고용지 속의 구멍을 날려 버렸다. 한때는(맹세코 거짓말이 아니다!) 링컨 터널 구멍만큼이나 커 보이던 구멍이었다. 하지만 이제는 공사장에 뭐 재미있는 일 없나 하고 구부정하게 서서 엿보는 담장에 난 작은 구멍 정도밖에 안 되었다. 그렇게 작은 구멍으로 재미있는 것들을 보려면 눈을 크게 뜨고 목을 길게 빼야 하는데, 대개 진짜 중요한 볼거리들은 눈에 보이는 범위 바깥에서 일어나게 마련이다. 구멍으로 보이는 시야가 아주 좁다는 것을 감안하면 그리 놀라운 사실도 아니었다.

결과적으로 말해서 엄지손가락 절제 수술과 그 뒤를 이어 한바탕 열병을 겪고 난 다음에 무슨 일이 생겼는지는 명백했다. 소설 속의 언어가 겉만 번지르르해지고 과장되게 부풀려졌다. 그때까지 써 온 소설들을 그대로 베껴 먹는 심각한 사태까지는 아니었지만, 글이 자꾸만 그런 방향으로 흘러갔고 멈추기에는 도저히 역부족이었다. 지하실 구석에서 쥐들이 몰래몰래 새끼를 불리듯 내용의 일관성이 끊어지는 경우가 급격히 늘었다. 원고를 30쪽 쓰는 동안 소설 속에 등장하는 남작이 『미저리의 모험』에 등장했던 자작으로 둔갑하기도 했다. 폴은 그 장면을 모조리 들어내야만 했다.

'폴, 그까짓 건 별 게 아니야.'

로열 타자기가 연달아 t와 e를 토해 내기 며칠 전에 폴은 스스로에게 거듭 말했다. '넌덜머리 나던 일이 이제 거의 다 끝나 가잖아.' 그 말이 옳았다. 원고를 계속해서 써 나가는 일은 고문이었고, 원고를 끝낸다는 것은 곧 목숨이 끝장난다는 뜻이었다. 원고를 끝내는 일이 계속 써 나가는 일보다 약간 더 매력적으로 보이기 시작했다는 것은 아마도 폴의 몸과 마음과 정신이 엉망진창이 되어 버렸다는 뜻이었을 것이다. 그렇게 모든 것이 따로 놀고 있는데도 소설은 계속 씌어졌다. 내용의 일관성이 떨어지는 게 걸리기는 했지만 큰 문제는 아니었다. 폴은 현실에서 부딪치는 허구 만들기 때문에 어느 때보다 더 많은 문제들에 시달렸다. '할 수 있지?' 게임이 단순히 재미로 즐기는 놀이가 아니라 힘든 노동이 되어 버렸다. 애니가 그에게 끔찍한 일들을 많이 저질렀어도 소설은 그럭저럭 굴러갔다. 폴은 무엇인가가(아마도 배짱이겠지만) 몸속에서 바닥나서 멍텅구리가 되어 버렸는데 애니가 그의 엄지손가락을 가져갈 때 피를 많이 흘렸기 때문이라고 투덜대기는 했지만, 그가 쓰는 소설은 여전히 엄청나게 훌륭한 모험담이었고 그때까지 썼던 미저리 시리즈 중 최고였다. 소설의 구성은 멜로드라마 수준을 못 벗어났지만 잘 짜여 있었고, 그 나름의 특성을 잘 살려서 무척 재미있었다. 폴은 만약 엄격하게 한정된(초판 딱 한 권 발행) 애니 윌크스 판이 아니라 정식으로 판매용 서적을 만들어 출간한다면 미친 듯이 팔려나갈 것이라고 생각했다. 그랬다. 만약 저 좆같은 타자기와 의기투합했다면, 소설을 훌륭하게 완성할 수 있었으리라.

'너는 아주 강인해 보이는구나.' 폴은 언젠가 강박 관념에 사로잡혀 타자기 들어 올리기 운동을 하고 난 후에 그렇게 생각했다. 마른 팔은 떨렸고, 엄지손가락 절단면은 불이 난 듯 쑤셨고, 이마는 기름 같은 땀으로 범벅이 됐다.

'너는 똥자루같이 늙어 비실비실한 보안관을 꺾고 명성을 떨칠 듯한 젊고 강인한 총잡이로구나, 내가 똑바로 본 거지? 너는 과거에 이미 글자 한 개를 발사했고, 나는 같은 식으로 네가 다른 글자들을 발사하는 것을 봐 왔어. t, e, 그럼 다음에는 g냐? 점점 재밎어지는군……. 때로는 이쪽에 있는 글자를 이용했다가, 때로는 저쪽에 있는 글자를 이용했다가, 때로는 좀더 위 줄에 있는 글자를 건드렸다가, 때로는 좀더 아래 줄에 있는 글자를 집적거리는 게로군. 이봐 친구, 어쩌면 이번 승부에서는 늙은 똥자루 같은 비실이가 승리할 수도 있다는 게 내 생각이야. 내 생각에 아마도 늙은 똥자루 같은 비실이가 너를 죽도록 혼구녕 내 줄 것 같은데……. 그리고 그 사실을 그 개 같은 년도 알았을 거야. 그러기에 내 왼쪽 엄지손가락을 가져가 버렸을 테지. 옛말에도 있듯이, 그년은 미쳤을지는 몰라도 바보는 절대로 아니거든.'

폴은 지겹도록 열심히 타자기를 노려보았다.

'계속해 봐. 자꾸 고장 나 보라고. 어쨌든 나는 소설을 완성할 테니까. 그년이 다른 타자기를 구해 준다면 감지덕지 고맙게 여기겠지만, 이대로 놔둔다쳐도 연습장에다가 직접 손으로 써서라도 이 망할 놈의 원고를 완성해 갈 거야.'

'내가 하지 않을 한 가지 일은 소리 지르는 거야.'

'나는 소리 지르지 않아.'

'나는.'

'안 지를 거야.'

12

'나는 소리 지르지 않을 거야!'

창문 앞에 앉아 있던 폴은 그제야 잠에서 완전히 깨어나 자신이 눈여겨보고 있는, 애니 집 앞으로 들어오고 있는 경찰차가 한 때는 그에게도 왼발이 존재했다는 사실만큼이나 진짜임을 완전히 깨닫게 되었다.

'소리 질러! 씹할, 소리 질러 버려!'

그러고 싶었지만, 마음속의 맹세가 너무 강했다. 정말이지 너무나 강했다. 심지어 입조차 열 수 없었다. 노력했지만, 전동 칼날 위로 튀어 오르던 갈색 베타딘 방울들이 떠올랐다. 노력해 봤지만, 도끼가 발목뼈를 박살 내는 소리, 애니가 성냥 불을 번츠오 매틱 불대 끝에 갖다 댔을 때 나던 부드러운 후루룩 소리가 들렸다.

입을 열려고 애썼지만 열 수 없었다.

손을 들어 올리려고 애썼지만 들 수 없었다.

꾹 다문 입술 사이로 소름 끼치는 신음소리가 새어 나왔고 두 손은 로열 타자기 양 옆에서 가볍게 덜덜 떨리는 소리를 냈지만, 할 수 있는 일은 그것이 전부였다. 폴의 운명이 허락한 것은 고작 그런 움직임이 전부였다. 전에는 그토록 끔찍한 불가항력에 시달린 적이(왼쪽 다리는 움직이는데 왼쪽 발은 꿈쩍도 않는 장면을 목격했던 때를 제외하면) 없었다. 실제로 그 순간이 오래가지는 않았다. 아마도 5초 정도, 확실히 10초는 넘지 않았다. 그러나 폴 셸던의 머릿속에서는 그 순간이 몇 년이고 계속될 것만 같았다.

구원받을 기회가 바로 눈앞에 왔다. 폴은 창문을 부수고, 개 같은 년이 그의 헛바닥에 채워 놓은 개떡 같은 자물쇠를 부수고, 소리 지르기만 하면 될 터였다. '사람 살려, 사람 살려, 애니한테서 날 좀 구해 줘요! 여신한테서 날 좀 구해 줘요!'

그와 동시에 폴의 다른 목소리가 소리 질렀다.

'애니, 나는 착하게 굴 거야! 소리 지르지 않을 거야! 여신님을 위해 착하게 굴 거야! 나는 소리 지르지 않겠다고 약속했어, 더 이상 남은 몸뚱이를 절단당하기는 싫단 말이야!'

폴은 알고 있었을까? 이미 예전부터 애니가 그를 얼마나 심하게 협박했는지, 애니가 그의 본질적인 자아에, 영혼을 움직이는 간과 허파 같은 중요한 부분에 얼마나 많은 상처를 내 놨는지 그가 정말 알았던 것일까? 끊임없는 공포 속에 갇혀 있음은 알았지만, 예전에는 당연한 줄로만 여기고 단단히 소유했던 자신만의 고유한 주체성이 그때까지 얼마나 많이 지워져 나갔는지도 알았던 것일까?

폴은 한 가지만은 어느 정도 확실히 알고 있었다. 그때까지 글을 써 오면서 없어진 글쇠나 열병이나 뚝뚝 끊어지는 기억이나 배짱을 잃어버린 것 말고도 잘못된 점이 많았던 것처럼, 혀가 마비된 것 말고도 자신에게 잘못된 점이 훨씬 더 많다는 사실이었다. 끔찍했지만 모두 사실이었고 너무나 뚜렷했다. 아주 무서우리만치 뚜렷했다. 폴은 조금씩 죽어 가고 있었지만, 그렇게 죽는 것도 두려워 했던 만큼 고약하진 않았다. 그러나 죽어가는 동시에 희미해지고 있었고, 그것이야말로 무서운 일이었다. 오직 멍청한 녀석들이나 희미해져서 사라지는 법이므로.

'소리 지르지 마!'

경찰 한 명이 순찰차 문을 열고 나와서 챙이 넓은 도로 순찰대원용 중절모를 단정히 고쳐 쓰고 있을 때, 폴의 마음속에서 겁에 질린 목소리가 터져 나왔다. 경찰은 스물두셋 정도 되는 젊은 사람이었는데, 원유를 칠한 듯 검게 번들거리는 선글라스를 쓰고 있었다. 경찰은 멈춰 서서 국방색 제복 바지를 잡고 칼 같은 주름을 매만지고 있었다. 그에게서 30미터 떨어진 곳에서는 창백하고 수염이 더부룩하며 초췌한 얼굴을 하고 푸른 눈을 치켜뜬 한 남자가 창문 뒤에 앉아 그를 바라보며, 굳게 다문 입술 사이로 신음하면서 휠체어 팔걸이 위에 걸쳐 놓은 나무 판 위에서 헛되이 두 손을 부르르 떨었다.

'하지 마 소리 지르지 마'

(해 버려 소리 질러)

'소리 지르면 고생에서 벗어날 거야 소리 지르면 이 고생을 끝낼 수 있어'

(내가 죽기 전에는 절대로 절대로 끝낼 수 없어 저 애송이는 여신님한테 상대가 안 돼)

'폴 오 이런 등신 같으니 너 벌써 죽어 버렸냐? 소리 질러 이 겁쟁이 새끼야! 머리가 빠개질 정도로 소릴 질러 대라고 열나게!'

입술이 벌어지며 조그맣게 쥐어짜는 소리가 나왔다. 허파 속으로 공기를 한껏 들이마시고 눈을 감았다. 폴은 입에서 무슨 소리가 나올지, 소리가 정말 나오기나 할지 알 수 없었다. 실제로 소리를 질러 보기 전까지는.

"아프리카!"

폴이 소리 질렀다. 떨리던 두 손이 깜짝 놀란 새처럼 위쪽으로 솟아올라 머리 양쪽을 재빨리 움켜잡았다. 터질 것 같은 뇌를 붙들어 두려는 듯이.

"아프리카! 아프리카! 사람 살려! 사람 살려! 아프리카!"

13

폴은 두 눈을 번쩍 떴다. 경찰이 집 쪽을 보고 있었다. 선글라스에 가려 눈을 볼 수는 없었지만, 머리가 갸우뚱하는 것으로 봐서 순간적으로 어리둥절해하는 것 같았다. 그가 한 걸음 더 가까이 다가오다 멈췄다.

폴은 나무 판을 내려다보았다. 타자기 왼쪽에 무거운 사기 재떨이가 놓여 있었다. 옛날옛날 한 옛날에는 그 재떨이가 찌그러진 담배꽁초로 가득 차 있었을 것이다. 그러나 그때 재떨이 속에 폴의 건강에 해로운 것은 아무것도 없었고, 그저 종이 클립과 타자기용 지우개뿐이었다. 폴은 재떨이를 손에 쥐고 창문을 향해 냅다 던졌다. 유리창이 바깥쪽으로 산산이 깨져 나갔다. 폴에게 그 창문 깨지는 소리는 그때까지 들어 본 가장 감동적인 자유의 소리였다.

'나를 얽매고 있던 벽들이 무너진다.'

폴은 잔뜩 들떠서 흥분하며 소리 질렀다.

"여깁니다! 살려 주세요! 저 여자를 조심해요! 저 여잔 미쳤어요!"

경찰이 폴을 보더니 입을 쩍 벌렸다. 그러고는 가슴 주머니에 손을 넣어 꼭 사진인 듯한 물체를 꺼냈다. 사진임이 확실한 그 물체를 자세히 들여다보고 찻길에서 걸어 나와 폴이 있는 곳으로

다가왔다. 순간 그는 누구라도 알아들을 만한, 폴도 똑똑히 알아
들은 네 마디 말을 내뱉었다. 그 다음에는 발음이 불분명해서 알
아들을 수 없었다.

"이런 염병할! 그 소설가잖아!"

폴은 시선을 경찰에게만 집중하고 있었기 때문에, 애니를 발견
했을 때는 이미 늦은 다음이었다. 그때 폴은 주술에 사로잡힌 듯
한 진정한 공포를 맛보았다. 애니가 여신으로 변해 있었다. 그리
스 신화에 나오는 반인반마 켄타우루스가 기괴한 모습의 여자로
변신한 듯 반은 여자, 반은 론보이 잔디 깎이 차가 합쳐진 모습이
었다. 애니가 쓰고 있던 야구 모자가 벗겨졌다. 얼굴은 성난 표정
으로 굳어져 뒤틀려 있었다. 애니는 한 손에 나무 십자가를 들고 있
었다. 암소 무덤에 꽂아 뒀던 십자가였다. 폴은 끝내 울음을 멈춘
무덤 속 주인공이 암소 1호인지 암소 2호인지 기억이 나지 않았다.

하여튼 암소가 죽은 것은 명백한 사실이었고, 땅이 녹아 부드
러워졌던 어느 봄날 폴은 때로는 두려움에 숨죽이고 때로는 벌컥
낄낄대고 웃으며 창문을 통해 암소 무덤이 만들어지는 과정을 지
켜봤다. 애니는 먼저 무덤을 파고(그 작업을 하는 데 꼬박 하루를
보냈다) 나중에 축사 뒤에서 죽은 암소를(상당히 흐늘흐늘한 상태
였다) 끌고 나왔다. 애니는 체로키의 트레일러 연결 부위에 쇠사
슬을 매달고, 쇠사슬의 다른 한쪽 끝은 암소 몸통을 둘러서 칭칭
감았다. 폴은 무덤 구멍 있는 데까지 반도 못 가서 암소가 찢어질
거라고 마음속으로 내기를 걸었는데, 결국 내기에서 졌다. 애니
는 무사히 끌고 온 암소를 무덤 구멍 속으로 굴려 떨어뜨리고 무
덤덤하게 구멍을 메우기 시작했다. 작업은 해가 지고 나서도 한

참이 지나서야 끝났다.

폴은 무덤에 십자가를 꽂는 애니를 보았고, 나중에는 봄을 맞아 산뜻해진 달빛 아래서 그녀가 무덤 앞에서 성서를 낭독하는 애니를 보았다.

이제 애니는 무덤에 꽂혀 있던 십자가를 창처럼 잡고서 흙이 묻어 시커메진 세로 막대의 날카로운 끝을 경찰의 등을 향해 똑바로 겨누고 있었다.

"당신 뒤에! 조심해!"

폴이 외쳤다. 이미 늦었음을 알았지만 어쨌든 고함을 질렀다.

가늘게 떨리는 외침과 함께 애니가 경찰의 등에 십자가를 푹 꽂아 넣었다.

"아악!"

경찰은 비명을 지르며 천천히 잔디밭으로 걸어갔다. 꿰뚫린 등이 구부러지면서 내장이 튀어 나왔다. 얼굴은 신장 결석을 배출하려고 용을 쓰거나 끔찍한 가스 공격을 당한 듯한 표정이었다. 그가 폴이 앉아 있는 창문으로 걸어오자 십자가가 지면 쪽으로 기울었다. 죽어 가는 경찰의 얼굴이 회색빛으로 물든 채 깨진 유리 조각들이 박혀 있는 창틀로 다가섰다. 경찰은 천천히 두 손을 어깨 뒤쪽으로 갖다 댔다. 그 모습이 폴에게는 마치 손이 안 닿는 곳이 너무 가려워서 어떻게든 긁어 보려고 안간힘을 쓰는 것처럼 보였다.

애니는 론보이 잔디 깎이 차에서 내려 한동안 굳어 버린 듯 서 있었다. 진홍색 피가 흥건한 손가락을 불룩한 가슴에 대고 문질렀다. 그러고는 앞으로 돌진해서 경찰의 등에 박힌 십자가를 잡아 뺐다.

경찰이 그녀를 돌아보더니 권총을 찾으려고 더듬거렸다. 애니가 십자가로 그의 배를 푹 찔렀다.

"어억!"

경찰은 비명을 지르고 무릎을 꿇더니, 배를 움켜잡았다. 몸을 웅크리자 갈색 제복 셔츠 사이로 첫 번째 공격으로 생긴 상처 구멍이 보였다.

애니가 다시 십자가를 잡아 뺐다. 십자가의 뾰족한 끝이 부러져서 나무 파편이 들쭉날쭉 튀어나와 있었다. 애니는 그것을 경찰의 어깨뼈 사이 등판에 찔러 넣었다. 마치 흡혈귀를 처단하려 애쓰는 여자처럼 보였다. 아마도 처음 두 번의 공격으로는 치명적인 상처를 내지 못했을 것이다. 그러나 세 번째 공격에서 십자가의 세로 막대기가 무릎 꿇은 경찰의 등으로 적어도 10센티미터 정도 깊숙이 박혔고, 그는 충격으로 땅바닥에 엎어졌다.

"먹어라!"

애니가 소리쳤다. 그리고 경찰의 등에서 암소의 죽음을 애도하던 십자가를 비틀어 잡아 뺐다.

"맛이 어떠냐, 이 더러운 새끼야?"

"애니, 그만해!"

폴이 고함을 지르자 애니가 그를 올려다보았다. 순간 애니의 검은 눈빛이 금화처럼 빛났다. 머리카락은 얼굴에 너저분하게 들러붙었고, 적어도 그 순간만큼은 억눌렸던 광기를 마음껏 발산한 정신병자처럼 입꼬리가 위로 올라가 명랑한 미소를 지었다. 그리고 경찰을 내려다보았다.

"먹어라!"

애니가 소리쳤다. 그러고는 또다시 십자가를 그의 등에 박아 넣었다. 다음에는 엉덩이에. 그 다음에는 한쪽 허벅지 위쪽에. 그 다음에는 목에. 그 다음에는 사타구니에. 애니는 경찰을 십자가로 예닐곱 번 찔러 댔고, 그럴 때마다 "먹어라!"를 소리 높여 외쳤다. 그러다 십자가가 쪼개져 버렸다.

"먹어라!"

애니는 상대방에게 말을 건네듯 외치고서 자기가 달려왔던 방향으로 걸어갔다. 폴의 시야 밖으로 사라지기 직전, 애니는 더 이상 흥미가 없다는 듯 피 묻은 십자가를 한쪽으로 내던졌다.

14

폴은 휠체어 바퀴에 손을 댄 채 어디로 가야 할지, 가고 싶은 장소에 가더라도 거기서 무엇을 해야 할지 갈피를 못 잡은 채 허둥댔다.

'어쩌면 부엌으로 가서 식칼을 준비해 두는 것이 좋지 않을까? 그런 것으로 애니를 죽일 생각일랑 하지 말자. 절대 안 돼.'

애니는 손에 식칼을 든 그를 한눈에 알아보고 창고로 들어가서 30구경 엽총을 들고 나왔을 것이다. 애니를 죽일 수는 없었지만, 칼로 손목을 확 그어서 애니의 복수에서 스스로 해방될 수는 있었다. 폴이 정말로 바라는 바인지는 알 수 없었지만, 정말 멋진 아이디어라고 생각했다. 만약 무대에서 퇴장할 시간이 남아 있다면 그런 식으로 끝내는 편이 멋있는 법이다. 폴은 애니가 분노할 때마다 몸 어딘가가 잘려 나간다는 게 지긋지긋했다.

그러다 무엇인가를 발견하고는 그 자리에서 얼어 버렸다.

경찰.

그 경찰이 아직 살아 있었다.

경찰이 머리를 들었다. 선글라스가 떨어졌다. 이제 폴은 경찰의 눈을 볼 수 있었다. 이제 그가 얼마나 어린지, 얼마나 어리고 얼마나 고통받고 얼마나 겁에 질려 있는지 똑똑히 볼 수 있었다. 핏줄기들이 얼굴로 흘러내렸다. 가까스로 손과 무릎을 움직여 일어서려다 앞으로 고꾸라졌고, 다시 고통스럽게 땅바닥에서 몸부림쳤다. 그러다 순찰차 쪽으로 기어가기 시작했다.

경찰은 집과 찻길 사이 경사진 풀밭을 반쯤 내려가다 균형을 잃고 굴러서 바닥에 등을 대고 누운 모양이 되었다. 한동안 다리를 들어올린 채 누워서 뒤집힌 거북이처럼 애처롭게 버둥거렸다. 그리고 천천히 옆으로 몸을 굴려서 다시 무릎을 세우려고 격렬하게 버둥거렸다. 제복 셔츠와 바지는 온통 피로 검게 젖어 들었다. 작은 피 얼룩들이 천천히 번지면서 다른 얼룩들과 만나 더 큰 얼룩으로 커졌다.

경찰이 찻길로 접어들었다.

갑자기 잔디 깎이 차가 움직이는 소리가 요란해졌다.

"조심해! 그 여자가 또 와!"

폴이 소리 질렀다.

경찰이 고개를 돌렸다. 충격을 받아 흔들리는 표정이 얼굴에 나타났고, 그는 한 번 더 권총을 붙잡았다. 권총을, 긴 총신에 갈색 나무 손잡이가 달린 커다랗고 까만 권총을 뽑아 들었고, 그때 애니가 다시 나타났다. 론보이 잔디 깎이 차 위에 올라앉아 전속력으로 달려오고 있었다.

"그 여잘 쏴 죽여!"

폴이 소리 쳤다. 경찰은 커다랗고 낡은 더티

"이 더러운 새끼!"

해리 풍의 리볼버 권총으로 애니 윌크스를 쏘려 했지만, 손을 서툴게 움직이다 권총을 떨어뜨리고 말았다.

경찰이 권총을 집으려고 손을 뻗었다. 애니가 잔디 깎이 차의 방향을 살짝 틀어 경찰이 뻗은 손과 팔뚝을 깔아뭉갰다. 론보이의 잔디 배출구에서 피가 세차게 뿜어져 나왔다. 경찰 제복을 입은 젊은이가 비명을 질렀다. 빙글빙글 회전하는 잔디 깎이 칼날이 권총과 맞부딪치면서 철커덩 하고 날카로운 소리가 났다. 그러자 애니가 잔디 깎이 차를 옆으로 돌려 회전했는데, 아주 짧은 순간 시선이 폴을 응시했다. 폴은 애니가 보낸 순간적인 시선이 무엇을 의미하는지 확실히 느꼈다. 시작은 그 경찰, 다음 차례는 바로 폴이었다.

젊은 경찰은 다시 엎어져 있었다. 잔디 깎이 차가 자신을 향해 다가오는 것을 보자 몸을 굴려 등을 바닥에 대고 드러누워서는, 발꿈치로 미친 듯이 찻길 흙을 파헤쳤다. 애니가 접근하지 못하게 순찰차 밑으로 들어가려고 시도하는 것이었다.

하지만 그는 더 이상 순찰차에 가까이 갈 수조차 없었다. 출력을 최대로 올린 잔디 깎이 차가 괴성을 지르며 달려와 그의 머리를 깔아뭉갰다.

폴은 겁에 질린 경찰의 갈색 눈동자가 마지막으로 희미하게 빛나는 것을 보았고, 그가 넝마가 돼 버린 국방색 제복 셔츠를 걸친 팔을 들어 올려 미약하나마 방어하려 애쓰는 것을 보았다. 그리고 그 갈색 눈동자가 기계에 깔려 사라졌을 때, 폴은 고개를 돌렸다.

론보이 잔디 깎이 차 엔진이 갑자기 주저앉았고, 액체가 질퍽거리는 기묘한 소리가 연달아 터져 나왔다.

폴은 눈을 감고 휠체어 옆에 토했다.

15

폴은 감았던 눈을 떴다. 부엌문에서 열쇠가 덜컥거리는 소리가 들렸다. 폴이 있는 방의 문이 이내 열렸다. 문간 앞에 선 애니의 모습이 보였다. 애니가 신은 오래된 갈색 카우보이 부츠와 청바지와 열쇠고리를 매단 허리띠와 남성용 티셔츠는 피로 얼룩져 있었다. 폴은 무서워서 움찔거렸다. 이렇게 말하고 싶었다. '애니, 만약 네가 내 몸 어디든지 또 잘라 내 버린다면, 나는 콱 죽어 버릴 거야. 그럼 절제 수술 때문에 생기는 쇼크도 받지 않겠지. 콱 자살해 버릴 거야.'

하지만 아무 말도 입 밖으로 나오지 않았다. 역겹게도 겁에 질려 바람 빠지는 소리만 흘러나왔다.

아무튼 애니는 폴에게 말할 시간을 주지 않았다.

"너는 나중에 손봐 주겠어."

그렇게 말하고 방문을 닫았다. 열쇠로 자물쇠도 잠갔다. 새로 설치한 크레이그 자물쇠는 노련한 전직 경찰 톰 트위포드까지 무릎 꿇게 만들 것이라고 폴은 생각했다. 애니가 성큼성큼 복도를 걸어갔고, 다행히 쿵쿵대는 발자국 소리가 멀어져 갔다.

폴은 고개를 돌리고 창문 밖을 멍하니 내다봤다. 경찰의 시체는 일부만 보였다. 머리는 여전히 잔디 깎이 차 밑에 깔려 있었고, 잔디 깎이 차는 갸우뚱 기울어져서 순찰차 옆면에 기대어 있었다. 작은 트랙터처럼 생겼는데, 보통보다 조금 더 큰 잔디밭을 깔끔하게 다듬는 용도로 사용되는 것이었다. 튀어나온 바위나 땅에 떨어진 통나무나 경찰의 머리통을 밟고 넘어가더라도 균형을 유지할 수 있게 설계된 것이 아니었다. 만약 경찰이 순찰차를 정확히 지금 위치에 주차시키지 않았고, 만약 애니가 저지른 최후의 일격에 무너지기 전까지 사력을 다해 정확히 그 위치까지 움직이지 않았다면, 확실히 잔디 깎이 차는 뒤집어졌을 것이고 애니는 잔디 깎이 차에서 떨어졌을 것이다. 그렇게 됐다고 큰 해를 입지는 않았을 테지만, 아주 심하게 부상당할 수도 있었다.

'그야말로 악마가 지켜 주는 여자로군.'

폴은 씁쓸하게 생각했다. 그리고 애니가 잔디 깎이 차의 기어를 중립에 뒀다가 단숨에 출력을 올려 경찰의 시체를 떠밀어 내는 광경을 지켜보았다. 잔디 깎이 차가 순찰차 옆면을 긁어 대는 날카로운 소리가 났고, 순찰차의 페인트칠이 벗겨졌다.

이제 경찰은 죽었다. 폴의 눈에 똑똑히 보였다. 경찰은 성질 더러운 아이들에게 걸려 거칠게 유린당한 커다란 인형처럼 보였다.

폴은 그 이름 모를 청년에게 무섭고도 가슴 아픈 연민을 느꼈는데, 슬그머니 또 다른 감정이 끼어들었다. 그 감정을 면밀히 살피고 나서 그것이 질투임을 알았지만, 그리 놀라지는 않았다. 그 경찰이 혹시 가정을 꾸렸다면 다시는 아내와 자식들 품으로 돌아갈 수 없을 터였지만, 한편으로 애니 윌크스에게서는 벗어났기 때문이다.

애니는 경찰의 피 묻은 손을 잡아끌고 찻길로 올라가 살짝 열려 있던 축사의 커다란 문 속으로 사라졌다. 축사에서 나올 때는 문을 활짝 열어 놓았다. 그리고 순찰차 있는 곳으로 다시 내려갔다. 조용하고 침착하게 움직였다. 순찰차를 운전해 축사 안으로 들어갔다. 축사를 다시 나왔을 때는 자신이 들락날락할 수 있는 공간만 남기고 축사 문을 거의 다 닫아 놓았다.

애니가 찻길을 반쯤 내려오다 엉덩이에 손을 짚고 주위를 두리번거렸다. 폴은 애니의 놀랍도록 침착한 표정을 다시금 볼 수 있었다.

잔디 깎이 차 밑바닥은 피로 더럽혀졌고, 한술 더 떠 잔디 배출구에서는 여전히 핏물이 떨어지고 있었다. 잘게 찢어진 국방색 제복 쪼가리들이 찻길에 널려 있었고 그 옆의 금방 깎은 잔디밭 속에서도 나풀거렸다. 사방으로 핏물이 튀어 질척거렸다. 번쩍거리는 금속 표면이 매력적이었던 경찰의 권총은 이제 총신에 길쭉한 상처가 난 채로 흙먼지 속에 놓여 있었다. 애니가 5월에 심었던 작은 선인장 가시에는 빳빳한 백지 한 장이 걸려 있었다. 쪼개진 암소 무덤의 십자가는 뒤죽박죽이 된 그 더러운 현장을 대표하듯 찻길 위에 누워 있었다.

애니는 폴의 시야에서 벗어나 다시 부엌으로 향했다. 집 안에 들어오자 노랫소리가 들렸다.

"여섯 마리 백마를 몰고서 그녀는 찾아온다네……! 여섯 마리 백마를 몰고서 그녀는 찾아온다네! 그녀는 여섯 마리 백마를 몰고서, 여섯 마리 백마를 몰고서…… 여섯 마리 백마를 몰고서 그녀는 찾아온다네!"

다시 나타났을 때는 손에 커다란 녹색 쓰레기봉투를 하나 들고 있었고, 청바지 뒷주머니엔 봉투 서너 개가 삐죽 튀어나와 있었다. 티셔츠 겨드랑이와 목 부분에는 커다란 땀자국이 짙게 번져 있었다. 애니가 뒤로 돌았을 때 등줄기를 타고 나무 모양으로 펼쳐진 땀자국이 보였다.

'찢어진 옷 쪼가리 몇 개만 담기에는 봉투를 너무 많이 준비한 것 같은데.'

그렇게 생각했지만, 폴은 애니가 봉투 속에 담아야 할 잡동사니가 무척 많을 것임을 이미 알고 있었다.

애니는 제복 쪼가리들을 주워 담고 나서 십자가를 집었다. 십자가를 두 동강 내서 쓰레기봉투 안에 넣었다. 십자가를 처리한 뒤에는 놀랍게도 한쪽 무릎을 꿇고 앉아 잠시 기도를 드리기도 했다.

권총을 집어 들었을 때는 탄창을 옆으로 빼고 총알을 뽑아내서 모두 한쪽 바지 뒷주머니 속에 집어넣었다. 능숙하게 손목 반동을 이용해 탄창을 다시 집어넣은 다음에는 권총을 허리띠에 찔러 넣었다. 애니는 선인장에서 종이를 뽑아 자세히 살펴보았다. 그 종이는 다른 쪽 바지 뒷주머니에 넣었다. 그리고 축사로 가서 문

안쪽에다 쓰레기봉투들을 던져 놓고는 집으로 돌아왔다.

애니는 잔디밭을 지나 지하실 입구를 막아 놓은 뚜껑 문 근처로 왔다. 거의 폴의 방 창문 바로 밑이었다. 애니가 아래에서 무엇인가를 발견했다. 폴이 던진 재떨이였다. 애니는 그것을 집어 들고 깨진 창문을 통해 공손하게 그에게 건네주었다.

"받아, 폴."

폴은 아무 말 없이 재떨이를 받아들었다.

"떨어진 종이 클립은 나중에 주워 줄게."

물어보기라도 한 듯이 애니가 말했다. 한동안 폴은 애니가 몸을 숙였을 때 그 무거운 사기 재떨이를 애니의 머리에 내리쳐서 해골을 박살 내고 두뇌를 더럽힌 나쁜 병균들을 세상 밖으로 나오게 하는 상상을 했다.

그러다 자신에게 무슨 일이 벌어질지 생각했다. 재떨이로 내리쳤는데 애니가 겨우 다치기만 한다면, 그때는 무슨 일이 벌어질 것인지 생각했다. 그리고 부들부들 떠는 엄지손가락 없는 손으로 재떨이를 원래 있던 자리에 얌전히 내려놓았다.

애니가 올려다보았다.

"너도 알다시피, 나는 그를 죽이지 않았어."

"애니……."

"그를 죽인 건 너야. 네가 입만 다물고 있었어도, 나는 그를 무사히 돌려보냈을 거야. 그는 지금 살아 있을 테고, 나도 이렇게 불쾌한 난장판을 치우느라 고생할 필요가 없었을 테지."

"그랬군. 그랬다면 그는 지금쯤 저 찻길을 내려가고 있을지도 모르지. 그러면 나는 어떡하지, 애니?"

애니는 뚜껑 문 속에서 고무호스를 끌어내 팔에다 둘둘 감았다. "무슨 말인지 못 알아먹겠는데."

"너도 잘 아는 내용이야."

깊은 충격을 받았지만 폴은 침착성을 유지했다.

"그 경찰이 내 사진을 가지고 있었지. 지금은 네 주머니 속에 있을 텐데, 맞지?"

"나한테 질문 같은 거 하지 마. 나는 너한테 거짓말 안 할 테니까."

방 창문 왼편에 수도꼭지가 있었다. 애니가 수도꼭지에 고무호스 끝을 연결했다.

"주 경찰관이 내 사진을 가지고 있었다는 건 곧 누군가 내 차를 발견했다는 뜻이지. 누군가 찾아낼 것을 우린 둘 다 이미 알고 있었어. 다만 이렇게 오래 걸렸다는 게 놀라울 뿐이야. 소설 속에서라면 자동차 정도는 이야기의 흐름에서 퇴장시킬 수 있겠지. 필요하면 소설 속에서 독자들이 자동차 따위 신경도 안 쓰게 할 수도 있어. 하지만 현실 세계에서는 빠져나갈 틈이란 없어. 그런데도 우리는 계속해서 자신을 속이고만 있었던 거야, 안 그래, 애니? 너는 소설 때문에, 나는 내 목숨 때문에. 그런 일이 벌어지다니 비참할 따름이야."

"뭐라고 중얼거리고 있는지 알아먹지를 못하겠네."

애니가 수돗물을 틀었다.

"내가 아는 사실은 네가 창문으로 재떨이를 던져서 저 불쌍한 애를 죽였다는 거야. 저 애한테 이미 일어난 일들을 감안해서 앞으로 너한테 무슨 일이 벌어질지 두고 보라고."

애니가 폴을 향해 엷게 웃었다. 그 웃음 속에는 광기가 들어 있었고, 폴은 그 속에서 또 다른 무엇인가를, 그를 진정으로 두렵게 하는 무엇인가를 보았다. 애니의 미소 속에서 고의적인 사악함을 보았다. 애니의 눈동자 뒤에서 마귀가 신나게 춤추고 있었다.

"개 같은 년."

"미친 개 같은 년, 이렇게 불러야 맞는 거 아냐?" 애니가 물었다. 여전히 웃으면서.

"그래, 너는 미쳤어."

"글쎄, 그 문제는 우리가 함께 대화를 해 봐야 알 거야, 그치? 내가 시간이 날 때 말이지. 시간이 나면 그 문제에 관해서 신물 나도록 대화를 나눠 보자고. 그렇지만, 보시다시피 지금 당장은 내가 많이 바빠서."

애니는 고무호스를 풀고 호스 주둥이를 열었다. 그러고는 30분 정도 잔디 깎이 차, 찻길, 잔디밭을 물청소했다. 물방울들이 공중에 흩어지며 무지개를 만들었다.

물청소가 끝나자 고무호스 주둥이를 잠그고, 호스를 죽 따라가며 팔에다 둘둘 감아 올렸다. 날은 여전히 환했지만 애니 뒤로 그림자가 기다랗게 드리워져 있었다. 이미 6시였다.

애니는 수도꼭지에서 호스를 돌려 빼고, 녹색 플라스틱 뱀 같은 고무호스를 지하실 뚜껑 문 속에 던져 넣었다. 뚜껑 문을 닫고 빗장을 채우고는 뒤돌아서서 이슬이 억수로 쏟아진 듯 물바다가 된 찻길과 잔디밭을 둘러보았다. 그러더니 잔디 깎이 차로 가서 올라타고 시동을 건 뒤 그것이 원래 있던 곳으로 몰고 갔다. 폴은 살며시 웃었다. 애니는 악마의 행운을 가지고 있었고, 궁지에 몰릴 때마다 대체로 악마같이 영악하게 잘도 빠져 나왔다. '대체로' 그랬다. 볼더에서도 무사히 빠져나올 수 있었는데, 대부분 운이 좋아서였다. 이제 또다시 궁지에서 탈출했다. 폴은 방금 그 과정을 눈으로 확인했다. 애니는 잔디 깎이 차에 묻은 피는 씻어 냈지만 차 밑면에 붙은 회전 칼날까지는 씻지 않았다. 칼날 틀 자체에는 손도 안 댄 것이다. 나중에 실수를 기억해 낼 수도 있겠지만 폴은 그렇게 생각하지 않았다. 다급했던 순간이 지나고 일단 과거가 되어 버리면, 애니의 마음에서는 그 일들이 사라져 버리는 것이다. 폴은 사람의 마음과 잔디 깎이 차가 서로 공통점이 많다고 생각하게 되었다. 그냥 겉으로만 보면 둘 다 괜찮아 보였다. 그러나 그것들을 뒤집어서 자세히 들여다보면, 아주 날카로운 칼날을 자랑하는 피투성이 살인 기계임을 알 수 있다.

애니는 부엌문으로 돌아와 다시 집 안으로 들어왔다. 위층으로 올라갔고, 한동안 위층에서 물건 뒤지는 소리가 들렸다. 그러고 나서 다시 아래층으로 내려왔다. 이번에는 조용히 무거운 것을 끌면서 천천히 내려왔다. 잠시 동안 생각에 골몰하던 폴은 휠체어를 굴려 문 앞까지 가서 문에다 귀를 갖다 댔다.

희미한 발자국 소리가 조금씩 멀어져 갔다. 그리고 질질 끌던 물건을 털썩 내려놓는 듯한 작은 소리가 들렸다. 순간 폴의 마음속은 번쩍이는 조명등처럼 눈부신 공포로 가득 찼고, 살갗은 두려움으로 빨갛게 달아올랐다.

'창고다! 도끼를 가지러 창고로 가는구나! 또 도끼를 보게 생겼구나!'

그러나 순간적으로 떠오른 과거의 기억에 불과했고, 폴은 그 생각을 거칠게 뿌리쳤다. 애니는 창고에 가지 않았다. 지하실로 내려갔다. 무엇인가를 끌고 지하실로.

다시 올라오는 소리가 들리자 폴은 창가 쪽으로 휠체어를 굴렸다. 목 긴 구두를 신은 애니의 발소리가 문 앞에 이르렀고, 또다시 열쇠가 자물쇠 속으로 들어왔다.

'나를 죽이러 왔구나.'

폴이 이렇게 생각하면서 느낀 유일한 감정은 피로 끝에 찾아온 안도감뿐이었다.

16

문이 열렸고, 애니가 서 있었다. 묵묵히 폴을 쳐다봤다. 산뜻한 흰 티셔츠에 치노 바지 차림으로 갈아입은 모습이었다. 지갑이라고 부르기에는 너무 크고 배낭이라고 부르기에는 작은 국방색 가방을 어깨에 메고 있었다.

애니가 방으로 들어섰을 때 폴은 자신이 한 말에, 그리고 그 말을 내뱉을 때의 위풍당당한 태도에 스스로도 놀라고 말았다.

"빨리 와서 날 죽여라, 애니. 원한다면 그렇게 해. 하지만 적어도 품위 있게 빨리 끝내 줘. 내 몸 어디든 더 이상 절단 내지 말고."

"폴, 난 너 안 죽여."

애니가 잠시 쉬었다가 말을 계속했다. "조금이나마 나한테 운이라는 게 있다면, 너를 안 죽일 거야. 물론 나는 너를 죽여야만 해. 나도 잘 알지. 그렇지만 나는 미쳤잖아, 그렇지? 그리고 미친 사람들은 흔히 최고의 관심사를 거들떠보지도 않잖아, 안 그래?"

애니는 폴의 뒤로 와서 휠체어를 밀고 방에서 나와 복도까지 이동했다. 어깨에 멘 가방이 몸에 딱딱 부딪치는 소리가 들렸는데, 생각해 보니 전에는 이런 가방을 맨 애니의 모습을 본 적이 없었다. 차려입고 마을에 나갈 일이 있으면 커다랗고 거추장스러운 지갑을 들고 나갔다. 늙어 빠진 노처녀들이 교회 벼룩시장에 내놓을 만한 지갑이었다. 만약 바지를 입고 마을에 나갈 일이 있으면 애니는 남자처럼 뒷주머니에 가죽 지갑을 넣고 나갔다.

부엌 창으로 비스듬히 들어오는 햇빛이 황금빛으로 강렬하게 빛났다. 식탁 다리에서 뻗은 그림자가 감옥 창살의 그림자처럼 평행선을 그리며 리놀륨 바닥으로 길게 누워 있었다. 전자레인지 위에 걸린 시계는 6시 15분을 가리키고 있었다. 딱히 달력보다 시계가 덜 엉터리라고 믿을 만한 이유는 없었지만(부엌에 있는 달력은 여전히 5월달이었다), 부엌 시계는 믿을 만한 것 같았다. 마당에서 저녁 귀뚜라미 우는 소리가 들렸다.

'고통을 모르는 작은 소년이었을 때도 똑같은 귀뚜라미 소리를 들었지.'

폴은 잠시 눈물을 참아야 했다.

애니는 그를 식품 저장실로 밀고 갔다. 안에는 지하실로 통하는 문이 열려 있었다. 노란 전등이 흔들거리며 계단을 비추고 있었고, 불빛은 저장실 바닥에 닿아 차갑게 빛났다. 지하실을 물에 잠기게 했던 늦겨울 폭풍우의 냄새가 그때까지도 남아 있었다.

'저 아래에는 거미가 있어. 저 아래에는 생쥐가 있어. 저 아래

에는 큰 쥐도 있어.'

"저기, 애니. 나 좀 여기서 내보내 줘."

애니가 조바심을 내며 폴을 보았다. 폴은 애니가 경찰을 죽인 뒤로 거의 제정신을 회복했음을 깨달았다. 성대한 저녁 파티를 준비하느라 약간 긴장한 여자처럼 표정이 엄숙했다.

"너는 저기로 내려갈 거야. 네가 선택할 수 있는 길은 등에 업혀 내려가느냐 아니면 너 혼자 데굴데굴 굴러서 내려가느냐 둘 중 하나야. 생각할 시간 5초 주겠어."

"등에 업힐래." 폴이 즉시 말했다.

"아주 현명한 선택이로군."

애니가 뒤로 돌아섰고 폴이 애니의 목에 팔을 둘렀다.

"폴, 내 목을 조른다든가 하는 멍청한 짓 하지 마. 나는 해리스버그에 있을 때 당수를 배웠어. 아주 능숙하지. 너 같은 건 확 메다꽂으면 그만이야. 여기 바닥은 흙이지만 아주 딴딴하거든. 엎어지면 허리가 부러질걸."

애니는 힘들이지 않고 폴을 업었다. 테이프로 감아 놨던 다리 지지대는 이미 떼고 없었지만, 기형 인간 서커스가 열리는 천막 틈새로 엿본 괴상한 몸뚱이처럼 추하게 구부러진 다리가 허공에서 축 늘어졌다. 무릎이 있던 자리에 소금 언덕이 솟아난 왼쪽 다리가 오른쪽보다 10센티미터 짧았다. 언젠가 한번은 오른쪽 다리로 서 보려고 시도하다 잠깐 서기는 했지만, 그 결과 깊숙이 꾸무럭대는 묵직한 고통에 몇 시간 동안이나 시달렸다. 알약으로도 다스릴 수 없는 고통이었고, 육체가 원통하게 흐느끼는 듯한 고통이었다.

애니가 폴을 업고 아래로 내려갔다. 오래된 돌과 나무와 빗물과 썩은 야채 냄새가 점점 짙어졌다. 지하실에는 백열전구 세 개가 달려 있었다. 천장에 노출된 들보 사이에 매단 썩은 그물 침대에는 해묵은 거미줄이 붙어 있었다. 벽은 바윗돌로 되어 있었는데, 아무렇게나 갈라져 있었다. 마치 어린애가 바위 벽에다 대고 낙서한 듯한 모습이었다. 멋지게 보이기는 했지만, 그리 유쾌하게만 볼 수는 없는 멋이었다.

애니가 폴을 업고 가파른 계단을 내려갔다. 그는 그때까지 애니와 그토록 가까이 있어 본 적이 없었다. 나중에 지하실 계단을 올라갈 때 또다시 애니와 밀착할 듯싶었다. 유쾌한 경험은 아니지만. 폴은 얼마 전까지 격렬하게 움직인 애니의 땀내를 맡았다. 그는 사실 생생한 땀 냄새를 좋아했는데, 땀이라는 것은 신성한 노동, 최선을 다하는 자세, 존경받을 만한 가치와 연관된 것이라고 생각했다. 애니의 땀내는 말라붙은 정액으로 눅눅해진 오래된 침대 시트 냄새처럼 음침하고 불결했다. 그리고 땀내 밑에는 아주 오래된 때 냄새가 깔려 있었다. 폴은 애니가 달력 넘기는 일을 잊은 것처럼 샤워도 우연히 생각나면 하고 아니면 마는 식으로 아무렇게나 생활한 끝에 그런 냄새를 풍기는 것이라고 추측했다. 암갈색 귀지로 막혀 있는 한쪽 귀를 보고는 속으로 메스꺼움을 느끼며 애니가 어떻게 말귀를 알아듣고 사는 건지 궁금해졌다.

드디어 조금 전에 들려온 털썩 떨어지고 질질 끌려가던 소리의 주인공이 한쪽 바위 벽 옆에서 모습을 드러냈다. 침대 매트리스였다. 애니가 그 옆에다 부서진 텔레비전 장식장을 갖다 놓았다. 장식장 위에는 깡통과 병 몇 개가 놓여 있었다. 애니가 매트리스로 가서 몸을 돌리고 쪼그려 앉았다.

"내려, 폴."

폴은 애니의 목에 두르고 있던 팔을 조심스럽게 풀고 매트리스 위로 떨어졌다. 폴은 주의 깊게 애니를 올려다보았다. 일어선 애니가 작은 국방색 가방 안으로 손을 집어넣었다.

"안 돼."

누런 빛을 내는 지하실 전등 아래 주사기 바늘이 나타나자 폴이 즉시 입을 열었다.

"안 돼. 안 돼."

17

"얘야, 애니는 오늘 기분이 정말 개떡같이 엉망이라는 걸 명심하렴. 제발 좀 가만히 있어 봐."

애니는 주사기를 텔레비전 장식장 위에 올려놓았다.

"이건 스코폴라민이라고, 모르핀이 든 약이야. 내가 이렇게 모르핀 약품을 가지고 있으니 넌 운이 좋은 거야. 병원 조제실에서 그런 약품을 얼마나 지독하게 관리하는지 저번에 말했잖아. 이 약을 챙겨 온 이유는, 내가 다시 내려오기 전까지 이 축축한 곳에서 네 다리가 많이 아플까 봐 그런 거야. 잠깐만 기다려."

애니가 왠지 불안한 기분이 들게 하는 윙크를 날렸다. 음모를 꾸미는 사람들끼리나 나눌 법한 묘한 윙크.

"네가 그 염병할 재떨이를 날려 버린 덕분에 난 지금 외팔이 도배장이만큼이나 바쁘거든. 조금 있다 돌아올게."

애니는 위층으로 올라갔다가 거실 소파에서는 쿠션을, 폴의 침대에서는 이불을 가지고 돌아왔다. 그리고 폴의 등 뒤에 쿠션을 넣어서 편히 앉도록 했다. 하지만 쿠션이 있어도 바위 벽에서 나오는 음침한 냉기를 느낄 수 있었다. 폴의 체온을 빼앗아 얼려 버릴 듯한 냉기였다.

부서진 장식장 위에 펩시 콜라 세 병이 놓여 있었다. 애니가 열쇠고리에 달린 병따개로 두 병을 따서 하나를 폴에게 건넸다. 애니는 쉬지 않고 들이켜서 단번에 반을 마셔 버렸다. 그러고 나서 숙녀답게 손으로 입을 가리고 나오려는 트림을 참았다.

"우린 대화를 해야 해. 더 정확히 말하면 나는 말하고 너는 들어야만 해."

"애니, 내가 너보고 미쳤다고 그런 건……."

"쉿! 그 일에 대해서는 한마디도 하지 마. 그런 건 나중에 얘기하면 돼. 나는 너 같은 사람이, 너처럼 생계를 꾸려가려고 생각을 짜내는 똑똑 씨가 고생해서 선택한 생각을 바꾸라고 강요하진 않아. 나는 그저 네가 얼어 죽기 전에 부서진 차에서 끌어내 구해 주고 부러진 다리에 지지대를 붙여 주고 고통을 달래라고 약을 주고 열심히 간호해 주고 네가 썼던 나쁜 소설에서 벗어나라고 충고해 주고, 이제까지 쓴 것 중 가장 훌륭한 소설을 쓰라고 권유했을 뿐이야. 그런 내가 미친년이라면, 나를 정신 병원에 데려가도 좋아."

'애니, 정말 누군가 그렇게만 해 준다면야.' 폴은 이렇게 생각하다가 미처 멈출 새도 없이 소리를 내질렀다.

"너는 씹할, 내 발도 절단 냈잖아!"

애니의 손이 재빠르게 날아왔고, 철썩 소리와 함께 폴의 머리가 한쪽으로 흔들렸다.

"내 앞에서 그 따위 저질스러운 말 쓰지 마. 너는 아닐지 몰라도 나는 예의 바른 집안에서 자랐어. 내가 네 남성 기관을 절단 내지 않은 것만 해도 너한텐 행운이야. 너도 알겠지만, 확 잘라 버릴까 하는 생각도 했어."

폴은 애니를 바라보았다. 냉장고 안에 들어온 듯 뱃속이 서늘해졌다.

"나도 알아, 애니."

폴이 조용히 말했다. 애니의 눈이 커지면서 한동안 놀란 듯도 하고 죄지은 듯도 한 표정이 비쳤다. 늘 내세우던 '추잡스러운 애니' 대신 감춰 왔던 '외설적인 애니'가 드러난 것이다.

"내 말 잘 들어. 똑똑히 들어, 폴. 경찰이 자기들 동료를 찾으러 오기 전에 날이 어두워지면, 우리는 괜찮을 거야. 한 시간 반만 있으면 날이 완전히 깜깜해져. 만약 그 전에 누군가 찾아오면……."

애니는 다시 국방색 가방에 손을 넣어 경찰관이 가지고 있던 44구경 권총을 꺼냈다. 론보이 잔디 깎이 칼날이 총신에 새겨 놓은 지그재그 모양 상처가 지하실 조명 속에서 빛났다.

"만약 당장 누가 오면, 이걸로 한 방 먹여 주면 돼.

"누가 오든지 간에 총알을 먹여 주는 거야. 그리고 그 다음에는 너에게 먹여 주고, 그리고 그 다음에는 내가 먹을게."

18

애니가 말하길, 일단 날이 어두워지면 경찰이 타고 왔던 순찰
차를 몰고 자신만의 웃음 천국으로 갈 것이라고 했다. 그 오두막
옆에 붙은 창고에 아무도 눈치 못 채게 안전하게 주차할 수 있다
고 했다. 다른 사람 눈에 띌 곳이 9번 도로에 딱 한 군데 있었지
만, 그렇게 될 위험은 적었다. 그저 차를 타고 6킬로미터 정도 지
나가기만 하면 된다고 했다. 그렇게 해서 일단 9번 도로를 벗어나
면 인적이 뜸한 목초지를 지나 구릉지대로 들어가는데, 목초지는
대부분 이용하는 사람 없이 방치되어 있다고 했다. 그렇게 높은
지대에서는 풀을 뜯어먹는 가축을 보는 것도 아주 드문 일이기
때문이었다. 애니가 말하길 그런 도로 몇몇은 사유지에 붙어 있
어서 철문으로 막힌 곳도 있다고 했다. 애니와 랠프는 웃음 천국
오두막을 살 때 그런 철문을 열 수 있는 열쇠도 함께 얻었다. 열
쇠를 달라고 요구하지도 않았지만 오두막과 도로 사이에 위치한
땅 주인들이 열쇠를 주었다. 애니는 폴에게 "이런 것을 인접권이
라고 부른대."라고 말하면서 그 유쾌한 단어에 뜻밖의 어감을 부
여하고 있었다. 의혹, 경멸, 쓸쓸한 즐거움 같은 느낌.

"너를 감시하려고 차에 태우고 갈 수도 있어. 이제 네가 얼마나
못 믿을 인간인지 다 들통 났으니까. 하지만 순찰차에 널 태울 수
는 없어. 일단 널 순찰차 뒷좌석에 태우고 오두막까지 올라가는
일은 가능해. 그렇지만 다시 집으로 데리고 내려올 방법이 없거
든. 나는 랠프가 쓰던 산악 자전거를 타고 내려올 거야. 어쩌면
타다가 굴러 떨어져서 염병할 모가지가 똑 부러질지도 모르지!"

애니는 어쩌면 자신한테 일어날지도 모를 일을 가지고 그냥 농담 한 번 했다는 듯 유쾌한 웃음을 터뜨렸지만, 폴은 그 웃음에 호응하지 않았다.

"만약 정말 그렇게 된다면, 애니, 나는 어떻게 되는 거야?"

"너는 끄떡없을 거야, 폴. 어휴, 그렇게 걱정이 많아서 세상을 어떻게 사냐!"

애니는 지하실 창문으로 가서 한동안 밖을 내다보며 날이 얼마나 어두워졌는지 살폈다. 폴은 침울하게 애니를 지켜보았다. 만약 애니가 전 남편의 자전거에서 굴러 떨어지거나 거친 산길을 내려오다 변을 당하더라도 그가 끄떡없을 것이라는 말은 절대 믿을 수 없었다. 폴이 절대적으로 믿은 사실은 그곳에서 개죽음을 당할 것이며, 그렇게 되면 의심의 여지없이 지하실을 침범한 두 발 짐승 두 마리를 지켜보고 있을 쥐들이 그를 맛있게 먹어치울 것이라는 사실이었다. 식품 저장실 문에는 크레이그 자물쇠가 달려 있었고 지하실 뚜껑 문에 걸린 빗장은 폴의 손목만큼이나 굵었다. 지하실 창문들은 애니의 편집증을 반영하듯(폴은 당연하다고 생각했다. '세상 모든 집들은 시간이 지날수록 그 안에 거주하는 사람들의 인격을 반영하는 법이지.') 토치카 총안만 한 크기였는데, 너비가 약 35센티미터에 길이는 약 50센티미터였다. 아무리 최상의 몸 상태를 유지한다 한들(최상의 몸 상태라니 가당치도 않았지만) 그렇게 작은 창문으로는 아무리 용을 써 봤자 빠져나가기가 불가능했다. 굶어 죽기 전에 누군가 나타난다면 창문을 깨뜨리고 살려 달라고 고함이라도 치겠지만, 그런 생각으로는 불안한 마음이 그리 편해지지 않았다.

첫 번째 고통이 다리를 쿡 쑤시며 독물 퍼지듯 스르르 움직였다. 그리고 욕망. 폴의 몸이 노브릴을 소리쳐 불렀다.

'알고 싶어와 똑같은 감정이로군, 바로 그거야.'

애니가 다가와 세 번째 펩시 병을 집어 들었다. "집 떠나기 전에 이거 두어 병 갖다 줄게. 지금 당장 단 것이 먹고 싶어졌어. 이거 내가 마셔도 되지?"

"물론이지. 내 것이 곧 네 것이니까."

애니는 병뚜껑을 비틀어 따서 콜라를 벌컥벌컥 들이켰다. 폴은 생각했다. '단숨에 원샷, 단숨에 원샷, 마시고 나면 외치고 싶어라, 이이야아. 그 노래를 누가 불렀더라? 로저 밀러였나? 재밌군, 애니 네 심정을 그대로 표현하는 노래야.'

'신난다 신나.'

"그 경찰을 순찰차에 태우고 웃음 천국까지 운전해 갈 거야. 그녀석 물건을 모조리 챙겨 가야지. 차를 오두막 옆에 있는 창고 속에 세워 두고 녀석을 땅에 묻고, 그러니까 그…… 너도 알다시피 그 토막들을…… 근처 숲 속에다 묻어 놓을 거야."

폴은 아무 말도 하지 않았다. 계속해서 암소를 생각했다. 그리고 마침내 울고 울고 또 울다가 나중에는 죽어서 더 이상 울 수 없게 된 암소와 서부 산악 지대의 삶이 전해 주는 위대한 자연의 섭리를 깨우쳤다. '죽은 암소는 울지 않는다.'

"나는 길 막는 쇠사슬을 가지고 있어. 그걸 묶어 놓을 거야. 만약 경찰이 보면 수상쩍게 생각할지도 모르지만, 그놈들이 우리 집까지 무사통과해서 네가 시끄럽게 호들갑 떠는 소리를 듣는 것보다는 차라리 낫다고 생각해. 네 입에 재갈을 물리는 것도 생각해 봤지만, 위험한 방법이라서. 특히 네가 약을 먹으면 숨쉬는 데도 영향이 있을 테니까. 아니면 토할지도 모르고. 아니면 이곳이 너무 습기가 많아서 기도가 막힐 수도 있어. 만일 기도가 꽉 막힌 채 입으로 숨을 못 쉬면……."

애니는 고개를 돌리더니 멍하니 의식을 놓았다. 지하실 벽에 박혀 있는 돌멩이처럼 말없이, 맨 처음 마셔 버린 펩시 병처럼 텅 빈 상태였다. '마시고 나면 외치고 싶어라, 이이야아.'

'오늘 애니는 '이이야아호'를 외쳤을까? 두 말하면 잔소리, 세 말하면 입 아프지. 형제여, 애니는 오늘 온 마당이 질퍽해질 때까지 '이이야아호'를 외쳤습니다.'

폴이 웃었다. 애니는 웃는 소리를 못 들은 듯 아무 반응도 보이지 않았다.

그러다 천천히 의식을 회복했다.

애니는 눈을 깜빡거리며 폴이 있는 곳 주위를 두리번거렸다.

"우리 집 찻길에 붙어 있는 담장에다 쇠사슬을 묶어서 막은 다음에 메모를 하나 붙여 놔야지."

그녀는 생각을 정리하며 천천히 말했다. "여기서 55킬로미터쯤 떨어진 곳에 마을이 있어. 증기선 천국이라고 부르는 곳인데, 마을 이름치곤 우습지? 거기에서는 이번 주에 '세계에서 가장 큰 벼룩시장'이라는 행사가 열리고 있어. 매년 여름마다 개최하는 행사지. 그곳에는 항상 도자기 제품을 파는 사람들이 많아. 철망문에 붙여 놓을 메모에다가 내가 도자기 제품을 구경하러 증기선 천국에 놀러 갔다고 써 놓을 거야. 하룻밤 묵고 올 거라고 써 놔야지. 그리고 만약 나중에 누군가가 숙박부를 검사해 볼 테니까 어디서 묵었느냐고 나한테 묻거들랑, 나는 볼 만한 도자기 제품이 없어서 그냥 돌아왔다고 말할 거야. 너무 피곤했다고 둘러대야지. 운전하다가 졸까 봐 걱정돼서 차를 세우고 잠시 눈을 붙였다고 말하는 거야. 그냥 잠깐 눈만 붙이려고 그랬는데, 마을에 가서 돌아다니느라 너무 피곤해져서 그만 밤새도록 차에서 잤다고 말하면 돼."

폴은 애니의 능수능란한 교활함에 어찌할 바를 몰랐다. 문득 그는 자기가 못하는 일을 애니는 아주 제대로 해 내고 있다는 사실을 깨달았다. 애니는 실제 생활에서 '할 수 있지?' 게임을 몸소 실천하고 있었다.

'어쩌면 그래서 직접 소설을 안 쓰는지도 모르지. 삶 자체가 소설인데, 소설은 뭐 하러 쓰나.'

"갔다가 가능한 한 빨리 집에 돌아와야겠어. 경찰이 여기 올지도 모르니까."

애니의 말을 곧이곧대로 믿을 수는 없었지만, 어쨌든 경찰이 올지도 모른다는 생각이 애니의 섬뜩한 침착성을 조금도 방해하지 않는 모양이었다. 애니는 그들이 지금까지 끌어 왔던 게임이 파국으로 치닫고 있음을 실감하지 못했다.

"내 생각엔 경찰들이 오늘 밤에는 안 올 것 같아. 순찰 돌면서 이 근처를 지나갈 수는 있겠지. 하지만 언젠가 오긴 올 거야. 그 경찰 놈이 실종됐다는 것이 확실해지면 바로 행동을 취하겠지. 경찰 놈이 다니던 순찰 경로를 따라 찾아다니면서 그놈이 어디서 멈췄는지, 너도 알다시피, 어디에 들렀는지 조사해 보려고 할 거야. 폴, 너도 그렇게 생각하지?"

"그래."

"경찰이 오기 전에 빨리 돌아와야 해. 새벽녘에 막 해가 나올 때쯤 자전거를 타고 출발하면, 정오가 되기 전에 돌아올 수 있을 거야. 나는 경찰보다 빨리 움직일 수 있어. 그 경찰 놈이 사이드 와인더 마을에서 왔다면 이곳까지 오기 전에 수많은 곳에서 멈췄을 테고, 경찰들은 그런 곳들을 일일이 확인해야 하거든.

경찰이 마침내 이곳에 도착하면, 너는 네 방으로 돌아가서 카펫 밑으로 기어 들어간 벌레처럼 얌전히 숨어 있어야 해. 폴, 나는 너를 묶어 두지도, 재갈을 물리지도, 그 비슷한 어떤 짓도 하지 않을 거야. 내가 경찰들을 맞으러 나갔을 때 희망을 갖고 창문으로 훔쳐볼 수는 있겠지. 왜냐하면 내가 생각하기에 다음에 오는 경찰은 두 명일 테니까. 적어도 두 명. 너도 그렇게 생각하지?"

폴도 그렇게 생각했다. 애니는 만족한 듯 고개를 끄덕였다.

"하지만 나는 두 명이라도 충분히 상대할 수 있어. 그래야만 하는 상황이 벌어진다면."

애니가 국방색 가방을 쓰다듬으며 말했다.

"폴, 나는 네가 창문으로 엿보는 동안 그 경찰 놈이 남긴 권총을 기억했으면 좋겠어. 내일이나 모레쯤 경찰들이 찾아와 나랑 얘기하고 있을 때, 이 가방 안에 든 권총을 네가 기억했으면 좋겠어. 난 가방 지퍼를 열어 놓을 거야. 그들을 보는 것은 괜찮아. 하지만 폴, 만약 우연이든 아니면 네가 오늘처럼 이상한 짓을 해서 그렇게 되든 경찰이 너를 보게 된다면, 만약 그런 일이 생긴다면, 나는 가방에서 총을 꺼내서 쏘기 시작할 거야. 너는 이미 아까 온 경찰 놈의 죽음에 책임이 있다는 걸 명심해."

"헛소리하고 있네."

애니가 가만두지 않을 것임을 알면서도 폴은 신경쓰지 않고 말을 내뱉었다.

뜻밖에도 애니는 폴을 가만 놔뒀다. 그저 평온을 유지하며 어머니 같은 미소를 지었다.

"아, 너도 알 테지만, 네가 내 말에 신경 쓸 거라고는 생각 안 해. 그런 건 아무래도 상관없어. 너도 알 테지만 말이지. 경찰 둘이 더 죽는다고 네가 신경 쓸 거라고는 생각 안 해. 그놈들이 죽는다고 너한테 득이 된다면 또 모르지만…… 폴, 그건 아니잖아. 내가 경찰 둘을 처리할 일이 생기면, 결과적으로는 네 명이 처리될 거야. 그놈들…… 그리고 우리들. 어떻게 생각해? 나는 네가 아직 목숨을 소중히 여긴다고 생각하는데."

"아니, 별로. 애니, 진실을 말해 줄게. 하루하루 지날수록 거추장스러워져서 벗어던지고 싶은 것이 내 목숨이야."

애니가 웃었다.

"하, 그런 소리는 전에도 들어 본 적이 있지. 하지만 그런 소리 지껄이는 놈들 모가지를 꽉 졸라 보라고! 그럼 태도가 싹 달라지지! 한심한 새끼들! 소원대로 해 주는데도 소리 지르고 울고 진짜 개새끼들같이 주접이나 떤다고!"

'애니, 모가지를 조르는데 너라면 가만히 있겠냐?'

"어쨌든, 그저 앞으로의 계획을 너에게 알려 주고 싶었을 뿐이야. 만약 그토록 목숨에 연연하지 않는다면, 경찰이 왔을 때 목이 터지도록 소리 질러 봐. 인생이 완전히 아작 날 테니까."

폴은 아무 말도 하지 않았다.

"경찰이 오면 나는 찻길로 나가서 경찰관 한 명이 이 곳에 들렀다고 말할 거야. 도자기를 둘러보러 증기선 천국으로 떠날 채비를 하던 참에 그가 왔다고 둘러대는 거지. 그 경찰이 네 사진을 보여 줬다고 말할 거야. 널 목격한 적이 없다고 하면, 경찰들 중 하나가 묻겠지. '윌크스 양, 실종 사건은 지난겨울에 일어났는데요. 어떻게 그렇게 딱 잘라서 말할 수가 있죠?' 그럼 나는 이렇게 대답하지. '만약 엘비스 프레슬리가 아직도 살아 있어서 당신이 그를 지난겨울에 봤다면, 당신은 그를 목격한 것을 기억할까요?' 그럼 그는 그렇다고 말할 것이고, 그것이 보루네오산 커피 원두 가격하고 무슨 관련이라도 있어서 하는 얘기냐고 물을 거야. 그러면 나는 폴 셸던이 내가 가장 좋아하는 작가라서 그의 사진을 그동안 수없이 봐 왔다고 말할 거야. 폴, 나는 그 점을 꼭 밝혀야 해. 왜 그런지 알아?"

폴은 그 이유를 알고 있었다. 그리고 애니의 교활함에 계속 놀라기만 했다. 놀라지 말자고, 더 이상 그러지 말자고 되뇌었했지만, 놀랍기만 했다. 폴은 유치장에서 찍은 애니의 사진을 기억하고 있었다. 재판이 끝나고 배심원단 앞에 다시 설 때까지의 휴식 시간에 찍은 그 사진 밑에 달려 있던 짧은 글도 기억했다. 단어 하나하나까지 전부 기억했다. '미저리에 푹 빠져? 드래곤 레이디 만화는 읽지 않았다.' 애니는 배심원단의 판결을 기다리는 동안 조용히 독서에 열중했다.

애니가 말을 이었다. "그러고 나서, 저번에 왔던 경찰이 내가 하는 말을 수첩에 다 적고 나에게 감사의 인사를 했다고 말할 거야. 외출 준비하느라 바빴지만 그에게 커피 한잔 하고 가라고 청했다고 말할 거야. 그럼 경찰관들은 왜 그랬냐고 묻겠지. 나는 그 젊은 경찰관이 어쩌면 과거에 내가 관련됐던 사건에 대해 알고 있을 것 같아서, 내가 이곳에서 정상적으로 사는 모습을 확인시켜 주고 싶어서 차를 대접하려 했다고 말할 거야. 하지만 그는 사양하면서 가 봐야 한다고 했고, 나는 날이 너무 더우니까 운전하면서 마시게 시원한 펩시콜라를 주고 싶다고 한 거야. 그랬더니 그는 '네, 감사합니다. 잘 마시겠습니다.' 라고 했고 말이야."

애니는 두 번째 펩시 콜라를 다 마시고 빈 플라스틱 병을 폴과 자신 사이에 들고 있었다. 플라스틱을 통해 커다랗게 보이는 눈이 부들부들 떨렸다. 그리스 신화에 나오는 애꾸눈 거인 키클롭스 같았다. 옆머리는 뇌수종에 걸린 사람처럼 부어올라 흔들거렸다.

"차를 타고 가다 멈춰서 도로에서 3킬로미터 정도 떨어진 하수구에 이 콜라 병을 버릴 거야. 물론 그놈의 손가락을 이 병에 갖다 대고 나서 말이지."

애니가 웃었다. 메마른 웃음이었다.

"지문을 남기는 거지. 그럼 경찰들은 그놈이 우리 집을 지나 어디론가 갔다는 증거를 찾을 거야. 적어도 그렇게 믿기라도 하겠지. 그거면 충분해. 안 그래, 폴?"

폴의 놀라움이 더욱 커졌다.

"그러고 나서 도로를 따라 더 올라가 보겠지만, 끝내 그놈은 못 찾겠지. 그놈은 그냥 사라져 버린 거야. 힌두교 수행자가 피리를 불어서 바구니 속의 밧줄이 저절로 올라와 치솟으면, 그 밧줄을 타고 올라가서 사라지는 것처럼. 휘리릭!"

"휘리릭." 폴이 따라했다.

"경찰들이 이곳으로 돌아오기까지 오래 걸리지 않을 거야. 나는 알아. 이곳에서 들은 목격담을 근거로 추적한 끝에 찾아낸 흔적이라곤 콜라 병 하나밖에 없다면, 경찰은 나를 좀더 캐는 편이 낫다고 생각할 테니까. 결국 나는 미친년이니까, 안 그래? 모든 신문에 그렇게 났어. 미쳐서 눈에 뵈는 게 없다고!

"그렇지만 경찰도 처음에는 나를 믿을 거야. 실제로 그놈들이 우리 집에 쳐들어와서 뒤질 것 같지는 않아. 처음부터 그러지는 않을 거야. 다른 곳을 먼저 수색해 볼 것이고, 우리 집에 오기 전까지 어떡하든 다른 가능성들을 생각해 보려고 애쓸 거야. 우리한테는 아직 시간이 있다는 거지. 아마 일주일 정도."

애니가 똑바로 쳐다보며 말했다.

"폴, 너 좀 더 빨리 써야겠어."

19

어둠이 내렸고, 경찰은 오지 않았다. 그러나 애니는 폴과 관련된 일들을 정리하기 전에는 섣불리 집을 나서려 하지 않았다. 깨진 침실 창문을 새로 끼우고 잔디밭에 흩어진 종이 클립과 유리 파편을 치우고 싶어 했다.

"내일 경찰들이 잃어버린 불쌍한 어린 양을 찾으러 들를 때를 대비하는 거야. 정상에서 벗어난 꼴을 경찰이 보면 안 되잖아. 그렇지, 폴?"

'야, 그 사람들 보고 잔디 깎이 밑이나 뒤져 보라고 해. 일단 보면 정상에서 벗어난 것들이 우글우글할 테니까.'

그러나 생생한 상상력을 아무리 열심히 짜내 봐도 그 다음에 이어지는 시나리오를 만들어 낼 수가 없었다.

"폴, 왜 너한테 이 모든 것을 말해 주는지 궁금하지?" 애니가 위층에 올라가 창문을 손보기 전에 물었다.

"왜 이렇게까지 치밀하게 계획을 세워 두는 건지 궁금해?"

"아니." 폴은 힘없이 말했다.

"지금 상황이 어떤지, 살아남으려면 무엇을 해야 하는지 네가 어느 정도 정확히 알기를 바라기 때문이야. 그리고 내가 지금 당장 모든 것을 끝낼 채비를 한다는 걸 네가 알았으면 해. 소설만 빼고 말이지. 나는 아직도 네가 쓰는 소설을 챙기고 있거든."

애니가 웃었다. 밝게 빛나며 무언가를 갈구하는 듯한 기묘한 웃음이었다.

"그건 정말이지 이제까지 나온 미저리 시리즈 중에서 최고야. 어떻게 끝날지 알고 싶은 마음이 너무나 간절해."

"나도 그래, 애니."

애니가 깜짝 놀라 폴을 쳐다보았다.

"어째서……? 너는 다 알고 있잖아, 안 그래?"

"작품을 시작할 때면 난 늘 끝이 어떻게 될지 잘 알 것 같은 기분이 들어. 하지만 실제로는 그런 식으로 정확하게 작품의 결말을 맺어 본 적이 없어. 그리 놀랄 일도 아니야, 결말에만 집착하는 고지식한 생각을 일단 떨쳐 버리기만 하면 말이지. 소설을 쓰는 일은 대륙간 탄도 미사일을 발사하는 일과 약간 비슷하다고 할 수 있지……. 단지 미사일이 공간이 아닌 시간 속을 날아가는 것뿐이야. 소설의 시간에서는 등장인물들이 이야기 속에서 살아가고, 현실의 시간에서는 소설가가 이야기 속에서 벌어진 일들을 그대로 원고에 적으며 살아가는 거야. 처음 시작할 때 생각한 그대로 소설을 끝맺는다는 건, 발사했던 타이탄 미사일이 지구의 반을 돌아서 농구 골대에 꽂히는 것과 같아. 책으로 읽을 때는 그런 것이 멋져 보이지. 소설가 중에는 그런 일이 식은 죽 먹기라고 떠벌리고 다니는 사람도 있어. 그런 말을 하면서도 얼굴 표정 하나 안 변해. 하지만 사실은 항상 그 반대라고."

"그래. 알았어."

"내 몸속엔 아주 성능 좋은 항법 장치가 들어 있는 것 같아. 대부분 처음 의도와 비슷하게 결말을 내게 되더라고. 그런 데다, 미사일 탄두 속에 고성능 폭약까지 장착하면 의도했던 결말에 다가가기가 한결 수월하지. 지금 당장은 소설의 결말과 관련해서 두 가지 가능성이 보여. 하나는 아주 슬픈 거야. 나머지 하나는 보통 할리우드 영화 같은 해피 엔딩은 아니지만, 적어도 미래를 향해 약간의 희망을 내비치는 결말이야."

애니가 화들짝 놀랐다가…… 갑자기 벼락에 맞은 듯한 충격에 휩싸였다.

"너 미저리를 또다시 죽이려는 건 아니지, 그치, 폴?"

폴이 배시시 웃었다.

"애니, 만일 내가 정말 그렇게 나온다면 어쩔 건데? 날 죽일래? 난 하나도 안 무서워. 미저리한테 어떤 일이 벌어질지는 잘 모르지만, 나한테 어떤 일이 벌어질지는 알아……. 그리고 너한테 벌어질 일도. 나는 원고 끝에 '끝'이라고 쓸 테고, 너는 원고를 읽을 테고, 그러고 나면 네가 마지막으로 '끝'을 쓸 테지, 맞지? 물론 네가 쓰는 건 우리들의 '끝'이지만. 깊이 생각할 필요조차 없는 일이야. 사람들이 뭐라고 하건, 현실은 절대 허구보다 불확실한 것이 아니야. 대부분의 경우에 현실에서는 일이 어떻게 끝날지 정확하게 알 수 있어."

"하지만……."

"소설의 결말이 어떻게 될지 알것 같아. 80퍼센트 정도는 확실해. 정말로 그런 식으로 결말이 난다면, 아마 너는 좋아할 거야. 그렇지만 내가 생각하는 대로 된다고 해도 종이 위에 직접 쓰기 전에는 자세한 부분은 알 수가 없을 거야, 그렇지?"

"그렇겠지. 그런 거겠지."

"너 옛날에 그레이하운드 버스 회사 광고 생각나니? '그곳에 가기만 해도 기쁨이 넘칩니다.'"

"어떤 결말을 염두에 두고 있든 간에, 소설은 이제 거의 다 끝나 가는 거지, 그치?"

"그래." 폴이 말했다.

"거의 다 끝났어."

20

애니는 집을 나가기 전에 폴에게 펩시콜라 한 병, 리츠 크래커 한 통, 정어리 통조림, 치즈, 그리고…… 환자용 소변기를 갖다 주었다.

"내 원고랑 연습장을 갖다 주면, 소설을 손으로 직접 쓸게. 덕분에 시간도 때울 겸."

애니는 골똘히 생각하더니 아쉬운 표정으로 고개를 저었다.

"네가 그렇게 해 준다면 좋겠지. 하지만 그러려면 집 안에 전등을 적어도 하나는 켜 놔야 하잖아. 그런 위험을 감수할 수는 없어."

폴은 지하실에 혼자 덩그러니 남겨진다는 두려움에 피부가 확 달아올랐지만, 잠시뿐이었다. 곧 차갑게 식어 버렸다. 피부 위로 작고 단단한 소름들이 돋아나는 것이 느껴졌다. 쥐구멍에 숨어 있는 쥐들이 지하실 돌 벽 속을 뛰어다니는 모습을 상상했다. 지하실이 어두워지자 밖으로 나와 돌아다니는 쥐들을 상상했다. 무력한 그의 냄새를 맡는 쥐들을 상상했다.

"애니, 날 깜깜한 데다 놔두지 마. 제발, 그러면 안 돼."

"어쩔 수 없어. 누가 지하실의 불빛을 보기라도 하면, 찻길에 쇠사슬이 걸려 있든 말든, 메모가 붙어 있든 말든 경찰이 우리 집을 조사하러 들를지도 몰라. 너한테 손전등을 건네주면 네가 그걸 가지고 밖에다 신호를 보낼지도 모르고, 너한테 양초를 주면 그걸로 이 집에 불을 지를지도 모르지. 내가 널 얼마나 잘 아는지 너도 이젠 알겠지?"

폴은 몰래 침실을 빠져 나왔을 때 일어난 일들을 에전에는 감히 입 밖에 내지 못했다. 그런 말을 들으면 애니가 항상 화를 냈기 때문이다. 그러나 이제 어둠 속에 혼자 남겨진다는 두려움에 감히 입을 열었다.

"애니, 만약 내가 정말로 이 집을 불태우려고 마음먹었으면, 벌써 예전에 불을 질렀을 거다."

"그때랑 지금은 틀려." 애니가 짧게 말했다.

"깜깜한 데 혼자 있기를 싫어한다니 유감이야. 네가 아무리 싫어해도 어쩔 수 없어서 더 유감이고. 그렇지만 이건 모두 네 잘못 때문에 일어난 일이야. 그러니 개새끼처럼 굴지 마. 난 가 봐야겠다. 그 주사기가 필요해지면, 네 다리에다 푹 꽂으면 돼. 아니면 엉덩이에다 푹 꽂든지."

애니가 계단을 오르기 시작했다.

"그럼 창문을 가리면 되잖아!" 폴이 고함질렀다. "침대 시트 같은 걸로 가리면 돼……. 아니면…… 아니면…… 창문을 까맣게 칠하든가……. 아니면…… 제기랄, 애니, 쥐 새끼들! 쥐 새끼들은 어떡해!"

애니가 계단 세 번째 칸 위에 올라서서 걸음을 멈추더니, 때 묻은 동전 같은 눈으로 돌아보았다.

"그런 거 할 시간 없어. 그리고 쥐들은 너를 괴롭히지 않을 거야. 폴, 심지어 걔들은 너를 같은 종족이라고 생각할지도 몰라. 잘하면 너를 입양할지도 모르고."

애니가 웃었다. 웃음보를 더욱더 화끈하게 터뜨리며 계단을 올라갔다. 철컥 소리가 났고, 지하실 전등이 모두 꺼졌다. 애니는 계속 웃고만 있었고, 폴은 비명 지르지 않겠다고, 구걸하지 않겠다고 혼자서 맹세했다. 비명 지르고 구걸할 기회는 이미 지났으므로. 하지만 어둠이 깔린 축축한 밀실과 울려 퍼지는 애니의 웃음소리는 감당하기에 너무 버거운 것들이었고, 폴은 제발 이러지 말라고, 나를 내버려 두지 말라고 애니를 향해 소리 질렀다. 그러나 애니는 계속 웃기만 했고, 철컥 소리와 함께 문이 닫히자 작아지기는 했지만 웃음소리는 여전히 들려왔고, 그 소리는 문 반대쪽에 머무른 채 작아졌고, 또다시 자물쇠가 철컥 잠기며 또 다른 문이 닫히자 웃음소리는 더욱 줄어들었고(그러나 여전히 존재했고), 또 다른 자물쇠가 철컥 잠기고 빗장이 걸리자 웃음소리가 집 밖으로 움직였고, 애니는 순찰차를 몰고 가다가 차에서 내려 찻길을 가로질러 쇠사슬을 묶어 두고는 다시 차를 타고 웃음 천국을 향해 가 버렸지만, 폴은 여전히 애니의 웃음소리가 들리는 것만 같았다. 웃고 웃고 또 웃는 소리가 계속해서 들리는 것만 같았다.

21

지하실 한가운데에는 난로가 시커멓고 거대한 모습을 뽐내며 서 있었다. 거대한 문어 같았다. 폴은 밤이 깊어 조용해지면 거실 시계의 종소리를 들을 수 있을 거라고 생각했다. 그러나 그즈음 밤이면 종종 불곤 하던 여름 바람이 세차게 불어 닥친 후로는 영원히 끝나지 않을 듯 적막한 시간이 펼쳐졌다. 바람 소리가 잦아들자 집 밖에서 귀뚜라미 소리가 들려왔고…… 얼마 후에는 그토록 두려워하던 비밀스러운 소음이 들려왔다. 순간적으로 희미하게 들려왔다. 발톱으로 긁어 대다 후다닥 달려 나가는 쥐 새끼 소리.

두려운 것이 어디 쥐 새끼뿐이었던가? 물론 또 있었다. 바로 죽은 경찰관이었다. 빌어먹을 만치 생생한 폴의 상상력이 공포를 안겨다 주는 경우는 드물었지만, 일단 그런 경우가 생기면 상황은 하느님이 보우해야만 할 정도로 심각했다. 공포의 상상력이 일단 달아올랐다 하면 하느님만이 폴을 구할 수 있었다. 그런 그의 상상력이 달아오르는 정도가 아니라 아예 한계점까지 치솟아 맹렬하게 날뛰고 있었다. 어둠 속에서 상상력을 발동한다는 것은 철없는 짓에 불과했다. 어둠 속에서 이성은 어리석음이 되고 논리는 한낱 꿈이 되어 버린다. 어둠 속에서 폴은 살이 떨릴 정도로 생생하게 상상했다. 폴은 경찰관이 살아나는 광경을 쭉 지켜보았다. 축사 안에서 무언지 모를 생명력을 얻어 일어나 앉은 경찰관이 그의 몸에, 무릎에, 잔디 깎이 칼날로 사정없이 갈아엎은 피투성이 얼굴에 덮인 건초 더미를 풀어헤치는 광경을 지켜보았다. 경찰관이 축사에서 기어 나와서 찻길을 내려와 지하실 뚜껑 문까지 도착하는 동안 흔들리고 펄럭거리는 갈기갈기 찢어진 제복을 지켜보았다. 마술같이 녹아내린 경찰관이 뚜껑 문을 통과하고 폴이 있는 지하실로 내려와 다시 경찰관의 육체로 바뀌는 것을 지켜보았다. 비좁고 더러운 지하실 바닥을 기어 다니는 경찰관을 지켜보았고, 폴이 들은 작은 소음은 쥐 소리가 아니라 경찰관이 접근하는 소리였고, 죽어서 이미 차가운 진흙으로 변한 경찰관의 두뇌에는 오직 한 가지 생각뿐이었다.

'네가 나를 죽였어. 네가 입을 열고 소리를 질러서 나를 죽였어. 네가 재떨이를 던져서 나를 죽인 거야. 이 염병할 개새끼, 네가 내 목숨을 절단 낸 거야.'

폴은 죽은 경찰관의 손가락이 뺨 위에서 스르르 미끄러지며 간질이는 것을 느끼자마자 커다랗게 비명을 질러 댔고, 몸을 갑자기 흔드는 바람에 다리에 고통을 느꼈다. 미친 듯이 얼굴을 문질러 대며 손에 잡히는 것을 황급히 떼어 냈다. 시체의 손가락이 아니라 커다란 거미 한 마리였다.

한바탕 격렬하게 움직이고 나니 잠들어 있던 다리의 고통과 신경계의 노브릴 금단 증상이 깨어나고 말았지만, 한편으로는 두려움이 약간 줄어들기도 했다. 곧 눈이 어둠에 익숙해져 주위를 좀더 확실히 볼 수 있었고, 두려움을 달래는 데 도움이 되었다. 볼 만한 것은 별로 없었다. 난로, 석탄 더미, 깡통과 잡동사니가 쌓여 있는 탁자…… 그리고 오른쪽, 기대앉아 있는 곳에서 좀더 위쪽에…….

'저게 무슨 모양이지? 선반 옆에 있는 저게 뭐지?'

폴은 그 물체의 모습을 보고 알 수 있었다. 그 모습이 추악하다는 것을 단번에 느낄 수 있었다. 그것은 세 발로 서 있었다. 윗부분이 둥그랬다. 웰즈의 소설 『우주전쟁』에 나오는 죽음의 기계처럼 보였다. 축소판 죽음의 기계였다. 폴은 골똘히 생각했다. 잠깐 졸다가 깨서 다시 그것을 보고 생각했다.

'당연히 첫눈에 알아봤어야 하는데. 저건 죽음의 기계야. 그리고 만약 지구인의 탈을 쓴 화성인이 존재한다면, 그건 바로 애니 '쌍년의' 윌크스지. 저건 그년의 숯불 구이 통이야. 그년이 나한테 『과속 차량』을 불태우라고 제공한 화장터가 바로 저거야.'

폴은 엉덩이가 배겨서 몸을 좀 움직이려다가 신음했다. 다리가, 특히 왼쪽 무릎에 붙어 있는 혹 덩어리와 골반이 심하게 아팠다. 그것은 곧 그가 정말로 고통스러운 밤을 보내야 한다는 뜻이었다. 골반은 지난 2개월간 아주 조용했다.

주사 생각이 간절해져서 주사기를 집어 들었다가 다시 내려놓았다. 애니는 그 주사의 약효가 아주 약하다고 말했다. 나중에 더 아플 때를 대비해 그냥 놔두는 게 나을 듯싶었다.

폴은 뭔가 부스럭거리다가 후다닥 멀어지는 희미한 소리를 듣고 재빨리 구석 쪽을 보았다. 경찰관이 난도질당한 얼굴에 갈색 외눈으로 노려보면서 그 쪽으로 기어올 것만 같았다. '너만 아니었으면 나는 지금쯤 집에서 텔레비전을 보면서 마누라 다리를 주물럭거리고 있었을 거다.'

그러나 경찰관은 없었다. 어슴푸레한 모습은 상상에 불과했고, 잘 보니 쥐 같았다. 가까스로 마음을 진정시켰다. 기나긴 밤이 시작됐다.

22

폴은 잠깐 졸다가 마치 골목길에 기대서 정신을 못 차리는 주정뱅이처럼 머리가 왼쪽으로 쿵 떨어지는 바람에 깨어났다. 몸을 추스려 앉자니 다리가 끔찍하게 아팠다. 소변기에 대고 소변을 보다 따끔거리는 통증을 느꼈다. 요로 감염에 걸리는 것이 아닌가 싶어 당혹스러웠다. 그 정도로 약해져 있었다. 모든 것에 위협을 느낄 정도로 연약했다. 폴은 소변기를 옆으로 치우고 다시 주사기를 들었다.

'약효가 약한 스코폴라민이라고 그랬지. 그래, 그 말이 맞겠지. 어쩌면 스코폴라민에다 뭔가 화끈한 것을 섞어 놨을지도 몰라.

그년이 어니스트 곤야랑 '여왕님' 블리펀트 같은 환자들에게 사용했던 그 화끈한 거 말이야.'

그런 생각을 하자 슬그머니 웃음이 나왔다. 애니가 정말로 주사기 속에 그런 걸 섞어 놨다면 그게 나쁜 일인가? 폴의 대답이 크게 메아리쳤다.

'절대 아니야아아!'

오히려 잘된 일이었다. 고통의 말뚝들이 영원히 사라질 것이므로. 더 이상 바닷물이 쓸려 나가는 일은 없을 것이므로. 영원히.

그렇게 생각하니 왼쪽 허벅지가 꿈틀거렸다. 그때까지 직접 주사를 놔 본 적은 없었지만, 폴은 솜씨 좋게 주사를 놓았다. 도저히 버틸 수가 없었다.

23

죽지도 잠들지도 않았다. 고통은 사라졌고, 영혼은 육체에서 거의 완전히 빠져나간 듯싶었고, 풍선처럼 똘똘 뭉친 의식은 육체와 연결된 끈에 매달려 둥둥 떠다녔다.

'너는 너 자신에게까지 세헤라자데 행세를 했어.'

폴은 숯불 구이 통을 쳐다보았다. 화성인들이 쏘아 대는 죽음의 광선이 런던을 불바다로 만드는 장면이 떠올랐다.

문득 트램스라는 그룹이 불렀던 디스코 풍 노래가 생각났다.

'불 질러, 베이비, 불 질러, 엄마를 태워 버려……'

무엇인가 번뜩거렸다.

어떤 생각이.

'엄마를 태워 버려.'

폴 셸던은 잠들었다.

24

깨어났을 때 지하실은 새벽의 침침한 빛으로 가득 차 있었다. 애니가 놓고 간 텔레비전 장식장 위에서는 아주 커다란 쥐 한 마리가 꼬리를 말끔하게 몸통에 감은 채 치즈를 갉아먹고 있었다.

폴은 비명을 지르며 몸을 움찔했고, 그 바람에 다리에서 솟아오른 고통 때문에 또다시 비명을 질렀다. 쥐는 도망갔다.

애니는 그에게 알약을 몇 개 주고 갔다. 노브릴이 고통을 없애지 못한다는 것은 알았지만, 그래도 아주 없는 것보다는 나았다.

'고통이 있든 없든 오랜 전통을 자랑하는 아침 약 먹기 시간이 돌아왔잖아. 그렇지, 폴?'

펩시콜라와 함께 알약 두 알을 삼키고 몸을 뒤로 기댔다. 신장 쪽이 약간 뜨끔거렸다. 그 근처에서 무엇인가 자라는 것만 같았다. '좋았어. 훌륭하군.'

'화성인. 화성인이 사용하는 죽음의 기계.'

폴은 아침 햇살 속에서는 제 모습 그대로 보이기를 기대하며 숯불 구이 통 쪽을 보았다. 숯불 구이 통일 뿐 특별히 대단한 것은 아니니까. 하지만 숯불 구이 통이 여전히 웰즈의 소설에 나오는 걸어 다니는 살인 기계로 보이는 바람에 깜짝 놀랐다.

'너 좋은 생각이 있구나. 뭐야?'

또다시 노래가 들렸다. 트랩스가 부르는 노래.

'불 질러, 베이비, 불 질러, 엄마를 태워 버려!'

'그래? 그러면 어떤 엄마가 그렇게 하도록 호락호락하게 놔둔대? 양초 하나 넘겨주지 않을걸. 방귀에다 불을 붙일 수도 없는 노릇이고.'

노동력 착취 공장에서 일하는 친구들한테서 메시지가 날아왔다.

'어이, 지금은 아무것도 불태울 필요 없어. 여기서는 그럴 필요 없어.'

'이놈들아, 지금 무슨 헛소리 하는 거야? 너희들은 내가……'

그러다 그 생각이 왔다. 순식간에 떠올랐다. 정말로 훌륭한 아이디어들이 불길할 만큼 완벽한 형태로 세련되고 부드럽고 설득력 있는 분위기를 풍기며 떠오르듯, 그것도 그렇게 떠올랐다.

'엄마를 불 태워 버려……'

폴은 『과속 차량』 원고를 태우던(애니가 그로 하여금 태우게 했던) 고통스러운 기억이 다시 돌아오리라 예상하며 숯불 구이 통을 바라보았다. 가슴이 아팠지만, 그저 미미한 정도였다. 오히려 신장 쪽의 고통이 더 심했다. 그 전날 애니가 뭐라고 말했던가?

'나는…… 네가 쓴 최악의 소설에서 벗어나도록 충고해 주고, 이제까지 쓴 것 중 가장 훌륭한 소설을 쓰도록 권유한 것뿐이야…….'

기이하게도 그 말에 진실이 숨어 있는 듯했다. 어쩌면 폴은 무턱대고 『과속 차량』을 좋은 소설로 과대평가했던 건지도 모른다. 마음속에서 속삭이는 소리가 들려왔다.

'그저 네 마음이 스스로를 위로하려는 것뿐이야. 이곳을 빠져 나간다면, 너는 또 지금과 똑같은 말투로 왼발쯤 없어도 잘 살 수 있다고 자신을 위로하려 들 거야. 히히, 발톱 다섯 개 덜 깎아도 되니 편해졌다고 말이지. 그리고 요즘에는 진짜처럼 보이는 훌륭한 의족도 많다는 식으로 말이야. 폴, 하지만 그게 아니잖아. 너는 겁나게 훌륭한 작품 한 편과 겁나게 훌륭한 발 한쪽을 영원히 잃었잖아. 우리 자신을 속이며 살지는 말자.'

그러나 마음속 더 깊은 곳에서 과거에만 집착하는 그런 자세야말로 자신을 속이는 짓이라는 반론이 들려왔다.

'폴, 너 자신을 속이려 들지 마. 개떡 같은 진실을 말해. 너는 자신에게 거짓말을 하고 있어. 이야기들을 만들어 내던 남자가, 모두에게 거짓으로 꾸며 낸 이야기를 들려주던 남자가, 이제 와서 자기 자신한테까지 거짓말을 할 수는 없는 거야. 우습지만 사실이야. 한번 자신에게 거짓말을 하기 시작하면, 타자기는 안 보이는 데다가 치워 버리고 공인중개사 자격증 시험 따위나 준비하는 게 인생에 도움이 될 거다. 인생이 똥통 속으로 추락한 거나 같은 꼴이니 앞으로 먹고 살 궁리를 해야지.'

진실이란? 폴이 끝까지 숨기려 했던 진실이란, 바로 그가 '인기 작가(폴이 생각하기에 그 단어는 '저질 작가'보다 한 단계, 아주 조금 차이 나는 한 단계 위일 뿐이었다)'라서 그의 작품을 갈수록 냉대하던 평단의 반응에 너무나 가슴이 아팠다는 사실이다. 그런 반응은 진정한 작품을 쓸 여건을 만들고자 어쩔 수 없이 조잡한 연애 소설들을 대량 생산하고 있을 뿐인 순수 문학 작가('빰빠라 빰!')라는 그 자신의 이미지에 걸맞지 않았다. 폴이 미저리를 싫어했던가? 정말로? 만약 그랬다면, 미저리의 세계로 몰입해 들어가는 일이 어쩌면 그리도 편안할 수 있었단 말인가? 아니, 편안하다는 말로는 모자랐다. 한 손에는 좋은 책을, 나머지 한 손에는 차가운 맥주를 들고 따뜻한 목욕물 속으로 들어가는 것처럼 마냥 행복했다. 아마도 폴이 싫어했던 단 한 가지는 책 표지에 나온 미저리의 얼굴이 작가 사진에 나온 그의 얼굴보다 돋보였고, 평론가들은 그런 그를 젊은 노먼 메일러나 젊은 존 치버로, 말하자면 거장으로 인정하려 들지 않았다는 사실이었을 것이다. 그 결과 그가 쓴 '순수 문학 소설'이 차츰 자기주장만을 앞세운 일종의 절규가 되어 버린 것은 아닐까?

'날 좀 봐! 내가 쓴 이 소설이 얼마나 훌륭한지 보란 말이다! 이놈들아! 이 작품은 다양한 시각을 담고 있어! 이 작품은 의식의 흐름에 따라 씌어졌어! 이것이 바로 나의 진정한 작품이다, 이 썩을 놈들아! 나를 무시하지 마! 감히 거들먹거리지 마, 이 개새끼들아! 감히 내 진정한 작품을 무시하지 마! 감히 그랬다간, 내가……'

'뭐? 어쩔 건데? 그 사람들 발을 잘라 버릴래? 그 사람들 엄지손가락을 썰어 버릴래?'

몸이 부르르 떨리는 바람에 정신이 번쩍 들었다. 소변이 몹시 마려웠다. 소변 보기가 전보다 더 고통스럽기는 했지만, 소변기를 붙잡고 가까스로 일을 봤다. 폴은 소변 보는 동안 신음했고, 다 보고 난 후에도 오랫동안 계속 신음했다.

마침내 노브릴이 고맙게도 조금, 효력을 발휘했고, 폴은 꾸벅꾸벅 졸았다. 자꾸만 내려가는 무거운 눈꺼풀 아래로 숯불 구이

통이 보였다.

'애니가 『돌아온 미저리』를 불태우라고 시킨다면 기분이 어떨 것 같아?'

내면의 소리가 속삭였고, 폴은 약간 놀랐다. 내면의 소리가 말한 대로 된다면 무척 고통스러울 것이라고 졸면서도 생각했다. 그럴 거라고, 몹시 아플 거라고 생각했다. 『과속 차량』 원고가 연기 속에 사라질 때 느꼈던 고통을 초라하게 만들어 버릴 정도로 심각할 거라고 생각했다. 애니가 그의 육체에 편집권을 행사하며 도끼로 발을 절단 낼 때 느꼈던 고통을 요로 감염에 걸려 겪는 따끔거리는 고통과 비교하는 것처럼 말이다.

폴은 동시에 그것이 중요한 문제가 아님을 깨달았다.

진짜 중요한 문제는 그런 일이 생길 경우 애니가 어떤 기분을 느끼겠는가 하는 것이었다.

숯불 구이 통 옆에 탁자가 있었다. 위에는 유리병과 깡통이 여남은 개 놓여 있었다.

그중 하나는 숯불 점화용 기름 깡통이었다.

'내가 아니라 애니가 고통스럽게 비명을 지른다면 어떤 기분일까? 어떤 소리가 나올지 궁금하지? 진짜 궁금하지? 옛말에 복수는 차갑게 먹을수록 맛있는 요리라더군. 하지만 그런 속담이 만들어질 때 론손 숯불 점화유가 이미 발명되어 있었더라면, 얘기는 달라졌겠지.' 폴은 생각했다.

'엄마를 태워 버려.'

그리고 잠들었다. 창백하게 시든 얼굴에 엷은 웃음이 피어 있었다.

25

그날 오후 3시 15분에 돌아온 애니는 평상시엔 곱실하던 머리 카락이 헬멧 모양으로 납작했다. 말이 없었는데, 우울하다기보다는 피곤한 데다 생각이 복잡해서 그런 듯했다. 폴이 갔던 일은 다 잘됐느냐고 묻자 애니가 고개를 끄덕거렸다.

"응, 그런 것 같아. 자전거를 타고 오느라 좀 고생했어. 안 그 랬으면 한 시간은 일찍 도착했을 거야. 고물 자전거가 통 협조를 안 해 줘서 말이지, 나 원 참. 폴, 다리는 어때? 위층에 올라가기 전에 주사 한 방 놔 줄까?"

축축한 곳에서 거의 스무 시간을 지낸 폴은 누군가 다리에 녹 슨 못을 박아 놓은 기분이었다. 주사 생각이 간절했지만 지하실 에서 그러고 싶지는 않았다. 그러기는 정말 싫었다.

"지금 이대로도 괜찮을 것 같아."

애니가 등을 돌리고 쪼그려 앉았다.

"좋았어, 올라타. 하지만 목 조르기 같은 짓 하면 어떻게 된다 고 가르쳐 줬던 거 명심해. 지금 무척 피곤해서 유치한 장난 따위 받아 줄 여유 없으니까."

"장난칠 힘도 다 빠져 버렸어."

"좋아."

애니가 폴을 업고 낑낑대며 일어섰다. 폴은 고통 때문에 목까 지 차 오른 비명소리를 꾹 눌러야만 했다. 애니가 지하실을 가로 질러 계단을 향해 가다가 고개를 약간 돌렸다. 폴은 그녀가 깡통 들이 어질러진 탁자를 보았든지, 아니면 봤을 수도 있겠다고 생각했다. 눈길을 준 시간은 짧았고 그저 가볍게 둘러본 듯했지만, 폴에게는 그 순간이 아주 오랫동안 지속된 것 같았다. 폴은 점화유 기름 깡통이 더 이상 보이지 않는다는 사실을 애니가 눈치 챘을 것이라고 확신했다. 깡통은 그때 폴의 속옷 뒤쪽에 들어가 있었다. 절도 행각을 벌인 지 몇 개월이 흐른 뒤에야 마침내 무언가를 훔칠 수 있는 용기를 다시 끌어낸 것이다……. 그리고 만일 지하실 계단을 오르는 동안 애니의 손이 폴의 다리 위로 미끄러졌다면, 그랬다면 피골이 상접한 엉덩이 이상의 것이 손에 잡혔을 것이다.

애니는 표정이 변하지 않은 채 탁자에서 눈길을 돌렸다. 어찌나 안심이 되던지 폴은 계단에서 식품 저장실로 올라가는 동안 몸이 흔들리고 기울어지는데도 고통을 기꺼이 참아 낼 수 있었다. 애니는 마음만 먹으면 무표정한 얼굴쯤이야 능숙하게 지어 보일 사람이었지만, 폴은 그때만큼은 애니가 속았을 것이라고 생각했다. 아니 희망했다.

이번만큼은 애니를 완벽하게 속였기를.

26

"애니, 지금 생각해 보니까 아무래도 주사를 맞는 게 좋을 것 같아."

침대에 다시 눕고 나서 폴이 말했다. 애니는 창백해지고 땀방울이 송골송골 맺힌 폴의 얼굴을 한동안 유심히 살펴보더니, 고개를 끄덕이고는 방을 나갔다.

애니가 사라지자마자 폴은 옷 속에서 납작한 기름 깡통을 꺼내 매트리스 밑에다 집어넣었다. 식칼을 들킨 후로 매트리스 밑에 물건을 넣어 본 적이 없었고 기름통을 그곳에 오래 놔두고 싶은 마음도 없었지만, 어쨌든 그날 하루만큼은 우선 그곳에 놔둬야 했다. 그날 밤 더 안전한 다른 곳에 옮겨 놓겠다고 마음먹었다.

애니가 돌아와서 주사를 놨다. 그러고 나서 아래쪽 창틀에 연습장과 날카롭게 깎은 연필을 올려놓았고, 휠체어를 밀어 침대 옆에 갖다 놓았다.

"이 정도면 되겠지. 난 좀 자야겠어. 만약 자동차가 접근하면, 나는 차 소리를 듣고 깨어날 거야. 아무도 오지 않으면 아마도 내일 아침까지는 계속 잠만 자겠지. 일어나서 손으로 소설을 쓰고 싶거들랑, 여기 휠체어에 앉아서 써. 이제까지 쓴 원고는 저기 바닥에 있어. 그렇지만 솔직히 충고하겠는데, 다리가 좀 따뜻해질 때까지는 글 쓴다고 움직일 생각 마."

"지금 당장 쓸 수야 없지. 그래도 오늘 밤에는 슬슬 써 볼까 생각 중이야. 이제 시간이 얼마 안 남았으니 서두르는 것이 좋겠다고 했지? 난 이제 네 말에 충분히 공감해."

"폴, 네가 그래 주면 나야 기쁘지. 소설 완성까지는 얼마나 걸릴 것 같아?"

"일반적인 상황이라면 한 달은 걸릴 테지. 최근 집필 속도로 봐서는 2주 정도. 만약 정말 죽을힘을 다해서 무리한다면 5일이나 아니면 1주일. 이런 식으로 쓰면 거칠고 불안정한 소설이 나오겠지만, 아무튼 결말은 맺을 거야."

애니는 한숨을 내쉬고 우두커니 자기 손을 내려다보았다.

"2주일은 채 안 걸린다는 소리네."

"애니, 나한테 하나만 약속해 줘."

애니는 분노도 의심도 아닌 작은 호기심을 느끼며 폴을 쳐다보았다.

"뭔데?"

"내가 소설을 완성할 때까지는 더 이상 써 놓은 원고를 미리 읽지 말아 줘……. 아니면 내가 글을 쓰다…… 너도 알다시피……."

"멈추는 거?"

"그래. 내가 글을 쓰다 멈춰야만 하는 경우가 생길 때까지는. 그렇게 하면 읽다 끊어지는 일 없이 소설의 결말을 한번에 쭉 읽어 나갈 수 있어. 그렇게 읽으면 박력 넘치는 결말을 더욱 효과적으로 감상할 수 있을 거야."

"결말이 정말 대단한가 보구나, 그런 거지?"

"응."

폴이 웃었다.

"아주 화끈한 결말을 보게 될 거야."

27

그날 밤 8시경 폴은 조심스럽게 몸을 끌어 휠체어에 앉았다. 귀를 기울여 보니 위층에서는 아무 소리도 나지 않았다. 오후 4시에 애니가 드러누우면서 침대 스프링이 삐걱거린 다음부터는 아무

소리도 들리지 않았다. 틀림없이 무척 피곤했을 것이다.

폴은 기름 깡통을 꺼내 들고 조촐한 비공식 글짓기 캠프가 차려져 있는 창문 옆자리로 굴러갔다. 그곳에는 이빨 세 개 빠진 타자기가 흉한 미소를 지으며 웃고 있었고, 휴지통과 연필과 연습장과 그동안 집필한 원고와 한번 썼다가 다시 고쳐 쓴 수정 원고가 있었다. 수정 원고 중 일부는 실제 원고로 이용하겠지만, 맘에 안 드는 나머지는 휴지통에 들어갈 참이었다.

아니면 폐기 처분하기 전에 요긴하게 써먹을 수도 있었다.

그곳에는 눈에 보이지는 않지만 다른 세계로 통하는 문이 있었다. 폴이 생각하기에 또한 그곳에는 그의 유령이 찍힌 수많은 사진들이 연속적으로 겹쳐져 있었다. 그 유령 사진들을 재빨리 쫘르륵 넘겨 보면 유령이 움직이는 것처럼 보였을 것이다.

폴은 원고 종이들과 아무렇게나 쌓여 있는 연습장 종이들이 흩어져 있는 사이를 오랜 기간 단련한 능숙한 동작으로 휠체어를 타고 누볐다. 위층에서 혹시 소리가 나는지 한 번 더 귀를 기울이다 손을 아래로 내려 20센티미터짜리 바닥 나무 판을 뽑아들었다. 그 나무 판이 헐거워서 들어낼 수 있음을 알게 된 것은 한 달 전이었다. 나무 판을 들고 살펴보니 표면 위에 얇게 먼지가 쌓여 있어서 바닥 나무 판 하나가 헐거워졌음을 애니가 아직 눈치 채지 못했다는 걸 알 수 있었다.('네가 그렇게 안전 점검을 확실히하고 싶으면 다음부터는 바닥 나무 판에도 머리카락을 붙여 놓는 게 좋을 거야!') 나무 판을 들어낸 바닥의 빈 공간 속에는 먼지와 함께 무수히 많은 쥐똥이 널려 있었다.

기름 깡통을 바닥 빈 공간 속에 집어넣고 그 위에다 나무 판을 도로 잘 덮어 놓았다. 나무 판이 바닥 홈에 평평하게 끼워지지 않을까 봐 걱정이 되기도 했지만('하느님! 애니의 눈은 참으로 좆같이 날카롭나이다!), 나무 판은 깔끔하게 틈새로 쏙 들어갔다.

폴은 한동안 생각에 잠긴 뒤 연습장을 열고 연필을 집어 들었다. 그리고 종이 속에서 구멍을 발견해 냈다.

폴은 애니가 날카롭게 깎아 준 연필 세 자루가 전부 다 끝이 뭉뚝해질 때까지 네 시간 동안 흐트러짐 없이 글을 썼다. 그리고 나서 침대로 굴러 가 드러누웠고, 편안하게 잠들었다.

28

제37장

제프리는 팔에 쇳덩이가 박힌 듯한 느낌을 받았다. 그는 지난 5분 동안 '아름다운 사람' 므치비의 오두막 바깥쪽 깊은 그늘 속에서 있었다. 홀쭉해진 서커스 차력사처럼 보이는 므치비의 머리 위에 남작 부인이 쓰던 여행 가방이 매달려 있었다.

헤제키아가 아무리 얘기해도 므치비가 오두막을 떠나도록 설득할 수 없다는 확신이 들었을 때, 제프리는 놈들이 움직이는 소리를 들었다. 제프리는 앞으로 걸어가는 동안 팔 근육이 미친 듯이 씰룩거리는 것을 느꼈다. 추장 '아름다운 사람' 므치비는 불의 수호자였다. 그가 사는 오두막 안에는 100개도 넘는 홰가 보관되어 있었고, 꼭지에는 모두 고무 같은 나무 진액이 두껍게 발라져 있었다.

진액은 그 지역에서 자라는 키 작은 나무에서 나오는 것인데 부르카 족은 그것을 '불기름' 또는 '불피기름' 이라고 불렀다. 언어 체계가 간단한 대부분의 언어들과 마찬가지로 부르카 어도 이따금씩 이해하기가 힘들었다. 하지만 부족 사람들이 나무 진액을 뭐라 부르든지 간에, 오두막 안에는 마을 전체를 불 지르고도 남을 정도의 횃불을 만든 홰가 있었다.

'영국인들이 11월 5일에 가이 포크스 인형을 불태우듯 활활 타오르겠지. 만약 므치비를 처리할 수만 있다면 그렇게 되겠지.'

'므서워 마라, 제프리 대장.' 헤제키아가 말했다.

'므치비, 그가 일인자인 이유는 그가 불의 남자이기 때문이다. 헤제키아, 이제 이 인자가 되고 있다. 그러니까 이제 내가 입 아프게 금니빨을 드러내 보일 필요도 없다! 대장은 저 개새끼 대갈통을 부숴라, 니미럴 어서!'

그러나 놈들이 다가오는 소리가 똑똑히 들리자 제프리는 팔에 통증을 느끼면서도 순간적으로 의심스러운 마음이 들었다. 만약 이 순간에 그런

29

폴은 글을 쓰다가 다가오는 자동차 소리를 들었다. 그런 소리를 듣고도 어찌나 태연한지 스스로도 놀랐다. 오히려 한창 글쓰기에 탄력을 받아 나비처럼 날아서 벌처럼 쏘려고 열중하려는데 방해를 받았다는 사실 때문에 짜증을 먼저 느꼈다. 애니의 발소

리가 성큼성큼 복도를 내려왔다.

"안 보이게 잘 숨어 있어."

애니가 험하게 인상을 찌푸리고 지퍼를 열어 놓은 국방색 가방을 어깨에 멨다. "안 보이게 숨어 이……"

애니는 말을 멈추고 폴이 이미 휠체어를 굴려 창가에서 물러나와 있는 것을 보았다. 창틀에 폴의 물건이 하나도 놓여 있지 않은 것을 확인하고 고개를 끄덕거렸다.

"주 경찰에서 왔어." 애니는 긴장했지만 자제력을 잃지는 않았다. 어깨에 멘 가방은 오른손이 쉽게 닿을 수 있는 위치에 있었다.

"너 착하게 굴 거지, 폴?"

"그럼."

애니가 폴의 얼굴을 살폈다.

"나는 너를 믿겠어." 마침내 애니가 말을 끝내고 돌아서서 문을 닫았다. 그러나 문을 잠그지는 않았다.

대형 442 플리머스 엔진 특유의 부드럽고 나른한 울림과 함께 자동차가 집 앞으로 들어섰다. 폴은 부엌문이 요란하게 닫히는 소리를 듣고 나서 휠체어를 창문 쪽으로 천천히 움직였다. 그는 밖에서 보면 그늘 속에 묻히면서도 안에서 밖을 엿볼 수 있는 위치에 휠체어를 세웠다. 순찰차는 애니가 서 있는 곳으로 와서 멈췄다. 운전자가 차에서 내려섰다. 지난번에 왔던 젊은 경찰관이 최후의 네 마디 말을 하며 서 있던 그 자리와…… 거의 똑같은 지점이었다. 그러나 닮은 점은 그뿐이었다. 지난번에 왔던 주 경찰관은 10대 티를 못 벗은 홀쭉한 청년이었고, 차를 뒤엎고 비틀거리다가 더 깊은 숲 속으로 들어가 죽었든가 아니면 아수라장 같은 사고 현장에서 명랑하게 걸어 나와 지나가는 차를 얻어 타려고 엄지손가락을 번쩍 들고 있을지도 모르는 어떤 멍청한 소설가가 남긴 희미한 흔적을 쫓던 도중 재수 없게 덜컥 험한 곳에 들어온 풋내기 경관이었다.

그런데 그때 순찰차 운전석에서 나온 경찰은 40대였고, 축사 대들보만큼이나 어깨가 넓었다. 화강암처럼 단단해 보이는 네모난 얼굴에는 눈과 입가에 좁은 주름살이 몇 개 나 있었다. 애니도 몸집이 큰 여자였지만, 그 남자에 비하면 거의 꼬마처럼 보였다.

다른 점은 또 있었다. 애니가 죽인 경찰관은 혼자였다. 이번에 온 순찰차 조수석에서는 키가 작고 처진 어깨에 긴 금발 머리를 한 사복 경찰이 나왔다. '다윗과 골리앗이로군.' 폴은 생각했다.

'꺼꾸리와 장다리, 머저리 단짝이로구나. 맙소사.'

사복 경찰은 순찰차에서 멀리 벗어나지 않았다. 마치 점잔 빼듯 천천히 걸어 나왔다. 얼굴은 늙고 지쳐 보였고, 조는 듯한 모습이었지만…… 빛바랜 푸른 눈동자는 예외였다. 그 눈동자는 빈틈이 없었고, 모든 곳을 단번에 꿰뚫어 봤다. 폴은 그 사람이 아주 민첩할 거라고 생각했다.

경찰들이 애니에게 걸어왔고, 그녀가 뭐라고 말했다. 처음에는 골리앗을 올려다보며 말했고 다음으로 반쯤 몸을 돌려 다윗을 내려다보며 대답했다. 폴은 지금 또다시 창문을 깨뜨리고 살려 달라고 소리 지른다면 어떻게 될지 궁금해졌다. 아마 열에 여덟 정도의 확률로 그들이 애니를 제압할 것 같았다. 물론 애니는 날쌨다. 하지만 커다란 경찰은 거구임에도 그녀보다 더 재빠를 것 같았고, 웬만한 나무는 맨손으로 뿌리째 뽑을 정도로 세 보였다. 사복 경찰이 어설프게 주춤거리며 걸은 것은 그 졸린 표정만큼이나 사람을 현혹하려는 속임수인 듯했다. 폴은 그들이 애니를 제압할 것이라 생각했다. 단지…… 폴이 신호를 보내면 그들은 놀라도 애니는 놀라지 않았을 것이고, 어쨌든 애니에게 유리한 기회였을 것이다.

사복 경찰은 코트를 입은 데다 날이 더운데도 단추를 꼭 채우고 있었다. 만약 골리앗을 먼저 쏴 버린다면, 다윗이 그 잘난 코트 단추를 풀고 총을 꺼내기 전에 애니가 그의 얼굴에다 멋지게 총알을 박아 줄 수 있었을 것이다. 무엇보다도 단추를 채운 코트야말로 애니의 말을 뒷받침하는 근거였다. 그저 일반적인 순찰일 뿐이었다.

적어도 그때까지는 그랬다.

'너도 알다시피, 나는 그를 죽이지 않았어. 그를 죽인 건 너야. 네가 입만 다물고 있었어도 나는 그를 무사히 돌려보냈을 거야. 그는 지금 살아 있을 테고…….'

'그 말을 믿으라고? 아니지, 물론 아니지.'

하지만 여전히 강하게 마음을 후비는 죄 의식이 남아 있었다. 순간적으로 깊이 찔러 들어오는 칼과 같았다. 왜 폴은 계속 입을 다물고 있었을까? 확률적으로 열에 둘 정도는 입을 열고 소리쳐 봤자 애니가 경찰 둘을 날려 버렸을 것이기 때문에?

죄 의식이란 놈이 또다시 순간적으로 다가와 찌르고 사라졌다. 그 질문의 대답 또한 '아니다'였다. 폴이 아무런 욕심 없이 그 자신을 희생하여 경찰들을 구하려 했다면 훌륭한 일이었을 것이다. 그러나 그것은 진실이 아니었다. 진실은 단순했다. 그는 애니를

'직접' 처리하고 싶었다.

'경찰들이 기껏 힘써 봤자 저 개 같은 년을 감옥에 쳐 넣기밖에 더 하겠어.' 그는 생각했다.

'하지만 나는 네년에게 어떻게 고통을 줘야 하는지 잘 알아.'

30

물론 그 경찰들이 쥐 새끼 냄새를 맡을 가능성은 항상 있었다. 결국 냄새 맡는 일이 그들의 본업이고, 그들은 애니가 과거에 저지른 행각을 잘 알고 있을 듯했다. 만약 일이 그렇게 돌아간다면, 그대로 두고 볼 수밖에 없었지만…… 애니는 그때를 마지막으로 여기고 법망을 빠져나가려 몸부림을 칠 것 같았다.

폴은 마침내 그동안 벌어졌던 일들을 알 만큼은 다 알았다. 애니는 순찰차를 은닉한 뒤 피곤해서 깊이 곯아 떨어졌던 날 이후로 계속 라디오를 들었고, 드웨인 쿠시너라는 이름의 실종된 경찰관이 라디오 뉴스의 최대 화젯거리였다. 쿠시너가 폴 셸던이라는 대단한 작가를 찾으러 다니던 중이었다는 말은 나왔지만, 경찰은 쿠시너의 실종을 다른 사건과 연결짓지는 않았다. 특히나 폴의 실종과는 연결 짓지 않았다. 적어도 그때까지는.

봄에 불어난 강물이 폴의 카마로를 밀고 굴려서 8킬로미터 아래로 떠내려 보냈다. 한 달 또는 1년 정도 숲에 가려 발견되지 않을 수도 있었지만, 아주 우연한 기회가 찾아왔다. 주 방위군 헬기 조종사 두 사람이 마약 단속차(다른 말로는 산골에서 몰래 마리화나 재배하는 농사꾼들 단속차) 불시에 비행을 나왔다가 햇볕에 반짝거리는 카마로 유리창을 발견하고 자세히 살펴보려고 근처 평지에 착륙했다. 카마로가 마구 찌그러진 나머지 휴지 조각처럼 심하게 부서진 것은 그 발견 지점까지 쓸려 내려오느라 험한 고생을 했기 때문이었다. 혹시라도 법의학 수사를 통해 차에서 핏자국이 발견되었는지는(만약 정말로 법의학 수사를 벌였다면) 라디오에서 알려 주지 않았다. 폴은 아무리 철저한 과학 수사를 한들 중요한 핏자국은 발견되지 않을 거라고 생각했다. 그의 차는 봄 내내 세차게 흘러내려 가는 눈 녹은 강물 속에서 시달렸을 테니까.

게다가 콜로라도 주 사람들의 관심과 우려는 대부분 경찰관 드웨인 쿠시너에게 집중되어 있었다. 그 두 방문객이 찾아온 것이 증거였다. 그때까지 세 가지 불법 요소가 실종 원인으로 제기됐다. 밀주, 마리화나, 코카인이었다. 쿠시너가 애송이 작가의 흔적을 쫓다가 우연히 무럭무럭 자라는 마리화나나 상품으로 만들기 위해 증류 가공을 하는 밀주, 또는 대량으로 쌓여 있는 코카인 가운데 한 가지에 걸려들었을 게 유력하다고 했다. 그리고 살아 있는 쿠시너를 찾으리라는 희망이 점차 줄어들면서, 왜 그가 생전 처음 가는 곳에 혼자 순찰을 돌았는지에 대한 의혹이 거세지기 시작했다. 과연 콜로라도 주가 도로 순찰대원들을 2인 1조로 돌릴 만한 경제적 능력이 있을지 폴이 회의하는 동안 당국은 쿠시너 수색 지역에 대해서만큼은 명확하게 둘씩 짝을 지어 내보냈다. 일부러 또 위험을 자초할 수는 없었던 것이다.

골리앗이 마침내 집 쪽을 손으로 가리켰다. 애니는 어깨를 으쓱하더니 고개를 내저었다. 다윗이 뭐라고 말했다. 잠시 후 애니가 고개를 끄덕거리더니 경찰들을 부엌문으로 안내했다. 부엌 문 경첩이 삐걱대는 소리가 들렸고, 그들이 집 안에 들어왔다. 여러 사람의 발소리는 두렵기까지 했고 조용하던 집 안을 모독하는 것처럼 느껴지기도 했다.

"쿠시너가 여기 들렀을 때가 몇 시였습니까?" 골리앗이 물었다. 짐작컨대 골리앗인 듯했다. 담배에 찌든 중서부 억양의 걸걸한 목소리로 말했다.

"4시경이었어요." 애니가 대답했다. 말들이 오고갔다. 애니는 잔디 깎는 일을 막 끝내려던 참이었고 시계는 차고 있지 않았다고 말했다. 악마같이 뜨거운 날이라서 그랬다고 했다. 애니는 그런 것을 참 잘도 기억했다.

"그가 이곳에 얼마나 머물렀습니까, 윌크스 부인?" 다윗이 물었다.

"윌크스 양이라고 불러 주세요, 괜찮으시다면."

"죄송합니다."

애니는 얼마나 오랫동안인지 확실히는 기억이 안 난다고, 오래 있지는 않았다고 말했다. 한 5분 정도라고 했다.

"그가 사진을 보여 줬나요?"

"네, 그것 때문에 들렀더군요."

애니가 어찌나 침착하고 즐겁게 답변을 잘하던지 폴은 감탄할 정도였다.

"그러면 그 사진 속의 남자를 본 적이 있으십니까?"

"그럼요."

애니가 말했다. 사진 속의 남자는 폴 셸던이었고, 한눈에 알아보았다고 말했다.

"그가 쓴 작품을 전부 가지고 있답니다. 나는 그의 작품들을 아주 좋아해요. 그래서 쿠시너 경관은 실망했나 봐요. 폴 셸던에 관해 설명해 주려 했는데 내가 팬이어서 벌써 다 알고 있었으니까. 아주 풀이 죽은 표정이었어요. 또 더위에 아주 지친 모습이었고요."

"그렇겠죠, 그날이 좀 더웠습니까, 그럴 만하죠." 골리앗이 말했다. 폴은 골리앗의 목소리가 너무 가깝게 들려서 놀랐다.

'현관에 있는 건가? 그래, 현관에 있는 게 분명해.'

골리앗인지 다윗인지 모를 그 남자는 빌어먹을 살쾡이처럼 조용조용 움직였다. 애니가 대답하는 목소리는 더 가깝게 들렸다. 경찰들이 거실로 이동했다. 애니가 뒤를 따라다녔다. 주인이 그렇게 하라고 말한 적도 없는데, 경찰들은 아무렇지도 않은 듯 현관문을 들어섰다. 집 안을 둘러보고 있었다.

자기가 기르는 애완용 작가가 이제 10미터도 채 안 되는 거리에 있었지만 애니의 목소리는 여전히 침착했다. 애니는 전에 왔던 젊은 경관에게 아이스 커피를 권했다는 사실을 밝혔다. 그는 사양했고, 그래서 대신 차가운 콜라를……

"그거 건드리지 마요."

애니가 자신이 하던 말을 자르고 날카로운 목소리로 경고했다.

"나는 내 물건에 애착이 많아요. 그중 어떤 것들은 아주 약해서 조심해서 다뤄야 해요."

"죄송합니다. 윌크스 양." 다윗의 목소리인 듯했다. 낮게 속삭이는 것이 미안해하면서도 좀 놀란 듯싶었다. 경찰이 그렇게 겁먹은 목소리로 말하는 것을 다른 상황에서 들었더라면 재밌었겠지만, 그때는 다른 상황이 아니었기에 하나도 재미가 없었다. 폴은 숨도 안 쉬고 앉아서 어떤 물체를 조심스럽게 도로 내려놓는 작은 소리를 들었다.(아마도 얼음 덩어리 위에 앉은 펭귄 인형이었을 것이다.) 두 손으로 휠체어 팔걸이를 꼭 쥔 채 애니가 어깨에 멘 가방을 만지작거리는 모습을 상상했다. 경찰 중 한 명이(아마도 골리앗이) 이따위 쓰레기 물건은 뭐 하러 집 안에 쌓아 두냐고 애니에게 물어보기를 기다렸다.

그랬더라면 총질이 시작됐을 것이다.

"아까 하던 말이 뭐였죠?" 다윗이 물었다.

"내가 그 경관한테 날이 너무 더우니까 냉장고에서 꺼내 온 차가운 펩시콜라는 어떠냐고 물었어요. 나는 콜라를 냉동실 바로 옆에다 놓거든요, 그러면 꽁꽁 얼리지 않고도 아주 차갑게 마실 수 있어요. 그 경찰은 고맙게 받겠다고 했고요. 아주 예의 바른 젊은이더라고요. 도대체 왜 그런 착한 젊은이를 위험하게 혼자 순찰을 내보낸 거죠, 그 이유를 아세요?"

"그 사람은 이곳에서 음료수를 마셨나요?"

애니의 질문을 무시하고 다윗이 물었다. 목소리가 더욱 가깝게 들렸다. 다윗은 거실을 지나 걸어왔다. 그의 모습을 상상하려고 눈을 감을 필요도 없었다. 그는 거실에 서서, 작은 욕실을 지나 닫혀 있는 손님 방 문에서 끝나는 짧은 복도를 내려다보는 것이 틀림없었다. 폴은 꼿꼿이 앉은 자세로 몸이 굳었고, 수척해진 목에서는 맥박이 빠르게 요동쳤다.

"아니요. 그는 콜라를 가지고 갔어요. 계속 순찰을 돌아야 한댔어요." 애니가 여전히 침착하게 말했다.

"저긴 뭐가 있습니까?" 골리앗이 물었다. 그가 거실 카펫을 지나 복도 마룻바닥으로 나서는 순간 속이 빈 바닥을 울리는 발소리가 두 번 들려왔다.

"욕실이 있고요, 더 들어가면 손님용 침실이에요. 날이 너무 더우면 가끔 저기서 자곤 해요. 한번 보세요, 궁금하시면. 그렇지만 내가 당신들 동료를 침대에 묶어 놓지 않았다는 건 맹세할 수 있어요."

"아닙니다, 윌크스 양. 저희는 당신을 의심하지 않습니다." 다윗이 말했다. 놀랍게도, 발소리와 목소리가 다시 부엌 쪽으로 멀어졌다.

"그 경관이 이 집에 머무는 동안 뭔가에 흥분하는 듯한 낌새는 없었습니까?"

"전혀요. 그저 더위에 지치고 풀이 죽은 모습이었어요." 폴은 다시 숨을 쉬기 시작했다.

"뭔가를 심각하게 고민하던가요?"

"아뇨."

"그가 여기 다음에 어디로 갈 건지 말했습니까?"

경찰들은 눈치 못 채는 것 같았지만, 그 집에 머무는 동안 숙련된 폴의 귀는 애니가 미묘하게 망설이고 있음을 감지했다. 경찰의 질문에 함정이 숨어 있어서 걸려드는 바로 그 순간에, 또는 약간 뜸을 들인 후에 덫이 튀어나올 수도 있었다. 마침내 애니가 말했다.

"아니요. 그가 서쪽으로 차를 몰고 가기에 그저 스프링어 로드 쪽 농장들을 순찰하러 가는구나 했죠."

"윌크스 양, 협조해 주셔서 고맙습니다. 어쩌면 더 조사할 게 있어서 나중에 또 들를지도 모르겠습니다." 다윗이 말했다.

"알았어요. 편한 대로 하세요. 그러잖아도 요즘 친구가 별로 없어서 적적하던 참이니까."

"축사 안을 들여다봐도 괜찮을까요?" 느닷없이 골리앗이 물었다.

"그럼요. 거기에 들어가서는 꼭 안녕 하고 인사하세요."

"누구한테 인사하란 말인가요?"

"누구긴요, 미저리한테죠. 우리 돼지 미저리."

31

애니는 문간에 서서 폴을 뚫어지게 쳐다보았다. 너무 뚫어지게 봐서 얼굴이 따뜻해질 정도였다. 폴은 얼굴이 빨개질 것만 같았다. 두 경찰은 15분 전에 이미 떠나고 없었다. 폴이 마침내 물었다.

"내가 뭐 잘못한 거 있어?"

"너 왜 소리 안 질렀어?"

경찰들은 순찰차에 오르며 모자에 손을 대고 인사를 했지만, 둘 다 웃는 얼굴이 아니었다. 폴은 창문 한쪽 구석에서 좁은 각도를 통해 봤지만 경찰들의 눈빛이 굳어 있음을 분명히 보았다. 그들은 애니가 어떤 사람인지 다 알고 찾아왔던 것이다.

'그럼 그렇지.'

"나는 줄곧 네가 소리 지를 거라고 짐작했어. 그럼 경찰들이 눈 사태처럼 몰려와 나를 덮쳤을 텐데 말이야."

"그랬을 수도, 안 그랬을 수도 있지."

"그런데 왜 가만히 있었던 거야, 너?"

"애니, 평생을 최악의 사태만 상상하면서 보내다가는, 언젠간 크게 곤란해질 거야."

"내 앞에서 잘난 척하지 마!"

폴은 애니가 겉으로는 태연한 척하려 하지만 속으로는 매우 혼란스러워한다는 사실을 알아차렸다. 애니의 입장에서는 사상 최대의 레슬링 시합이 벌어지려는 판에 침묵을 고수한 폴이 이해되지 않았을 것이다. 정직한 애니 대 염병할 초특급 흉악 개새끼들 2인조의 레슬링 시합.

"지금 누가 잘난 체한다고 그래? 너한테 입 다물고 있겠다고 약속했으니까 그대로 실천한 거야. 나는 비교적 평화로운 분위기 속에서 내 소설을 완성하고 싶어. 그리고 너를 위해 그 소설을 완성하고 싶단 말이야."

애니가 폴을 바라보았다. 그를 믿을 수 없었지만, 믿고 싶었지만, 믿는 것이 두려웠지만…… 할 수 없이 믿고 말았다. 그리고 그 결정이 옳았다. 폴은 진실을 말하고 있었다. 애니가 조용히 말했다.

"그럼 열심히해. 지금 당장 열심히 써. 너도 그놈들이 나를 얼마나 수상하게 여기는지 잘 봤잖아."

그 다음 이틀 동안은 드웨인 쿠시너가 오기 전과 마찬가지로 평화로운 생활이 계속되었다. 드웨인 쿠시너가 찾아온 적이 없다고 해도 믿을 정도였다. 폴은 꾸준히 글을 써 나갔다. 그는 일시적으로 타자기를 멀리했다. 애니가 군말 없이 타자기를 개선문 사진 아래 벽난로 선반 위에 올려놓아 주었다. 폴은 이틀 동안 연습장 세 권을 가득 채웠다. 남아 있는 연습장은 단 한 권. 그것마저 다 쓰면 수첩에다가 글을 쓸 생각이었다. 애니가 깎아 준 베롤 블랙 워리어 연필 예닐곱 자루는 다 써서 뭉툭해졌고, 애니가 다시 연필을 깎아 주었다. 폴이 햇볕 드는 창가에 몸을 수그리고 앉아 가끔씩은 무심결에 오른발 엄지발가락으로 왼쪽 발바닥이 있어야 할 허공을 긁어 대기도 하면서 종이에 뚫린 구멍 속을 들여다보고 있는 동안, 연필심은 차츰 짧아졌다. 종이 속의 구멍이 하품하듯 입을 크게 벌렸고, 폴의 소설은 훌륭한 작품들의 결말이 다 그러하듯 로켓 썰매에 탄 것처럼 클라이맥스를 향해 쏜살같이 치달았다. 폴의 눈에 모든 것이 완전히 명쾌하게 보였다. 여신의 이마 뒤에 나 있는 동굴들 속에서 세 무리가 미저리를 차지하기 위해 다투고 있었다. 그중 두 무리는 그녀를 죽이려 들었는데 세 번째 무리, 그러니까 이언, 제프리, 헤제키아로 이루어진 무리는 그녀를 구출하려 애썼다. 한편 그 밑에서는 불탄 부르카 족 마을에서 살아남은 부족 사람들이 동굴의 출구와 여신상의 왼쪽 귀에 한데 모여서 동굴 속에서 살아나오는 인간은 누구든지 학살하려고 대기 중이었다.

이렇게 이야기를 흡수해 나가는 황홀한 창작의 시간은 완전히 깨어지지는 않았지만 심하게 흔들리고 말았다. 다윗과 골리앗이 다녀간 지 사흘째 되던 날, 옆면에 'KTKA/콜로라도 그랜드 정션 방송국'이라고 써 붙인 황백색 포드 스테이션 왜건 한 대가 애니의 집 앞에 섰다. 짐칸에 방송 장비를 가득 실은 차였다.

"이런, 맙소사!" 우스움과 놀라움, 공포 사이 어디쯤에서 얼어 버린 폴이 중얼거렸다. "이건 무슨 빌어먹을 난리굿이야?"

자동차가 채 서기도 전에 차 뒷문이 열리더니 군용 바지에 록 그룹 그레이트풀 데드 팬클럽 티셔츠를 입은 남자가 튀어나왔다. 폴은 그 남자가 한 손에 권총 손잡이가 달린 크고 검은 물건을 들고 있어서 혼란스러운 마음에 최루탄 발사기일 것이라고 생각했다. 차에서 나온 남자는 그 물건을 어깨에 둘러메고 집을 향해 고정시켰다. 자세히 보니 소형 방송 카메라였다. 젊고 예쁜 여자가 드라이한 머리를 매만지며 백미러를 통해 마지막으로 화장이 잘됐는지 살펴보더니 자동차 조수석에서 내려 카메라맨에게 다가갔다.

몇 년 새 드래곤 레이디를 떠나 있던 바깥 세상의 눈이 다시 앙갚음하러 찾아온 것이었다.

폴은 황급히 휠체어를 뒤로 굴렸다. 사람들 눈에 띄지 않기를 바라며.

'아하, 왠 난리굿인지 정확히 알고 싶으면 6시 뉴스를 보면 되겠군.' 폴은 터져 나오려는 웃음을 참으려고 두 손으로 입을 막았다.

현관문이 열렸다 닫혔고, 애니가 소리쳤다.

"여기서 당장 꺼져! 내 땅에서 당장 나가!"

작은 목소리. "윌크스 씨, 잠시만 저희에게 시간을……"

"당장 나가지 않으면 니들 똥구멍에다 사슴 때려잡는 산탄 총알을 날려 주겠어!"

"윌크스 씨, 저는 KTKA 방송국에서 나온 글레나 로버츠……."

"네가 화성에서 날아온 외계 예수 그리스도든 뭐든 난 상관 안해! 내 땅에서 안 나가면 다 죽여 버릴 거야!"

"하지만……."

콰쾅!

'아이고 애니 아이고 예수님 애니가 죽였구나 그 멍청한 방송…….'

폴은 다시 창문으로 굴러 가서 밖을 내다보았다. 어쩔 수 없었다. 못 견디게 보고 싶었다. 안도감이 폴의 마음속에 불어 닥쳤다. 애니는 허공에 대고 총을 쐈고, 효과가 있었다. 글레나 로버츠가 KTKA 이동 중계차 안으로 뛰어들었다. 카메라맨은 애니를 향해 카메라를 돌렸다. 애니도 카메라맨을 향해 산탄총을 돌렸다. 드래곤 레이디를 카메라에 담고 죽느니 살아남아서 그레이트풀 데드의 콘서트를 보겠다고 결심한 카메라맨이 즉시 차 뒷좌석으로 뛰어 들어갔다. 차는 그가 뒷문을 미처 닫기도 전에 후진하면서 찻길을 내려갔다.

애니는 한 손에 총을 든 채 그들이 사라지는 모습을 지켜본 다음 천천히 집 안으로 들어왔다. 폴은 애니가 탁자 위에 총을 내려놓으며 덜그럭대는 소리를 들었다. 애니가 방에 들어왔다. 폴이 그때까지 보았던 어떤 모습보다 더 참혹한 얼굴을 하고 있었다. 수척하고 창백한 얼굴로 쉬지 않고 두 눈을 부라렸다.

"그 자식들이 돌아왔어." 애니가 속삭였다.

"진정해."

"그 개새끼들이 다시 돌아올 줄 알았어. 드디어 그놈들이 돌아왔어."

"이제 가고 없잖아, 네가 쫓았잖아."

"그놈들은 결코 사라지는 법이 없어. 누군가가 그 새끼들한테 실종된 경찰이 사라지기 전에 드래곤 레이디네 집에 갔었다고 말한 거야. 그래서 놈들이 우리 집에까지 찾아온 거라고."

"애니……."

"너는 그놈들이 뭘 원하는지 알아?"

"물론이지. 나도 언론은 많이 상대해 봤으니까. 그놈들은 항상 두 가지를 원하더군. 카메라가 돌아가는 동안 내가 헛지랄 떨기를 바라고, 방송에서 신나게 틀어 대는 동안 돈이 굴러들어오기를 바라지. 그렇지만 애니, 너는 지금 좀 진정……."

"이게 바로 그놈들이 원하는 거야."

애니는 손톱을 힘껏 세운 손을 이마에 올렸다. 그리고 순식간에 손톱으로 이마를 빠드득 쥐어뜯었고, 피로 물든 주름살 네 가닥이 깊게 패였다. 피가 눈썹을 타고 뺨과 코 양쪽으로 흘러내렸다.

"애니! 그만해!"

"그리고 이것도!" 왼손으로 왼쪽 뺨을 철썩 때렸다. 손자국이 남을 정도로 세게 때렸다. "그리고 이것도!"

오른쪽 뺨. 더 세게. 손톱에서 핏방울이 튀어오를 정도로 세게.

"그만해!"

"이게 바로 그 새끼들이 원하는 거라고!" 애니는 이마에 손을 올려 상처를 짓눌렀다. 잠시 동안, 피범벅이 된 손바닥을 폴을 향해 내민 채 서 있었다. 그러고는 터벅터벅 걸어 방을 나갔다.

그 후로 길고 긴 시간이 지나 폴은 다시 글을 쓰기 시작했다. 처음에는 속도가 느렸다. 애니가 이마를 손톱으로 할퀴는 모습이 자꾸만 눈앞에 어른거렸다. 더 이상 이래서는 안 되겠다고, 오늘은 이만 정리하고 쉬어야겠다고 생각하려는 순간 이야기가 폴의 마음을 끌어당겼고, 폴은 다시 종이 속 구멍으로 빨려 들어갔다.

그 즈음 들어 늘 그러했듯, 폴은 축복받은 구원의 감동을 만끽했다.

33

다음 날, 경찰들이 더 많이 몰려왔다. 이번에는 시골뜨기 동네 경찰들이었다. 그중 깡마른 남자가 가방을 들고 있었는데 진술을 받아 적을 속기 기계가 들어 있는 것 같았다. 애니는 찻길에서 마주보고 선 채 무표정한 얼굴로 경찰이 하는 말을 들었다. 그러고는 그들을 부엌으로 데리고 왔다.

폴은 무릎에 수첩을 올려놓은 채(전날 밤 마지막 연습장까지 다 써 버렸다) 가만히 앉아서 애니가 나흘 전에 이미 다윗과 골리앗에게 했던 진술을 다시 반복하는 소리를 들었다. 폴은 당장의 소동이 노골적인 괴롭힘일 뿐이라고 생각했다. 스스로 애니 윌크스를 조금은 딱하게 여긴다는 사실을 깨닫자 흥미를 느끼면서도 소름이 끼쳤다.

대부분의 질문을 도맡아했던 사이드와인더의 경찰관이 애니에게 본인이 원하면 변호사를 부를 수 있다고 말하며 심문을 시작했다. 애니는 변호사는 필요 없다고 하면서 자기가 생각해 둔 얘기를 술술 풀어나갔다. 폴은 저번에 다른 경찰에게 했던 얘기와 단 한 군데도 틀린 곳이 없음을 발견했다.

경찰들은 부엌에 30분 동안 머물렀다. 끝날 때가 되자 그중 한 명이 이마에 난 흉측하게 긁힌 상처가 어떻게 생긴 것이냐고 애니에게 물었다.

"어젯밤에 내가 그랬어요. 악몽을 꿨거든요."

"어떤 꿈인데요?"

"이번 일 때문에 사람들이 다시 나를 기억해 내서 우리 집으로 몰려오는 꿈이었어요."

그들이 가고 난 뒤 애니가 폴의 방으로 왔다. 얼굴은 창백하고 냉혹하고 어두웠다.

"이곳이 그랜드 센트럴 터미널이 됐네. 오랜만에 북적대니까 사람 사는 것 같구먼." 폴이 말했다.

애니는 웃지 않았다. "얼마나 더 기다려야 해?"

폴은 머뭇거리며 타자기 원고들 위로 손으로 들쭉날쭉 쌓여 있는 직접 쓴 원고들을 바라보았다. 그리고 다시 애니를 보았다.

"이틀. 어쩌면 사흘."

"다음번에 올 때는 수색 영장을 가지고 올 거야."

애니가 말했다. 그러고는 폴이 대답하기도 전에 방을 나가 버렸다.

34

애니가 밤 12시 15분쯤에 찾아왔다.

"폴, 너 한 시간 전에는 벌써 잠자리에 들었어야 하는데, 아직도 일하고 있는 거야."

폴은 이야기가 끌어당기는 깊은 꿈에서 빠져나와 깜짝 놀라며 올려다보았다. 이번 소설에서는 아주 훌륭한 영웅으로 활약하는 제프리가 무시무시한 여왕벌과 맞닥뜨려 미저리의 목숨을 구하고자 죽음의 사투를 벌이는 장면을 쓸 때였다.

"그게 뭐 대순가. 조금 있다가 잘 거야. 어떤 때는 생각났을 때 써 두지 않으면 잊어 먹거든." 폴이 손을 흔들어 댔다.

글을 쓰는 동안 연필에 가장 세게 눌리는 집게손가락 안쪽에 반은 굳은 살 반은 물집으로 이루어진 단단한 살덩어리가 생겨나 점점 커지더니, 살갗이 벗겨져서 쓰라리기까지 했다. 알약을 먹었으니 고통은 물러갈 테지만, 알약 때문에 머릿속 생각들까지 흐려질 것 같았다. 애니가 부드럽게 말했다.

"지금 쓰는 소설이 훌륭하다고 생각하는 거구나, 그렇지? 정말로 훌륭하다고. 오직 나만을 위해 소설을 쓰는 단계를 넘어선 거야, 그렇지?"

"어, 딱 맞췄어."

폴은 한동안 뭔가 더 말하고 싶어서 입술을 떨었다.

'애니, 이 소설은 너를 위한 것이 아니야. 편지에다 '당신의 넘버원 팬'이라고 이름을 적어 보내는 그 수많은 사람들을 위한 것도 아니야. 작가가 소설을 쓰기 시작하는 순간, 그 수많은 팬들은 은하계 반대편으로 날아가 버리고 작가는 신경도 안 써. 이 소설은 나의 전처들이나 우리 어머니나 우리 아버지를 위한 것이 절대로 아니야. 애니, 작가들이 거의 매번 작품 앞에다 누구누구한테 감사한다는 헌사를 집어넣는 이유는, 작품을 독차지하려는 자신의 이기심에 결국에는 작가 스스로도 혐오감을 느끼기 때문이란다.'

하지만 애니에게 그런 말을 하는 것은 현명치 못한 짓이었다.

폴은 동이 틀 때까지 글을 쓰다 침대로 쓰러져 곯아 떨어졌고 네 시간 동안 그대로 잤다. 자는 동안 꾼 꿈들은 혼란스럽고 불쾌한 것들 일색이었다. 어떤 꿈에서는 애니의 아버지가 기다란 계단을 올라가고 있었다. 여기저기서 오려 낸 신문 기사들이 가득 담긴 바구니를 옆에 끼고 있었다. 폴은 그에게 소리를 질러 경고를 보내려고 애썼지만, 그때마다 그의 입에서 나오라는 소리는 안 나오고 그저 깔끔하게 정리된 신문 기사를 또박또박 읽는 소리만 나왔다. 소리를 지르려 할 때마다 흘러나오는 기사는 매번 달랐지만 시작 부분은 항상 똑같았다. "그로부터 일주일쯤 지난 어느 날⋯⋯."

불현듯 애니 윌크스가 소리를 지르며 복도를 달려왔다. 자기 아버지에게 죽음의 떠밀기를 선사하려고 두 팔을 앞으로 쭉 내밀었는데⋯⋯ 애니의 고함소리가 윙윙거리는 기묘한 잡음으로 들렸다. 애니의 육체는 카디건과 치마 속에서 꾸물꾸물 물결치고 둥글게 부풀어 오르면서 모습이 변했다. 그리고 벌로 변신했다.

35

그 다음날엔 경찰은 오지 않았지만 경찰보다 더 눈꼴 시린 사람들이 많이도 나타났다. 얼간이라고 얼굴에 써 붙이고 다니는 사람들이었다. 많은 차량들 중 한 대는 십대 청소년들로 가득했다. 그들이 탄 차가 집 앞에 들어섰을 때, 애니가 달려 나와 당장 자기 땅에서 꺼지지 않으면 더러운 개새끼 잡듯 총으로 쏴 버리겠다고 그들을 향해 소리 질렀다.

"드래곤 레이디, 너나 찌그러져!" 그중 한 명이 소리쳤다.

"너 그 사람 어디다 묻어 놨냐?" 또 다른 녀석이 고래고래 소리를 질러 댔고, 차는 먼지를 휘날리며 줄행랑을 쳤다.

세 번째 녀석이 맥주병을 던졌다. 자동차가 굉음을 내며 떠나갈 때 폴은 뒤 유리창에 붙어 있던 스티커를 보았다. '우리는 사이드와인더 파란 악마 군단을 사랑한다.'라고 적혀 있었다.

한 시간 후 애니가 작업용 장갑을 끼고 인상을 찌푸린 채 폴의 방 창문 앞을 지나 축사로 가는 모습이 보였다. 얼마 후 애니가 축사에서 쇠사슬을 들고 나오더니 두꺼운 쇠고리들을 가시철사로 얼기설기 엮느라 시간을 보냈다. 가시투성이 쇠사슬을 칭칭 감아 집 앞에 난 찻길을 막아 버린 애니는 가슴 주머니에서 빨간 천 조각을 꺼냈다. 그러고는 그것들을 쇠사슬에 매달아 찻길이 막혔음을 표시했다. 애니가 방책 설치 작업을 마치고 방으로 찾아왔다.

"저렇게 해도 경찰들이 오는 것을 막을 수는 없겠지. 하지만 나머지 개새끼들을 막는 데는 도움이 될 거야."

"응."

"네 손…… 부었구나."

"응."

"폴, 귀찮게 하기는 싫지만, 정말 궁금……."

"내일."

"내일? 진짜?" 애니가 단번에 밝아졌다.

"응, 내 생각에는 그래. 아마도 6시쯤."

"폴, 너무 잘됐다! 지금부터 슬슬 원고를 읽어 보면 안 될까, 아니면……."

"좀더 진득하게 기다려 주면 좋겠는데."

"그럼 그렇게 할게."

부드럽게 녹아내리는 황홀한 눈빛이 또다시 애니의 두 눈을 가득 채웠다. 폴은 어느 때보다도 그런 눈빛으로 바라볼 때 애니가 가장 싫었다.

"폴, 나는 너를 사랑해. 너도 알지, 그치?"

"그럼. 나도 알아."

그리고 폴은 다시 수첩 쪽으로 몸을 돌렸다.

36

그날 저녁 애니는 폴에게 항생제 케플렉스를 가져다 주었다. 요로 감염은 점차 치유되고 있었지만 낫는 속도가 아주 느렸다. 얼음 덩어리가 담긴 그릇도 함께 가져다 주고 깔끔하게 접은 수건을 얼음 그릇 옆에 놓고는 아무 말 없이 방을 나갔다.

폴은 오른손에 쥐었던 연필을 내려놓았다. 손이 너무 굳어서 왼 손가락으로 오른 손가락을 일일이 펴 주어야만 했다. 그리고 오른손을 얼음 그릇 속에 넣었다. 거의 감각이 없어질 때까지 손을 그대로 그릇 속에 담가 두었다. 꺼냈을 때는 부기가 좀 빠져 있었다. 수건으로 손을 감싸고 앉아서 어둠 속을 쳐다보고 있자니 점차 손이 욱신거렸다. 폴은 수건을 풀고 한동안 손을 꼼지락거렸다.(처음 몇 번은 고통 때문에 얼굴을 찡그렸지만, 차츰 손의 움직임이 유연해졌다.) 그리고 또다시 글을 쓰기 시작했다.

새벽이 되어서 폴은 천천히 침대로 굴러 가 비틀대며 드러누웠고, 즉시 잠이 들었다. 눈보라 속에서 길을 잃고 헤매는 꿈을 꾸었는데, 진짜 눈이 아니었다. 꿈에선 원고 종이들이 온 세상을 가득 채우고 사방으로 날아다녔고 종이 한 장 한 장은 타이핑된 글씨로 뒤덮여 있었지만, n과 t와 e만은 모조리 빠져 있었다. 폴은 그제야 알아차렸다. 그 격렬한 눈보라가 그칠 때까지 살아 남는다면, 원고 속에서 빈 틈을 보이는 단어들의 정체를 추리하며 빠진 글자들을 모두 손으로 적어 넣어야만 했다.

37

폴이 11시경에 일어나자마자 그가 움직이는 소리를 들은 애니가 오렌지 주스, 알약, 뜨거운 닭고기 수프를 들고 찾아왔다. 애니는 온통 흥분에 취해 밝게 빛나고 있었다.

"폴, 오늘은 아주 특별한 날이야, 정말 그렇지?"

"응."

폴은 오른손으로 숟가락을 잡으려 했지만, 그럴 수 없었다. 손이 너무 퉁퉁 부어올라서 불거진 살갗이 빨갛게 번들거렸다. 오른손으로 주먹을 쥐어 보려고 하니 긴 쇠막대기를 억지로 구부리는 듯한 느낌이었다. 지난 며칠간 영원히 끝나지 않을 악몽의 사인회에서 죽도록 고생한 기분이었다.

"에구머니, 저 손 좀 봐! 약 더 갖다 줄게! 지금 당장 갖다 줄게!"

"아니야. 이 느낌으로 단숨에 밀어붙여야 해. 그러려면 머리를 맑게 유지해야지."

"그런 손으로 어떻게 글을 쓰려고 그래!"

"직접 쓰진 못하지. 손이 엉망이 됐으니. 나는 이 작품을 처음 시작했던 방식으로 끝마칠 생각이야. 로열 타자기를 사용하려고. 8쪽에서 10쪽 정도만 더 쓰면 될 것 같아. 그렇게 완성해 가는 동안 빈틈을 보일 수많은 n과 t와 e도 내가 끝까지 다 채워 넣을 거야."

"진작 타자기를 바꿔 줬어야 하는 건데."

애니는 정말로 미안해하는 기색이었다. 눈가에 눈물이 맺혔다. 폴은 가끔씩 찾아오는 그런 순간이 어느 때보다도 소름 끼친다고 생각했다. 그럴 때면 어린 시절에 올바른 교육 환경에서 자랐거나 몸속에 자리 잡은 얄궂고도 작은 내분비선들이 뿜어 댄 신경 물질들이 조금이라도 덜 해로운 것이었더라면 좀더 나은 생활을 하고 있을지도 모르는 여인의 모습이 보이기 때문이었다. 환경도 좋고 해로운 신경 물질도 덜했더라면.

"내가 나쁜 년이야. 인정하기가 쉽지는 않지만, 사실인걸 뭐. 타자기를 그대로 방치했던 건 다트몽거 년이 나한테서 폭리를 취했다는 걸 인정하기 싫어서였어. 미안해, 폴. 이 불쌍한 손 좀 봐."

그리스 신화에서 사랑하는 자식들의 시체를 앞에 두고 오열하는 니오베처럼, 애니는 폴의 손을 부드럽게 잡아 들어올리고 입을 맞췄다.

"다 괜찮아. 우리가 잘 알아서 할게. 더키 대들스와 내가. 나는 녀석이 싫지만, 녀석도 역시 나를 싫어하는 것 같아. 그러니 피장파장인 셈이지."

"대체 누구 얘길 하는 거야?"

"로열 타자기. 만화 캐릭터 이름을 따서 별명을 지어 줬어."

"어……."

애니가 말끝을 흐렸다. 푹 꺼졌다. 또 전기가 나간 것이었다. 폴은 왼손 검지와 중지 사이에 서툴게 숟가락을 끼워 수프를 떠먹으면서 참을성 있게 애니의 정신이 돌아오길 기다렸다.

마침내 애니가 정신을 되찾아 폴을 바라보았다. 마치 문득 깨어나 보니 눈앞에 아름다운 세상이 펼쳐져 있다는 듯 환하게 웃음 지었다.

"수프 다 먹은 거야? 그럼 내가 아주 특별한 것을 가져다 줄게."

폴은 밑바닥에 국수 몇 가락이 붙어 있을 뿐인 텅 빈 수프 그릇을 보여 주고 웃음기 하나 없는 얼굴로 말했다.

"애니, 나 정말 착한 일벌이지?"

"폴, 너는 최고로 훌륭한 일벌이야. 상으로 황금 별 딱지 왕창 줘도 되겠다! 사실은…… 잠깐만! 보여 줄 게 있으니까 잠깐만 기다려!"

애니가 방을 나가자 폴은 처음에는 달력을 보며 시간을 보냈고 나중에는 개선문 사진을 구경했다. 천장을 올려다보니 길게 이어진 W들이 술 취한 듯 비틀거리며 석회 벽 위에서 춤을 췄다. 폴은 타자기를 지나 마지막으로 어수선하게 한 아름 쌓여 있는 원고 뭉치들을 보았다.

'모두들 잘 가렴.'

폴이 무심히 생각에 잠겨 있을 때 애니가 쟁반을 들고 호들갑스럽게 돌아왔다.

쟁반 위에는 접시 네 개가 있었다. 접시 위에는 저마다 레몬 파이, 계란 지단, 토스트 조각이 놓여 있었다. 쟁반 한가운데 놓인 가장 큰 접시 위에는 막대한 양의

역겨운

끈적끈적한 캐비아가 쌓여 있었다. 애니가 수줍어하며 말했다.

"네가 좋아할지 모르겠어. 사실은, 내가 캐비아를 좋아할지 어떨지도 잘 모르겠어. 한 번도 먹어 본 적이 없어서."

폴은 웃음을 터뜨렸다. 너무 심하게 웃어서 배가 아프고 다리도 아프고 심지어 손까지 아팠다. 곧 있으면 더 큰 아픔을 맛볼 것 같다고 생각했다. 애니는 누가 웃으면 자기를 비웃는다고 여기는 편집증을 갖고 있었다. 그런데도 도무지 웃음을 멈출 수가

없었다. 너무 웃어 대서 숨이 막혀 기침이 나오고 볼이 빨개지고 눈가에서 눈물이 쏟아졌다. 도끼로 폴의 발을 자르고 전동 칼로 엄지손가락을 잘랐던 여자가, 이제는 멧돼지도 먹다가 숨이 막힐 정도로 어마어마한 양의 캐비아를 들고 서 있었다. 그리고 놀랍게도, 애니의 얼굴에 검은 균열이 생기지 않았다. 대신 폴과 함께 웃기 시작했다.

38

캐비아는 사람에 따라 좋아하고 싫어하는 취향이 극과 극으로 갈리는 음식이지만, 폴은 그 어느 쪽도 아니었다. 비행기 일등석을 타고 갈 때면 스튜어디스가 캐비아 접시를 내밀었고, 그것을 다 먹고 나면 다음번에 스튜어디스가 와서 또 접시를 내밀 때까지 별다른 감흥 없이 캐비아라는 게 있었는지 없었는지도 모른 채 싹 잊어버리곤 했다. 그러나 그때 폴은 난생 처음으로 위대한 요리 이론이라도 깨우친 듯 캐비아는 물론이고 캐비아 주위에 얹혀 있는 장식용 야채까지 게걸스럽게 먹어치웠다.

애니는 캐비아를 전혀 좋아하지 않았다. 까다롭게 캐비아를 토스트 조각에 약간 얹어서 깨작깨작 맛보더니만, 메스꺼움에 얼굴을 찡그리고 토스트를 옆으로 치웠다. 그러나 폴은 지칠 줄 모르는 열정으로 접시를 휘저었다. 15분 동안 캐비아 산의 절반을 깎아 냈다. 폴은 손으로 입을 가리고 트림을 하다 죄진 사람처럼 쑥스러운 눈길로 애니를 쳐다보았고, 또 한 번 유쾌한 웃음을 터뜨렸다.

'애니, 나는 너를 죽여 버릴 거야.'

폴은 따스한 웃음으로 애니를 대했다.

'반드시 그렇게 할 거야. 나도 너와 운명을 같이하게 될지도 몰라. 그렇게 될 공산이 크지. 하지만 지금은 우선 배가 터질 만큼 캐비아와 운명을 같이하겠어. 앞으로 힘든 일이 벌어질 테니, 우선 실컷 먹고 힘내야지.'

"이거 정말 굉장히 맛있는데. 그렇지만 이제 더는 못 먹겠어."

"더 먹었다간 토하고 난리가 날 거야. 되게 비싼 건데." 애니도 웃었다.

"또 깜짝 선물 준비했어. 나중에…… 네가 소설을 완성했을 때를 위해서. 동페리뇽 샴페인 말이야. 그거 사느라 75달러나 들었다고! 딱 한 병에! 주류 판매점에서 일하는 처키 요더가 그러는데, 그 집에서 제일 좋은 거래."

"요더 말이 맞아." 폴은 이 지옥 같은 곳으로 끌려오게 된 데에 동페리뇽도 일조했다고 생각하며 맞장구쳤고, 잠시 멈췄다 말을 꺼냈다.

"내가 동페리뇽만큼이나 좋아하는 게 또 있어. 소설을 완성했을 때 그게 있었으면 좋겠는데."

"어? 그게 뭐야?"

"너 저번에 내 물건 전부 가지고 있다고 했지."

"그랬지."

"저기…… 내 여행 가방 안에 보면 담배가 한 갑 들어 있을 거야. 소설을 완성하고 나면 담배를 피우고 싶어."

애니의 웃음이 천천히 사라졌다.

"폴, 너도 알다시피 담배는 너한테 안 좋아. 암을 유발한다고."

"애니, 내가 지금 암이나 걱정하고 있을 처지야?"

애니는 대답하지 않았다.

"그저 딱 한 개비만 피우고 싶어. 작품을 완성하고 나면 항상 몸을 뒤로 젖히고 담배를 피웠어. 그때 피우는 담배 맛은 늘 최고였지. 정말이야. 아주 훌륭한 성찬 후의 담배 맛보다 더 황홀해. 적어도 이제까지는 그렇게 해 왔단 말이야. 이번에 피우면 하도 오랜만이라서 현기증이 나고 구역질을 할지도 몰라. 그래도 작게나마 과거와 연결되는 고리를 만들고 싶어. 애니, 그래도 될까? 제발, 스포츠맨답게 허락해 줘. 나는 늘 그래 왔잖아."

"좋아……. 그렇지만 샴페인 마시기 전에 피우는 거야. 나는 네가 독가스 연기를 한창 내뿜고 있는 방 안에서 75달러짜리 탄산 맥주를 마시고 싶진 않아."

"좋아. 네가 정오쯤에 담배를 갖다 주면 그걸 가끔씩 흘끔거릴 수 있게 창문 틀 위에 올려놓을게. 그리고 소설을 끝마치면 비어 있는 글자들을 다 적어 넣고, 그 다음에 담배를 피우면서 정신 없이 추락하는 기분이 들 때까지 즐기다가 끄는 거야. 그러고 나서 너를 부를게."

"좋았어. 그래도 난 맘에 안 들어. 한 개비 피운다고 폐암 걸리는 건 아니지만, 역시 맘에 안 들어. 왜 그런지 알아, 폴?"

"아니."

"오직 불량 벌만이 담배를 피기 때문이야."

애니는 빈 접시들을 주섬주섬 챙기기 시작했다.

39

"미수터 이언 대장, 마님께서······?"

"쉬이이잇!"

이언이 근엄하게 제지하자 헤제키아는 입을 다물었다. 제프리는 목에서 난폭하게 요동치는 맥박을 느꼈다. 밖에서는 상쾌한 무역풍이 선선하게 불어왔고 밧줄과 돛대가 끊임없이 부드럽게 삐걱거리는 소리에 돛이 천천히 나부끼는 소리, 가끔은 새소리도 들려왔다. 제프리는 뒤 갑판에 남자들이 음정도 안 맞는 목소리로 고래고래 불러 대는 뱃노래 소리를 어렴풋이 들었다. 그러나 그곳에는 두 명의 백인과 한 명의 흑인이 미저리가 살아날 수 있을지 지켜보는 가운데 무거운 침묵만이 가득했다. 만약에 잘못되기라도 하면······.

이언은 쉰 목소리로 고통스러운 신음소리를 냈고, 헤제키아는 자기 팔을 움켜쥐었다. 제프리도 신경질적으로 자기 팔을 꽉 붙들었다. 신께서는 정말로 미저리가 죽도록 잔인하게 내버려 두실 것인가? 예전 같았으면 제프리는 단호하게 그런 가능성을 부인하며, 분개하지 않고 차라리 웃어넘겼을 것이다. 신이 잔인할 수도 있다는 생각은 당시의 그에게는 터무니없는 생각이었을 것이다.

그러나 신을 바라보는 제프리의 생각은 다른 생각들과 마찬가지로 변했다. 아프리카에서 겪은 체험이 그를 변하게 만들었다. 아프리카에서 그는 이 세상에 오직 단 하나의 신만이 존재하는 것은 아니며, 많은 신들이 존재하고 그들 중 일부는 상상을 초월할 만큼 잔인하다는 사실을 깨달았다. 잔인한 신들은 미쳐 있었고, 그렇게 생각하니 모든 관념들이 변했다. 어찌 됐든 잔인함은 이해할 수 있었다. 하지만 정신 이상은 이해의 한계를 넘어선 현상이었다.

만약 두려워하던 대로 미저리가 정말 죽는다면, 제프리는 갑판으로 올라가 난간 아래로 몸을 던질 생각이었다. 그는 신들이 가혹하다는 사실을 늘 알고 인정했다. 그러나 신들이 미쳐 있는 세상에서 살고픈 욕심은 없었다.

제프리의 이런 비관적인 생각들은 헤제키아가 주술에 사로잡힌 듯 거칠게 숨을 헐떡이며 내뱉은 외침 때문에 중단되었다.

"미수터 이언 대장! 미수터 제프리 대장! 이것 봐요! 마님의 눈! 마님의 눈을 봐요!"

미저리의 두 눈이, 화려하고 섬세한 짙은 푸른빛으로 빛나는 두 눈이 실룩거리며 열렸다. 눈동자가 이언에서 제프리로, 그리고 다시 이언 쪽으로 움직였다. 한동안 제프리는 그 눈동자 속에서 오직 당혹감만을 보았다. 그리고…… 차츰 그 눈동자에 사랑하는 사람들의 기억이 보이기 시작했다. 제프리는 자신의 영혼을 뒤흔드는 기쁨을 느꼈다.

"여기가 어디죠?" 미저리는 이렇게 묻고 하품을 하며 기지개를 켰다. "이언…… 제프리…… 우리 지금 항해 중인 건가요? 나 왜 이렇게 배가 고픈 거죠?"

이언이 울며 웃으며 몸을 숙여 미저리를 안았고, 그녀의 이름을 부르고 또 불렀다.

당황하면서도 기뻐하며 미저리도 그를 안았다. 그녀가 생명을 되찾았음을 알게 된 제프리는 앞으로 미저리와 나눈 사랑을 가슴속에 묻어 둔 채 살아갈 수 있으리라 생각했다. 그는 완벽한 평온함 속에서 홀로 살아갈 생각이었고, 홀로 살아갈 수 있었다.

결국 신들은 미치지 않았던 것이다. 적어도…… 모든 신이 그러진 않았다. 제프리가 헤제키아의 어깨를 잡았다.

"이보게 친구, 내 생각에는 저들을 위해 우리가 자리를 피해 주는 게 좋을 듯한데, 자네 생각은 어떠신가?"

"그게 옳을 것 같다, 미수터 제프리 대장."

헤제키아가 씩 웃자 금니 일곱 개가 전부 반짝거렸다.

제프리는 마지막으로 미저리를 훔쳐보았다. 바로 그 순간 미저리의 짙은 푸른빛 눈동자가 그를 향해 빛나면서 그의 마음을 따스하게 물들였고, 그의 마음을 채워 주었다. 마음을 가득 <u>채워</u> 주었다. 제프리는 생각했다.

'내 사랑, 당신을 사랑하오. 내 말 듣고 있소?'

돌아온 대답은 아마도 간절히 원하는 제프리의 마음이 일으킨 메아리였을 것이다. 그러나 제프리는 그렇게 생각하지 않았다. 미저리의 대답이 너무나 또렷이, 그녀의 목소리가 너무나 분명히 들려왔다.

'듣고 있어요……. 그리고 나 역시 당신을 사랑해요.'

제프리는 선실 문을 닫고 뒤 갑판으로 올라갔다. 그는 애초의 계획대로 난간 아래로 몸을 던지는 대신 파이프에 불을 붙여 천천히 담배를 피우며, 저 멀리 사라져 가는 지평선의 구름 너머로 서서히 저무는 태양을 지켜보았다. 구름이 머무는 그곳이 바로 아프리카 해변이었다.

여기까지 쓰고 나자 더 이상 쓸 말이 없었다. 폴 셸던은 마지막 원고 용지를 타자기에서 돌려 뺐다. 그러고는 작가의 어휘 창고에서 가장 사랑받는 동시에 또한 가장 미움받는 문구를 펜으로 흘려 썼다.

끝.

40

부어오른 오른손으로 타자 원고의 빈 문자들을 적어 넣자니 망설일 수밖에 없었지만, 그래도 오른손으로 작업을 강행했다. 조금 뻣뻣해진 것만으로 글씨도 못 쓸 만큼 약한 오른손으로는 앞으로의 임무를 제대로 해낼 수 없을 터였다.

빠진 문자 채워 넣기가 겨우 끝나자 폴은 펜을 옆으로 치웠다. 그러고는 한동안 자신이 이룩한 성과물을 감상했다. 작품을 완성할 때마다 매번 느꼈던 기분을 그때도 그대로 느꼈다. 매번 이상하게 속이 빈 것처럼 허탈했고, 작은 성공을 위해 어리석은 일에 힘을 쏟았다는 생각이 들었다.

언제나 똑같은 기분이었다. 언제나 똑같았다. 몇 개월 동안 정글 속에서 헤매다 겨우겨우 언덕을 올라 정상에 있는 평지로 나왔더니 눈앞에 그저 널찍한 고속도로만 끝없이 펼쳐져 있는 듯한 기분이었다. 좋은 일 했다고 놀리는 건지 몰라도 고속도로에는 주유소나 볼링장 같은 곳이 몇 군데 붙어 있을 뿐이었다.

그래도 작품을 완성한다는 것은 역시 좋은 일이었다. 항상 좋았다. 무언가를 만들어 내는 것, 무언가의 모습을 창조해 내는 것은 좋은 일이었다. 막연하나마 폴은 현실에 존재하지 않는 작은 생명들을 만들고 그 생명들에 온기를 불어넣어 살아 움직이도록 창조하는 일련의 작업이 용기 있는 행동이라고 받아들이고 이해했다. 자기가 바로 그런 창작 활동을 하면서도 모른 채로 지낸 멍청이였음을 그제서야 마침내 이해하게 되었다. 이러니저러니 해도 창작 활동은 세상에서 폴이 잘 아는 유일한 일이었고, 만약 매번 터무니없이 이상한 작품만 완성했다고 해도 그는 적어도 작품을 만드는 데 있어서만큼은 언제나 애정을 가지고 있었다. 폴은 쌓여 있는 원고 뭉치를 만지며 희미하게 웃음 지었다.

폴의 손이 커다랗게 쌓인 원고 뭉치를 떠나 애니가 그를 위해 창틀에 놓아 둔 한 개비 말보로 담배로 향했다. 담배 옆에는 사기 재떨이가 있었고 재떨이 바닥에는 유람선 그림과 함께 짧은 문구가 새겨져 있었다. '미주리 주 한니발, 미국이 낳은 위대한 이야기꾼 마크 트웨인의 고향!'

재떨이 속에는 납작한 종이 성냥갑이 있었다. 하지만 그 속에 든 성냥은 딱 한 개비뿐이었다. 애니가 폴에게 허용한 성냥은 딱 한 개비뿐이었다. 그러나 한 개비면 충분했다.

폴은 애니가 위층에서 이리저리 움직이는 소리를 들었다. 폴에게는 잘된 일이었다. 몇 가지 사소한 것을 준비할 시간을 벌 수 있었고, 맞이할 준비를 다 끝내기도 전에 애니가 아래층으로 내려오려 해도 소리로 미리 알아차릴 수 있었다.

'애니, 진정한 창작의 진수를 보여 줄게. 어디 내가 창의력을 제대로 발휘할 수 있을지 한번 두고 보자고. 두고 봅시다. 잘할 수 있지?'

폴은 다리에서 부글대는 고통을 무시해 버리고 몸을 수그렸다. 그러고는 바닥의 헐거워진 나무 판을 손가락으로 들어 올렸다.

41

폴은 5분 후에 애니를 불렀다. 계단을 내려오는 무겁고 투박한 발소리가 들렸다. 일이 거기까지 진행되면 두려움에 떨 줄 알았는데, 막상 일이 닥치고 보니 아주 침착한 자세를 유지할 수 있어서 안심했다. 방 안은 온통 기름 냄새로 가득했다. 휠체어 팔걸이 위에 걸쳐진 나무 판 한쪽에서는 계속해서 기름이 뚝뚝 흘러내렸다.

"폴, 정말 다 끝났어?" 애니가 복도에서 다가오며 소리쳤다.

폴은 지긋지긋한 로열 타자기 옆에 쌓여 있는 원고 뭉치를 바라보았다. 원고는 이미 기름에 흠뻑 젖어 있었다. 폴이 애니의 물음을 되받아쳤다.

"그래, 최선을 다해서 끝냈어, 애니."

"와우! 대단해! 이야, 정말 믿기지가 않아! 결국 이런 순간이 왔구나! 잠깐만 기다려, 샴페인 갖고 갈게!"

"그거 좋지!"

애니가 부엌의 리놀륨 바닥을 지나가는 소리가 들렸다. 폴은 발소리만 듣고도 애니가 어디쯤 가고 있는지 알 수 있었다.

'이런 소리를 듣는 것도 오늘이 마지막이야.'

그리고 불안한 기분이 들었고, 불안감은 계란 껍질처럼 얇디 얇은 침착함을 깨뜨리고 말았다. 침착함 속에는 두려움과…… 다른 무엇이 들어 있었다. 폴은 그것이 멀어져 가는 아프리카 해변일 거라고 생각했다.

냉장고 문이 열렸다가 큰 소리를 내며 닫혔다. 애니가 부엌에서 나왔다. 방으로 오고 있었다.

물론 폴은 담배에 불을 붙이지 않았다. 담배는 여전히 창틀에 누워 있었다. 폴이 정말로 원했던 것은 담배가 아니라 성냥이었다. 단지 성냥 한 개비.

'성냥을 켰는데 불이 안 붙으면 어떡하지?'

하지만 그런 생각을 하기엔 이미 너무 늦었다.

폴은 재떨이로 손을 뻗어 성냥갑을 집어 들었다. 납작한 종이 성냥갑에 남아 있는 한 개비를 뜯어냈다. 애니는 이제 복도를 내려오고 있었다. 손에 힘을 주어 성냥을 그었다. 불이 붙지 않았다.

'침착해! 침착하게 하자!'

다시 성냥을 그었다. 아무 일도 일어나지 않았다.

'침착하게…… 침착하게…….'

폴은 성냥갑 뒷면의 거칠거칠한 암갈색 줄에 대고 세 번째로 성냥을 그었다. 노란 불꽃이 종이 성냥 끝에서 희미하게 피어올랐다.

42

"나는 정말이지 이렇게 기쁜……."

애니가 멈췄고, 다음에 나오려던 말은 숨으로 들이마신 듯 쏙 들어가 버렸다. 폴은 판자 위에 쌓아 놓은 종이와 구식 로열 타자기를 방책 삼아 휠체어에 앉아 있었다. 그는 원고 맨 꼭대기의 표제 쪽을 애니가 읽을 수 있도록 일부러 돌려 놓았다.

돌아온 미저리

폴 셸던 지음

기름에 흠뻑 젖은 종이 더미 위로 퉁퉁 부은 폴의 오른손이 어슬렁거렸고, 엄지손가락과 집게손가락이 불붙은 성냥개비를 잡고 있었다.

애니는 수건으로 감싼 샴페인 병을 들고 문간에 섰다. 애니의 입이 쩍 벌어졌다가 이가 부딪치는 소리를 내며 닫혔다.

"폴?" 애니가 조심스럽게 물었다. "뭐 하는 거야?"

"소설을 다 완성했어. 정말 훌륭한 작품이야, 애니. 네 말이 옳았어. 미저리 시리즈 중에서 가장 뛰어난 작품이고, 잡종이든 아니든 간에 아마도 내가 이제까지 쓴 모든 소설 중에서 가장 뛰어난 작품일 거야. 이제 나는 이 작품으로 살짝 장난을 쳐 볼 생각이야. 아주 재미있는 장난이지. 다 너한테서 배운 거야."

"폴, 안 돼!"

애니가 소리 질렀다. 목소리는 고통과 깨달음으로 가득 차 있었다. 애니가 손을 앞으로 뻗자 기댈 곳 없는 샴페인 병이 아래로 떨어졌다. 바닥에 충돌한 병이 어뢰처럼 폭발했다. 거품 묻은 파편들이 사방으로 날아올랐다.

"안 돼! 안 돼! 제발 그러지……."

"이렇게 멋진 소설을 못 읽게 되다니 정말 안됐구나."

폴이 애니를 보고 웃으며 말했다. 수개월 만에 처음으로 맛보는 진짜 웃음이었다. 환하게 빛나는 순수한 웃음이었다.

"가식적인 겸손은 집어치우고 말하자면, 이 소설은 단순히 좋다는 말로는 부족해. 애니, 정말이지 위대한 작품이야."

종이 성냥이 폴의 손가락 끝을 잠시 달구다 흔들거렸다. 폴은 성냥을 떨어뜨렸다. 잠시 동안 성냥불이 맥없이 꺼질지도 모른다는 소름 끼치는 생각을 하기도 했지만, 곧이어 '후룩!' 소리와 함께 표제 쪽 위로 연한 푸른 불꽃이 퍼져 나갔다. 불꽃은 종이 더미 바깥쪽 가장자리를 따라 흥건히 고인 찐득거리는 기름을 먹어치우고 옆면을 훑으며 순식간에 달려 내려왔고, 강렬한 노란 불꽃이 되어 활활 타올랐다. 애니가 날카로운 비명을 질렀다.

"어이구, 세상에, 안 돼! 미저리는 안 돼! 미저리는 안 돼! 그녀는 죽으면 안 돼! 안 돼! 안 돼!"

애니의 얼굴이 치솟은 불길 때문에 아른아른 빛났다. 폴이 애니를 향해 고함질렀다.

"축하 케이크에 촛불 켜니까 소원 빌고 싶니, 애니? 이 염병할 괴물 년아, 소원 빌고 싶어?"

"오, 하느님, 오, 폴, 너 지금 무슨 짓이야?"

애니가 팔을 쭉 뻗어 휘저으며 비틀비틀 다가왔다. 종이 뭉치들은 단순히 불타는 정도가 아니었다. 불덩어리가 되어 맹렬히 타올랐다. 칙칙한 회색이던 로열 타자기 몸체가 까맣게 그을리기 시작했다. 기름이 타자기 아래까지 흘러 들어갔고 타자기 자판

틈새에서는 연한 푸른색 불꽃이 혀를 날름거리면서 솟구쳤다. 폴은 얼굴이 익으면서 피부가 팽팽하게 당겨지는 듯한 기분을 느꼈다. 애니가 울부짖었다.

"미저리는 안 돼! 네가 감히 미저리를 불태울 수는 없어, 이 더러운 개새끼야. 너 따위 개새끼가 감히 미저리를 불태울 수는 없다고!"

그러고 나서 애니는 정확히 폴의 예상대로 움직였다. 불타는 종이 더미들을 붙잡더니 욕실로 가져가서 욕조에 담그려는 듯 몸을 돌렸다.

애니가 몸을 틀자 폴은 로열 타자기를 움켜잡았다. 이미 퉁퉁 부어있던 오른손으로 뜨거워진 타자기를 붙잡자 생각지도 않게 손에 물집이 끓어올랐다. 폴은 타자기를 머리 위로 들어 올렸다. 타자기 밑바닥에서 조그맣고 파란 불덩이들이 떨어져 내렸다. 무거운 쇳덩이 타자기를 들어 올리느라 등뼈에서 일어난 불같은 고통에 비하면 작은 불덩이들 따위는 무시해도 좋을 정도였다. 폴은 고통을 참아 가며 타자기를 드는 일에만 집중하느라 미친 듯이 얼굴을 일그러뜨렸다. 두 팔을 앞으로 내리 뻗자 타자기가 두 손을 떠나 날아올랐다. 그리고 애니의 넓고 딱딱한 등짝 한가운데를 정통으로 때렸다.

"흐어억!"

그것은 비명소리가 아니라 크게 놀라 얼떨결에 튀어나온 탄식이었다. 애니는 앞으로 휘청거리다 불타는 종이 뭉치를 팔에 안은 채 바닥에 엎어졌다.

폴이 책상으로 쓰던 나무 판 위에는 알코올램프처럼 자그맣고 푸르스름한 불꽃들이 마구 흩어져 있었다. 숨을 헐떡거릴 때마다 목에 뜨거운 쇳덩이들이 쏟아져 들어오는 듯한 열기 속에서, 폴은 앞에 놓인 나무 판을 옆으로 내팽개쳤다. 폴은 휠체어에서 몸을 일으키고는 비틀거리며 오른발로만 버텨 섰다.

애니는 몸부림치며 신음했다. 오른팔과 몸통 사이에서 불꽃이 피어올랐다. 애니가 비명을 질러 댔다. 폴은 살갗이 튀겨지고 지방 덩어리가 타는 냄새를 맡을 수 있었다.

애니가 몸을 구르며 무릎을 세워 일어나려고 발버둥쳤다. 원고 용지는 이미 대부분 바닥에 떨어져 있었다. 여전히 타고 있는 것도 있었고 샴페인에 빠져 찌지직거리며 식어 가는 것도 있었다. 그 와중에도 애니는 상당량의 원고를 안고 있었고, 품에 안긴 종이들은 꿋꿋이 타고 있었다. 애니가 입은 카디건도 타올랐다. 깨진 샴페인 병의 날카로운 녹색 파편들이 팔뚝에 박혀 있었다. 오른 뺨에는 더 큰 유리 조각이 인디언이 휘두른 도끼날처럼 박혀 있었다.

"죽여 버릴 테다, 이 거시기나 빨아먹을 거짓말쟁이 새끼."

애니는 폴이 있는 쪽으로 비틀대며 기어왔다. 무릎으로 세 걸음 기어오다 타자기 위로 엎어졌다. 몸부림치다 가까스로 몸을 반 정도 뒤집었다. 순간 폴이 애니를 덮쳤다. 애니의 두꺼운 몸통 위에서도 애니 밑에 깔린 타자기의 날카로운 모서리가 느껴졌다. 애니는 폴 밑에 깔린 채 고양이처럼 울부짖었고, 고양이처럼 몸부림쳤고, 고양이처럼 할퀴려 들었다.

주위에서 불길이 너울대고 있었지만 폴은 여전히 밑에 깔려 이리저리 비틀며 몸부림치는 몸뚱이가 뿜어내는 포악한 열기를 실감할 수 있었다. 아마도 불타는 스웨터와 브래지어가 애니의 육체를 뜨겁게 요리했을 것이다. 폴은 일말의 동정심도 느끼지 않았다.

애니는 몸을 흔들며 폴을 떨어뜨리려 했다. 폴은 계속 버텼고, 나중에는 강간하려는 듯한 자세로 애니를 꼼짝 못하게 깔아뭉갰다. 두 사람의 얼굴이 닿을 것처럼 가까이 있었다. 폴은 오른손을 더듬거렸고, 무엇을 찾아야 하는지도 정확히 알았다.

"나한테서 떨어져!"

폴은 숯 검댕이 된 뜨거운 종이 뭉치를 찾았다.

"나한테서 떨어지라니까!"

종이를 구기자 손가락 사이로 불덩이들이 튀어나왔다. 애니의 냄새가 피어올랐다. 익어 버린 살 냄새, 땀 냄새, 증오의 냄새, 광기의 냄새였다.

"나한테서 떨어져!"

애니가 소리를 지르며 입을 커다랗게 벌렸다. 테두리가 둘러쳐진 여신상의 축축한 구덩이 속이 들여다 보였다.

"나한테서 떨어져, 이 더러운 씹……."

폴이 안쪽은 하얗게 뭉치고 바깥쪽은 새까맣게 타 버린 종이 덩어리를 쩍 벌어진 채 고함치는 입속으로 쑤셔 넣었다. 노여움에 불타던 애니의 눈동자가 이제는 놀라움과 공포와 생생한 고통 때문에 갑자기 더욱 커졌다.

"네가 그렇게도 좋아하던 소설 여기 있다, 애니."

폴은 헐떡거리면서 종이를 더 많이 움켜쥐었다. 다시 집어 든 종이는 흠뻑 젖어서 불이 꺼져 있었고, 쏟아진 샴페인의 시큼한 냄새가 났다. 밑에 깔린 애니가 몸부림치며 반항했다. 무릎에 얹힌 소금 언덕이 바닥과 부딪쳐서 끔찍한 고통을 안겨 주었지만, 폴은 계속 위에서 애니를 억눌렀다.

'그래 애니, 나는 너를 강간할 거다. 나는 너를 강간할 거야. 내가 지금 할 수 있는 일이라곤 아주 나쁜 짓밖에 없거든. 그러니 내 소설이나 빨아먹어. 내 소설이나 빨아먹어. 내 소설이나 빨아먹다가 콱 숨 막혀 뒈져 버려라.'

폴은 젖은 종이를 발작적으로 꽉 쥐고 구겨서 애니의 입속에 처박았고, 먼저 들어가 있던 반쯤 숯덩이가 된 종이 뭉치는 목 안쪽으로 더 깊숙이 밀려 들어갔다.

"애니야, 옜다, 기분이 어떠냐? 네 입에 들어간 소설이 바로 애니 윌크스가 편집한 진정한 초판본이란다. 먹어 보니 맛이 어때? 먹어, 애니. 계속 빨아먹어. 쉬지 말고 다 먹어 버려. 착한 꿀벌처럼 하나도 남기지 말고 그 좋아하는 소설 전부 다 먹어 버려."

세 번째, 네 번째 종이 뭉치를 쑤셔 넣었다. 다섯 번째는 아직 불타고 있었다. 이미 물집투성이가 된 오른손으로 불타는 종이 뭉치를 잡아 애니의 입에 처넣었다.

꽉 억눌린 기묘한 소리가 들렸다. 애니가 무지막지한 힘으로 밀치자 이번에는 폴이 내동댕이쳐졌다. 애니는 몸부림치며 무릎을 버둥거렸다. 끔찍하게 부풀어 오른 데다 까맣게 타 버린 목을 손으로 할퀴어 댔고, 입고 있던 스웨터는 거의 다 타 버리고 목을 감싸는 둥그런 부분만 까맣게 남았다. 뱃살과 가슴살이 화상으로 생겨난 물집들로 바글바글했다. 입에서 튀어나온 종이 뭉치에서는 샴페인이 뚝뚝 떨어졌다.

"우억! 끄억! 끄억!"

애니가 숨 막히는 소리를 냈다. 천신만고 끝에 겨우 일어서서, 여전히 목을 할퀴고 있었다. 폴은 몸을 뒤로 물렸다. 다리는 어수선하게 흐트러져 몸에 끌려갔고, 눈은 불안해 하며 애니를 지켜보고 있었다.

"어우크? 드룩? 우억!"

애니가 폴이 있는 쪽으로 한 걸음, 두 걸음 내딛더니 타자기에 걸려 다시 엎어졌다. 엎어지면서 머리가 비스듬히 뒤틀렸고, 폴은 마치 뭔가를 묻는 듯한 소름 끼치는 표정으로 바라보는 애니의 눈동자와 정면으로 마주했다.

'폴, 대체 무슨 일이 벌어진 거지? 나는 그저 너에게 샴페인을 갖다 주었을 뿐인데, 그뿐이잖아?'

애니는 머리 왼쪽을 벽난로 선반에 부딪치면서 헐렁한 벽돌 자루처럼 쓰러졌다. 육중한 몸이 온 집을 뒤흔들 정도로 커다란 소리를 내며 방바닥을 들이받았다.

43

애니가 불타는 종이 더미 위로 쓰러져 내렸다. 엎어진 몸이 종이를 태우던 불을 꺼 버렸다. 바닥 한가운데의 종이 더미는 연기를 피워 올리는 검은 덩어리로 바뀌었다. 방 안에 흩어져서 타던 종이들은 대부분 바닥에 흘러넘치는 샴페인 때문에 불이 꺼졌다. 한창 불길이 치솟을 때 문간 왼쪽 벽으로 날아올랐던 몇 장 때문에 벽지 여기저기에 불이 붙어 있었지만…… 맹렬히 타오를 정도로 세찬 불은 아니었다.

폴은 팔꿈치로 몸을 끌며 침대로 기어가서 덮여 있던 이불을 끌어당겼다. 그러고는 방해가 되는 부서진 병 조각들을 손으로 밀어내며 기를 쓰고 벽 쪽으로 기어갔다. 허리를 꼿꼿이 세웠다. 오른손에 심한 화상을 입었고 머리도 아팠다. 역겹고도 달짝지근한 고기 탄 내 때문에 속이 울렁거렸다. 하지만 폴은 마침내 자유를 얻었다. 여신은 죽었고, 그는 자유의 몸이 되었다.

폴은 오른쪽 무릎을 깔고 앉아 어색한 동작으로 샴페인과 검은 재로 얼룩진 이불을 끌어 벽에 남은 불씨들을 후려치기 시작했다. 나무 바닥 위에서 연기를 내뿜는 종이 더미에 이불을 내려놓을 즈음에는 커다랗게 속을 드러낸 맨 벽에서 연기가 날렸지만, 벽지에 붙어 있던 불은 다 꺼졌다. 벽에 걸린 달력이 둥글게 말려 올라가 있었을 뿐 달리 신경 쓸 곳은 없었다.

폴은 휠체어를 향해 기어가기 시작했다. 반 정도 갔을 때, 애니가 눈을 떴다.

44

폴은 믿을 수 없다는 눈빛으로 천천히 무릎을 꿇고 일어서는 애니를 주시했다. 폴은 두 손으로 몸을 지탱하고 있었고, 두 다리는 뒤에서 몸통 가는 대로 끌려 다니는 신세였다. 뽀빠이의 어린 조카 스위피가 성인이 되어서 기어 다니는 것 같은 기괴한 모습이었다.

'아니…… 아니야, 너는 죽었잖아.'

'잘못 생각한 거야, 폴. 너는 여신을 죽일 수 없어. 여신은 영원불멸이야. 이제 깨끗이 씻어내야 해.'

애니가 무섭게 노려봤다. 머리 왼쪽에는 머리칼 사이로 커다란 상처가 나 있었고 선홍색 피가 번쩍번쩍 빛났다. 피가 얼굴로 철철 흘러내렸다.

"핵기!"

목구멍 가득 들어찬 종이를 뚫고 애니가 외쳤다. 손을 앞으로 뻗쳤다 구부리며 폴을 향해 기어오기 시작했다.

"어어운 핵기!"

폴은 몸을 반쯤 틀어 문을 향해 기어가기 시작했다. 뒤에서 애니가 말하는 소리가 들려왔다. 부서진 유리 조각들이 널린 곳까지 다다랐을 때 애니의 손이 도끼에 잘린 왼쪽 발목에 와 닿아 거칠게 움켜잡았다. 비명이 터져 나왔다. 애니가 승리에 도취된 듯 소리쳤다.

"더러운!"

폴은 등 뒤를 돌아보았다. 애니의 얼굴이 천천히 자줏빛으로 물들어 부풀어 오르는 듯했다. 폴은 애니가 실제로 부르카 벌 여신으로 변해 가고 있음을 깨달았다.

폴은 온 힘을 다해 잡힌 다리를 끌어당겼고, 발 없는 폴의 왼쪽 다리는 잘린 발목에 씌워 놨던 가죽만 남긴 채 애니의 손에서 주르륵 미끄러져 나왔다.

폴은 울부짖으며 계속 기어갔다. 뺨으로 땀이 비 오듯 흘러내렸다. 기관총 세례를 피해 낮은 포복 자세로 전진하는 군인처럼 팔꿈치로 몸통을 끌며 나아갔다. 뒤에서 한쪽 무릎이 쿵 떨어지는 소리가 들렸고, 뒤이어 나머지 한쪽 무릎이, 다음에 다시 처음의 무릎이 쿵 떨어지는 소리가 들렸다. 애니는 멈추지 않고 쫓아왔다. 늘 두려워하던 대로 강인한 존재였다. 폴은 애니를 불태우고 등뼈를 부러뜨리고 목에다 종이를 한 가득 쑤셔 넣었다. 그런데도 여전히 여전히 여전히 쫓아왔다.

"새끼!"

애니가 소리를 질러 댔다.

"더러운…… 새끼야!"

폴이 한쪽 팔꿈치로 깨진 유리 조각을 눌렀고, 그것이 팔을 푹 찔렀다. 유리 조각이 압정처럼 팔을 뚫고 들어갔지만 어찌 됐든 앞으로 기어가는 일에만 전념했다.

애니가 폴의 왼쪽 종아리를 잡았다.

"아우! 가우…… 우우우, 어우…… 아우!"

폴은 또다시 뒤를 돌아보았다. 검게 썩은 애니의 얼굴이 보였다. 거무튀튀하게 썩은 건포도 같은 얼굴에서 피 흘리는 눈동자가 튀어나오기라도 할 듯 거침없이 부어올랐다. 요동치는 목은 바람을 가득 채운 자전거 고무바퀴처럼 탱탱하게 부풀어 올랐고, 입은 쉴 새 없이 뒤틀렸다. 폴은 그제서야 알아차렸다. 애니는 웃는 표정을 지으려 하고 있었다.

겨우 손이 닿을 만한 거리에 문이 있었다. 폴은 손을 뻗어 필사적으로 문틀을 붙잡았다.

"가우…… 우우우…… 어우!"

애니가 오른손으로 폴의 오른쪽 허벅지를 잡았다.

쿵. 한쪽 무릎. 쿵. 나머지 한쪽 무릎.

점점 더 다가왔다. 애니의 그림자였다. 그림자가 폴을 덮쳤다.

"안 돼."

폴이 흐느껴 울었다. 애니가 끌어당기는 것이 느껴졌다. 폴은 눈을 꽉 감고 죽을힘을 다해 문틀을 움켜잡았다.

"가우…… 우우우…… 어우!"

위쪽에서 천둥이 쳤다. 여신의 천둥이 쳤다.

애니의 손이 거미처럼 재빠르게 등을 타고 올라와 폴의 목을 붙잡았다.

"가우…… 우우우…… 더러운…… 새끼!"

폴은 숨이 막혔다. 문틀을 움켜잡았다. 문틀을 잡고 있는 동안 폴은 위에서 내리누르는 애니를 느꼈고 목으로 파고드는 손을 느꼈고 급기야 소리 없는 비명을 질렀다.

'죽을 수 없는 거냐 너는 죽을 수 없는 거냐 너는 결코 죽을 수 없는 거냐 너는 결코……'

"가우…… 가……."

압력이 약해졌다. 한동안 다시 숨을 쉴 수 있었다. 그러자 애니가, 늘어진 살들로 이루어진 거대한 애니 산이 폴 위로 무너져 내렸고, 폴은 전혀 숨을 쉴 수 없었다.

45

눈사태 속에서 굴을 파서 탈출하는 사람처럼 애니 밑에서 안간힘을 쓰며 빠져나왔다. 남은 힘을 겨우겨우 쥐어짜서 간신히 나올 수 있었다.

기어서 문간을 통과하며 어느 순간엔가 애니의 손이 또다시 발목을 잡고 놓아주지 않을 거라 예상했지만, 그런 일은 벌어지지 않았다. 애니는 핏물과 쏟아진 샴페인과 깨진 녹색 유리 조각들 속에 얼굴을 파묻은 채 조용히 엎어져 있었다. 죽었을까? 죽어야만 했다. 그래도 애니가 죽었으리라고는 믿을 수 없었다.

폴은 힘껏 문을 닫았다. 애니가 문 바깥 면에 설치해 둔 빗장이 문에서 중간 높이보다 좀더 높은 곳에 붙어 있어서 까마득한 절벽처럼 보였지만, 빗장이 있는 위치까지 기어 올라가 빗장을 잠그는 데 성공하고는 몸을 부들부들 떨다 문 아래로 무너져 내렸다.

폴은 얼마만큼인지도 모르는 시간 동안 인사불성인 채로 누워 있었다. 그런 상태에서 그를 깨운 것은 나지막하고 희미하게 들려오는 긁는 소리였다.

'쥐다. 저건 쥐가……'

그때 피로 물든 애니의 두꺼운 손가락들이 문 밑에서 튀어나와 폴의 셔츠를 무턱대고 잡아당겼다.

폴은 날카로운 비명을 지르며 황급히 물러났고, 그 바람에 왼쪽 다리가 고통으로 삐걱거렸다. 폴은 주먹을 들어 문틈으로 튀어나온 손가락들을 마구 때렸다. 손가락들은 쑥 들어가지 않고 조금 움찔거리더니 조용히 그 자리에 뻗어 버렸다.

'이것이 마지막이기를. 제발, 하느님, 이것이 애니의 마지막이 되게 해 주소서.'

폴은 끔찍한 고통에 시달리면서도 욕실을 향해 천천히 기어가기 시작했다. 반 정도 가다가 뒤를 돌아보았다. 애니의 손가락이 여전히 문틈을 비집고 나와 있었다. 폴은 널브러진 손가락들이 지긋지긋한 고통만큼이나 참기 힘들었다. 그 모습을 생각하기도 싫었다. 그래서 몸을 다시 반대 방향으로 돌리고 문 앞으로 돌아가서 애니의 손을 안으로 밀어 넣었다. 그러는 동안 폴은 신경을 곤두세웠다. 애니의 손가락에 손을 대는 바로 그 순간 그 손가락들이 꽉 붙잡을 거라고 생각했기 때문이다.

마침내 욕실에 도착했고, 온몸이 욱신욱신 쑤셨다. 몸을 욕실 안으로 끌어당기고 문을 닫았다.

'하느님, 애니가 약을 다른 곳으로 옮겼으면 어쩌죠?'

애니는 그러지 않았다. 어수선하게 쌓여 있는 약 상자들이 예전 그 자리에 그대로 있었고, 물론 그 속에는 노브릴이 든 상자도 있었다. 폴은 노브릴 세 알을 꺼내 삼키고 다시 문으로 기어가서 몸을 기대앉아 체중으로 문을 막았다.

그리고 잠들었다.

46

깨어났을 때는 주위가 어두웠고, 처음에는 어디인지도 몰랐다. '침실이 왜 이렇게 작아졌지?' 그러다 기억이 돌아왔고, 기억과 함께 이상한 확신도 얻었다. 애니는 죽지 않았다고, 애니는 그때까지도 죽지 않고 바로 욕실 문 앞에 서 있다고, 도끼를 가지고 있다고, 그리고 기어 나가는 순간 그의 머리를 잘라 낼 거라고, 잘린 머리가 볼링공처럼 복도를 데굴데굴 굴러가는 동안 애니가 끊임없이 웃음을 터뜨릴 거라고.

'정신이 나갔군.'

폴은 혼잣말로 중얼거리다 무언가 소리를 들었다. 또는 들은 것 같다고 생각했다. 자그마한 무언가가 스쳐 지나가는 소리, 단단하게 풀을 먹인 여자 치마 소리, 어쩌면 벽을 가볍게 스치고 지나가는 듯한 소리였다.

'그저 헛소리를 들은 거야. 네 상상력은 원래…… 너무 생생하잖아.'

'그게 아니야. 정말로 소리를 들었어.'

폴은 그때껏 아무 소리도 들은 적이 없었다. 스스로도 잘 알고 있었다. 문손잡이로 올라갔던 손이 어색하게 다시 아래로 떨어졌다. 물론 폴은 그때까지 아무 소리도 들리지 않았음을 알지만…… 혹시라도 소리를 들었다면?

애니가 침실 창문을 넘어 밖으로 나갔을 수도 있다.

'폴, 애니는 죽었단 말이야!'

불합리한 대답이 거침없이 날아왔다.

'여신은 결코 죽지 않아.'

폴은 극도로 흥분해서 입술을 깨물고 터무니없는 생각을 멈추려 애쓰는 자신을 발견했다. 미쳐 간다는 것이 바로 이런 것이었을까? 그랬다. 폴은 거의 정신 이상의 세계에 이르렀다. 미쳐 버리기 딱 좋은 사람이 그 집에 폴 말고 누가 있었겠는가? 하지만 그가 정신 이상의 유혹에 굴복해 버렸다면, 만일 경찰이 그 다음 날이나 다음다음 날 그 집을 다시 찾았을 때 애니는 손님용 침실에서 죽어 있고, 그는 1층 욕실에서 유아기로 퇴행해서 엉엉 울고 있는 모습을 발견했다면, 한때 폴 셸던이라는 이름의 작가로 활동하다가 유아기로 퇴행해서 엉엉 울고 있는 그를 발견했다면, 그것이야말로 애니의 승리가 아니었을까?

'지당하신 말씀. 그러니까 폴리, 이제 너는 고분고분 말 잘 듣는 착한 꿀벌이 되어서 원래 시나리오대로 따라하기만 하면 되는 거야. 알겠지?'

'오케이.'

폴의 손이 다시 문손잡이를 향해 올라가다가…… 또다시 비틀거렸다. 도저히 시나리오대로 따라갈 수가 없었다. 원래 시나리오는 원고에 불이 붙으면 애니가 불붙은 원고를 들어 올리는 것이었는데, 그것은 그대로 실현되었다. 다만 타자기로 세게 때리기로 한 곳이 머리에서 등짝으로 바뀐 것 뿐이었다. 그 다음에는 거실로 나가서 집 안에 불을 지를 작정이었다. 원래 시나리오는 거실 창문을 통해 불타는 집에서 탈출하는 것이었기 때문이다. 창문에서 떨어졌다면 지독하게 다쳤을 테지만, 이미 애니가 얼마나 단단하게 문들을 잠가 놨는지 다 목격해 버렸으니 만만한 것은 창문밖에 없었다. 세례 요한께서 어디선가 말씀하신 대로 바삭바삭하게 불에 구워지느니 눈 딱 감고 뛰어내리는 편이 백배 나았다.

소설 속에서는 모든 것이 계획대로 움직이지만…… 인생이란 참으로 지랄 맞게 난잡한 이야기이다. 인생을 좌지우지하는 중요한 대화가 오갈 때마다 흉한 꼴을 당해야 하는 현실 속에서 고상하고 인간적인 해결책이 나올 수 있을까? 현실을 소설처럼 깔끔하게 장으로 나누기라도 하란 말인가?

"아주 난잡하지." 폴이 쉬어터진 목소리로 말했다. "구차한 일들을 깨끗이 씻어 내려 힘쓰는 나 같은 사람들이 있다는 건 좋은 일이야." 막연히 생각나는 대로 지껄였다.

샴페인 병은 시나리오에 들어 있지 않았지만, 애니의 무시무시한 생명력과 폴이 나중에 겪은 고통스러운 불안감에 비하면 새발의 피였다.

게다가 애니가 죽었는지 살았는지 확실히 알기 전까지는 탈출할 때 사람들의 이목을 끌 수 있게 집을 불태운다는 계획을 실행할 수 없었다. 애니가 살아 있을까 봐 불쌍해서 그런 것이 아니었다. 애니를 산 채로 불에 굽는 일쯤이야 아무런 양심의 가책 없이 저지를 수 있었다.

애니 때문에 망설인 게 아니었다. 원고 때문이었다. 진짜 원고. 폴이 불태웠던 원고는 맨 위에 표제 쪽만 올려놓은 가짜였다. 쓰다가 망친 원고와 써 놓고 보니 맘에 안 들어 버리려던 원고들 사이사이에 빈 종이들을 끼워 넣은 가짜 원고일 뿐이었다. 『돌아온 미저리』가 들어 있는 진짜 원고는 침대 밑에다 안전하게 놔 뒀고, 그때까지도 그 자리에 있었다.

'애니가 아직까지 살아 있지 않다면 거기 그대로 있겠지. 만약 아직도 살아 있다면, 아마도 애니가 읽고 있겠지만.'

'그래 이제 어떻게 하겠다는 거야?'

'우선은 여기서 기다려 보는 거야.' 마음 한구석이 충고했다.

'우선은 여기서 기다려 봐. 여기는 아늑하고 안전하니까.'

그러나 마음 한구석의 더욱 용감한 부분이 원래 시나리오대로 밀고 나가라고 재촉했다. 어쨌든 힘닿는 데까지는 해 보라는 것이었다. 거실로 가서, 창문을 깨고, 이 끔찍한 집에서 탈출하라고. 기를 쓰고 도로 있는 곳까지 가서 지나가는 차를 세우라고. 예전 같았으면 이런 계획이 성공하는 데 몇 날 며칠이 걸렸겠지만, 이제는 그렇지 않았다. 애니의 집이 사람들의 주목을 받고 있어서 주변을 지나는 차량이 많아졌던 것이다.

남은 용기를 모두 긁어모아, 폴은 문손잡이를 잡고 돌려 보았다. 어둠 속에서 천천히 문이 열렸다. 예상대로였다. 애니가 서 있었다. 여신님이 서 있었다. 어둠 속에 우두커니 서 있는 그녀는 간호사복을 입어 하얀 모습으로……

폴은 눈을 꼭 감았다가 다시 떴다. 어둠, 그렇다. 애니, 아니다. 신문 기사에 났던 사진을 제외하면 폴은 간호사복을 입은 애니를 실제로 본 적이 없었다. 눈앞에 보이는 것은 오직 어둠뿐이었다. 어둠과

"너무 생생해요!"

상상력.

폴은 천천히 복도로 기어 나갔고, 손님 방 있는 곳을 돌아보았다. 방 문은 닫혀 있었고 복도는 텅 비어 있었다. 폴은 거실을 향해 기기 시작했다.

거실은 온통 어두운 함정이었다. 애니가 거실 어디에 숨어 있을지 몰랐다. 애니는 거실과 하나가 될 수 있었다. 그리고 도끼를 가져올 수 있었다.

폴은 기어갔다.

뚱뚱한 소파 뒤에 애니가 숨어 있었다. 열린 부엌문 뒤에 애니가 숨어 있었다. 바닥의 나무 판자가 폴의 뒤에서 삐걱거렸고…… 역시나! 애니가 뒤에 와 있었다!

폴이 뒤를 돌아보았다. 심장이 곤두박질치고 뇌가 관자놀이를 압박했다. 애니가 그곳에 서 있었고, 당연히 도끼를 들어 올렸다.

하지만 오직 한순간일 뿐이었다. 애니는 산산이 흩어져 어둠이 되었다. 폴이 거실로 기어 들어갔을 때 자동차 엔진 소리가 들려왔다. 희미한 전조등 불빛이 거실 유리창을 반짝 비췄다. 타이어가 흙바닥에서 미끄러지는 소리가 들렸다. 폴은 차에 탄 사람이 애니가 찻길을 가로막아 매어 놓은 쇠사슬을 발견했기 때문임을 깨달았다.

차 문이 열렸다가 닫혔다.

"제기랄! 여기 좀 보라고!"

폴은 더 빨리 기어가서 밖을 내다보았다. 그림자 하나가 집 쪽으로 다가섰다. 그림자가 쓰고 있는 모자도 까만 그림자로만 보였지만, 폴이 못 알아볼 리 없었다. 주 경찰관이 쓰고 다니는 모자였다.

폴은 장식용 탁자 위를 손으로 더듬거렸다. 도자기 인형들이 엎어졌다. 몇몇은 바닥에 떨어져 산산조각 났다. 손이 도자기 인형 하나를 붙잡았고, 마치 소설의 한 장면 같았다. 소설이 전해 주는 극적 완결성이 정확히 느껴지는 순간이었다. 실제 인생에서는 그런 일이 아주 드문 법이므로.

폴이 손에 잡은 것은 얼음 덩어리 위에 앉아 있는 펭귄 인형이었다.

'이제 나의 이야기는 끝났다!' 얼음 덩어리 위에 적혀 있는 문구였다.

'맞습니다! 하느님, 감사합니다!'

폴은 왼팔로 몸을 지탱하고 서서 오른손을 뻗어 펭귄을 꽉 붙잡았다. 물집이 터져서 고름이 흘렀다. 폴은 오른팔을 끌어당기고는 얼마 전에 손님용 침실 창문으로 재떨이를 집어던졌을 때와 똑같이 거실 창문을 향해 펭귄을 힘껏 집어던졌다.

"여깁니다!"

폴 셸던이 미친 듯이 흥분해서 외쳤다.

"여깁니다, 여기예요, 제발, 나 여기 있어요!"

47

이 사건의 대단원에 소설 같은 극적 완결성을 더해 준 일이 또 있었다. 폴이 펭귄을 던졌을 때 집에 찾아온 사람들은 전에 애니에게 쿠시너에 관해 물어보고 갔던 바로 그 두 경찰, 다윗과 골리앗이었다. 다만 그날 밤에는 다윗이 코트의 단추를 끌러 놓았을 뿐 아니라 이미 총까지 빼 들고 있었다는 점이 달랐다. 다윗의 실제 이름은 위크스였다. 골리앗은 맥나이트였다. 그들은 수색 영장을 가지고 왔다. 거실에서 들려오는 격앙된 비명소리에 반응한 그들이 마침내 집 안으로 치고 들어가 보니, 마치 현실로 튀어나온 악몽처럼 보이는 남자가 있었다.

"내가 고등학교 때 어떤 책을 읽었어."

위크스가 그 다음 날 아침 일찍 아내에게 말했다.

"『몬테크리스토 백작』이었던 것 같은데, 아니면 『젠다 성의 포로』였을지도 몰라. 어쨌든 그 소설에는 40년 동안 독방에 감금되어 있던 남자가 등장해. 40년간 아무도 만나지 못한 채 살아온 사람이지. 글쎄, 그 남자가 바로 그 소설 속의 남자랑 똑같이 생겼더라니까."

위크스는 잠시 말을 멈추고 자기가 느끼는 상반된 감정들을 어떻게 하면 더 잘 표현할 수 있을지 고민했다. 공포와 연민과 슬픔과 혐오감. 그중에서도 가장 절절히 느낀 감정은 경이롭다고까지할 만한 놀라움이었다. 이렇게까지 심한 몰골로 망가진 남자가여태 살아남을 수 있었다니. 위크스는 자신의 심정을 정확히 표현할 말을 찾지 못했다.

"그 사람이 우리를 보더니만 울기 시작했어." 그는 말하고 나서 뒷말을 조금 덧붙였다. "그는 나를 보고 계속 다윗이라고 부르더군. 왜 그랬는지는 나도 모르지만."

"아마 당신이 그 사람이 아는 누군가랑 많이 닮아서 그랬나 보지."

"그랬겠지."

48

그 남자의 피부는 창백한 회색이었고, 몸은 안쓰러울 정도로 말라 있었다. 그는 장식용 탁자 옆에서 몸을 움츠리고 온몸을 부들부들 떨며 눈을 이리저리 굴리면서 경찰들을 쳐다보았다.

"누구……." 맥나이트가 대화의 문을 열었다.

"여신." 바닥에 쭈그리고 앉은 앙상한 남자가 말을 막았다. 그가 입술을 핥았다. "당신들은 그녀를 조심해야 해요. 침실. 그녀가 거기다 나를 가둬 놨어요. 노예 작가로. 침실. 그녀는 거기 있어요."

"애니 윌크스? 저기 침실에?" 위크스가 복도 끝을 향해 고갯짓을 했다.

"맞아요. 맞아. 잠가 놨어요. 하지만 당연하죠. 침실에는 창문이 있으니까."

"누구……." 맥나이트가 또다시 같은 말을 되풀이했다.

"이런 세상에, 이 사람 모르겠어?" 위크스가 물었다. "이 사람은 쿠시너가 찾아다니던 사람이야. 그 작가. 이름은 기억 못 하겠지만, 그 사람 맞아."

"하느님 감사합니다." 그 앙상한 남자가 말했다.

"뭐라고요?" 위크스가 얼굴을 찌푸리며 그를 향해 몸을 숙였다.

"당신이 내 이름을 기억 못 한다니 하느님께 감사의 말을 올렸습니다."

"당신이 아니라 다른 사람을 찾고 있었거든요."

"괜찮아요. 신경 쓰지 마요. 그저…… 조심만 하면 돼요. 내 생각에 그녀는 죽은 것 같아요. 그렇지만 조심해요. 만일 아직 살아 있다면…… 위험해요…… 방울뱀처럼."

그는 죽을힘을 다해서 맥나이트가 들고 있는 손전등 불빛이 비추는 곳에다 뒤틀린 왼쪽 다리를 갖다댔다.

"내 발을 잘랐어요. 도끼로."

경찰들은 발이 아주아주 오래전에 날아가 버린 다리 끝의 빈 공간을 응시했다. 그러고 나서 맥나이트가 속삭였다.

"이런 니미럴."

"가자." 위크스가 말하고 나서 총을 치켜들었다. 두 사람은 천천히 복도를 지나 잠긴 침실 문으로 접근했다.

"그녀를 조심해요!"

폴이 갈라지고 엇갈리는 목소리로 소리쳤다.

"조심해요!"

그들은 문을 열고 안으로 들어갔다. 폴은 몸을 끌어당겨 벽에다 붙이고, 머리를 기댄 채 눈을 감았다. 추웠다. 부들부들 몸이 떨리는 것이 도무지 멈추지 않았다. 경찰들이 비명을 지르거나 애니가 비명을 지를 것 같았다. 난투극이 벌어질 것 같았다. 총소리가 날지도 몰랐다. 무슨 일이 벌어질지 몰라 단단히 마음의 준비를 했다. 시간이 흘러갔고, 너무나 긴 시간이 무료하게 계속될 것만 같았다.

마침내 복도를 내려오는 발자국 소리가 들렸다. 폴은 눈을 떴다. 위크스가 보였다.

"그녀는 죽은 게 확실해요." 폴이 말했다.

"나도 잘 알아요. 내 마음속의 객관적인 부분은 잘 알아요. 그렇지만 나는 아직도 믿을 수가⋯⋯."

위크스가 말했다. "피에 깨진 유리에 숯 검댕이가 된 종이 쪼가리들이 있더군요⋯⋯. 그런데 사람은 아무도 없던데요."

폴 셸던은 위크스를 쳐다보더니 비명을 지르기 시작했다. 끊임없이 비명을 질러 대다 기절하고 말았다.

4

여 신

"시커멓고 커다란 낯선 이가 당신을 찾아올 것입니다."
집시 여인이 말했다. 미저리는 깜짝 놀라며 한꺼번에 두 가지 사실
을 깨달았다. 그 여자는 집시가 아니었다. 그리고 천막 안에는 더 이
상 그들 두 사람만 있는 것이 아니었다. 미저리가 겐돌린 체스틴의
향수 냄새를 맡은 순간, 미친 여자의 손이 미저리의 목을 졸랐다.
"사실은." 집시가 아닌 집시가 말했다.
"그 낯선 이가 지금 이곳에 와 있는 모양입니다."
미저리는 소리를 지르려 했지만 더 이상 숨조차 쉴 수 없었다.

— 폴 셸던, 『미저리의 아이』—

....

"이언 대장, 여신은 항상 조런 식으로 보인다. 어느 방향에서 보
든지 간에, 나를 똑바로 쳐다보는 것처럼 보인다. 나는 그게 정말
인지는 몰루겠지만, 부르카 족이 말하길 여신을 뒤에서 바라보고
있어도, 여신이 나를 똑바로 쳐다보고 인는 것 같다고 그러더라."
"하지만 결국 돌 조각일 뿐이야."
"그렇다, 이언 대장. 그렇기 때무네 여신이 히임을 얻는 것이다."

— 폴 셸던, 『돌아온 미저리』—

1

너엄버 워어어언
당시인의 너엄버 워어언
패애애애앤

이런 소리가 들렸다. 안개 속에서도.

2

'이제 깨끗이 씻어 내야 해.'
애니가 말했다. 깨끗이 씻어 낸 결과가 바로 이것이다.

3

위크스와 맥나이트가 급한 대로 들것을 만들어 폴을 애니의 집에서 신고 나온 지 9개월 후, 폴 셸던은 퀸즈에 있는 병원과 맨해튼의 이스트 사이드에 얻은 새 아파트를 오가며 시간을 보냈다. 다리는 치료하려고 다시 부러뜨렸다. 왼쪽 다리에서 무릎 아래로는 여전히 깁스를 하고 있었다. 여생 동안 절뚝거리며 걷게 될 것이라고 의사들이 말했다. 걸을 수는 있고, 결국에는 고통을 전혀 느끼지 않고 걷게 될 것이라고 말해 주었다. 만약 맞춤 의족을 차지 않고 계속 자기 발로 걸어 다녔더라면 더 심하게 절뚝거렸을 것이다. 그렇게 보면 아이러니하게도 왼발을 잘라 준 애니가 은혜를 베푼 셈이었다.

폴은 술을 아주 많이 마셔 댔고, 글을 전혀 쓰지 않았다. 꾸는 꿈들은 악몽 일색이었다.

5월의 어느 날 오후 엘리베이터로 9층에서 내렸을 때, 폴은 기분 전환 삼아 애니가 아니라 팔 밑에 서툴게 끼고 있던 커다란 꾸러미를 생각했다. 안에는 가제본된 『돌아온 미저리』가 두 권 담겨 있었다. 출판사에서는 소설 출판을 일사천리로 진행했고, 그 책이 씌어지도록 한 기괴한 사건을 연상시킬 수 있는 세계적 규모의 광고 문구를 생각해 내느라 고심했다. 별로 놀랄 일도 아니었다. 헤이스팅스하우스 출판사 측에서는 사상 초유의 초판 100만 부 출간을 별렀다.

"이건 겨우 시작일 뿐이야." 폴의 담당 편집자 찰리 메럴이 그날 점심 식사를 같이하면서 말했다.(폴은 바로 그 점심 식사를 끝마치고 가제본된 책을 받아들고 집으로 돌아가는 중이었다.)

"이봐 친구, 이 책은 세상 어느 책보다도 더 많이 팔릴 거야. 우린 그저 무릎 꿇고 앉아서 이 책 속의 이야기가 책 뒤에 숨은 이야기만큼이나 훌륭하게 나온 것에 하느님께 감사 기도나 드리면 된단 말이야."

폴은 그 말이 사실인지 아닌지도 몰랐고, 더 이상 관심도 없었다. 그저 그 소설은 저 멀리 떠나보내고…… 다음 작품을 찾아내고 싶었다. 그러나 무미건조한 하루하루가 무미건조한 몇 주에서 무미건조한 몇 개월로 늘어나는 동안 폴은 다음번 작품이 정말로 있기나 한 것인지 의구심을 품기 시작했다.

찰리는 폴의 가슴 아픈 체험을 논픽션으로 써 달라고 애걸복걸했다. 그가 말하기를 만약 그 책이 나온다면 오히려 『돌아온 미저리』보다 훨씬 많이 팔릴 것이라고 했다. 까놓고 말해서 아이아코카 자서전의 판매량을 능가해 버릴 것이라고 했다. 폴은 그저 순수한 호기심에서 물었다. 그런 책이라면 페이퍼백 출판권이 얼마에 팔릴 것 같냐고. 찰리는 이마에 내려온 긴 머리카락을 쓸어 올리고 카멜 담배에 불을 붙이면서 말했다. "내 생각에는, 일단 최저가로 1000만 달러를 잡고 출판사들을 상대로 지옥의 경매를 붙이면 될 것 같아." 찰리는 그런 말을 하면서도 눈 하나 깜빡하지 않았다. 잠시 후 폴은 찰리가 진지하든가 아니면 그가 진지하다고 자기가 생각하든가 둘 중 하나일 것이라고 생각했다.

그러나 폴은 찰리가 말한 책을 쓸 수 없었다. 아직은 아니었다. 아마 영원히 아닐 수도 있었다. 폴의 직업은 소설가였다. 찰리가 원하는 논픽션을 쓸 수는 있었지만, 그렇게 한다면 그 자신이 다시는 소설을 쓰지 않을 거라고 인정하는 것과 같았다.

'그리고 웃기는 건, 그 논픽션을 다 쓰고 보면 소설이 되어 있을 거란 말이지.' 폴은 하마터면 찰리에게 말할 뻔했지만…… 마지막 순간에 참았다. 찰리가 좋아할 만한 농담이 아니었다.

'그 논픽션은 사실에서 출발할 거야. 그러다 그 논픽션에 허구를 덧붙이기 시작할 거고…… 처음에는 아주 조금만…… 그러다 좀더 많이…… 그러다 좀더 많이. 나 자신을 미화하기 위해서가 아니고(어쩌면 그런 의도가 숨어 있을지도 모르지만), 애니를 더욱 추하게 만들기 위해서도 아니야(더 이상 추해질 것도 없지만.) 단순히 극적 완결성을 만들어 내기 위한 짓이지. 나 자신을 소설로 각색하고 싶지는 않아. 글쓰기는 자위행위일 수도 있지만, 하느님께서는 그런 짓만큼은 자신을 잡아먹는 행위라 하여 금지하셨다고.'

폴의 아파트는 9-E호였고, 엘리베이터에서 가장 멀리 떨어져 있었다. 그날따라 복도가 3킬로미터도 넘게 길어 보였다. 폴은 한 손에 하나씩 T자 모양 지팡이를 짚고 힘겹게 복도를 걸어갔다. 딸깍…… 딸깍…… 딸깍…… 딸깍. '젠장.' 폴은 그 소리가 싫었다.

지긋지긋하게 다리가 아팠고, 노브릴이 그리워졌다. 때때로 그 약을 얻을 수만 있다면 애니에게 다시 돌아가는 것도 가치 있는 일일 거라고 생각하곤 했다. 의사들은 그를 노브릴 중독에서 떼어 놓으려 했다. 그래서 차선책으로 선택한 것이 음주였고, 폴은 집에 들어가면 버번 위스키를 더블로 들이킬 작정이었다.

그러고 나서 한동안 워드 프로세서의 빈 화면을 쳐다볼 생각이었다. 우스웠다. 폴 셸던의 15,000달러짜리 워드 프로세서가 그저 장식품으로 썩어 가고 있다니.

딸깍…… 딸깍…… 딸깍…… 딸깍.

가제본된 책이 든 꾸러미와 지팡이를 땅에 떨어뜨리지 않으면서 주머니에서 아파트 열쇠를 꺼내야 했다. 폴은 지팡이들을 벽에 기대 세워 놓았다. 그러는 동안 책이 팔에서 빠져 바닥 깔개 위로 떨어졌다. 꾸러미가 벌어져서 책들이 쏟아져 내린 것이다.

"젠장!"

그러자 재미를 더하자는 듯 지팡이들이 쓰러졌다. 폴은 이쯤에서 미쳐 버릴 것인지 울어 버릴 것인지 어디 두고 보자는 심정으로 눈을 감았다. 뒤틀리고 쑤시는 다리가 불안정하게 흔들렸다. 미쳐 버렸으면 좋겠다고 생각했다. 아파트 복도에서 울고 싶지는 않았지만, 울음이 터져 나올 것만 같았다. 결국 울어 버렸다. 다리가 계속 아팠고, 폴은 약이 필요했다. 병원 조제실에서 주는 고농축 아스피린 같은 시시한 약이 아니라 좋은 약이 필요했다. 언제나 효과 만점이던 '애니표 마약.' 폴은 항상 너무나 피곤했다. 그로 하여금 서 있을 수 있도록 받쳐 주는 것은 조잡한 지팡이들이 아니라 지어내기 게임과 이야기였다. 그 두 가지는 좋은 마약이었고 결코 실패를 모르는 해결사였지만, 다들 어디론가 도망가 버리고 없었다. 신나게 놀던 시절이 마침내 다 끝나 버린 것 같았다.

'신나게 놀던 시절이 다 끝나 버리면 바로 지금 같은 꼴을 당하는 법이지.' 폴은 문을 열고 아파트 안으로 비틀비틀 들어서면서 생각했다.

'신나게 놀던 시절이 끝나서 어떻게 됐는지 아무도 쓰지 않는 이유는 다 이런 거야. 정말이지 지랄 맞게 우울하거든. 애니는 내가 머리통에 빈 종이를 한 가득 쑤셔 넣고 원고에 불을 질렀을 때 깨끗이 죽었어야 했어. 나도 그때 죽었어야 했는데. 그때 우리는, 정말이지 애니가 그렇게도 좋아하던 연속극 영화의 등장인물들

같았어. 어정쩡한 인물은 하나도 없고 오직 검든가 희든가, 좋은 놈이든가 나쁜 놈이든가 둘 중 하나였지. 나는 제프리였고 애니는 부르카 벌 여신이었어. 그런데 지금 이 꼴은……. 거 참, 빨리 대단원의 막을 내려야 할 텐데, 이렇게 바보 같은 꼴이나 당하면서 살고 있다니. 복도에 떨어뜨린 물건들은 신경 쓰지 말자. 건강을 위해 우선 술부터 퍼마시는 게 먼저고, 복도 청소는 그 다음이다. 우선 불량 벌이 되어라. 그러고 나서…….'

폴은 멈춰 섰다. 아파트 안이 너무 어둡다고 생각했다. 그리고 냄새가 났다. 폴이 잘 아는 냄새였다. 땟물과 분내가 조화된 지독한 냄새.

하얀 유령처럼 애니가 소파 뒤에서 일어섰다. 간호사복에 간호사 모자를 쓰고 있었다. 손에는 도끼를 든 채 소리를 질러 댔다.

"깨끗이 씻어 낼 시간이 왔다, 폴! 깨끗이 씻어 낼 시간이!"

폴은 비명을 질렀고, 아픈 다리를 이끌고 도망치려 했다. 애니는 마치 새하얀 개구리처럼 꼴사납게 소파를 껑충 뛰어 넘었다. 빳빳하게 풀을 먹인 제복이 연신 부스럭대는 소리를 냈다. 폴은 애니가 휘두른 도끼가 자신의 목을 친 줄로만 알았다. 카펫 위로 쓰러져 피 냄새를 맡을 때까지는 정말로 그렇게만 생각했다. 아래를 내려다보니 몸이 거의 반 토막으로 절단 나 있었다.

"깨끗이 씻어 내자!"

애니가 소리를 지르자 폴의 오른손이 날아갔다.

"깨끗이 씻어 내자!"

애니가 또 소리를 질렀고, 폴의 왼손이 날아갔다. 폴은 손목에서 피가 솟구치는 중에도 열려 있는 문으로 기어갔다. 놀랍게도 책이 아직 문 앞에 떨어져 있었다. 리 씨네 식당에서 찰리와 점심을 함께하는 동안 머리 위의 스피커에서는 뮤잭 음악 방송에서 틀어주는 음악이 흘러나왔고, 찰리는 가제본된 책을 서류 봉투에 담아 빛나는 하얀 식탁보 위로 건네주었다.

"애니 이제 이 책 읽어도 돼!"

폴은 소리 지르려 했지만 입에서 애니라는 말이 나오자마자 머리가 댕강 날아올라 벽 쪽으로 굴러 갔다. 흐릿해져 가는 세상 속에서 그가 마지막으로 본 것은 머리 없이 무너지는 그의 몸뚱이와 그 위에 올라선 애니의 하얀 신발이었다.

'여신.' 폴은 생각했다.

그리고 죽었다.

4

시나리오: 추려낸 내용 또는 대강의 줄거리. 이야기의 주된 내용.
– 신판 웹스터 대학 사전

작가: 글을 쓰는 사람. 특히 직업적으로 쓰는 사람.
– 신판 웹스터 대학 사전

허구: 허위. 또는 진짜인 척하기.
– 신판 웹스터 대학 사전

5

폴리, 할 수 있지?

6

물론 폴은 할 수 있었다.

"작가의 시나리오에서는 애니가 여전히 살아 있었다. 그러나 작가는 이것이 단지 허구임을 이해했다."

7

폴은 정말로 찰리 메럴과 점심을 함께 했다. 그때 나눈 모든 대화는 앞서 밝힌 바와 같다. 단지 폴이 아파트 안에 들어섰을 때 실내가 너무 어두웠던 까닭은 가정부가 커튼을 다 쳐 놓고 갔기 때문이었다. 애니가 구약에 나오는 살인자 카인처럼 소파 뒤에서 튀어나왔을 때 폴은 엎어져서 겁에 질려 죽어라 비명을 지르기는 했지만, 사실은 애니가 아니라 그저 고양이였다. 폴이 그 전달에 동물 보호소에서 입양한 쓰레기차라는 이름의 사팔뜨기 샴 고양이였다.

애니는 이 세상에 없었다. 애니는 절대 여신이 아니었고, 그저 자신만의 이익을 위해 폴을 괴롭힌 미친 여자일 뿐이었다. 애니는 가까스로 입과 목에 박혀 있던 대부분의 종이를 꺼냈고, 폴이 약을 먹고 욕실에서 자는 동안 침실 창문을 통해 밖으로 나갔다. 애니는 축사로 가서 쓰러졌다. 위크스와 맥나이트가 발견했을 때는 이미 죽어 있었지만 목이 막혀서 죽은 것은 아니었다. 실제 사인은 벽난로 선반에 부딪쳐서 생긴 두개골 파열이었고, 벽난로 선반에 부딪쳤던 것은 걸려 넘어졌기 때문이었다. 따라서 어떻게 보면 폴이 그토록 미워하던 바로 그 타자기가 애니를 죽여 주었다고도 할 수 있다.

당연히 애니도 폴을 혼내 줄 계획을 가지고 있었다. 물론 도끼 정도로는 만족할 수 없었다.

경찰들이 돼지 미저리가 사는 우리 바깥쪽에서 애니의 시체를 발견했는데, 한 손에 전기톱을 붙들고 있었다.

그렇지만 그 모든 것이 과거가 되었다. 애니 윌크스는 이제 무덤 속에 있었다. 하지만 미저리 체스틴처럼 애니도 무덤 속에서 불안하게 쉬고 있었다. 꿈을 꿀 때나 잠시 생각에 잠겨 있을 때 폴은 애니의 무덤을 파고 또 팠다. 여신이란 존재는 죽일 수가 없다. 버번 위스키를 마시면 잠깐 동안은 떨쳐 낼 수 있을지 몰라도, 할 수 있는 조치라고는 고작 그런 것이 전부였다.

폴은 거실 한쪽에 있는 바로 가서 위스키 병을 빤히 쳐다보다가 가제본 책과 지팡이가 떨어져 있는 곳을 돌아보았다. 그리고 술병한테 잘 가라는 눈인사를 하고 물건들이 떨어져 있는 곳으로 힘겹게 걸어갔다.

8

깨끗이 씻어 내자.

9

30분 후 폴은 워드 프로세서의 텅 빈 화면 앞에 앉아 있었다. 그동안 게으름 핀 데 대한 벌이라 여기고 진득하게 붙어 있어야겠다고 생각했다. 술 대신 아스피린을 먹었지만, 변한 것은 없었다. 15분이나 30분 정도 더 워드 프로세서 앞에 앉아서 까만 바탕화면에 반짝거리는 커서만 멍하니 쳐다보고 있을 작정이었다. 그러고 나면 기계를 끄고 술을 마실 터였다.

그렇지만 그날은……

그렇지만 그날 폴은 찰리와 점심을 함께하고 집에 오는 길에 흥미로운 광경을 보았고, 그것에서 아이디어를 하나 얻었다. 대단한 것은 아니었다. 그냥 아주 사소한 것이었다. 어쨌든 그 아이디어는 작은 우연에서 비롯됐다. 그저 48번가에서 쇼핑 카트를 밀고 가는 꼬마를 보았고, 그게 전부였다. 그런데 카트 안에는 철망으로 된 우리가 있었고, 우리 안에는 폴이 처음 보았을 때 고양이일 거라고 생각한 커다란 털북숭이 짐승이 들어 있었다. 가까이 가서 보니 고양이인 줄 알았던 짐승 등에 하얀 줄무늬가 널찍하게 나 있었다.

"꼬마야. 그거 스컹크니?"

"네, 맞아요."

꼬마는 쇼핑 카트를 좀더 빠르게 밀고 갔다. 도시에서는 사람을 세워 놓고 오랫동안 대화를 나눌 수가 없다. 특히나 쇠 지팡이를 짚고 비틀비틀 걸어다니면서 눈 밑이 샘소나이트 여행 가방만하게 불룩 튀어나온 이상하게 생긴 남자가 말을 걸어올 때는 더욱 그렇다. 꼬마는 모퉁이를 돌아 사라졌다.

택시를 타고 싶었지만 그냥 계속 걸었다. 매일 적어도 1킬로미터 이상을 걷겠다고 결심했고, 결심을 실행하는 중이었다. 폴은 걷는 게 너무나 고통스러웠던 나머지 심란한 마음을 딴 곳으로 돌리기 위해 질문을 떠올리기 시작했다. 아까 그 꼬마가 어디에서 왔는지, 그 쇼핑 카트는 어디에서 왔는지, 무엇보다도 그 스컹크는 어디에서 왔는지.

등 뒤에서 소리가 들렸다. 폴은 텅 빈 워드 프로세서 화면에서 눈을 떼고 돌아보았다. 애니가 부엌에서 걸어나왔다. 청바지에 벌목꾼들이 애용하는 빨간 면 셔츠를 입고 손에는 전기톱을 들고 있었다.

폴은 눈을 감았다가 다시 떴다. 눈앞에는 예전처럼 아무것도 없었고, 문득 화가 치밀었다. 폴은 다시 워드 프로세서 화면으로 몸을 돌려 빠른 속도로 자판을 두드렸다. 거의 자판을 때려 부술 것처럼 과격하게 글을 써 나갔다.

- 1 -

꼬마는 건물 뒤편에서 나는 소리를 들었다. 쥐들이 내는 소리겠

거니 했지만, 어쨌든 모퉁이를 돌아 소리 나는 곳으로 가 보았다. 그냥 집에 들어가기에는 너무 이른 시간이었다. 꼬마는 점심 시간에 학교를 몰래 빠져나왔고, 하교 시간까지는 1시간 30분 정도 남아 있었다.

건물 뒤로 가 보니 햇살에 비친 먼지 속에서 벽에 기대 웅크리고 있는 것이 보였다. 쥐가 아니었다. 꼬마가 그때까지 본 것 가운데 가장 북실북실한 꼬리가 달린 엄청나게 커다란 검은 고양이였다.

10

손을 멈췄다. 불현듯 가슴이 두근거렸다.

'폴리, 할 수 있지?'

감히 대답할 수 없는 질문이었다. 다시 자판 앞에 몸을 수그렸고, 잠시 후…… 자판을 두드리기 시작했다. 조금 전과는 달리 좀 더 부드럽게.

11

고양이가 아니었다. 에디 데스먼드는 줄곧 뉴욕에서만 살았지만 브롱크스 동물원에도 가 봤고 그림책도 많이 봤다. 그 정도면 충분하지 않은가? 어째서 이스트 105번가의 버려진 건물 뒤에 그 짐승이 와 있는지는 전혀 알 수 없었지만, 짐승의 정체가 무엇인지는 단번에 알 수 있었다. 등에 난 길쭉한 흰 줄이 놓칠 수 없는 단서였다. 그것은 스컹크였다.

에디는 천천히 스컹크에게 다가갔다. 살금살금 걷는 발길이 흙먼지를 일으키

12

폴은 할 수 있었다. 할 수 있었다.

고마움과 두려움 속에서 폴은 마침내 해냈다. 구멍이 열렸고, 그 속에 무엇이 있는지 들여다보았고, 자판을 두드리는 손가락이 점점 빨라지는 것을 알지 못했고, 다리의 통증이 이미 저 멀리 날아가 버렸다는 것도 알지 못했고, 글을 쓰면서 눈물을 흘리는 것도 알지 못했다.

1984년 9월 23일 메인 주 러벨에서 집필 시작.
1986년 10월 7일 메인 주 뱅고어에서 집필 완료.
'이제 나의 이야기는 끝났다.'

옮긴이 | 조재형

1972년 서울에서 태어났다. 숭실대학교 법학과를 졸업하고 전문 번역가로 활동 중이다. 『미저리』를 우리말로 옮겼고, 그 주인공인 애니 윌크스에 뒤지지 않는 스티븐 킹의 열성 팬이라고 자부한다. 스티븐 킹과 그의 작품에 관한 한 우리나라에서 가장 방대한 자료를 담은 팬 블로그(http://stephenkingfan.tistory.com)를 운영하고 있다.

스티븐 킹 걸작선 10

미저리

1판 1쇄 펴냄 2004년 7월 9일
1판 16쇄 펴냄 2023년 3월 6일

지은이 | 스티븐 킹
옮긴이 | 조재형
발행인 | 박근섭
편집인 | 김준혁
펴낸곳 | 황금가지

출판등록 | 2009. 10. 8 (제2009-000273호)
주소 | 06027 서울 강남구 도산대로 1길 62 강남출판문화센터 5층
전화 | 영업부 515-2000 **편집부** 3446-8774 **팩시밀리** 515-2007
홈페이지 | www.goldenbough.co.kr

도서 파본 등의 이유로 반송이 필요할 경우에는 구매처에서 교환하시고
출판사 교환이 필요할 경우에는 아래 주소로 반송 사유를 적어 도서와 함께 보내주세요.
06027 서울 강남구 도산대로 1길 62 강남출판문화센터 6층 민음인 마케팅부

© ㈜민음인, 2004. Printed in Seoul, Korea

ISBN 978-89-8273-807-4 04840
ISBN 978-89-8273-800-5 04840(세트)

㈜민음인은 민음사 출판 그룹의 자회사입니다.
황금가지는 ㈜민음인의 픽션 전문 출간 브랜드입니다.